I0613808

PAR

ALBERT BLANQUET

I. — LE VOLEUR DE CADAVRES.

Dix heures sonnaient à la vieille église de l'abbaye de Saint-Germain-des-Prés, et la lune se dégageait d'un nuage grisâtre au-dessus du Pré aux Clercs.

Sa lueur blafarde éclairait un groupe étrange, placé au milieu de la prairie, à une centaine de pas environ d'un petit ruisseau.

Un homme, la poitrine trouée d'une large et rouge blessure, était étendu sur l'herbe, immobile, les yeux fermés, et, selon toute apparence, ce n'était plus qu'un cadavre.

A son côté, un autre homme, assis sur ses talons, semblait garder ce corps et le protéger contre l'attaque des chiens errants et affamés qui rôdaient obliquement aux alentours.

De temps en temps, le vivant posait une main timide sur la poitrine du mort, comme pour essayer de saisir un léger tressaillement annonçant la vie, ou se penchait vers sa face pâle pour y recueillir un souffle ou un regard.

Du reste, aucune expression de douleur ne régnait sur le visage de cet homme, dont les membres grêles avaient une certaine grâce, et dont la lune faisait briller parfois les boucles soyeuses d'une chevelure noire annonçant la jeunesse; il n'y avait dans toute sa personne que le sentiment de la compassion.

Si la lumière du ciel ne suffisait pas à montrer l'état particulier de vétusté dont ses habits portaient les irréfragables stigmates, en revanche elle éclairait suffisamment les vêtements du cadavre pour qu'à première inspection on pût reconnaître leur haute élégance. Des rubans aux aiguillettes ciselées, des dentelles à profusion, le velours, le satin, un fourreau d'épée, veuf de sa lame et garni de riches damasquinures, tout accusait le gentilhomme.

— Et pourtant, se disait le jeune homme en se penchant encore une fois vers le cadavre, je connais cette figure-là, ce n'est pas celle d'un seigneur de la cour.

Quand il se releva, il vit une ombre qui venait de se placer entre la lune et lui, et, en suivant la trace de cette ombre, il aperçut un homme se dirigeant à pas lents de son côté et regardant avec précaution s'il n'était pas suivi.

— Serait-ce l'assassin?... pensa-t-il en serrant les poings.

L'ombre grandissait, et au bout de quelques instants l'homme dont elle était suivie, un homme de forte taille, un peu trapu, enveloppé dans un manteau court et coiffé d'une sorte de toque dont le berret basque a de nos jours conservé la forme, s'arrêta devant le groupe et ne campa sur ses jarrets.

— Ah çà, dit-il d'une voix légèrement enrouée et au timbre rauque, — qu'est-ce que vous faites donc là, mon bon ami?

— Vous le voyez, je garde le corps de ce pauvre seigneur.

— Etes-vous son parent, ou son domestique?

— Ni l'un ni l'autre, et c'est par humanité pure; car les bêtes qu'on voit rôder là-bas dans les taillis ont fort vilaine mine.

— Etes-vous sûr qu'il soit mort?

— J'en ai peur.

— C'est quelque mignon tué en duel.

— Peu probable, répondit le jeune homme. Il y a dans tout duel des règles de courtoisie qui s'opposent à ce qu'un ennemi laisse le vaincu sur le carreau privé de tout secours.

— C'est congrûment raisonné. Mais puisque vous êtes animé de sentiments si humains, que n'avez-vous plutôt chargé ce cadavre sur vos épaules et ne l'avez-vous emporté?

— Je ne le connais pas.

— Eh! on le dépose au Châtelet; il y a là un charmant petit endroit appelé *la Morgue* où les parents inquiets de l'absence de l'un des leurs vont le réclamer.

— Il y a une heure que je suis là, et il n'est passé personne pour m'aider.

— Vous n'avez pas la force d'emporter un homme mort, vous?

— Non.

— Oh! c'est pourtant chose aisée... Il est vrai qu'il faut savoir s'y prendre. Pourtant si vous m'en croyez, l'ami, vous quitterez la place.

— Non pas.

— Mais vous risquez d'être pris pour l'assassin ou tout au moins pour le meurtrier, et vous savez que M. le Cardinal n'est pas tendre en matière de duels.

— On ne me prendra pas pour le meurtrier, car je ne suis pas gentilhomme, et par conséquent capable d'avoir appelé un seigneur en combat singulier. — Quant à m'accuser d'être un voleur, voyez ces riches habits, ces aiguillettes d'or, sans compter une bourse assez bien garnie qui est là dans la poche, et...

Une sorte de rugissement interrompit le jeune homme. Celui qui était devant lui venait de se baisser vers le cadavre avec une joie fébrile.

— Qu'est-ce que vous avez donc? fit le jeune homme en le repoussant.

— Ah! mais ne plaisantons pas! dit le nouveau venu du ton d'un dogue à qui l'on essaierait d'arracher un os.

— Que voulez-vous faire à ce cadavre?

— Vous allez voir.

Et le truand, car il avait vu de près, le jeune homme ne parut plus hésiter sur la nature de sa position sociale, le truand, disons-nous, glissa immédiatement une main dans la poche du mort; il en tira rapidement, et avec une dextérité faisant soupçonner son habileté en ce genre de travail, une bourse en effet assez bien garnie.

— Voilà ce que je voulais, dit-il en faisant passer la bourse dans ses vastes grègues.

— Ah çà, vous n'êtes pas gêné, vous!

— A quoi bon? reprit le truand en s'armant d'une paire de ciseaux et se mettant à couper les aiguillettes d'or, qui suivirent le même chemin que la bourse.

— Vraiment je vous admire!

— Et vous regrettez peut-être de n'avoir pas eu la même idée que moi?

— Non, certes!

— Vous avez tort. Supposez que je vous aie laissé tranquillement à vous morfondre auprès de ce beau pâmé, un autre gars aussi avisé que moi se serait empressé de jouer mon rôle. Et je serais lésé comme vous l'êtes.

— Je ne me considère nullement comme lésé, je suis étudiant et non tire-laine, seigneur, sachez cela.

— C'est-à-dire que vous vous tuez le corps et l'âme à travailler huit heures par jour pour gagner le prix de la moitié de l'une de ces aiguillettes, et encore!

— Cela me plaît ainsi.

— Oh! je ne dispute pas des goûts : — vous avez celui d'être dupe, gardez-le.

— Çà, vous m'avez l'air d'un roué coquin, mon cher.

— Comme vous dites, l'ami, et puisque vous êtes étudiant, vous devez, de même qu'un armurier juge une épée par son fourreau, vous devez, dis-je, avoir une haute idée de la lame à laquelle ma carcasse sert d'enveloppe.

— Ah! vous avez votre valeur assurément, et si je n'étais l'étudiant Pierre Baudry, je voudrais être...

— Catafago le bandit?

— Peut-être. Va pour Catafago! Joli nom!

— Vous n'êtes pas dégoûté. — Eh bien, puisque vous manifestez de si nobles aspirations, jeune homme, je vais vous donner une deuxième leçon.

— Laquelle?

— Vous disiez tout à l'heure que vous n'étiez pas assez vigoureux pour emporter ce cadavre, je vais vous apprendre comment un enfant de douze ans, nourri dans nos principes, enlèverait celui-ci sur ses épaules. Regardez bien, cela peut vous servir à l'occasion.

Le jeune homme se leva et se mit à considérer avec attention la manœuvre du bandit. Elle était, en effet, des plus simples : il est vrai que le seigneur Catafago paraissait doué d'une force peu commune et que ses membres trapus, ses épaules larges et un peu voûtées rappelaient l'encolure d'un taureau.

Il étreignit donc le cadavre entre ses deux bras, à la hauteur de la ceinture, et le souleva de terre; puis, s'arc-boutant de ses jarrets, il lui imprima un balancement violent et les jambes inertes décrivant dans l'air un demi-cercle, allèrent retomber derrière le dos du bandit qui, alors, semblait chargé de ce corps comme il l'eût été d'un sac plus ou moins rempli.

— Voilà, dit-il tranquillement en faisant quelques pas.

— Et vous l'emportez?

— Oui.

— Ah çà, vous êtes donc plus humain que moi et plus désireux de soustraire ce pauvre jeune seigneur à la voracité des chiens errants!

— Ah! jeune homme, vous êtes innocent; mais vous me paraissez bon diable, et incapable de nuire par paroles ou par concurrence au petit commerce de Catafago. Je m'en vais tout simplement porter ce cadavre, encore chaud, ma foi, et qui se recommande par la jeunesse, à un vieux savant de mes amis, fort curieux de sa nature.

— A un savant?

— Et puisque vous êtes étudiant, il se peut que vous le connaissiez.

— Quel est-il?

— Je ne vous le dirai pas, et même, si vous voulez m'en croire, vous ne chercherez pas à le savoir.

— Je crois vous comprendre, l'ami, vous fournissez des sujets pour les recherches anatomiques.

— Parfaitement, c'est cela vous en dit...

— Oh! je n'étudie pas en médecine, mais en droit.

— Bon. Vous allez donc rester ici, mon petit ami, et me laisser m'en aller tout doucement.

— Mais...

— C'est comme cela.

— Au fait, que m'importe!

— A la bonne heure, vous êtes raisonnable. Détalez par là, e moi par ici.

Et ajoutant l'action à la parole, le bandit traversa la prairie et ne tarda pas à s'enfoncer dans les saules qui bordaient le petit ruisseau dont nous avons parlé, lequel aboutissait à un chemin remplacé à peu près de nos jours par la rue des Saints-Pères.

Pierre Baudry, le jeune étudiant, était resté immobile, ne songeant nullement à troubler cette œuvre de ténèbres à laquelle il savait parfaitement que se livraient les vieux professeurs de la Faculté, malgré les ordonnances, lorsque tout à coup une pensée terrible fouetta son cerveau avec la force d'une commotion.

— Le cadavre était chaud, a-t-il dit! s'il était encore vivant!

Il avait facilement reconnu le chemin vers lequel s'était dirigé Catafago; si bien que, désireux de concilier toutes choses, il se tourna en arrière et prit ses jambes à son cou. Un quart d'heure après, il avait entièrement longé les murs du cloître des Petits-Augustins, et, sans se donner le temps de respirer, il reprit sa course et arriva à quelques pas de l'abbaye de Saint-Germain-des-Prés.

Son calcul avait été celui-ci : — Catafago, chargé pesamment, ne pouvait marcher vite et devait arriver en même temps que lui à cet endroit de la ville. Baudry eut la joie d'apercevoir au loin, débouchant des saulaies, l'ombre sinistre du voleur de cadavres.

Il y avait encore à cette époque, de ce côté de la ville, des parties considérables de la vieille muraille bâtie par Philippe Auguste qui n'avaient pas été reconstruites depuis le siège de Paris par les troupes de Henri IV. De grandes brèches existaient donc non loin du fossé qu'a remplacé depuis la rue Contrescarpe.

Catafago se dirigeait vers ce point, et ne tarda pas à gravir les décombres, sans que sa marche fût ralentie en rien par le poids qu'il portait. Toutefois avant de disparaître tout à fait dans l'intérieur de la ville, il se retourna; puis, satisfait sans doute de son examen, il sauta les deux ou trois pieds de muraille qui surplombaient le rempart.

Pierre Baudry n'hésita pas à s'élancer à sa poursuite, au risque d'être aperçu; mais il eut le soin de choisir une autre partie des décombres, et au moment où, à son tour, il sautait dans Paris, il vit le truand qui tournait l'angle de la rue de l'Éperon.

En deux minutes il fut de nouveau sur ses traces, et même il commença à ralentir sa marche, car il croyait avoir le pressentiment du lieu vers lequel tendaient ses curieuses investigations.

En effet, Catafago, s'arrêtant au pied d'une maison étroite de la rue Serpente, il ne crut pas devoir s'avancer plus loin.

— Bon! se dit-il, il va chez maître Adamas.

Le truand frappa doucement à l'huis qui, peu de temps après, tourna sur ses gonds.

— Ne nous mêlons pas de cela. Assez de curiosité, j'en ai déjà trop vu, pensa Baudry, il y va de la corde!

Et tournant subitement les talons, il reprit sa course et regagna la brèche. Seulement, au lieu de suivre la route qu'il avait précédemment prise, il s'aventura, sans peur cette fois, dans celle de Catafago, pactisant avec sa conscience et cherchant à se persuader que le corps emporté par ce drôle était bien privé de vie.

— Mais où ai-je vu... ce seigneur?... se demandait-il encore. Bah! que m'importe!...

Il se retrouvait à la lisière du Pré aux Clercs, longeant les murs de l'abbaye.

— Voyons, se dit-il en s'arrêtant, il y a vraiment folie à moi, de venir comme cela chaque soir, dès que la nuit tombe, dans cet endroit réprouvé... Celle qui m'y amène, cette femme, damoiselle ou fille folle, que j'y entrevue une fois, n'y reviendra peut-être jamais... Oui, c'est folie... et pourtant, pourtant, elle m'a dit : Au revoir!...

Baudry fit quelques pas dans les herbes hautes, peu soucieux de troubler dans leur repos leurs hôtes nocturnes, et s'avançant les yeux fixés vers une partie des charmilles à travers lesquelles brillaient parfois quelques rares lumières.

— Voyons, dit il en s'arrêtant encore, je ne puis pas l'aimer, pourtant. À peine si nous avons échangé vingt paroles... Il est vrai que ces paroles sont de celles qui engagent toute une existence.

Il passa la main sur son front et devant ses yeux, comme s'il eût essayé de rappeler les éblouissements d'une vision disparue, et restait insensible au froid de la nuit qui, bien qu'on fût au mois de mai, ne laissait pas que de piquer assez vivement.

Au loin, du côté des charmilles, retentissaient des chants inégaux, des éclats de rire montant d'intensité ou se taisant tout à coup; puis, parfois, le son de quelques instruments de musique, luth, viole ou guitare, mêlés aussi du bruit sourd du tambourin basque ou du cliquetis sonore des castagnettes andalouses.

— Ils s'amusent là-bas, continua Baudry en frissonnant, et moi je me morfonds de froid... et d'amour... Car c'est bien de l'amour que j'ai pour cette mystérieuse inconnue!...

En disant ces mots, il se baissa subitement vers la terre et ramassa avec circonspection d'abord, puis avec empressement un objet gisant à ses pieds. C'était un manteau de velours vert clair brodé de jais et de passequilles miroitant à la lueur des étoiles.

— C'était sans doute à ce pauvre seigneur! dit philosophiquement Baudry en s'affublant sans façon de ce vêtement.

Et il se promena le long du petit sentier qu'il suivait, en lançant vers la lune les élégies les plus précieuses et les plus tendres.

Tout à coup il aperçut au loin vers le fond de la prairie, mais du côté de la rivière, et comme si elle sortait de l'une des nombreuses guinguettes d'où venaient les chants joyeux, la forme blanche d'une femme.

Cette femme marchait à pas lents et, regardant de côté et d'autre, semblait chercher quelque chose à terre.

Pierre ne songea pas un instant que c'était peut-être le cadavre enlevé si prestement par Catafago; un transport de délirante joie s'empara de ses sens et il frappa ses mains l'une contre l'autre, en manière d'action de grâces.

— C'est elle! s'écria Baudry en prenant son élan vers un gros buisson, d'où il espérait examiner cette femme avant de s'approcher d'elle.

Mais, soudain, comme il s'approchait du buisson, entre les branches duquel se trouvaient les mille roses de l'églantier mariées aux suaves corolles de l'aubépine, une ombre gigantesque se dressa devant lui menaçante et terrible.

Il n'eut le temps de faire un pas en arrière qu'une main s'éleva au-dessus de sa tête, armée d'un long poignard, et s'abaissa ensuite avec la rapidité de la foudre.

— Misérable! dit une voix sourde, tu n'en reviendras pas cette fois!

Baudry poussa un cri et tomba baigné dans son sang.

La femme qui était au loin s'arrêta, puis elle accourut.

L'assassin prit la fuite.

II. — LA FILLE DU SOLDAT.

C'était en effet chez maître Adamas, médecin de la Faculté, que Catafago était entré. Ce fut l'illustre professeur lui-même qui ouvrit la porte. Il n'eut pas de peine à reconnaître de quel fardeau était chargé le truand.

— Ah! fit-il avec un sourire, et en écarquillant les petits yeux ronds que la nature avait percés au fond d'orbites extraordinairement creux.

— Beau sujet! répondit Catafago tout en montant l'escalier qui se présentait sous son pied, en homme habitué aux êtres de la maison.

— Oui, reprit le médecin en tâtant dans l'obscurité le bras du cadavre qui pendait dans le dos de son porteur.

Et il suivit le sinistre bandit.

— Tu es chanceux, reprit-il tout en montant l'escalier; — si tu étais venu hier, tu ne m'aurais pas trouvé, j'arrive de voyage.

— Oh! je ne suis pas en peine, vous avez des confrères aussi curieux que vous.

— Parle plus bas!... Ma fille est à peine couchée.

Ils arrivèrent bientôt au premier étage, et le truand déposa le corps, non sans une certaine rudesse, sur une longue table de marbre placée à l'extrémité de la pièce où ils se trouvaient, et de manière à recevoir pendant le jour la lumière d'une fenêtre élevée de six pieds au-dessus du sol.

Cette pièce, le laboratoire du savant, offrait aux regards les traditionnelles curiosités dont la science fait sa parure de prédilection. — Squelettes d'hommes et d'animaux, bocaux remplis de mixtures aux couleurs indéfinissables, ou de cristaux aux primes métalliques, reptiles conservés, simples suspendus aux poutrelles, bouquins poudreux sur les tablettes, cornues, alambics, enfin tout le grimoire qui, pour les âmes candides, constitue l'œuvre infernale.

— Maître Adamas, reprit le truand en se hâtant, donnez-moi vite mes dix écus, car j'ai peur d'avoir été suivi par une mouche de M. le lieutenant criminel.

— Diable, mais si l'on t'a vu entrer ici!

— Non, j'en suis certain, et d'ailleurs vous me ferez sortir par la rue de la Harpe.

— Le fait est, ami Catafago, que nous jouons un jeu à nous faire pendre tous deux.

— Vous plutôt que moi encore, maître!

— Je contreviens aux ordonnances de police, c'est vrai, mais toi, tu es sacrilége!

— Eh! mon maître, ne voyez-vous pas que ce beau garçon n'a jamais été enterré en terre sainte?

— C'est vrai, il n'est pas mort de maladie. Les beaux habits!

— Je vous les laisse par-dessus le marché, car ils sont de ceux qu'on reconnaît facilement chez le fripier, il y aurait donc danger à les négocier. Vite, mes dix écus.

— Tu es bien cher, Catafago.

— Et vous êtes exigeant, mon maître : un sujet comme cela tous les huit jours, c'est beaucoup! on n'a pas souvent des occasions.

— Celui-là t'a coûté moins cher que s'il avait fallu le tirer du charnier ou de la tombe.

— Mais la qualité, sangbleu, la qualité, un homme superbe!

— Allons, tu es un brave garçon, et je ne te marchanderai pas, fit le docteur en fouillant à sa poche.

— Surtout ne manquez pas de brûler les habits.

Maître Adamas congédia Catafago qui, du reste, ne semblait pas se soucier beaucoup de perdre son temps dans cet antre de l'enfer.

La porte refermée sur le truand, le vieux médecin remonta dans son laboratoire en se frottant les mains. Il y avait longtemps qu'il ne s'était trouvé en présence d'un sujet d'aussi belle apparence.

Il s'approcha de la table et examina le visage du mort; puis, du visage, ses yeux se portèrent vers la partie du vêtement où se voyait le coup de couteau qui avait dû trancher ses jours.

— Beau garçon, dit-il, mais voilà un coup de couteau bien maladroitement donné. La blessure n'était pas mortelle, mais elle a peu saigné, et il doit y avoir épanchement intérieur... Voyons!...

Et il se mit à déboutonner le pourpoint, puis, écartant rapidement la chemise, il découvrit la poitrine du sujet. Ses hochements de tête indiquèrent de nouveau la confirmation de ses paroles précédentes, quant à la qualité de la blessure.

— Je suis convaincu, dit-il, que si j'avais eu ce garçon-là entre les mains quelques minutes après le coup fait, je lui sauvais la vie. Mais j'aurais manqué une occasion superbe d'étudier la mort violente... Catafago avait raison, foin des malades qui crèvent dans leur lit, cela n'apprend presque rien, ils sont désorganisés par les drogues de nos ignorants médecins... Otons d'abord toute cette défroque.

Et pour aller plus vite, le docteur saisit un scalpel au moyen duquel il se mit en devoir de couper les étoffes, lorsqu'il entendit frapper à la porte du laboratoire. Il écouta d'un air effaré; mais les coups se répétant aussitôt et avec une sorte d'impatience, il quitta la table et se rapprocha de la porte.

— Qui est là?... fit-il.

— Mon père, répondit une voix douce, vous ne dormez donc pas?

— Non, reprit le docteur d'un ton bourru.

— Mon Dieu, il n'y a pas une heure que vous êtes revenu de voyage et vous voici déjà au travail.

— Laisse moi.

— Mon père, j'ai absolument besoin de vous voir.

— Tu me verras demain.

— Il faut que je vous parle.

— Je n'ai pas le temps.

— Il le faut absolument, mon père, repartit la voix avec une sorte d'autorité.

— Eh bien, rentre dans ta chambre, je vais aller te trouver.

— Ne pouvez-vous pas m'ouvrir?

Et la jeune fille essayait d'ébranler la porte, fermée en dedans par un verrou, avec une persistance indiquant une force de volonté contre laquelle maître Adamas ne tint pas.

— Attends, dit-il, je vais t'ouvrir.

Et saisissant sur la table de marbre une grande toile verte, sans doute destinée à cet effet, il la jeta à la hâte sur le cadavre; puis, il prit la lampe et s'en fut la placer au fond de la pièce, de manière à laisser tout à fait dans l'obscurité cette partie sinistre de son laboratoire.

— Allons, entre, vilaine enfant, fit-il en ouvrant la porte et se hâtant de prendre sa fille par la main pour la conduire du côté de la lumière.

La jeune fille qui entra était à moitié vêtue et enveloppée dans une grande mante de laine : il était facile de deviner qu'elle avait été surprise au milieu des préparatifs de sa toilette de nuit.

Jeanne avait dix-huit ans, elle était blonde et blanche comme un lys, et ses grands yeux bleus recélaient une flamme douce et péné-

trante indiquant une prédisposition naturelle aux émotions contemplatives. En ce moment pourtant, son regard était voilé par la contraction violente de ses sourcils froncés, et ses mains et ses lèvres semblaient agitées d'un tremblement nerveux.

Le docteur n'aperçut pas le regard rapide qu'elle avait jeté en entrant sur la table de marbre.

— Qu'as-tu donc? demanda le docteur frappé de cette expression peu habituelle au doux visage de son enfant.

— Mon père, dit-elle, qui donc est venu vous voir tout à l'heure?

— Tout à l'heure?... fit le vieillard avec embarras.

— Oui, je vous ai entendu ouvrir, et quelqu'un au pas lourd a monté avec vous l'escalier.

— C'est vrai.

— Le visiteur était chargé d'un lourd fardeau et... mon père... mon père... je vous en prie, montrez-moi le visage de...

— Que veux-tu dire?...

— Je veux voir le visage de ce cadavre!... Et elle étendit son doigt dans la direction de la table de marbre en faisant un pas de ce côté.

Maître Adamas l'arrêta.

— Malheureuse!... fit-il.

— Mon père!...

— Qui t'a révélé ce fatal secret?...

— Marianne, qui depuis trente ans a surpris vos sacriléges travaux.

— Marianne a eu tort de t'entretenir de choses qui ne sont pas du domaine des cerveaux rétrécis. Il n'y a pas là sacrilége, et M. le cardinal de Richelieu, auprès de qui je viens de passer huit jours, à son domaine de Fleury, m'a absous. Il sait, le grand ministre, que l'on ne peut apprendre la vie que dans la mort.

— Mon père, répliqua Jeanne qui n'avait pas cessé de considérer l'endroit obscur où s'élevait la table, — je vous dis qu'il faut que je voie son visage.

— Pourquoi?

— Tenez, quand vous avez renvoyé votre sinistre pourvoyeur, je suis sortie de ma chambre, et sur le palier j'ai trouvé ceci.

Et la jeune fille montra au vieillard une aiguillette à laquelle pendait un bout de ruban violet.

— Eh bien! cela est tombé de mon pourpoint ou de celui du visiteur.

— Non, mon père, c'est un bijou de prix; cette aiguillette est d'or, elle ne peut appartenir qu'à un seigneur de la cour, et voilà pourquoi, je vous le répète, il faut que je voie le visage du mort qui est là...

Et s'arrachant à l'étreinte du vieillard, elle saisit la lampe, et se jetant vivement vers la table de marbre, elle écarta d'un mouvement empreint d'une extrême violence, et les yeux hagards d'épouvante et d'anxiété, la toile qui recouvrait le corps.

— Jeanne! s'écria le vieillard.

— Ah!... fit-elle en levant les yeux au ciel, et comme si sa poitrine était soulagée d'un poids immense.

Le docteur la considéra alors avec attention et, s'avançant lentement, lui prit la lampe des mains.

— Jeanne, dit-il, que pouvait t'importer le visage de ce seigneur?

— Rien, essaya de répondre tranquillement la jeune fille.

— Rien; tu ne le connais pas, alors?

— Non.

— Mais, continua le vieillard, tu connais quelqu'un dont les vêtements sont ornés, d'ordinaire, d'aiguillettes semblables à celle-ci.

— Non.

— Jeanne, tu ne me dis pas la vérité... Jeanne, tu ne m'as pas habitué à te voir mentir.

— C'est vrai, père, pardonnez-moi.

— Parle, mon enfant, ne crains pas d'ouvrir ton cœur à celui qui s'est si doucement habitué à t'appeler sa fille.

— C'est vrai, vous avez été bien bon pour la fille du pauvre soldat.

— Bérenger, ton père, venait de voir mourir sa femme... Oh! c'est une lugubre histoire, celle-là!... Il était au désespoir, et il lui fallait partir pour l'armée... J'étais son ami, je devins ton père.

— C'est l'honneur et la loyauté même!... fit Jeanne en joignant les mains et avec une sorte d'effroi.

— Il vient à Paris tous les ans, embrasser sa fille; et cela me fait songer que l'époque approche où il pourra quitter son régiment qui occupe nos frontières d'Espagne. Il peut nous tomber ici au moment où nous ne nous y attendrons pas... selon son habitude, ce cher Bérenger.

— Ah! c'est son arrivée prochaine qui m'épouvante!...

— Qu'y a-t-il donc?

— Il me tuera!... dit Jeanne d'une voix sombre.

— Parle...

— Eh bien, vous vous rappelez qu'il y a un an un homme, blessé en duel et désireux d'échapper aux espions du Cardinal, toujours avides de découvrir les gentilshommes qui transgressent les édits royaux, est venu frapper à votre porte et resta caché ici vingt jours, tout le temps que mit sa blessure à se cicatriser.

— Ce gentilhomme c'était le comte Henri de Chalais.

— Oui, mon père.

— Le plus joli garçon de la cour, — je gage qu'il t'a conté fleurette, dit le bonhomme en souriant.

— Oui... fit Jeanne en baissant la tête, rouge de confusion.

— Et tu l'as écouté? demanda le docteur dont la voix devint grave.

— Oui...

— Jeanne, dit le médecin en lui prenant la main et donnant à son visage une sévérité à laquelle la jeune fille n'était pas habituée, — Jeanne, je me rappelle que tu es restée souvent seule avec ce beau jeune homme... Jeanne, une fois guéri, serait-il revenu?...

— Souvent, répondit-elle en fondant en larmes.

— Malheureuse! fit le vieillard en la repoussant.

Mais tout à coup il lui reprit le poignet et, après un examen muet qui dura une seconde, il fit entendre un cri sourd, une sorte de gémissement, où il y avait autant de frayeur que de reproche.

— Ah! s'écria-t-il, le malheur est plus grand encore!...

— Que voulez-vous dire?...

— Va-t'en, misérable, sors de cette maison que tu déshonores!... Hâte-toi de fuir le châtiment que ton père sera en droit de tirer de ton infâme conduite.

— Grâce!... s'écria Jeanne en tombant à genoux.

Elle saisit les pans de la robe du médecin qui essayait de s'arracher à son étreinte, lorsque tout à coup deux coups frappés rudement à la porte de la rue retentirent dans toute la maison.

— Qu'est-ce que cela?... fit le docteur, qui devint subitement tremblant comme la feuille.

— C'est mon père, sans doute, il va me tuer! s'écria Jeanne en se levant; tant mieux, car la vie me pèse et me fait horreur!...

— Tu veux donc aussi qu'il tue ton enfant!...

— O ciel!... que dites-vous?...

— Chut! tais-toi!

— Je serais mère!... C'est donc cela que...

— Oui! s'écria le bon docteur en lui prenant la tête et la cachant dans sa poitrine pour étouffer ses cris, — veux-tu te taire!...

On frappa de nouveau à la porte de la rue.

Un grand silence se fit dans cette chambre à laquelle la présence du cadavre donnait un aspect sinistre, et le docteur sentit des larmes plein ses yeux.

— Mon Dieu! se dit-il, — si c'était en effet Bérenger!... La pauvre enfant serait perdue!...

— Il faut ouvrir cependant, dit Jeanne les yeux égarés et passant sa main tremblante sur son front.

— Va, reprit le docteur.

— Je n'ai pas la force, ajouta Jeanne.

— Allons ensemble.

Ils se levèrent et marchèrent vers la porte, se tenant tous deux embrassés et se soutenant mutuellement.

Mais en passant près de la table de marbre, Jeanne poussa tout à coup un cri horrible et essaya de se réfugier contre le vieillard, que ce cri avait fait reculer instinctivement.

Celui-ci regarda d'où pouvait provenir sa terreur.

Les doigts rigides de ce corps immobile avaient saisi le poignet délicat de la jeune fille et le serraient avec une force invincible.

Les coups frappés à la porte de la rue retentirent une troisième fois.

III. — L'ASSASSINÉ DU PRÉ AUX CLERCS.

Le docteur avait partagé un instant la frayeur de Jeanne; mais reconnaissant à quelle cause l'attribuer, il se hâta de desserrer les doigts de son sujet anatomique et de délivrer la pauvre fille de son étreinte.

— Bon! murmura-t-il, dix écus de perdus!

Et entraînant la jeune fille hors du laboratoire, il la poussa vers sa chambre, située sur le même palier.

— Rentre, dit-il.

Celle-ci se laissa faire et marcha ou plutôt se jeta du côté de la porte, comme si de vives et subites souffrances venaient de lui ôter ses forces.

Maître Adamas se précipita dans l'escalier sans songer qu'il était plongé dans l'obscurité et en criant à tue-tête qu'il allait ouvrir.

Il arriva tout essoufflé à la porte de la rue et l'ouvrit.

Les rayons de la lune éclairèrent un homme enveloppé d'un manteau, qui se tenait immobile, un pied sur le seuil.

— J'aurais attendu avec patience, maître, dit cet homme, j'avais vu de la lumière dans votre laboratoire.

Maître Adamas avait reculé d'un pas en considérant cet inconnu dont le chapeau, rabattu sur les yeux, ne laissait apercevoir qu'un nez offrant quelque ressemblance avec le bec redoutable de l'aigle, accompagné d'une grande et épaisse moustache noire. Il ne pouvait assurément mettre un nom sur ce demi-visage; mais le peu qu'il en voyait ne lui semblait pas tout à fait inconnu.

Il s'effaça donc pour laisser passer le visiteur qui, sans plus de façons et comme s'il connaissait admirablement la maison, se dirigeait d'un pas ferme, et malgré l'obscurité du logis, vers l'escalier.

— Par ici, monsieur! s'écria le docteur en l'arrêtant par son manteau.

— Soit, répondit l'homme.

Le vieillard le fit entrer dans une pièce située au rez-de-chaussée, qui se trouvait uniquement éclairée par la lune, et fit mine de se retirer ensuite.

— Où allez-vous donc, maître?

— Chercher de la lumière, répondit le docteur.

— Inutile; nous y verrons assez pour ce que j'ai à vous dire.

— Cependant...

— Vous désireriez savoir qui je suis, dit l'inconnu en s'asseyant.

— Ce n'est pas...

— Si, c'est pour cela; mais rassurez-vous, cher docteur, quand je vous aurai touché deux mots de ce qui m'amène, vous me reconnaîtrez tout de suite.

— Parlez, reprit le docteur en s'asseyant à son tour sur l'un des sièges rangés autour de la chambre.

— Maître Adamas, vous êtes un habile médecin, un très-savant praticien, un professeur ayant fait ses preuves, et M. le Cardinal vous considère comme le premier docteur de toutes les facultés.

— Ah! fit le vieillard tout en s'inclinant.

— Je vois que vous me reconnaissez à présent.

— Oui, monsieur le comte.

— Eh bien, M. le Cardinal m'envoie vers vous pour vous prier de vouloir bien passer au Louvre demain matin, vers dix heures.

— Je m'empresserai d'obéir aux ordres de Son Éminence.

— Bien, voici un point convenu : passons au second. Mais pour celui-ci, cher docteur, il faut que vous me prêtiez toute votre attention, et j'ajouterai même que ce ne sera pas assez, pour me bien comprendre, de toute l'intelligence que je vous connais.

— Dites, monsieur le comte, je suis, par état, exposé à beaucoup deviner.

— C'est qu'il s'agit précisément d'une espèce de divination, ou, pour mieux dire, d'une découverte à faire.

— Tant mieux.

— Oui, nous savons que vous êtes un chercheur enthousiaste.

— La médecine, monsieur le comte, a des ressources sans bornes, et ses travaux causent des joies infinies.

— Je viens au fait. MM. Bouvard et Chicot, qui sont, comme vous savez, les médecins ordinaires de Leurs Majestés, se trouvent en ce moment divisés sur une question médicale de la plus haute importance. Ils prétendent découvrir, sur la simple inspection, au simple toucher du pouls d'une malade, le degré et les périodes de la grossesse.

— Rien de plus simple en effet.

— Vous aussi, monsieur!

— Certes, et pas plus tard que tout à l'heure, j'ai reconnu...

— Vous avez reconnu...

— Une malade que j'ai visitée... fit le docteur avec embarras et bénissant l'obscurité qui cachait la rougeur de son visage.

— A peine arrivé de voyage?

— Le hasard... mais continuez.

— Il est évident que c'est là une chose avérée : vous reconnaissez, vous autres médecins, qu'une femme est grosse en lui tâtant le pouls mais de là à indiquer le jour de sa délivrance...

— Quant à moi, je pourrais en répondre.

— En vérité!

— Oui! fit le docteur avec la conviction de l'homme sûr de son savoir.

— Écoutez-moi bien, cher docteur. Si je vous ai dit tout ceci, c'est parce que M. le Cardinal a besoin des lumières spéciales, reconnues universelles, d'un homme de votre valeur; car, admirez les contradictions humaines, la malade dont il s'agit est réellement bien grosse, — et pourtant MM. Bouvard et Chicot prétendent que non.

— Oh! dit le docteur ébranlé s'ils ont prononcé...

— Je vous dis qu'il y a certitude, non pas de moi, et encore moins de M. le Cardinal qui m'envoie, mais de la part de la dame,

— Et... son mari?...

— Son mari partage la même espérance, pardieu!

— Eh bien, monsieur le comte, je serai fidèle au rendez-vous que vous voulez bien m'indiquer pour demain matin.

— Ah! dit l'inconnu en se levant, c'est à merveille, — et M. le Cardinal m'a chargé d'une mission qui vous concerne.

— Laquelle?

— Celle de vous remettre ceci.

Et il plaça dans les mains du médecin un sac de velours dont le poids les fit fléchir et dont le contenu rendit un son tout particulier.

— Qu'est-ce que cela? fit-il d'une voix annonçant un étonnement extrême.

— C'est le prix de la consultation.

— Mais, fit maître Adamas suffoqué, et en se levant, c'est de l'or!

— Sans doute.

— Il y a là une somme considérable!

— Oui, un millier de pistoles.

— Mille pistoles pour un simple avis!

— Son Éminence est généreuse, et... le mari de la dame encore plus.

— Mais alors, si pareille somme est acquise à une consultation, que serait-ce donc...

— Si vous étiez chargé d'assister la malade?. Eh bien! mais ce serait au moins dix fois autant.

— Miséricorde!... fit maître Adamas d'une voix tremblante, et qui fut forcé de se rasseoir.

— Qu'avez-vous donc?

— Monsieur le comte, reprenez cet or, je vous en supplie.

— Pourquoi?

— Je ne puis me charger... Je me rappelle que demain, précisément...

— Allons donc! quel est le moribond assez riche pour entrer en parallèle avec la cliente que je vous propose?

— Ah!... fit le docteur d'une voix étranglée, vous voulez ma mort, monsieur le comte.

— Non pas, — ou vous ne m'avez pas compris.

— Que trop! que trop!... fit le bonhomme en levant les bras au ciel et gardant ses deux mains croisées au-dessus de son crâne dégarni de cheveux, vous voulez, je le vois bien, vous voulez...

— C'est à dire que c'est M. le Cardinal, qui veut.

— Oui, Son Éminence veut me déshonorer.

— Homme pusillanime!

— Son Éminence m'a touché quelques mots de cela à Fleury, d'où j'arrive, — mais comme je ne comprenais pas... je comprends trop bien à présent!

— Voyons, maître, ce que vous comprenez? car, en fait de choses de médecine il est essentiel de bien s'entendre. Une erreur a parfois de funestes conséquences.

— Monsieur le comte, je n'oserai jamais... au fait, une erreur, comme vous dites, a parfois de si funestes conséquences!...

— Eh bien! maître, vous acceptez?

— Je refuse.

— Prenez garde, Son Éminence n'est pas habituée à rencontrer des contradicteurs.

— Il paraît cependant que MM. Bouvard et Chicot ont osé la contredire.

— C'est vrai, mais ces messieurs n'ont probablement pas la science que vous possédez; ou, du moins, leurs investigations à ce sujet et leurs études sont-elles insuffisantes et imparfaites.

— Le médecin, eût-il deux cents années d'étude devant lui, n'apprendra jamais que la millième partie de ce qu'il doit savoir.

— D'accord, mais tous les médecins ne sont pas aussi zélés que maître Adamas. Il n'y en a pas beaucoup qui, à cette heure de nuit, reçoivent des visites comme celle qui a précédé la mienne...

— Ah! s'écria le docteur.

— Il en est peu qui osent contrevenir aux ordonnances du roi comme fait maître Adamas.

— Monsieur le comte...

— Car enfin, maître, quelle contenance feriez-vous devant une nuée d'archers qui, tout à coup, s'abattrait sur votre demeure et se livrerait dans votre laboratoire à des perquisitions...

— Grâce!...

— Il y va pour vous de la corde et du bûcher, monsieur le savant, car non-seulement vous seriez livré au bras séculier pour contravention aux ordonnances, mais encore à la justice ecclésiastique pour sacrilège.

— Monsieur le comte, monsieur le comte...

— Allons, vous viendrez demain au Louvre?

— Oui, monseigneur.

— Vous déclarerez à voix haute, et avec la certitude que vous donnent votre position et vos connaissances, que la... dame en question est, pour le moins, dans son septième mois de grossesse?...

— Oui, monseigneur, répondit le docteur d'une voix faible.

— Quelle qu'elle soit?

— Oui, monseigneur.

— Bien : je vous quitte alors, et vais donner l'ordre à la nuée d'archers dont je vous parlais tout à l'heure de se disperser aux environs jusqu'à demain soir.

— Pourquoi demain soir, monseigneur?... fit le pauvre docteur avec angoisse.

— Afin de voir ce qui se passera chez vous jusque-là. Allons, à demain, bonsoir.

— Monsieur le comte... fit le docteur essayant de le retenir par son manteau.

— Bonsoir.

L'inconnu ouvrit la porte de la chambre, marcha résolûment vers celle de la rue qu'il ouvrit également et laissa le docteur en proie aux plus vives appréhensions.

— Maudit Catafago! murmurait-il, il avait bien besoin de venir ce soir! ...mais le Cardinal est bien homme à trouver d'autres moyens de me forcer à faire sa volonté.

Et le pauvre homme voyait se dresser devant ses yeux épouvantés les sombres et hautes tours de la Bastille.

— Ce pauvre diable de là-haut a bougé! s'écria-t-il tout à coup en se frappant le front, il n'est pas mort peut-être!...

Et il gravit quatre à quatre, avec tout l'empressement que lui laissait son âge, les marches de son escalier.

La porte du laboratoire était ouverte, et à la lueur de la lampe, il aperçut Jeanne couchée contre le mur du palier, les yeux hagards, la tête inclinée sur son épaule, et comme si toutes ses forces étaient brisées.

— Ma pauvre enfant! exclama-t-il avec effroi, qu'as-tu donc?

— Je me meurs...

— Mais où donc est cette damnée Marianne! s'écria-t-il à pleine voix. Marianne! Marianne!

— Je l'entends... dit Jeanne, elle va descendre... mais ce pauvre jeune homme qui est là... allez vite, si vous pouvez le sauver!

— Mais toi...

— Oh! moi, j'ai le temps d'attendre.

La vieille servante descendit, en effet, l'escalier de l'étage supérieur comme maître Adamas pénétrait dans son laboratoire.

Ses pressentiments ne l'avaient pas trompé : le corps de la table de marbre avait visiblement changé de place; le savant se hâta de lui faire respirer un flacon d'où s'échappèrent quelques vapeurs blanchâtres.

En même temps, découvrant la blessure, il y introduisit ses doigts avec l'assurance presque brutale du praticien consommé. Le sang, coagulé jusque-là autour des lèvres, se remit à couler et le malade poussa un gémissement suivi d'un cri presque formidable.

— Il a bons poumons!... fit le médecin avec un sourire annonçant que la curiosité du savant avait repris tout son empire et qu'en ce moment la recherche du problème de la vie l'absorbait au point de lui faire oublier l'univers.

En effet, le jeune homme poussa un second cri de douleur; puis, il s'agita sur la table, souleva sa tête et ouvrit les yeux.

— Chut! ne parlez pas!

Le blessé regarda de tous côtés, essayant de rappeler ses souvenirs et de fixer sa pensée sur les choses qui l'entouraient, et à chaque instant ses yeux étaient ramenés vers Adamas; lui adressant des interrogations muettes et éloquentes.

— Ah çà, dit le docteur, il paraît, mon jeune ami, que vous n'avez pas envie de mourir?

— Qui êtes-vous?

— Un médecin, animé, depuis quelque temps, des meilleures intentions à votre égard.

— Comment suis-je ici?

— Des personnes charitables sans doute vous y ont apporté, répondit Adamas en rougissant jusqu'au blanc des yeux.

— C'était au Pré aux Clercs.

— Quelque duel?

— Non.

— Un assassinat, alors?

— Ah! je me rappelle, oui, un homme de haute taille s'est présenté tout à coup devant moi, à dix pas de la porte de la Tourangelle, et avant que j'eusse eu seulement le temps de me mettre en garde, je suis tombé.

Et en disant ces mots il considéra avec stupeur ses vêtements maculés de sang ou horriblement frippés par la lutte.

— Je ne serai plus présentable! dit-il avec un soupir; autant me laisser crever comme un chien.

— Bah! qu'est-ce que des habits à côté de sa peau! dit le docteur.

— Vous ne savez pas...

— Je sais que vous avez... une fort jolie blessure; mon ami, et qui, si elle n'est pas mortelle, n'en va guère mieux. Savez-vous qui vous a frappé?

— Non.

— Vous êtes joli garçon, c'est quelque mari jaloux.

— Un mari; oh! bon.

— Une maîtresse trahie qui aura commandé le crime.

— Je n'ai pas de maîtresse, mais... je le crois; ce doit être une femme qui aura ordonné de frapper.

— Et vous la connaissez?

— Oui... reprit le jeune homme en fronçant les sourcils et sans pouvoir retenir un soupir.

— Et vous vous vengerez?

— Peut-être.

Le docteur, pendant ce temps, avait placé de la charpie et des bandes sur la blessure du jeune homme, non sans remarquer que celui-ci faisait tout son possible pour préserver ses vêtements de toute nouvelle tache de sang.

— Grâce au ciel! dit le docteur, je vois que tout ira bien.

— Tant pis.

— Vous avez donc assez de la vie?

— Oui.

— Jeune, riche, beau, noble, c'est étrange!

Le blessé le regarda avec étonnement et un sourire amer crispa ses lèvres. Il semblait qu'un fatal secret, secret d'amour sans doute, fût au fond de cette douleur; et, par état autant peut-être que par insouciance, le docteur ne crut pas devoir pousser plus avant ses questions. Mais ce fut le jeune homme qui alla au-devant d'elles et le fit tomber d'étonnements en étonnements.

— Ces habits vous ont trompé, monsieur, comme j'espérais qu'ils tromperaient... quelqu'un; mais je ne suis ni riche, ni noble, ce dont j'enrage, morbleu! car sans l'or, sans la noblesse, on n'est rien, rien!... Ah! malédiction sur moi, et sur Dieu qui m'a fait naître pauvre et humble!

— Qui êtes-vous donc?

— J'ai l'habit d'un noble seigneur de la cour, mais je ne suis qu'un simple ouvrier.

— Un ouvrier, vous!

— Oui, Robert, ouvrier armurier, voilà tout. Vous voyez bien qu'il vaudrait autant me laisser mourir, — vous n'auriez pas, du moins, la mauvaise chance de voir votre malade dans l'impossibilité de vous payer de vos soins.

— Jeune homme, je suis assez riche, moi, pour me payer le plaisir de vous guérir malgré vous, et je vous guérirai, je vous en donne ma parole d'honneur.

Comme il disait ces mots, des cris déchirants retentirent dans toute la maison.

— O ciel!... s'écria le docteur dont les jambes se dérobèrent.

— Qu'est-ce que cela, monsieur?... demanda le jeune homme en

se levant sur son séant et mettant aussitôt ses deux pieds à terre, prêt à voler au secours de la personne en détresse, bien que ses forces lui refusassent la faculté de tout autre mouvement.

Maître Adamas ne répondit pas et, se précipitant hors du laboratoire, se dirigea en toute hâte vers la chambre de Jeanne.

— Monsieur, fit la vieille servante accourant vers lui, — si vous saviez...

— Eh bien!

— Mademoiselle... oh! je n'oserai jamais vous dire...

— Eh! je sais tout, malheureuse!... O mon Dieu! s'écria le vieillard en entrant dans la chambre et marchant vers le lit où Jeanne était couchée. — est-ce que le moment serait venu où l'opprobre serait attesté à la face du ciel et des hommes!...

— Mon père!... dit Jeanne en l'apercevant.

— Jeanne, ma pauvre Jeanne!

— Ah! vous aviez raison, mon bon docteur, dit la jeune fille en fondant en larmes; le vieux soldat loyal, le compagnon du roi Henri, le père à l'honneur sans tache, peut arriver, et je ne pourrai même plus nier.

— Il serait vrai!

— Oui; il pourra me tuer s'il veut.

— O ciel, tais-toi!...

— Mais du moins; promettez-le-moi, mon père, jurez-le-moi, il ne sera rien fait à mon enfant...

Le docteur tomba agenouillé auprès du lit de Jeanne, — le dur praticien était et se sentait à bout de forces et de courage.

IV. — COMPLOTS D'AMOUR ET DE VENGEANCE.

Le Pré aux Clercs ne s'étendait plus, à cette époque, sur les immenses terrains qu'il occupait au moyen âge. Les désordres de la Basoche et les envahissements fréquents des abbayes voisines et de l'Université avaient fortement contribué à le restreindre: en 1625, le Pré aux Clercs commençait un peu avant la rue des Saints-Pères et allait jusqu'à la rue du Bac, du côté de la Seine. Il s'ébouriffait ensuite au loin, s'élargissant en éventail, sur un espace considérable.

C'était une espèce de parc, dont les bois de Boulogne et de Vincennes, avant leurs modernes transformations, pouvaient donner une idée assez satisfaisante; il y avait de hautes futaies, des charmilles touffues, des ombrages impénétrables, des prairies courant le long des ruisseaux murmurants, et toute cette verdure, luxuriante et fleurie, offrait la plus ravissante des promenades.

Seulement, il faut le dire, la grande quantité de guinguettes et de maisons de plaisirs qui s'y étaient élevées successivement, en avaient à peu près banni les gens sérieux et tranquilles. Les étudiants, les grisettes, les beaux seigneurs, les belles courtisanes, toute la jeunesse tapageuse, ardente et folle, s'y donnaient constamment rendez-vous. On disait même, avec assez de raison, que certaines grandes dames se risquaient dans ces parages avec plus de fougue que de prudence, et il n'était pas de jour où quelque nouvelle aventure ne vînt s'ajouter aux galantes, mystérieuses ou criminelles légendes du lieu.

Dans l'une des plus charmantes situations du Pré aux Clercs, au milieu d'une véritable oasis, et presque entièrement cachée par les arbres dont la pousse avait été savamment dirigée, s'élevait une guinguette fameuse.

On la nommait la Guirlande d'amour.

L'enseigne était parlante: elle représentait un nombre infini d'amours joufflus, assez bien peints, voletant et tourbillonnant autour d'un écusson de gueules, sur lequel resplendissaient en lettres d'or ces mots significatifs: — Noces et festins.

La maison était tenue par une belle veuve, d'humeur enjouée et même un peu galante, disait-on, et qu'on appelait la Tourangelle.

La Guirlande d'amour, ce nom modeste, presque anodin, était pourtant la terreur des familles de Paris, jeunes filles promises ou fiancées, mères attentives, enfin de toutes les personnes, à quelques conditions qu'elles appartinssent, qui pouvaient avoir à trembler pour la vertu ou le repos d'un jeune homme aimé.

Ce soir-là, il y avait nombreuse réunion à la Guirlande d'amour.

Sous un bosquet placé à l'entrée, et par conséquent peu soucieux du mystère, quatre jeunes gens, écoliers vraisemblablement, vidaient, avec la lenteur calculée de gens peu pressés, des grands verres de vin épicé à la glace qui leur avaient été servis; et à chaque instant, à tour de rôle, l'un d'eux se levait pour aller se camper sur la porte, essayant d'apercevoir au loin l'ombre atten-

Le truand frappa doucement à l'huis, qui tourna sur ses gonds. (P. 3.)

duc de quelque compagnon ou d'une jolie fille en quête d'aventures. Parfois ils se rapprochaient des autres bosquets, d'où partaient des éclats de rire ou des échos de chansons bachiques; et
toujours ils revenaient vers les autres, en témoignant de l'insuccès
de leurs observations.

— Rien! dit l'un d'eux en se rasseyant.

— Elle n'aura pas osé, fit un autre en éclatant de rire.

— C'était jouer gros jeu; avec un garçon sérieux comme Pierre,
la belle eût pu passer un mauvais moment.

— Écoutez... dit le quatrième.

A quelques pas de la charmille et de la *Guirlande d'amour* résonnaient les sons étouffés d'une mandoline.

— Qu'est-ce que cela?

— Je gage que c'est la Forfala, dit l'un des jeunes gens qui n'a-
vait pas plus de quinze ans.

— La fille bohème de la montagne Sainte-Geneviève?

— Oui.

— Alors l'espèce d'animal qui a nom Catafago ne doit pas être
loin.

— Est-il possible qu'une aussi belle fille soit la maîtresse de ce
drôle! exclama le jeune garçon.

— L'amour est aveugle. On dit qu'elle l'aime à la fureur.

— C'est impossible!

— Ami Robin, quand tu connaîtras mieux les femmes...

— Ce qui ne l'empêche pas d'écouter les galants propos de tout
ce qui est jeune et hardi, ajouta un autre.

— C'est en effet une justice à rendre à la Forfala : elle est sourde
à l'amour des vieillards, auraient-ils un boisseau de pistoles à répandre à ses pieds.

— Ah! messieurs, l'amour s'en va!

— Mesdemoiselles Marion Delorme et Ninon de Lenclos mènent
grand train, elles ont laquais, carrosses, hôtel à la place Royale,—
et la Forfala n'a pas toujours de quoi souper.

— La Forfala est plus jolie qu'elles! dit celui qu'on avait appelé
Robin.

— Chut, ces choses-là ne se disent pas tout haut.

— Pourquoi?

— Parce que Marion et mademoiselle Ninon de Lenclos sont, je
crois, dans un bosquet, quelque part par là, et qu'elles ont la
mode et l'engouement de leur côté. Ce qui pourrait bien nous attirer un mauvais parti, car elles ont de fanatiques adorateurs.

— Bah! je me ferais bien tuer pour la Forfala! dit le petit Robin
avec enthousiasme.

— Messieurs, une idée! dit l'un des jeunes gens.

— Parle, Bruniquel, tu en as parfois de bonnes.

— Je fais venir la Forfala...

— Et après?...

— Je lui fais jouer l'emploi de Perrine qui nous manque de parole.

— Adopté! répondirent en chœur les trois autres.

Les sons de la mandoline s'étaient rapprochés, et, peu d'instants
après la motion qui venait d'être exprimée, une apparition se produisit à l'ouverture du bosquet, à laquelle le clair de lune prêtait
des proportions pleines d'étrangeté.

C'était une femme assez grande, au visage basané, dont les cheveux tordus en longues tresses étaient mélangés de passementerie
et de grains de corail. Elle était vêtue d'une robe écarlate, sur laquelle drapait un grand manteau gris, cachant sa taille, et de ses
deux bras nus, au galbe pur comme l'antique, elle jouait d'une
mandoline incrustée d'ivoire.

Paris. — Typ. Rouge.

Un homme ensanglanté se précipita dans la salle. (P. 12.)

— Voulez-vous une séguedille de Murcie, seigneurs ? demanda-t-elle d'une voix harmonieusement timbrée.

— Oui, Forfala, répondit l'un des jeunes gens, mais auparavant, ma belle, il faut t'asseoir ici et écouter une autre chanson.

— Je veux bien, répondit la belle fille en s'asseyant avec indifférence sur les genoux de l'un des écoliers.

— Forfala, reprit celui qui avait commencé, nous ne sommes pas riches, tu le sais, mais il s'agit d'une bonne action à faire.

— Catafago, mon amant, m'a toujours dit que cette denrée-là devait se payer quatre fois plus cher qu'une mauvaise.

— Catafago est une brute qui finira par se brouiller un beau jour avec le Châtelet, et qui te laissera bien embarrassée.

— Moi, fit la belle fille avec un suprême dédain, le jour où je le voudrai bien, j'aurai des laquais, des carrosses et un hôtel sur la place Royale, comme de belles dames que je connais.

— Et qui ne vous vont pas à la cheville ! s'écria Robin en se levant avec enthousiasme et s'avançant vers elle.

— Qu'attendez-vous de moi ? dit la bohémienne en l'arrêtant d'un geste de reine.

— Je te l'ai dit, une bonne action.

— Hâtez-vous, alors, car demain il ne serait peut-être plus temps.

— Demain ?... firent les écoliers avec surprise.

— Oui, car demain peut-être je n'aurai plus le droit de faire à ma volonté, et serai-je capable de n'aimer plus qu'une chose.

— Laquelle ?

— L'or.

— Et qui te ravira ce droit, Forfala, le plus bel apanage de toute créature humaine, celui de vouloir ?

— C'est un secret, répondit la bohème en se levant et en ramenant autour d'elle les plis de son large manteau.

Elle resta ainsi debout, attendant, et dans une attitude sculpturale.

— Connais-tu Pierre Baudry, un écolier comme nous ?

— Oui, il demeure ici, et la Tourangelle l'aime follement, au point de vouloir l'épouser.

— C'est cela.

— Il paraît alors qu'elle perd son temps.

— La Tourangelle est belle, mais Pierre Baudry, qui est honnête, ne donnerait jamais sa main à une femme qui a été assez décriée en tout temps.

— La réputation tient à si peu de chose ! répliqua la bohémienne avec mépris.

— Eh bien, si tu veux jouer avec Pierre la comédie de l'amour, nous viderons nos poches dans ton giron chaque fois que nous te rencontrerons d'ici à un an.

— Forfala, ne faites pas cela ! dit Robin avec indignation.

— Petit, dit Bruniquel, si tu interromps, on t'expulse de céans.

— Je ne vous comprends pas... dit la bohémienne.

— Ecoute bien. Pierre Baudry est un loyal et brave garçon, qui a été reçu avocat il y a un an, malgré son âge, car c'est un rude travailleur ; eh bien ! depuis ce temps, il n'a pas mis le nez dans un livre, il n'a pas fait ses débuts au Palais, et il menace très-sérieusement de trépasser, si nous autres, ses amis, ne venons à son aide.

— Comment ?

— Il est amoureux d'une inconnue, une femme qu'il a vue ici, au Pré aux Clercs, un soir de fête ; il a causé avec elle ; sous le masque, elle lui a dit qu'elle reviendrait, et depuis un an il vient l'attendre ici chaque soir, au bord du ruisseau qui coule là-bas.

— Tiens, regarde à travers le feuillage, et dis-moi si tu n'aperçois pas une ombre au clair de lune.

— Il y a quelqu'un, en effet, là-bas.

— C'est Pierre, sûrement.

— Le pauvre jeune homme!... fit la bohémienne d'un air de profonde commisération. Il aime, et vous voulez le tromper. C'est pourtant chose bien respectable, l'amour!...

— Allons, va... dit Bruniquel en la poussant vers la prairie.

La Forfala s'éloigna à pas lents, suivie par Robin qui était sorti du bosquet sans avoir été aperçu de ses camarades.

Pendant que ce petit complot se tramait, une femme était assise à vingt pas de là, auprès de la fenêtre d'un pavillon dépendant de la *Guirlande d'amour*.

Cette femme avait un masque sur le visage.

Son front penché, ses deux mains jointes et étendues sur ses genoux, l'immobilité de son attitude, troublée seulement par les soulèvements tumultueux de sa poitrine, dont une large cape de fine laine aux plis innombrables ne pouvait cacher les riches perfections, tout en elle accusait de profondes et poignantes réflexions.

Bientôt, elle releva la tête en entendant marcher dans la direction du pavillon, et elle se leva avec empressement pour aller ouvrir.

Un homme de haute taille se présenta devant le petit perron et le franchit d'une enjambée. Son visage était empreint d'une joie farouche.

— Eh bien! Cambremer? demanda la dame.

— Eh bien! madame, il est mort.

— Tu l'as frappé?

— Tenez, dit l'homme en montrant un large couteau catalan dont la lame sinistre était teinte d'une couleur qui ne laissait aucun doute.

— Ah!... fit la dame en respirant avec une sorte de volupté sauvage et en retournant s'asseoir auprès de la fenêtre.

L'homme la suivit et se plaça devant elle.

— Tu veux ton salaire? dit-elle en cherchant dans sa poche.

— Non, vous savez bien ce que je veux.

— Encore?...

— Toujours, madame.

— Ecoute!... s'écria la dame avec un accent terrible de stupéfaction et de terreur, et en tendant son oreille vers les jardins.

— Qu'y a-t-il?

— N'entends-tu pas cette voix?

— Quelle voix?

— Là, là, dit la dame en désignant une partie vivement éclairée de la *Guirlande d'amour*.

— J'entends les voix et les gais propos de jeunes seigneurs qui, je le sais, sont là en partie de plaisir avec mesdames Ninon de Lenclos et Marion Delorme.

— Ils quittent le bosquet et vont passer devant ce pavillon... dit la dame en se précipitant vers la bougie qui brûlait sur une table et en soufflant rapidement sur la lumière.

— Ah çà, qu'avez-vous donc, madame? demanda Cambremer.

— Tais-toi.

Elle se rapprocha de la fenêtre et se pencha vers le jardin, ardente, le cœur bondissant, comme une louve guettant sa proie.

En effet, la joyeuse compagnie dont avait parlé Cambremer passa lentement sous la fenêtre, et chacun de ces jeunes seigneurs qui la composaient avait à son bras une de ces brillantes courtisanes qu'ont illustrées les galantes légendes de cette époque.

— Cambremer, reprit la dame à voix basse, mais avec un accent qui pénétra dans l'oreille de son auditeur comme si elle eût eu l'éclat de la trompette, — tu vois, là, là, ce jeune homme qui est en costume d'écolier...

— Eh bien?

— C'est sa voix, je ne m'y trompe pas, moi! et puis... oui, la lune vient d'éclairer son visage, c'est lui, lui, celui que tu crois avoir tué!...

— Pourtant, madame...

— Je te dis que c'est lui, — le costume t'aura trompé, — car cet écolier, c'est celui que tu as juré de frapper, c'est le comte de Chalais.

L'homme à la haute taille ne répondit rien, mais il s'élança aussitôt hors du pavillon.

La dame masquée le suivit à pas lents.

— Henri, Henri... murmurait-elle, plutôt mort pour toutes qu'indifférent pour moi!...

V. — LES AMOURS DE M. DE CHALAIS.

C'était, en effet, une brillante réunion, celle que l'inconnue masquée venait de voir sortir de la *Guirlande d'amour*. Il y avait là la fleur des pois des raffinés de la cour et de ce monde interlope qui a toujours tenu en France le haut du pavé.

C'est dire que la conversation était loin d'être grave et réservée. Le comte de Chalais et ses nombreuses amours était en ce moment sur le tapis.

— Voyons, dit Pontgibaut, tu ne nous feras pas accroire, toi que l'on connaît, toi qui depuis tes débuts à la cour as marqué chacun de tes jours par une nouvelle conquête, toi enfin qui as su fixer la belle des belles, madame de Chevreuse...

— Chut, Pontgibaut, pas de noms propres ici, je t'en prie.

— Enfin tu ne nous feras pas accroire que tu es resté vingt jours enfermé, caché chez maître Adamas, sans avoir été frappé de la beauté de la jeune fille qui habite avec lui.

— On la dit belle à miracle, ajouta l'une des dames.

— Marion, vous n'en croyez rien, répliqua Chalais, il n'y a sous le ciel qu'un miracle de beauté, et c'est vous.

— Approuvé, dit Ninon de Lenclos, qui, on le sait, n'était nullement jalouse et avait l'âme aussi belle que le visage.

— Voyons, Chalais, qu'as-tu à répondre à l'attaque de Pontgibaut? dit Hocquincourt.

— Rien, sinon qu'il se trompe. Je suis resté chez Adamas pour me faire soigner de ma blessure, et je n'ai pas vu trois fois sa fille.

— Je te croyais comme César, et je t'ai vu réussir en une heure.

— Auprès de qui? demanda insolemment le comte.

— Auprès de moi, vive Dieu! s'écria Marion en lui envoyant un baiser du bout des doigts.

— Et quant à moi, dit à son tour Ninon, je l'ai aimé avant d'avoir seulement aperçu le bout de sa moustache.

Un gros soupir suivit cette déclaration.

Tout le monde se tourna vers celui qui l'avait poussé. C'était M. de Montchenu, un gentilhomme gros, gras et bête, selon l'opinion générale, et qui n'avait pas la réputation d'être heureux en amours.

— Cela vient, mesdames, dit Hocquincourt, de ce que vous êtes toutes deux encore très-jeunes. Vous ne parlerez pas ainsi, et vous agirez encore moins de la sorte, dans seulement quatre ou cinq ans d'ici.

— Cinq ans! mais c'est l'éternité!

— Je serai vieille et laide, s'écria Ninon.

— Vous, Ninon, vous aurez encore des amants à cent ans, dit Chalais.

— Moi, je m'inscris d'avance! dit M. de Montchenu.

— Merci! fit Ninon, j'aimerais mieux me retirer dans un couvent.

— De moines? demanda Chalais, qui, évidemment, voulait détourner la conversation.

— Toujours est-il, reprit Pontgibaut, que la jolie fille dont je parlais a résisté à Chalais.

— Mais s'il n'y a pas eu attaque? repartit Marion.

— Je sais ce que je dis.

— Monsieur, dit Chalais, je vous prie de ne pas insister sur ce point.

— Tu te fâches?...

— Non, mais Jeanne Béranger est une honnête personne, et je te prie de ne point t'occuper d'elle.

— Soit, dit Pontgibaut qui regarda en souriant l'un des autres jeunes seigneurs.

— Ah! reprit Ninon, il paraît que Louvigny en sait beaucoup sur le compte de la demoiselle, car il a souri d'une manière qui n'appartient qu'à lui.

Celui dont parlait la jolie courtisane était un beau jeune homme de trente ans, au regard sombre et au front bas, quoique ce front, sur lequel des rides horizontales avaient creusé leurs plis profonds, fût déjà légèrement dégarni de cheveux.

— Parlez, Louvigny, s'écria Marion qui l'avait à son côté, dites ce que vous savez.

— Que voulez-vous que je vous apprenne de nouveau. Chalais a passé vingt jours chez le docteur, il a vu trois fois mademoiselle Jeanne Béranger, mais il ne lui a pas touché le bout du doigt, — seulement...

A cette réticence, Chalais releva la tête et regarda Louvigny d'un air plein de fierté et d'arrogance.

— Acheve, Louvigny, dit-il, on n'est jamais trahi que par ses amis.

— Seulement, continua l'autre, il y a dix à parier contre un que s'il n'a pas réussi auprès de l'infante, c'est qu'un autre était plus heureux.

Chalais rougit extraordinairement.

— C'est bien possible, dit-il en se remettant aussitôt.

— Mais qui vous a fait croire cela, demanda Marion, c'est grave ce que vous dites là, Louvigny. Je connais beaucoup maître Adamas, c'est un brave homme, très-habile, très-discret, très-instruit, et je serais désolée qu'il arrivât malheur à une enfant qu'il regarde comme sa fille.

— Bah! la nature parle, et niaise est celle qui fait là la sourde oreille.

— Sang-Dieu, monsieur, reprit Chalais à son tour, j'ai des obligations à maître Adamas et je ferai un mauvais parti à qui prétendrait...

— Qu'un beau jeune homme s'est introduit discrètement dans sa maison, la nuit! dit Pontgibaut; quel mal y a-t-il à cela?

— Au fait, c'est vrai, reprit Chalais en éclatant de rire, de quoi vais je me mêler!

— Et puis, d'ailleurs, quand ce serait toi, il n'y aurait pas à s'en préoccuper beaucoup; car je suppose que tu ne songerais guère à épouser la petite.

Chalais ne répondit pas; mais il haussa les épaules d'un air significatif.

— Une fille de rien, continua Louvigny.

— Prenez garde, messieurs, répliqua Marion, il n'y a pas de filles de rien. La femme a droit à toutes les positions, comme elle a droit à tous les hommages. Ce ne serait pas se mésallier qu'épouser la fille d'un brave soldat comme le vieux Béranger. Les femmes seules se mésallient quand elles regardent au-dessous d'elles.

— Bravo, Marion! dirent les jeunes gens.

— M. de Chalais est l'homme le plus léger que j'aie jamais rencontré, reprit Ninon; aussi suis-je d'avis que nous allons le laisser tranquille sur le compte de mademoiselle Béranger, à condition qu'il nous dira pour quelle cause il a jugé à propos de se vêtir ce soir en écolier, ou tout au moins comme un artisan endimanché.

— Oh! sur ce point, dit Chalais, rien de plus facile.

— Prenez garde, Chalais, fit Marion avec un grand sérieux, ce sont souvent les choses jugées d'abord les moins importantes qui souvent ont le plus d'action sur la vie.

— Bah!

— Madame de Chevreuse vous l'a déjà dit une fois, m'a répété quelqu'un qui vous connait bien, et dans une circonstance que vous n'avez pas dû oublier.

— Laquelle? demanda étourdiment Chalais.

— Celle où vous lui avez dit que vous l'aimiez.

— Ce jour-là j'étais sincère.

— Et depuis?

— Depuis... ma foi, depuis... j'ai des yeux!

— Madame de Chevreuse vous aime encore avec passion, Chalais, je m'y connais, moi, et si vous n'avez eu qu'un caprice pour elle, prenez garde.

— Vrai, Marion, vous extravaguez ce soir.

— L'histoire de l'habit! réclama Hocquincourt.

— Chose des plus simples, mesdames, comme je disais. Aujourd'hui à quatre heures, j'allais sortir, lorsque mon valet de chambre me dit qu'un jeune garçon demandait à me parler pour affaire importante. Je m'attendais à quelque solliciteur; et je prends mon parti, — on l'introduit. Je vous donne en mille à deviner ce qu'il me voulait. La chose la plus bouffonne: s'affubler de mes habits.

— Alors, vous avez les siens?

— Précisément.

— Je le connaissais vaguement. C'est un armurier fort habile, il m'a fabriqué quelques dagues de prix. J'acceptai.

— Mais il y avait un motif à son étrange fantaisie?

— Parbleu. Il paraît que le gaillard est amoureux d'une grande dame.

— Un artisan! fit Louvigny avec dédain.

— Pourquoi pas? dit Ninon, le contraire se rencontre bien; mais laissez achever M. de Chalais.

— Cette grande dame, tout naturellement, est insensible à son

amour, et il s'est imaginé qu'en se faisant passer, ne fusse qu'une heure, pour un seigneur débarqué de province, il triompherait de la belle.

— Ce n'est pas la juger bien cruelle.

— Quelle est la dame? demanda Pontgibaut.

— Je l'ignore.

— Et moi, je devine, dit Hocquincourt.

— Dites son nom.

— Oh! vous la reconnaîtrez facilement. Ecoutez. Il y avait à la suite de la reine Anne, lorsqu'elle est arrivée d'Espagne, certaine comtesse d'une beauté que toute la cour déclara d'une seule voix la merveille des merveilles.

— Ah ça! il n'y a donc que des merveilles avec vous, messieurs, s'écria Ninon.

— Cette comtesse, reprit Hocquincourt, passait sombre et grave dans toutes les fêtes, elle semblait occupée d'un intérêt immense et absorbant tout son être. Il était bien naturel que chacun s'inquiétât de semblable attitude, d'autant plus qu'elle semblait sourde à tous les hommages. Bientôt on apprit que l'amour seul était sa vie, et que son âme ardente, embrasée de tous les feux qui consument les descendants des rois maures, se concentrait sur une unique pensée, celle d'aimer.

— Messieurs, dit Pontgibaut, je déclare la dame dont il est question la plus admirable créature que Dieu ait jamais formée pour l'amour.

— Tu devines de qui il s'agit? demanda Hocquincourt.

— Il n'y a qu'une femme née pour l'amour, comme celle-là, qui ait pu, de gaieté de cœur, et sans nul regret, renoncer aux splendeurs de la cour et s'exposer aux rancunes de l'ambition d'un mari.

— Mais c'est une femme forte, celle-là! dit Marion.

— Pontgibaut en parle comme un amoureux.

— Vous la connaissez, messieurs, continua Hocquincourt, et je n'ai pas besoin de vous dire son nom. D'abord, ce ne serait peut-être pas prudent, car, si pareille, dit-on, aux vampires ou goules dont parlent les légendes, son amour tue et consume, — sa haine est fatale et terrible.

— Et c'est de cette comtesse que ce garçon est amoureux? demanda Ninon.

— Je l'ignore, mais si cela est vrai, je le plains, répondit Chalais, car, moi aussi, je l'ai aimée cette femme, et aujourd'hui je l'exècre.

— Oh!... firent les dames avec incrédulité.

— Voilà une parole imprudente, ajouta Marion, car elle pourrait bien vous aimer encore, ingrat.

— Ah çà! Marion, vous avez donc une police? dit Chalais en regardant la courtisane d'une singulière façon.

— Moi, je sais en effet beaucoup de choses.

— Messieurs, dit Ninon, il se fait tard, et vous savez qu'un souper nous attend place Royale. Nous n'avons que le temps de gagner nos barques, car la Seine est dure à remonter.

— Partons, dirent toutes les voix.

Marion Delorme s'empara du bras de Chalais, et la brillante compagnie se dirigea, par un petit sentier odorant et fleuri, vers la Seine.

M. de Montchenu marchait seul, comme toujours.

Deux grandes barques ornées à la manière vénitienne les attendaient.

Avant de mettre le pied sur la sienne, Marion se retourna vers Chalais:

— Comte, lui dit-elle, je vous le répète, prenez garde, vous êtes trop confiant, trop inconsidéré, vous parlez trop, vous êtes léger enfin.

— Je suis jeune, et la vie me paraît trop belle pour l'occuper de dissimulations.

— Prenez garde, vous dis-je, ou il vous arrivera malheur.

— Oui, ajouta Montchenu qui survenait tout haletant, car il avait fort à faire à porter son ventre, il faut renoncer aux amourettes et faire comme moi, cher comte?

— Quoi donc?

— Avoir toujours sous la main une honnête personne qui se charge de vous aplanir les sentiers de Cythère. Je vous recommande madame Maréchal.

— Fi! Montchenu, dit Marion, si l'amour ne vous favorise pas, n'en détournez pas les autres.

VI. — L'HOMME AU CAPUCHON.

Dix minutes ne s'étaient pas écoulées depuis le départ de la For-fala à la recherche de Pierre Baudry, qu'une averse se mit à tomber. Les écoliers se réfugièrent aussitôt dans le bâtiment principal de la *Guirlande d'amour* : ils ne voulaient pas perdre le bénéfice de leur bouffonne équipée à l'égard de leur pauvre compagnon, et comptaient bien ne pas tarder à apprendre le résultat de la comédie jouée par la Bohémienne.

La maîtresse du lieu les connaissant amis de Pierre s'empressa de les servir, et leurs chuchottements ne tardèrent pas à exciter vivement sa curiosité, d'autant plus qu'ils jetaient parfois vers elle des regards empreints de malice.

C'était en effet une jolie veuve, âgée de vingt-cinq ou vingt-six ans, que la Tourangelle, et certainement mainte pratique de la *Guirlande d'amour* avait plus d'une fois envié les soupirs que le jeune avocat faisait pousser à cette appétissante personne.

Tout à coup, et comme l'insouciance naturelle au jeune âge avait repris le dessus et remplacé les chuchottements mystérieux par de gais propos, un grand cri se fit entendre au dehors.

Les jeunes gens demeurèrent immobiles d'effroi, et presque aussitôt un homme ensanglanté se précipita dans la salle.

C'était Pierre Baudry.

Les jeunes écoliers s'empressèrent autour de leur ami, et la Tourangelle poussa à sa vue un de ces cris qui eût été une révélation, si depuis longtemps déjà son amour ne s'était trahi aux yeux de tous.

— Un médecin! un médecin! s'écria-t-elle.

— Ce n'est rien, dit Pierre, une égratignure.

— Une égratignure saigner autant que cela, ce n'est pas possible! Voyons.

Et la belle effrayée dégrafait sans scrupule le pourpoint de l'avocat et mettait à nu une poitrine qui eût pu lutter avec le torse olympien de l'Apollon du Belvédère.

— Allons, toi, Bruniquel, dit Pierre, tu sais assez de médecine pour dire ton avis.

— Je crois que tu as raison, ce n'est qu'une égratignure, un peu profonde, il est vrai, ajouta l'écolier en examinant la plaie.

La Tourangelle s'était empressée d'aller chercher des compresses et du linge.

— Voilà, dit un des écoliers, ce que l'on gagne à poursuivre des chimères.

— Quand ces chimères sont de grandes dames, ajouta Bruniquel.

— Chut! fit Pierre.

— Et tout cela finira mal pour toi! Qui sait s'il n'y a pas quelque mari jaloux?

— C'est la soirée aux assassinats, — dit Pierre en riant, — mais j'en suis sûr, ce coup de couteau ne m'était pas destiné, car l'assassin, après m'avoir frappé et s'être jeté sur moi pour m'achever, s'est aperçu sans doute de son erreur et a pris la fuite en blasphémant.

— Sans compter que tu as mis la Tourangelle au désespoir... — Tiens, entends-tu ses sanglots et ses cris dans la maison. Tu seras obligé de l'épouser, va, pour t'acquitter.

— Jamais! dit Pierre.

— Elle y compte.

— Ne lui dois-tu pas cent pistoles pour le moins? ajouta un autre.

— Eh! ce sont ces cent pistoles qui me tiennent au cœur, si je les avais, il y a longtemps que j'aurais fui la maison.

— Cela peut se trouver, dit dans l'ombre une voix claire et tranquille.

— Hein! firent tous les jeunes gens en se retournant vers l'extrémité de la salle.

Ils aperçurent alors un homme assis auprès d'une petite table, et dont les vêtements délabrés étaient dissimulés en partie par l'obscurité qui régnait de ce côté.

— Vous êtes pauvre, maître Pierre Baudry, avocat non encore inscrit sur les tables du Palais, dit cet inconnu, mais si vous avez besoin de cent pistoles pour vous libérer d'une dette, et cent autres pour obtenir votre inscription, je suis votre homme.

Et le personnage s'avança avec un certain empressement vers le siège où s'était jeté Pierre à son arrivée dans la maison.

— Silence, monsieur, dit le jeune homme en entendant la cabaretière s'approcher, — pas un mot de plus!

La Tourangelle rentra, chargée de toiles de toutes sortes et les

jeta sur une table, où elle s'empressa de les tailler en façon de bandes et de compresses.

L'inconnu s'était tout à fait porté vers le groupe formé autour du blessé, et chacun put reconnaître alors, dans cet homme à la voix aigre et tranchante, un de ces nombreux fils d'Israël qu'on était toujours certain de rencontrer dans tout lieu consacré au plaisir et à la bonne chère, à l'affût d'une affaire à traiter, de quelque nature qu'elle fût.

— Je suis médecin, moi aussi, dit-il à Bruniquel, et j'ai un onguent merveilleux pour les blessures.

— Celui de Mondor sans doute, dit Bruniquel en riant.

— Le maître de Tabarin possède de fort bons secrets, mes maîtres, ne vous y trompez pas. Du reste, marchand d'orviétan ou médecin de la Faculté, toute la différence consiste dans la manière de vendre ses drogues.

— Monsieur Bruniquel, dit la jolie cabaretière en s'approchant, laissez faire M. Melchisédech, son onguent est souverain. Il y a trois jours il a raccommodé le doigt qu'une de nos servantes s'était à moitié coupé.

Le juif s'était empressé de tirer d'un vaste sac pendu à son bras un petit rouleau de toile, dont il découpa un morceau un peu plus grand que la blessure; puis, aidé de la Tourangelle, il l'appliqua fort adroitement.

— Eh bien! cela va mieux? demanda la jolie femme en offrant un verre d'eau au blessé.

— Vous êtes bonne, Tourangelle, merci, dit Pierre en lui tendant la main.

— Bonne, oui, plus que vous assurément, fit-elle en le regardant d'un air de reproche et comme si elle suffoquait dans son corsage; — vous ne me verrez jamais, moi, attraper des coups de couteau en courant les aventures, et pourtant Dieu sait si les occasions me manqueraient si je voulais.

— Ah! vous êtes assez jolie pour cela, madame.

— Assurément, reprit Bruniquel, beaucoup de belles dames qui viennent à la *Guirlande d'amour*, masquées ou non, n'oseraient entrer en lutte de beauté avec la Tourangelle.

— J'en sais, répliqua le juif, qui n'osent plus y venir à cause de cela.

— Oh! mais, les affaires iront mal, dit Pierre en riant.

— Que m'importe, si j'avais un mari, la vogue reviendrait comme par le passé.

— Tourangelle, dit le juif, j'ai votre affaire : deux maris à vous proposer. L'un est établi sur le pavé de Paris, il a pignon rue Saint-Honoré et une fort jolie boutique; l'autre est un seigneur de la cour, riche et magnifique, mais grisonnant.

— Eh bien! Tourangelle, cela ne vous tente pas? dit Pierre.

— Vous êtes un ingrat!... répondit la cabaretière, qui s'enfuit pour cacher ses larmes.

— Pierre, mon ami, dit Bruniquel, tu auras beau faire, il te faudra épouser la *Guirlande d'amour*. Ce sera peut-être une déchéance pour un avocat pouvant aspirer aux conseils du roi, mais ce ne sera pas une trop mauvaise affaire. La belle a du bien!

— Près de trente mille pistoles, dit le juif.

— Messieurs, de grâce, dit Pierre, ne me parlez jamais de cela... La Tourangelle est une charmante femme, elle a droit à mon amitié, car son cœur m'est connu; mais, si vous pensiez que je consentirais jamais à devenir le maître d'une maison comme celle-ci, maison aimable, sans contredit, utile si l'on veut, offrant mille séductions et assurément de belles et bonnes rentes au soleil pour l'avenir, vous douteriez de ma prud'hommie et de mon honneur.

— Jeune homme, dit le juif, voici de bons et beaux sentiments, et si ce sont les cent pistoles qui vous gênent, je vous le répète, je suis à votre disposition.

— Et sur quelle garantie me les prêterez-vous, maître Melchisédech ?

— Sur votre signature.

— La signature d'un homme comme moi, c'est bien peu de chose pour un homme comme vous.

— Vous me ferez un billet, dicté par moi bien entendu, et grâce auquel...

— Pierre, dit l'un des écoliers, prends y garde, tu as beau être légiste, Melchisédech et ses pareils ont des tours terribles dans leur bissac.

— Je suppose, maître, dit Pierre, que si je ne vous payais pas à l'échéance, vous ne me réclameriez pas une livre de chair, comme le juif de Venise dont parle la légende.

— Si, à l'échéance, vous ne pouvez payer, vous me donnerez...

— Quoi donc?

— Votre liberté.

— Ma liberté? Et qu'en feriez-vous! Vous ne me contraindriez pas à vous servir de valet?

— Je vous aurais à moi, bien à moi.

— Étrange condition.

— Déjà huit jeunes gens, dont trois seigneurs de la cour, m'ont signé pareil engagement.

— Et ils ont payé?

— Pas tous.

— Mais enfin que ferez-vous de moi?

— Je vous le dirai quand vous signerez.

— Est-ce une chose dont je puisse avoir à rougir?

— Au contraire.

— Vous piquez ma curiosité, maître, et j'ai bien envie...

— Prends garde, Pierre.

— Un dernier mot, reprit le juif, car je ne veux pas vous tromper, moi, il y va de la vie.

— Et c'est un noble but qui vous guide? demanda l'avocat d'un air de doute.

— Il y va de la vie, voilà tout ce que je puis dire.

— C'est bien.

— Vous acceptez?

— Nous verrons.

Le juif s'éloigna et retourna à sa place en se frottant les mains.

— Ah çà, tu es fou, Pierre, dit Bruniquel, à peine si tu sors d'un danger, et tu vas t'embarquer dans une affaire qui, proposée par Melchisedech, ne peut être que fort louche.

— Que m'importe. Croyez-vous que la vie soit comptée pour quelque chose par un homme qui ne peut lui assigner un but certain.

— Parce que tu poursuis des chimères.

— Cela est possible, mais la tentative dont je viens d'être victime, au lieu de glacer mon sang n'a fait qu'enflammer mon courage.

— Toujours ton inconnue.

— Eh bien, oui, pour la retrouver, j'irais jusqu'en enfer !

— Prends garde, ami, je flaire une grande dame sous cette aventure, et il t'en cuira.

— Ah ! la retrouver, fit Pierre avec exaltation, la retrouver et mourir après!

Un soupir venu du fond de l'ombre répondit à cette exclamation, mais personne ne l'entendit ou n'y prit garde.

Au même instant un homme, vêtu d'un de ces manteaux dont la mode s'était déjà perdue en France, entra, la tête entièrement couverte par le capuchon.

A sa vue, les jeunes gens demeurèrent immobiles et comme interdits; puis tous, instinctivement, portèrent la main au petit poignard qu'ils tenaient caché sous leur vêtement, dociles qu'ils étaient aux ordonnances royales.

Le juif se plaça prudemment derrière sa table, et la Tourangelle sortit de l'ombre et s'avança courageusement.

— Que voulez-vous, monsieur ? demanda-t-elle en se plaçant du côté de Pierre et comme si, au besoin, elle eût voulu lui faire un rempart de son corps.

— Messieurs, dit l'inconnu, quelqu'un de vous se nomme-t-il Pierre Baudry?

— C'est moi, dit l'avocat.

— Pierre! s'écria la Tourangelle, ne vous approchez pas de cet homme, il me fait peur.

— Eh ! bon Dieu, madame, dit l'inconnu, ne craignez rien, je viens dans des intentions toutes pacifiques.

— Que voulez-vous? demanda Pierre?

— Une personne que je ne puis nommer désire entretenir M. Pierre Baudry, avocat, et m'envoie vers lui.

— Je vous suis, dit le jeune homme avec empressement.

— Pierre, repartit la Tourangelle, n'y allez pas, c'est un guet-apens tendu sous vos pas; ils vous ont manqué tout à l'heure, et à présent...

— Pardieu, interrompit Bruniquel, voici de ces façons que nous autres, les amis de Pierre, nous ne pouvons ni tolérer ni accepter. Vous êtes sans doute, monsieur, de ceux qui, il n'y a qu'un instant, ont fait donner un coup de couteau à notre ami, et...

L'inconnu fit un geste de dénégation et de surprise.

— Mes amis... dit Pierre en s'interposant.

— Tu n'iras pas à ce mystérieux rendez-vous, — ou du moins

nous voulons connaître le messager qu'on t'envoie. On ne sait pas ce qui peut arriver, et il faut savoir à qui te réclamer au besoin.

— Je vous jure, dit Baudry, contenu par les jeunes gens qui s'étaient emparés de sa personne.

— Allons, monsieur, dit Bruniquel, ôtez ce capuchon, qu'on vous voie en face!

L'inconnu fit deux pas en arrière, et Pierre, se débarrassant de l'étreinte de ses amis, se plaça devant lui.

— Messieurs, dit-il, que pas un de vous ne touche à cet homme ; s'il croit devoir cacher son visage, c'est qu'il a sans doute de graves motifs. Et puis, songez-y, lui arracher son secret, c'est vouloir pénétrer celui de la personne qui l'envoie, et ce droit, je ne le reconnais à personne.

— Pierre ! s'écria la Tourangelle, que dites-vous-là? j'espère que vous ne voulez pas...

— Je dis, madame, que je veux suivre cet homme ; allons, monsieur, marchons.

L'inconnu tourna sur lui-même et se dirigea aussitôt vers la porte ; mais la cabaretière se précipita entre Pierre et lui.

— Pierre, dit-elle, les yeux hagards et le sein bondissant de fureur jalouse, — c'est vers une femme qu'on vous conduit.

— Je l'ignore.

— Je vous défends de partir !

— Pardon, madame, dit froidement l'avocat, détachant de force de son bras la main délicate de la dame, mais je ne pense pas que vous ayez plus le droit de m'empêcher d'aller et venir à ma volonté, que ces messieurs n'ont celui de voir le visage des messagers qu'on m'envoie.

— Pierre!...

L'avocat s'élança aussitôt vers la porte et disparut rapidement dans l'ombre du jardin, à la suite du mystérieux inconnu.

— Où va-t-il! s'écria la jolie Tourangelle en grinçant des dents.

— Cela ressemble fort à un rendez-vous d'amour, dit Bruniquel, en riant.

— Croyez-vous cela! le croyez-vous, messieurs? Oh! si cela était!... L'infâme ! il oublie donc qu'il m'appartient. Il ignore donc qu'une femme outragée se venge, et que les dames qui viennent ici m'ont appris comment on se venge!...

Pendant que la pauvre Tourangelle exhalait ses fureurs amoureuses, Pierre suivait son guide qui le fit descendre vers la Seine, et tous deux longèrent le bord de l'eau jusqu'à la vieille tour de Nesle. Là, un passeur, que, jour et nuit, on était toujours certain de trouver disposé à conduire ou à ramener des amis du plaisir vers le Pré aux Clercs, semblait les attendre, et se mit à ramer avec vigueur dès qu'ils furent installés dans sa barque.

Le passeur les déposa sur la berge voisine, à peu près à la hauteur de la petite place des Trois-Maries, et Pierre continua sa route à la suite de son mystérieux compagnon. Celui-ci s'arrêta bientôt à la porte d'un hôtel de la rue Saint-Germain-l'Auxerrois, à vingt pas du For-l'Évêque. La porte s'ouvrit et se referma sur eux en silence.

Un large escalier se présenta presque aussitôt devant eux, à la droite d'un vestibule richement orné de vases et de statues, et où régnait une lumière pâle et ménagée sans doute à dessein; mais, au lieu de prendre cet escalier, l'homme au capuchon pénétra jusqu'à la cour du logis, dans l'angle obscur de laquelle il s'enfonça, après avoir saisi la main de l'avocat.

Ils gravirent ainsi un escalier étroit, et au bout d'une vingtaine de marches ils s'arrêtèrent sur un palier où la lueur de la lune éclaira trois petites portes.

L'inconnu en poussa une et introduisit Pierre dans une chambre éclairée à peine par la faible lueur d'une lampe de nuit.

— Attendez là, dit-il.

Et il s'éloigna, laissant l'avocat seul et n'osant bouger, de crainte de trahir sa présence et de compromettre ainsi le succès d'une aventure qui commençait si heureusement.

Il n'y avait pas trois minutes qu'il était plongé dans l'abîme ouvert devant son esprit par ses réflexions, lorsque la porte par laquelle l'inconnu avait disparu se rouvrit. Celui-ci revint, accompagné d'une jeune fille, qu'à première vue il était facile de reconnaître pour une servante.

— Ah!... fit Pierre avec ravissement, car ce visage lui était connu.

— C'est bien lui ! dit la jeune fille.

Et elle disparut aussitôt, suivie par l'inconnu.

— C'est sa suivante, je suis chez elle !... murmura Pierre, saisi d'un enthousiasme indicible, — je vais la voir !...

VII. — HIPPOCRATE DIT : OUI, ET GALIEN DIT : NON.

Il y avait nombreuse affluence dans le salon précédant la chambre à coucher du roi. Louis XIII n'était pas levé, et en attendant que le premier valet vînt ouvrir la porte, les langues acérées des courtisans s'exhortaient mutuellement à la patience par le débit, plus ou moins mesuré, des nouvelles et des petites médisances à l'ordre du jour.

L'affaire qui, en ce moment, passionnait cependant le plus les esprits, c'était la grossesse présumée de la reine.

Toutefois, une espérance de cette nature ayant déjà avorté deux ans auparavant, il y avait lieu de redouter le retour de semblable événement.

Louis XIII était d'une santé chétive, et le cardinal de Richelieu, craignant à chaque instant de voir sa puissance recevoir, par sa mort, un de ces coups terribles dont on ne se relève pas, se préoccupait beaucoup de cette grave question.

On sait l'amour que lui avait inspiré sa souveraine ; et les extravagances dans lesquelles ce grave esprit était tombé font douter, encore aujourd'hui, que la politique fût réellement le mobile capital de cette passion.

Du reste, sa puissance n'était pas encore, en 1625, ce qu'elle fut depuis. Il voulait la consolider par les chances d'une régence, et ce ne fut vraiment que lorsqu'il vit cette espérance lui échapper qu'il devint ce terrible niveleur que l'histoire nous a transmis. La plupart des jeunes gens que nous avons vu la veille à la *Guirlande d'amour* étaient là, revêtus de leurs plus riches costumes, s'en donnant à cœur joie sur ce ministre en robe rouge, exécré d'instinct, et qui, depuis le départ de Buckingham du cour de France, semblait se dresser comme un épouvantail entre toute partie de plaisir.

— Enfin, messieurs, dit le commandeur de Valanzé, je pense que vous serez des premiers à vous réjouir si l'événement est réel, comme le fait supposer la grande consultation qui a eu lieu à cet effet hier.

— MM. Bouvard et Chicot se sont cependant déclarés contre, dit Pontgibaut, et ce sont de fort savants médecins.

— Cependant la reine en sait plus qu'eux à cet égard.

— Et le roi, messieurs, le comptez-vous pour rien ? ajouta Pontgibaut.

— Oh ! le roi !... fit Chalais.

— Qu'est-ce à dire ? dit le commandeur en le regardant avec sévérité.

— Mon cher cousin, ne prenez pas ce ton-là, je vous en prie, ou nous vous brûlons politesse.

— Pourquoi rire de tout aussi ?

— Je ne ris pas, répliqua gravement Chalais, mais je tiens à constater un fait.

— Lequel ? demanda Louvigny en s'avançant d'un air souriant.

— C'est que sa majesté le roi Louis XIII ne me paraît pas...

— Ne vous paraît pas... achevez...

— Eh bien ! continua Chalais, le fils du Vert-Galant est loin de ressembler à son auguste père.

— Qui sait cela ? dit Pontgibaut, ce ne sont pas les plus hardis en ce genre sur lesquels il y a le plus d'espérances à concevoir, et la preuve, c'est que jamais amoureux ne fut plus souvent trompé que le Béarnais.

— Messieurs, je sais plus qu'un autre à quoi m'en tenir sur ce que j'avançais tout à l'heure. Je suis maître de la garde-robe et, comme tel, j'approche assez souvent de la personne royale pour...

— Pour? achevez donc, dit Louvigny.

— Eh bien ! mais Louis le Chaste a le regard dénué d'assurance, la lèvre molle, l'oreille pâle, le nez flasque, la poitrine étroite, les muscles...

— Ah çà, Chalais, dit le commandeur en l'interrompant, vous voulez vous faire mettre à la Bastille jusqu'à la fin de vos jours. Si le roi entendait ces paroles.

— Il ne les entend pas.

— Si on les lui répétait ?

— On ne les lui rapportera pas ! fit Chalais en regardant tout le monde avec insolence.

— Du reste, ajouta Louvigny en souriant, nous nous connaissons

tous, et du moment que l'âme damnée du Cardinal n'est pas ici...

— Messieurs, prenez garde, reprit le commandeur, M. de Rochefort n'est pas ici, dites-vous ; qu'en savez-vous ?

— Eh ! dit Chalais éclatant de rire, voici Pontgibaut, voici Louvigny, voici Montchenu, Brissac, Bouchavannes, Brischanteau, Montpezat ; je peux, pardieu, mettre un nom sur tous les nobles visages qui me sourient en ce moment.

— Messieurs, je connais M. de Rochefort : c'est un homme de précieuse ressource pour le Cardinal, car il a la faculté étrange de prendre tous les masques et de se transformer avec une habileté qui défie le plus habile observateur.

— C'est vrai, dit Chalais avec un grand sérieux, car on a même été jusqu'à dire qu'un certain soir... et c'est justement ce qui cause le grand émoi où se trouve toute la cour.

— Eh bien, ce soir-là...

— Je n'affirme rien, — mais M. de Rochefort aurait poussé le génie jusqu'à se transformer de telle sorte que certaine grande dame y aurait été trompée d'une façon... complète...

— Que voulez-vous dire?

— Rochefort est d'assez haute taille, il est d'un embonpoint présentable, il a le regard de l'oiseau de proie, et des muscles d'acier ; eh bien ! il aurait rabougri ses jambes, restreint sa large poitrine, éteint son regard, et de très-bonnes dispositions aidant...

— Chalais ! dit le commandeur, je vous le répète, vous voulez mourir à la Bastille.

— Chalais, messieurs, dit Pontgibaut, est le plus habile inventeur qu'on ait jamais vu et entendu ! Quel joli roman il vient de nous raconter là en dix lignes. Il était né gratte-papier.

— Monsieur de Pontgibaut, dit Chalais en s'avançant vers lui avec le plus grand sérieux du monde, je vous rappellerai que déjà hier vous avez saisi trop promptement l'occasion de me blâmer, et voici qu'à présent vous semblez me donner un démenti.

Pontgibaut éclata de rire, et les jeunes seigneurs s'emparèrent de Chalais et l'entraînèrent aussitôt vers la porte du roi, que le valet de chambre venait d'ouvrir à deux battants.

Le plus grand silence s'établit, et les courtisans s'avancèrent doucement afin de ne pas troubler le monarque, en ce moment agenouillé devant son prie-Dieu.

— Monsieur de Chalais, dit sévèrement le roi quand il eut fini, j'ai eu de vos nouvelles ce matin, et, s'il faut vous dire le vrai, je ne comptais point vous voir à mon lever.

— Moi, sire !

— Vous. Que signifient ces aventures, ces algarades sans fin ni trève, ces scandales continuels. Nous nous brouillerons, monsieur, si vous ne changez pas de conduite.

— Sire, je vous jure.

— Vous avez passé votre soirée avec des dames suspectes, des baladines, que sais-je ; puis, comme toujours, vous avez eu quelque duel, vous êtes tombé dans quelque guet-apens qui vous a laissé pour mort sur le carreau.

— Sire, on a induit Votre Majesté en erreur.

— Je sais ce que je sais, monsieur.

— Mais, sire, je n'ai pas reçu la moindre égratignure.

— C'est bon, monsieur, vous êtes courageux au mal, ce n'est un secret pour personne, et peu douillet de votre nature ; mais vous n'oseriez pas me montrer votre poitrine.

— Pardon, sire, dit Chalais en faisant le geste de déboutonner son pourpoint.

— M. le Cardinal m'en avait informé, dit le roi en l'arrêtant.

— M. le Cardinal ne m'aime pas, c'est un fait, sire ; et toutes les mauvaises affaires qui surviendront seront toujours mises par lui sur mon compte avec empressement.

— Pourquoi voulez-vous, que M. le Cardinal ne vous aime pas, vous avez dû faire quelque chose pour cela ?

— Non, sire, reprit Chalais en riant.

— Allons, vous avez quelque chose à me raconter sur ce point, fit le roi qui n'aimait pas énormément Richelieu, lui non plus, et n'était pas fâché d'apprendre ce qui pouvait le lui faire voir sous un jour défavorable.

— Sire, c'est une vieille histoire.

— M. le Cardinal aurait cessé depuis longtemps de vous estimer ?

— Il ne m'a jamais beaucoup aimé ; mais à présent il me hait.

— Voyons votre histoire.

— Je ne sais si j'oserai...

— Je vous l'ordonne.

— Eh bien, sire, ce sévère Cardinal a été pendant un certain temps amoureux de certaine... grande dame.

— Oui, madame la connétable, fit le roi avec vivacité; c'est un faux bruit que madame de Chevreuse a fait courir, mais dites toujours.

Chalais ne crut pas devoir dissuader le roi de cette pensée et le laissa charitablement dans son erreur.

— Cet amour, sire, a entraîné le rigide ministre dans une aventure des plus bouffonnes. Sous prétexte qu'elle ne pourrait pas se décider à aimer un prince de l'Église, la... dame.

— Madame de Chevreuse, appuya le roi.

— Soit, — elle sut amener le Cardinal à revêtir un costume de gentilhomme et à se présenter ainsi devant elle. Jugez, sire, quel air gauche et emprunté devait avoir l'Éminence; aussi, la dame ne pouvait-elle garder son sérieux qu'à grand'peine. Elle le loua cependant sur sa délicatesse et finit par lui demander s'il avait pris dans sa jeunesse quelques leçons de danse.

— M. de Richelieu est gentilhomme, cela ne fait point de doute.

— Et mal lui en prit de l'avouer, sire, car la... dame, qui est d'humeur rieuse, voulut absolument lui voir exécuter devant elle une sarabande. Il y avait là, précisément, un violon discret qui fut introduit, et, au milieu de la plus gracieuse pirouette, des éclats de rire se firent entendre de tous côtés.

— La dame avait aposté des témoins? fit le roi, pendant que tous les courtisans riaient à qui mieux mieux.

— J'en étais, sire, répondit piteusement Chalais.

— Ce pauvre Cardinal a dû être, en effet, très-mortifié, dit le roi en souriant.

— Il est sorti en nous lançant un regard, sire, qui, certes, venant d'un autre homme, nous eût fait rentrer sous terre.

— Ne vous y jouez pas, Chalais, il a une mémoire extraordinaire et il doit en effet furieusement vous haïr.

— Sire, M. le Cardinal a la prétention de savoir tenir une épée, aussi m'attendais-je à le voir venir me demander raison, tout homme d'église qu'il est; car il paraît qu'il n'a vu que moi.

— Ne vous y jouez pas, Chalais, je vous le répète, si ce n'est pas avec l'épée qu'il se venge, c'est avec une autre arme, je ne sais laquelle, mais il se vengera.

— Tant que mon roi m'honorera de ses bontés, je défie l'enfer.

— Ah! vous ne m'épargnez pas non plus, moi, — à ce qu'il paraît, dans vos intempérances de langue.

— Sire... balbutia Chalais.

— Et même hier, au Pré aux Clercs, en compagnie de ces dames équivoques, vous avez osé... enfin, n'en parlons plus. L'avenir me donnera, je l'espère, raison contre vos étranges suppositions.

Les oreilles s'ouvrirent à ces mots, et le roi vit tous les regards avides de curiosité.

— Oui, messieurs, dit-il à voix haute, la reine, j'en ai la douce assurance, nous donnera bientôt un héritier.

— Vive le roi! crièrent les courtisans d'une voix enthousiaste.

— Silence, messieurs! s'écria le roi, — rien n'est officiel, la science n'a pas encore dit son dernier mot.

En ce moment Louis XIII était tout à fait habillé, — et le lecteur nous saura gré de lui avoir fait grâce de la cérémonie de la toilette dans laquelle Chalais, en sa qualité de maître de la garde-robe, avait joué le rôle principal.

Le premier veneur s'avança pour prendre les ordres du roi, car la chasse était l'occupation importante de sa vie; mais le monarque déclara qu'il ne chasserait pas.

— Monsieur de Valanzé, fit-il en se tournant vers le commandeur, qui était resté immobile auprès de la cheminée, — donnez-moi votre bras.

Celui-ci s'approcha, tout surpris d'une semblable faveur, étant sinon des amis, du moins l'une des personnes les plus estimées du Cardinal, et le roi s'appuya sur son épaule.

— Il n'y a que moi ici de raisonnable, dit Louis XIII en regardant les courtisans avec le sourire le plus gracieux qu'il put faire exprimer à son visage généralement morose.

Ils traversèrent la chambre lentement, suivis des jeunes gens échangeant des regards de surprise, et, traversant les galeries, ils arrivèrent au grand salon des appartements de la reine.

— Au revoir, messieurs, dit Louis en les congédiant.

Chacun des assistants avait remarqué que trois hommes étaient déjà dans le salon, comme s'ils attendaient le roi, — et la réunion de ces trois personnages était certainement de nature à faire travailler les imaginations.

C'étaient le cardinal de Richelieu, le comte de Rochefort et maître Adamas.

— Suivez-moi, messieurs, dit le roi en adressant à ceux-ci un léger salut de la main.

Ils entrèrent chez la reine.

Anne d'Autriche était étendue dans un grand fauteuil, et ses deux bras, les plus magnifiques qui aient jamais paru sous le soleil, — modelés par les amours et les grâces, disent les madrigaux du temps, — ses deux bras, disons-nous, étaient posés sur les appuis de velours rouge, ce qui leur donnait des teintes purpurines adorables. Elle semblait souffrante, mais à qui se fût donné la peine de bien examiner l'expression de son visage, ce n'était pas la maladie qui lui imposait son énervante prostration, — mais bien le fléau le plus redoutable des grands, — à plus forte raison d'une Espagnole de vingt-cinq ans, — l'ennui.

Lorsqu'ils parurent, dona Estefana, la camériste, sur un signe de la reine, fit encore entrer deux hommes qui n'étaient autres que MM. Bouvard et Chicot.

Les trois médecins se saluèrent avec contrainte; car ils sentaient bien que cette consultation n'avait d'autre but que de les mettre en désaccord, chose généralement fort redoutée de gens intéressés à s'entendre. Toutefois, la contrainte venait plutôt des médecins royaux, car ils connaissaient l'esprit d'indépendance de maître Adamas.

— Messieurs, dit le roi en s'asseyant auprès de la reine, nous vous avons requis pour être fixé d'une manière certaine sur l'état de Sa Majesté; et M. le Cardinal, ne s'étant pas trouvé suffisamment éclairé par la consultation qui a eu lieu hier, a insisté pour que le savant professeur que vous estimez vous fût adjoint.

Les deux médecins royaux avaient surpris de rapides coups d'œil échangés entre le Cardinal, Rochefort et Adamas; aussi se mirent-ils à trembler intérieurement et à regretter de s'être autant avancés la veille en déclarant que la reine n'avait qu'une indisposition passagère. Ils entrevoyaient vaguement une intrigue ourdie par le Cardinal, et puisque l'intraitable Adamas y prêtait les mains, il fallait qu'elle fût formidable. Ils résolurent immédiatement, et sans qu'ils eussent besoin de se consulter, d'en passer par où l'on voudrait.

— Voyons, messieurs, reprit le roi en s'adressant spécialement à eux, examinez de nouveau la malade et formulez votre avis.

Maîtres Bouvard et Chicot saisirent chacun l'un des poignets d'Anne d'Autriche et échangèrent un regard en hochant la tête.

— Oh! fit l'un avec une grimace significative.

— Diable! s'écria l'autre sur le même ton.

— Eh bien? demanda avidement le roi.

— Parlez maître, dit Bouvard en s'inclinant devant son confrère plus âgé.

Maître Chicot rougit extraordinairement, balbutia quelques mots inintelligibles, comme si les paroles l'étouffaient; puis il sembla reprendre courage dans le regard assuré de son confrère.

— Je crois, dit-il, que Sa Majesté a raison.

— Ah! fit le roi en se levant au comble de la joie, et suivi des yeux par la reine qui souriait malignement.

Maître Adamas s'était déjà dirigé vers la porte, disant par toute l'attitude de sa personne qu'il n'avait plus rien à faire là, et sans que ni le Cardinal ni Rochefort songeassent à le retenir; mais le roi courut après lui et le ramena par la main.

— Au contraire, docteur, s'écria-t-il, je tiens plus que jamais à votre avis; corroboré par un savant tel que vous, je serai tranquille et attendrai avec sécurité le moment où la Providence comblera mes vœux les plus chers.

A l'avança vers la reine qui, sur un regard du roi, lui tendit sa belle main avec répugnance, sentiment partagé, du reste, instinctivement par Rochefort et le Cardinal.

Le vieillard interrogea le pouls avec calme et recueillement, il semblait, on le voyait à son air, désireux de se rallier à l'opinion de ses confrères; mais tout à coup ses sourcils se froncèrent et, jetant sur eux des regards de surprise et de colère, il reposa doucement le bras de la reine sur l'appui du fauteuil.

— Eh bien? firent tous les assistants.

— Sa Majesté n'a jamais été grosse, dit-il avec assurance.

— Monsieur!... fit le roi bouleversé.

Les deux médecins royaux reprirent chacun l'un des poignets de la reine. A la vue du regard farouche et cruel que Richelieu avait jeté sur le malencontreux savant, ils le jugèrent perdu et résolurent de persister plus que jamais.

— Vous vous trompez, docteur, dirent-ils d'une voix à laquelle

Ce sévère cardinal a été amoureux d'une certaine grande dame. (Page 15.)

l'imminence du danger donnait une énergie ressemblant fort à de l'assurance.

— D'autant plus, conclut le roi, qu'il y a d'autres symptômes auxquels on ne se trompe pas.

— D'après ce que m'a dit le roi, continua Richelieu, il y a tout lieu d'espérer que l'événement serait plus rapproché qu'on ne suppose.

— D'ici à huit jours, ajouta le roi avec conviction.

— C'est vrai, répliquèrent les deux médecins royaux qui prenaient carrément leur parti.

— Allons, monsieur, reprit le roi, en s'adressant à Adamas, revenez et reconnaissez votre erreur.

— Sire, je me suis prononcé, et je n'ai pas l'habitude de me tromper sur des diagnostics aussi grossièrement saisissables que ceux dont il est question en cette circonstance.

Et il salua avec humilité, comme implorant la grâce d'être congédié.

— Monsieur, fit le roi avec colère, si vous répétez au dehors un mot de vos doutes, je vous ferai conduire à la Bastille.

— Sire, je ne suis occupé que de mes travaux, et je ne connais personne qui soit intéressé à m'interroger à ce sujet. Il suffit que Votre Majesté m'ordonne de me taire, pour que ma bouche soit muette; je serai muet.

— Mais ce n'est pas cela que veut le roi, dit le Cardinal en s'avançant, le roi veut que vous affirmiez au contraire.

— Monseigneur, reprit Adamas avec fierté, je n'ai pas pour habitude de mentir. J'aime mieux croire que je me suis trompé.

— Sortez, dit le roi, et rappelez-vous ce que je vous ai dit.

Quand le docteur eut disparu, le monarque devint soucieux et se mit à arpenter la chambre à grands pas.

— Sire, s'écria le Cardinal, ne songeons plus qu'à la joie de votre royaume à cette bonne nouvelle.

— Maître Adamas est un savant! dit le roi avec un douloureux accent de regret.

— C'est un âne bâté! reprit Richelieu.

— Je n'avais pas osé le dire! hasarda Bouvard.

— Pourquoi pas, au fait! appuya Chicot.

— Allons, messieurs, je vous autorise à répandre cette bonne nouvelle, dit Louis XIII en s'asseyant auprès de sa femme et congédiant les assistants du geste.

Les médecins sortirent par une porte, Richelieu et Rochefort par une autre.

— Tout va bien, monseigneur, fit le comte.

— Vous avez bien pris vos mesures?

— Oui, monseigneur, tout est prêt. — Mais Votre Eminence paraît soucieuse.

— Ah! la reine n'a rien dit, et me regardait en dessous. Elle m'a déjà si souvent trompé. Je me défie de cette femme.

— Vous savez, monseigneur, que je sais le moyen de la faire obéir.

— Oui. Vous dites que tout est prêt?

— La femme et l'enfant.

— Et le voleur?

— Le voleur aussi, et, au besoin, je suis là.

VIII. — L'ENFANT DE JEANNE BÉRANGER.

Le soir même, la désolation était entrée dans la maison du docteur Adamas.

Béranger, profitant du départ d'un de ses camarades pour Paris,

— Vous n'êtes pas la reine pour moi, madame, — dit, à son tour, Rochefort avec mépris. (P. 21.)

l'avait chargé d'annoncer son retour pour le 14 juin; or, ce soldat s'était attardé en route, et ce jour fatal avait sonné. Jour fatal, parce que la veille, Jeanne avait mis un enfant au monde.

Elle était donc couchée sur son lit de douleur, soignée avec tous les empressements, avec tout le dévouement dont étaient susceptibles Adamas et la vieille Marianne; mais une fièvre ardente s'était emparée d'elle.

Son père était sur le point d'arriver et elle ne pouvait se résigner à éloigner son enfant de la maison.

Adamas allait partir, pour attendre Béranger à la porte Buci, et de là il devait expédier un jeune garçon, afin que Marianne pût emporter l'enfant, et donner ainsi au vieux soldat le temps d'être préparé à l'horrible nouvelle de son déshonneur. Car, tout bien pesé et considéré, le docteur avait été d'avis de ne rien lui cacher, et Jeanne avait accepté cette effroyable épreuve, comme un premier châtiment de sa faute.

Le docteur s'était naturellement chargé de cette difficile mission; mais comme il ouvrait la porte, reconduit par Marianne, un homme vêtu de noir se présenta, lequel précédait de quelques pas quatre archers de la prévôté.

— Monsieur, dit cet homme, au nom du roi je vous arrête.

— Moi!.

— Arrêter mon maître! s'écria la servante.

— Chut! fit Adamas en se retournant et lui intimant l'ordre de se taire. Et pourquoi m'arrêter, monsieur? demanda-t-il tranquillement à l'exempt.

— Je n'en sais rien, monsieur, j'exécute l'ordre de Sa Majesté.

Le docteur savait, par ouï-dire, quelles étaient les formes de dame Justice, — il se résigna aussitôt à obéir. Mais comme il faisait mine de rentrer dans sa maison, afin, sans doute de mettre ordre à

quelques affaires et de prévenir Jeanne, l'exempt le retint par la manche.

— J'ai ordre, monsieur, de vous appréhender sans aucun retard et de vous interdire, dès ce moment, aucune communication avec qui que ce soit.

Le docteur comprit d'où venait le coup.

— Le Cardinal veut évidemment que la grossesse de la reine soit parfaitement simulée, se dit-il, et il prend ses sûretés.

— Marchons, dit l'exempt.

— Marianne, tu annonceras ceci à Jeanne avec ménagement. A la grâce de Dieu! ajouta-t-il en poussant un profond soupir, car il songeait dans quelles cruelles alternatives il laissait la pauvre enfant.

La vieille servante remonta l'escalier, au comble de l'épouvante et de la douleur. Les petites gens se laissent plus facilement effrayer par les façons mystérieuses de la justice, et elle ne savait que penser sur les suites de cet événement; c'est pourquoi, supposant que peut-être les pratiques criminelles de son maître relativement à ses recherches scientifiques y étaient pour quelque chose, elle entra d'abord dans le laboratoire du docteur, afin de bien s'assurer que le jeune ouvrier armurier y était toujours, et, par conséquent, pouvait au besoin témoigner lui-même de son existence.

Le jeune homme dormait bien paisiblement sur un matelas, et la fraîcheur de ses joues indiquait que la santé lui revenait déjà; le bruit de la porte le réveilla.

— Monsieur, lui dit Marianne, si on venait faire une perquisition ici, cela pourrait bien arriver, grands dieux, ne manquez pas de dire que l'on vous a apporté ici par votre ordre, — car si on supposait que c'est en qualité de mort, mon maître serait perdu.

— Perdu!

— On vient de l'arrêter, par ordre du roi.

— Ah! le pauvre homme! un si bon cœur!

— Chut! rendormez-vous, je vais soigner mademoiselle ; vous resterez ici jusqu'à ce que M. le docteur soit rendu à la liberté, vous êtes un témoin trop précieux.

Et Marianne le laissa seul. Quand elle eut appris à Jeanne le nouveau malheur qui venait de fondre sur la maison, celle-ci éclata en sanglots.

— Malheur sur moi! s'écria-t-elle, Dieu me punit... Mais si mon père arrive sans avoir été prévenu par personne... Oh! fatale pensée... Marianne, Marianne, il faut que tu te rendes à la porte Buci.

— Oui, mademoiselle.

— Oui, c'est cela, tu diras tout, toi;..

— Je n'oserai jamais.

— Si tu veux me sauver, si tu m'aimes, tu feras cela.

— Je veux vous sauver, je vous aime, chère demoiselle, je ferai tout ce que vous voudrez.

— Habille-toi, vite, hâte-toi : mon Dieu! s'il arrivait à présent... je me meurs à cette horrible pensée.

La vieille se hâtait et parvint à grand'peine à rassembler ses hardes. Au bout de dix minutes elle était prête, et quitta la maison, non sans force signes de croix, invoquant tous les saints à son aide, et demandant à Dieu l'éloquence susceptible d'apaiser la grande colère de ce père outragé.

Quand elle fut partie, Jeanne trembla plus fort, sa fièvre augmenta, et elle se mit à articuler des mots sans suite, à éloigner un fantôme menaçant qui semblait écraser sa poitrine ; puis cédant à un accès de terreur, à l'une de ces suggestions invincibles que vous font risquer en une seconde le salut de l'âme, la vie entière, elle quitta sa couche.

Elle ne sentait plus rien de son mal, la fièvre lui donnait une force énorme. Elle s'habilla en toute hâte, et en proie à l'une de ces hallucinations qui touchent à la folie, elle s'avança vers le petit berceau improvisé où reposait la frêle et jolie créature qu'elle avait mise au monde, et la saisit dans ses bras.

Puis, se ravisant, elle s'approcha d'une table, traça quelques lignes sur un papier qu'elle mouilla de ses larmes.

Quelques minutes après, elle se trouvait dans la rue, — et en entendant les pas pesants d'un homme qui s'avançait dans l'ombre, elle se réfugia dans les décombres d'une maison en ruine.

L'homme passa, et elle reconnut avec terreur qu'il se dirigeait vers la maison du docteur; une vieille Marianne, qui le suivit, ne put plus lui laisser aucun doute sur son identité : — c'était son père.

Elle serra son enfant contre sa poitrine, murmura le nom de la Vierge et se laissa tomber, demi-morte, entre les pierres effondrées de la masure.

IX. — L'ENFANT DE LA FORFALA.

La Forfala et Catafago habitaient une espèce de chaumière, à six cents pas environ de la Guirlande d'amour, non loin des limites du Pré aux Clercs, du côté droit, entourée d'une clôture grossière formée de planches et de cordes, consolidées çà et là par quelques saules et trois ou quatre peupliers, et contre laquelle on entrevoyait dans l'ombre de la nuit, couchées sur un tas de feuilles sèches, l'épine maigre de deux ou trois chèvres pelées.

La bohémienne gisait, elle aussi, sur un grabat, et aux cris qu'elle poussait, son farouche amant semblait craindre à chaque instant de voir arriver quelque sergent du guet ou les archers de la prévôté. Sa conscience était assez chargée d'aventureuses expéditions pour redouter une immixtion trop complète de la justice dans ses affaires.

Et, cette fois, il s'agissait d'affaires de famille.

Ces cris, échappés aux douleurs éprouvées par cette femme, étaient de ceux qui n'excitent aucune interprétation mauvaise ; et cependant Catafago conjurait sa maîtresse de se taire. Celle-ci, trop malade pour essayer de deviner l'intérêt qu'il pouvait avoir à ce silence, s'efforçait de lui obéir en se contraignant.

— Heureusement, murmura le bandit, personne n'ose se risquer de ce côté-là à la nuit tombante.

— Mais tu veux donc que je meure! s'écria la Forfala en proie à une crise plus violente que les autres.

— Non, ma mie, je ne le veux pas, car je serais longues années trouver ta pareille ; mais tu pourrais bien te taire pour l'amour de oi.

, — Je me tairai, mais va me chercher du secours.

— Oui, c'est cela, des matrones bavardes et des médecins curieux.

— Eh bien, pourquoi cacher un événement qui va me combler de joie!... fit la bohémienne surprise.

— J'ai mes motifs, tais-toi.

— Catafago, tu as de mauvais desseins sur l'enfant, reprit Forfala.

— Pas le moindre, je te jure.

— Eh bien! un médecin, de grâce, au nom du ciel, au nom de l'amour que j'ai pour toi.

— Au fait, sembla se dire le bandit, il en est un fort discret, et qui ne me trahirait pas. D'abord, il ne parle jamais plus qu'il ne faut, et ensuite, il m'a quelques obligations; c'est cela. Je vais te chercher ce que tu veux, et je reviens à la hâte. Sois bien sage et bien courageuse en mon absence, Forfala de mon cœur, car si tu savais ce qui nous attend...

— Que veux-tu dire?

— Chut!... fit brusquement le bandit en se retournant.

— Qu'y a-t-il?

— Il m'avait semblé entendre la marche de quelqu'un autour de la maison... Forfala, je t'engage à prévenir ton amoureux que ses allées et venues me gênent.

— Mon amoureux?... fit la malade avec un triste sourire.

— Ce petit Robin me gêne, te dis-je!

— Un enfant de quinze ans!

— Il n'y a pas d'enfant! répliqua le bandit en se disposant à sortir.

— Où vas-tu?

— Chercher du secours; il faut bien faire ce que femme veut!

Catafago s'éloigna en courant et traversa le Pré aux Clercs dans une diagonale à lui connue, et gagna cette partie du rempart effondrée que nous l'avons déjà vu gravir. Il s'enfonça dans Paris et ne tarda pas à arriver rue Serpente. Le lecteur reconnaîtra sans peine qu'il se dirigeait vers la demeure de maître Adamas.

Mais comme il n'était déjà plus qu'à une trentaine de pas de la maison du docteur, il prêta tout à coup l'oreille. Il venait d'entendre des gémissements qui partaient d'une masure en ruine devant laquelle il passait.

Un homme de sa trempe, et voué par habitude à toutes sortes de trafics, ne pouvait pas se montrer indifférent à semblable fait. Sans compter ce qu'un sujet de choix pouvait lui rapporter de la part de messieurs les savants, ses pratiques, il n'était pas désagréable de rencontrer quelque poche à vider sans violence.

Il pénétra donc dans la masure et aperçut, grâce à ses vêtements blancs, ressortant dans l'obscurité du lieu, une femme couchée à terre et ne donnant aucun signe de vie. Cependant Catafago entendit encore les gémissements qui l'avaient frappé, et il chercha de tous côtés comptant trouver une autre personne dans une situation aussi désespérée.

Mais rien ne trahissait la présence d'un être animé; en vain, le bandit promena sa main et ses pieds sur le sol, il revenait toujours vers la femme évanouie. Un cri aigu le tira de toute incertitude.

— Un enfant! fit-il, étonné.

Il se baissa vers la femme et trouva en effet un petit être serré contre sa poitrine comme dans une étreinte convulsive.

— Quelle idée!... se dit-il en sautant sur lui-même et avec une joie fébrile.

Catafago était homme de résolution prompte ; il se hâta de déranger les bras de la mère et, sans se soucier de son réveil, en admettant qu'elle fût vivante, il lui arracha l'enfant. Il l'enveloppa aussitôt de sa cape et gagna au large avec l'agilité d'un cerf.

— Ma foi! se dit-il, la Forfala se passera de médecin, voici qui parera à tout.

Une demi-heure après, il était installé très-tranquillement au chevet de la bohémienne et se levait de temps en temps pour aller vers une chèvre, couchée sur le flanc, les pattes liées, des mamelles de laquelle il approchait la petite bouche avide de l'enfant qu'il venait d'apporter.

— Tu es un homme impénétrable, Catafago, lui dit la Forfala qui sortait d'une sorte d'engourdissement et contemplait ce spectacle, éclairé faiblement par une lampe fumeuse.

— Je suis, en tout cas, une mère attentive.

— Que veux-tu faire de cet enfant-là?

— Que t'importe?

— Est-il donc à toi?

— Sait-on jamais la vérité sur ce point?

— Misérable! s'écria la bohémienne en se dressant sur son grabat et montrant un visage embelli par l'indignation.

— Ne te fâche pas.

— Celui que je porte est bien à toi, pourtant.

— Sois calme, ma belle tu sais bien que jamais un soupçon n'a lui dans ma pensée. Ce grabat en est la preuve évidente, ajouta le bandit avec un soupir.

— Ah! c'est cela! mon amour t'est indifférent, n'est-ce pas?... Et comme tant d'autres, lâches, infâmes et maudits, tu t'accommoderais d'un palais que mes complaisances auraient payé.

— Tu es folle!

— Je ne sais qui me tient de te tuer un beau jour, Catafago! alors, peut-être, serais-je guérie de l'effroyable amour que tu m'as inspiré.

— Tu as cette pensée quelquefois, vipère?

— Souvent, répondit Forfala avec une expression farouche et sourde.

— Bon! me voilà prévenu.

— D'où vient cet enfant? demanda impérieusement la bohémienne.

— Dors en paix, te dis-je! fit le bandit en haussant les épaules.

— D'où vient-il? je veux le savoir.

Un petit éclat de rire suivit, auquel répondit la Forfala en sortant de son lit, demi-nue, et la main armée d'un couteau.

Mais ses forces la trahirent aussitôt; elle lâcha l'arme et Catafago n'eut que le temps de la recoucher sur le grabat.

— Allons, bien rugi, ma lionne! fit-il, les yeux enflammés d'une oie sombre, je t'aime comme cela!

— Le médecin, le médecin... tu ne l'as donc pas amené?...

— Bon! murmura Catafago, voici le moment venu... et dans quelques instants je saurai ce que c'est que d'être père... Animal, brute que tu es, c'est à la misère et à la potence que tu cours, car cet enfant va te faire commettre mille folies!...

Et il s'enfonça dans ses réflexions.

— Voyons, se dit-il, pesons bien les chances. L'inconnu veut un enfant, un garçon; ce n'est pas pour lui, peu m'importe, après tout... malgré son masque, je sais qui il est... En lui promettant un enfant, je ne m'étais pas engagé à lui donner celui de Forfala... Celui-ci m'a été envoyé par le hasard, et c'est celui-là qui... Et pourtant, une destinée brillante attend peut-être l'enfant que je vais livrer... Je le tiendrai par son secret, cet homme, et la fortune est à moi... Oui; c'est cela, je garderai l'enfant de Forfala et je livrerai l'autre.

Les gémissements de la bohémienne le rappelèrent aux choses réelles, et il fut forcé de s'occuper exclusivement de cette pauvre femme.

Une joie sauvage illuminait sa face de réprouvé : le moment était venu.

Deux heures après, comme onze heures sonnaient à toutes les horloges de Paris, Catafago glissait mystérieusement sur les clairières du Pré aux Clercs et se dirigeait vers un endroit ombragé de saules pleureurs et de peupliers, devant lequel était une sorte de petite baie. Plusieurs barques étaient amarrées au rivage, il sauta dans l'une d'elles et déposa au fond un petit paquet soigneusement enveloppé dans sa cape bariolée. Il détacha ensuite les chaînes du bateau, sans faire le moindre bruit, saisit une rame, l'appuya fortement sur la berge et gagna le large.

Il rama longtemps, car il fallut remonter le courant de la Seine pendant une assez longue distance, et de temps en temps il jetait sur le fond de la barque des regards où perçait une sorte d'attendrissement.

— Cela vaut mieux ainsi... murmurait-il, comme s'il voulait absolument se raffermir dans une résolution extrême.

La barque filait sur l'eau et, au bout d'une demi-heure, abordait sur la grève opposée du fleuve, à quatre ou cinq pas en amont de la grosse tour du Louvre.

Catafago attacha sa chaîne à l'un des arbres de la berge, ramassa avec précaution le petit paquet qu'il avait déposé sur le fond du bateau, et sauta sur le rivage.

Presque aussitôt un homme, sortant de l'ombre de la vieille tour, accourut vers lui et, mettant son chapeau à la main, l'éleva au-dessus de sa tête.

— Noël! dit cet homme à demi-voix.

— Miracle! répondit Catafago après avoir élevé l'une de ses mains de la même façon.

— Suivez-moi.

— Etes-vous certain que je serai reçu? demanda le truand.

— Je vous attends depuis huit jours à la même place, et j'ai ordre de vous conduire sans retard.

— Marchons.

L'inconnu descendit dans l'un des fossés du Louvre, en ce moment sans eau ; puis, gravissant un petit escalier d'une vingtaine de marches aboutissant à une poterne, il introduisit le bandit dans le château.

— Bon! se dit celui-ci, la maison est bonne, décidément j'ai bien fait.

Ils traversèrent ainsi une longueur considérable de souterrains, laissant à droite et à gauche une quantité d'escaliers qui, malgré l'obscurité, excitaient vivement la curiosité de Catafago ; puis, ils arrivèrent devant un mur sur lequel aucune ouverture ne paraissait.

L'inconnu fit jouer probablement un ressort caché, car une partie de la muraille s'enfonça et livra les premières marches d'un escalier tournant.

Catafago eut un mouvement d'hésitation à s'engager dans cette nouvelle voie; mais il était déjà trop avancé, et d'ailleurs la retraite n'était guère chose facile dans un palais rempli de gardes et de serviteurs.

Le truand et son guide montèrent longtemps, une centaine de marches environ ; et au fur et à mesure que les dizaines se succédaient, le bandit commençait à revenir sensiblement sur ses ambitieuses visées. Il finit pourtant par se raviser et par supposer que ce nombre exagéré d'échelons qui le conduisaient à la fortune n'était qu'un manège inventé pour dépister ses soupçons.

Il parvint enfin à un cabinet, où son guide le fit attendre quelques instants, puis revint le chercher et, après lui avoir fait traverser plusieurs chambres plongées dans l'obscurité, l'introduisit dans un grand salon éclairé faiblement au moyen d'une simple bougie, et au fond duquel se tenait un homme debout, vêtu d'habits sombres et appuyé sur une longue canne.

Cet homme était masqué. Toutefois, au premier coup d'œil, Catafago crut le reconnaître.

— C'est bien lui, se dit-il.

L'homme masqué congédia l'introducteur et s'avança d'un pas lourd et en s'appuyant sur la canne.

— Non, ce n'est pas lui, pensa alors Catafago.

— Tu as tenu ta promesse? dit l'homme en s'avançant encore, et dardant à travers les trous de son masque des yeux ardents vers le paquet que le bandit portait sous son bras.

— Voici l'objet, dit celui-ci.

— Voyons-le.

Le truand déploya sa cape avec précaution et en sortit un enfant absolument nu, lequel, tenu sous les bras par des mains rudes et inexpérimentées, se mit à pousser des cris perçants.

— Fais-le taire! s'écria l'homme avec frayeur.

— Je ne suis pas la nourrice, dit Catafago en riant d'un gros rire.

— C'est juste; allons, essaie de le calmer, et place-le là, entre les bras de ce fauteuil, dans les plis de ce manteau de velours. Il sera mieux que dans ces guenilles.

Catafago parvint à obtenir le résultat que souhaitait ce mystérieux personnage, et quand il eut fini il se retourna.

— Voici ta récompense, lui dit l'homme masqué en lui tendant une assez grosse bourse.

Le bandit la soupesa et l'engloutit aussitôt dans sa vaste poche.

— Maintenant, il te faut partir; mais tu suivras un autre chemin, afin de dépister tout soupçon. Prends ce papier, c'est une passe pour sortir du Louvre, tu la donneras au portier.

— Mais vous allez me conduire, monseigneur, car du diable si je me reconnaîtrais dans ce château.

— Attends.

Et le mystérieux personnage s'avança, traînant les jambes, vers une petite porte au delà de laquelle Catafago aperçut les marches supérieures et inférieures d'un escalier en colimaçon ; mais il la referma aussitôt.

— Quelqu'un descend, dit-il avec une sorte d'effroi, en plaçant son oreille sur la porte.

Il alla ensuite vers l'enfant et le considéra attentivement.

— Joli!... dit-il en se frottant les mains.

— Je m'en vante, dit Catafago en se léchant les lèvres.

— Maintenant tu peux partir. Ouvre la porte, descends l'escalier et tu te trouveras dans la cour principale du Louvre. Là tu verras le porche à ta droite. Va.

— Adieu, monseigneur.

L'homme masqué le congédia de la main, plongé qu'il paraissait être dans une sorte d'extase devant le petit être qui dormait sur le fauteuil.

Catafago s'était approché de la porte et en tournait la clef; mais celle-ci ne jouait pas facilement et il fut obligé d'employer toutes ses forces à la faire tourner dans la serrure.

Aussitôt le plancher s'ouvrit et il fut précipité dans un abîme noir qui venait de s'ouvrir sous ses pas.

Il poussa un grand cri, disparut, et ce fut tout.

Le mystérieux personnage jeta sa canne et se mit à courir vers ce trou meurtrier qu'il referma aussitôt.

Puis, avec la même agilité, et sans que rien annonçât la moindre gêne dans sa marche, il se précipita vers l'enfant, le prit entre ses bras et sortit de la chambre.

— Enfin ! dit-il.

X. — LE SECRET DE LA REINE.

Anne d'Autriche venait de renvoyer ses dames d'honneur et n'avait gardé auprès d'elle, pour la mettre au lit, que la duchesse de Chevreuse et doña Estefana, sa femme de chambre espagnole.

La duchesse, que, malgré la mort de M. de Luynes, son premier mari, on appelait encore parfois madame la connétable, avait alors vingt-six ans. Elle était incontestablement, de toutes les dames de la cour, celle qui l'emportait par l'esprit et par la beauté.

Si Richelieu, dépité de n'avoir pu, en feignant pour elle la plus vive passion, réussir à faire écouter ses vœux par sa souveraine, était parvenu à la perdre dans l'esprit du roi, en revanche la reine avait pour madame de Chevreuse la plus vive et la plus constante amitié. Devant la reine, et pour elle seule, la duchesse abdiquait toute prétention à dominer et se résignait au rôle de confidente : Anne d'Autriche lui en savait un gré infini.

— Eh quoi, lui dit la duchesse, voici bientôt huit mois que vous jouez cette comédie, et au moment où vous allez en recueillir le fruit, vous hésitez ?

— La confiance du roi m'épouvante. Je ne puis me décider à le tromper ainsi.

— Vous sauvez la couronne qui, placée sur la tête de son frère Gaston, serait avilie, tomberait ensuite à M. de Guise, rejeton appauvri de la grande race du Balafré, et, au milieu des déchirements du royaume, roulerait dans l'abîme, et, qui sait, serait ramassée par quelque faction semblable à celle des Seize.

— Mais tromper à ce point, duchesse !...

— Songez, majesté, qu'un fils vous donne quinze ans de régence et dix ans encore, au moins, de pouvoir. Pendant ce temps que de choses vous pouvez faire !

— Avec vous pour conseillère, la tâche ne me paraîtrait pas effrayante, chère duchesse, mais je ne puis me décider à ce mensonge. Il peut me perdre.

— M. de Richelieu vous perdra bien plus sûrement si vous n'y prenez garde. C'est lui qui a tramé cette intrigue, c'est lui qui s'est chargé de parer à toutes les difficultés; il a été même jusqu'à se procurer... enfin il est trop complice pour ne pas tomber ensuite, pieds et poings liés, dans le piége que je me charge de lui tendre, si vous m'y aidez.

— Oh ! je prête les mains à tout ce que l'on pourra entreprendre contre ce prêtre que je hais, — contre lui et contre...

— Et contre ?...

— Contre son âme damnée, le comte de Rochefort, cet homme qui a osé... Ah ! tenez, duchesse, quand je songe à tout cela, la honte et le désespoir s'emparent de mon âme, et je voudrais mourir.

— Mourir, vous si belle dans le présent, si puissante dans l'avenir ! allons donc, laissons ces extrémités aux petites bourgeoises timorées ! Surmontez ces misérables craintes, soyez forte, et tout ira bien.

— Cependant...

— Ne vous ai-je pas dit cent fois, si ce Rochefort vous gêne, que ne le faites-vous tuer à coups de hallebarde sur votre escalier. Nous avons l'exemple de Concini, et il ne manquera pas d'officiers de bonne volonté pour commander cette exécution, au risque d'être fait maréchal de France. Une fois privé de son âme damnée, le cardinal sera plus facile à atteindre, et...

— Ah ! pauvre duchesse, vous ne connaissez pas ces deux hommes...

— Est-ce un parti violent qui vous répugne? dites un mot, et Rochefort périra, frappé légalement, — les occasions de duel ne manqueront jamais avec lui, — et j'ai l'homme tout prêt, une de ces fines lames...

— Encore votre Chalais.

— C'est l'homme le plus adorable, majesté, et pour me plaire il passerait dans le feu.

— Folle amie !... dit la reine avec un soupir, vous l'aimez et vous le verriez marcher, l'épée à la main, contre un homme comme Rochefort, sans que votre cœur en fût troublé.

— C'est un chevalier des vieux temps, il est sûr de toujours vaincre.

— Taisez-vous, belle exaltée, et allez-vous-en, je tombe de sommeil.

Mais au moment où madame de Chevreuse se levait pour baiser la main de la reine, on gratta à la porte d'une manière particulière et indiquant une certaine urgence.

— Vois, Estefana, dit la reine en s'adressant à sa camériste en espagnol.

Celle-ci courut vers la porte et l'entr'ouvrit; mais elle la referma aussitôt et revint vers la reine tout effrayée.

— C'est lui, madame ! fit-elle à voix basse en espagnol.

— Qui ?

— M. de Rochefort, il veut parler à Votre Majesté.

— Quelle audace ! je ne le verrai pas, va le lui dire, Estefana. La camériste se dirigea vers la porte; mais la duchesse l'arrêta.

— Au contraire, madame, dit-elle, il faut toujours savoir ce que veulent nos ennemis. Recevez-le.

— Non.

— Que pouvez-vous craindre?

— Tout de cet homme, tout !

— Allons, je vois qu'il faut vous servir malgré vous, et prendre sur moi de vous en défaire.

— Gardez-vous bien de cela, duchesse !

— Alors, recevez-le.

— Quel supplice !

— Je vous donnerai du courage. Introduisez-le, Estefana, dit madame de Chevreuse.

Mais la camériste, qui n'entendait pas le français, attendit l'ordre de sa maîtresse. La reine sembla se raviser.

— Au fait, vous avez raison; et puis, c'est peut-être un moyen d'en finir plus vite; mais vous allez vous cacher dans mon cabinet. Devant vous, il ne parlerait pas peut-être.

La duchesse ne se le fit pas répéter : elle s'élança vers la porte d'un cabinet situé au chevet du lit de la reine; et quand elle eut disparu, Estefana reçut l'ordre d'ouvrir au comte.

Rochefort entra.

C'était un homme de vingt-huit à trente ans. Sa figure était belle, mais la noirceur toute particulière de ses cheveux et de sa moustache, l'épaisseur de ses sourcils, lui donnaient une dureté d'expression à l'effet de laquelle il était, des longtemps, habitué.

Il s'inclina respectueusement devant sa souveraine, et attendit qu'elle lui accordât son attention.

— Parlez, monsieur, dit Anne d'Autriche, — car je suppose qu'il faut de puissants motifs pour que vous soyez venu frapper à ma porte à cette heure de nuit.

— Madame, dit Rochefort, M. le cardinal m'envoie vers Votre Majesté pour la prévenir que l'instant est venu d'exécuter le projet auquel elle a bien voulu souscrire.

— Quel projet? demanda Anne d'Autriche avec étonnement.

— Mais, madame, répliqua le comte, celui auquel vous avez donné naguère votre sanction...

— Ma sanction?...

— En assistant à la consultation des trois médecins.

— Ah !... fit la reine, qui comprit seulement alors, car elle ne s'habituait que très-difficilement à jouer son rôle, — et encore fallait-il que la duchesse de Chevreuse le lui soufflât, quand l'occasion s'en présentait.

— Madame, reprit le comte, vingt courriers galopent en ce moment dans Paris et aux environs pour réveiller les grands du royaume et leur donner avis du solennel événement qui se prépare. Tous vont se rendre au Louvre pour y assister, et déjà quelques officiers de M. le cardinal et du roi sont réunis. Le médecin n'attend plus que vos ordres.

— Quel médecin?

— Celui qu'on est censé avoir pu trouver, vu l'imminence de

l'événement, et dans l'impossibilité où nous sommes de courir après vos médecins ordinaires.

— Je vois, dit Anne d'Autriche, que tout est admirablement organisé.

— L'intérêt du royaume et celui de Votre Majesté ont inspiré Son Eminence, madame.

— En vérité !

— Votre Majesté veut-elle que...

— Décidément, vous êtes insensés, vous et M. le cardinal! s'écria la reine, oui, insensés, si vous avez pu espérer que j'irais jusqu'au bout !

— Eh quoi!...

— Oui, je me révolte à la fin, je veux m'affranchir de toutes ces intrigues, elles me répugnent, elles me dégoûtent. Retournez auprès du cardinal, monsieur, et dites-lui que je refuse.

— O ciel! Votre Majesté ne craint pas...

— Je ne crains rien, je dirai tout au roi, s'il le faut, à toute la cour assemblée; oui, je refuse, je refuse !

Et la reine, fermant les poings, s'était levée pour donner plus de force à la volonté qu'elle se sentait si heureuse d'oser exprimer en ce moment.

Mais Rochefort était resté impassible.

— Réfléchissez, madame, dit-il froidement.

— Je vous ai dit de sortir, monsieur, répéta-t-elle en indiquant la porte du geste.

— Ne vous emportez pas, majesté, croyez-moi, dit Rochefort en fixant sur elle deux yeux implacablement cruels et railleurs, et devant la lueur desquels elle recula invinciblement jusqu'à son fauteuil, — et, loin de persister dans une semblable et si étrange résolution, obéissez.

Ce mot révolta l'orgueil de la reine: elle releva la tête et voulut répliquer, mais Rochefort continua impérativement.

— Ne vous emportez pas, vous dis-je, vous êtes dans ma main. Elle le regarda avec stupeur.

— Obéissez, reprit le comte, je le veux, moi !

— Vous!... fit-elle avec une expression de mépris telle qu'un homme, moins cuirassé que Rochefort, eût tressailli comme à l'approche d'une main menaçante vers sa joue.

— Oui, moi.

— Et de quel droit? fit Anne d'Autriche avec l'audace de son courage, plutôt qu'avec celui de sa conscience.

— Vous savez bien que je l'ai, ce droit.

— Misérable !

Le comte lui saisit le poignet, et la força de s'asseoir.

A ce geste, à cette violence, doña Estefana voulut accourir à l'aide de sa maîtresse; mais en la voyant céder et cacher son visage dans ses mains en dévorant ses larmes, elle resta immobile et broyée, elle aussi, par cette volonté de fer.

— Oser porter la main sur votre reine!... murmura Anne d'Autriche avec un sanglot.

— Vous n'êtes pas la reine pour moi, madame, dit à son tour Rochefort avec mépris, vous n'êtes qu'une femme.

Dire dans quel état de fureur tomba la reine devant l'insolente apostrophe de Rochefort serait impossible, — et cependant, telle était sans doute l'importance du secret qui existait entre eux, qu'elle n'osa pas donner l'ordre à Estefana d'appeler les gentilshommes de service qui veillaient dans le salon d'attente.

Le comte savait sans nul doute ce qu'il faisait, car il continua sur le même ton.

— Ecoutez-moi bien, madame, je vous l'ai dit, vous êtes dans ma main, et je n'ai qu'à l'ouvrir pour en faire sortir toutes les calamités. Savez-vous le sort qui vous serait réservé, le savez-vous? — Vous seriez enfermée dans un couvent, et l'Europe entière apprendrait la cause de ces rigueurs. Vous ne le voulez pas plus que moi, madame; car si je tiens à ma tête, vous tenez, vous, fière Espagnole, à votre considération et à votre honneur.

— C'est trop d'insolence! s'écria Anne suffoquant, oui, c'est trop!

— Pardonnez-moi, madame, dit Rochefort avec une humilité feinte et subite, Dieu m'est témoin qu'il fallait de graves circonstances pour que j'osasse parler ainsi à la femme qui, pour moi, est la Divinité.

— Assez, monsieur, je ne sais pas vraiment si je ne préfère pas votre insolence à vos soumissions. Retirez-vous.

— Pas avant d'avoir fait consentir Votre Majesté.

— Encore!

— Il le faut absolument.

— Je vous dis que je refuse.

— Madame, madame, prenez garde. Il est un secret connu seulement de vous, de M. le cardinal et de moi; s'il était ébruité...

— Taisez-vous.

— Songez-y, madame, il y a quelque part, dans un coin de la France, un enfant élevé comme le bâtard d'un gentilhomme et qui est destiné, sans doute, à s'éteindre dans l'obscurité, à moins que le hasard n'en décide autrement (1).

— Ne me parlez pas de cela, comte! fit la reine en cachant son visage dans ses mains.

— Pourquoi cela, madame? c'est une de ces sombres aventures qu'il importe de ne pas oublier. — Eh bien, cet enfant, né dans l'ombre, le peu de personnes qui ont pu pénétrer ce mystère l'ont attribué à deux personnes, à M. de Buckingham et... à moi.

— Ah!... fit la reine avec effroi.

— Allez à l'étranger, madame, allez dans nos villes protestantes, vous verrez vendre ostensiblement des libelles où la malignité humaine s'en donne à cœur-joie contre tout ce qui doit ici-bas inspirer le respect et la vénération.

— La vénération... dit Anne d'Autriche en regardant Rochefort avec étonnement.

— Oui, madame, car, vous le pensez bien, il y a de ces rares bonheurs dans la vie qui ne peuvent s'effacer du souvenir d'un mortel... Oui, lorsque, dépouillant le masque ou plutôt la forme que mon audace m'avait inspiré la pensée de prendre, lorsque vous avez reconnu votre erreur, j'ai emporté au fond de mon cœur, même sous le poids de vos mépris et de votre haine, une de ces passions profondes qu'on ne peut comparer qu'à l'amour de Dieu.

— Taisez-vous, monsieur, je vous l'ai dit, je préfère votre haine à...

— Ma haine, vous ne l'aurez jamais, car plusieurs heures d'illusions m'ont fait espérer que, peut-être, votre cœur aurait pu se fondre à l'ardeur de mon amour.

— Oh! c'est trop!... fit Anne d'Autriche en fondant en larmes et courbant son beau front sous la honte.

— Voyons, madame, reprit le comte, tout nous sert cette fois. — Votre mari, habilement conseillé par le cardinal, vous a rendu son affection, et prête les mains à nos projets, et...

— Non! non! s'écria la reine en se levant avec violence, cela ne sera pas. Ah! je vous comprends à la fin. Vous n'avez été qu'un instrument ambitieux entre les mains du cardinal, car je ne croirai jamais à un autre sentiment de votre part. Vous voulez régner tous deux sous le nom de cet enfant, et, une fois le roi mort, vous me renverriez en Espagne, ou me feriez enfermer dans un couvent. Voilà tout, n'est-ce pas? Eh bien! je vous brave tous les deux, vous et le cardinal. Advienne que pourra, je ne veux pas me prêter à cette indigne comédie! je ne veux pas aider à mettre sur le plus beau trône du monde un enfant qui n'a rien du sang royal dans les veines, ni par son père, ni par sa mère; ce serait profaner la majesté royale, ce serait tenter la justice de Dieu. Allez, monsieur, allez dire au cardinal de renvoyer tous ceux qu'il a convoqués.

— Mais l'enfant est là.

— Rendez-le à sa mère.

— Madame, madame, vous ne parlez pas sérieusement!

— Allez, monsieur.

— Encore une fois...

— Je vous dis que je vous brave, sortez!

— Mais...

— Estefana! s'écria la reine, appelle mon capitaine des gardes!

— Je me retire, madame, dit Rochefort en reculant jusqu'à la porte sans cesser de regarder la reine.

Mais celle-ci, loin de céder en apparence à la peur que lui inspirait au fond du cœur l'étrange maître que la fatalité lui avait donné, soutint son regard avec une attitude tellement pleine de noblesse et de fierté, que l'audacieux Rochefort fut obligé de baisser les yeux au moment où il disparut derrière la porte qu'Estefana lui tenait entr'ouverte.

Quand la porte fut refermée, l'état de surexcitation dans lequel la malheureuse Anne se trouvait tomba tout à coup, et elle s'affaissa dans son fauteuil, en proie au plus violent désespoir.

(1) Rochefort fait allusion à l'infortuné qui, plus tard, a donné lieu à la douloureuse légende de l'Homme au masque de fer, dont tant de livres et de romans n'ont pas encore épuisé la curiosité publique, et dont on a attribué, tour à tour, la paternité à Buckingham, au comte de Rivière et au comte de Rochefort.

Doña Estefana s'était empressée d'aller ouvrir la porte du cabinet où s'était réfugiée la duchesse, et celle-ci vint s'agenouiller devant la reine.

— Que s'est-il donc passé?.dit-elle.

— Ah! que n'avez-vous entendu, vous seriez accourue à mon aide!... mais qu'auriez-vous pu faire, hélas! Oh! que j'aurais voulu être homme et porter une épée au côté, je l'aurais tué, ce lâche!

— Il a osé!...

— Il m'a couverte de boue!

— Et vous le supportez!

— Hélas!...

— Faut-il donc ajouter foi aux médisances, madame? demanda courageusement madame de Chevreuse.

— Aux médisances, quoi?... que dit-on?... Ce fatal secret aurait-il transpiré?...

— On a dit...

— Ne le répétez pas, ce souvenir tuera votre reine, duchesse, car elle a été blessée dans ce qu'elle a de plus cher, son orgueil.

— Malheureuse princesse!...

— Ah! c'est à n'y pas croire; — cette nuit, cette horrible nuit est présente à ma pensée comme si c'était hier... Ecoutez, duchesse, et apprenez ce que personne que moi et cet homme seul, savons ici-bas.

— S'il le sait, le cardinal ne doit pas l'ignorer.

— C'est pour cela que je veux vous le dire, afin qu'au besoin vous rétablissiez la vérité, duchesse.

— Ah! madame, ce secret me fait peur, dit instinctivement la duchesse en la regardant avec effroi.

— C'était à Saint-Germain, où je m'étais retirée, lorsque le roi, qui était parti de Versailles en chassant, arriva au château sans être attendu. Il venait me demander à souper. Vous jugez si je le reçus avec joie, car c'était me dire qu'il n'ajoutait pas foi aux calomnies dont on m'a noircie à ses yeux depuis l'arrivée et surtout depuis le départ de M. de Buckingham.

La duchesse regarda la reine en dessous et avec un sourire dont la malicieuse expression échappa à sa souveraine.

— Après le souper, continua Anne, le roi resta.

— Louis le Chaste resta!... fit madame de Chevreuse continuant cette fois, à voix haute, ses interprétations.

— Oui, reprit la reine. Il fit cette nuit-là un violent orage et nous eûmes tous deux grand'peur, car le vent soufflait avec une violence telle qu'il semblait que le château allait s'écrouler sur ses fondements.

— Il fit grand vent et le roi... eut peur, conclut la duchesse.

— Oui, répondit Anne, et le lendemain un orage semblable fit son vacarme sur le château; si bien qu'après le souper, le roi se retira dans ses appartements. Mais... et c'est là, duchesse, que mes malheurs commencent...

— Qu'arriva-t-il donc?

— J'étais couchée depuis plus d'une heure, lorsque je vis, à la lueur de la lampe brûlant dans un coin de la chambre, dona Estefana qui venait de sortir du cabinet où elle couchait et ouvrait la porte de communication avec les appartements du roi. — Je lui demandai ce que c'était; mais la personne qui entrait la dispensa de répondre. C'était Louis.

— Ah! Louis le Chaste s'était ravisé.

— Ne riez pas, duchesse, et frissonnez avec moi, car, au matin, quand je me réveillai au soleil levant qui me frappait au visage, l'homme que j'aperçus à mes côtés...

— Eh bien? demanda madame de Chevreuse épouvantée.

— O ciel!... dit la reine en se cachant le visage.

— Ce n'était pas le roi!

— Ah! quand j'y songe, je voudrais me tuer, car la honte m'oppresse, ma tête va éclater, duchesse, je sens que, comme ce jour-là, je vais devenir folle.

— Pauvre reine!...

— Et je fus obligée de dévorer mon opprobre, et je fus forcée de plier sous le regard de triomphe que cet homme me jeta en se réveillant à son tour... Ah! tenez, duchesse, duchesse, vous avez raison, il faut qu'il meure!

— Votre désir vaut un ordre.

— Oui, il faut qu'il meure, car, ce que je n'ai jamais osé m'avouer à moi-même, j'ai été heureuse de lui prodiguer, à ce fantôme de mari, tous les trésors d'amour qu'il y a dans mon âme!... oui, duchesse, faites que cet homme meure, et tout ce que vous me demanderez, vous l'aurez, je vous en donne ma parole royale.

— J'ai votre vengeur tout prêt.

— Qui donc?

— M. de Chalais.

— Vous êtes une noble femme, duchesse, vous me sacrifiez votre amant, c'est comme si vous me donniez votre vie, je vous aime.

— Rochefort mourra, madame, je vous le jure.

XII. — LES FRAYEURS DE M. DE ROCHEFORT.

Le cardinal attendait dans son cabinet le résultat de la tentative de son confident; et quand celui-ci y entra, tout à coup, sans se faire annoncer, et montra son visage bouleversé, il n'eut besoin de lui adresser aucune question.

— Je vous l'avais bien dit, fit-il en haussant les épaules.

— C'est incroyable, monseigneur!

— Vous avez été repoussé?

— Et je suis convaincu qu'il n'y a plus rien à tenter à ce sujet. Elle est intraitable, et ne veut plus, à aucun prix, se prêter à vos projets.

— Bah!

— Chose certaine, monseigneur, et si Votre Eminence veut bien me le permettre, je vais aller, par son ordre, faire un petit tour hors de France.

— Et pourquoi cela?

— Parce que la reine va me faire tuer à coups de hallebarde, dans son antichambre, la première fois que j'oserai m'y présenter.

— Ce ne sont pas ses façons.

— Ou pour le moins me faire arrêter par son capitaine des gardes et conduire à la Bastille.

— Elle ne l'oserait pas.

— Eh! monseigneur, vous en parlez bien à votre aise, mais je vous jure, moi, que je ne me crois pas en sûreté.

— Vous l'avez donc poussée à bout?

— Elle a tous les droits et toutes les raisons possibles pour se croire mortellement insultée. Vengeance de femme, chose toujours à craindre.

— Il faut qu'elle ait été puissamment conseillée pour avoir montré autant de volonté.

— Madame de Chevreuse était là, je crois, quand j'ai demandé à la voir.

— Oui, ce sont en effet de ces audaces à la connétable. Il faut absolument séparer ces deux femmes, ou le roi m'échappe. Si Louis n'était pas si foncièrement Louis le Chaste, il y a longtemps que madame de Chevreuse me l'aurait enlevé.

— Enfin, monseigneur, vous me permettez de m'éloigner pendant assez longtemps pour donner à l'orage le temps de s'apaiser?

— Oui, mais vous utiliserez votre voyage. Vous n'avez pas, je suppose, de préférence marquée pour l'une ou pour l'autre frontière?

— Je suis aux ordres de Votre Eminence.

— Bon. Vous irez dans les Pays-Bas alors, à Bruxelles, — mais quand je vous en donnerai l'ordre.

— Et jusque-là? fit Rochefort avec anxiété.

— Oh! mais je ne vous ai jamais vu ainsi, Rochefort, vous si aventureux, si audacieux, si brave! Qu'est-ce que cela?

— J'ai peur de l'inconnu, monseigneur.

— Eh bien, jusque-là, allez vous cacher à Fleury, déguisez-vous même avec ma livrée, si vous croyez que cela soit nécessaire, et tenez toujours un cheval sellé à la petite porte du parc qui mène à la forêt de Fontainebleau.

— C'est parfait, monseigneur.

— Je vous préviendrai lorsque vous pourrez revenir. Je vais reprendre en sous-œuvre votre besogne, et il faudra bien que je décide la reine à accepter...

— Diable! monseigneur, j'y songe...

— A quoi?

— Ce pauvre Catafago, le voilà victime innocente d'une affaire manquée.

— Il n'a fait que devancer la potence; — mais l'affaire n'est pas manquée, je l'espère bien.

— Mais l'enfant?

— Eh bien?

— Jusqu'à ce que vous ayez réussi, qu'en faire? cela mange, ou plutôt cela tette, ces créatures-là.

— Ah!... fit Richelieu réfléchissant, — il ne faut pas songer à en parler à présent, votre algarade a tout gâté pour cette nuit, — nous verrons demain. Je vais renvoyer toutes les personnes convoquées.

— Mais l'enfant, monseigneur ?

— Rendez le à sa mère jusqu'à demain.

— Mais je ne la connais pas; Catafago seul tenait ce fil.

— Eh bien, trouvez-lui une nourrice jusque-là.

— Fàcheuse besogne, monseigneur; savoir si ce petit être ne fait pas en ce moment des cris d'affamé, pendant que je suis ici.

— Courez vite.

Rochefort s'élança vers la porte; mais il sembla se raviser.

— Monseigneur, si vous voulez m'en croire...

— Achevez.

— Vous agiriez promptement contre madame de Chevreuse. Tous les conseils viennent de là, je le sens.

— Elle me hait autant que peut haïr une femme qu'on fait échouer dans ses calculs ambitieux; je ne suis pas moins désireux que vous de la réduire à l'impuissance.

Au lieu de sortir par la porte principale du cabinet de Richelieu, Rochefort se dirigea vers un angle où il souleva une tapisserie, et disparut. De là, il gagna au plus tôt la grande chambre où nous l'avons vu recevoir Catafago, et il y retrouva l'enfant qui dormait encore.

— Où trouver une nourrice à présent jusqu'à demain ? se disait-il... J'aurais dû ménager Catafago, c'était un homme de ressource, jamais embarrassé et qui parlait peu.

Sur ces pensées, le comte s'était enveloppé d'un manteau, avait pris l'enfant entre ses bras avec précaution et s'empressait d'ouvrir sans bruit la porte par laquelle il avait voulu faire partir le bohémien. Mais au moment de s'engager dans l'escalier tournant, un bruit de voix retentit à l'étage supérieur, et il referma doucement la porte.

Il entendit alors, mais cette fois dans des proportions inquiétantes, un assez grand bruit dans le salon précédant la chambre où il était, et distingua parfaitement la voix de son valet.

— Qui est là ? se demanda-t-il en se rapprochant de la grande porte.

Il y avait de ce côté un assez grand vacarme, et il ne fut pas longtemps à reconnaître la voix plaintive de son valet et à supposer que c'était de sa part une manière habile de prévenir son maître du sort qui lui était fait.

A travers la serrure, Rochefort l'aperçut entre les mains de deux gardes qui le tenaient fortement par le collet, et il vit s'avancer vers la porte le capitaine des gardes de la reine.

— Alerte! s'écria-t-il en poussant le verrou dans sa gâche.

Cette fois, il était bien décidé à braver les regards de toute personne qui pourrait le rencontrer sur le petit escalier; il savait par expérience que M. le capitaine des gardes n'entendait pas raillerie et ferait main basse sur M. le comte de Rochefort, se recommandât-il de M. le cardinal.

Il descendit l'escalier sans encombre et, au lieu de déboucher dans la cour du Louvre, car il supposait avec raison que l'ordre avait dû être donné de l'empêcher de sortir du palais, il fit jouer le ressort du passage secret par lequel avait été introduit Catafago.

Il en avait à peine franchi le seuil qu'un grand bruit s'éleva dans l'escalier, — c'étaient évidemment les gardes qui s'étaient élancés à sa poursuite. Ils pouvaient connaître le passage; aussi se mit-il à courir dans les obscurs souterrains, en homme connaissant les êtres; heureusement pour lui, car c'était une sorte de dédale dans les détours duquel tout autre se serait perdu ou fracassé le front contre les murs. Il ne tarda pas à arriver à la poterne des fossés.

Avant de quitter cette retraite, il écouta avec attention tous les bruits intérieurs du palais et se convainquit sans peine que la chasse qui lui était faite n'était pas interrompue; la lumière d'un flambeau qu'il aperçut tout à coup au fond des souterrains ne lui laissa plus aucun doute. Il ferma la porte, traversa rapidement le fossé, gravit le talus avec peine, et quand il parvint sur le quai la poterne s'ouvrit.

Il prit sa course, bien certain cette fois d'échapper à la faveur de l'obscurité des rues de Paris; le tout était de tourner le château du Louvre et de parvenir au pont Neuf; mais au moment où il était certain d'avoir réussi à dépister les gardes lancés à sa poursuite, l'enfant, que ce mouvement n'avait pas tardé à réveiller et qui, d'ailleurs, étouffait sous les plis de son manteau, l'enfant se mit à pleurer.

En vain Rochefort essaya-t-il de l'envelopper davantage dans l'étoffe; il lui semblait que les cris étouffés de cette frêle créature

avaient la puissance et l'éclat d'une trompette et allaient par conséquent le signaler de loin à la sagacité de ses ennemis.

Il passait en ce moment sur la berge du fleuve.

Les gardes avaient escaladé à leur tour le talus et s'étaient répandus dans diverses directions, s'éclairant de flambeaux et s'appelant l'un l'autre pour s'exciter à la poursuite.

Rochefort n'était ni un homme de faible courage, ni un de ces êtres timorés que les dangers effrayent; pourtant, en se voyant l'objet d'une aussi étrange précaution, il jugea qu'il ne lui serait pas fait quartier, et que la Bastille était encore la plus acceptable des extrémités auxquelles on pourrait se livrer à son égard. Il se vit en un instant victime d'un complot sinistre, à l'exemple de Concini, et comme, en s'avançant précisément à l'endroit où le maréchal d'Ancre était tombé sous la balle de Vitry, il lui prit une frayeur folle qui dérangea un instant ses facultés.

L'enfant criait toujours.

En ce moment les flots de la Seine clapotaient à ses pieds et une horrible tentation le prit. De la pensée à l'action, il n'y avait que l'intervalle d'un éclair.

L'éclair brilla, et le malheureux enfant fut lancé dans le fleuve.

Ses cris avaient cessé, et quelques minutes après, Rochefort se blottissait sous la première arche du pont Neuf.

XIII.—OU PIERRE BAUDRY CONTINUE A ÊTRE PRIS POUR UN AUTRE.

Nous avons laissé Pierre Baudry dans l'espérance d'une entrevue avec la mystérieuse dame de ses pensées; et, plutôt par désœuvrement que par curiosité, car s'il se sentait le courage et l'enthousiasme de braver mille morts pour entrevoir seulement une femme du pied de son inconnue, — il s'approcha de la fenêtre de la salle où il attendait.

Il regardait machinalement dans une grande cour, plantée de quelques arbres; et par moments, il apercevait une ombre, une forme humaine, enveloppée d'un manteau, le chapeau sur les yeux, et qui semblait se diriger avec mystère vers l'angle où se trouvait l'escalier qu'on lui avait fait gravir à lui-même.

Son imagination lui inspira alors la pensée que peut-être un danger menaçait la jeune fille ou la jeune femme qui l'avait mandé, et que c'était pour réclamer sa protection qu'elle avait osé manquer ainsi à toutes convenances. Mais il s'aperçut bien vite qu'une semblable hypothèse était aventurée, et qu'une personne comme l'avocat Pierre Baudry était un protecteur bien chétif contre une vingtaine de gentilshommes dont l'extrémité des manteaux semblait soulevée si uniformément par de belles et bonnes épées.

Il en était là de ses réflexions, lorsqu'il entendit le bruit d'une porte. Il se retourna et reconnut que ce n'était pas une, mais bien deux portes qu'on venait d'ouvrir.

C'était la suivante qui rentrait dans la salle; mais un gentilhomme y pénétrait en même temps.

A sa vue, la soubrette demeura en quelque sorte interdite, et ne fit pas un pas de plus.

Le gentilhomme, qui n'était autre que M. de Louvigny, s'arrêta également à la vue de l'avocat et le considéra un instant; puis il s'approcha.

— Vous êtes sans doute l'ouvrier armurier dont nous a parlé M. de Chalais ?

Pierre hésita une seconde; mais en voyant Louvigny froncer le sourcil, il comprit que, dans cette circonstance, il fallait avant tout sauvegarder la réputation de la personne qui l'avait mandé. L'attitude de la soubrette surtout le décida.

— Oui, monsieur, répondit-il.

— C'est bien, alors venez avec moi.

Louvigny tourna sur ses talons, adressa un petit signe de tête amical à la soubrette, ouvrit une porte située au fond de cette salle, et fit passer Pierre devant lui.

Quand ils eurent disparu, la camériste leva les bras au ciel, et courut aussitôt comme une folle à travers les appartements. Elle arriva ainsi jusqu'à une petite chambre au fond de laquelle se tenait une jeune fille pâle, assise dans un fauteuil, le menton appuyé sur sa main repliée, et dans l'attitude de la réflexion et de la douleur.

Elle avait dix-huit ans environ, et ses cheveux blonds, ses yeux bleus, la blancheur de sa peau, la faisaient ressembler à l'une de ces lumineuses madones que Raphaël a fixées sur la toile pour l'admiration des âges.

L'éclair brilla, et le malheureux enfant fut lancé dans le fleuve. (P. 23.)

— Seule! fit-elle.
— Ah! mademoiselle, si vous saviez...
— Qu'y a-t-il?
— M. de Louvigny vient d'emmener M. Pierre dans sa réunion de mécréants.
— Lui!
— Je crois l'avoir deviné, le pauvre jeune homme. Il a craint de ne pouvoir rendre compte de sa présence dans cette maison, et il a préféré se faire passer pour l'homme que M. de Louvigny attendait.
— O ciel! mais si l'on reconnaît la supercherie, il est perdu.
— C'est ce que j'ai pensé, mademoiselle.
— Et tu me dis cela aussi tranquillement!... oh! mais je veux savoir...
Et la jeune fille se leva avec vivacité et saisit une mante dont elle s'entoura le cou et la tête.
— Que voulez-vous faire, mademoiselle?
— Je veux le sauver.
— Risquer de vous compromettre, d'exciter la colère de M. le comte, votre tuteur, et la jalousie de M. de Louvigny pour un inconnu.
— Pierre n'est pas un inconnu.
— Il a compris mieux que vous la situation dans laquelle votre imprudence l'avait placé, et je crois que tout est pour le mieux comme cela.
— Tais-toi, je te dis que je veux le sauver, car ils le tueront s'ils découvrent...
— Mais, mademoiselle.
— Viens avec moi.
La soubrette n'essaya pas de s'opposer aux volontés de sa maî-

tresse: elle connaissait d'ailleurs la résolution naturelle de son caractère, elle prit donc le parti de la suivre.
M. de Louvigny était entré avec Pierre dans un grand salon, meublé à la mode des Valois, et qui semblait n'avoir été ouvert que pour la circonstance, car de tous côtés, sur les meubles, sur les tapisseries régnait une fine couche de poussière attestant l'indifférence du propriétaire de ce somptueux hôtel.
Il y avait une réunion assez nombreuse, et bien que la pièce fût très-faiblement éclairée par une dizaine de bougies, il est probable que les personnages qui étaient là se connaissaient suffisamment, car ils ne songeaient nullement à s'examiner.
Louvigny fit asseoir Baudry sur un siége placé auprès de la porte, et s'en fut serrer la main à quelques-uns de ceux qui paraissaient les plus importants dans cette assemblée, composée, selon toute apparence, de seigneurs de la cour.
Sur un fauteuil, placé en quelque sorte au milieu de tous les autres siéges et comme s'il eût été destiné aux honneurs de la présidence, se tenait un jeune seigneur vêtu de noir, et dont les habits affectaient même une certaine sévérité ecclésiastique.
Ce personnage dont la figure offrait, au premier aspect, une vague ressemblance avec celle de Henri IV, autant du moins qu'y pouvait prêter l'absence de la barbe, familière au Béarnais, n'était autre que Alexandre de Bourbon, grand prieur de France, fils naturel du Vert-Galant.
Aux respects et aux déférences des assistants pour lui, Pierre Baudry n'eut pas de peine à deviner qu'il était sinon le chef, du moins l'un des acteurs principaux de cette réunion dont il ne soupçonnait pas le but.
— Voyons, messieurs, dit le grand prieur quand Louvigny se fut assis, il ne s'agit pas de perdre notre temps en vaines paroles:

— Insolent ! fit Louvigny avec fureur. (P. 26.)

monseigneur veut agir promptement, et il m'a chargé de vous dire qu'il compte sur vous.

— Je regrette, dit alors Louvigny, que Votre Altesse ait cru devoir nous convoquer pour ce soir au lieu d'attendre quelques jours encore. Je voulais lui présenter un homme sur lequel je fonde les plus grandes espérances.

— Eh! qu'avons-nous besoin d'étrangers dans cette affaire? moins nous aurons besoin de monde et plus sûrement nous réussirons.

— Votre Altesse me permettra de lui dire cependant que ce n'est pas l'avis de monseigneur.

— Eh! Gaston est un homme timide, un prince sans énergie ; je le lui ai dit en face, et il voudrait avoir un régiment derrière lui.

— Un régiment ne serait pas de trop, répliqua Louvigny, mais l'homme dont je parle peut en conduire une bonne partie.

— C'est un officier?

— Un simple soldat, anspessade je crois, pas davantage; mais il jouit d'une autorité telle que si son colonel était son ennemi il n'aurait pas à ses côtés les trois quarts de ses hommes.

— C'est une recrue précieuse, en effet, que vous m'annoncez là, et pourquoi ne l'avez-vous pas amené alors?

— Parce qu'il ne sera à Paris que dans deux ou trois jours.

— Et il a des griefs contre l'homme rouge?

— Un seul.

— Grave!

— Un coup de canne, dit-on, bien que je suppose autre chose...

— Ce n'est pas dans les habitudes du personnage, pourtant.

— Il aurait été donné il y a dix ans, alors qu'il n'avait pas encore dompté ses passions.

— Bon! nous reparlerons de cela. — Et vous, Chalais?

— Moi, monseigneur? dit le comte comme se réveillant en sursaut.

— Eh bien! votre homme.

— Quel homme, monseigneur?

— Ah! tête folle que vous êtes! vous savez que nous avons besoin à Paris d'un homme sûr pour recevoir les dépêches qui nous viendront des Pays-Bas, et vous avez promis de nous trouver cela.

— Je l'ai trouvé en effet, et dans des conditions assez bizarres. J'ai son corps et son âme à ma disposition, et cela...

— Vous deviez l'amener ce soir, m'a dit Louvigny quand je suis arrivé.

— Je lui ai donné rendez-vous en effet.

— Il est ici dit une voix, celle de Louvigny.

Celui-ci se leva, traversa la salle, prit Pierre par la main et l'amena devant le Grand-Prieur.

Un éclat de rire de Chalais accompagna ce mouvement; et bien que tout le monde se fût tourné de son côté pour lui demander le motif d'une semblable hilarité, il ne se pressait nullement d'en donner l'explication.

— Qu'y a-t-il donc, monsieur? lui demanda sévèrement le prince.

— Eh! fit Chalais, le garçon que j'ai embauché a près de la tête de plus que celui-ci, et il est...

— Ouvrier armurier, continua Louvigny, celui-ci l'est également.

Chalais se leva, s'approcha de Pierre, et, le regardant effrontément sous le nez lui tourna le dos en pouffant de rire.

— Ce n'est pas mon armurier! fit-il.

— Trahison! s'écria Louvigny en regardant le jeune avocat avec des yeux farouches.

— Trahison! répétèrent les assistants en mettant l'épée à la main.

XIV. — LES CONSPIRATEURS.

Pierre Baudry était brave, et nous avons vu qu'il faisait facilement le sacrifice de sa vie pour une cause jugée sainte par lui; mais il n'était pas homme d'épée, et par conséquent, il recula instinctivement devant les lames qui menacèrent tout à coup sa poitrine.

— Messieurs, s'écria-t-il, un instant !

— Tuons-le! fit Louvigny qui, à la peur qu'il pouvait réellement avoir d'un espion joignait le dépit d'avoir été pris pour dupe.

Mais, comme Pierre se baissait déjà pour éviter le premier coup que lui voulait porter ce furieux, Chalais se précipita au-devant et, d'un bras vigoureux, releva l'épée.

— Eh! messieurs, dit-il avec calme, laissez donc ce pauvre garçon s'expliquer, que diable; vous le tuerez après, s'il est nécessaire.

Pierre Baudry se releva et jeta au comte un regard tout chargé de reconnaissance.

— Comment s'est-il introduit ici? demanda Louvigny, pâle et les yeux hagards.

— Eh! mon cher Louvigny, calmez-vous.

— Nous jouons nos têtes, messieurs, songez-y!

— Pardieu! nous le savons tous; et c'est justement là où est le charme de cette affaire.

— Monsieur de Chalais! dit un seigneur, remarquable par ses cheveux gris, vous êtes un enfant, on ne joue pas avec ces choses-là!

— Monsieur le marquis, répliqua vivement Chalais, je ne suis pas d'humeur à recevoir une semblable leçon de votre part.

— Monsieur, dit l'interpellé, mettez-vous bien dans la tête qu'en consentant à ce que cet hôtel servit de lieu de réunion, j'ai exposé ma tête plus que tout autre, je vous prie donc de vous montrer modéré dans vos paroles.

— Messieurs, fit le prince, intervenant, nos dissensions tourneront au profit de nos ennemis, je vous l'ai déjà dit.

— Eh! reprit Chalais, je ne comprends pas ces frayeurs, et je ne trouve pas que nous jouions autant nos têtes que vous le dites. Est-ce donc un si grand crime que de conspirer contre...

— Chut!... fit Louvigny avec impatience.

— Ah! mais, tu vas un peu loin, Louvigny, dit Chalais avec hauteur, cela serait à la rigueur permis à M. le marquis de Caumont, qui est chez lui; mais puisque les choses sont ainsi, je crois que ce n'est ni à lui, ni à toi, ni à moi, d'interroger ce garçon, mais bien à monseigneur, que voici, et qui, certes, a bien prouvé quel est le noble sang qui coule dans ses veines, car il n'a pas bougé de son fauteuil.

Le grand prieur parut flatté du compliment et fit signe à Pierre.

— Avancez, dit-il, et répondez sincèrement. — Comment vous nommez-vous?

— Pierre Baudry, avocat.

— Comment êtes-vous entré dans cette maison?

Le jeune homme rougit et se troubla légèrement; mais il reprit bientôt son assurance.

— Monseigneur, répondit-il, l'ouvrier armurier dont parlait monsieur, tout à l'heure, a été assassiné ce soir au Pré aux Clercs, et moi-même j'ai reçu une égratignure qui, sans doute, était destinée à quelqu'un dont voici le manteau.

— Eh! pardieu, c'est le mien! s'écria Chalais; vous connaissez donc mon ouvrier armurier?

— Un peu, monsieur; car en gardant son corps au milieu du Pré aux Clercs, je m'obstinais à chercher sa ressemblance, et j'avoue qu'elle m'échappait à cause du costume dont ce pauvre Robert était revêtu.

— Mais, interrompit Chalais, si vous croyez avoir reçu un coup de poignard à cause de mon manteau, ce pauvre Robert aurait donc été tué à cause de mon habit?

— Je le crois, monsieur.

— Diable! fit Chalais, qui peut avoir intérêt à faire un si mauvais parti à mes hardes?

— Le cardinal, dit le grand prieur.

— Il me hait, c'est une chose avérée, répliqua le comte, mais de là à un assassinat... Eh! mais au fait si c'était...

— Une de vos nombreuses maîtresses, mauvais sujet.

— Ceci mérite réflexion, monseigneur, et je réfléchirai.

— Pour la première fois de votre vie alors.

— Mais enfin, repartit Chalais en se retournant vers Pierre, ceci ne nous apprend pas comment vous êtes ici, mon ami.

— Monsieur...

— Parlez à monseigneur.

La manière embarrassée dont Baudry se mit à parler alors, prouvait qu'il avait recours à son imagination pour se tirer du mauvais pas.

— Avant de mourir, dit-il, ce pauvre Robert murmura une foule de mots, de phrases interrompues, au milieu desquels je distinguai ceci : — « Rendez-vous — ce soir — For-l'Évêque — M. de Chalais — rue Saint-Germain-l'Auxerrois. — » Je me dis alors que ce brave garçon avait sans doute un grand intérêt à se trouver là où son esprit le portait à sa dernière heure, et que ce serait peut-être une bonne action d'y aller à sa place, afin de prévenir du moins ceux qui pourraient l'attendre. Je me transportai donc ici, dans cette rue, et en voyant plusieurs seigneurs, et entre autres, M. de Chalais, entrer dans cette maison d'un air mystérieux, je me dis que Robert avait sans doute revêtu ce brillant costume à cet effet. Son manteau, que le hasard et le froid surtout m'avaient contraint de ramasser, aida le reste.

— C'est bien, dit le grand prieur qui, durant tout ce récit, avait considéré attentivement le visage de l'avocat, et l'avait trouvé sympathique et animé d'une expression loyale et honnête.

— Je puis me retirer maintenant, monseigneur? demanda Pierre qui n'était pas fâché de sortir de ce dangereux guêpier.

— Non. Et puisque votre armurier est mort, Chalais, n'êtes-vous pas d'avis que vous pourriez confier à ce beau garçon la mission que vous aviez acceptée d'avance pour votre protégé ?

— Comme vous voudrez, monseigneur.

— Voyons, monsieur, dit le prieur en s'adressant à l'avocat, êtes-vous homme à vous charger de recevoir et de transmettre des lettres qui vous arriveront de lieux ignorés et vous seront remises par des messagers inconnus?

— Il est probable, monseigneur, que si je vous disais non, vous laisseriez faire ces messieurs et que leurs épées, qui ne paraissent pas pressées de rentrer aux fourreaux, se chargeraient alors d'assurer à jamais mon silence.

— C'est assez bien raisonné.

— Et c'est vous dire que j'accepte, dit résolûment le jeune homme.

Les gentilshommes se consultèrent tous à voix basse et remirent aussitôt leurs épées aux fourreaux.

— Au moins, je pourrai la voir... se dit Pierre que ce mouvement pacifique avait intérieurement fort réjoui.

— Maintenant, monsieur Pierre Baudry, dit le prince, vous êtes à nous.

— Corps et âme, monseigneur.

— Oui, j'ai foi en votre honneur.

— Cependant, monseigneur, dit Louvigny interrompant, nous ne le connaissons pas, il n'est pas gentilhomme, et son honneur...

— Halte-là, monsieur, dit sévèrement Pierre, je ne vous permets pas, tout grand seigneur que vous êtes, de douter un seul instant de ma prud'homie et de ma loyauté. Du moment que j'engage ma parole dans cette affaire, on peut y ajouter foi, et fonder sur mes services tout autant de confiance que si je portais le nom dont on vous nomme.

— Insolent!... fit Louvigny avec fureur.

— Bien répondu! s'écria M. de Hocquincourt en applaudissant.

Mais Pierre ne sourcilla pas. Le murmure approbatif dont cette simple déclaration fut suivie, lui avait mis ce qu'on appelle du cœur au ventre, et il toisa aussi insolemment le marquis que si sa naissance lui eût donné le droit de porter une épée.

— Ventre-saint-gris! dit le grand prieur, qui aimait à jurer comme son père, — vous êtes un brave garçon, mon ami, donnez-moi votre main.

L'avocat répondit simplement à cette avance du prince; mais celui-ci garda sa main qu'il voulait modestement retirer.

— Écoutez, ajouta-t-il, — non-seulement vous êtes un brave cœur, mais vous m'avez l'air fort intelligent. Il n'est donc pas inutile de vous initier à l'œuvre que nous poursuivons.

— Monseigneur, dit Louvigny en pâlissant, monseigneur, au nom du ciel, ne dites rien de plus !

— Louvigny a peur, murmura Hocquincourt.

— Monsieur, dit le prince, je sais ce que je fais, je suppose.

— Monseigneur, continua Louvigny, Votre Altesse n'a pas le droit de confier les secrets de dix honnêtes seigneurs à l'honneur, encore très-problématique à mes yeux, d'un homme qui s'est introduit ici par fraude.

— Monsieur, du moment que j'ai serré la main à cet homme, j'aime à penser qu'il sera à la hauteur de ma confiance.

— Je serai digne de cet honneur, monseigneur, dit Pierre.

— La réunion à laquelle vous venez d'assister a pour but de travailler à renverser le ministre que Sa Majesté a cru devoir choisir entre tous les hommes d'honneur et de haute capacité qui sont à sa cour. Ce ministre est un homme dangereux; doué d'une ambition sans pareille, il ne reculera devant aucun moyen pour saisir la puissance, ou même pour annuler entièrement celle de son souverain, — si ce n'est déjà fait.

— Cela est fait, monseigneur, crut devoir ajouter Pierre.

— Alors vous comprenez la nécessité que tout ce qui a un nom et une position en France résiste à cet envahissement et fasse rentrer l'homme au néant dont il n'aurait pas dû sortir.

— Monseigneur, je suis un pauvre diable d'étudiant, avocat depuis peu de temps, et je ne me suis jamais beaucoup occupé des choses qui concernent la cour ou le royaume, — ou l'État, si vous voulez. Mes études ont rempli ma vie entière, et aujourd'hui, si d'autres idées sont venues en traverser le cours, je ne me crois pas moins appelé à pouvoir rendre des services à une noble-cause. J'embrasse donc celle que vous soutenez, et je vous l'ai dit, je me voue à votre œuvre corps et âme.

— C'est bien; vous vous entendrez avec M. de Chalais ou avec M. le marquis de Caumont que voici. Il habite cet hôtel.

— C'est-à-dire, prince, répliqua le seigneur aux cheveux gris, que c'est ma nièce et pupille qui l'habite, — c'est elle qui en est la propriétaire, par l'héritage de mon frère vénéré.

Pierre ne put retenir une grimace significative en entendant cet homme parler ainsi : il lui semblait que tout, dans sa personne, regard, attitude et son de voix, indiquait l'hypocrisie.

— Cet homme, pensa-t-il, doit exécrer sa nièce et convoiter son bien.

— Quand il y aura pour vous une difficulté quelconque, continua le grand prieur en s'adressant de nouveau à l'avocat, c'est vers moi que vous viendrez.

Tout à coup on frappa vivement à la porte.

Un mouvement de frayeur instinctive se manifesta dans l'assemblée, et tous se regardèrent.

— Qui est là?... fit Louvigny.

— J'ai pourtant donné des ordres, dit le marquis en marchant vers la porte.

Il l'ouvrit avec précaution, et se tournant ensuite vers les seigneurs effarés, il leur fit de la main un geste indiquant qu'il n'y avait aucun danger à redouter.

Il venait d'apercevoir, dans l'ombre de l'escalier, la svelte suivante de sa nièce qui s'agitait avec vivacité.

— Qu'y a-t-il donc? demanda-t-il.

— Monsieur, dit celle-ci avec l'accent de la plus vive terreur, — mademoiselle m'envoie pour vous dire que la maison est cernée.

— Tu es folle!

— Mais, monsieur, mademoiselle a vu des figures sinistres aller et venir dans la rue et...

— Je lui ai défendu de se mettre à la fenêtre pourtant!

— Enfin, c'est bien heureux que mademoiselle vous ait désobéi, car elle a vu...

— C'est bon! rentrez chez vous.

Le marquis referma la porte.

— Je crois qu'il serait prudent de nous séparer, dit-il avec calme.

Chacun crut comprendre l'avis et se disposa à partir.

— Vous attendrez dans la cour, messieurs, de manière à quitter l'hôtel l'un après l'autre et, au plus, deux par deux.

Le prince se leva sur ces mots et tous les autres l'imitèrent.

— A bientôt, messieurs, dit-il.

Après quelques paroles, saluts ou poignées de mains échangés, la salle se trouva vide : le marquis de Caumont et Louvigny, au lieu de descendre l'escalier, comme tout le monde, étaient restés sur le palier principal et s'étaient dirigés ensuite vers une grande porte; le prince avait pris Chalais sous le bras, et Pierre était resté modestement le dernier après avoir laissé passer tous les gentilshommes devant lui.

Il se trouva ainsi seul, au bas de l'escalier, et alors une pensée l'agita.

— Ces deux hommes trament quelque chose contre elle!...

C'est pourquoi, au lieu de suivre ceux qui le précédaient, il resta dans l'angle de l'escalier et attendit. Puis, un quart d'heure après, quand il se fut bien assuré qu'il ne restait plus aucun de ses compagnons de conspiration dans la cour; quand il fut bien certain de ne pas être épié, il remonta tout doucement l'escalier et se dirigea

à son tour, vers la porte derrière laquelle avaient dû disparaître le marquis et M. de Louvigny.

Cette porte n'était pas fermée; il la poussa doucement et s'aventura dans le grand corridor qui se présenta sous ses pas, confiant au hasard et à la bonne fortune, qui durant toute cette soirée n'avait pas cessé de le protéger, le soin de le diriger.

Il avançait à pas lents, écoutant de toutes ses oreilles, et se dissimulant le plus possible dans l'ombre de la muraille chaque fois qu'il passait devant une fenêtre, et enfin il arriva auprès d'une porte au-dessous de laquelle passait une lumière assez vive.

Une révolution étrange se fit tout à coup en lui et il frissonna comme si une fièvre chaude s'emparait de ses sens.

Il venait d'entendre la voix de la radieuse jeune fille entrevue l'an passé au Pré aux Clercs.

Il n'hésita pas à appliquer son œil au trou de la serrure, et alors un cri de fureur et d'indignation souleva sa poitrine.

Il voyait M. de Louvigny aux genoux de Blanche et lui baisant ardemment la main.

Son premier mouvement fut d'ouvrir cette porte et de se présenter devant celle qui, en le faisant venir dans cette maison, semblait n'avoir eu d'autre but que de le faire assister à cette scène; mais il se contint. D'ailleurs, quels droits avait-il sur sa conscience, de quelle autorité pouvait-il se prévaloir? et cette jeune fille, en apparence si honnête et si pure, ne se conformait-elle pas aux mœurs étrangement relâchées de cette époque.

— Hélas! se dit-il en s'éloignant, — plus d'illusion pour moi! Elle me rejette au néant et j'y roulerai. Il y a danger de mort dans cette conspiration, tant mieux, elle sera témoin de ma perte, et mon dernier soupir l'accusera.

Il retourna sur ses pas, descendit rapidement l'escalier, tourna la cour, et, au moment où il allait franchir le seuil de la maison, une petite main le saisit par le bras.

Il reconnut la suivante.

— Laissez-moi, s'écria-t-il en s'arrachant à cette étreinte, je vous hais et vous méprise, vous et celle qui vous a envoyée vers moi.

Et sans qu'elle pût s'opposer à son départ, Pierre s'élança dans la rue.

XV. — ENFANT NOYÉ, HOMME MORT.

Il était midi, et le soleil était magnifique.

M. de Chalais passait sur le pont Neuf, en ce moment, comme toujours, le rendez-vous de tout Paris. Pendant que, d'un côté, une affluence considérable se pressait autour des tréteaux de Tabarin et de Mondor, où applaudissait aux exercices d'un acrobate, juché des deux mains, et les pieds en l'air, sur le bout d'une longue perche; un petit groupe de personnes était attentif aux mouvements de deux pêcheurs qui, montés sur une barque, étaient occupés à retirer de grands filets, lesquels, soutenus par de larges plaques de liéges, avaient passé la nuit dans l'eau, barrant de leurs mailles multiples l'une des arches du pont.

Ce spectacle a toujours fort intéressé le Parisien; mais ce jour-là l'affluence, qui, du reste, grossissait insensiblement de minute en minute, devint tout à coup énorme et tumultueuse.

Les deux marins venaient de retirer leurs filets, et, au lieu du poisson qu'ils espéraient y trouver, on apercevait le corps d'un enfant nouveau-né.

Le pauvre petit avait été déjà atteint par la morsure des habitants de l'onde; mais son visage rose, la couleur de ses cheveux, qui étaient du plus beau noir, le firent remarquer de la foule et excitèrent sa commisération.

— Si ce n'est pas pitié! fit un robuste boucher, de jeter ainsi les enfants aux poissons, comme si c'était marchandise malsaine.

— Il a l'air gentil! dit une jeune fille aux yeux éveillés.

— Joiyette, ma mie, lui dit un grand apprenti en lui serrant le bras, j'espère que vous n'agiriez pas ainsi, vous, si le bon Dieu vous envoyait un gars aussi beau que celui-là.

— Oh! ce n'est pas nous autres, filles du peuple, qui faisons de ces choses-là, grands dieux! Ce sont les dames de la cour ou les bourgeoises, riches en crainte de leurs maris.

— Chut, Joiyette, c'est mal ce que vous dites; si l'on vous entendait !

— Mais voyez donc ses cheveux noirs, dit un autre, c'est quelque enfant de Bohême.

— Il a une croix rouge sur la poitrine, dit une femme qui était descendue sur la berge, c'était sans doute pour la reconnaître.

— Une croix sur la poitrine!... fit une voix qui semblait partir de dessous terre.

Tous ceux qui étaient sur la berge se retournèrent et virent sortir de l'ombre de la première arche du pont un homme qui se traînait sur ses mains.

Cet homme semblait avoir la jambe cassée, et ses vêtements mouillés et sordides attestaient qu'il venait de surgir de quelque égout.

Ce malheureux continuait de se traîner vers les mariniers en avançant la tête comme dans un suprême et avide mouvement de curiosité; mais avant qu'il eût pu marcher ainsi l'espace de quatre pas, les mariniers avaient remonté la berge du fleuve et, sur le conseil de tous les assistants, se dirigeaient vers le Châtelet en emportant le petit cadavre.

— Je suis fou!... se dit l'homme à la jambe cassée, en s'arrêtant, — l'enfant est entre bonnes mains!...

— Si l'on trouve la mère, dit une matrone, son compte est bon.

A ce moment, l'homme blessé ferma les yeux et sembla s'évanouir.

Quelques bonnes âmes s'approchèrent et voulurent le transporter à l'Hôtel-Dieu; mais il sortit aussitôt de son immobilité et les renvoya avec emportement.

— Ma blessure n'est rien, dit-il, et je ne veux pas tenir la place d'un plus éclopé que moi dans la maison.

— Mais d'où sortez-vous ainsi fait?

— Tombé ce matin, au point du jour, dans l'égout de la rue Saint-Honoré, je suis ressorti par l'arche Marion.

Tout le monde s'éloigna de lui comme d'un pestiféré, car ses vêtements exhalaient l'odeur significative du cloaque qu'il désignait.

— C'est quelque malandrin qui aura fait un mauvais coup, dit un bon bourgeois en le regardant de travers.

Du haut de l'un des mangonneaux du pont Neuf, Chalais avait assisté à la sortie de l'eau de cet enfant, et il s'en retournait vraiment attristé de cet événement dont la grande ville n'offrait que trop souvent le douloureux spectacle, lorsqu'en approchant de la place Dauphine il vit venir une femme aux traits égarés, aux cheveux épars sur les épaules, pâle, et qui, sous la pression de quelque pensée funeste, marchait droit devant elle avec la rapidité fixe d'un automate.

A la vue de cette femme tout son être fut bouleversé, et il s'avança vivement en étendant les bras afin de lui barrer le passage.

— Jeanne!... dit-il en lui saisissant les deux mains.

C'était, en effet, la fille du vieux soldat.

Elle regarda le comte avec un étonnement presque stupide.

— Ah! fit-elle en le reconnaissant, vous voilà, monsieur, vous voilà! savez-vous où court en ce moment l'infortunée que vous avez si indignement trompée!

— Jeanne!

— Elle va visiter la ville entière, afin de retrouver son enfant.

— Votre enfant?

— Le vôtre, monsieur, le vôtre!

— O ciel!...

— Notre enfant, qui m'a été volé et qui peut-être est mort.

Et en disant ces mots, elle fit le mouvement de s'arracher aux bras du comte et de se diriger vers la partie du pont où couraient les curieux désireux d'assister au dépôt de l'enfant noyé à la Morgue du Châtelet.

— Malheureuse! s'écria Chalais en la retenant plus fort, pas par là, non, pas par là!

— Pourquoi?

— Parce qu'il y a là des gens de plaisir qui entourent les tréteaux de Tabarin et qui ne manqueraient pas de rire de votre douleur.

— Mais il faut cependant que je retrouve mon enfant.

— Nous le retrouverons, Jeanne, mais en le cherchant où il peut être, c'est-à-dire chez vous, ou bien chez...

— Est-ce bien vous qui me parlez ainsi, monsieur. Eh quoi! vous ne voyez pas que j'ai la mort dans le cœur et vous ne comprenez pas que ce ne sont point de vaines paroles qu'il me faut en ce moment. Mon enfant est perdu, vous dis-je, je veux, je dois le retrouver, et vous, vous son père, vous devez m'aider à le chercher.

— Jeanne...

— Ah! les voilà bien, ces beaux seigneurs de la cour! que leur importe vraiment de briser le cœur, l'âme, l'avenir d'une pauvre fille du peuple! Il faut qu'elle serve à leurs plaisirs, voilà tout, et après qu'importe, qu'elle tombe, qu'elle roule dans la fange, dans la honte, qu'elle meure!...

— Jeanne...

— Ah! tenez, monsieur, laissez-moi, laissez-moi; vous m'avez perdue, j'ai la tête en feu; cela ne vous portera pas bonheur, soyez maudit!

— Jeanne...

En vain il voulut l'arrêter; elle imprima une forte secousse à ses deux mains et, redevenue libre, elle s'élança non plus vers cette partie du quai où se trouvaient encore les derniers curieux du sauvetage de l'enfant noyé, mais vers les berges, alors fleuries, du quai des Orfèvres.

Chalais n'était certainement pas méchant, et la vue de cette pauvre fille avait singulièrement bouleversé son cœur; il voulut se jeter immédiatement à sa poursuite; mais il n'avait pas fait trois pas en avant, qu'il se sentit retenu par son manteau.

— Eh bien! fit une voix railleuse, où diable vas-tu donc courir ainsi, comte?

— C'est toi, Pontgibaut, reprit Chalais en se retournant, laisse-moi, mon ami, il le faut...

— Tu veux courir après cette fille qui s'en va là-bas?

— Oui, je crois que...

— Ah çà, tu es fou! courir après une créature de cette espèce! Elle est jolie, j'en conviens, mais du diable si elle est digne de ton attention.

— Monsieur, je vous prie.

— Qu'y a-t-il donc?

— Cette jeune fille n'est pas ce que vous pensez.

— Ce n'est pas une ribaude, ribellière ou fille folle de son corps?

— Comte!...

— Eh bien, si c'est ta maîtresse déguisée, dis-le tout de suite.

— Ce n'est pas ma maîtresse.

— Alors laisse-la tranquillement aller.

— Mais lâchez donc mon manteau! dit Chalais avec une impatience marquée.

— Oh là! comte de Chalais, prince de Talleyrand-Périgord, héritier d'un des plus grands noms de France, ne compromettez pas avec vous toute la noblesse!

— Encore une fois, Pontgibaut, lâchez mon manteau!

— Non, je ne le lâcherai pas tant que la jupe brune de ta ribellière n'aura pas disparu à l'angle du Palais.

— Ah! vous me lassez à la fin, monsieur!

— Chalais, mon ami, j'en appelle à ta raison.

— Et moi, monsieur, j'en appelle à mon épée; c'est m'outrager à la fin! s'écria Chalais en dégageant son manteau des mains du jeune homme et dégainant avec furie.

— Je t'outrage, moi!...

— Oui! en garde! Aussi bien, il faut que je reporte sur quelqu'un la colère qui m'anime.

— Prends garde, Chalais, on dirait que tu t'es mal conduit avec cette fille et que les remords te font chercher une mauvaise querelle à un ami.

— En garde, comte, en garde, dit Chalais que le reproche attaquait trop au cœur pour ne point sentir la rougeur embraser soudainement ses joues.

— Voyons, tu es en colère, calme-toi.

— En garde, monsieur, je l'exige!

— Ici, en plein pont Neuf, devant tout Paris! Allons au Pré aux Clercs, si tu y tiens, et d'ici là...

— Ici, vous dis-je!

— Allons, puisque tu le veux, dit Pontgibaut, il faut bien satisfaire les fous.

Et le jeune homme, tirant son épée avec nonchalance, et les yeux tout remplis de compassion, tomba bientôt en garde devant son adversaire furieux.

— Allons, défendez-vous mieux que cela, monsieur, dit Chalais en l'attaquant avec énergie.

— Encore une fois, ami, cessons ce combat ridicule.

Mais Chalais n'écoutait rien, et bientôt une certaine affluence de monde s'amassa à distance autour d'eux.

Une fenêtre s'ouvrit même au coin de la place Dauphine, à dix pas de l'endroit où ils ferraillaient, et une femme, radieuse de beauté et dont les amples vêtements blancs indiquaient qu'elle venait de s'arracher au sommeil, vint tranquillement s'accouder au balcon.

Mais elle n'eut pas plutôt jeté les yeux sur les combattants, qu'une exclamation de terreur et d'effroi sortit de sa poitrine.

Les deux combattants levèrent les yeux vers le balcon et la reconnurent sans doute; mais ils ne cessèrent point pour cela le combat.

Bientôt, cependant, la foule s'amassant de plus en plus, et Pontgibaut, craignant à juste titre que les archers de la prévôté ne vinssent à se mêler de ses affaires, essaya d'adresser encore à son ami quelques paroles de conciliation; mais, comme il se découvrait, l'épée de Chalais lancée avec force lui traversa la poitrine.

Pontgibaut tomba en poussant un cri auquel répondit celui de la dame du balcon penchée avidement sur la rue, les yeux hagards et les vêtements en désordre.

Chalais releva la tête vers cette femme et s'approcha de la muraille plus exalté qu'heureux de sa victoire.

— Cressia,— dit-il avec une expression dans laquelle perçait plutôt la fièvre de la lutte que la rage satisfaite, — Cressia, il était votre amant, je crois; voilà encore un crime que vous ne me pardonnerez pas.

— Ah! j'aurai votre vie!... murmura la dame.

Et aussitôt, elle s'adressa à plusieurs de ses valets qui étaient sortis de la maison, attirés, eux aussi, par le spectacle étrange d'un duel en plein midi.

— Apportez le comte chez moi, dit-elle avec force, je soignerai sa blessure.

Chalais sentit tout à coup sa colère tomber, et il eût voulu racheter de tout son sang celui qu'il voyait couler de la blessure de son ami, muet et immobile entre les bras des valets.

— Sauvez-vous, monsieur, lui dit un de ceux-ci, vieillard à cheveux blancs, voilà des archers du roi qui accourent de ce côté.

Chalais s'éloigna au plus vite et tourna dans la direction de la Tour de Nesle.

Une sorte de vertige s'empara de ses sens, et il se mit à courir sans savoir où, toujours devant lui. Il ne s'arrêta qu'au bord d'un ruisseau tout ombragé d'arbres, et dont la fraîcheur lui rendit le calme et la conscience de lui-même.

— Ah!... fit-il en passant sa main sur son visage baigné de sueur, — quel mauvais rêve!...

Il allait s'asseoir sur un tertre élevé surplombant ce ruisseau, lorsque plusieurs voix retentirent tout à coup à ses oreilles, prononçant bien distinctement son nom.

— Chalais! comte de Chalais! alerte!

Le comte releva la tête, cherchant d'où provenaient ces cris, et il aperçut, à une centaine de pas, au milieu d'une clairière, trois gentilshommes qui lui faisaient force signes et dont l'un accourut vers lui à toutes jambes. Il crut comprendre que ces gentilshommes lui disaient de se retourner, et, en effet, obéissant aussitôt à cette pensée, il vit, dans le chemin couvert qu'il venait de suivre pour arriver jusque-là, un homme qui s'enfuyait.

Cet homme portait une arquebuse à la main.

En cet instant il fut rejoint par le gentilhomme dans lequel il reconnut M. d'Hocquincourt.

— Qu'y a-t-il donc? lui demanda-t-il.

— Il y a que, deux minutes plus tard, vous tombiez probablement sous les balles de l'espingole de ce malandrin.

— Vraiment!

— Il vous avait déjà mis en joue.

— Des voleurs en plein jour!

— Eh! le Pré aux Clefs est désert à cette heure, surtout avec un soleil comme celui-là!

— Bah! ce drôle m'aurait demandé ma bourse, et j'étais en disposition de ne pas la défendre; mais vous, que venez-vous faire ici, Hocquincourt?

— Me battre avec Louvigny.

— Ah! vraiment! mauvais adversaire que ce Louvigny, prenez-y garde, il doit être cuirassé. Je le connais, nous avons été élevés ensemble; c'est presque un ami pour moi.

— Il a déjà mis habit bas.

— Eh bien, allez. J'assisterai d'ici au combat et je jugerai les bons coups. Quoique, à vrai dire, je devrais ne plus toucher une épée de ma vie!

— Eh! nous ne pouvons commencer.

— Pourquoi?

— Mon second ne vient pas.

— Quel est-il?

— Pontgibaut.

Chalais passa sa main sur ses yeux et recula d'un pas comme s'il chancelait. Une sorte de vapeur de sang venait de passer sur lui

et le suffoquait, en même temps qu'une sueur froide inondait ses tempes.

— Pontgibaut ne viendra pas, — dit-il d'une voix sourde, — mais n'accusez pas sa prud'homie et ne doutez pas de son honneur, je sais pourquoi. Je le remplacerai.

— Vous?

— Moi. C'est chose juste. La journée a mal commencé pour moi. Et puis, tenez, je ne sais pas, mais il me semble que l'homme qui fuyait tout à l'heure avec son espingole n'est point un bandit.

— Quel est-il donc?

— Je crois l'avoir vu un jour chez madame de Cressia.

XVI. — UN COUP D'ÉPÉE.

Chalais passa sa main sur son front, comme pour en chasser les pensées sinistres qui l'assombrissaient, et il reprit :

— Marchons, Hocquincourt, marchons.

— Eh quoi! vous voulez?...

— Oui Un peu plus tôt, un peu plus tard, j'aime mieux périr de la main du second de Louvigny que sous les coups du poignard aiguisé par une femme jalouse.

— La Cressia vous haïrait à ce point!

— Je ne vous cache pas que j'aimerais assez à croiser le fer avec Louvigny lui-même.

— Pourquoi?

— Il va épouser mademoiselle de Caumont, et je crois que je l'aime.

— Etes-vous fou?

— Décidément, Hocquincourt, je crois qu'il est temps de me ranger; les femmes me porteront malheur.

— Nous pouvons commencer, messieurs, dit Hocquincourt, voici Chalais qui veut bien remplacer Pontgibaut.

— Pauvre Pontgibaut! dit le comte en serrant la main des deux autres gentilshommes.

— Que lui est-il donc arrivé?

— J'ai peur de l'avoir tué, répliqua Chalais qui reprit son insouciance habituelle.

— Tué!

— Une querelle futile.

— Comme toujours, pardieu! dit Louvigny en fronçant les sourcils.

— Oh! fit Chalais, ce mot m'a tout l'air d'être une condamnation de la partie engagée en ce moment.

— A peu près, dit Hocquincourt. Louvigny m'a noirci dans l'opinion de mademoiselle Ninon de Lenclos, si bien que je suis forcé de renoncer à toute prétention sur le cœur de cette belle. La cause est futile, soit; mais, qu'à cela ne tienne : aux épées! messieurs, aux épées!

— Monsieur de Barradas, dit Chalais en s'adressant au second de Louvigny, vous ne faites point opposition au choix d'Hocquincourt?

— Pas la moindre, répondit le gentilhomme avec une sorte de rudesse : que m'importe, à moi, vous ou tout autre?

— Mais, monsieur, vous êtes honoré de l'amitié particulière du roi; ne craignez-vous point...

— Quoi donc?

— De déplaire à Sa Majesté qui abhorre les duels?

— Quand vous aurez l'épée à la main, monsieur, je vous répondrai.

— Messieurs, dit Hocquincourt en dégainant, écartez-vous, s'il vous plaît, que nous ayons les coudées franches.

— Volontiers, reprit Chalais qui alla se placer avec Barradas à une quinzaine de pas.

— Monsieur, dit celui-ci en tirant son épée, voulez-vous que nous mettions habit bas ainsi que ces messieurs?

— Comme vous voudrez, répondit le comte; je ne suppose pas que nous ayons comme eux de puissants motifs de nous en vouloir, et le premier sang sera sans doute suffisant entre nous deux.

— Soit. Cependant, il se pourrait que le hasard, au contraire, nous rendît ennemis, et nous aurons toujours le temps d'ôter nos pourpoints.

Ils tombèrent en garde aussitôt; mais Chalais continua de parler tout en surveillant de l'œil les passes de son adversaire.

— Voulez-vous m'expliquer, monsieur, comment il se pourrait que nous devinssions ennemis?

— Je vais le faire en vous racontant le motif du duel de MM. de Louvigny et d'Hocquincourt.

— Volontiers.

— M. de Louvigny doit épouser mademoiselle de Caumont, vous le savez ?

— Et Hocquincourt aime cette belle enfant ?

— Précisément.

— Rien de mieux, c'est un combat à mort auquel nous assistons.

— Or, monsieur, voici ce qui est convenu entre M. de Louvigny et moi : c'est que demain nous recommencerons tous deux pour notre propre compte.

— Ah ! vous aimez aussi mademoiselle de Caumont, monsieur de Barradas ?

— Et vous, monsieur de Chalais ?

— Moi, je la trouve charmante, adorable, et je ne l'aimerai que si vous me faites l'honneur de me le défendre, comme vous m'y paraissez disposé.

— Monsieur, dit le gentilhomme avec colère, non-seulement je vous le défends, mais j'espère bien vous mettre à jamais dans l'impossibilité d'y songer.

Et le combat commença, dès cet instant, à devenir sérieux.

Pendant ce temps, Hocquincourt et Louvigny ferraillaient sobrement et sans parler ; et un spectateur versé dans cette horrible et si attrayante science qui a nom l'escrime, aurait facilement deviné qu'il n'y avait entre eux aucune vaine forfanterie. Louvigny surtout serrait les dents et semblait s'attacher à profiter des moindres fautes de son adversaire ; son jeu était plein de sombres feintes, et il fallait toute l'habileté d'Hocquincourt pour les déjouer. C'était cette préoccupation qui ôtait à son caractère sa gaieté habituelle.

— Diable ! monsieur, — ne put-il cependant s'empêcher de dire après un contre de quarte auquel il ne s'attendait pas, — vous y allez de la belle façon !

— Je n'ai pas risqué de déplaire au roi pour des piqûres d'aiguilles.

— Ou plutôt, convenons d'une chose.

— Laquelle ?

— C'est que la fortune de mademoiselle de Caumont, fille unique, atteint, au dire de son tuteur, des proportions telles que vous voulez supprimer toute concurrence à la main de cette charmante enfant.

— Monsieur, voici une injurieuse supposition dont vous auriez à me rendre compte une seconde fois, si...

— Si je n'espérais vous tuer, reprit Hocquincourt ; et je vous tuerai, monsieur, soyez-en certain, si mes éperons ne me gênaient fort, car vous soutenez une mauvaise cause. La cupidité n'est pas une vertu aux yeux du Dieu des combats.

— Malheureux ! tu ne répéteras pas ce mot ! s'écria Louvigny en fondant sur son adversaire avec furie.

— Tout beau, seigneur, ne nous emportons pas, ou vous vous ferez éborgner, comme je l'ai fait la semaine dernière à M. de Villacerf qui, en ce moment, se soigne au fond du Limousin.

— Je vous tuerai !... dit Louvigny qui, dans un mouvement trop énergique, fit un faux pas.

— Non, j'en jure Dieu, car vous paraissez souffrir autant que moi de vos éperons ; nous ferions bien de les ôter, qu'en pensez-vous ?

— Inutile, répliqua Louvigny essayant d'enlacer l'épée autour de celle de son adversaire et qui trébucha une seconde fois sans que celui-ci songeât le moins du monde à profiter de ce découvert.

— Monsieur, reprit Hocquincourt, je vous dis que vos éperons vous exposent à mal, ainsi que moi ; ôtons-les.

— Non.

— Ah ! nous verrons bien, dit Hocquincourt en lançant une telle parade de tierce sur battement de quarte que Louvigny lâcha son épée.

Et, plaçant tranquillement son épée entre ses dents, il posa son pied sur une pierre et se mit en devoir de détacher la boucle de l'un de ses éperons... — Mais Louvigny avait rugi en se voyant désarmé, et, prompt comme l'éclair, il s'était précipité sur son épée, la ramassait et, fondant avec la fureur d'une bête fauve sur son adversaire qui en ce moment lui tournait le dos, il le perça de part en part.

— Traître ! s'écria Hocquincourt en tombant sur le côté.

MM. de Chalais et de Barradas cessèrent aussitôt de combattre et accoururent au moment où Louvigny retirait son épée fumante hors du corps du malheureux gentilhomme.

— C'est une infamie ! s'écria Chalais.

— J'étais lancé, je n'ai pu me retenir, articula Louvigny dont une pâleur livide avait envahi le visage et dont les mains tremblaient comme la feuille.

— Frapper un ennemi par derrière ! ajouta Barradas.

— Fi ! monsieur, dit Chalais, vous que j'appelais mon ami !

— Vous n'avez rien vu, vous ne pouvez en juger, continua Louvigny, que le malheureux Hocquincourt n'était pas en état de contredire. Ah ! que je suis malheureux ! ajouta-t-il avec componction.

— Il faut le porter chez un chirurgien, dit Chalais.

— En attendant, à la Guirlande d'amour, dit Barradas.

— Courez y chercher du secours.

— J'y vais !... fit Louvigny avec empressement. Ah ! messieurs, croyez-moi, je donnerais ma vie pour avoir pu me retenir à temps.

— C'est bon, on vous croira plus tard, dit brutalement Barradas.

— Ah ! malheureux Hocquincourt ! fit Louvigny en s'éloignant.

Quand il eut disparu derrière les saulaies du Pré aux Clercs, Hocquincourt ouvrit les yeux et regarda autour de lui.

— Il t'a bien frappé par-derrière, n'est-ce pas ?

— Le misérable ! reprit le blessé en fermant les yeux et laissant aller sa tête sur l'épaule de Chalais.

— Comte, dit Barradas, si vous m'en croyez, nous n'attendrons pas les secours qui peuvent venir par Louvigny, il est homme à nous envoyer quelque mécréant à sa dévotion qui tuerait bel et bien Hocquincourt, afin que la lumière ne se fasse pas sur cet horrible événement. — Portons-le nous-mêmes chez un honnête médecin.

— Oui, vous avez raison.

— Maître Adamas ne demeure pas bien loin du Pré aux Clercs, hâtons-nous.

— Maître Ad... fit Chalais en le regardant avec une espèce d'égarement et en faisant mine de déposer le corps du blessé sur le sol d'où il venait d'aider à l'enlever.

— Sans doute : — pourquoi pas ?

— Parce que... mais il ne manque pas de médecins à Paris, et même je crois que l'hôtel d'Hocquincourt est plus près encore...

— Il faut traverser la Seine, hâtons-nous donc, le pauvre diable est capable de rendre l'âme entre nos mains, et vous ne vous pardonneriez jamais d'en être cause.

— Non, certes.

— Allons, Chalais, du cœur ; mon ami, du cœur, nous continuerons notre combat plus tard, demain s'il le faut, pour notre propre compte ; mais pour le moment ..

— Oui, vous avez raison, hâtons-nous.

Et Chalais, qui depuis sa rencontre avec Jeanne semblait en proie à une fièvre véritable et n'agir en quelque sorte que comme poussé par un courant d'idées fatales et désespérées, marcha résolûment en portant son fardeau.

Ils franchirent assez lentement la distance qui séparait le Pré aux Clercs de la rue Serpente, car ils furent obligés de s'arrêter parfois pour reprendre haleine, et ce ne fut pas sans une appréhension terrible que Chalais, placé le plus près de la porte du docteur, fut obligé d'en soulever le marteau.

Ce fut la vieille Marianne qui vint ouvrir, et bien que le jeune homme baissât légèrement la tête afin de dérober ses traits dans l'ombre de son chapeau, la servante le reconnut.

— Vous, monsieur !... fit-elle en levant les bras au ciel.

Mais le gentilhomme, sans répondre à cette exclamation, pénétra vivement sous le vestibule suivi de Barradas.

— Qu'est ce que cela, grands dieux ! s'écria-t-elle en jetant les yeux sur le corps qu'ils portaient.

— Vite, Marianne, donne une chambre, voici un gentilhomme qui a besoin des soins de ton maître.

— Mon maître ! reprit Marianne obéissant machinalement à cette injonction en ouvrant une porte du rez-de-chaussée, il est bien loin, hélas !

Ils placèrent M. d'Hocquincourt sur un lit, qui vraisemblablement était celui du docteur, et Chalais se laissa tomber alors dans un fauteuil. La pensée qu'il se trouvait dans cette maison, où sa présence, dans des conditions identiques, avait naguère introduit le deuil et la désolation, brisait son âme et faisait passer devant ses yeux des vapeurs confuses et bruire à son oreille des bourdonnements insoutenables, comme si sa raison eût été prête à lui échapper.

— Ah ! monsieur, dit Marianne allant se placer hardiment devant lui, qu'avez-vous donc fait de mademoiselle ?

— Moi !...

— Oui, vous l'avez perdue !

— Marianne, tais-toi.

— Voyons, ma bonne femme, dit Barradas intervenant en souriant, il ne s'agit pas de cela, et M. de Chalais est bien bon de paraître ainsi terrifié de vos paroles; — allez nous chercher maître Adamas.

— Mon maître est absent, on l'a arrêté par ordre du roi.

— Oui, par ordre du roi, répéta une voix grave qui fit retourner les assistants.

C'était un homme de soixante ans, aux cheveux blancs, épais et touffus comme une crinière; sa barbe et sa moustache blanches, parsemées çà et là de poils noirs, lui donnaient une apparence martiale que l'expression de douleur qui se lisait sur son mâle visage ne pouvait parvenir à éteindre.

— Ordre du roi, répéta-t-il, ou plutôt ordre de M. de Richelieu. Êtes-vous des amis de M. le cardinal, vous? demanda-t-il.

— Oui, reprit Barradas en regardant ce personnage avec hauteur.

— Tant pis pour vous, car c'est un méchant homme. Oui un méchant homme, car il fait emprisonner les vieillards et les empêche ainsi de veiller sur les trésors qu'on leur confie. Oui, messieurs, j'avais un trésor, moi, un de ceux-là que toutes les pierreries qui sont à la couronne des rois ne pourraient payer, et on me l'a volé: c'était ma fille!

Un silence de glace répondit seul à la solennelle majesté avec laquelle cet homme prononça ces simples paroles.

— Je m'appelle Béranger, dit-il; je suis soldat du roi Louis XIII, après avoir été soldat de son père Henri IV, et parce que j'ai servi le père, je ne tirerai pas l'épée contre le fils; mais ce roi, ce fils, se laisse gouverner par un prêtre que je hais, et laisse commettre mille infamies sous son nom par ce prêtre : c'est donc contre ce prêtre que je tirerai l'épée, et cela j'en jure Dieu !

— Monsieur, dit Barradas, je vous engage à peser vos paroles. Si j'étais assez infâme pour les répéter à M. le cardinal, vous seriez un homme mort.

— Comme Adamas, sans doute; qu'importe ! un vieillard de moins sur la terre, voilà tout ! Mais que voulez-vous que je fasse, — ajouta Béranger dont la poitrine résonna sous l'effort d'un horrible sanglot, — que voulez-vous que je fasse, maintenant qu'on m'a pris ma fille !

Et il sortit de la chambre avec lenteur, et on l'entendit monter l'escalier avec un bruit lourd et monotone, pareil à celui qu'une statue de pierre eût produit en gravissant les degrés.

— Il est comme cela depuis hier, dit Marianne, chaque fois qu'il entend ouvrir la porte de la rue.

— Mon Dieu !... fit Chalais en cachant sa tête dans ses mains.

— Ah ! monsieur, monsieur, pourquoi n'êtes-vous pas mort, le jour de votre entrée dans cette maison ! dit la vieille Marianne en étendant les bras vers le comte.

— Ah ! sortons d'ici ! fit Chalais en se dirigeant vers la porte de la rue.

Mais comme il l'ouvrait, une forme bien connue, une sorte d'apparition, tant elle avait de roideur dans les mouvements et de pâleur sur le visage, se dressa devant lui. C'était Jeanne.

— Grands dieux !... fit-il en la reconnaissant et en reculant de deux pas.

— Mademoiselle ! s'écria Marianne qui avait suivi le comte.

Jeanne restait immobile sur le seuil de la porte et s'adressa à tous deux d'une voix grave.

— Mon enfant, dit-elle, est-il de retour?

— Chut, mademoiselle, votre père est là-haut, dit la servante à voix basse.

— Mon enfant est-il de retour? demanda-t-elle avec une énergique insistance.

— Non, hélas!

— Je vais le chercher encore ! répondit-elle d'une voix sourde.

Et, bien que Marianne et Chalais fissent le mouvement de la retenir, elle s'élança dans la rue; puis, se mettant à courir comme une folle, elle disparut à l'angle de la rue de l'Éperon.

— Courez après elle, monsieur, dit Marianne, et tâchez de la ramener à son père.

Mais comme le comte allait s'élancer à son tour dans la rue, une forte main le repoussa.

— Passage, dit Béranger, je l'ai vue de la fenêtre, c'est moi qui vais courir après elle.

— Monsieur ! fit Chalais épouvanté, et essayant de le retenir.

— Laissez-moi, fit Béranger en me fait froid au cœur, je crains de la comprendre : la malheureuse aurait forfait à l'honneur ! Oh ! il faudra bien qu'elle parle.

Et, repoussant rudement le jeune homme, il se jeta dans la rue à la poursuite de son enfant.

Chalais fut obligé de s'asseoir sur la première marche de l'escalier et demeura un instant la tête dans ses mains, accablé par la douleur et la honte. — Quand il la releva, un homme était devant lui, dans lequel il reconnut Robert l'armurier, qui le regardait.

— Vous souffrez, monsieur le comte, dit-il.

— Oui, reprit simplement Chalais, en lui tendant la main.

— Je vous ai dit que ma vie était à vous, en avez-vous besoin ?

— Ah ! supplice horrible, tyran exécrable, l'amour, l'amour, c'est le génie du mal.

— A qui le dites-vous ! répliqua l'ouvrier avec un soupir.

— Toi aussi, tu aimes !

— Oui, j'aime de toutes les forces de mon âme.

— Une grande dame, n'est-ce pas ?

— Oui, et cette femme, vous la connaissez, car c'est afin de me la rendre favorable que j'ai désiré lui apparaître sous vos habits.

— Qui aimes-tu donc?

— Madame de Cressia.

— Jolie femme, ardente, passionnée, l'âme d'une courtisane dans le corps d'une déesse.

— Oui, elle est bien belle!

— Ah ! c'est que tu aimes ! eh bien, cours chez elle, mon garçon, cours vite, le moment est bon, car je viens de lui tuer son dernier amant. — Qui sait, elle est étrange et fantasque, tu lui plairas peut être, et tout est là.

Robert bondit en quelque sorte sous cette affirmation et serra la main du comte.

— J'y vais ! s'écria-t-il.

Chalais répondit par un éclat de rire qui avait quelque chose d'infernal; mais aussitôt le calme se fit dans son esprit, et il voulut retenir le jeune homme. — Robert avait déjà disparu.

XVII. — AMOURS DE GRANDE DAME.

La marquise de Cressia, grande, blanche et pâle, brune aux yeux fauves, vingt ans, beauté extraordinaire, était la femme d'un gentilhomme de la Franche-Comté qui, bien que cette province appartînt alors à l'Empire, s'était fixé au service de France; mais M. de Cressia, jeune encore, car il avait à peine trente-huit ans, était le plus incommode des maris pour une Espagnole ardente au plaisir, et dont les amours avaient fait assez de bruit à la cour pour que Louis le Chaste eût cru devoir lui demander sa démission de la charge de dame d'honneur de la reine.

La belle dame avait néanmoins conservé quelque crédit, car M. de Cressia avait en ce moment une mission auprès de l'Empereur pour négocier le retour à la France de la Franche-Comté, question importante qui ne put être tranchée que plus tard, après la guerre de trente ans.

Donc, après avoir vu tomber son amant sous le fer de M. de Chalais et après avoir échangé quelques mots avec celui-ci du haut de son balcon, elle était rentrée dans sa chambre, s'attendant à ce que M. de Pontgibaut allait être apporté; et déjà sa tête enthousiaste rêvait les délices de la situation d'une femme sauvant la vie à son amant à force de soins et de prévenances.

Quand elle ouvrit sa porte pour mieux faciliter l'entrée de ceux qui allaient le lui apporter, ce ne furent pas ses gens qui se présentèrent, mais son majordome, un vieillard à cheveux blancs.

Celui-ci avait les yeux baissés et la mine contrite.

— Eh bien?... — demanda madame de Cressia; — où est M. de Pontgibaut?

— Hélas! madame, je viens de le faire porter à son hôtel.

— J'avais cependant donné l'ordre...

— Ah ! madame, le corps du pauvre jeune homme n'avait pas plutôt dépassé le seuil de votre porte qu'il rendait l'âme.

— Il est mort !... fit-elle en levant les bras au ciel et avec un cri d'épouvante.

— J'ai songé, madame, que ce funeste événement serait interprété à mal par vos ennemis, et Dieu sait qu'ils sont nombreux...

— Vous avez bien fait; laissez-moi, reprit-elle en se jetant sur le lit qu'elle venait sans doute de quitter et s'y renversant en proie à la plus vive douleur.

— Madame, reprit le majordome en s'avançant auprès du lit, je vous ai vue naître, vous ne l'avez pas oublié, et à ce titre voué m'avez permis de vous aimer comme mon enfant.

Le misérable! — reprit le blessé en fermant les yeux. (P. 30.)

— Ah! Mulz, mon pauvre ami, je suis malheureuse!

— Non, madame, vous êtes imprudente. Vous ne voulez pas rejoindre M. de Cressia, soit, mais laissez-moi donc, une bonne fois, de côté tous ces godelureaux sur qui l'œil des femmes se repose avec trop de complaisance, et dont l'amour ne peut que vous causer peine et confusion.

— Tais-toi, tais-toi, Mulz, car je me dis ces choses-là tous les jours, mais que veux-tu? mon sang bout, il me brûle... Ah! ce Chalais, ce Chalais, que je le hais!

— Chère marquise, ne dites pas cela, car je crois au contraire que vous n'avez jamais aimé aucun homme comme celui-là.

Madame de Cressia se souleva et, les yeux en pleurs, hagards, les cheveux en désordre, les épaules nues, belle de toutes les beautés, elle crispa ses poings avec colère, en proie à une indignation formidable.

— C'est vrai, fit-elle, je l'aime; mais il m'a méprisée, et c'est pour cela qu'il me faut sa vie! En vain j'ai cru m'étourdir en demandant à d'autres ces extases du cœur que l'ingrat me refuse; en vain je me suis efforcée de me convaincre de ma haine pour lui, je suis folle, je suis exécrable, je suis criminelle, car je l'aime!

Et la belle Espagnole, plaçant sa tête dans ses deux mains, fondit en larmes et se renversa de nouveau sur les coussins satinés.

Le majordome jugea à propos de respecter cette douleur et, laissant au temps le soin de la calmer, il s'éloigna sur la pointe des pieds.

Une heure se passa, pendant laquelle aux sanglots convulsifs de cette femme éplorée se mêlaient parfois les harmonies discordantes des violes et des tambours des saltimbanques ou opérateurs du pont Neuf; et quand la Cressia sortit de la torpeur qui, pendant cette heure longue et mortelle, avait engourdi tout son être, elle aperçut un homme qui, debout auprès de son lit, la contemplait avec une admiration muette et passionnée.

— Vous, Cambremer! fit-elle en se soulevant sur le lit et rajustant sur ses épaules et sa poitrine ses vêtements épars, et jetant sur cet homme un regard investigateur.

— Mulz m'a dit que vous étiez dans les larmes, madame, mais il ne m'en a pas dit le motif.

— Il a bien fait, car vous vous seriez cru plus engagé encore dans la voie fatale où vous marchez.

— Ma vie n'est-elle pas à vous? Et de même que vous m'avez permis de vous voir et de vous approcher à toute heure, ne pouvez-vous pas disposer de mon sang jusqu'à sa dernière goutte?

— Non, c'est assez, je ne veux plus.

— Vous ne voulez plus! Qu'est-ce que vous ne voulez plus?

— Je veux, Cambremer, que vous renonciez à tout projet funeste contre... la personne que vous savez bien.

— Contre M. de Chalais?

— Oui.

— Êtes-vous éveillée, madame, et avez-vous bien toute votre raison? Vous étiez plongée dans la douleur il n'y a qu'un instant, et cela parce que l'homme que vous haïssez vient de tuer celui que vous aimiez, et cette douleur, vous ne voulez pas que j'en prenne ma part en vous apportant la vengeance.

— Je vous dis qu'il me fait horreur à présent.

— A présent? Ah! cruelle et dangereuse femme, c'est lorsque vous m'avez mis un couteau à la main, c'est lorsque vous m'avez fait goûter la terrible ivresse du sang que vous venez me dire : « C'est assez, arrêtez-vous, je le veux, j'ai changé d'idée... » Non, cela n'est pas possible, madame, cela ne se peut faire, il y a des instincts auxquels on ne commande pas. Vous m'avez ordonné de frapper, il faut que je frappe.

— Oh! vous me faites peur, Cambremer.

— Et moi donc, madame, croyez-vous que je n'ai pas peur de

Cette voix, il la reconnut pour celle du vieillard. (P. 36.)

moi-même!... Hélas! j'étais un pauvre étudiant, venu à Paris du fond de ma vieille et sainte Bretagne, ignorant de toutes choses de ce monde et n'ayant en réserve, au fond du cœur, qu'un immense trésor d'amour; ce trésor, je l'ai mis à vos pieds, je vous ai dit d'en disposer, de le broyer, et, au lieu d'en être touchée, comme je le supposais dans mes naïves croyances, au lieu de le repousser, puisque vous n'en vouliez pas, par des paroles de douceur et de compassion, vous vous êtes dit : « Voilà une âme qui servira mes passions et à qui je ferai gagner l'enfer... » Qu'est-il arrivé, madame, de tout cela, de la vue de votre beauté surhumaine, de la pensée que vous m'avez mise au cœur, qu'un jour peut-être je pourrais prétendre à me faire aimer? Qu'en est-il résulté? c'est que vous avez fait de moi un pervers, un odieux et vil assassin. Oui, j'ai la fièvre du meurtre, il faut que je tue, et que je tue tous vos amants, je l'ai juré.

— O ciel!

— Ce matin, je voulais tuer M. de Pontgibaut, j'attendais pour cela qu'il sortît de vos bras, et je le guettais non loin du Pré aux Clercs où je le savais appelé par un duel, — lorsque M. de Chalais s'est pris de querelle avec lui, m'a dit Mulz. Et le vainqueur arriva au Pré aux Clercs. Je ne sais par quelle cause; il était assis au pied d'un arbre, et déjà je le tenais au bout de mon arquebuse, j'étais certain cette fois de ne pas me tromper et de ne pas le manquer...

— Cambremer, vous l'avez osé...

— Eh! il semble que ce démon soit protégé par une puissance invisible. — J'ai été forcé de fuir.

Madame de Cressia se leva et, se tenant debout devant l'étudiant, le regarda avec une force d'éclat sombre qui lui fit baisser les yeux.

— Cambremer, je vous défends, entendez-vous, je vous défends d'attenter à ses jours, dit-elle.

— Ah! je vous comprends à la fin, fit-il en reculant assez pour se trouver hors de la portée de son regard, — vous l'aimez, cet homme!

La Cressia haussa les épaules et le regarda cette fois avec une expression écrasante de mépris.

— Oui, vous l'aimez, reprit-il; mais peu m'importe, j'en fais ici le serment solennel, je tuerai tous vos amants, tous! Et quant à celui-là, à ce misérable comte dont vous vous êtes affolée plus que des autres, et qui ne le mérite pas, car il aime de tous les côtés, lui! comme vous, du reste... Ah! vous vous valez bien!...

— Monsieur!... fit-elle avec hauteur.

— Quant à celui-là, dit Cambremer avec une rage formidable et qui eût certainement fait trembler comme la feuille une femme plus timide, — quant à celui-là, je le poursuivrai partout, fût-ce en enfer, et vous ne me reverrez plus, maintenant, que sa tête à la main.

— Monsieur!... s'écria la Cressia, cette fois au comble de l'épouvante.

— Sa tête à la main, madame, car je veux être aussi certain que vous le serez alors de la mort de cet infâme!

Madame de Cressia retrouva toute son énergie et ses lèvres purent sourire; puis, fronçant ses sourcils, elle regarda un instant ce malheureux insensé avec colère, puis avec pitié, et enfin la plus superbe froideur s'étant répandue sur son visage, elle passa devant lui avec majesté et se dirigea vers la porte.

— Madame... dit-il en essayant de la retenir du geste, mais avec une inflexion de voix indiquant déjà le pouvoir des yeux de la sirène.

— Je vous défends, rappelez-vous! dit-elle avec un de ces regards fauves dont elle semblait avoir le secret et qui, d'ordinaire, brisaient toutes les volontés qu'elle avait su s'asservir.

3

Elle quitta lentement la chambre et passa dans un petit salon où elle trouva le majordome qui semblait l'attendre.

— Vous avez quelque chose à me demander, Mulz? dit-elle d'une voix douce.

— Il y a dans votre oratoire, madame la marquise, un jeune homme qui veut vous parler.

— Je ne puis le recevoir.

— Je l'ai dit, madame, mais il a insisté.

— Renvoyez-le.

— Il prétend vous être envoyé par.., M. de Chalais.

— Ah!.. fit-elle vivement.

— C'est à cause de cela que je l'ai fait entrer dans l'oratoire; car c'est la seule pièce où M. Cambremer n'entrerait pas à votre suite.

— Tu as bien fait, mon bon Mulz, je t'aime! dit la belle Espagnole en lui tendant une main que le vieux serviteur baisa avec une sorte de dévotion.

Et elle s'élança vivement vers cette partie de ses appartements où, en effet, elle était bien certaine de n'être pas dérangée. Elle poussa la porte de son oratoire avec une sorte de frémissement et, quand elle tourna sur ses gonds, une telle réaction s'était opérée dans son esprit qu'elle s'avança presque timidement.

Robert, car c'était le jeune armurier qui l'attendait, était appuyé contre la croisée et ne l'entendit pas entrer.

La Cressia, trompée par ces vêtements qu'elle se rappelait vaguement, pensa aussitôt que le vieux Mulz avait entendu lui ménager une surprise, et, folle de joie, se précipita vers la fenêtre; mais Robert se retourna alors et elle demeura immobile, dans l'attitude enivrée, avec l'expression extatique qui régnait sur ses traits et sur toute sa personne; ce qui la rendait belle à miracle.

Robert était véritablement un très-beau garçon, et le costume de gentilhomme, qu'il portait du reste avec beaucoup de grâce, ne contribuait pas peu à le faire paraître d'une condition élevée. Si l'épée faisait défaut à son côté, car il l'avait perdue au Pré aux Clercs, il appuyait sa main sur sa hanche avec une désinvolture telle qu'il semblait avoir l'habitude de la placer sur un élégant pommeau. D'ailleurs il y avait sur son visage ce rayonnement inéluctable que donne la jeunesse, et s'il n'était pas aussi beau que Chalais, qu'il semblait représenter en ce moment, il était permis de le comparer sans trop de désavantage à l'élégant maître de la garde-robe du roi.

— Madame, dit l'ouvrier en saluant la Cressia avec une gaucherie qui n'était pas tout à fait sans grâce, j'ai eu l'honneur de recevoir, il y a deux jours, un coup de couteau pour l'amour de vous.

XVIII. — LA JOURNÉE D'UN AVOCAT.

Madame de Cressia demeura stupéfaite de cette étrange manière de se présenter, et considéra le jeune homme qui était devant elle comme elle eût fait d'un être ayant perdu la raison.

— Oui, madame, répéta Robert, un véritable coup de couteau; et, sans la science extraordinaire dont maître Adamas a fait preuve à mon égard, je n'aurais pas aujourd'hui le bonheur de me présenter devant vous.

— Que désirez-vous, monsieur? demanda la marquise avec une sorte d'impatience.

— Rien, madame, sinon vous dire que je vous aime.

— Vous! fit-elle en le considérant avec étonnement.

— Parce que vous ne me connaissez pas, cela vous semble étrange, madame, mais...

— Laissez-moi, monsieur, je vous en prie, répliqua-t-elle en l'interrompant et en se dirigeant vers la porte ouverte.

— Madame, écoutez-moi.

— Monsieur, fit-elle en lui montrant la porte ouverte.

— Madame, de grâce, ne me repoussez pas, dit Robert à voix basse mais avec une énergie extraordinaire, en même temps qu'il fixait sur elle deux yeux résolus et qui ne se baissèrent nullement devant la prunelle ordinairement si puissante de l'Espagnole.

La Cressia était femme de résolution prompte, d'humeur fantasque et aventureuse; elle sut, en une seconde, lire dans la pensée de cet inconnu et crut avoir rencontré un de ces cœurs vaillants pour qui l'amour est toute la vie, et, par conséquent, trouvé un nouvel esclave.

— Eh bien, dit elle, je ne puis vous entendre à présent, mais demain, à neuf heures, trouvez-vous à dix pas de ma maison, ayez un manteau noir, une bonne épée et une forte dague.

— Ah! fit Robert avec enivrement.

— Silence, pas un mot de plus, partez vite.

Elle le poussa vivement, et Robert ébloui, charmé, ahuri en quelque sorte, traversa les appartements et se retrouva dans la rue sans pouvoir se rendre compte de la manière dont il y était arrivé.

Le grand air lui rendit ses facultés, et, comme il parvenait sur la chaussée du pont Neuf, un homme se posa devant lui et l'arrêta.

— Pierre Baudry! fit-il en lui tendant la main, le visage tout souriant, car bien qu'il connût fort peu l'avocat, il eût voulu rendre tout l'univers témoin du bonheur qui emplissait son âme.

— Monsieur Robert, dit l'avocat d'une voix triste, en vous attendant ici j'étais bien sûr de vous y rencontrer un jour ou l'autre. Je viens de chez maître Adamas, où je vous croyais en train de trépasser, sinon mort, et j'ai appris qu'en deux jours vous avez été sur pied. Je vous en fais mon compliment.

— En effet, monsieur, il y a de quoi, car vous ne pouvez savoir à quel point je suis content de vivre.

— Oui, répliqua amèrement Pierre, vous êtes aimé sans doute, car à nos âges il n'y a que cela qui rend joyeux.

— Est-ce donc par une cause contraire que vous êtes si triste, monsieur? — dit Robert avec intérêt en s'apercevant, alors seulement, de l'expression douloureuse répandue sur le visage de son interlocuteur.

— Je vous cherche, monsieur, pour vous dire que avant-hier, après que vous avez été frappé d'un coup de couteau, au Pré aux Clercs, j'ai été pris pour vous, et qu'on m'a emmené dans une maison de la rue Saint Germain-l'Auxerrois.

— Ah! s'écria Robert en se frappant le front, je l'avais oublié.

— J'y ai joué votre rôle, et tout va bien, soyez tranquille.

— Et M. de...

— M. de Chalais, vous pouvez continuer, je sais tout.

— M. de Chalais, que j'ai vu tout à l'heure, ne m'en a pas parlé.

— Parce qu'il a, lui aussi, d'autres choses en tête sans doute. Ecoutez, Robert, voulez-vous être mon ami?

— De tout mon cœur.

— Eh bien! je serai le vôtre, moi aussi, mais à une condition.

— Laquelle?

— C'est que vous renoncerez à prendre votre part dans l'affaire pour laquelle vous étiez envoyé dans cette maison, et que vous me la laisserez.

— Ma foi! je serais bien embarrassé de vous la laisser, car je ne sais absolument en quoi elle consiste.

— Tant mieux, et, puisqu'il en est ainsi, je suis certain que M. de Chalais ne vous recherchera plus.

— Ah çà, Pierre, pour que je vous cède cette part, il faut à votre tour que vous me fassiez un serment.

— Lequel?

— C'est qu'il n'y a aucun danger pour vous.

— Aucun, dit tranquillement Baudry.

— Vous paraissez triste, cependant.

— Cela vient du cœur, mon ami, dit Pierre en lui tendant la main; voilà tout, et c'est pour me distraire, pour essayer d'oublier ma peine, que je tiens à me vouer, corps et âme, à la mission qui m'a été confiée à votre défaut.

— Vous ne me trompez pas?

— Non.

— Mais vous ne m'avez pas juré...

— Je vous le jure, dit Pierre avec force.

— Ah! mon ami, reprit Robert en secouant la tête, j'ai bien peur que les idées qui vous troublent en ce moment la cervelle ne me fassent commettre une lâcheté.

— A vous, non, répliqua vivement l'avocat.

— Déserter un parti, quel qu'il soit, c'est mal.

— Le comte de Chalais ne vous avait rien dit, rien confié, rien demandé, si ce n'est de vous trouver auprès de cette maison. Le hasard en a décidé autrement, il le sait; tout est dit. Seulement, si vous avez besoin d'argent...

— Oh! je ne le cache pas, cela m'arrive souvent.

— Eh bien! défiez-vous du juif Melchisédech.

— Ah! ah!

— Il vous a fait déjà ses offres?

— Oui.

— Et c'était à votre liberté qu'il en voulait?

— Précisément.

— Vous êtes averti.

— Tenez, Pierre, vous me faites l'effet d'être le plus prévoyant et le meilleur des hommes; vous ne me paraissez pas non plus très-fortuné; je sais que vous habitez chez la Tourangelle, et que cela vous est désagréable; eh bien, j'ai une petite maison sur le pavé de Paris, moi, tout artisan que je suis, elle ne tient pas un espace de plus de cent pieds carrés, mais elle est bien à moi, de par ma mère, qui était la fille d'un marchand assez riche et qui n'a pu la déshériter en mourant. Voulez-vous venir habiter avec votre nouvel ami? Nous serons frères.

— Cœur généreux, dit Pierre touché jusqu'aux larmes, je ne puis accepter parce que je suis engagé d'honneur vis-à-vis de cette bonne Tourangelle. Quand je lui aurai payé ce que je lui dois, je songerai à votre offre.

— Payer, hum!... ne paye pas qui veut.

— Je pense que ce sera bientôt. Je ne désespère pas d'avoir quelque cause à défendre.

— A votre aise. La maison est située au diable, à l'autre bout de Paris, dans la rue de la Lune, près de Bonne-Nouvelle; elle a des volets verts et un toit de chaume, on a vue sur les fossés de la ville et sur la campagne, c'est magnifique!

— Merci, ami, merci.

— Vous me quittez?

— Je suis attendu.

Ils se quittèrent, et Pierre se rendit en toute hâte au palais Médicis, celui que nous appelons aujourd'hui le Luxembourg. C'était là qu'habitaient la reine-mère et Gaston, celui de ses deux fils que la Florentine avait toujours le plus aimé et que, dans le secret de son cœur, elle espérait voir monter un jour sur le trône de France. Il est vrai que si la santé du roi Louis XIII était chétive et débile, au point de compromettre sa descendance, le duc d'Anjou, quoique efféminé dans ses mœurs et ses habitudes, jouissait du corps le plus robuste et le plus sain.

L'accès et les abords du palais Médicis étaient loin d'avoir la régularité qu'on admire aujourd'hui : les ruelles s'entre-croisaient de ce côté, toutes en général assez peu propres et fort mal habitées; si bien que, soit par habitude, soit parce que le cours de ses idées le portait plus particulièrement à la solitude, Pierre Baudry prit par la lisière gauche du Pré aux Clercs, en longeant les murs de l'abbaye de Saint-Germain-des-Prés.

Comme il marchait lentement, la tête presque baissée, ne songeant nullement à l'endroit où il allait, mais bien à sa douleur, à la duplicité de cette jeune fille vers laquelle volait son âme, et qui tout à coup était descendue du piédestal d'adoration sur lequel il l'avait constamment placée depuis un an; comme il passait sur l'arche à moitié effondrée d'un petit pont entouré de vigoureuses saulaies, il s'entendit appeler par une voix rauque et sourde.

Il tourna la tête du côté où le ruisseau serpentait vers le Pré aux Clercs en sortant du jardin de l'abbaye, et il vit à peu de distance, blotti derrière un gros saule, un homme à figure rébarbative et qui le regardait en souriant.

Il s'arrêta sans nulle frayeur, comme aurait pu faire le plus mince bourgeois de Paris, car il se sentait la pochette trop peu garnie pour avoir rien à défendre.

L'homme répéta son nom avec un salut de bienveillance exprimé assez gracieusement.

— Que me voulez-vous? demanda l'avocat.

— Vous ne me reconnaissez pas, monsieur, mais moi je vous reconnais parfaitement. Il est vrai que, tenant du chat, je jouis de l'avantage de voir la nuit comme en plein jour.

— Au fait, votre voix ne m'est pas inconnue.

— J'ai eu l'honneur de vous donner quelques conseils, une certaine nuit, et il n'y a pas longtemps de cela.

— C'est vrai, je me rappelle à présent, fit Pierre en rougissant.

— Monsieur, tel que vous me voyez, je suis un homme mort.

— Vous!

— Moi, mais pas tout à fait à la façon du beau garçon que vous gardiez si obligeamment au milieu du Pré aux Clercs.

Et Catafago, car c'était bien le truand, s'avança en boitant vers le jeune homme; il avait, de plus, le bras en écharpe et la tête enveloppée de linges ensanglantés.

— Tenez, monsieur, vous le voyez, j'ai la jambe à peu près cassée, le bras fort endommagé et la tête fendue; mais il paraît que j'ai la vie fort dure.

— Vous êtes gai, malgré toutes ces avaries, mon maître, dit Pierre qui ne put s'empêcher de sourire.

— Oui, et pourtant j'ai sujet d'être triste et colère, je vous le jure; triste, parce que j'ai eu la faiblesse de céder à une tentative ambitieuse, et que je ne vois guère le moyen de revenir sur mes pas; colère, parce que je veux me venger de quelqu'un.

— Ah! prenez garde, la vengeance coûte cher.

— Pas à moi qui, d'ordinaire, suis employé à servir celle d'un chacun. Je sais comme on parvient à ses fins, soit par surprise, soit par ruse, soit par violence; aussi, je vous jure, je me vengerai de celui qui m'a mis dans cet état. Mais, pour cela, il faut que Satan veuille bien me remettre tout à fait sur pied, et c'est pour cela que je me suis permis de vous arrêter, mon beau monsieur.

— Moi?

— Vous. Je suis obligé de me cacher, voyez-vous, car on me croit mort, et il m'importe autant à ma propre sûreté qu'au soin de ma vengeance que je disparaisse pendant quelque temps. Je veux donc vous prier de me rendre un service.

— Lequel?

— Allez me chercher maître Adamas.

— Le médecin?

— Oui, celui-là me guérira, j'en suis sûr, et gratis, par amour de la science autant que par charité.

— J'irai, mon ami, avec grand plaisir, dit Pierre.

— Oh! voilà donc une âme charitable, dit Catafago avec joie. Figurez-vous, jeune homme, que, depuis ce matin que je suis là, toutes les personnes à qui j'ai voulu seulement adresser la parole se sont sauvées de moi comme si j'étais un pestiféré ou un malandrin.

— Eh bien, mon brave, je veux vous dire le secret de mon empressement à vous servir : — c'est que l'autre soir, en portant ce beau garçon, comme vous dites, chez maître Adamas, vous lui avez sauvé la vie.

— Il n'était pas mort!

— Il est aujourd'hui sur ses jambes.

— Ah! tant mieux, cela me fait du bien, dit le bandit avec mansuétude, j'en suis tant sur la conscience, qu'un de moins par hasard cela soulage beaucoup.

— C'est tout ce que vous voulez?

— Dites à maître Adamas que c'est Catafago qui réclame ses soins.

— Et il viendra?

— Il le faudra bien.

— Bon, fit Pierre en se disposant à partir.

— Encore un mot, monsieur, si vous voulez bien?

— Qu'y a-t-il?

— Auriez-vous envie, d'ici à une quinzaine de jours, de gagner une centaine de pistoles?

— Oui.

— Minute. De moi à vous une question de cette nature n'est pas dans les choses ordinaires. — Je ne procède pas par les sentiers battus, moi, et, bien que je vous sache peu fortuné, il se pourrait que vous refussassi-z.

— Que faudrait-il donc faire?

— Une expédition à main armée.

— Ce n'est pas dans mes cordes, mon maître, dit Pierre en riant.

— Vous avez tort. Je suis occupé, depuis ce matin, à raccoler une troupe de braves gens; il m'en faut une douzaine, je leur promets à chacun dix pistoles, vous en auriez cent cinquante, si vous vouliez.

— Merci. Je suis avocat, et pas autre chose, mon brave. Ne comptez jamais sur moi pour quoi que ce soit.

— Mais si cette expédition avait lieu contre quelqu'un que vous haïssez peut-être?

— Je ne suis pas homme d'épée, vous dis-je.

— Contre quelqu'un qui veut vous enlever une femme aimée, par exemple?

— Je n'aime personne.

— Ah! c'est différent, dit Catafago d'une voix creuse.

— Je vais vous chercher maître Adamas, dit Baudry en se hâtant de s'éloigner de cet homme, qui, malgré l'extrême indulgence de cette époque pour les hommes d'épée et d'action, n'était autre qu'un malfaiteur de la plus dangereuse espèce.

— Rappelez-vous toujours ma proposition! lui cria Catafago de loin, vous y reviendrez peut être, je connais cela.

L'avocat doubla le pas, et jugeant à propos de remettre à un peu plus tard sa visite à maître Adamas, dont il ne connaissait pas l'arrestation, il gagna au plus tôt le palais Médicis.

Contre son attente, il y fut introduit sans avoir besoin de se nommer ou de demander qui que ce fût, ainsi sans doute que cela lui avait été prescrit.

Un laquais le conduisit à travers de nombreux escaliers, corridors et salons, tout étincelants des somptueux ornements de cette époque, et dont Marie de Médicis avait encore considérablement augmenté la profusion, par suite des conseils de Rubens, son peintre, lequel était loin de pousser à la simplicité dont aimait, au contraire, à s'entourer Louis XIII.

Pierre fut introduit dans une grande pièce, éclairée seulement par le plafond, et au milieu de laquelle il se trouva d'abord tout interdit, car cette salle ne répondait à aucune de celles qu'il pouvait être appelé à visiter. De tous côtés, des toiles de toute grandeur gisaient contre les murailles, ou se trouvaient posées sur de gigantesques chevalets, d'autres étaient appendues contre de riches tapisseries; tout enfin accusait l'atelier de ce grand artiste dont la reine-mère avait en quelque sorte accaparé le génie et le temps en sa faveur.

Il n'y avait personne dans cette salle, sinon un vieillard qui, assis dans un grand fauteuil, souleva sa tête grise lorsqu'il entra et fixa sur lui un regard profond et clair. Cet homme avait une longue épée entre les jambes, et autour de son cou brillait l'acier poli d'un de ces gorgerins que les militaires seuls avaient coutume de porter.

Pierre le salua courtoisement, et comme ce vieillard ne jugeait pas à propos sans doute de lui adresser la parole, il prit comme lui place sur un escabeau.

Un bon quart d'heure se passa ainsi, au bout duquel Baudry, qui s'impatientait fort, se leva et s'avança vers son compagnon de solitude.

— Monsieur, dit-il, on m'a fait entrer ici, comme vous sans doute; mais j'ai peur qu'on ne se soit trompé.

Le vieillard le regarda en lui indiquant du doigt l'une des grandes tapisseries qui recouvraient les murs.

Pierre s'approcha de cette partie de la muraille, du côté de laquelle il avait précédemment entendu un certain bourdonnement.

— Ils sont là, dit le vieillard.

Presqu'au même instant un valet entra et lui adressa quelques paroles; le vieillard se leva et suivit le valet. Ils disparurent tous deux derrière une autre tapisserie, du côté opposé à celle par laquelle Pierre était entré.

Resté seul, celui-ci ne douta pas qu'on ne revînt bientôt le chercher à son tour; mais le temps s'écoula, et la curiosité le rapprochant de la tapisserie, il lui sembla entendre, mêlé au bourdonnement des voix assourdies, comme le grincement de plumes sur le papier.

Puis une voix s'éleva, et l'avocat reconnut qu'il n'était absolument séparé de la salle voisine que par la tapisserie, et que s'il n'avait pas entendu parler plus tôt, c'est que ceux qui se trouvaient de l'autre côté étaient occupés d'autre chose.

Cette voix, il la reconnut pour celle du vieillard.

— Je m'appelle Béranger, disait-il avec force, et j'espère que ce nom-là doit suffire pour le faire trembler dans sa robe rouge.

Bien que la curiosité ne fût pas son vice dominant, la gravité de sa situation, au milieu des conspirateurs qui l'avaient embauché, donnait à Pierre le désir de voir. Il avisa donc un couteau traînant sur une table chargée de pinceaux et s'en servit immédiatement pour pratiquer un trou dans la tapisserie.

— Messieurs, dit quelqu'un que Pierre ne connaissait pas, mais qu'il le devina devoir être Gaston, car le grand prieur se trouvait à sa gauche — et M. le duc de Vendôme à sa droite — messieurs, vous m'avez répondu de ce brave soldat.

— Oui, nous en répondons, dirent en se levant quatre gentilshommes que Pierre se rappela avoir déjà vus chez le marquis de Caumont.

— Monseigneur, dit Béranger, je vous servirai, vous et les vôtres, de toute mon âme et de toutes mes forces. On a bien fait de venir me chercher là-bas et de donner un aliment à ma haine. Seulement on ne se doutait pas que ma haine et ma soif de vengeance trouveraient encore à s'étendre en mettant le pied dans cette ville maudite. Ah! c'est une chose horrible, allez, quand on est comme moi, vieux et criblé de blessures, quand on a servi son roi pendant quarante ans, quand on croit être arrivé au port, au terme de toute souffrance, quand on espère enfin trouver auprès d'un enfant adoré le repos et le bonheur, de se heurter contre une maison vide, contre des murs de pierre qui vous disent : — Ta fille est morte! — non, pis que cela, car la mort ce serait encore préférable : — Ta fille est déshonorée! Messeigneurs, je ne sais pas le nom de celui qui a déshonoré

ma fille, mais il était l'ami du cardinal, à coup sûr, car le cardinal a fait emprisonner l'ami de ma vieillesse, celui qui veillait sur mon unique trésor... Vous cherchiez un bras pour atteindre ce prêtre infâme; n'allez pas plus loin, le voici!

Un murmure approbateur suivit cette parole énergiquement accentuée par la haine et le désespoir; et le président de l'assemblée réclama aussitôt le silence.

— Qu'en pensez-vous, monseigneur? dit-il d'une voix douce.

Le grand prieur se tourna vers lui et s'inclina avec déférence.

— Votre Altesse est-elle d'avis qu'on accepte l'offre telle qu'elle vient d'être faite?

— Cela nous épargnerait bien des soucis, répondit le président, qui n'était autre, en effet, que monseigneur Gaston, fils de France, comme l'avait supposé Pierre Baudry.

— Sans doute, monseigneur, mais il y a une difficulté.

— Laquelle?

— C'est que M. Béranger ne peut agir qu'isolément et qu'il ne pourrait ainsi saisir un nombre infini d'occasions excellentes pour nous défaire de l'homme qui nous gêne.

Chalais se leva et s'avança vers le grand prieur avec un empressement qui se traduisait par une respiration difficile et embarrassée.

— Monseigneur a raison, dit-il, nous sommes engagés tous dans cette entreprise et je soutiens, moi, que mon plan est meilleur. Nous entourerons l'ennemi dans un réseau d'épées et de dagues et je me charge de lui donner le premier coup.

— Mais où cela? demanda Gaston avec un certain égarement dans les yeux.

— Laissez-moi le soin de choisir le lieu, le jour et l'heure. Que vous soyez tous avertis la veille et même une heure avant, cela suffit. J'espère, messieurs, qu'on peut compter sur vous?

— Certainement, répondirent tous les assistants.

— Mais, mon cher Chalais, dit Gaston, vous allez vite, on ne peut pas se reconnaître! Vous pouvez nous faire tous rouer en Grève avec votre précipitation!

— Monseigneur, vous nous avez promis votre concours, pouvons-nous toujours y compter? demanda Chalais assez brutalement.

— Monsieur, fit le prince en rougissant, je suis fils du Béarnais et l'on ne me verra pas reculer.

— Monseigneur, dit alors Béranger en s'avançant et mettant un genou en terre; vous êtes le fils de celui que j'ai suivi dans les combats depuis ma première bataille; faites-moi la faveur de m'accorder, à moi seul, la vie de cet homme.

— Mais, cela ne me regarde pas, dit Gaston; arrangez-vous avec ces messieurs, avec Chalais particulièrement, puisqu'il se déclare ici le chef de l'entreprise; il s'y entendra mieux que moi, assurément.

— Monsieur de Chalais, reprit le grand prieur, vous n'avez pas fini d'écrire à M. l'archiduc. Il est très-important de lui faire connaître l'appui que M. Béranger nous promet.

— La mienne est, s'il le faut, celle de dix soldats de ma compagnie qui passeraient dans le feu à ma suite.

— Ce n'est pas de refus.

— Écrivez, monsieur de Chalais, dit encore le grand prieur.

Pierre eut ainsi l'explication du grincement qu'il avait entendu précédemment, et l'attribua naturellement au bruit de la plume du secrétaire.

— Est-ce que M. Baudry est là? demanda le prince.

— Oui, monseigneur, répondit une voix.

L'avocat, ne voulant pas être surpris dans son indiscrétion et croyant qu'on allait venir le chercher, se hâta de regagner son escabelle.

Mais une demi-heure se passa ainsi, au bout de laquelle un seigneur entra dans l'atelier une lettre à la main.

— Monsieur, dit-il au jeune homme qui le reconnut pour l'avoir vu à la réunion de la rue Saint-Germain-l'Auxerrois, voici un pli que vous voudrez bien remettre ce soir, à minuit, à la personne qui viendra vous trouver à votre logis et vous dira ces mots : Bruxelles et Madrid.

— C'est tout, monsieur?

— C'est tout, vous pouvez vous retirer; mais avant de rentrer chez vous, M. le grand prieur vous prie de passer chez M. le procureur Denis, rue Saint-Jacques, qui vous remettra le dossier d'une affaire urgente.

— Merci, monsieur, dit l'avocat qui comprit la manière délicate dont on commençait à lui payer ses services et quitta le palais.

Pour se rendre chez ce procureur, il prit à droite; c'était justement le chemin qu'il comptait suivre, car il n'oubliait pas la promesse faite à Catafago.

Pierre ne rentra chez la Tourangelle qu'à la nuit. Celle-ci l'accueillit par des reproches amers.

— Oh! vous aimez quelqu'un, j'en suis sûre, dit-elle, car depuis que cet homme mystérieux est venu vous chercher, on ne vous voit plus ici.

— Tenez, dit l'avocat en frappant sur un volumineux paquet de papier, voici mon excuse, ma bonne Tourangelle. J'ai un procès! Enfin, je vais avoir à plaider une cause; elle est intéressante! Grâce à Dieu, ma fortune est faite.

— Votre fortune? fit la cabaretière sans pouvoir cacher son dépit.

— Oui, ma fortune, et alors je pourrai vous payer tout ce que je vous dois, mon enfant.

Et, en disant ces mots, il prit la jolie femme par la taille et l'embrassa bruyamment.

— Vilain mauvais sujet! dit-elle à moitié fâchée, vous voulez m'endormir, mais je veillerai sur vous, malgré vous.

— Tourangelle, mon amie, ne faites pas cela, ou nous nous fâcherons tout de bon, dit le jeune homme qui frissonna intérieurement à la pensée qu'elle pouvait découvrir la vérité et compromettre la vie de tant de gens.

— Je le ferai, et pour commencer, je vous engage à ne pas aller chez Catafago ce soir, car vous voulez absolument vous parler ce soir.

— Ce soir, Catafago?

— Oui, ce bandit, cet homme de sac et de corde, qui finira par la potence.

— Il veut me parler?

— Pour affaire qui vous concerne tout particulièrement, a-t-il dit; oh! mais, je me défie de cet homme; il fait tous les métiers. Il est capable de tout, de vous vendre sa maîtresse, comme de vous tuer.

— J'y cours.

— Pierre, ne sortez pas, je vous en prie; vous avez déjà failli être assassiné à pareille heure, et ce soir il y a des gens de méchante mine qui rôdent dans le Pré aux Clercs; on dirait que Catafago a donné rendez-vous à tous les mauvais larrons de la Cour des Miracles.

— Une affaire qui me concerne? — répéta Pierre en réfléchissant. Il a vu maître Adamas, ou Robert, ou... Que peut-il me vouloir?...

— Est-ce qu'un honnête garçon comme vous doit avoir des rapports avec un pareil mécréant!

Mais Baudry ne l'écoutait plus, et, le cœur palpitant d'espérance, il se précipita dans le taillis, sans se soucier des cris de la Tourangelle. Le cœur de l'homme est ainsi fait, c'est un composé de contradictions, de lâchetés, d'aveuglement : une seule chose au monde l'intéressait, et il y rapportait toutes ses facultés. C'était dans l'espérance de voir Blanche qu'il s'était jeté, sans réflexion, dans une conspiration contre Richelieu; c'était parce qu'un vague pressentiment lui disait qu'il s'agissait d'elle, qu'il volait vers la demeure d'un ignoble bandit.

Il ne tarda pas à arriver à l'espèce de masure où gîtait cet homme, et aperçut la Forfala qui, déjà levée, grâce à sa robuste constitution, causait sur la porte avec une femme dont, au clair de lune, il distingua les allures suspectes.

— Allez-vous-en, disait la bohémienne à voix couverte et comme si elle craignait d'être entendue, je vous ai dit cent fois que je ne voulais pas de vos services, la Maréchal!

— Niaise! repartit cette femme, puisque Catafago est mort, ou tout comme. Venez avec moi, Forfala; j'aurai pour vous un beau logement dans la rue de l'Arbre-Sec, et les plus riches seigneurs de la cour seront à vos pieds dès demain.

— Non.

— Mesdemoiselles Ninon de Lenclos et Marion Delorme ne sont pas aussi belles que vous, et vous savez quel est leur train.

— Non, encore un coup, allez-vous-en.

— Forfala, je vous connais, vous aimez les bijoux et les belles robes, vous vous en êtes passée jusqu'à ce jour, parce que vous aviez la folie en tête pour ce vaurien de Catafago; mais vous crèverez de faim bientôt, vous n'oserez plus aller chanter par les rues, parce qu'il ne sera pas à rôder aux environs pour vous protéger, et alors vous viendrez vers moi.

— Jamais, sorcière d'enfer, jamais!

— J'ai de la patience, Forfala, et vous savez si je suis riche, moi aussi. Le jour où le diable me tordra le cou, on trouvera gras dans

mes coffres; je n'ai pas d'héritiers, et j'ai toujours dit que la fille qui m'aimerait serait traitée comme mon enfant.

— Allez-vous-en, je vous dis! fit la bohémienne avec un geste menaçant.

La vieille recula vivement et puis s'en alla grommelant.

La Forfala rentra dans sa masure et se mit à offrir en chantant une triste chanson, aux lèvres roses d'un joli enfant, le plus beau sein du monde.

Pierre Baudry frappa à la porte et entra.

A sa vue, elle interrompit sa chanson et prit un air contrit pendant qu'elle mouchait la lampe fumeuse qui éclairait ce misérable réduit.

— Catafago, où est-il? demanda Pierre.

— Hélas! fit-elle d'un ton dolent et en embrassant l'enfant, il y a trois jours que je ne l'ai vu, ce cher homme.

— Eh! je suis vivant pour monsieur! fit une voix rauque au fond de la pièce.

Une loque se souleva en manière de rideau, et la tête barbue et sordide du truand, toujours enveloppée de linges sanglants, apparut dans la pénombre.

— Monsieur Pierre Baudry, vous êtes un brave garçon et je veux vous rendre un service.

— A moi?

— Vous avez refusé mes cent pistoles, aussi je ne vous offre rien que l'honneur! C'est bien encore, il est vrai, pour une entreprise à main armée; mais, cette fois, je pense qu'elle sera de votre goût.

— Ma foi, mon brave, vous auriez mieux fait de ne pas me déranger.

— Vous m'avez sauvé la vie en m'envoyant maître Adamas, qui, bien qu'il fût sorti de la Bastille depuis une heure, est accouru vers moi avec empressement; — il est vrai que le bonhomme a peur. Eh bien! éclopé comme je suis, impossible de commander une expédition, voulez-vous me remplacer?

— Encore une fois...

— Acceptez, vous vous en trouverez bien.

— Non! fit Pierre en se dirigeant vers la porte.

— Attendez, je vais vous dire ce que c'est : il s'agit d'enlever une belle jeune fille.

— Adieu, Catafago : je suis pauvre et ne me mêlerais pas de ces choses-là pour un million de pistoles.

— Ce sera pour l'honneur, vous dis-je.

— Non.

— Ah! jeune homme, écoutez donc, je vais vous révéler le nom de la personne.

— Non, encore une fois, non !

— Elle se nomme mademoiselle Blanche.

Pierre Baudry demeura immobile, et le bandit laissa échapper du fond de sa bauge un éclat de rire qui avait quelque chose de diabolique.

XIX. — L'UNION DES BELLES DAMES.

Le lendemain, c'était le premier jour de la grande fête de la Saint-Jean, qui se célébrait au Pré aux Clercs et faisait le pendant de la foire Saint-Germain, qui avait lieu au mois de février.

Les spectacles de saltimbanques et de bohèmes, les théâtres s'élevaient sur l'emplacement ordinaire. Le chemin qui y conduisait, en longeant les bâtiments de l'abbaye, était lui-même aussi encombré de petits marchands de toutes sortes qui, dès la nuit précédente, s'étaient disputés les premières et les meilleures places.

Les bords de la Seine, en aval de l'abbaye, étaient toujours libres cependant, par suite du mauvais état des berges; et d'ailleurs les hôtes habituels du Pré aux Clercs ne voyaient pas sans jalousie les commerces de toute nature mordre sur les terrains et empiéter ainsi sur cet enclos, auquel de trop larges emprunts avaient été déjà faits.

Aussi, la fête n'envoyait-elle que quelques rares échos du côté de la *Guirlande d'Amour*, bien que l'avenue qui conduisait à cette maison célèbre fût bordée, à une distance de trente ou quarante pas chacun, de lampions fumeux qui semblaient indiquer de loin la guinguette aux Parisiens attirés par la fête.

Le pavillon où nous avons déjà vu madame de Cressia contenait une grande salle de rez-de-chaussée suivie d'un boudoir, où les raffinements du luxe de cette époque, joints à certaines splendeurs orientales, avaient été accumulés à plaisir. Ce pavillon était réservé

aux personnes de haute distinction ou de grande richesse qui venaient chercher à la *Guirlande d'amour*, soit l'oubli, soit le plaisir ;
mais, pour le moment, la grande salle seule était occupée.

Huit dames étaient assises autour d'une table servie avec recherche.

Ces huit dames étaient masquées.

Bien qu'elles ne touchassent pas aux mets qui étaient devant
elles, la conversation de ces dames paraissait très-animée.

Celle des huit qui occupait le milieu de la table, et semblait la
présidente de cet aréopage féminin, frappa la table du manche
d'un couteau d'ivoire et prit ensuite la parole avec une sorte de
solennité enjouée.

— Mesdames, dit-elle, un peu de silence, je vous prie.

Les chuchottements cessèrent au bout de quelques instants.

— Mesdames, reprit-elle, j'attendais que nous fussions toutes les
huit réunies pour vous exprimer ma satisfaction. On m'avait fait
craindre quelque désertion, mais je vois que vous avez été toutes
fidèles au rendez-vous.

— Comment ! reprit une autre avec effroi, on vous avait fait
craindre !... nous sommes donc connues?

— Pas le moins du monde; mais rien ne peut empêcher celles
qui ont ou se croient quelque perspicacité de chercher à deviner
auprès de qui le hasard les a placées dans cette circonstance ; or,
moi, mesdames, si vous m'en défiez trop, je vous dirai à toutes vos
noms et prénoms.

— Quelle horreur ! s'écria une des dames en jetant les hauts cris.

— Faisons mieux, mesdames, reprit la présidente, je vous
prouverai à toutes que je vous connais en vous disant le nom de
votre amant.

L'une des dames se leva, et sous son masque on voyait son visage, son cou et jusqu'à son sein qui étaient rouges de honte et
d'indignation.

— Je quitte la place, dit-elle.

— Un instant, reprit la présidente, pas tant de précipitation et
surtout pas tant de colère, madame. Nous ne nous connaissons pas,
c'est un fait : mais nous sommes de fort bonnes maisons, ou tout
au moins de bonne compagnie, aussi me garderai-je d'être aussi
indiscrète que vous paraissez le craindre.

La dame effarouchée reprit sa place.

— Nous nous sommes promises, reprit la présidente, de nous
retrouver ici au commencement de la fête, d'y revenir encore à
minuit en compagnie de nos amoureux, et de terminer la fête par
un petit bal : les violons sont prévenus, ils seront là. Soyez exactes,
mesdames, je vous en prie.

Il semblait que cette parole fut le signal du départ; car toutes se
levèrent et disparurent par une petite porte ouvrant directement
sur le Pré aux Clercs, au lieu de passer par l'enclos de la Tourangelle.

La présidente cependant ne s'était point hâtée, et elle s'approchait d'un miroir, devant lequel elle était sur le point de se démasquer, afin sans doute de rajuster sa coiffure, lorsqu'elle entendit
comme un soupir profond venant du fond de la salle.

Elle se retourna vivement et aperçut une femme qui, assise sur
une ottomane et serrée contre les coussins de ce meuble, semblait
vouloir se dérober à sa vue.

— Tiens ! fit-elle, est-ce que comme moi, madame, vous auriez
donné rendez-vous ici à votre chevalier ?

La dame ne répondit pas et se leva pour sortir; mais, en se dirigeant vers la porte ses jambes semblèrent se dérober sous elle, et
elle tremblait si visiblement que la présidente se précipita à sa rencontre pour la soutenir.

— Ah ! mon Dieu, mais vous avez bien peur!

— Oui, fit l'inconnu d'une voix faible.

La présidente l'examina curieusement.

— Je me suis trop avancée tout à l'heure, dit-elle en riant et en
montrant ainsi les plus belles dents qu'on pût voir, je croyais connaître toutes nos associées, et j'avoue que je me suis trompée.

— Vous avez raison, madame, vous ne devez pas me connaître.

— C'est vrai. Il y a, pour nous autres femmes, des imperfections
qui échappent aux yeux des hommes et qui nous servent parfaitement à nous désigner, malgré le masque. A l'une je connais une
épaule qui luit, tout admirable qu'elle soit, est imperceptiblement plus
haute ou plus forte que l'autre ; à celle-ci la nuque offre des boucles
de petits cheveux frisés par la main de l'amour; celle-ci est rousse,
celle-là est trop brune; j'en connais qui ont un signe au milieu du
dos et qui pour le montrer échancrent leur robe d'une manière im-

modeste; d'autres ont la gorge inégale. Cette beauté si parfaite a
sur l'une de ses dents une piqûre que l'œil d'une ennemie peut seule
apercevoir... mais vous, madame, vous êtes tellement accomplie,
du moins par le peu que je vois ou par tout ce que je devine, qu'il
me serait impossible de placer quelque nom que ce soit sur ce masque de velours.

— Ah ! tant mieux.

— Et tenez, je m'y connais, voulez-vous que je vous dise quelque
chose qui prouve, vous n'êtes pas des nôtres, mademoiselle.

— Ah !... fit l'inconnue avec effroi et s'affaissant bien, cette fois,
sur elle-même.

La dame la soutint avec bonté.

— N'ayez pas peur, mon enfant, je ne vous trahirai pas.

— Bien vrai?...

— Je vous le jure, mais à une condition, c'est que vous me direz
— non pas qui vous êtes, cela ne me regarde pas, — mais pourquoi vous êtes venue.

La jeune fille lui baisa la main avec effusion et fut se rasseoir
sur l'ottomane où la suivit la présidente qui ne cessait de la regarder curieusement.

— Madame, dit-elle, vous m'inspirez une grande confiance, je ne
sais pourquoi, et je veux tout vous dire. L'an passé, à pareille époque,
je suis venue à cette fête, masquée, et d'après les conseils d'une de
mes amies qui est morte, il y a un mois, parce qu'on voulait la
forcer d'épouser...

— Mademoiselle de Simiane, peut-être?

— Oui, reprit involontairement la jeune fille.

— Continuez, je vous assure que je ne vous connais pas.

— Eh bien! l'an passé je me trouvais dans la même situation que
mademoiselle de Simiane, et comme je ne pouvais aimer celui qui
m'était imposé pour époux, je résolus de faire un éclat tel qu'il serait le premier à renoncer à ma main.

— Si l'on vous épousait pour votre beauté, c'était probable; si,
au contraire, c'était pour votre argent, c'était impossible.

— Eh bien! madame, je me rendis dans ces lieux, animée par
les imprudents conseils de mon amie et bien décidée à jeter au vent
ma renommée; mais le hazard me protégea d'une manière provi-
dentielle, je fis la rencontre d'un jeune homme, bon et honnête, qui,
au lieu de profiter de l'intérêt qu'il m'inspira soudain et d'abuser
de la situation où m'avait mise mon étourderie, me reconduisit
jusqu'à la barque qui m'avait amenée, sans me demander autre
chose que de revenir quelquefois.

— Et vous êtes revenue?

— Jamais, depuis un an.

— Et ce soir?

— Ce soir j'étais masquée, et je passais auprès de ce pavillon,
lorsqu'une bande d'écoliers qui arrivaient en chantant m'a effrayée ;
j'ai suivi une dame qui entrait ici, pensant...

— Pensant trouver aide et protection, tandis...

— Oh! madame, quelles choses j'ai entendues ce soir!

— J'avoue que nos dames de l'Union ne se piquent pas de grande
réserve.

— Et ce sont des dames de la cour !

— Toutes, j'en jurerais, excepté une. Mais vous voulez revoir le
jeune homme de l'an passé?

— Oui, je suis malheureuse, je souffre, et j'ai besoin d'un cœur
qui me console.

— Il vous a oubliée, peut-être.

— Oh! non. Je veux le voir absolument, me justifier à ses yeux.

— Vous avez besoin de vous justifier?

— Oui, car il me croit coupable de quelque chose d'affreux : il a
dit à quelqu'un qu'il me hait et me méprise.

— Dame, s'il a appris que non-seulement vous deviez épouser
M. de Louvigny...

— Ah! madame, vous me connaissez donc?... fit la jeune fille en
fondant en larmes.

— Sans doute, et je sais aussi que M. de Chalais vous aime et a
juré de vous arracher à cet homme qu'il ne peut estimer.

— M. de Chalais a bien raison et c'est un fort galant homme.

— Voyez-vous cela ; mais votre amant, vous le désespérerez si
vous faites bon accueil à M. de Chalais, dont la réputation est
détestable.

— Comment pourrait-il le savoir, il n'est pas de la cour.

— Ah! bon petit cœur, vous le trompez sans vous en douter;
c'est mal cela.

— Est-il possible? oh! alors il faut que je le voie absolument ce soir, car en effet, s'il croit cela, il doit bien souffrir, et pourtant... pourtant... il n'est pas gentilhomme et je ferais mieux de l'oublier.

— Chère enfant, vous vous préparez bien des douleurs si vous pensez à une mésalliance.

— Oh! jamais.

— Ou bien si, oubliant votre rang...

— Plutôt la mort.

— Songez à votre réputation, ma belle, c'est ce que nous avons de meilleur, nous autres femmes; et tenez, pour ne vous citer qu'un exemple, rappelez-vous madame de Cressia, qui était là, tout à l'heure, parmi nous : elle était dame d'honneur de la reine, comme vous êtes demoiselle d'honneur de la reine-mère. — Eh bien! le scandale de ses amours, amours de toute sorte et qui, dit-on, ont parcouru tous les échelons, lui ont fait la vie fort difficile. Elle n'est plus qu'une courtisanne titrée, et si elle a encore des adorateurs, au fond tout le monde la méprise.

— Ah! vous avez raison, madame; mais, je vous en supplie, dites-moi qui vous êtes, car jamais on ne m'a parlé comme cela depuis que ma mère est morte. Je ne vois autour de moi que des visages sévères ou méchants, je n'entends que des voix avides; et les conseils qu'on me donne sont presque toujours ceux que l'honneur n'approuve pas. Oui, madame, je vous en supplie, montrez moi ce visage que je connais sans doute, et qui doit être aussi beau que votre âme me paraît droite et parfaite.

— Mon visage, tenez, soyez satisfaite.

Et la dame ôta son masque.

— Ah! je le disais bien, dit Blanche de Caumont, vous êtes belle madame; mais si je ne sais pas votre nom, on me le dira quand je vous embrasserai devant toute la cour.

Et la jeune fille se penchant vers la dame inconnue la serra timidement dans ses bras. Celle-ci déposa un baiser sur son front et ne put réprimer un soupir.

— Est-ce que vous souffrez aussi, vous madame?

— Moi, non, dit gaiement la dame en remettant son masque. Mais je suis attendue, il faut que je vous quitte, continua-t-elle sans pouvoir retenir un bâillement et en se levant.

— Vous ne me dites pas votre nom.

— A quoi bon, je ne suis pas de la cour.

— Mais vous connaissez tout le monde.

— Ah! c'est que toute la cour vient chez moi, les femmes exceptées, et que je les connais mieux ainsi, par tout ce que l'on en dit, que si j'avais l'honneur d'être leur amie.

— Je me rappellerai votre visage, madame, comme celui de la meilleure personne que j'aie jamais rencontrée.

— Vous ne pouvez rester ici, où l'on peut entrer d'un moment à l'autre. Venez avec moi jusqu'à ce que vous trouviez votre honnête jeune homme.

— Vous êtes adorablement bonne, madame, dit Blanche en s'empressant de lui prendre le bras.

— C'est que je n'ai pas toujours été ce que je suis, mademoiselle, et que je me souviens d'avoir souffert quand j'étais enfant.

Elles quittèrent le pavillon, et elles n'avaient pas fait cent pas dans l'avenue que Blanche aperçut Pierre Baudry qui, appuyé contre un arbre et une longue épée entre les jambes, semblait interroger les profondeurs de la nuit.

Le tremblement nerveux dont-elle fut aussitôt saisie avertit la dame inconnue qui, en femme experte aux choses d'amour, s'empressa de retirer son bras de dessous celui de la jeune fille et s'éloigna en toute hâte du côté des charmilles, là où la fête semblait la plus bruyante : ce qui indiquait le peu de mystère dont-elle songeait à s'entourer.

Blanche s'approcha de Pierre et s'arrêta timidement devant lui.

— Je vous avais promis de revenir, dit-elle d'une voix douce et ferme à la fois.

— Vous! dit-il avec un ravissement de surprise tel que la jeune fille comprit aussitôt que ses colères étaient tombées.

— Vous avez douté de moi?

— Oh! pardon...

— Je voulais vous voir, vous parler, vous dire tout ce que je souffre, et puis, vous êtes un savant légiste, m'a-t-on dit, je voulais vous consulter sur mes droits. Car on me tyrannise chez mon tuteur.

— O ciel! vous souffrez à ce point!

— Ce M. de Louvigny feint de m'aimer, mais ce sont mes biens qu'il convoite. Il a promis des avantages immenses à mon oncle.

Ah! je m'y perds, il faut que vous me sauviez, monsieur; soyez mon ami, je vous en prie.

— Pouvez-vous en douter?

— Je suis venue pour vous supplier de vous présenter à mon hôtel; vous demanderez hardiment à me parler, et, si l'on vous refuse, vous irez chercher un homme de loi et vous attesterez la violence qui m'est faite.

— Ah! cela, je vous le jure, mademoiselle.

— Rien n'est odieux comme la pensée qu'on sera la femme d'un homme qu'on méprise et qu'on déteste.

A ces mots, Pierre recula de deux pas et la regarda d'un air de défiance.

— C'est odieux, en effet, dit-il; mais si M. de Louvigny vous déplaît à ce point...

— Parlez, parlez.

— Je crains de vous déplaire à mon tour.

— Non, ce que vous me direz, je l'écouterai comme si vos paroles sortaient de la bouche d'un frère dévoué.

— Eh bien! mademoiselle, cette haine, ce mépris que vous éprouvez pour M. de Louvigny, ne proviennent-ils pas d'un sentiment tout opposé pour un autre?

— Ah!... fit Blanche toute tremblante, il se peut bien, je ne sais pas.

— Vous ne savez pas... c'est bien étrange; une riche héritière comme vous êtes doit avoir tenté bien des cupidités, votre beauté doit avoir allumé bien des passions.

— Mon Dieu! que m'importe! ce que je veux, c'est n'être pas à M. de Louvigny.

— Et vous avez besoin de moi pour arriver à cette fin?

— Oui, je vous conjure de ne pas m'abandonner.

— Eh bien! mademoiselle, je vous jure de consacrer ma vie à vous défendre, mais...

— Achevez.

— Promettez-moi une chose, vous.

— Laquelle?

Pierre réfléchit un instant; puis il rejeta sa tête en arrière, et comme s'il secouait toute insufflation mauvaise, toute pensée indigne de son âme chevaleresque et loyale, il passa ses mains devant ses yeux et reprit, le front haut :

— Non, je ne demande aucune promesse, l'avenir me dira si je fais bien.

— Ah! monsieur Pierre, pouvez-vous douter de ma reconnaissance.

En ce moment onze heures sonnèrent à la tour de l'abbaye de Saint-Germain-des-Prés.

— Déjà! s'écria-t-elle, il faut que je vous quitte.

— Je vous conduirai, comme l'an passé, jusqu'à votre barque.

— Non, je suis de service auprès de la reine-mère, et c'est à cause de cela que j'ai pu m'échapper du palais.

— Et vous allez courir ainsi à travers ces quartiers déserts?

— J'ai du courage.

— Je vous accompagnerai.

— Non, monsieur, restez ici.

— Mais...

— Je le veux, dit-elle d'une voix douce et impérieuse à la fois en appuyant sa main sur le bras du jeune homme.

Et, avant qu'il eût pu ouvrir la bouche pour répliquer, elle lui serra la main et prit sa course à travers les arbres.

Pierre Baudry demeura calme et impassible; puis il fronça les sourcils et frappa la terre du talon en réprimant un rire amer.

— Femme, femme perfide! murmura-t-il, me trompes!

Il tira alors de sa poche un petit sifflet, et, après s'être assuré que personne ne pouvait le surprendre, il l'approcha de ses lèvres.

Un son aigu retentit dans les taillis et les charmilles, auquel répondirent presque aussitôt une dizaine de coups de sifflets partant de tous côtés et qui dominèrent un instant tous les bruits discordants de la fête du Pré aux Clercs.

XX. — AMOUR D'ARTISAN.

Neuf heures sonnaient à l'horloge du palais lorsque madame de Cressia quittait sa demeure à pas furtifs et regardait de tous côtés si elle n'était pas suivie. Du reste, sans doute afin de dépister tout curieux, elle avait revêtu une robe de couleur sombre, sans aucun de ces ornements de jais dont elle aimait d'ordinaire à semer ses

La marquise poussa un cri terrible en se débattant. (P. 42.)

ajustements, et elle avait placé un masque de velours sur son visage; une grande mantille achevait de dérober aux investigations son port de tète qu'elle avait en effet fort remarquable.

Elle marcha ensuite résolûment vers un homme qu'elle aperçut en embuscade sous le porche de l'une des maisons du Pont-Neuf et lui prit vivement le bras.

— Venez, dit-elle d'une voix assurée.

— Vous m'avez reconnu? dit l'homme d'une voix émue.

— Je vois que vous avez votre épée; avez-vous aussi une forte dague?

— Oui, madame.

— Bien, et je suppose que vous saurez vous en servir.

— Près de vous, je défierais l'univers! reprit l'artisan avec cet accent que les comédies héroïques avaient mis à la mode et qui n'était pas déplacé dans la circonstance.

— A ces paroles, je reconnais le jeune homme hardi qui m'a abordé hier d'une si cavalière façon.

— Hélas! madame, ne vous en prenez d'abord qu'à la hardiesse naturelle de mon caractère... et à un autre sentiment...

— Si, en effet, vous avez reçu une grave blessure pour moi, il y a déjà entre nous certains liens.

— Puissiez-vous dire vrai, madame.

— Mais est-il bien certain que vous l'ayez reçue, cette blessure?

— Il n'y a pas longtemps que je l'ai reçue, cela est vrai, mais si j'ai été si promptement sur pied, c'est à maître Adamas que je le dois. Ce cher bonhomme a des secrets merveilleux et rapides qui, si on le voulait bien, pourraient le faire brûler en Grève comme sorcier.

— Mais hier, si je me le rappelle, vous vouliez...

— Vous dire que je venais de la part de M. de Chalais et que ce digne gentilhomme est le plus aimable seigneur qui soit, car je ne lui avais pas confié pour quel motif je désirais vous voir.

— Et ce motif?

— Ce motif, madame, vous le trouverez peut-être insuffisant; mais pour moi, c'est une question de vie ou de mort. Ce coup de couteau que le hasard m'a fait donner plutôt qu'à celui auquel il était destiné, je le bénis comme l'un des événements les plus heureux de ma vie, oui, madame, car il m'a appris qu'il fallait savoir souffrir pour ce qu'on aime.

— Je ne vous comprends pas, fit la Cressia d'une voix à laquelle elle sut donner un accent d'émotion.

— Si j'étais venu à vous, madame, avec les vêtements de mon état...

— De votre état?...

— Il est probable que je n'aurais pas dépassé le seuil de votre antichambre; mais je voulais absolument vous parler.

— Qui donc êtes vous? s'écria en quelque sorte la dame en s'arrètant pour considérer son interlocuteur.

— Je suis un pauvre ouvrier armurier, madame.

Elle voulut quitter son bras, mais il la retint doucement.

— De grâce, continua-t-il, écoutez-moi.

— Mais...

— Tenez, madame, je passe mes jours à forger des lames d'épées et de poignards, à marteler des casques et des cuirasses; mais pendant les heures que me laisse ce dur labeur, je me surprends à modeler sur les poignées de ces instruments de mort des figures d'êtres animés, et parmi toutes ces figures il en est une surtout qui, à chaque instant, se présente sous mon burin ou sous ma cire, celle d'une femme, belle comme le jour et qu'on ne peut voir une fois sans se dire : — Voilà celle que j'aimerai jusqu'à mon dernier soupir.

La Cressia le regarda avec étonnement, et le rayonnement du visage de l'artisan bien visible et embelli peut-être par l'éclat de la

La lueur rougeâtre était un brasier ardent. (P. 46.)

lune, l'exaltation de ses paroles, l'expression de ses yeux, tout lui disait que ce n'était pas là une âme grossière ou vulgaire, et qu'il était digne, au moins, de sa pitié.

— Monsieur... fit-elle avec douceur.

— Cette femme, madame, chaque fois que je l'ai rencontrée, soit dans les rues de Paris, soit ailleurs, soit même où l'appelaient ses amours, car elle est une de ces créatures célestes auxquelles on n'ose rien reprocher; chaque fois, dis-je, que mon regard s'est arrêté sur elle, j'ai senti en moi une flamme dévorante qui me disait : — Tu l'aimes, tu l'aimes, et tu en mourras. Aussi quand j'ai reçu ce coup de couteau, madame, ce coup de couteau que me valaient ces habits que vous reconnaissez sans doute, me suis-je écrié : — C'est pour elle et par elle que je meurs, béni soit le Seigneur !

Robert resta devant elle, les mains étendues dans l'attitude de la supplication, mais les yeux baissés; il n'osait la regarder.

La marquise lui prit alors le bras et le força doucement de reprendre sa marche.

— Vous êtes un brave cœur, monsieur, dit-elle après un instant de silence, et je vous jure que, si vous ne m'aviez affirmé le contraire, je vous croirais gentilhomme.

— Ah! madame, reprit Robert avec feu, ce n'est pas la naissance qui fait les âmes nobles et élevées. Il y a en moi toute la sève des amours ardentes et des adorations passionnées et muettes. Dites-moi seulement un mot, un seul mot qui me permette d'espérer, et vous aurez fait plus qu'un homme, vous aurez fait un dieu.

— Voici une exaltation qui trahit son poëte! Seriez-vous par hasard un des émules de MM. de Corneille ou de Rotrou.

— Ne riez pas, madame, au nom du ciel, car je vous aime assez pour risquer votre haine!

— Est-ce une menace? fit la Cressia en s'arrêtant de nouveau.

— Non, madame, c'est une prière.

— Elle est singulièrement exprimée.

— Pardonnez-moi, il y a dans mon cœur une telle force de passion que si vous ne me tuez pas, madame...

— Vous me tuerez peut-être?... acheva-t-elle en éclatant de rire.

— Ne riez pas, ne riez pas, au nom du ciel!

— Tenez, monsieur, vous me dites que vous êtes un artisan et je veux bien vous croire; mais vous avez une manière de parler indiquant une certaine éducation et, par conséquent, vous pourrez comprendre bien des choses.

— Je n'ai jamais eu de maîtres, madame; mais le temps que je ne donne pas au travail, je le passe à lire.

— Vous pouvez donc comprendre alors que l'amour ne se commande pas, et que si jamais je venais à vous aimer, ce qui est fort problématique, il me faudrait d'abord commencer.

— Par rompre avec ceux que vous aimez maintenant.

— Ceux... et pourquoi pas celui? voilà un mot qui n'est pas charitable.

Robert ne répondit pas. Ils marchèrent quelque temps en silence et arrivèrent au pied de la Tour de Nesle; mais comme ils approchaient du bord de l'eau, une ombre se dressa tout à coup dans l'obscurité formée par la vieille tour et s'avança vers eux.

— A vous! dit vivement la Cressia en se penchant à l'oreille de Robert et se dégageant de son bras.

Robert, en un instant, se trouva campé sur ses deux jambes, l'épée d'une main, la dague de l'autre.

L'ombre avait marché rapidement vers lui, et elle aussi était armée d'une épée; si bien que les deux lames se choquèrent presqu'instantanément et produisirent dans la nuit ces faibles étincelles qui sont la joie du brave et du vaillant.

Robert était plus courageux qu'habile au jeu des armes ; mais son adversaire n'était peut-être pas plus expérimenté, car de grands coups furent échangés, frappant de la taille plutôt que de l'estoc et rappelant les combats des anciens preux où la force l'emportait si souvent sur le bon droit et la science.

Le jeune armurier sentit qu'un pareil combat ne pouvait durer longtemps, surtout en présence d'une femme aimée, sans menacer de tourner au ridicule ; de sorte que, tout en s'escrimant, il avança son pied de telle façon que son adversaire chancela et tomba ensuite lourdement sur le sol. Il se précipita vers lui et lui posa un genou sur la poitrine.

— Rends-toi, bandit, cria-t-il, ou je te tue comme un chien.

— Non ! répondit l'autre, essayant de se relever.

Robert lui étreignit la gorge de sa main droite, car il avait lâché son épée, et fit luire la pointe de sa dague au-dessus de son visage, en ce moment éclairé en plein par la lune.

— C'est Cambremer ! fit-il.

— J'aime cette femme, dit l'étudiant breton en haletant, tue-moi donc tout de suite, car j'ai juré de tuer tous tes amants !

— Tais-toi, maudit, je ne le suis pas.

— Tu le seras un jour.

— Dieu t'entende, mais jure-moi que tu renonceras...

— Non, je ne renonce à rien, et, si tu me fais grâce, la première chose que je ferai en me relevant sera de te chercher partout et de te planter un poignard dans le cœur.

— Bête féroce ! tu ne mérites pas qu'un honnête homme se souille les mains de ton sang.

Et d'un bras preste et vigoureux il lui arracha son épée, dont l'étudiant essayait toujours de diriger la pointe vers son corps et la lança au loin dans le fleuve ; puis il chercha à sa ceinture et y trouva un long couteau auquel il fit suivre le même chemin.

Après quoi Robert le lâcha, se leva et s'éloigna de quelques pas.

— Lève-toi et pars ! dit-il, et n'oublie pas ce que je t'ai dit, car je suis sur mes gardes à dater d'à présent, et je ne te ferai pas grâce une seconde fois.

Cambremer se leva lentement, jeta sur lui et sur la marquise, qui s'était réfugiée contre les puissantes assises de la tour, un regard chargé de haine et de malédiction, et disparut dans l'ombre.

Le jeune homme s'avança vers sa compagne qu'il comptait trouver fort effrayée ; mais elle ne lui laissa pas le temps de franchir les derniers pas, elle accourut se pendre à son bras et s'appuya avec force.

— Vous êtes noble et beau ! fit-elle avec une sorte d'enivrement et la poitrine soulevée par l'émotion, en l'entraînant vers la berge et sans quitter le bord de l'eau.

La Seine, fort basse en ce moment, par suite de sécheresse, avait mis le pied de la Tour de Nesle entièrement à sec.

Quand ils furent parvenus de l'autre côté, la Cressia frappa dans ses mains et un homme se dressa immédiatement sur l'avant d'une barque au fond de laquelle il était couché.

— Vous savez ramer ? demanda-t-elle à Robert.

— Oui, madame.

— Karl, tu regagneras l'hôtel, monsieur me conduira, dit-elle.

Le batelier ne répliqua pas, il se contenta de tirer à lui la barque afin de l'amener le plus possible sur la grève, puis il saisit la marquise dans ses bras et la déposa sur l'avant. Il voulut ensuite en faire autant à Robert, mais celui-ci avait sauté sur une grosse pierre qui se trouvait à fleur d'eau et de là dans la barque où il saisit les avirons avec une sombre volupté.

Une seconde après la barque était au milieu du fleuve et suivait le courant.

— C'est au Louvre que vous voulez descendre ? demanda Robert.

— Non, répondit-elle en levant vers le ciel son front rêveur.

Elle avait ôté son masque et rejeté sa mantille, — de sorte que la beauté de son visage et de sa riche poitrine, relevée encore par la majesté de la nuit et la lueur mate de l'astre nocturne, lui prêtait des séductions infinies. Robert abandonna les rames et, lançant la barque dans le courant, il vint se mettre à genoux devant elle.

— Que vous êtes belle, madame, que vous êtes belle !...

— Mais nous dépassons le Pré aux Clercs !... dit-elle tout à coup en regardant d'un air effaré les deux rives qui fuyaient rapidement.

— C'est là que vous allez ? demanda le jeune homme.

— Oui.

— Ah ! vous voulez vous mêler à la fête, vous aussi. Vous faites sans doute partie de cette folle association qu'on appelle les *Belles Dames* !

— Vous savez ?...

— Eh ! le peuple recueille tous les bruits qui courent : il sait que de belles dames, abritées sous le masque, osent braver l'opinion et se livrer à toute la fougue de leurs passions. Est-ce pour vous joindre à elles que vous vous rendez au Pré aux Clercs ?

— Monsieur Robert, vous êtes bien curieux, dit la Cressia en souriant.

— Ah ! voilà que vous riez, je vous aimais mieux comme tout à l'heure, vous allez me rendre fou.

— Vous feriez mieux d'arrêter la barque et de remonter le fleuve.

— Ah ! je comprends Cambremer, il vous aime aussi, lui, et il est fou ! Je ne sais ce qui se passe en moi, c'est du délire... Avec vous, près de vous, je vis plus vite, ma tête brûle, il faut que vous soyez à moi !

Et l'aventureux jeune homme, qui n'avait pas quitté ses genoux, lui saisissait les deux mains et la taille et la pressait contre sa poitrine.

— Monsieur Robert, dit-elle d'une voix à laquelle elle donna une expression de haute froideur, vous êtes fou en effet, il faut retourner sur nos pas.

— Non ! et puisque je suis fou, je veux avoir tous les priviléges ; on leur passe tout le comble de la folie.

Et sans se soucier de faire chavirer la barque qui, sous ses mouvements, se mit à se balancer sur l'eau d'une manière inquiétante, il se leva debout et la saisit entre ses bras.

— Je vous aime ! dit-il avec force.

— Et moi je ne vous aime pas, répondit-elle sans paraître le moins du monde émue.

— Vous ne m'aimez pas ! fit-il avec fureur, — répétez-le.

— Non.

Robert devint tout à fait insensé, ses oreilles bourdonnèrent, sa vue se troubla ; il lui passa par la tête une de ces inspirations qui sont le comble de la passion ou de la haine.

Il saisit la marquise par le cou et, passant la main sous ses jambes, il l'enleva entre ses bras vigoureux comme il eût fait d'une plume.

Celle-ci poussa un cri terrible en se débattant.

Elle se voyait suspendue au-dessus des eaux bouillonnantes du fleuve.

— Si vous ne voulez pas m'aimer, je vous laisse tomber, dit-il en grinçant des dents.

La marquise lui jeta un de ces regards clairs et profonds dont elle avait le secret, et, renonçant à toute résistance, se laissa aller, inerte, entre ses bras.

— Faites... dit-elle, tranquillement.

— Ne me tentez pas, madame, il y a du salut de votre âme et de la mienne !

— Faites, reprit-elle, je sais nager.

— Démon ! exclama sourdement Robert...

Il la replaça sur le pont, et se précipitant vers les rames, il imprima à la barque un virement habile. Au bout de dix minutes, ils abordèrent à l'un des petits ports situés sur la berge du Pré aux Clercs.

Il lui tendit le poing pour la faire descendre, et elle sauta lestement sur le rivage.

Le jeune homme s'occupa vivement d'attacher la chaîne du bateau après l'un des anneaux du port ; mais, quand il se retourna, la Cressia avait disparu.

Il poussa un cri effroyable et se précipita à travers les arbres, dans la direction qu'il supposait avoir été suivie par cette femme étrange.

Il erra ainsi longtemps, cherchant de tous côtés, se heurtant à cent promeneurs solitaires ou à des couples qu'il interrogeait avec anxiété ; il était haletant, fou de douleur et de rage, lorsqu'il arriva aux abords de la *Guirlande d'amour*.

A la faveur de l'un des lampions il reconnut un homme qui marchait à la tête d'une petite troupe de gens armés, et se porta vers lui.

— Pierre Baudry ! fit-il, l'avez-vous vue ?

— Qui donc ?

— Ah ! je suis fou.

— Robert, dit Pierre avec une sombre énergie, est-ce que nous avons changé tous deux de caractère ? J'étais timide et vous hardi ; je me sens fort et je vous vois faible. Avec les femmes il faut agir, les effrayer, les dompter.

— Si je la retrouve...

— Cherchez-là et en attendant, Robert, rendez-moi un service.

— Lequel?

— J'ai besoin de votre maison pour cette nuit.

— Elle est à vous; en voici la clé.

Ils se séparèrent, et Pierre marcha suivi de sa troupe, laquelle, vu la mine rébarbative et sordide des vêtements bariolés et grotesquement militaires des hommes qui la composaient, ne paraissait pas recrutée pour une expédition recommandable.

Un quart d'heure après ils se trouvaient à une portée de mousquet du palais Médicis, embusqués les uns sous des portes basses, les autres couchés à terre. Les mesures étaient probablement bien combinées, car ils n'attendirent pas longtemps.

Une femme masquée approcha timidement dans l'ombre.

Pierre fit un signal, et tous ces hommes, se mouvant comme une seule masse, fondirent sur cette femme comme des milans et, sans lui laisser le temps de pousser un cri, l'entraînèrent rapidement vers deux cavaliers qui attendaient au coin d'une ruelle.

La femme fut reçue entre les bras de l'un d'eux et placée en travers de la selle.

— Diable! se dit l'autre cavalier, non sans une expression de dépit et de tristesse, elle paraît de bien facile composition. O femmes, femmes, abîme de lâchetés et de mensonges!

XXI. — DU DANGER DE COURIR LE GUILLEDOU.

Les belles dames n'avaient pas encore quitté la *Guirlande d'amour* que, blotti dans un taillis, le comte de Rochefort ne perdait pas de l'œil la sortie secrète du pavillon.

Il était vêtu d'habits sordides et empruntés sans doute à la défroque de quelque bohémien : une large barbe grise tombait sur sa poitrine; ses sourcils et ses cheveux étaient teints en rouge; une trogne avinée et un bras en écharpe, tandis que l'autre était armé d'un énorme gourdin, lui donnaient un formidable aspect, assez semblable, du reste, à celui de Catafago.

Derrière lui, couchés à plat ventre, deux drôles à face aussi peu rassurante semblaient, pareils à deux dogues, attendre l'os que leur maître allait leur donner à ronger.

Evidemment Rochefort guettait quelqu'un; et il fallait que la personne ainsi guettée fût de haute importance puisqu'il ne craignait pas de braver la colère de la reine qui avait ordonné à son capitaine des gardes de le faire chercher sans trève, et de le lui amener mort ou vif.

Bientôt un petit jeune homme accourut vers lui, portant un de ces costumes sombres de couleur que les étudiants avaient à peu près tous adoptés à cette époque, et se pencha à son oreille.

— Il en est entré huit, dit-il.

— Huit! fit Rochefort en se frottant les mains; bien!

— Et, parmi elles, l'une porte entre ses cheveux des rubans oranges, constellés d'étoiles d'or.

— Bien, mais...

— Mais aucune n'a des gants brodés de jais, aucune ne porte une jupe agrémentée de violet, aucune n'a paru chaussée avec des bottines de cuir violet, bien que toutes aient relevé leurs robes pour marcher dans le gazon.

— Aucune n'était vêtue ainsi, fit le comte en fronçant ses gros sourcils; en êtes-vous bien sûr, maître Robin?

— Bien sûr, monsieur.

— Retourne à ton poste et veille à la sortie.

L'écolier s'éloigna, et Rochefort continua d'examiner la porte du pavillon avec plus d'attention que jamais.

Une heure environ se passa ainsi, au bout de laquelle la porte secrète s'ouvrit.

Il laissa échapper un soupir de soulagement et de satisfaction et frappa légèrement du bout de son bâton sur l'épaule des hommes couchés à ses pieds. C'était les avertir de se tenir prêts.

Une dame masquée parut sur le seuil, et il est probable que, comme la présidente de l'Union des Belles-Dames, il possédait assez suffisamment sa cour pour reconnaître des commensales du pavillon de la *Guirlande d'amour*, car il mit aussitôt dans sa pensée un nom sur le visage caché de cette dame, ainsi que sur celui de toutes celles qui suivirent.

Mais aucun costume ne se rapprochait en quoi que ce soit de celui décrit par l'écolier; et il en compta six à l'égard desquelles il avait épuisé toute sa mémoire. Quand, plus tard, il vit sortir les deux der-

nières, il reconnut parfaitement quelle était la présidente qui accompagnait Blanche; mais une sorte de rage s'empara de ses sens en constatant qu'il fallait se résigner à renoncer à l'expédition pour laquelle il semblait avoir si bien dressé son embuscade.

— Il est évident que la dame aux rubans oranges est madame de Cressia, se dit-il, mais l'autre, l'autre.. Elle n'est pas femme à manquer une semblable fête... auraient-elles changé d'avis?... c'est impossible...

Comme Rochefort se décidait à quitter la place, l'écolier accourut vers lui.

— Monsieur, fit-il, les voici!

— Où? demanda le comte avec une énergie telle que le jeune homme recula presque effrayé.

— Là, répondit il en désignant l'entrée de l'avenue.

Rochefort bondit de ce côté, comme le tigre dont les jungles viennent de tressaillir au loin, au passage d'une proie attendue, ayant soin de se tapir dans l'ombre et d'éviter les rayonnements des lampions fumeux de l'avenue. Les deux hommes couchés à ses pieds s'étaient empressés de courir sur ses pas.

Mais en approchant de l'entrée de la *Guirlande d'amour*, il s'arrêta tout à coup et resta immobile, contenant du geste ses compagnons qui écrasaient à terre les menues branches des charmilles, et pouvaient trahir leur marche.

— Ce sont elles, se dit-il avec une joie farouche. Je les tiens!

Et il adressa vivement quelques mots à ses compagnons, qui disparurent rapidement dans l'obscurité.

La dame associée, dont Blanche de Caumont avait pris la place sans le savoir, était tout simplement en retard; elle arrivait en toute hâte vers la *Guirlande d'amour* au moment où toutes la quittaient; c'était elle qu'attendait Rochefort.

Mais en voyant partir toutes ces femmes masquées, elle se replia immédiatement vers une charmille derrière laquelle était blottie, tremblante et vivement émue, une dame masquée comme elle, et dont il était impossible de rien voir, ni de sa toilette, ni de sa chevelure, ni de ses mains gantées et remarquables par une certaine épaisseur de formes évidemment calculée.

— Il n'est plus temps, madame, dit la première; mais vous n'y perdrez rien, il y aura bal à minuit.

— Ah! je n'y assisterai pas, c'est de la folie, et je regrette déjà...

— Venez par ici, dit l'autre.

Elle l'entraîna du côté où retentissaient les rumeurs de la fête, en ayant soin toutefois d'éviter la lueur des lampions de l'avenue.

Mais comme elles parvenaient à l'extrémité de ce chemin, plusieurs étudiants se présentèrent devant elles, et tous, sans qu'ils eussent cependant paru s'entendre ou se concerter, se séparèrent et, formant une espèce de chaîne, entourèrent les deux dames en poussant des cris de triomphe.

L'une d'elles accepta la plaisanterie en riant; mais l'autre se prit à trembler de telle sorte qu'elle se fût certainement évanouie si sa compagne ne l'eût soutenue.

— Du courage! lui dit celle-ci.

— Belles dames! dit l'un des étudiants en s'avançant avec force révérences, nous ne vous laisserons pas aller sans acquitter le droit de péage, — et ce droit, c'est un baiser.

— O ciel! fit la dame avec effroi.

— Je suis roi de la basoche, madame; vous êtes sur mes terres, et vous ne passerez pas. Oh! comme vous avez peur! Suis-je donc si déchiré, ma belle!

Et sans plus de façons le jeune homme saisissait la taille de la dame qui se débattait avec une sorte de désespoir, implorant en vain le secours de sa compagne, fort lutinée à son tour par les autres jeunes gens.

— Oh! mais que de façons! reprit l'étudiant.

— Fuyons! duchesse, s'écria la dame en se dégageant rapidement et s'élançant d'un mouvement très-brusque dans l'avenue illuminée.

Ce mot de *duchesse* avait cloué tous les étudiants sur place, et ils restèrent un moment immobiles, laissant échapper leur proie.

— Des duchesses! fit l'étudiant avec stupeur.

— Tu crois cela? toi! répliqua un autre en éclatant de rire.

— Ce sont des ribaudes ayant rendez-vous! s'écria l'étudiant; nous sommes des niais. Sus! à la rescousse!

Et ils se mirent à courir après les deux femmes, sans s'inquiéter d'être accompagnés dans leur course par d'autres étudiants et même par un truand fort répugnant d'aspect.

Les deux dames, embarrassées dans leurs jupes, furent rattrapées à dix pas du pavillon particulier de la *Guirlande d'amour*, et il fa'lut encore que, bon gré mal gré, elles se résignassent à subir quelques nouveaux assauts de leurs effrontés adorateurs.

Cependant, tout en les repoussant, tout en riant même, la dame aux rubans oranges gagnait du terrain et s'avançait vers le pavillon,
— tactique parfaitement comprise par sa compagne qui l'imita ; — si bien qu'en quelques secondes elles se trouvèrent contre la porte qui était entr'ouverte.

A ce moment, la dame aux rubans oranges parut éprouver un subit effroi et regarda devant elle en désignant un endroit obscur des charmilles. Les jeunes gens suivirent involontairement ce regard et, par conséquent, se relâchèrent de l'ardeur de leurs attaques.

Les deux dames en profitèrent immédiatement pour s'arracher à leurs étreintes, poussèrent la porte et s'élancèrent dans le pavillon.

Les écoliers, stupéfiés, n'eurent même pas la présence d'esprit de se jeter contre cette porte, qui fut refermée aussitôt, et dont ils entendirent les verrous retentir au dedans, poussés avec force dans leurs gâches.

— Maladroits ! leur cria le truand qui les avait suivis, en accompagnant cette épithète de jurons assez malsonnants.

— Qu'est-ce à dire ? drôle ! firent les écoliers.

— Allons ! restez à cette porte, je vais faire garder l'autre et je vous promets de vous livrer ces ribaudes.

— Au fait, il a du bon, le malandrin, fit l'écolier en riant.

— C'est un malin, je le connais ; il va nous livrer les belles dames, dit l'écolier affidé de Rochefort, qui survint en ce moment et se joignit à la petite troupe.

— Toi aussi, tu veux en tâter, l'ami ?

— Pardieu !

— Tu es donc écolier, comme nous ?

— Oui, certes.

— Je ne te connais pas.

— Je suis de Poitiers, et je suis arrivé ce matin pour la fête.

— Tu es bien dégourdi pour un clerc de la province ?

— Sus ! au pavillon ! à sac le pavillon ! répliqua l'affidé sans répondre davantage.

— Quelle chaleur !

— Si tu ne tiens pas plus que cela aux belles dames, écolier transi, va-t'en et laisse-moi la place.

— Voilà une parole hardie, mon ami, et tu vas en demander pardon, ou sinon...

— A moi, Poitiers ! s'écria l'affidé.

A ce cri quatre ou cinq jeunes gens s'élancèrent des taillis et se ruèrent immédiatement contre la porte du pavillon dont les gonds ne tardèrent pas à commencer à céder ; tandis qu'il semblait que de l'autre côté de pareils coups étaient dirigés contre la porte secrète.

Des cris se firent entendre au dedans du pavillon, devant lesquels les véritables écoliers ne purent rester impassibles ; et ils se consultaient déjà du regard pour s'encourager à assaillir les malandrins lorsqu'un secours important leur arriva tout à coup.

C'était un gentilhomme qui, en entendant ces cris, s'était précipité l'épée au poing vers les plus acharnés.

— Canailles ! s'écria-t-il, vous voulez attaquer ou violenter des femmes !

Et il se mit à frapper du plat de l'épée avec tant de force et de rapidité que les faux écoliers reculèrent en jurant comme des païens et tirèrent de longues dagues cachées jusque-là dans leurs pourpoints.

Le gentilhomme ne se laissa pas intimider par cette attitude menaçante et fondit sur le groupe, soutenu par les écoliers qui, eux aussi, avaient mis au vent l'épée dont la tolérance du Châtelet leur concédait le port.

Le combat allait devenir sérieux, et, à la façon dont le gentilhomme avait déjà piqué quelques bras trop aventureux, il devait inévitablement s'ensuivre mort d'homme, lorsqu'un coup de sifflet retentit dans l'obscurité.

Les affidés abandonnèrent immédiatement l'offensive et se replièrent derrière le pavillon, où ils furent suivis par les huées des véritables basochiens.

Le gentilhomme remit tranquillement l'épée au fourreau et remercia chaleureusement ceux-ci ; puis, comme il allait reprendre sa route, une voix, partie du pavillon, le força de s'arrêter.

— Monsieur de Chalais !... disait cette voix, d'un ton d'appel plein d'angoisses.

Chalais, car c'était lui en effet, se dirigea aussitôt vers la porte qui s'ouvrit et se referma aussitôt sur lui comme par enchantement.

Pendant ce temps, Rochefort réunissait ses affidés.

— J'avais reconnu ce gentilhomme, dit-il, voilà pourquoi je vous ai rappelés. Placez-vous comme tout à l'heure, reprenez vos postes d'embuscade et attendez les renforts que j'ai envoyé chercher.

Les espions se répandirent aux environs et se cachèrent dans les charmilles.

— Cette fois, je les tiens, se dit Rochefort, et l'aventure n'en sera que plus complète.

XXII. — LES DEUX HOMMES ROUGES.

Le jour même où ces événements se passaient et où de terribles catastrophes se préparaient même au Pré aux Clercs, le cardinal s'était fait conduire à la Bastille.

Quelques minutes après son installation dans le cabinet du gouverneur, le docteur Adamas comparaissait devant lui.

— Docteur, dit-il avec un son de voix extrêmement contenu et qui, joint à un regard à demi voilé, avait quelque chose des manières de la race féline, c'est par erreur que vous avez été arrêté, et j'ai tenu à honneur de venir vous réclamer moi-même.

Le bon Adamas, qui ne brillait pas précisément par le courage physique, et dont le court séjour dans la redoutable forteresse avait fort affecté le moral, ne put que tomber aux pieds de son libérateur.

— Ah ! grand ministre, fit-il avec effusion, ce n'était pas en vain que j'espérais en votre justice.

— J'ai pour vous la plus grande estime, maître, et je ne sais pas vraiment comment j'ai pu me rallier à l'opinion de MM. Bouvard et Chicot, lorsqu'un savant de votre valeur a tranché une question.

— Ah ! ces messieurs sont revenus...

— Votre affirmation a ému fortement leur conscience et il a bien fallu qu'ils se rangeassent à votre avis.

— Pardieu ! c'était clair !

— Vous êtes un honnête homme, monsieur Adamas, un parfait honnête homme, et il serait odieux de priver de vos lumières les nombreux clients qui se fient à vos connaissances.

— Monseigneur !

— Vous avez déjà ma confiance, quant à ma santé, et je pense vous causer quelque plaisir en vous annonçant que le roi vous a nommé son médecin ordinaire.

— Il serait possible !

— Vous recevrez le brevet demain.

— Ah ! monseigneur, que de grâces !

— Rentrez donc chez vous au plus tôt, et, si vous voulez bien m'en croire, vous direz que la manière un peu brutale dont les archers vous ont appréhendé était commandée par le soin de la justice. Ajoutez qu'il s'agissait de vous empêcher de communiquer avec qui que ce fût, au sujet d'un grand criminel arrêté. Dites enfin ce que vous voudrez.

— Oui, monseigneur.

— Vous comprenez, n'est-ce pas, docteur, vous qui êtes un homme d'ordre, bon catholique et chaud partisan du roi, qu'il faut éviter de jeter le moindre discrédit sur ceux qui représentent l'autorité royale ? Et à ce sujet, vous avez chez vous, m'a-t-on dit, un de vos vieux amis...

— Un ami ?

— Oui, c'est un brave compagnon du roi Henri, il m'a été signalé comme tel ; mais il ne paraît pas posséder, autant que vous, le respect de l'autorité. J'ai donc l'espoir que vous lui remontrerez le danger qu'il y aurait, pour lui, à trop parler. Le roi, dont vous n'ignorez pas la vénération pour tout ce qui rappelle le feu roi, ne verrait pas avec plaisir qu'un compagnon d'Henri IV fût appréhendé et mis à la Bastille, et pourtant on ne pourrait pas faire autrement si ce Béranger...

— Je vous promets, monseigneur, de tout faire au monde pour le calmer.

— Comment le calmer ! Il est donc fort irrité contre quelqu'un ?

— Contre quelqu'un, monseigneur, et je le crois...

— Achevez !

— Je crois que ce quelqu'un, c'est Votre Eminence.

— Ah !...

— Je ne connais pas bien l'histoire, mais Béranger paraît avoir des griefs.

— Contre moi ?

— Et même... que Votre Eminence me pardonne si j'ose...

— Faites, ne vous gênez pas, dites, cher maître.

— Il parle quelquefois de preuves compromettantes.

— Des preuves compromettantes!

— Contre Votre Eminence.

— Voilà qui est étrange, maître Adamas, fit Richelieu avec le plus débonnaire des sourires, je n'ai jamais connu ce bonhomme.

— Oh! cela remonterait assez loin, quelque chose comme dix-huit ou dix-neuf ans.

— Dix-neuf ans!

— Oui, alors que Votre Eminence n'était encore que le marquis du Chillion. J'y ai même été mêlé moi-même.

— Qu'est-ce que cette aventure, maître, je vous prie?

— C'était peu de temps avant que Votre Eminence fût nommée évêque de Luçon. Tout cela est fort confus dans ma mémoire.

— Je vois que vous en savez plus que moi là-dessus, aussi vous céderai-je toute la parole et je vous conjure de parler, docteur, car vous comprenez que je doive désirer être informé des faux bruits et des erreurs qui se propagent sur mon compte.

— Je ne sais rien, monseigneur, que ce que j'ai vu. Fort peu de chose : une jeune fille enlevée, puis délivrée bientôt par son amant...

— Mais ces preuves dont vous soupçonnez l'existence?... dit Richelieu d'un air plus soucieux qu'il ne le voulait paraître.

— J'ignore absolument de quelle nature elles sont.

— Eh bien! docteur, vous qui êtes l'honneur et la droiture même, je crois qu'il est de votre devoir de vous enquérir et de me dire bien exactement de quoi il s'agit. Je compte sur votre loyauté.

— Ma foi, monseigneur, je crois que vous avez raison. Ce vieux fou de Béranger peut fort bien se tromper ou avoir été trompé.

— D'autant plus, ajouta Richelieu avec douceur, qu'un de mes cousins, qui est mort il y a une dizaine d'années, avait pris ce titre de marquis du Chillion lorsque j'entrai dans les ordres.

— Oh! alors...

— Vous comprenez, il peut y avoir malentendu et confusion. — Allons, cher docteur, rentrez tranquillement chez vous et comptez sur mon amitié.

Richelieu ordonna au gouverneur de rendre Adamas à la liberté, et, cinq minutes après qu'ils eurent disparu, la porte se rouvrit et Rochefort entra.

Il était vêtu cette fois en sergent de la prévôté, et offrait admirablement l'aspect d'un de ces suppôts de la justice qui ont vieilli sous le harnais.

— Ah! vous voici, comte, dit le cardinal avec un sourire et en le regardant du coin de l'œil, tout en paraissant lire avec attention un papier sur lequel semblaient griffonnés quelques vers. Vous me direz pourquoi vous avez tenu à ce que je rendisse moi-même Adamas à la liberté.

— Monseigneur, pour une cause toute simple. Le Louvre m'est interdit, à peu près, et je m'ennuie à Fleury. Ce matin vous m'avez donné de la besogne et j'ai travaillé vite, voilà tout.

— Il s'agit de Béranger?

— Ses allures me semblent fort suspectes. Il est allé au Luxembourg.

— Chez la reine-mère?

— Oui, monseigneur.

— Ah! c'est donc plus sérieux que je ne pensais; malheur à cet homme s'il se ligue avec mes ennemis!

— Pourquoi Votre Eminence m'a-t-elle défendu de le tuer? Il a mauvaise tête; une dispute, une rixe, ce serait chose si facile, au coin d'une rue, le soir, avec quelques gens de cœur!

— Je ne veux pas, vous dis-je.

— Mais ces papiers auxquels Votre Eminence attache une si grande importance...

— Eh bien?

— J'ai fouillé ce matin la maison d'Adamas. C'est la maison de verre d'un sage, rien n'y est mystérieux, aucun secret; et, à part ses larcins dans les cimetières ou autres lieux, le bonhomme travaille au vu et au su de tous. Je n'ai rien trouvé dans la maison; mais j'ai supposé que Béranger cachait sur lui-même les fameux papiers. Un homme de sa trempe se considère tout naturellement comme le meilleur défenseur d'un pareil trésor.

— Et alors?...

— Alors, monseigneur, j'ai recommandé à Votre Eminence de venir mettre Adamas en liberté.

— Dans le but?...

— Parce que j'avais l'intention de la faire trouver ici même avec Béranger.

— Je ne veux pas le voir! fit Richelieu avec un effroi qu'il ne put cacher.

— Que Votre Eminence se rassure.

— Béranger est ici, à la Bastille?

— Oui, monseigneur.

— Malheureux! l'arrêter sans ordre, quelle imprudence!

— Monseigneur, vous m'avez recommandé la ruse, mais vous savez que je n'y ai recours qu'à la dernière extrémité; la violence convient mieux à mon caractère; vous êtes persuadé que la reine-mère et monseigneur Gaston conspirent contre vous, c'est-à-dire contre le roi.

— J'en aurai la preuve demain.

— Voilà donc un prétexte excellent pour arrêter Béranger. Et maintenant, si Votre Eminence le permet, nous allons fouiller cet homme de telle sorte qu'il sera bien fin si les papiers échappent à mes investigations.

— Faites, mais surtout ne parlez que de ses intelligences avec l'Espagne et l'archiduc.

— Soyez tranquille, monseigneur, et, puisque vous êtes là, vous allez assister à l'opération.

Ce disant, Rochefort se dirigea vers la muraille et, plaçant un fauteuil contre les panneaux, désigna un tableau représentant une des scènes de la Passion.

— Tenez, monseigneur, dit-il, montez sur ce fauteuil et appliquez votre œil à cette fente si habilement dissimulée dans le bois de la lance de ce soldat d'Hérode, vous verrez dans la salle qui est de l'autre côté comme si vous y étiez.

Le cardinal obéit, pendant que son infatigable et ingénieux confident se hâtait de disparaître.

Une fois bien installé sur le fauteuil, il ne fit nullement scrupule de commettre la dignité de sa robe rouge et regarda à travers la fente désignée.

Au milieu de la salle qu'il découvrait ainsi était un fauteuil de chêne grossier sur lequel un homme était solidement attaché au moyen de courroies bouclées.

C'était Béranger.

Le cardinal vit bientôt entrer gravement Rochefort, toujours vêtu du costume d'archer de la prévôté, et accompagné de trois hommes aux formes athlétiques dont le visage exprimait la plus parfaite stupidité.

— Monsieur, dit Rochefort au vieillard, j'ai refusé jusqu'à présent de répondre à vos questions, mais je vais vous faire comprendre tout de suite pour quel motif vous avez été appréhendé au corps.

— Dites, répondit Béranger avec une superbe indifférence.

— Vous avez été signalé comme un agent de M. l'archiduc.

— Je ne sais pas ce que c'est.

— M. l'archiduc d'Autriche est un ennemi.

— Je ne le connais pas.

— C'est possible, mais vous avez pu être chargé d'une mission par un simple intermédiaire de M. l'archiduc.

— Je ne sais ce que vous voulez dire.

— Je ne prétends pas vous faire avouer ce que vous prétendez cacher, mon brave, cela ne rentre pas dans mes compétences, mais j'ai ordre de procéder à la visite de vos poches.

Béranger fit un geste d'insouciance auquel Rochefort répondit en donnant à ses acolytes l'ordre de détacher le prisonnier. Ceux-ci obéirent sans prêter nulle attention au sourire dont le vieux soldat accueillit leur empressement à se saisir aussitôt de chacun de ses bras.

— Déshabillez-le, commanda ensuite le comte.

Il est probable que ces hommes avaient souvent coutume de remplir des fonctions de cette nature, car, en un clin d'œil, le vieux soldat se trouva complètement nu.

On lui permit alors de se rasseoir sur le fauteuil et, croisant ses jambes, il appuya son menton sur le creux de sa main et suivit le minutieux inventaire que Rochefort se mit à faire de ses effets, le soupçonneux confident du cardinal mettant à cette perquisition une habileté extraordinaire. Il alla jusqu'à soulever les coussinets de cuir qui garnissaient le gorgerin d'acier du soldat et coupa sans scrupule jusqu'à ses bottes afin de fouiller l'épaisseur des semelles.

L'opération dura une bonne demi-heure, après laquelle il laissa tomber les vêtements.

— Rien, fit-il avec colère.

Un violent éclat de rire lui répondit.

— Oh! je vous devine, fit Béranger, dont la face de lion s'illumina d'une sinistre joie. Vous m'accusez de conspirer afin de mieux voiler vos véritables projets. Ce n'est pas une conspiration dont il vous faut les preuves, mais celles d'un exécrable événement qui s'est passé il y a dix-neuf ans!

Rochefort releva la tête et ne put réprimer un regard furtivement jeté vers l'endroit de la muraille où devait écouter son maître, — regard que le vieux soldat ne surprit qu'imparfaitement et dont il ne soupçonna pas la portée.

— Oui, reprit Béranger, vous les voulez ces preuves terribles, mais elles vous échapperont toujours. Là est le secret des nombreux guet-apens auxquels j'ai échappé depuis dix-neuf ans; là est le secret de l'étrange protection dont on m'entoure aujourd'hui. Ah! maudit archer du diable, va dire à celui qui t'envoie qu'elles sont bien gardées, qu'un homme comme moi ne se laisse pas voler comme un écolier imberbe. Je les ai, ces preuves, je les garde, et le jour où elles sortiront de l'ombre, celui qu'elles concernent tombera frappé, comme si l'épée de l'ange du jugement avait touché son front infâme et souillé.

— Monsieur! fit Rochefort épouvanté, taisez-vous!

— Que je me taise, oui, je le veux, aujourd'hui, soit, — mais ce sera jusqu'au jour marqué par la justice. — A toi, Richelieu, à toi, me voici, je suis le vengeur, je viens, je viens!...

Rochefort fit un signe. Les trois hommes s'emparèrent du vieillard et lui placèrent de force entre les dents une de ces ingénieuses petites machines qu'on appelait une poire d'angoisse.

Une fois bâillonné de la sorte, Béranger ne put souffler mot et se laissa rhabiller avec une sorte de complaisance. Seulement, quand l'opération fut terminée, il s'étonna d'une chose, c'est qu'on lui avait laissé les jambes nues. Il avait, il est vrai, vu dépecer ses deux grandes bottes de cavalier, mais ses bas restaient sur le carreau, et il les eût volontiers chaussés, ainsi qu'une paire d'excellents souliers qui semblaient avoir été apportés pour remplacer sa chaussure détruite.

— Marchez! commanda Rochefort.

Les trois hommes firent lever le vieux soldat, et celui-ci s'avança entre eux, pieds nus, et sans que rien trahît sur son visage la moindre appréhension. Ils traversèrent ainsi de longues salles, descendirent plusieurs escaliers, et le cortège, que l'obscurité et le silence répandus partout dans la prison d'Etat rendaient sinistre et mystérieusement effroyable, arriva dans une chambre basse dont la porte, en s'ouvrant, laissa échapper comme une bouffée de vapeur chaude et nauséabonde. Au fond de cette pièce assez spacieuse et qui ne semblait meublée que de madriers et d'objets aux formes étranges et indéfinissables au premier aspect, une lueur rougeâtre brillait sourdement, et devant elle s'agitait un être humain vêtu de rouge qui, à chacun de ses mouvements, produisait un bruit de ferraille.

Si peu habitué que fût Béranger aux salles agencées de la sorte, il ne put s'empêcher de tressaillir, car il venait d'en reconnaître la terrible destination.

La lueur rougeâtre était un brasier ardent et les ferrailles que remuait l'homme vêtu de rouge étaient des instruments de torture.

Pourtant, Béranger eut la force de braver ce hideux et épouvantable spectacle.

— J'étais bien sûr, dit-il, que c'était à un homme rouge que j'aurais affaire.

Cinq minutes après, il était étendu et bouclé sur un lit de cuir, et le bourreau s'avançait vers lui armé d'une tenaille rouge à la fournaise.

XXIII. — LA MORGUE DU CHATELET.

— Jeanne? où est Jeanne? demanda le docteur en rentrant chez lui.

— Ah! vous voilà, monsieur! fit la vieille Marianne avec un gros soupir de contentement.

— Oui, j'arrive d'un petit voyage.

— En compagnie de gens de justice!

— Oui, il s'agissait d'une expertise médicale, par ordre de M. le premier président, et, afin que le secret fût bien gardé, on a feint de m'arrêter.

— Est-il possible!

— Mais ce n'est pas de cela qu'il s'agit: Jeanne? où est Jeanne?

— Je ne sais pas, monsieur.

— Comment! tu ne sais pas; elle n'est pas dans son lit?

— Non, monsieur, elle est sortie.

— Déjà. à peine.. Oh! quelle imprudence! dans son état!

— Ah! monsieur, si vous saviez, son enfant a disparu et elle le cherche dans Paris.

— La malheureuse! — son enfant, cela m'est égal après tout. — Et pourtant le pauvre petit être est bien innocent de tout le mal commis, — mais elle, dans son état, elle est morte sans doute dans quelque coin ! les Parisiens sont si curieux; cela les aura amusés de voir expirer une pauvre fille au coin d'une borne... De quel côté a-t-elle fui?

— Je ne sais pas, monsieur.

— Je vais la chercher.

— Mais, monsieur...

— Laisse-moi.

— Vous ne savez pas, il faut que je vous dise...

— Parle vite.

— Il n'est bruit dans tout le quartier que de ce malheureux événement.

— O ciel!

— Je ne sais comment cela se fait, mais tout le monde a l'air de savoir que mademoiselle Jeanne...

— C'est toi qui auras parlé, maudite bavarde.

— Non, monsieur, mais il paraît...

— Achève!

— On aurait entendu des gémissements, puis des cris de l'enfant. — Il y en a qui disent avoir vu mademoiselle entrer dans la maison qu'on construit ici près, avec le pauvre petit, — et on ne l'a pas vue sortir, et puis...

— Achève donc!

— Il est venu un sergent du guet faire des perquisitions dans cette maison, il a fouillé les caves, il est monté jusqu'au toit, et les maçons ne savent ce que cela veut dire; tout cela, il y a une heure.

— Ah! plus que jamais il faut la retrouver, s'écria Adamas qui tremblait de tout son corps, à l'idée de ce que le hasard ou le malheur avait pu produire.

Et sans vouloir écouter davantage la vieille servante, sans même songer à prendre la moindre nourriture, le bon docteur s'élança dans les rues de Paris et suivit instinctivement la pente qui le conduisait vers la rivière. Il arriva ainsi au pont Saint-Michel, et s'informa partout et auprès de chaque passant; mais chacun se détournait de lui comme d'un insensé, car le pauvre homme avait les yeux hagards, la parole brève, les cheveux hérissés, et, de plus, ses vêtements, souillés encore par la poussière de la prison, n'attestaient nullement quel rang le savant docteur occupait dans la société.

Il traversa la Seine et se trouva sur la place du Châtelet au moment où quelques gens du peuple entouraient un batelier portant un léger fardeau et remontant la berge du fleuve. Il ne fallut pas longtemps au docteur pour reconnaître le corps d'un enfant nouveau-né.

Il se précipita de ce côté et, s'annonçant en même temps comme médecin, on lui permit d'examiner le petit corps.

— C'est bien un garçon, se dit-il, mais il est mort, ajouta-t-il en regardant ceux qui le portaient, il n'y a pas de remède.

Et, se penchant de nouveau, il considéra attentivement le bras de 'enfant, sur la blancheur duquel apparaissait une sorte de marque noirâtre.

— Un tatouage! fit-il avec étonnement.

— C'est l'enfant de quelque bohème, lui dit-on.

— C'est juste, reprit le vieillard en s'éloignant avec satisfaction et sans remarquer que des hommes le suivaient. Il se retourna avec étonnement.

— Où allez-vous donc? leur demanda-t-il.

— Au Châtelet, porter ce corps à la Morgue.

Mais, comme le docteur se détournait avec l'intention d'éviter la prison dont les murailles sombres et massives se dressaient devant lui, il s'arrêta tout à coup.

Il venait de voir Jeanne s'élancer vers le batelier avec un cri de joie.

— C'est mon enfant! fit elle.

— Son enfant!... répétèrent tous les assistants en se regardant les uns les autres.

— Oui, je le reconnais, il est brun, il est blanc comme neige; c'est une garçon.

Le docteur s'était élancé vers elle et la retint par le bras.

— Tu te trompes, Jeanne, ce ne peut être le tien; regarde, celui-là est tatoué par quelque fils de bohème, et ce n'est pas toi...

— Je vous dis que c'est mon fils! s'écria Jeanne avec énergie et les yeux démesurément agrandis par la fièvre qui s'était emparée de ses yeux.

— Tu es folle, malheureuse! reprit le docteur en gardant une de ses mains dans les siennes.

— Elle est folle! continua-t-il en s'adressant aux curieux qui augmentaient d'instants en instants et avaient déjà formé un rassemblement considérable.

— Elle a tué son enfant! dit une voix qui s'éleva tout à coup dans la foule.

— Mensonge! dit le docteur tout bouleversé, je vous dis qu'elle est folle.

— Folle de joie! répliqua Jeanne en cherchant à se rapprocher du petit cadavre.

Mais on l'en empêcha, et une vigoureuse femme du peuple la repoussa avec une telle force, qu'elle se trouva seule et appuyée contre l'une des bornes qui protégeaient les murailles du Châtelet.

— Si elle ne l'a pas tué, reprit une autre voix, elle a laissé faire, comme font ses pareilles.

— Mais dis donc que tu es innocente! cria le docteur qu'on retenait de son côté et qui ne pouvait s'avancer vers Jeanne.

— Innocente de quoi? demanda Jeanne avec égarement; je l'ai perdu, je le retrouve, le voici!

— Elle avoue, firent plusieurs voix malveillantes.

— Il faut la lapider! dit une femme.

— A l'eau, l'infanticide! dit une autre.

— A l'eau, l'infanticide! répéta la foule.

La réflexion ne fut pas longue, et déjà l'on avait saisi la malheureuse par les bras, lorsque le docteur put parvenir à s'arracher à ses gardiens et s'empressa de voler à sa défense.

Le vieillard était de ces natures timides qui, lorsqu'elles sont une fois surexcitées par une violente douleur, accomplissent les actes les plus énergiques. Il réussit à détacher les mains qui enserraient les poignets de sa fille adoptive et la poussa devant lui avec une énergie désespérée.

— Sauve-toi, dit-il sans se préoccuper de l'attitude menaçante de ces hommes et femmes ameutés.

Jeanne obéit machinalement et s'éloigna poursuivie par les clameurs de la foule, mais en passant devant la porte du Châtelet, qui était toute grande ouverte, elle pensa échapper mieux à ceux qui s'étaient acharnés à sa poursuite, en se réfugiant sous la sombre arcade.

— Elle est perdue! se dit le docteur en joignant les mains, à la vue des femmes du peuple qui s'étaient précipitées dans la prison à la suite de Jeanne et l'accusaient avec une violence sans pareille.

Quand il arriva lui-même derrière ce flot de mégères en furie, il les trouva criant et gesticulant en s'adressant à un magistrat qui, debout sur les marches d'un escalier, semblait protéger Jeanne accroupie et tremblante à ses pieds.

Ce fut à grand'peine qu'il parvint à traverser cette agglomération et non sans avoir reçu ou donné maintes bourrades.

— N'écoutez pas ce bavard! firent les plus résolues en voyant le docteur s'avancer vers le magistrat et assez bien accueilli de celui-ci qui le connaissait.

— Monsieur le conseiller, disait Adamas, je vous jure qu'elle est innocente; elle est incapable...

— L'enfant est à la Morgue! dirent les femmes, elle l'a reconnu.

— Il a été trouvé dans la rivière par Clopin le pêcheur!

— Voyons, madame, dit le magistrat en s'adressant à Jeanne, vous dites que cet enfant est le vôtre.

— Oui, répondit Jeanne.

— Regardez-le bien.

Et le magistrat étendit le doigt vers une grande ouverture vitrée au delà de laquelle apparaissaient plusieurs tables de pierre servant de couches suprêmes à des cadavres dont la plupart offraient l'aspect le plus repoussant, les uns frappés à la poitrine d'un coup de couteau, les autres verdâtres et boursouflés par l'asphyxie ou l'immersion; d'autres encore à moitié brûlés par quelque incendie.

Au milieu d'eux, et sur la table la plus rapprochée de la vitrine, était le petit cadavre du nouveau-né, et tous les regards se portèrent plus particulièrement vers lui.

Quelques femmes, cependant, affectées sans doute de nerfs plus délicats, s'étaient rangées derrière leurs compagnes pour se soustraire à la contemplation de ce hideux spectacle.

— C'est vous! c'est mon enfant, répondit Jeanne; le mien est perdu, je n'ai pu le retrouver; celui-ci est brun et personne ne l'a réclamé, c'est bien le mien.

— Monsieur le conseiller, reprit Adamas, permettez-moi une obvation.

— Dites.

— C'est ma fille adoptive; elle est partie de chez moi en mon absence, la tête perdue; elle emportait son enfant, et elle a laissé une lettre à mon adresse, disant qu'elle ne pouvait supporter la vue de son père qui allait arriver de voyage; mais elle n'indiquait, en aucune façon, qu'elle eût le sinistre dessein d'attenter aux jours de cette innocente créature.

— Vous avez conservé cette lettre, monsieur le docteur.

— Elle est restée chez moi.

— Vous aurez à me la représenter.

— Je vous le promets; mais, avant de rien décider, faites, je vous prie, retirer tout le monde; Jeanne et moi en sommes troublés au point de ne pouvoir trouver le sang-froid nécessaire dans une pareille situation.

Mais ces paroles du docteur furent accueillies par les murmures les plus violents.

— Il veut la soustraire à la justice!

— Il est son complice!

— C'est un vieux sorcier, il lui a donné des philtres pour la faire avorter, puis il a tué l'enfant!

— Et ils l'ont jeté ensemble à la rivière!

Ces mots horribles se croisèrent avec rapidité, et le bon docteur ne put y répondre que par les gestes les plus éloquents, mais les plus inutiles, car une fois le peuple excité, rien n'est plus difficile que de calmer sa colère.

— Ce sont d'abominables mensonges! s'écria-t-il.

— En prison, la femme!

— A la potence, les infanticides!

— Au bûcher!

— A mort!

Heureusement pour la pauvre Jeanne, une escouade d'archers arriva assez à temps pour la protéger contre la fureur générale. Les soldats, sur l'ordre du magistrat, repoussèrent tout le monde hors du Châtelet, en un clin d'œil, non sans qu'il y eût eu quelques horions échangés; mais aucun de ceux qui avaient formé ce rassemblement ne déserta pour cela la place, et tous restèrent à deux pas du grand porche, attendant le résultat d'une information sévère et prompte.

Du reste, tous savaient que la justice ne lâche pas facilement ceux qui lui sont déférés par la clameur publique, et qu'il faut des témoignages bien évidents pour qu'une personne, présumée coupable, soit renvoyée avant jugement.

Bientôt, la porte du Châtelet s'ouvrit un instant, poussée et gardée par les archers, et Adamas parut, le visage pâle et donnant, par ses gestes, tous les signes du plus violent désespoir.

— On a gardé la femme! firent tous les assistants avec joie.

Le docteur les regarda avec colère, et, voyant dans tous les yeux la froide cruauté satisfaite, il ne put s'empêcher de montrer le poing aux plus rapprochés.

— C'est vous qui l'avez perdue! s'écria-t-il, car elle est innocente.

— Elle sera brûlée vive! fit la foule en s'écoulant lentement.

XXIV. — À BAS LES MASQUES!

— C'est vous! — s'était écrié M. de Chalais en reconnaissant la duchesse de Chevreuse dans la dame mystérieuse du pavillon de la Guirlande d'amour.

— Chut! fit celle-ci en regardant de tous côtés.

— Ne craignez rien, ils s'éloignent.

— Ah! ce n'est pas de ceux du dehors que j'ai peur en ce moment. Tant qu'il n'y aura que les malandrins, truands, écoliers ou gens du peuple, je ne crains rien; mais j'ai reconnu l'homme qui les commande.

— Quel est-il?

— Celui que j'ai signalé à votre épée, comte.

— M. de Rochefort?

— Lui-même.

— Mais il a quitté Paris, m'a-t-on dit partout où je l'ai cherché.

— Vous voyez donc que non, puisqu'il était là tout à l'heure.

— En êtes-vous bien sûre?

— Il n'y a pas deux hommes comme lui en France, et d'ailleurs

Chalais se rapprocha de la dame et se pencha vers sa belle main. (P. 49.)

je n'ai pas été seule à le reconnaître, ajouta la duchesse en jetant un œil furtif au fond de la salle.

Chalais suivit la direction de ce regard ; mais il n'aperçut rien qui fût de nature à lui faire soupçonner qu'une autre personne pût se trouver en tiers dans cette rencontre avec madame de Chevreuse. Il crut pouvoir alors donner libre cours à son caractère éminemment porté à la galanterie, et s'avança vers la duchesse, les bras étendus, et comme s'il voulait l'embrasser.

— Tout beau, comte ! fit celle-ci d'un air effarouché qui la rendit plus belle que jamais.

— Oh ! duchesse, êtes-vous donc courroucée contre votre plus ardent admirateur ?

— Taisez-vous, volage ; on a de vos nouvelles et vous devriez rougir de vos équipées.

— Ah çà ! il y a donc quelqu'un ici ?

— Non.

— Pourquoi me parlez-vous à voix basse, maintenant ?

— Parce qu'on ne sait jamais où l'on se trouve, quand on est hors de chez soi, et que je connais tant de murailles qui ont des oreilles.

— Bah ! ce pavillon est un autel consacré au plaisir et à l'amour, duchesse ; je le connais, il est admirablement sourd ; me tiendrez-vous assez rigueur ou rancune pour m'y avoir fait entrer à seule fin de m'accabler de votre morale et de vos dédains.

— Taisez-vous donc ! fit la duchesse en frappant légèrement sur les mains trop aventureuses du hardi jeune homme.

Mais elle eut beau se défendre et se fâcher, Chalais lui entoura la taille d'un bras et sut lui ravir plusieurs baisers.

— Quel homme vous faites ! s'écria la duchesse en s'échappant de ses bras et en rajustant ses dentelles froissées.

— Vous savez comme je vous aime.

— Et moi donc, mauvais sujet ! dit la duchesse à voix basse.

— Décidément, il y a quelqu'un qui nous voit ! — se dit Chalais à part lui, — il faut que je sache qui c'est.

Et tout en riant, il parvint à ressaisir de nouveau celle de ses nombreuses maîtresses qu'en ce moment il aimait le mieux, et lui ferma la bouche par les plus ardents baisers.

— Comte, je me fâcherai, fit enfin la dame à qui le jeu plaisait assurément, mais qui se croyait obligée à toute résistance.

— Et moi aussi ! répondit Chalais en frappant du pied.

— Écoutez, reprit madame de Chevreuse cette fois à voix haute, mais avec le plus grand sérieux. J'ai à vous parler de choses graves.

— Oh ! fit le jeune homme en riant aux éclats.

— C'est au comte de Chalais que je m'adresse, et c'est son honneur que j'invoque.

— Bien, chère duchesse, je vous comprends.

— Où allez-vous ? demanda-t-elle en le voyant se diriger vers la porte.

— Me poster à deux pas de ce pavillon et y attendre, l'épée à la main, M. de Rochefort. Cette fois, je vous jure qu'il ne m'échappera pas.

— Chalais, écoutez-moi de grâce et, une fois en votre vie, parlons raison.

— Au fait, venant d'un aussi gracieux interprète, j'ai bien envie de savoir ce que c'est, une fois dans ma vie, comme vous dites.

— Chalais, vous êtes dévoué au roi ?

— Comme tout bon gentilhomme en France, reprit le jeune homme subitement devenu sérieux.

— Et à la reine ?

Paris. — Typ. Rouge.

La marquise s'approcha de Robert. (P. 51.)

— La reine est une femme, la plus belle et la plus noble de toutes : c'est deux titres de plus à mon adoration.

— Bien. Vous le savez, mon ami, la reine a un ennemi puissant, acharné, sans pitié, autrement dangereux que M. de Rochefort.

— Je vous ai promis de le tuer aussi, celui-là, et je le ferai, mordieu, car c'est chose honteuse vraiment de voir notre beau royaume de France aux mains d'un prêtre de petite noblesse, et qui a juré, dit-on, l'abaissement de toutes les grandes maisons.

— Il a, de plus, insulté gravement votre reine.

— Je vous ai promis de le tuer, répéta Chalais avec impatience, il mourra.

— Chalais, j'ai voulu vous donner plus de courage encore ; car ce que vous voulez faire uniquement pour l'amour de moi, il importe que vous le fassiez encore par devoir.

— Que voulez-vous dire ?

La duchesse ne répondit pas : mais elle alla pousser une petite porte cachée dans les boiseries et qui s'ouvrait sur un petit cabinet en ce moment éclairé d'une seule bougie, mais si peu brillante que fût cette lumière, la personne qui apparut alors aux yeux du comte, bien qu'un loup de velours noir lui cachât le haut du visage, lui causa un de ces éblouissements que le rêve seul peut produire.

— Ah !... fit-il en mettant un genou en terre au seuil de ce cabinet.

— Comte, dit la dame d'une voix claire et en tendant vers lui une main dont elle avait, à dessein sans doute, retiré le gant rembourré et destiné à dissimuler sa forme véritable, — soyez le bienvenu.

— Madame, je suis à vos ordres, répliqua le jeune homme plein d'enthousiasme.

— Je souffre, comte, je souffre horriblement par la haine que deux hommes m'ont vouée. Ils viennent encore de m'accabler d'outrages ; ma patience est à bout. On m'a affirmé que vous m'étiez dévoué.

Ai-je bien fait d'avoir voulu vous dire, ce soir, que je comptais sur vous ?

— Madame ! mon sang, ma vie entière est à vous.

— Comte, il se peut que vous soyez inquiété pour l'amour de moi, il se peut qu'on tende un piège à votre honneur et qu'on cherche à vous entraîner dans des révélations qui pourraient me perdre ; jurez que ni mon nom, ni mon souvenir ne seront jamais invoqués par vous.

— Même au prix de ma vie, jamais, madame. Je ne me suis pas dissimulé la hardiesse et les dangers de l'entreprise ; mais devrait-elle me jeter sur le lit du tortionnaire, devrait-elle me conduire à l'échafaud de M. de Biron, je serai muet. Je suis fils de ma mère, une sainte femme, dont l'honneur a toujours été le grand mobile, elle m'a appris à tout lui sacrifier. Honte et mépris sur moi si je trahissais votre confiance, madame : vous pouvez aller en paix, de cette nuit me voilà transfiguré. Ce n'est plus le gentilhomme qu'on a connu jusqu'à présent qui sortira de cette maison, mais un soldat que la plus noble des causes anime. Vous serez vengée.

Sur ces mots, Chalais se rapprocha de la dame et, se penchant vers sa belle main, y déposa le plus respectueux baiser ; puis il se releva, marcha à reculons et, quand il se trouva hors de la portée du regard de la dame, il se dirigea en toute hâte vers la porte du pavillon ; mais, quand il eut tourné la clef dans la serrure, le vantail de la porte se déploya avec vivacité et plusieurs dames masquées, accompagnées de cavaliers plus ou moins brillamment vêtus, envahirent la salle.

Chalais voulut en vain refermer la porte, d'autres groupes se présentèrent, et force lui fut de les laisser pénétrer : en vain il implora du regard et la duchesse et la dame au loup de velours, toutes deux avaient disparu dans le cabinet.

4

Cependant, en même temps que ces différents groupes, étaient entrés quatre hommes, porteurs d'instruments de musique, lesquels se placèrent dans un coin de la salle et se mirent incontinent à les racler en mesure. Quelques minutes après, tous s'étaient mêlés dans une sarabande pleine de grâce et d'entrain; et les chuchottements des uns, le bruit assourdi de quelques baisers, tout annonçait que le plaisir allait seul régner dans cette salle où, peu d'instants auparavant, avaient retenti des paroles de menaces et de mort.

Chalais ne savait vraiment pas où il en était, bien que la plupart des cavaliers lui eussent rapidement serré la main en passant devant lui, et que quelques dames lui eussent adressé de ces sourires que sa belle mine pouvait s'attribuer : il ne savait quelles étaient ces femmes, et à la pensée que celles du cabinet pouvaient avoir à souffrir de leur voisinage ou de leur contact, il se sentait froid jusque dans la moelle des os.

Mais il lui fallut prendre un parti, et, se rappelant ses promesses, il s'élançait vers le jardin, lorsqu'il fut repoussé tout à coup sur le perron par une escouade d'archers qui le gravissait à pas précipités.

La situation des dames du cabinet lui paraissant plus tendue que jamais, il rentra dans la salle de danse, qui, dans un instant et comme par enchantement, se trouva partagée en deux sections : l'une, celle du fond, où toutes les dames s'étaient réfugiées, l'autre absolument vide, et que les archers envahirent brutalement.

Un exempt les précédait, qui fit garder immédiatement portes et fenêtres.

— Allons, mesdames, dit-il, à bas les masques!

Les lions et léopards de la ménagerie du roi se fussent précipités dans cette salle, qu'ils n'eussent pas été accueillis par un cri d'effroi comparable à celui qui suivit l'ordre brutal de l'exempt. Toutes les dames se serrèrent contre leurs cavaliers, s'efforçant chacune d'assujettir le loup de velours chargé de protéger son visage.

Les hommes mirent la main sur la garde de leur épée et lancèrent des regards furieux vers celui qui osait attenter ainsi à l'un des priviléges auxquels les dames à cette époque tenaient le plus.

— Ordre du roi! ajouta l'exempt.

Mais personne ne bougea, et nul ne fit mine de se disposer à obéir. Un silence morne régnait dans la salle.

— Mesdames, reprit l'exempt, comme il n'est guère possible d'appréhender quelqu'un sans le connaître, j'ai ordre de faire démasquer tout le monde. Il y a plainte contre l'une de vous au présidial.

Cette déclaration fit plus d'effet encore que l'injonction d'avoir à se démasquer, car la plupart des personnes qui se trouvaient là avaient sans doute fort à se reprocher intérieurement.

Pourtant, il y eut de bonnes âmes qui crurent devoir se dévouer, et deux, entre autres, quittant leurs cavaliers, s'avancèrent vers l'exempt.

— Monsieur, dit l'une d'elles, j'ai été nommée présidente de cette aimable réunion de dames, et sans qu'aucune d'elles sache qui je suis. L'élection a eu lieu sur la couleur de mes rubans seulement; mais si aucune ne me connaît, j'ai l'honneur, moi, de les connaître toutes. Dites-moi simplement le nom de celle que vous cherchez, et je la remettrai entre vos mains, sans qu'il soit besoin pour cela de compromettre ses compagnes.

— Les personnes qui sont ici sont déjà toutes compromises, rien que par leur présence. On ne vient pas à la *Guirlande d'amour*, sous prétexte d'aller au sermon, sans avoir à se reprocher beaucoup de choses.

— Monsieur, ménagez vos paroles, dit la présidente d'un air de dignité qui en imposa à cet homme et lui fit baisser le ton.

— J'ai un ordre, madame, reprit-il; coûte que coûte, je l'exécuterai.

— Alors vous commencerez par moi, répliqua la présidente en ôtant son masque.

Le mouvement fut imité par celle qui s'était également avancée.

— Mademoiselle de Lenclos! mademoiselle de Lorme! fit l'agent au comble de la surprise.

— Ninon! Marion! s'écrièrent les jeunes seigneurs stupéfaits.

— Vous voyez bien, monsieur, reprit la courtisane, que la personne que vous cherchez ne peut être en ce lieu.

— Vous savez donc qui elle est?

— Pardine! fit la belle Aspasie en éclatant de rire au nez de l'autorité décontenancée.

— Bravo! Ninon, fit Chalais en applaudissant.

Mais l'exempt reprit son assurance.

— Mesdames, dit-il, vous vous démasquerez, ou je vous emmène toutes au Châtelet.

— Ah! firent les hommes en tirant les épées hors du fourreau.

— Pas de résistance, messieurs, nous sommes en force, comme vous voyez, et le pavillon est cerné.

— A la rescousse les archers! s'écria Chalais sans réfléchir.

L'injonction eut son effet immédiat, et les gens de justice, qui sans doute ne s'attendaient pas à une résistance aussi prompte et aussi sérieuse, se démontèrent aussitôt. Pour la plupart de ces jeunes gens, tous nobles ou richissimes, qu'était-ce que la vie de pauvres diables de suppôts de police? Aussi y allaient-ils franc jeu, et, avant qu'on eût seulement le temps de se retourner, trois ou quatre étaient déjà tombés sur le carreau.

Mais plusieurs coups de feu avaient retenti dans la mêlée, et la porte extérieure s'ouvrit, vomissant une escouade nouvelle d'archers. Il est vrai que ce renfort était accompagné de recrues de nouvelle espèce et auxquelles on ne s'attendait nullement ni de part ni d'autre.

A leur vue, les dames, qui s'étaient toutes réfugiées dans un coin du salon, jetèrent des cris d'effroi et s'accroupirent sur le sol, essayant de se cacher les unes derrière les autres.

C'est que ces hommes, entrés tous à la suite de Rochefort, toujours méconnaissable grâce à son déguisement, offraient l'aspect le plus capable d'effrayer d'aristocratiques beautés. Il semblait que les truands les plus sordides de la Cour des Miracles, semblables à des bêtes féroces et affamées, s'étaient précipités dans cette salle, ardents à la curée de bijoux et de pistoles.

En même temps, pour comble de confusion, un grand nombre d'étudiants, de commis en goguette, attirés sans doute par le bruit, avaient fait irruption dans la salle.

Le tumulte était à son comble, et dans cette énorme agglomération de personnes aucun mouvement n'était guère possible.

Pourtant un des truands trouva moyen de se rapprocher de Chalais.

— Monsieur le comte, lui dit-il, vos ordres sont exécutés.

— Quels ordres?

— C'est Catafago qui m'envoie vous l'annoncer.

— Bien. Et où l'as-tu conduite?

— Rue de la Lune, dans une maison qui a des volets verts.

— Rue de la Lune! s'écria Chalais avec colère, qu'est-ce que cette rue? ce n'est pas là que j'avais dit...

Et il voulut rejoindre le bandit, mais celui-ci avait disparu.

Rochefort cependant ne perdait pas de vue le but principal de son expédition et, toujours suivi de trois ou quatre argotiers ou écoliers, se frayait à coups de dague un passage vers le mur où était percée l'ouverture du cabinet, refuge de la dame inconnue.

Sa manœuvre ne tarda pas à réussir complétement, et déjà il touchait la porte de ce réduit mystérieux, déjà il s'armait d'une hache pour en enfoncer les frêles panneaux, lorsqu'une lueur rougeâtre, venant du dehors, domina tout à coup l'éclat du lustre de la salle.

— Le feu! s'écrièrent plusieurs voix épouvantées.

— Le feu! répéta tout le monde en s'élançant en masse vers la sortie, se bousculant et s'écrasant les uns les autres.

Pendant que tous se précipitaient en foule, Rochefort n'avait pas perdu son sang-froid et, armé de sa hache, avait déjà fait voler en éclats une partie de la porte secrète.

XXV. — FERS ROUGIS, CŒURS BROYÉS.

Pierre Baudry n'eut pas de peine à reconnaître la maison de Robert entre les trois ou quatre constructions plus ou moins importantes qui, alors, constituaient la voie à laquelle son élévation au-dessus de celles environnantes avait fait donner le nom de rue de la Lune.

Au moment où la petite troupe qu'il commandait y arriva, il crut cependant s'être trompé; car il entendit retentir fortement le bruit du marteau sur l'enclume.

C'était un bruit assez insolite à cette heure de nuit; mais en se rappelant le métier de son ami, il attribua ces travaux, exécutés en contravention avec les édits, à quelque commande pressée.

Il ouvrit donc la porte avec confiance; puis, il offrit la main à la dame captive. De même que la docilité de celle-ci avait été fort remarquable pendant la route, de même elle obéit à cette invitation sans se faire prier. Pierre ne fut pas même bien certain qu'elle ne sauta pas avec une sorte d'empressement sur le pavé.

— Allez! dit-il aux hommes qui l'avaient accompagné, lesquels se dispersèrent aussitôt; puis, sans lâcher la main de la dame, il l'entraîna à l'intérieur de la maison, dont la première pièce, heureusement, était éclairée par une lampe.

— C'est par ordre de M. de Chalais que vous m'avez conduite ici, monsieur? demanda la dame.

— Oui, reprit Pierre qui s'étonna aussitôt de l'accent résolu et du peu d'émotion avec lequel cette femme parlait; ce qui était assez loin du langage auquel il s'attendait.

— Prévenez-le que je suis là, dit la dame en s'asseyant sur une escabelle et en prenant à sa ceinture un éventail dont elle joua le plus simplement du monde et sans trahir ni frayeur ni embarras.

— Mais vous n'êtes donc pas Blanche! s'écria Pierre en s'avançant vers elle et les yeux démesurément ouverts.

La dame haussa les épaules et détourna la tête.

— Prévenez M. de Chalais, répéta-t-elle.

— Qui êtes vous alors?

— Que vous importe!

— Mais c'est Blanche que j'aime, madame!

— Mais c'est Blanche que j'aime, madame! dit la dame à son tour au comble de la surprise, ai-je donc été enlevée pour votre propre compte, monsieur?

— Sans doute.

— L'aventure est étrange et la trahison double, à ce que je vois. Vous avez trompé M. de Chalais et je vous ai trompé, moi; — c'est bien cela, n'est-ce pas?

— Malheur! s'écria Pierre en se tordant les bras.

— Ne vous arrachez pas les cheveux de désespoir, mon cher monsieur, et assurément, j'en suis certaine, M. de Chalais, s'il eût trouvé, comme en cette circonstance, une femme à la place d'une autre, se fût d'abord informé si elle était jolie.

— Eh! que m'importe! soyez la plus belle, la plus riche, la plus noble, c'est Blanche que j'aime et non pas vous!

— Alors, monsieur, vous allez me permettre de partir.

— Venez, madame, venez, reprit Pierre avec empressement, car il faut que je coure... qui sait si d'autres n'ont pas réussi... Ah! comte de Chalais, ce ne sera pas assez de tout le sang de vos veines pour calmer ma soif de vengeance.

Comme Pierre ouvrait la porte et faisait signe à la dame de passer devant lui, un homme apparut, les bras croisés et le visage sombre.

— Va-t-en, frère, dit-il à l'avocat, et laisse-moi avec madame, je me charge de la remettre en son chemin.

Pierre ne demanda pas davantage et s'en fut au plus vite.

— Robert!... fit la dame en reconnaissant l'armurier avec effroi.

— Quand vous êtes entrée dans cette maison, madame, tout mon être a tressailli, et j'ai quitté aussitôt le dur travail auquel je venais de me livrer afin de donner un aliment à la mâle fureur que vous aviez allumée dans mon sein. Oui, en vous quittant, je me suis enfui et je me mis à courir, sans savoir où, en vous appelant partout, et quand je suis rentré chez moi, j'ai allumé ma forge et battu l'acier avec rage. Savez-vous ce que j'ai forgé, madame, en pensant à vous et en vous maudissant!

— Un poignard pour me tuer?... fit la Cressia en le regardant en face à travers les trous de son masque.

— Non, mais vous ne tarderez pas à le savoir peut-être, reprit le jeune homme en fronçant les sourcils.

— Robert, vous me faites peur, — vos yeux lancent des flammes, dit la Cressia en ôtant son masque.

— Ah! vous auriez mieux fait de garder ce masque sur votre visage, madame, car à présent que je vous retrouve, embellie encore par la conviction où je suis que vous m'appartenez bien, je ne répondrais plus de moi.

— Et cependant vous allez me laisser partir.

— Vous, partir d'ici, vous qui m'avez raillé ce soir, car vous vous êtes moquée de moi, n'est-ce pas? vous vous êtes dit que j'étais un insensé, un niais, un imbécile!... Oh! mais vous ne savez pas à qui vous avez affaire, allez. Je connais Cambremer, je sais ce qu'un amour sans espoir a fait de cet homme né doux, honnête et calme. Il est devenu semblable à une bête fauve, tuant et massacrant, mais aussi, lâche et tremblant devant un regard de vous, et n'ayant jamais songé, j'en suis sûr, à tourner un jour contre votre sein le bras que vous avez armé, soit pour votre vengeance, soit pour ses rages. Moi, madame, je suis né courageux, fort et hardi, et, je vous le jure, vous ne ferez jamais de Robert un lâche ou un assassin.

— Voyons, monsieur, il est tard, il faut que je rentre à mon hôtel.

— Vous ne disiez pas cela il y a quelques heures, dans cette barque, quand je vous conduisais au Pré aux Clercs à un rendez-vous d'amour: vous ne songiez pas à cela non plus, tout à l'heure, quand

vous êtes entrée dans cette maison, où vous espériez trouver un autre homme que moi.

— Finissons, dit la marquise avec impatience.

— Oui, finissons! s'écria Robert avec emportement, et, cette fois vous ne me vaincrez pas. Vous m'avez inspiré un de ces amours violents et terribles comme le feu; il faut qu'il consume et dévore!... Vous ne sortirez pas d'ici comme vous êtes sortie de la barque, non, j'en jure Dieu!

— Robert!... au nom du ciel.

— Je n'écoute rien, madame, je vous aime.

— Robert, que voulez-vous donc!

— Je veux... fit le jeune homme en s'approchant d'elle et la saisissant dans ses bras.

— Vous êtes un misérable, monsieur.

— Je suis un homme ivre d'amour et de désirs, madame.

— Monsieur, vous n'obtiendrez rien de moi par la violence, je vous le jure à mon tour!

— Coquette! lâche et perfide! s'écria Robert en la laissant et se reculant de quelques pas, — oui, lâche et perfide, et vous voulez vous jouer de moi comme vous vous êtes toujours jouée de tous les hommes; mais il ne sera pas dit que l'impunité sera votre partage, — et si un homme plus autorisé n'a pas pris la peine de vous condamner au châtiment, je vous l'infligerai, moi!

— Monsieur, fit la Cressia, effrayée tout de bon, cette fois.

— Venez! reprit Robert en la ressaisissant par le bras.

— Où voulez-vous me conduire?

— Vous le verrez.

— Monsieur, je ne bougerai pas d'ici! fit-elle en se cramponnant après les colonnes d'une lourde armoire de chêne.

Mais elle n'était pas de force à lutter contre un jeune homme dont la colère doublait la vigueur. Il détacha sans peine ses frêles mains des colonnes, et l'enleva aussitôt dans ses bras, comme il eût fait d'un enfant.

Il poussa la porte du pied et s'élança hors de la salle; puis il arriva à un escalier qui s'enfonçait en terre, et en descendit les marches avec rapidité, malgré l'obscurité qui y régnait.

Robert ne tarda pas à arriver dans une grande cave, éclairée assez vivement par le feu d'une forge entre les charbons de laquelle rougissaient plusieurs barres de fer.

Il déposa la marquise sur un escabeau et ne cessa de la tenir par le poignet.

— Madame, dit-il en serrant les dents, je vous disais tout à l'heure qu'en songeant à vous j'avais forgé le fer; eh bien! regardez dans cette fournaise, il y en a plusieurs qui chauffent, n'est-ce pas? l'un d'eux va servir à vous imprimer une tache indélébile.

— O ciel!

— Il ne sera pas dit qu'une vie comme la vôtre pourra se perpétuer sans qu'une âme honnête vienne prendre en main la cause de l'honneur. A l'avenir, chacun pourra lire sur votre front ce que vous êtes, noble dame!

— Ah! fit la marquise glacée d'effroi, et en se raidissant en arrière.

Robert était sans pitié, il la traîna vers le foyer et il saisit d'une main fébrile l'une des tiges de fer dont le bout rougi à blanc lançait des étincelles.

Mais au lieu de la terreur ou d'un évanouissement auxquels il s'attendait, il demeura stupéfait en voyant la marquise qui, à genoux, le regardait en souriant et les yeux fixés vers la voûte de ce réduit.

— Eh bien! oui, dit-elle avec exaltation, oui tu as raison, je suis une criminelle et une impure; j'ai trop joué avec l'amour des hommes et je mérite un châtiment. Tue-moi tout de suite, noble jeune homme, imprime sur mon front l'opprobre de ma vie, accomplis cette tâche dont un Dieu de colère et de justice a pu seul t'inspirer la pensée. Voici mon front, il est calme, tu ne bougerai pas; marque-moi aussi à l'épaule si tu veux, comme les galériens! et alors que je serai un objet d'horreur et de mépris pour tous, peut-être serai-je digne d'un honnête homme, digne de toi, car tu m'auras faite tienne.

Et elle ferma les yeux, attendant le stigmate avec la résignation des martyrs.

Robert jeta le sceau d'infamie au fond de la salle et fut s'asseoir sur l'escabeau en cachant son visage dans ses mains.

— Allez-vous-en, dit-il d'une voix sourde.

La marquise s'approcha de lui, passa sa main blanche et fine sur les rudes mains de l'armurier et l'y appuya doucement.

— Merci, Robert, dit-elle, vous êtes un brave cœur!

Elle s'éloigna lentement, gravit l'escalier et, guidée par la lampe qui brûlait dans la salle du rez-de-chaussée, y reprit son masque, trouva la porte de la rue et l'ouvrit facilement.

Elle avait déjà mis un pied sur le pavé et se disposait à tirer la porte sur elle quand un homme s'avança rapidement de ce côté.

— Monsieur de Chalais! fit-elle en le reconnaissant.

— Pardieu, madame, répliqua aussitôt celui-ci, si vous êtes la dame que je viens chercher, ce n'est pas dans la rue que je comptais vous rencontrer.

— Je ne suis pas celle que vous comptez trouver assurément, monsieur le comte, autrement vos valets auraient bien mal exécuté vos ordres en me laissant aller en liberté.

— Je connais votre voix cependant, madame, et puisque je ne puis vous rester inconnu, vous me direz peut-être...

— Que j'ai été enlevée à la place de mademoiselle Blanche de Caumont, et que l'erreur est reconnue.

— Vous savez...

— Je sais que vous êtes le plus déloyal des hommes et que c'est folie, vraiment, que de vous aimer.

— Ah! Cressia, je vous reconnais, dit Chalais en la prenant par la taille et voulant lui baiser le cou qui offrait sous la mantille, au clair de lune, des reflets argentés d'un ton divin.

— Taisez-vous, monsieur, et laissez-moi passer.

— Permettez-moi de vous reconduire à votre hôtel, du moins. Vous ne pouvez traverser Paris de la sorte.

— Non, je ne veux pas de votre compagnie.

— Mais... Cressia, vous n'avez pas toujours été aussi cruelle. Vous avez de la rancune, et je veux me faire pardonner.

— Taisez-vous, vous dis-je, répliqua la Cressia d'une voix grave, vous blasphémez, monsieur.

— Ah! s'écria Chalais en éclatant de rire, quelle jolie prêcheuse vous faites, et comme je vous supplie de me frapper de la discipline.

— Chut!... fit la Cressia avec effroi.

— Mais qu'avez-vous donc?...

— Allez, je vous le répète; retournez sur vos pas, je ne quitterai cette place que lorsque vous aurez disparu au bout de la rue.

— Mais...

— Je l'exige, comte.

— Femme étrange, il faut vous obéir.

— Je vous en prie.

— Allons, murmura Chalais, partie manquée. Le diable veut que Louvigny épouse Blanche.

La Cressia se laissa prendre et baiser la main; mais cette main était froide comme du marbre et retomba inerte à son côté lorsqu'il la lâcha.

— Et dire que j'ai aimé cet homme, murmura la marquise avec une moue de sourire de mépris.

Elle lui fit silencieusement signe de se retirer, et Chalais prit son parti. Il s'éloigna lentement, non sans se retourner plusieurs fois; puis enfin il tourna l'angle de la rue Saint-Étienne et disparut.

La marquise se mit alors à trembler comme la feuille; une flamme passa devant ses yeux et l'éblouit; ses tempes battirent comme si son front allait se rompre et elle se retourna vers la porte de l'artisan, le cœur bondissant, la poitrine haletante.

La porte était encore ouverte, elle la poussa, entra dans la maison et se laissa tomber sur les premières marches de l'escalier.

— Robert!... fit-elle d'une voix faible.

XXVI. — CE QUI S'APPELLE UNE DÉFAILLANCE.

Chalais montait cet escalier du Louvre dont le ciseau des sculpteurs de la Renaissance a si magnifiquement fouillé le plafond, lorsqu'en tournant vers la gauche du palier pour se rendre dans les appartements du roi il aperçut Louvigny qui causait dans l'embrasure de la fenêtre avec un seigneur fort avancé en âge et dont le dos, extrêmement voûté, n'empêchait pas de distinguer l'ordre de Calatrava pendu à son cou.

Ce seigneur était, selon toute apparence, un de ces nombreux hidalgos qui se succédaient à Paris et apportaient à Anne d'Autriche des nouvelles de son frère, le roi d'Espagne.

Chalais, à première vue, avait cru le reconnaître; mais il attribua le léger mouvement qu'il fit, dans le but de saluer le noble Espagnol, à une de ces ressemblances fugitives dont on est sans cesse abusé lorsque, comme lui, on est en relation avec tant de monde.

Il rejoignit le commandeur de Valanzé dans la salle de Henri II.

— Enfin, vous voilà, cher cousin, dit celui-ci : qu'avez-vous donc à me communiquer pour m'avoir fait prier de passer au Louvre aujourd'hui, toute affaire cessante, et au moment où je partais pour aller courre le cerf à Bondy?

Chalais l'emmena dans l'embrasure d'une fenêtre, ce qui autrefois, vu l'épaisseur formidable des murs, tenait parfaitement lieu de cabinet secret.

— Eh bien! mon cher commandeur, êtes-vous des nôtres?

— Je me doutais que vous vouliez encore m'entretenir à ce sujet.

— C'est que nous désirons, je n'essaierai pas de vous le cacher, avoir avec nous des gens de votre honorabilité; c'est sanctionner nos actes de la plus triomphante façon.

— Comte, vous n'avez pas assez réfléchi, vous êtes confiant, enthousiaste, et vous n'avez jamais songé aux conséquences de ce que vous méditez.

— C'est peu de chose pourtant, un homme de moins sur la terre.

— Malheureux! Et vous ne vous êtes jamais dit que la disparition de cet homme de la balance politique pouvait faire osciller le monde sur sa base?

— Oh!... vous lui donnez bien de l'importance, en vérité.

— Chalais, il ne faut pas s'y tromper. Haine à part, et je n'en suis pas plus que vous fanatique, c'est à un homme de haute valeur que vous vous attaquez. Prenez-y garde, ils sont rares ici bas, et quand Dieu en place un à la tête d'un royaume, il faut respecter son œuvre.

— Voyons, mon cher commandeur, vous vous exagérez...

— Non, encore une fois, je vous le dis, moi, et je m'y connais, c'est un grand homme et sa mort laisserait un vide. Par qui le remplaceriez-vous, voyons? Est-ce par le duc de Vendôme? ce n'est pas possible, il a le gouvernement de Bretagne, et c'est déjà beaucoup pour un esprit remuant comme est le sien. Est-ce par son frère, le grand prieur, un prêtre mondain avec lequel Louis le Chaste ne pourra jamais s'entendre, et qui ne prétend à rien moins qu'à faire éclater un schisme et à se faire proclamer chef de la catholicité en France, jusqu'à ce qu'il puisse parvenir à se faire élire pape à la place d'Urbain VIII? M. de Richelieu, au contraire, ne veut que la gloire et la grandeur de la France. Je ne sais quels sont ses projets, mais en cherchant à amoindrir la puissance du duc de Vendôme, il travaille à constituer plus forte la puissance du roi qui, si les grands feudataires le voulaient bien, se réduirait à commander dans son Louvre, dans son petit castel de Versailles ou sur ses meutes, et de temps en temps, une fois l'an, à Fontainebleau. Holà, mon cher comte, regardez-y à deux fois avant de nous plonger dans l'abîme.

— Mais si nous ne nous débarrassons de cet homme, il nous supprimera tous.

— Chalais, vous êtes un enfant, laissez-moi vous le dire; et, pour terminer, une question.

— Faites.

— Vous aimez le roi, n'est-ce pas?

— Certes.

— Vous avez laissé échapper parfois des paroles légères au sujet de ce monarque à qui Dieu a refusé la force morale; mais il est bon et noble, et jamais, j'en suis certain, il ne laisserait impunément insulter à la majesté royale ou au drapeau français. En pourriez-vous dire autant de celui que vous voulez lui donner pour successeur?

— Comment?

— Quand vous aurez déposé, rasé et enfermé dans un cloître celui qui a reçu l'huile sainte, êtes-vous certain de ne pas voir un nouvel Henri III donner sur le trône l'exemple de toutes les lâchetés et de tous les vices?

— Que voulez-vous dire, Valanzé?

— Ceci, je le vois, n'a l'air d'être un secret que pour vous.

— Eh quoi?

— Votre but enfin est de déposséder Louis XIII et de mettre à sa place Gaston, son frère.

— Jamais!

— En effet, comte, les loyaux et courageux gentilshommes comme vous ne veulent que se débarrasser du ministre gênant et trop sévère; mais les autres, les ambitieux, vont plus loin.

— En êtes-vous bien certain?

— Monsieur n'est pas homme à se contenter de la mort du cardinal. Il voit en lui un homme de force à lui disputer la couronne, et c'est uniquement pour cela qu'il est de la conspiration. Ensuite, si les choses tournent mal, il vous vendra tous jusqu'au dernier. Rappelez-vous MM. de la Mole et Coconasso, ils ont payé pour le duc d'Anjou de ce temps-là.

— Mais la reine?

— Eh bien, mais son mariage serait déclaré nul et le duc d'Anjou l'épouserait.

— Horreur!

— Il est vrai, comte, que certaine personne, grande ennemie du cardinal, gagnera gros à cette action, et que toutes les faveurs seront pour l'homme qui a eu le don de lui plaire.

— Assez, monsieur, assez, fit Chalais, la rage de la honte au front, cela ne sera pas, non, j'en jure Dieu, quand je devrais...

— Ecoutez, mon cher comte, je sais ces choses-là, moi, bien qu'on ne me les ait nullement confiées ; ce sont les déductions que mon âge et mon expérience m'ont fait tirer d'un projet dont vous m'avez confié le but; or, si quelque chose de votre complot parvient aux oreilles du cardinal, il fera très-probablement les mêmes déductions; mais il n'osera atteindre au prince du sang, c'est à vous plus particulièrement, à vous, en quelque sorte l'âme de ce complot, qu'il s'en prendra.

— Il me hait déjà assez pour cela.

— Faites une chose. Venez le voir, implorer son pardon.

— Moi !

— Son âge et sa qualité de prince de l'Église vous permettent d'accomplir sans bassesse une semblable démarche, et quand vous serez en sa présence, vous...

— Silence... dit tout à coup Chalais en apercevant Louvigny qui s'avançait obliquement de ce côté. Venez plus loin, car voici une figure dont je n'augure pas bien.

Ils s'éloignèrent pendant que le vieil Espagnol que venait de quitter Louvigny se dirigeait vers les appartements du cardinal. Il était aussitôt introduit.

Cet hidalgo n'était autre que Rochefort.

— Vous baissez, comte, dit Richelieu qui reconnut sous peine son confident, car lui seul avait le droit d'entrer ainsi à toute heure dans son cabinet sans être annoncé.

— C'est vrai, monseigneur, j'ai échoué hier dans la journée, avec le vieux Béranger, et je n'ai rapporté à Votre Éminence que la courte honte de mon échauffourée du Pré aux Clercs; mais cette fois, j'espère prendre ma revanche.

— Voyons cela.

— Béranger est un homme de fer, pour qui les moyens ordinaires ne sont que jeux d'enfant. Si Votre Éminence m'avait permis les arguments extraordinaires, j'en aurais certainement tiré quelque chose de plus satisfaisant.

— Nous avons la certitude que ces papiers existent; mais où sont-ils?... fit Richelieu en grinçant des dents.

— Je le saurai, monseigneur, je l'ai juré.

— Ah! vous aurez le droit d'être exigeant ce jour-là, Rochefort; mais parlons du présent. Qu'avez-vous à m'annoncer?

— Un véritable complot.

— Contre le roi?

— Contre Votre Éminence.

— Ah! — fit le cardinal en sautant sur son fauteuil, mais en se remettant aussitôt pour sourire, — vous croyez aux complots, Rochefort?

— Oui, monseigneur, quand j'en ai les preuves.

— Des preuves! ah! vous n'êtes pas heureux sur ce chapitre depuis quelque temps!

Sur ces paroles, des Bournais, le valet de chambre, entra et parla à l'oreille du cardinal qui le renvoya avec un mouvement approbatif de la tête.

— Tenez, comte, dit Richelieu en se levant, allez vite dans ce cabinet, et rédigez-moi en dix lignes le but de votre complot, et ajoutez-y, si vous pouvez, les noms des complices.

— Eh quoi! Votre Éminence traite cette affaire aussi légèrement?

— Je suis pressé, il faut que je parte aujourd'hui même pour Fleury.

— Ah! fit Rochefort en dressant l'oreille, Votre Éminence ne partira pas sans m'entendre.

— Je vous le promets.

— Votre Éminence va donner audience à je ne sais quel solliciteur quand il s'agit de sa vie, si précieuse pour tous et surtout pour le salut du roi.

— Eh! l'homme que je consens à recevoir n'est pas bien dangereux, c'est M. de Chalais.

— Monseigneur, rappelez-vous que Sylla se défiait plus particulièrement, lui, des hommes frais, roses et en apparence occupés uniquement de leurs plaisirs.

— Je l'attends en compagnie du commandeur de Valanzé, l'homme le plus honnête que je connaisse.

— Merci, monseigneur, fit le comte en s'inclinant.

— Vous êtes un fat, monsieur de Rochefort, fit le cardinal en lui tapant sur la joue et le conduisant jusqu'au cabinet, et en repoussant sur son confident la porte de ce réduit dont le vantail était d'une forte épaisseur et matelassé, c'est-à-dire excluant toute probabilité d'une surprise.

Peu d'instants après Chalais et le commandeur de Valanzé étaient introduits. Le comte paraissait visiblement mal à l'aise, mais sa démarche était assez insolite pour que cet embarras fût mis sur le compte d'une réserve naturelle.

— Ah! ah! monsieur de Chalais, fit le ministre, je n'ai guère l'habitude de vous voir souvent dans mon cabinet.

— J'en conviens, monseigneur, mais ce n'est pas à moi que le reproche en peut être fait.

— Oh! vous commencez par tirer à boulets rouges sur moi; est-ce que vous avez une grâce à me demander, et voulez ainsi me forcer à vous l'accorder?

— Je connais assez l'esprit de justice de Votre Éminence pour être certain que ce serait un premier motif pour la demander à l'impartialité, si toutefois tel était le motif de ma visite.

— Enfin, monsieur le comte, vous ne me comptez pas au nombre de vos amis?

— Votre Éminence est nette dans sa question.

— Pourquoi non? je ne suis pas de ceux qui tergiversent, et si vous aviez jamais voulu vous donner la peine de chercher à me connaître, vous auriez meilleure opinion de votre serviteur.

— Je sais que vous êtes un grand ministre, monseigneur.

— Alors c'est pour l'homme privé que vous ressentez un véritable éloignement.

— Le mot est dur, monseigneur.

— Voyons, commandeur, dit le cardinal en se tournant vers M. de Valanzé, n'est-il pas juste? et M. de Chalais n'a-t-il pas toujours saisi toutes les occasions possibles de se faire l'écho des rancunes de certaine dame de ses amies?

— Moi, monseigneur!

— Oui, faites le bon apôtre! — Mais je ne vous en veux pas, je sais d'ailleurs que vous avez la tête légère, ce qui n'implique pas un mauvais cœur; aussi, parlez sans crainte. Dites-moi ce qui vous amène, et si la chose que vous désirez est possible, je vous promets de vous l'accorder.

— Monseigneur, je prends acte de cette parole, et M. le commandeur en est témoin.

— Soit.

— Monseigneur, je commence d'abord par réclamer une promesse.

— Cela fait deux alors.

— L'une n'est que la conséquence de l'autre.

— C'est différent, voyons.

— Monseigneur, je vous demanderai, non pas votre foi de prêtre ou de ministre, mais votre foi de gentilhomme, que vous ne parlerez à qui que ce soit au monde de ce que je vais vous dire, et que les personnes dont je veux vous entretenir ne seront nullement inquiétées.

— Ah! fit Richelieu en dressant l'oreille comme le chien à l'approche d'une piste, — de quoi s'agit-il donc?

— Monseigneur, en politique, les choses prennent des apparences multiples. On les voit sous certains jours, on les commente, on les déduit, on les tourne et retourne enfin, souvent, de tant de façons, que leur essence propre disparait selon le caprice ou la volonté.

— Eh bien ! c'est dit, je garderai pour moi seul votre communication.

— Vous n'en parlerez pas même au roi?

— Si le service de Sa Majesté n'y est pas intéressé, j'y consens.

Chalais ouvrait déjà la bouche pour continuer, lorsqu'il s'arrêta tout à coup et passa sa main sur son front baigné de sueur, chancela et fut forcé de s'asseoir.

— Qu'avez-vous donc? dit le cardinal.

— Rien, monseigneur, mais c'est que je me demande si ce que je suis venu faire ici n'est pas une exécrable action.

— Monseigneur, dit le commandeur intervenant, ne prenez pas à la lettre ce que dit là le comte. Il n'est venu à vous que mû par le sentiment de la dignité et de l'honneur de la France et du royaume. Il a vu en vous l'homme prédestiné pour préserver la couronne d'une grande infortune, et c'est pour cela qu'il a voulu parler.

— Monseigneur, reprit Chalais en se levant, j'ai votre parole, n'est-ce pas?...

— Je vous donne ma parole de gentilhomme, dit Richelieu, le visage sérieux, et avec une sorte de solennité, — que rien de ce que vous allez me dire ne sera répété par ma bouche.

— Eh bien! monseigneur, ne quittez pas le Louvre d'ici à demain soir.

— Moi?

— Vous, monseigneur.

— Il y a danger pour moi à quitter le Louvre?

— Je ne dis pas cela, monseigneur.

— Je voulais partir dans une heure pour Fleury.

— N'allez pas à Fleury.

— Mais il le faut absolument, de grands intérêts m'y forcent.

— Monseigneur, des intérêts plus grands encore vous le défendent.

— Comte, il y a un complot tramé contre ma vie?

— Monseigneur...

— Et vous étiez au nombre de mes assassins?

— Monseigneur, je vous le répète, n'allez pas à Fleury.

— Ah! c'en est trop. Et vous croyez que je vais me payer de ces demi-confidences et que je ne vais pas tout mettre en œuvre pour connaître jusqu'au fond le ténébreux abîme que la haine a creusé sous mes pas. Monsieur de Chalais, je vous somme de me livrer les noms des gentilshommes qui sont de ce complot.

— Monseigneur, il n'y a pas...

— N'en dites pas plus, — vous vous exposeriez à mentir. Ah! vous croyez, messieurs les jeunes seigneurs, oisifs de cour, officiers de parade, bretteurs de profession, coureurs de ruelles, que le ministre de votre roi se laissera abattre comme un niais inutile. C'était bon au temps de M. le maréchal d'Ancre, cela, messieurs! Concini n'avait aucune racine dans la nation; ce qu'on haïssait en lui c'était l'homme, et rien ne lui donnait de compensation, aussi fut-il abandonné par son roi qui, peut-être, applaudit à sa délivrance; mais moi, c'est autre chose, je suis de ces hommes qui ne tombent pas seuls. La Ligue a prouvé ce que les agitateurs veulent faire de ce beau pays de France; avec moi s'écroulera la monarchie, messieurs, songez-y!

— Monseigneur, dit M. de Valanzé, nous vous supplions de garder le pouvoir, pour la gloire du roi.

— Mais le comte de Chalais ne parle pas, commandeur! Voyez, il reste muet, il persiste dans son entêtement, et je vais être forcé, mordieu, de le faire conduire à la Bastille.

— J'irai, monseigneur, dit Chalais, mais en y entrant, j'emporterai l'honneur de M. de Richelieu.

— Ah! méchante tête, vous voulez me vaincre! s'écria le cardinal, qui n'avait rien de plus chatouilleux que son honneur de gentilhomme.

— Monseigneur, j'ai votre parole.

— Oui, je vous la donne encore une fois. Non-seulement je ne parlerai de ceci à personne, mais si le hasard me fait découvrir ou me met sur la trace du complot, nul ne sera inquiété.

— Merci, monseigneur.

Chalais salua et sortit, laissant le ministre plongé dans ses réflexions.

Le commandeur était resté sur un geste du cardinal et attendait ses ordres, le front soucieux, car il devinait l'orage qui devait gronder dans cette tête au front vaste, sur laquelle reposaient en ce moment les destinées du royaume.

— Monsieur de Valanzé, dit tout à coup Richelieu sortant de son immobilité et traçant à la hâte quelques lignes sur un papier, après lequel pendait un grand sceau de cire rouge, — prenez cet ordre et exécutez-le à l'instant même.

— Oui, monseigneur.

— Quoi qu'il en puisse résulter, je prends tout sur moi, et vous en êtes responsable sur votre tête.

— Monseigneur, dit le commandeur en s'inclinant après avoir jeté un rapide coup d'œil sur le parchemin, l'ordre est signé du roi. Je suis aveugle.

Le commandeur sortit et rejoignit Chalais au moment où celui-ci abordait un groupe de seigneurs.

— Mon cher comte, lui dit-il en l'entraînant vers un cabinet, un mot, je vous prie.

Chalais le suivit sans hésitation et le regarda avec étonnement,

car le visage de son parent était sérieux, plus que sérieux, sombre.

— Comte, dit le commandeur, au nom du roi, j'ai ordre de vous arrêter.

— Moi!

— Et de vous garder à vue dans votre hôtel jusqu'à nouvel ordre.

— Ah! M. de Richelieu!... fit Chalais avec colère.

— Mon cher enfant, pourquoi avez-vous la tête légère et folle? le cardinal vous connaît, il prend ses sûretés.

Pendant ce temps, le ministre, aidé de Rochefort, se débarrassait de sa soutane rouge et revêtait en toute hâte un costume de gentilhomme de couleur sombre.

Ils descendaient ensuite tous deux un petit escalier, caché dans la muraille, au pied duquel était un carrosse attelé.

— Ce soir, à onze heures, dit le cardinal à Rochefort en le congédiant.

Celui-ci disparut sous une petite porte aboutissant vraisemblablement aux caves du palais, et Richelieu monta dans la voiture avec une vivacité sans pareille.

— A Fleury! dit-il au cocher.

Le carrosse s'ébranla et ne tarda pas à quitter le Louvre au galop de ses deux vigoureux chevaux.

Une heure après, M. Gaston de France, frère du roi, entouré d'une vingtaine de cavaliers bien armés et équipés comme s'ils allaient en guerre, sortait de Paris par la porte Saint-Victor : c'était le chemin de Fleury.

XXVII. — L'HOSPITALITÉ DU CARDINAL.

Il était quatre heures du matin, et déjà la cime des grands arbres de la forêt de Fontainebleau rougissait aux rayons du soleil levant. Un homme, enveloppé soigneusement dans un manteau noir, se promenait sur la terrasse du château de Fleury, réprimant parfois un frémissement causé par la fraîcheur de l'heure matinale et sondant d'un œil ardent les profondeurs de l'horizon dans la direction du nord.

Cet homme, chaque fois qu'il s'agitait, laissait apercevoir l'acier poli d'une cuirasse, et le bord de son manteau était relevé par le fourreau d'une longue épée; il semblait un de ces coupe-jarrets tudesques que les seigneurs de cette époque entretenaient volontairement à leurs gages, et faisait assez l'effet d'un jaguar de l'Inde guettant la proie qui va passer dans la jungle.

Par moments il portait les yeux vers certains massifs du parc ou vers les fenêtres du château, et apercevait avec satisfaction soit une tête, soit le miroitement d'ue cuirasse, soit même la gueule d'un mousquet.

Tout à coup il se retourna brusquement vers la cour d'honneur, à la porte de laquelle sonnaient et frappaient une grande affluence de personnes.

— Ce n'est donc pas de Paris que vient le danger, dit-il en se remettant, mais de Fontainebleau.

En effet, son œil, qui n'avait interrogé l'horizon que vers le nord, n'avait pu découvrir à temps la troupe qui s'avançait vers Fleury par un autre point.

— C'est plus grave que nous ne pensions, se dit-il.

Le concierge avait reçu d'avance l'ordre d'ouvrir à tout venant, et exécutait sa consigne sans même songer à faire la moindre observation touchant l'heure matinale; mais aussitôt la troupe entrée, il referma tranquillement la grande porte.

Cette troupe était composée d'une douzaine de cavaliers dont cinq ou six paraissaient gentilshommes. Les autres n'étaient que des laquais, et même quelques-uns des chevaux portaient double charge.

Tout le monde mit pied à terre aussitôt, et l'homme, qui du haut de la terrasse avait assisté à cette arrivée, ne put retenir un éclat de rire. Il gagna le château par un passage détourné et se rendit aux appartements du cardinal.

Quelle que fût à cette époque la puissance de Richelieu, elle était loin d'atteindre les proportions qu'elle acquit par la suite. L'Eminence, qui depuis fit élever le palais qui subsiste encore aujourd'hui au cœur de Paris, les splendides constructions de ce village de Richelieu dont il voulait faire une ville de premier ordre, rêve réalisé plus tard par Louis XIV à Versailles, l'Eminence, disons-nous, se contentait alors du château de Fleury.

Fleury est un village situé à trois ou quatre lieues de Melun, à droite de la route de Melun à Fontainebleau.

C'était là, dans de magnifiques jardins terminés par une splendide terrasse d'où la vue s'étendait à dix lieues à la ronde, que le ministre allait retremper son esprit aux sources pures de la nature et lui demander la force de lutter contre les mille difficultés que ses ennemis et ceux de la France semaient à l'envi sous ses pas.

Arrivé de la veille dans cette belle résidence bâtie sous Henri II, et qui aujourd'hui encore peut donner une idée de sa splendeur passée, il attendait dans son lit la catastrophe que la révélation pleine de réticences de Chalais lui avait en quelque sorte fait pressentir.

Son valet de chambre entra et s'approcha vivement de son lit.

— Qu'est-ce? demanda-t-il.

— Monseigneur, ce sont...

— J'ai entendu une troupe de cavaliers entrer dans la cour; qui sont-ils?

— Monseigneur, ce sont les officiers de bouche de M. le duc d'Anjou.

— Ah! fit Richelieu avec étonnement.

— Leur maître devant chasser aujourd'hui dans la forêt et s'arrêter chez Votre Eminence, Son Altesse a voulu vous épargner tout dérangement. Elle a donc envoyé ses gens pour préparer le diner.

— Dites au majordome du prince que moi et mon château nous sommes au service de Son Altesse.

Le valet se retira, et derrière lui apparut armé et cuirassé l'homme de la terrasse. C'était Rochefort.

— Plus que jamais cachez votre monde, dit le cardinal.

Rochefort s'éloigna en toute hâte, et quelques minutes ne s'étaient pas écoulées qu'aucune tête, aucune hallebarde, aucune cuirasse, aucun mousquet n'aurait pu être découvert dans la paisible retraite du prélat-ministre.

La journée se passa ainsi, pendant laquelle les cuisiniers et marmitons mirent au pillage l'office de l'Eminence et confectionnèrent le repas le plus complètement réussi pour être digne d'être offert à un prince gourmand et sensuel comme était Monsieur, frère du roi.

Pendant ce temps, Richelieu travaillait dans son cabinet, comme si de rien n'était, se contentant parfois de faire venir son valet de chambre et de l'interroger sur l'état de l'horizon.

Bientôt, vers trois heures, un maître d'hôtel entra.

— Voici Monsieur, dit-il.

— Ouvrez à Son Altesse, dit tranquillement Richelieu, sans sourciller le moins du monde, et qu'on ait à lui faire honneur comme il convient au frère du roi notre maître.

Ce disant il s'approcha de la fenêtre.

Peu d'instants après, la grille du château tournait sur ses gonds dorés, et la petite troupe entrait dans la cour.

Le prince marchait le premier; il avait à sa droite le duc de Vendôme et à sa gauche un cavalier dont la jeunesse et la grâce étaient inexprimables. Derrière eux venaient MM. de Brichanteau, de Bouchavannel et quelques autres seigneurs hostiles au cardinal.

Richelieu qui, placé derrière une vitre de couleur de son cabinet, guettait le cortège comme le chat, son animal favori, guette la souris, reconnut et compta ses ennemis; puis quand ils furent parvenus à la moitié de la cour d'honneur, il se hâta de voler au-devant de ses nobles hôtes.

Il arriva sur le grand perron du château au moment où le prince mettait pied à terre et s'approchait de lui de telle sorte qu'il était difficile à un assassin de tenter de loin quoi que ce fût contre sa personne, sans atteindre le duc.

— Ah! Monsieur, fit-il avec les plus vives démonstrations de joie, que de reproches ai-je à adresser à Votre Altesse!

— A moi, monsieur le cardinal?

— Sans doute. Vous m'avez envoyé ce matin vos officiers de bouche, c'était me dire que vous ne vouliez pas me faire l'honneur d'accepter l'hospitalité chez moi, et que vous entendiez au contraire être chez vous.

— Ah! monseigneur, telle n'était pas ma pensée.

— Je ne saurais agir contre la volonté de Votre Altesse, interrompit Richelieu, aussi, mon prince, m'empressé-je de vous céder la place. Ma maison e it à vous, usez-en selon votre bon plaisir.

Et le cardinal descendit les marches du perron et gagna rapidement un carrosse tout attelé qui se tenait à quelque distance, caché par un grand massif de lilas et de chèvrefeuilles, lequel fut entouré aussitôt par plusieurs cavaliers.

Le cocher toucha, et les chevaux partirent tout d'un trait, traversèrent la cour et, enfilant la grille, prirent immédiatement la route de Paris.

Le duc d'Anjou et son frère se regardèrent avec étonnement, puis tous deux se tournaient vers leur escorte et rencontraient sur tous les visages la même expression de surprise.

Seule, la figure du jeune cavalier placé à la gauche du prince, et qui n'était pas encore descendu de cheval, exprimait le dépit et la colère.

Le duc d'Anjou prit facilement son parti de la déconvenue, et même, pour ce jeune cavalier, il parut être tout à fait satisfait de la tournure prise par les événements.

— Lâche prince! murmura-t-il entre ses dents, en faisant tourner son cheval autour du reste de la troupe comme s'il se disposait à quitter le château.

— Pardieu, messieurs, dit Gaston, puisque M. le cardinal nous fausse compagnie, m'est avis que nous ferons bien d'agir comme il nous y a autorisés. Retourner à Fontainebleau à cette heure, serait imprudent, on ne nous y attend pas, et mes gens nous ont préparé un souper que je me sens une furieuse envie d'attaquer.

— Ma foi, moi aussi, dit le duc de Vendôme en serrant la boucle de son ceinturon auquel pendait un formidable couteau de chasse. Le sanglier, couru durant toute la journée, nous a échappé, grand bien lui fasse!

— J'espère bien que nous le retrouverons, dit le jeune homme sans bouger de dessus son cheval.

— Partie remise! dirent plusieurs seigneurs en mettant pied à terre.

— Ah! messieurs, dit Gaston, un sanglier manqué se retrouve difficilement dans les mêmes parages. Il change de territoire et alors du diable si on peut le relancer de nouveau, car ses pistes sont légères.

— Allons, duchesse, dit M. de Vendôme en s'approchant du jeune cavalier et lui tendant les bras, il faut vous résigner à présider tout tranquillement notre souper.

Madame de Chevreuse, car c'était elle en effet, se laissa glisser de la selle et sauta lestement sur le sol.

— Ah! messieurs, dit-elle en frémissant, si j'avais été un homme je n'aurais pas attendu le signal que devait donner M. le duc d'Anjou. J'aurais frappé la bête au risque d'un terrible coup de boutoir.

— Gaston est la prudence même, dit le duc en souriant et à voix basse.

— Le mot est poli, duc.

— A table, messieurs, à table! dit le prince vers qui son maître d'hôtel venait de s'approcher respectueusement.

Gaston passa le premier, sans songer le moins du monde à offrir son bras à la duchesse, qui prit sans façon celui du bâtard de Henri IV.

— Vrai, madame, dit celui-ci, vous rappelez les plus hardies héroïnes de la fable et du roman. Si tout le monde vous ressemblait, les affaires iraient bien, tudieu!

— Maintenant, duc, je me demande une chose.

— Laquelle?

— La reine gagnera-t-elle au change en épousant le frère du roi.

— Ah!... fit M. de Vendôme en hochant la tête.

— Ventre-saint-gris, pourquoi le feu roi ne vous a-t-il pas légitimé, duc? on serait sûr de quelque chose avec vous.

Le fils du Vert-Galant eut dans le regard un de ces éclairs de lubrique ardeur qui suffisait de reste à affirmer sa filiation; la duchesse ne parut pas s'en effaroucher beaucoup et l'entraîna gaiement dans la salle du festin où la table la plus splendide était servie.

— M. de Richelieu nous a abandonnés, messieurs, dit Gaston en s'asseyant toujours sans s'occuper de la duchesse, mais il nous a laissé le plus splendide service qu'on puisse voir. Certes, mon royal frère n'en a pas de pareil au Louvre.

Chacun prit place, la duchesse à la droite du prince, et le duc de Vendôme, à qui était réservée la gauche, la céda à M. de Brichanteau afin de retourner auprès de la belle Bradamante.

— Duchesse, lui dit-il en se penchant amoureusement sur sa chaise, vous m'avez féru au cœur, foi de gentilhomme.

— Chut! donc, monsieur, si votre femme vous entendait!

— Elle...

Mais tout à coup, madame de Chevreuse se troubla et se souleva de sa chaise en s'appuyant aux table, comme si elle voulait quitter la place.

— Qu'avez-vous donc, madame? lui demanda Gaston qui partagea immédiatement, et par instinct, une sorte de frayeur.

— Le vieux renard vole vers Paris, ce n'est pas sans motif.

Gaston se dressa sur son séant et frissonna des pieds à la tête. (P. 57.)

— Il a éventé la mèche, voilà tout, dit M. de Vendôme.

— Qu'il se plaigne au roi, que m'importe! dit Gaston qui ne pensait pas un mot de cette bravade.

— Ah! je vous le disais bien, nous ne devions rien entreprendre en l'absence de MM. de Chalais et de Louvigny.

— Chalais a disparu, dit méchamment le prince, retenu par quelque femme.

— Il avait promis de frapper le premier, dit le duc de Vendôme à voix basse, il ne nous aurait pas abandonnés ainsi.

— Quant à Louvigny, il s'est fait excuser et ses motifs sont suffisants. On n'en a pas de pareils trois fois dans sa vie.

— C'est vrai! dirent tous les assistants.

Sur ces paroles, un homme entra vivement dans la salle. Il était botté, éperonné, et poudreux de telle sorte que l'on devinait bien qu'il arrivait de loin. Il s'avança immédiatement devant le duc d'Anjou et le salua.

— Qui êtes-vous? demanda le prince qui n'avait jamais vu cette figure.

— Monseigneur, dit le nouveau venu, je suis un ouvrier armurier de Paris, qui a l'honneur d'être des plus chauds amis de M. de Chalais.

— Je l'atteste, dit madame de Chevreuse qu'un sentiment appréhensif dominait malgré tout son courage.

— Monseigneur, continua Robert après s'être incliné devant la duchesse pour la remercier de sa caution, je passais devant l'hôtel de M. de Chalais lorsque j'ai vu une fenêtre s'ouvrir et un homme y apparaître qui me jeta cette lettre.

Le prince prit le papier que lui tendait l'armurier et lut à haute voix les mots écrits sur le premier pli.

« — Pour être porté à M. le duc d'Anjou, à tout prix et sans retard. »

— Lisez, monseigneur, dit la duchesse qui dévorait ce papier des yeux.

« Je viens d'être arrêté, » lut Gaston, « et l'on m'informe que des perquisitions seront faites dans mon hôtel et chez mes amis. »

— O ciel! fit la duchesse qui devint subitement pâle et tremblante, — je vous le disais bien, messieurs, il est parti pour Paris! Son œil perçant s'est fixé sur moi pendant une seconde, mais cela a suffi ; il m'a reconnue.

Et, sans plus rien ajouter, la duchesse se leva et, se dirigeant en toute hâte vers la porte, disparut dans la cour et marcha rapidement vers les écuries.

Quelques minutes après, montée sur son cheval, elle se présentait à la grille du château et ordonnait au portier de la lui ouvrir.

— Ah çà ! qu'a donc la duchesse? demanda M. de Vendôme.

— Eh bien! mais, si l'on fait des perquisitions chez Chalais, dit le prince, on peut y trouver des lettres dont M. de Chevreuse ne prendrait certes pas connaissance avec une bien vive satisfaction.

— Heureusement, tête folle, il n'y a pas autre chose chez lui que des lettres d'amour.

— Ah! M. de Chevreuse est un homme sévère, et M. le cardinal est homme à le rappeler de sa mission, uniquement pour se donner le plaisir de lui parler de M. de Chalais.

— Messieurs, quelque peu de souci que l'on ait des embuscades de M. de Richelieu, dit M. de Vendôme, je crois que nous ferions bien de regagner Fontainebleau.

— Adopté! dit Gaston avec empressement.

— Monseigneur... dit alors Robert en se rapprochant.

— Qu'est-ce? — fit le prince qui l'avait complétement oublié. — Ah! c'est vous, mon ami.

— Si vous voulez m'en croire, monseigneur, vous passerez la nuit en ce château.

RICHELIEU.

— Et pourquoi cela ?

— Parce que, pour y arriver, j'ai trouvé un pays plein de cavaliers de toutes sortes et d'hommes de mine douteuse. Il m'a fallu répondre à toutes leurs questions, et c'est à ma pauvreté que j'ai dû d'avoir pu arriver jusqu'ici.

— Diable! s'écria M. de Vendôme, mais ce serait charmant d'avoir à étriller des coupeurs de bourses ou voleurs de grand chemin.

— Un instant, monsieur, dit Gaston qui réfléchissait, je crois que ce garçon a raison et qu'il vaut mieux rester ici, nous sommes sous la sauvegarde de M. de Richelieu; tandis que, dehors, un mauvais coup est bientôt fait.

Il fallut se ranger à l'opinion de M. d'Anjou, et le maître d'hôtel du cardinal conduisit chacun à la chambre qui lui avait été préparée.

En se couchant, le duc de Vendôme ne put s'empêcher de dire à ceux qui l'entouraient :

— Vive Dieu! messieurs, il y a des moments où je doute vraiment que mon frère Gaston soit fils de l'homme d'Arques et d'Ivry.

Le duc d'Anjou, pendant ce temps, se préparait à passer la nuit dans le plus beau lit du château. Il procéda minutieusement à sa toilette, car au milieu des plus graves et des plus poignantes situations le jeune prince n'aurait pas sacrifié une de ses habitudes efféminées.

Quand cette importante opération fut terminée et que le prince eut posé sa tête sur l'oreiller, non sans avoir recommandé qu'on s'assurât que la lampe était en état de brûler durant toute la nuit, il ordonna qu'on le laissât seul; mais il donnait cet ordre avec tant de préoccupation, que son valet de chambre jugea nécessaire de faire apporter un matelas en travers de sa porte et de se décider à y coucher.

Une heure après, ce valet était profondément endormi, tandis que le prince avait encore les yeux grands ouverts.

Tout à coup une petite porte s'ouvrit sans bruit dans sa ruelle, et il vit une grande ombre se produire entre la lampe et ses yeux. Cette ombre était vêtue de rouge des pieds à la tête et s'arrêta devant son lit.

Gaston se dressa sur son séant et frissonna des pieds à la tête...

Il venait de reconnaître le cardinal.

— Monseigneur, dit Richelieu d'une voix brève et dure, je viens de la part du roi, mon maître — et le vôtre.

— Et qu'ordonne Sa Majesté ?

— Monseigneur, des hommes sont là ; ils sont sourds et muets et n'ont jamais vu Votre Altesse ; un masque de fer sera placé sur votre visage, et j'ai ordre de vous conduire à la Bastille.

— O ciel!

— Où vous resterez jusqu'à la fin de vos jours si...

— Achevez...

— Si vous ne consentez pas à ce que je vais vous demander.

— Oh! parlez, monsieur, dit Gaston dont les dents claquaient, quoi que vous exigiez, j'obéirai.

Richelieu alla refermer la petite porte et revint tranquillement vers le lit où le prince suait de peur.

XXVIII. — L'ORDRE DE SANG.

Pendant que ces événements se passaient à Fleury, Blanche de Caumont se lamentait dans l'hôtel de la rue de Saint-Germain-l'Auxerrois.

Assise devant une table sur laquelle étaient disposés tous les menus objets de la toilette d'une femme, elle avait livré sa tête à sa camériste qui la coiffait avec art, et elle ne daignait même pas jeter les yeux sur la glace de Venise dressée au milieu de ce petit arsenal où la femme puise d'ordinaire, avec tant de complaisance, les armes gracieuses dont elle se sert pour combattre.

Blanche était un cœur loyal et honnête et n'acceptait nullement les compromis que se permettaient alors les dames avec leur conscience; c'est pourquoi elle résistait de toute la force de ses convictions aux arguments de la jeune servante.

— Ah! mademoiselle, si j'étais à votre place, je me laisserais bel et bien marier, moi! sans résistance et sans déplaisir marqué, quitte à prendre ma revanche, une fois le mariage accompli.

— Tais-toi, folle!

— M. de Louvigny est un beau parti. Il est de la maison de Grammont, moins riche que vous, c'est vrai: mais vous avez beau dire, il vaut encore mieux être sa femme que d'entrer dans un vilain couvent, comme votre oncle vous en menace, et il le ferait!

— Que m'importe! après tout.

— Eh! mademoiselle, le vieil avare y trouverait trop son intérêt. Et quand ce ne serait que pour le faire enrager, j'épouserais M. de Louvigny. Songez donc, M. de Louvigny lui a fait des promesses, il a même, j'en suis sûre, pris des engagements écrits avec lui à ce sujet; mais je me connais en hommes, mademoiselle, et je parie qu'une fois M. de Louvigny votre époux, votre oncle sera dupé.

— Ce serait très-mal cela.

— Eh! quoi, mademoiselle, vous voyez sans inconvénient qu'on spécule sur votre dot, vous le permettriez même?

— Ah! tiens, ne me parle pas de toutes ces choses, elles me font bondir le cœur et me répugnent. Ah! pourquoi suis-je née dans une noble maison, pourquoi ne puis-je disposer de mon cœur comme je voudrais!

— Oui dà, mademoiselle, c'est là où vous êtes véritablement sensible, je le vois. Oui, vous voudriez être de roture, n'est-ce pas, et par conséquent être libre d'épouser qui bon vous semblerait. Vous n'éprouveriez pas, j'en suis sûre, une trop grande douleur si, au lieu de devenir madame la comtesse de Louvigny, vous descendiez d'échelon et vous trouviez tout à coup madame l'avocate.

— Tais-toi! fit Blanche avec effroi.

— Ah! vous l'aimez ce jeune homme, vous ne pouvez vous en défendre. Il est fort gentil, c'est vrai; mais une fois mariée, rien ne s'opposera...

— Peux-tu parler ainsi!... Je ne l'aime pas, je te le jure. Si je t'ai envoyée vers lui, si moi-même je me suis retrouvée à dessein avec lui, tu sais pourquoi: je voulais implorer son aide, ses lumières, sa protection; je m'adressais enfin à l'avocat, et j'espérais que sa jeunesse lui inspirerait le désir généreux de se charger d'une cause que les légistes déjà consultés par moi ont abandonnée, par crainte de ma famille.

— Chut!... fit tout à coup la soubrette, voici quelqu'un qui s'avance de ce côté, ce doit être votre oncle.

On frappa à la porte, et peu d'instants après elle s'ouvrit. C'était en effet M. de Caumont. Il avait le front soucieux, et, en entrant, il examina curieusement la jeune fille.

— Vous n'êtes pas prête, Blanche? dit-il d'une voix douce.

— Non, monsieur, répondit-elle simplement.

Le marquis prit place dans un fauteuil et attendit patiemment que la camériste eût achevé son œuvre. Celle-ci partageait évidemment la répulsion de sa maîtresse et eût bien voulu retarder les apprêts du sacrifice; mais elle dut recommencer jusqu'à trois ou quatre fois les mêmes boucles, il fallut bien se décider à donner le dernier coup de peigne. Elle ôta alors le grand peignoir, sous lequel Blanche apparut vêtue de sa robe la plus magnifique. Elle était vraiment ravissante ainsi, et le vieux marquis ne put s'empêcher de pousser un cri d'admiration.

— Vous n'avez jamais été plus jolie, mon enfant, dit-il en se levant pour lui baiser la main. Il ne vous manque qu'un visage riant, car, vive Dieu! vous serez jalousée par toutes les dames qui assisteront à votre mariage. Je ne parle pas des hommes, ils sont capables de chercher querelle à Louvigny.

— Dieu vous entende! dit la soubrette.

Le marquis lui fit signe de sortir et resta seul avec sa nièce.

— Je vous ai obéi, monsieur, mais vous ne m'obligerez pas à jouer une comédie qui n'est pas dans mon cœur.

— Blanche, vous avez tort de montrer tant de répugnance pour un mariage aussi brillant. M. de Louvigny appartient à la première noblesse de France.

— Je ne l'aime pas.

— Cela viendra.

— Non, monsieur, je vous le jure.

— Allons, descendons, Blanche, il est en bas qui vous attend avec la plus vive impatience.

— Non! s'écria la jeune fille en fondant en larmes et en se jetant dans un fauteuil, — non je ne pourrai pas, je ne veux pas.

— Mademoiselle, dit sévèrement le vieux seigneur, j'ai donné ma parole, vous avez donné la vôtre, et dans notre famille l'on n'a pas l'habitude d'y manquer.

— Monsieur, je vous en supplie, ne me condamnez pas à une semblable infortune, et, s'il le faut, conduisez-moi dans un couvent, j'y prononcerai des vœux éternels.

— Pourquoi cela? ne jouirez-vous pas alors de toute ma fortune?

— Je vénère trop la mémoire de mon bien-aimé frère pour imposer à sa fille une telle destinée.

— Ah! monsieur, ne pouvez-vous donc pas dire une bonne fois la vérité?

— Que signifie...

— Que vous m'avez trompée, et que ce mariage que mon père vous aurait ordonné de conclure n'est jamais entré dans la pensée de ce noble gentilhomme.

— Blanche, je vous ai affirmé que votre père à ses derniers moments...

— Ah! mon père, mon père! est-il possible!...

— Ses dernières volontés ont eu des témoins, je les ferai comparaître devant vous si vous l'exigez.

— Eh! monsieur, vous savez bien que sa mémoire m'est trop chère pour que je consente jamais à paraître douter de ses intentions et m'opposer à ses ordres.

— Blanche, ne nous laissez pas supposer que votre aversion pour ce mariage puisse avoir sa source dans un sentiment coupable pour un autre homme.

La jeune fille le regarda avec appréhension.

— Blanche, continua-t-il, j'ai déjà fait part de ce soupçon à M. de Louvigny; il ne serait pas homme à laisser un tel affront impuni.

— Des soupçons déjà, dit mademoiselle de Caumont indignée, M. de Louvigny les a partagés.

— Non, il les a repoussés, au contraire! se hâta d'affirmer le vieux seigneur.

Mais il était trop tard, le coup avait été porté, Blanche fondit en larmes.

— Ah! monsieur, dit-elle, et vous le voulez bien, un tel sacrifice ne s'accomplirait pas immédiatement.

— Mais vous avez tort de considérer comme un sacrifice un mariage si avantageux à votre tant de titres.

— Vous me donnerez au moins le temps de connaître M. de Louvigny, d'étudier son caractère.

— Non, Blanche, cela n'est pas nécessaire; vous devez avoir confiance en moi. Je connais le comte, c'est le plus loyal gentilhomme que je connaisse, et il ne peut que vous rendre heureuse.

— Vous me trompez encore; je sais qui il est!... Je sais que c'est l'homme le plus faux et le plus cupide qui soit à la cour; je sais...

— Que tous des choses, monsieur, et qui ne sont pas à son honneur, ni à celui d'une autre personne, ne me forcez pas à les répéter.

— Malheureuse!... Oh! je connais vos menées, je sais que vous avez consulté des hommes de loi et que vous vous avez mis tout en œuvre pour résister à la tutelle que votre père m'a confiée. Est-ce là le rôle d'une fille soumise?

— C'est celle d'une infortunée qui mourra le jour où elle sera la femme de M. de Louvigny.

— Erreur, vous dis-je, non-seulement vous ne mourrez pas, car, avec lui, la position la plus brillante vous attend; mais encore vous nous épargnerez le scandale d'une résistance plus ouverte. Blanche, je vous en supplie, mon enfant, songez à tous les membres de notre famille, à tous les représentants de la noblesse de France qui vont assister à votre union, et qu'une opposition publique plongerait dans la douleur et, peut-être, dans une joie maligne. Songez que votre père a désiré ce mariage, et que du haut du ciel il va vous bénir.

— Ah! monsieur, je vous en supplie, ne me brisez pas le cœur.

— Blanche, je fais appel à votre amour filial, venez, on vous attend.

Et, saisissant la main de la jeune fille dont il avait surpris la faiblesse, il l'entraînait vers les personnes qui devaient accompagner les époux à l'église.

Une demi-heure après, le cortége entrait dans l'église de Saint-Germain-l'Auxerrois ; mais au moment où Blanche approchait du bénitier et avançait sa main vers l'eau lustrale, une commotion effroyable la frappa au cœur, car elle devint immobile, pâle et muette.

De l'autre côté du bénitier se tenait Pierre Baudry, pâle aussi, lui, le pauvre jeune homme, et dont les yeux baignés de larmes disaient assez toute l'étendue de son désespoir.

M. de Caumont entraîna la jeune fille vers le chœur ; mais Louvigny qui marchait devant eux n'avait rien perdu de cette scène dont l'éloquence muette lui révélait tout à coup le mystère et la cause véritable de l'étrange présence de Pierre dans l'hôtel Caumont le jour de la réunion des conspirateurs.

— Je m'en doutais... se dit-il, en portant ses yeux de tous côtés, et comme s'il cherchait quelqu'un.

Une autre personne avait également surpris les regards échangés par Blanche et Pierre, et avait compris, elle aussi, le long poëme des froideurs et des répulsions du jeune homme. C'était la Tourangelle qui, décidée depuis quelques jours à épier toutes les démarches de celui qu'elle aimait si éperdument, était venue grossir le nombre des curieux attirés par le mariage de la noble demoiselle de Caumont.

Tous les invités s'étaient rendus à la sacristie pendant que les servants de l'église achevaient d'apprêter l'autel nuptial, et chacun s'empressait autour de la mariée pour la féliciter. Elle recevait les hommages et les vœux d'un air morne, et ne répondait que par des monosyllabes à ces démonstrations. Un abîme était ouvert sous ses pas et elle semblait en mesurer la profondeur.

Pendant ce temps, Louvigny avait quitté la sacristie et avait accosté dans un coin de l'église, derrière un pilier, un homme enveloppé d'un long manteau barriolé et dont le visage était presque entièrement caché par les longs cheveux qu'il laissait à dessein tomber sur son front. Cet homme n'était autre que Catafago.

— Tu connais ce jeune homme ? lui dit-il en désignant de loin Pierre Baudry qui, absorbé par son malheur et complètement incapable de se mouvoir, était tombé sur les marches d'un autel latéral.

— Oui, monseigneur, reprit le truand.

— Eh bien ! il me faut sa vie.

— Chose facile.

— Voici un à-compte de cent pistoles. Tu en recevras autant quand tu m'auras montré son cadavre.

— C'est gagné, reprit le bandit en empochant la somme.

— Écoute encore. Dès que le coup sera fait, tu viendras m'en informer sans retard, et dans quelque endroit que je te trouve.

— Diable, monseigneur, fit Catafago en se grattant l'oreille.

— Qu'y a-t-il ?

— C'est que j'ai certains motifs pour ne me prodiguer que le moins possible. Si vous ne m'aviez pas fait dire de venir ici, vous ne m'auriez certes jamais rencontré.

— Eh bien, fit Louvigny après avoir réfléchi, tu m'enverras un message, ce message, ce sera... un bouquet que tu remettras, ou feras remettre à l'un de mes gens, et qui serait destiné à ma femme, de la part de... madame de Chevreuse.

— Affaire conclue, monseigneur, dit Catafago, en se dirigeant en toute hâte vers la porte de l'église.

Sur ces paroles, Louvigny regagna la sacristie et, quelques moments après, tenant Blanche par la main, il marchait vers l'autel au son harmonieux de l'orgue et des chants d'allégresse.

XXIX. — LES SCRUPULES DE CATAFAGO.

Catafago prit le chemin du Pré aux Clercs. Il lui tardait de rentrer dans son domaine : là, du moins, il était sûr d'avoir au besoin mille moyens d'échapper à M. de Rochefort si, par hasard, celui-ci venait à apprendre son existence.

C'était là aussi qu'il voulait exécuter les ordres de M. de Louvigny, sans danger, à son aise, et entouré de toutes les commodités possibles, malgré la présence des marchands forains et des saltimbanques, disséminés dans le parc universitaire.

Mais comme il était sur le point de prendre la petite avenue de charmes conduisant à la masure qu'il décorait du titre pompeux de sa maison, il se sentit arrêté par le pan de son manteau. Il se retourna avec surprise et reconnut la Tourangelle.

— J'étais derrière le pilier de l'église, dit-elle.

— Quel pilier ? demanda Catafago en feignant l'étonnement.

— J'ai entendu votre conversation avec M. de Louvigny.

— Ah çà, Tourangelle, ma mie, êtes-vous devenue folle ?

— J'ai entendu, vous dis-je.

— Mais quoi ? quel pilier ? quelle église ? quelle conversation ?

— C'est en vain que vous voulez nier, je vais vous redire mot pour mot ce dont vous êtes convenu avec ce gentilhomme.

— Je ne l'ai jamais vu.

— Vous lui avez promis de tuer Pierre Baudry.

— Ouais ! vous me paraissez en effet bien instruite !

— Voyons, Catafago, je vous offre le double de la somme.

— Savez-vous d'abord quelle est la somme ?

— Deux cents pistoles. Je vous en offre cinq cents.

— Pour qu'il vive ?

— Oui... d'abord... répondit vivement la Tourangelle.

— D'abord... je ne comprends plus !

— Écoutez, Catafago, ne me faites pas parler en vain, ce n'est pas Pierre qui mourra, mais... une autre personne.

— Ah ! bah ! c'est vous qui parlez ainsi !

— Oui.

— Mais je ne vous reconnais plus, douce et belle Tourangelle ! Je vous avais toujours, jusqu'à présent, considérée comme appartenant à la race des tourterelles et des biches timides, — mais je vois que je me suis trompé, — vous êtes de la haute lignée des tigresses et des lionnes. Ma foi, j'aime mieux cela. Voyons, qui avez-vous condamné à mourir ?. Parlez, ne craignez rien, je suis un tombeau, moi ! Il n'y a ni confesseur ni médecin qui approche de ma discrétion.

— Eh bien !...

Mais la jeune femme n'osa poursuivre, elle tremblait comme la feuille.

— Voyons, m'est avis qu'il faut vous aider, dit le bandit. Vous aimez M. Pierre Baudry, c'est un fait connu ; et moi aussi, je l'aime ce jeune homme. Je vous avoue donc que cela me navrait d'être obligé de... mais, en affaires, plus d'amitiés, on est honnête homme ou on ne l'est pas. Or, vous aimez Pierre, et il en aime une autre ; est-ce cela ?

— Oui, dit la Tourangelle d'une voix si faible que Catafago fut obligé de se baisser vers elle pour l'entendre.

— Est-ce que, par hasard, vous voudriez vous défaire de cette autre ?

— Oui, fit la belle hôtesse dont les yeux flamboyèrent.

— Elle est jolie, en effet.

— Ah ! Catafago, je la hais cette femme !

— Je le crois bien.

— Il me faut sa vie, et je vous la paierai cinq cents pistoles.

— Tout doux, ma mie, comme vous y allez, une fille de noblesse !

— Vous en aurez six cents.

— Soit, mais avez-vous bien réfléchi à cette action, ma belle ? Qu'un grand seigneur comme M. de Louvigny se le permette, rien de répréhensible : il est, comme tant d'autres, coutumier du fait ; mais vous, de votre part, c'est tout bonnement exécrable.

— Catafago, ne m'en dites pas plus, j'aime Pierre d'un amour insensé, j'ai la tête perdue et j'en suis sûre, quand elle sera morte, il m'aimera.

— Allons, puisque vous le voulez... mais ce n'est pas chose commode. Tuer Pierre allait tout seul. Le soir, en rentrant chez lui ou plutôt chez vous... mais la dame de Lou... Je n'ai pas dans son hôtel un aussi facile accès qu'au Pré aux Clercs ou à la Guirlande d'amour.

— Cependant, Catafago, votre métier est de mener à bien ces sortes d'expéditions.

— Ah ! ne confondons pas ; quand il s'agit d'un homme, j'ai mille cordes à mon arc, et, pour dernière ressource, j'ai le duel ; mais une femme, c'est différent.

— Cependant si vous voulez gagner six cents pistoles.

— Quatre cents.

— Comment...

— Il faut nécessairement que je rende à M. de Louvigny les arrhes qu'il m'a données.

— Ah ! malheureux, mais il trouvera un autre...

— Dites un autre assassin, allez, cela m'est indifférent, je suis cuirassé sur les vétilles du langage.

— Comment faire ?

— Pas moyen de lui présenter un autre cadavre, car il connaît le sire.

— N'importe, rendez-lui vos arrhes, vous direz que Pierre a quitté Paris ; je me charge de le cacher pendant quelque temps, et après nous verrons.

— Alors ce sera huit cents pistoles que vous me compterez ?

— Oui.

— Marché conclu ! fit Catafago en lui tendant la main.

La jolie femme hésita un instant avant de placer sa main fine et potelée dans la rude patte du bandit ; puis elle l'y laissa tomber avec énergie.

— Je veux, moi aussi, dit-elle, voir son cadavre.

— Vous le verrez, ou plutôt vous assisterez à ses funérailles, elles feront assez de bruit pour cela.

— Bien. Venez de ce pas chercher vos arrhes.

— Avec vous, la belle, je ne crains rien et j'agirai sur parole, car, vive Dieu, si vous me trompiez jamais, il ne resterait pas en deux heures pierre sur pierre de ce temple de la galanterie et de la joie, qui a nom la *Guirlande d'amour*.

— Ainsi, Catafago, c'est entendu, j'ai votre promesse.

— Oui, son affaire lui sera faite.

— Quand ?

— Oh ! la belle impatiente !

— Que ce soit le plus tôt possible, car je ne me sens pas de colère. Quand je pense que depuis si longtemps je souffre de ses froideurs.

— Voilà ce que c'est que de s'en tenir à un seul objet. Ah ! vous ne savez pas, ma mie, comment on mate un amant, vous ! Demandez à la Forfala, elle vous l'apprendra, quoiqu'il n'y ait pas de jour que nous ne soyons sur le point de nous poignarder l'un l'autre.

— Quand elle ne sera plus... fit la Tourangelle d'une voix sombre, en se dirigeant vers sa demeure.

Catafago, de son côté, gagna son repaire ; mais au lieu d'entrer dans la maison, il se contenta de regarder au travers d'un petit trou pratiqué dans la muraille par lui-même, et qu'il déboucha avec soin.

— Si Robin est encore là, murmurait-il, je le tue !

Il aperçut la Forfala qui offrait son magnifique sein à la bouche avide d'un petit être frêle et pâle, et bien que ce spectacle et surtout la vue de cet enfant n'eût rien de bien extraordinaire, il sentit une certaine émotion soulever sa vaste poitrine. Une sorte de rugissement suivit, il crispa ses poings noueux, et, lançant un blasphème horrible vers le ciel, en même temps qu'un regard chargé de colère et de haine, il s'éloigna en toute hâte.

— Ah ! misérable comte !... — s'écria-t-il — quand pourrai-je me venger de toi !...

Il marcha ainsi quelque temps, en proie au plus violent égarement ; puis il s'assit sur un tertre, à quelque distance d'une baraque de saltimbanques devant laquelle étaient arrêtés bon nombre de badauds.

— Voyons, se dit-il, est-ce qu'il n'y aurait pas moyen de gagner en même temps les pistoles de la Tourangelle et celles de M. de Louvigny ? ce serait un coup de maître, cela ! Et nous pourrions nous en aller avec Forfala, soit dans nos montagnes de la Biscaye, soit en Italie, où j'aurai toujours de l'ouvrage assuré... mais comment diable venir à bout de cette double entreprise ?

La conscience éminemment large du bandit ne le condamna point à un trop long combat.

— Pardieu, se dit-il, c'est facile. A l'autre d'abord, à l'autre ensuite... Mais je me suis bien avancé avec cette colombe timide ; la somme m'a tenté, comment m'y prendre ?... Quant à mon jeune ami l'avocat, rien de plus simple : à la rigueur la Tourangelle n'en saura rien, elle ne le reverra pas revenir au bercail, elle supposera tout ce qu'elle voudra, elle ira à la Morgue, aux cimetières, et personne ne la renseignera. La chaudière de maître Adamas emportera mon secret.

Le bandit se frappa le front et parut comme illuminé d'une idée triomphante.

— Je tiens mon joint, se dit-il en sautant sur lui-même et en se levant en toute hâte.

Quelques moments après, il frappait à la porte du docteur. La vieille servante, en le reconnaissant, lui lança un regard de travers et lui barra résolûment le passage.

— Monsieur n'a pas besoin de vos services, dit-elle.

— Qu'en savez-vous, ma bonne ?

— Il n'a eu que trop souvent affaire à vous, et il a déclaré qu'il ne vous réclamerait même plus ce que vous lui redevez.

— Ce que je lui redois !

— Oui, faites l'ignorant, vous savez ce dont il s'agit.

— Je vous jure, dame Marianne, que je l'ignore absolument.

— Vous êtes heureusement de ces gens qui ont leur âme sur la mine, et je ne vous crois pas.

— Vous n'êtes pas aimable, dame Marianne, dit Catafago avec un sourire qui ressemblait fort à une grimace.

— C'est possible, mais mon maître n'a pas le temps de vous recevoir.

— Tant pis, car cette fois je ne venais pas lui demander de l'argent, au contraire.

— Vous lui en apportez ?

— Oui, si nous nous arrangeons.

— Encore quelque mauvaise besogne !

— Ce n'est pas à vous d'en juger.

— Eh bien ! mon maître ne peut pas vous écouter à présent ; revenez dans une heure.

— Un instant, dame Marianne, je ne suis pas homme à aimer me promener dans les rues de Paris, et pour cause ; si bien que revenir dans une heure serait pour moi chose fort dangereuse. Laissez-moi m'asseoir sur les derniers degrés de l'escalier et j'attendrai que maître Adamas me reçoive.

— Hum !... est-ce bien prudent ? grommela la servante.

— Vous n'êtes guère aimable, ce matin, de quelque côté qu'on se présente, chère et bonne dame ! Vous savez bien pourtant que je ne suis ni voleur ni tire-laine et que vos beaux affiquets n'ont rien à craindre de ma présence chez vous.

— Oui, monsieur dit toujours que vous êtes un honnête homme à votre façon.

— Allons, la mère, voici une parole qui me fait votre ami et le sien à toujours, car je suis très-chatouilleux sur le point d'honneur, moi, voyez-vous, — à ma façon, comme vous dites.

— Asseyez-vous là, je vais voir monsieur, dit la servante en désignant un banc de bois qui garnissait le vestibule de l'escalier dans tout son pourtour.

Maître Adamas était fort occupé en cet instant auprès du vénérable Béranger qui venait de rentrer chez lui, en proie à l'une de ces fièvres violentes qui s'emparent des natures énergiques et vigoureuses lorsqu'elles rencontrent des obstacles insurmontables. Le vieux soldat avait été conduit hors de la Bastille sur l'ordre du cardinal qui n'avait pas voulu donner suite aux projets de Rochefort et achever d'exaspérer un homme qui ne paraissait déjà que trop indisposé contre lui.

Bien qu'il eût vu sans sourciller se dresser devant lui l'appareil de la torture, il aurait si connu alors pour arracher la vérité aux coupables, il en avait conservé un sourd ressentiment ; et il n'exhalait que menaces de mort contre le ministre qui lui avait valu ces persécutions. Heureusement la fièvre l'avait cloué sur son lit, et le docteur s'était empressé de lui tirer assez de sang pour calmer son délire et endormir son esprit surexcité par son récent emprisonnement.

— Mais ma fille, répétait-il sans cesse, où est-elle ? Ah ! c'est lui sans doute aussi qui l'a enlevée à mon amour... Docteur, vous m'avez réduit à l'impuissance, je ne peux pas même lever la tête de dessus cet oreiller de malheur.

— Mon cher Béranger, je ne vous cache pas que cela me fait le plus grand plaisir.

— Adamas, vous dites cela sérieusement ?

— Certainement.

— Mais vous êtes donc mon plus mortel ennemi ?

— Non, mais je ne veux pas que vous vous exposiez à de nouveaux dangers. Vous avez vu, par ce qui vient de vous arriver, que M. de Richelieu ne plaisante pas, et qu'il n'aurait qu'un signe à faire pour vous supprimer de ce monde comme un insecte nuisible.

— S'il ne le fait pas, c'est qu'il a peur de moi.

— Vous êtes fou ! le cardinal n'a peur de personne.

— Adamas ! Adamas ! rendez-moi la santé, mon ami, au nom du ciel, de notre vieille amitié, de cette pauvre Jeanne que Dieu m'a enlevée peut-être, et qui est morte sans que je lui aie pardonné... Ah ! docteur, docteur, il me faut la santé... rendez-la moi, car je veux me venger... Ah ! Christine ! Christine ! si je paraissais devant toi, là-haut, sans que tu fusses vengée comme je te l'ai juré à ton lit de mort, tu me repousserais loin de toi comme parjure et lâche... Christine ! à toi, à toi, grâce !... Ah ! Seigneur, Seigneur, vous m'avez donc maudit que vous ne me permettez pas de tenir mon serment !...

Le docteur appela Marianne et lui ordonna de rester auprès du soldat qui, après cette commotion, retrouva un peu de calme, en lui recommandant surtout de lui faire boire, chaque fois qu'il ouvrirait les yeux, la potion qu'il s'était hâté de préparer.

Ce ne fut pas sans une violente répulsion qu'il fit monter Catafago dans son laboratoire, car il ne voulait plus avoir recours aux expériences qui l'avaient mis en rapport avec cet homme. Il se croyait pourtant obligé à le ménager, car le pauvre docteur n'eût pas été flatté que le lieutenant criminel ordonnât le défrichement de son petit jardin, bien qu'un bon lit de chaux se fût chargé de faire disparaître toute trace compromettante.

— Eh bien! que veux-tu encore? demanda le docteur brusquement, quand il eut refermé la porte sur le bandit.

— Peu de chose, monsieur le docteur, une bagatelle.

— Alors tu seras servi à souhait. Est-ce que tes blessures se sont rouvertes?

— Non, grâce au ciel, ou plutôt grâce à vous, le baume dont vous avez enduit ma pauvre tête est bien l'onguent le plus mirifique de la terre. Cela se referme par enchantement, et dans trois jours, j'en suis bien sûr, il n'y paraîtra plus que des égratignures.

— Tant mieux; cependant, je veux voir.

Et, sans plus se gêner, le médecin abaissa vers lui la tête assez sordide du truand et l'examina avec le soin et l'attention de la mère la plus dévouée, ou du savant le plus enthousiaste.

— Je suis satisfait, dit-il, d'avoir essayé cela sur toi, car tu n'es guère soigneux et tu n'as pas aidé à la réussite par les précautions nécessaires. Cela va bien, en effet.

— Vous êtes content?

— Enchanté!

— Alors vous me donnerez ce que je suis venu vous demander?

— Que veux-tu?

— Maître, j'ai une commande admirable de ce que vous appelez si gentiment des *sujets*.

— Ah! fit le docteur avec une sorte d'indifférence.

— Deux sujets admirables, jeunes tous deux, beaux tous deux et de sexes différents. Ce sera une fourniture du plus gracieux effet, et il me semble déjà voir ces charmants objets couchés au clair de lune sur votre table de marbre.

Le docteur haussa les épaules et le regarda sans sourciller; mais tout à coup il tressaillit.

— C'est un de mes confrères qui t'a fait cette commande?

— Un peu. Il paraît qu'il s'agit de rechercher les traces de je ne sais plus quelle coquine de maladie.

— L'apoplexie, peut-être?

— C'est bien possible, je ne suis pas dans la confidence de ces messieurs, pas plus que dans la vôtre.

— Et tu livreras ces sujets?

— Il faut bien gagner sa vie.

— A ton aise, — mais je ne vois pas ce que tu désires de moi, puisque je n'en veux pas.

— J'aurai commandé, monsieur le docteur, mais je n'aurai les sujets que si vous voulez bien m'y aider un peu.

— Comment?

— J'aurais besoin de l'une de vos drogues.

— Du poison, malheureux!

— Écoutez, cela ne laisserait pas que d'être fort intéressant, maître, car il s'agit d'une manière fort originale... Vous avez entendu parler de la manière dont certain prince italien est passé de vie à trépas, un soir qu'il s'endormit avec une lampe dans sa chambre.

— Oui, il lui a suffi d'en respirer les vapeurs.

— Eh bien! dans la conjoncture présente, il s'agirait de faire respirer à quelqu'un les fleurs habilement choisies d'un bouquet.

— Oui, dit le docteur, emporté malgré lui par l'amour de la science, ce serait une magnifique expérience à tenter; j'ai le flacon.

Et le docteur alla ouvrir d'une main fébrile une armoire et y prit un petit matras de verre dans lequel s'agitait une liqueur absolument incolore.

— Trois gouttes séchées, dit-il avec enthousiasme, ont été simplement flairées par des chiens qui sont tombés comme foudroyés.

— Magnifique affaire, alors!

— Mais, malheureux, ton bouquet, ainsi préparé, peut tuer cent personnes, si ces personnes s'avisent de le respirer, — dit Adamas en replaçant précipitamment le flacon dans l'armoire, dont il unit la clef dans sa poche, mouvement qui fut avidement suivi par le regard voilé de Catafago.

— Ah! diable, fit le bandit, je n'y avais pas songé. Il y avait en effet danger, même pour moi.

— Sûrement; mais, heureusement, tu n'auras pas ce poison.

— Alors je vais tâcher de trouver une autre manière de remplir mes engagements.

— Que feras-tu? dit Adamas inquiet de la volonté puissante qui semblait animer le truand et lui inspirer le désir de satisfaire son dessein à tout prix.

— Je sais un drôle habitant la Cité, un apothicaire criant famine, qui me vendra ce que je veux.

— Catafago, tu ne feras pas cela, ou je vais de ce pas te dénoncer.

— Non-seulement je le ferai, mon maître, mais si vous y tenez bien, je vous fournirai les sujets.

— Va-t'en, misérable! fit Adamas en se bouchant les oreilles.

— C'est affaire conclue, maître, dans deux jours je frapperai à votre porte.

— Je te le défends.

— Alors, j'irai chez maître Chicot.

— C'est Chicot qui cherche ce problème si difficile, lui!

— En personne.

— Eh bien! grand bien lui fasse! dit Adamas en le poussant par les épaules et en refermant la porte sur lui.

Le docteur attendit d'avoir entendu le bandit refermer la porte de la rue sur lui pour sortir de son laboratoire. Il en ferma la porte avec soin et retourna dans la chambre de Béranger.

Une heure après environ, l'une des fenêtres du laboratoire, située à la voûte et qui donnait sur les toits, s'ouvrait toute seule et Catafago s'élançait dans cette pièce mystérieuse. Il se dirigea résolûment vers l'armoire du docteur, et, comme la clef ne s'y trouvait plus, il introduisit sans vergogne la lame de son poignard dans la serrure et la força.

XXX. — DUCHESSE ET COURTISANE.

Lorsque madame de Chevreuse ordonna au portier du château de Fleury de lui ouvrir, celui-ci n'obéit pas sur l'heure.

— Est-ce donc une prison que ce château? s'écria la duchesse.

— Non, mon gentilhomme, mais j'ai reçu des instructions, et il faut que j'en réfère.

— A qui donc?

— A moi, madame, fit une voix dans l'ombre.

Madame de Chevreuse se retourna et aperçut à quelques pas de son cheval un homme enveloppé d'un manteau et dont le chapeau rabattu sur ses yeux cachait entièrement le visage. Pourtant elle le reconnut, mais elle ne le laissa pas voir.

L'homme fit un signe au portier qui rentra dans sa maison située à peu de distance de la grille, et s'approchant du cheval de la duchesse, saisit sa bride et le maintint immobile.

— Madame, dit Rochefort, si vous voulez m'en croire, vous n'irez pas à Paris aussi vite.

— Et pourquoi cela, monsieur?

— Parce que, selon moi, la chose est à peu près inutile.

— Expliquez-vous.

— Le garçon qui vient d'arriver au château vous a causé une telle frayeur, madame, que cela vous a enlevé la faculté de déduire et de penser que vous possédez, pourtant, au suprême degré.

— Monsieur!... je ne sais de quel droit vous osez parler ainsi...

— A madame de Chevreuse? Je vous connais parfaitement, comme vous voyez, madame, c'est pourquoi, j'en suis sûr, vous ne ferez aucune difficulté de continuer à m'entendre.

— Voyons, j'y consens. Pourquoi avez-vous pensé que la frayeur m'avait amenée au point...

— Au point de vous faire partir en toute hâte pour Paris? Parce que vous avez dû supposer une chose toute vraisemblable, madame, à savoir que si M. de Chalais était arrêté et que si, par conséquent, on avait opéré chez lui une perquisition, il y avait tout à parier que pareille expédition devait avoir été dirigée contre ses adhérents.

— Ses adhérents?

— M. de Chalais conspire, madame; il conspire contre le roi et il entretient très-probablement une correspondance...

La duchesse fit un bond sur son cheval, car c'était là pour elle en effet litige.

— Or, cette correspondance qu'il a, nous voulons bien le croire, avec les ennemis du roi, il convient de s'en emparer, et c'est ce qui a été fait; quant à celle de ses adhérents..

— Vous auriez osé!...

— On a fait une perquisition chez les amis de M. de Chalais, et de fort étranges lettres se sont trouvées de cette façon entre les mains de M. le cardinal.

— Ah! exclama la duchesse avec une expression de rage sourde...

— C'est ainsi que chez l'un de ses adhérents on a trouvé une cassette fort jolie, en bois de calambour, incrustée de nacre et de perles fines.

— C'est une infamie, monsieur, avoir osé porter la main sur les secrets d'une femme!

— D'une femme qui conspire aussi, madame, contre la vie du roi?

— Jamais.

— C'est prouvé.

— Jamais, ni M. de Chalais ni moi n'avons eu seulement la pensée de faire remonter jusqu'au roi les ressentiments que nous pouvions avoir contre une autre personne.

— Eh bien! madame, j'en suis fâché pour vous, mais cette autre personne possède vos lettres et celles de M. de Chalais ; de sorte qu'en les rassemblant méthodiquement, en groupant habilement les réponses d'après les dates, cela peut faire le roman le plus intéressant du monde.

— Assez, monsieur, vous m'insultez.

— Je suis votre très-humble serviteur, madame, et la preuve, c'est que je vous offre un compromis.

— Je ne veux rien entendre! fit la duchesse en houssinant son cheval pour le faire partir ; mais l'animal ne bougea pas.

— Inutile de vous donner tant de mal, madame ; non-seulement la grille est fermée à double tour, mais votre monture est dans ma main.

— Monsieur, s'écria la duchesse, une pareille violence!

— Je vous répète humblement, madame, que je viens avec des paroles de paix et des propositions d'arrangement; daignez les écouter.

— Non, mille fois non!

— Vous avez tort, madame, écoutez-les toujours, cela n'engage à rien.

La duchesse ne répondit pas; mais Rochefort comprit à la façon dont elle respirait qu'elle se contraignait de toutes ses forces et se résignait à entendre.

— Madame, vos lettres vous seront rendues, mais à une condition : c'est que vous révélerez à M. le cardinal le complot qui a été tramé contre les jours de Son Éminence.

— Je ne sais ce que vous voulez dire.

— Ne cherchez pas à m'en imposer sur ce point, je suis parfaitement éclairé. Seulement M. le cardinal attache un grand poids à votre déclaration, car il est résolu de l'obtenir à tout prix.

— A tout prix, monsieur; qu'entendez-vous par ces paroles?

— M. de Chevreuse est en mission ; mais vous le connaissez, madame, il ne serait pas longtemps à revenir si ces lettres lui étaient communiquées, et alors...

— Infamie!

— Consentez à parler, madame, et cela devant le roi que vous serez censée ne pas savoir caché derrière une tapisserie, et non-seulement on vous rendra vos lettres, mais M. de Chalais sera libre.

— Monsieur, je veux partir à l'instant, et je vous somme de m'ouvrir cette porte! fit la duchesse avec emportement.

— Madame.

— Monsieur, si vous ne m'ouvrez pas de bonne volonté, vous y serez contraint par la force, car je vais appeler, et M. le duc d'Anjou, frère du roi, saura bien vous l'ordonner.

Rochefort lâcha la bride du cheval, s'inclina avec toutes les apparences de la plus profonde civilité et ouvrit lui-même la grille.

— Passez, madame, dit-il.

La duchesse ne se le fit pas répéter; elle lança son cheval au galop et ne tarda pas à disparaître dans l'obscurité de la nuit.

Elle brûla la poste de Chailly et ne changea de cheval qu'à Melun.

Les femmes sont douées d'une énergie extraordinaire quand une fois elles sont surexcitées par une idée ou par l'imminence d'un danger; aussi la duchesse franchit en moins de quatre heures les douze lieues qui séparent Melun de la capitale. Quand elle y entra, il faisait nuit noire, et ce fut à peine si elle put diriger son cheval à travers ces rues obscures qui longeaient la Seine, de manière à gagner le pont Notre-Dame, car il ne fallait pas songer à trouver un passeur à cette heure avancée aux environs du pont Marie, alors en construction.

Minuit était près de sonner quand elle arrêta son cheval de poste sur la place Royale.

Durant le trajet elle avait réfléchi sur l'avis que lui avait donné Rochefort, et, au lieu d'aller trouver soit la reine, soit même le cardinal, elle avait résolu de rentrer en possession de ses précieuses lettres par un de ces moyens de femme, presque toujours infaillibles.

C'était devant une maison, où nulle dame de son rang n'était sans doute jamais entrée, qu'elle quitta sa monture, et, en passant devant le suisse galonné qui se tenait respectueusement à la porte, elle fut obligée de remonter le collet de son manteau pour échapper aux regards indiscrets de quelques seigneurs qui descendaient joyeusement le grand escalier.

Cette maison, qui est aujourd'hui le siége de l'une des mairies de Paris, et dont le toit est surmonté d'un clocheton, était alors l'hôtel habité par la célèbre courtisane Marion Delorme.

La duchesse ne dit rien au suisse qui, habitué aux étrangetés, n'avait même pas songé à l'arrêter au passage; et elle monta l'escalier jusqu'à ce qu'elle eut trouvé une manière de valet vêtu de noir et dont les allures paraissaient celles d'un majordome.

— Mon ami, dit-elle en s'approchant vivement de lui, introduisez-moi, je vous prie, dans quelque salle où je puisse vous entretenir sans témoin.

Le valet obéit au plus vite et la fit entrer dans une petite pièce richement ornée, attenant à la salle à manger, et de laquelle on entendait les éclats de rire et les propos joyeux d'une assez nombreuse assemblée.

— Mademoiselle Delorme est à table? dit la duchesse.

— Oui, monsieur.

— Alors elle ne pourra vous écouter si vous lui dites que quelqu'un vient la déranger?

— C'est probable, monsieur.

— Avez-vous du papier, une plume?...

Le valet désigna un petit meuble d'ébène vers lequel madame de Chevreuse se précipita et griffonna quelques lignes.

— Tenez, portez-lui ceci à l'instant.

— Mais...

La duchesse tira une bague de son doigt et la lui donna en le poussant par les épaules.

La bague était magnifique et fit son effet, car le majordome disparut comme un éclair.

Quelques instants après Marion entrait.

— Vous, madame! fit-elle au comble de la surprise, en reconnaissant immédiatement la favorite de la reine.

— Au nom du ciel, mademoiselle, dit la duchesse, pouvez-vous m'accorder quelques instants?

— Parlez, madame, dit la courtisane en lui indiquant un fauteuil sur lequel la duchesse se laissa tomber, et restant respectueusement debout, — je suis à vous. Votre billet ne contenait que ces mots : Union des Belles-Dames. — D'après nos statuts, et bien qu'ils aient été rédigés à la légère, je me considère comme votre esclave.

— Vous ne réclameriez pas en vain mon appui en pareille circonstance.

— Je n'en doute pas, madame.

— Mais asseyez-vous, je vous prie; je ne l'eusse pas fait moi-même si je n'étais brisée de fatigue. Je viens de Fleury à franc étrier.

— Chez le cardinal?

— Oui.

— Il est à Paris.

— Je le sais. Ah! mademoiselle, vous pouvez me sauver peut-être, et c'est à la générosité de votre cœur que je m'adresse avant tout.

— Vous sauver, madame la duchesse, moi, une pauvre fille!...

— Oui, vous êtes bonne autant que belle, et moi la plus infortunée des femmes. J'ai eu du courage pour lutter jusqu'à présent, mais aujourd'hui je suis à bout de forces, car je suis atteinte de la manière la plus grave.

— Qu'est-ce donc?

— M. de Richelieu a fait opérer des perquisitions chez moi, et il a fait saisir...

— Grands dieux! fit la courtisane qui comprit.

— Il y a surtout... une boîte en bois de calambour, et, sans nul doute, le cardinal s'est fait remettre le tout.

— C'est évident, mais que puis-je à cela, madame?

— Mademoiselle, pardonnez-moi, si j'ose répéter devant vous les bruits qui ont couru sur...

— Oh! ne vous gênez pas, madame la duchesse, je suis bonne fille, et habituée à entendre tant de choses!

— C'est qu'il y en a de telles...

— Tenez, je veux vous l'épargner. On a dit que Son Éminence avait pour moi quelques bontés.

— On l'a dit.

— Et c'est un affreux mensonge!

— O ciel! fit la duchesse avec égarement.

— Rassurez-vous, M. de Richelieu n'est qu'un galantin de caprice et quand, par hasard, il a bien voulu m'honorer de ses attentions, cela ne nous a nullement engagés l'un envers l'autre.

— Vous me désespérez.

— Écoutez cependant, madame; voici ce que m'a dit un jour Son Éminence, et cela à la suite d'une petite scène que je vous dispense d'entendre:

— Au contraire, je jugerai mieux si vous pouvez me servir.

— Eh bien! M. de Richelieu est habitué à commander, et moi je n'ai jamais obéi; si bien qu'il m'a dit, en me reconduisant jusqu'à la porte de ses appartements: « Si jamais vous êtes curieuse de savoir ce que serait un homme que vous voudriez aimer, venez à toute heure du jour ou de la nuit. »

— Ah! mad... fit la duchesse en ouvrant de grands yeux avides et n'osant plus prononcer un mot.

— Il s'agirait donc, n'est-ce pas, d'aimer M. de Richelieu?

— Je croyais...

— Voilà comme on écrit l'histoire! C'est un ladre vert que j'exècre, mais je suis heureuse et fière de me dévouer, persuadée qu'une bonne action comme celle-ci me fera absoudre de bien des fautes.

— Ah! vous êtes bonne!... s'écria la duchesse en lui prenant la main et faisant mine de la baiser.

La courtisane la retira vivement et rougit pour la grande dame de l'excès d'abandon où la réduisait une horrible extrémité; mais la duchesse était une âme généreuse et toute d'entraînement; elle se leva, prit la tête de Marion entre ses mains et lui baisa chaleureusement le front.

— Je pars tout de suite, fit la courtisane électrisée.

Mais elle s'arrêta, embarrassée.

— Je ne puis entrer au Louvre sans le mot de passe, moi qui ne puis me faire connaître au portier.

— Venez avec moi, je vous introduirai.

— Vous, madame!...

— Avec moi, vous passerez.

— Mais votre réputation...

— N'allez-vous pas vous sacrifier pour la sauver?

— Ah! madame, avec un mot comme celui-là vous me feriez passer dans les flammes. Venez.

— Mais vos invités?

— Ces messieurs sont chez eux, ils attendront.

XXXI. — COURTISANE ET MINISTRE.

Pendant que madame de Chevreuse courait la poste, le cardinal, qui sans doute avait obtenu tout ce qu'il voulait du lâche Gaston, roulait vers Paris dans un carrosse dont les relais se trouvaient préparés d'avance. Bien qu'il eût quitté Fleury trois heures après la duchesse, il arriva presque en même temps aux portes de la ville: C'était la deuxième fois qu'il faisait ce trajet dans la journée.

Louis XIII était couché lorsqu'il rentra au Louvre, il ne fallait donc pas songer à le voir à cette heure; mais, contre son attente, le ministre trouva chez lui le valet de chambre du roi, qui l'emmena aussitôt vers son maître, lequel avait témoigné le désir de le voir dès son retour de Fleury.

Louis ne dormait pas et se souleva sur un coude dès qu'il vit entrer Richelieu dans sa chambre.

— Eh bien! monsieur le cardinal, vous voilà? dit-il.

— Oui, sire.

— Je ne puis fermer l'œil, je ne sais pourquoi. J'ai entendu rentrer votre carrosse et j'ai donné ordre qu'on vous mandât.

— Votre Majesté veut-elle me permettre de lui dire pourquoi elle ne dort pas?

— Dites, monsieur le cardinal, vous me ferez plaisir.

— C'est parce que Votre Majesté songe, malgré sa confiance en

son ministre, que des rebelles conspirent contre sa liberté et peut-être contre sa vie.

— Me croyez-vous donc aussi accessible à la crainte?

— Ce n'est pas parce que le roi a peur; non, le roi a fait ses preuves sur ce point; mais son cœur est troublé, affligé, ulcéré de reconnaître que ceux-là même, sur l'affection desquels il doit compter avant tout, s'arment dans l'ombre contre son autorité et complotent le plus odieux des attentats.

— C'est vrai, monsieur, c'est vrai; depuis que vous m'avez raconté l'horrible projet de ces rebelles, mon sang bout et ma tête travaille.

— Sire, le mal n'est pas aussi grand que nous le pensions, car il est déjà en partie réparé.

— Comment cela?

— L'essentiel est de supprimer les moyens, quand on vient se heurter à des personnes que votre justice ne peut atteindre.

— Dites ne veut, monsieur, fit le roi en rougissant.

— Eh bien! sire, le but le plus ardent des conspirateurs, une fois Votre Majesté déposée et enfermée dans un couvent...

Louis XIII se renversa dans son lit en poussant un rugissement de fureur qui n'était ni dans son caractère ni dans ses habitudes.

— Ne dites pas cela, cardinal, vous me rendriez fou!...

— Non, sire, mais on veut marier votre frère avec la reine.

— Quelle horreur!

— Eh bien! j'ai exigé de Monsieur qu'il épouserait mademoiselle de Montpensier.

— Et il a promis?

— Il a juré sur le Christ.

— De bonne grâce.

— Pas tout à fait; le nom de Votre Majesté, mes mousquetons et la Bastille ont puissamment aidé à ce résultat.

— Il doit terriblement vous haïr, cardinal.

— Sire, je suis heureux de souffrir pour mon roi; et plus on me haïra, plus je redoublerai de zèle, parce que cela me sera une preuve que je remplis mieux encore mon devoir.

— Vous êtes un bon serviteur, monsieur le cardinal, et vous me direz demain de quelle faveur nouvelle je puis récompenser votre dévouement aux intérêts de ma couronne. Sur ce, allez vous reposer, car vous devez être harassé de fatigue.

— Oui, sire.

— A propos, comme je ne puis dormir, envoyez-moi un livre intéressant.

— Tout de suite, sire.

— Eh! j'y songe, faites mieux que cela. Envoyez-moi ces lettres saisies chez M. de Chalais et madame de Chevreuse.

— Oui, sire.

— Cela doit faire la plus amusante lecture du monde.

— Cela dépendra du point de vue où se placera Votre Majesté; mais si elle m'en croit, si surtout elle veut s'endormir et passer une bonne nuit, elle remettra cette lecture à demain.

— Ah! cardinal, vous piquez ma curiosité! je n'y résiste pas; envoyez, envoyez.

— A l'instant, sire.

Et le cardinal se rendit immédiatement dans ses appartements. En entrant dans l'antichambre, il y trouva son valet de confiance, un de ces hommes, mi-partie église et mi-partie palais, qui forment bien l'assemblage le plus complet de toutes les vertus nécessaires à un confident.

— Vous ici, des Bournais? dit Richelieu.

— Je voulais informer Votre Éminence qu'un jeune cavalier a demandé à le voir sans retard.

— Un jeune cavalier?

— Je l'ai introduit en conséquence dans votre chambre, monseigneur.

— Dans ma chambre! et quel est ce cavalier?

— Vous le connaissez bien, monseigneur, et vous m'avez déjà donné les ordres à son sujet.

— Voyons, expliquez-vous, je n'aime pas, vous le savez, à chercher à comprendre.

— Que Votre Éminence me permette de ne rien dire pour l'instant, afin de lui ménager une agréable surprise.

— Il faut bien faire ce que vous voulez, mon cher des Bournais, dit Richelieu en souriant de la figure mystérieusement plissée de son domestique.

Le cardinal entra dans sa chambre à coucher et aperçut aussitôt, malgré l'obscurité que ne parvenait pas à percer une simple lampe,

Quelques instants après, Marion entrait. (P. 62.)

un jeune cavalier très-élégamment vêtu et couché tout de son long sur un sofa.

Il dormait ou feignait de dormir, et le cardinal s'approcha avec un certain mouvement d'humeur, car il trouvait le procédé assez étrange et par trop sans gêne ; mais il poussa tout à coup une exclamation dans laquelle il y avait autant de joie que de satisfaction. Son valet avait dit vrai, sa surprise était grande, mais agréable, et il se retournait pour le remercier, sans avoir remarqué qu'il avait déjà disparu, lorsque le cavalier se réveilla.

— Vous ! fit Richelieu ; vous ici, Marion !

— En êtes vous fâché, monseigneur ?

— J'en suis le plus heureux des hommes !

— Au moins, voilà qui est aimable.

— La belle Marion ici, et sans avoir été priée !

— Où serait le mérite alors ?

Malgré l'énorme puissance qu'il avait déjà, bien qu'elle ne fût pas encore, nous le répétons, ce qu'elle devait être plus tard, Richelieu, malgré ses prétentions à cet égard,' et l'on sait si elles sont tenaces et impérieuses chez un homme déjà mûr, n'avait jamais été parfaitement heureux dans les fantaisies amoureuses que le respect de sa robe pouvait lui permettre, et qui, d'ailleurs, ne faisait pas trop scandale en présence des mœurs relâchées du haut clergé de cette époque.

En voyant la belle et séduisante Marion Delorme chez lui, il ne se sentit pas de joie et oublia un instant, nou-seulement les affaires de l'État, mais celles qui le touchaient plus directement.

— Eh ! quoi, Marion, vous avez daigné songer, cette nuit, au ministre que vous aviez laissé si triste lors de votre dernière visite !

— Monseigneur, me permettez-vous d'être franche ?

— Je vous en prie.

— Bien vrai ?

— Je vous en supplie.

— Hein ! c'est que ce que j'ai à vous dire vous sera peut-être désagréable.

— Vous êtes venue me voir, je vous donne tous les droits.

— Eh bien, monseigneur, je ne vous cacherai pas la vérité : si je sois venue ce soir, ce que j'étais dans un de mes jours d'accablement, c'est que je m'ennuyais à périr.

— Eh ! mais je vous rends mille grâces alors, belle dame, cela me prouve que j'ai quelque valeur à vos yeux.

— Ah ! vous croyez cela, monseigneur ?

— Quand la belle Marion s'ennuie, n'a-t-elle pas la faculté de s'entourer de ce que Paris, la France et l'étranger même, ont de plus jeune, de plus beau, de plus florissant.

— Ah ! vous n'êtes pas charitable, monseigneur.

— Comment ?

— Vous ajoutez foi aux vilaines calomnies qui courent sur votre humble servante.

— Vous êtes bien la plus adorable coquette que j'aie jamais connue.

— En vérité ?

— Et j'en reviens à vous dire que, bien loin de vous en vouloir de ne venir à moi que quand vous vous ennuyez, vous me rendez le plus heureux des hommes.

— Ah ! monseigneur, avouez que les plus grands ministres ne sont pas plus fins, parfois, que le plus brutal de nos paysans.

— C'est bien possible, on dit que l'amour rend tous les hommes égaux.

— Comment, vous, premier ministre, vous n'avez pas songé que j'avais peut-être quelque grâce à vous demander.

— Non ! fit Richelieu, qui fronça subitement les sourcils, car il

Marion se cacha dans la tapisserie. (P. 65.)

se sentait dégringoler du septième ciel où sa prétentieuse passion l'avait déjà juché.

— Tranquillisez-vous, je ne veux rien vous demander.

— Vrai?

— Foi d'honnête homme, comme dit Ninon.

— Ni a présent, ni demain, ni après demain?

— Jamais.

— Mais levez-vous donc, joli démon, que je vous voie ainsi; vous êtes charmante avec ce costume.

— J'étais bien sûre d'entrer au Louvre ainsi vêtue.

— Au fait, n'étant pas attendue, comment avez-vous pu y pénétrer?

— J'ai déclaré avoir un secret d'État à vous révéler.

— Le moyen n'est pas mauvais.

— Le tout était de parvenir jusqu'à M. des Bournais. Heureusement, votre valet n'étais pas couché. Je parie qu'on aurait osé vous déranger plutôt que lui.

Marion se leva et se promena avec grâce dans la chambre, faisant sonner les molettes de ses éperons, et se dandinant sur ses hanches, une main sur le pommeau de son épée et adressant de l'autre de ces petits demi-saluts qui équivalent à des caresses, et dont l'austère ministre se trouva littéralement incendié.

— Marion... fit-il en se soulevant du sopha où il avait pris la place de la courtisane.

— Supposons, monseigneur, que je fusse en effet venue pour vous révéler un secret d'État, qu'auriez-vous fait?

— Je vous aurais dit : — A plus tard les affaires graves et étrangères, et en attendant...

— Eh bien ! moi, il ne me plaît pas que les affaires graves soient remises, je veux au contraire les vider toutes, afin qu'il n'en soit plus

question. Or, afin que rien ne puisse en entraver l'exécution, passons, je vous prie, monseigneur, dans le cabinet du ministre de Sa Majesté Louis XIII, dit le Chaste.

Et Marion, ouvrant la porte de la chambre, se jeta en riant comme une folle à travers le salon qui séparait ces deux pièces.

— Eh ! quoi, dit le cardinal en la suivant, c'est donc vrai?

Mais la belle fille était plus leste que lui et, arrivée la première dans le cabinet, la porte qui se refermait seule retomba sur elle.

Elle poussa immédiatement le verrou, et sûre ainsi de n'être pas dérangée de quelques instants, elle s'élança vers le bureau du ministre, sur le milieu duquel les rayonnements d'une lampe éclairaient un petit coffret qui répondait absolument au signalement de celui décrit par la duchesse de Chevreuse.

Elle n'hésita pas une seconde, ouvrit le coffret et, saisissant les papiers qu'il contenait, les remplaça par les premiers qui lui tombèrent sous la main.

Elle les fourra avec empressement dans la poche de ses larges grègues et retourna auprès de la porte que le cardinal essayait en vain d'ouvrir, et contre laquelle elle s'appuya fortement.

— Qu'y a-t-il donc? demanda-t-il en grommelant.

Elle tira doucement le verrou et fit mine de s'appuyer encore contre la porte, comme si elle jouait.

— Folle! fit Richelieu en poussant assez fort pour rejeter tout à fait ce léger obstacle dans la vaste embrasure.

Marion se cacha dans la tapisserie, et la manière dont elle égrena le plus ravissant sourire en passant sa jolie tête entre les plis lourds de l'étoffe ôta tout soupçon de l'âme du ministre, en admettant qu'il eût songé à en concevoir un seul.

— Voyons, dit le cardinal, quel est votre secret d'État? dépêchez-vous.

— Monseigneur, dit Marion, en donnant à son frais visage l'expression la plus sérieuse, je vous annonce que M. le duc d'Anjou doit aller vous assassiner demain à Fleury.

Ce fut au tour de Richelieu d'éclater de rire, et la belle fille lui demanda compte de son hilarité avec une apparence de bonne foi dont le cardinal fut tout à fait dupe.

— Il est à Fleury dans ce moment et je suis ici !

— Quoi ! c'était donc pour aujourd'hui ?

— Eh ! oui.

— Je suis venue trop tard ! Grands dieux !... si Votre Eminence n'avait pas su déjouer ses ennemis !

— Je veille, belle enfant, je veille sans cesse ; mais, ce soir, je ne veux absolument veiller qu'en votre honneur.

— Alors, je n'ai plus rien à vous dire, et je m'en vais.

— Vous voulez partir ?

— Sans doute.

— Mais les affaires d'Etat sont expédiées.

— C'est pour cela.

— Marion...

— Monseigneur ?

— Vous étiez plus aimable tout à l'heure et vous m'aviez fait espérer...

— Vous m'aviez soupçonnée d'être venue par intérêt pour moi, tandis que...

— Marion, vous ne partirez pas ainsi, je ne puis supporter cette idée, et, si vous donnez suite à ce cruel dessein, vous ferez certainement de moi le plus misérable homme de la chrétienté.

— Monseigneur, je m'ennuyais ce soir à périr, je vous l'ai dit, si bien que tout à coup une idée saugrenue m'est passée par la cervelle...

— Celle de venir me voir, merci.

— Non, j'ai entendu parler de vos talents et je me suis dit : « Si monseigneur veut me persuader qu'il m'aime, il me donnera la preuve qu'il a donnée déjà, dit-on, à une autre personne.

— Ah !... fit Richelieu en pâlissant, car il avait encore sur le cœur l'affront que lui avait ménagé la duchesse.

— Car vous l'aimiez bien, cette personne !

— Non ! s'écria le cardinal en se précipitant vers son bureau, car l'imprudence de Marion lui fit songer tout à coup que le roi attendait les lettres qu'il lui avait promises.

— Vous l'aimiez plus que moi, dit Marion qui vit sa faute et, l'arrêtant par la manche, le fit se retourner vers elle.

Richelieu ne put supporter l'éclat extraordinaire de ces deux grands yeux fixés sur lui et détourna la tête vers son bureau.

— Qu'est-ce que vous avez donc à regarder par là ? demanda-t-elle effrontément.

— Laissez-moi porter cette boîte.

— A qui donc ?

— Au roi.

— Eh ! à demain les affaires d'Etat ! reprit-elle avec gaieté en dansant autour du ministre, — si vous songez à autre chose qu'à Marion, monsieur de Richelieu, je me fâche tout rouge et vous ne me reverrez de ma vie !

— Voilà bien les femmes ! vous vouliez partir tout à l'heure, et maintenant...

— Vous êtes un tyran, un affreux despote qui me rappelez à la raison, et vous feriez mieux de me dire que vous ne vous souciez pas d'une pauvre fille comme moi.

— Marion, vous êtes la plus adorable femme de la terre, mais il faut absolument que je porte cette boîte à Sa Majesté.

— Eh ! envoyez-là.

— Vous avez raison, au fait.

Le cardinal appela son valet de chambre et lui remit le coffret avec ses instructions.

Pendant ce temps, Marion avait rouvert la porte du cabinet et était rentrée dans la chambre du cardinal.

La fenêtre donnant sur la cour du Louvre était ouverte, et en se penchant sur le balcon, elle aperçut, au bas de cette fenêtre, une forme noire et immobile qui se perdait presque dans l'ombre produite par les rayons de la lune sur le piédestal d'une statue.

Elle toussa légèrement et la forme noire ne bougea aussitôt.

Marion fouilla vivement dans sa poche, y prit les papiers volés si adroitement au ministre et les lança dans la cour.

Elle n'eut pas le temps de s'assurer qu'ils avaient été ramassés, car Richelieu la rejoignit sur le balcon.

XXXII. — LE PAGE DE LA MORT.

Pendant ce temps il y avait gala à l'hôtel de Caumont ; on y dansait au son des violes et des flûtes.

Si MM. de Caumont et Louvigny n'avaient pas accompagné M. d'Anjou à Fleury, c'était afin de dépister le cardinal et ses espions, car ils faisaient partie de la maison du prince, qui, de son côté, ne pouvait sans faire jaser, emmener trop de monde à la chasse.

On avait bien arrêté, d'abord, que tous les conjurés se trouveraient réunis dans certaine partie déserte de la forêt de Fontainebleau ; mais la prudence avait fait décider qu'il valait mieux au contraire attirer l'attention sur le mariage, et qu'il y aurait toujours assez de monde pour tuer un homme entouré de quelques domestiques.

Au milieu de l'animation qui régnait à l'hôtel Caumont, une seule personne montrait un visage triste et cependant empreint de l'une de ces résignations qui sont l'indice d'un grand courage. C'était Blanche. Du reste, en résistant à son oncle et tuteur, en consultant des légistes, et, à leur défaut, osant se mettre à la recherche d'un défenseur, elle avait montré une résolution de caractère dont le vieux marquis s'était vivement ému.

En ce moment il rayonnait, car le mariage était accompli et ses calculs cupides n'allaient pas tarder à recevoir leur accomplissement. Il ne connaissait pas Louvigny. Les gens de mauvaise foi, dominés par leurs combinaisons, ne songent pas souvent à surveiller celles de leurs associés.

Louvigny se préoccupait de l'attitude de Blanche et son amour-propre en souffrait cruellement. Déjà, plusieurs fois, quelques seigneurs ou dames lui avaient témoigné leur surprise à cet égard ; mais, entre tous, c'était celle de M. de Barradas, favori du roi, qui lui était la plus désagréable. Non-seulement parce que le roi et le cardinal ne manqueraient pas de lui en parler et de le blâmer peut-être d'avoir passé outre aux répulsions de l'orpheline, mais parce que Barradas était assez peu mesuré dans ses paroles et ses allures, et qu'il y avait toujours quelque chose de blessant dans chaque mot sortant de sa bouche.

— Madame de Louvigny ne me paraît pas effroyablement amoureuse de vous, cher comte, avait remarqué Barradas la première fois.

— Prenez-y garde, avait-il osé dire ensuite, il y a eu grand abatis cette année dans les forêts royales, et ce ne sont pas les biches qui ont été en majorité.

A ces choses dites en riant, et comme il pouvait convenir à la grande rigueur entre camarades et amis, Louvigny avait répondu en riant aussi ; mais au fond du cœur il enrageait. Il lui tardait donc que ses invités s'éloignassent, car Blanche avait déclaré vouloir demeurer jusqu'à la fin du bal. Elle préférait rester avec tout le monde qu'en tête à tête avec un mari détesté.

Louvigny croyait cependant devoir lui adresser d'affectueuses paroles ; et comme il s'acquittait de ce devoir, un valet s'approcha des deux époux.

— Monsieur le comte, dit-il, madame de Chevreuse, qui est absente de Paris, envoie complimenter madame la comtesse.

— Ah ! fit Louvigny qui pâlit affreusement, car il ne songeait pas que la duchesse pouvait effectivement avoir eu cette pensée ; et il se rappelait l'ordre donné par lui dans la matinée.

Le valet restait immobile, n'osant interroger son maître.

— Quelle est la personne envoyée par madame de Chevreuse? demanda Blanche d'une voix suave qui tira tout à coup Louvigny de l'espèce de stupeur dans laquelle il était tombé.

— Un page, madame.

Selon l'étiquette, un page chargé d'une mission ne devait jamais attendre, et on ne pouvait faire recevoir par personne la lettre ou tout autre objet dont il était porteur.

— Qu'il entre, dit Louvigny en respirant.

Il était cependant sous l'oppression d'une horrible crainte, car maintenant que le mariage était accompli, il s'était senti des velléités de pardon. Il avait même songé dans la journée à faire courir après Catafago pour lui donner un contr'ordre ; car Pierre Baudry était d'une condition tellement au-dessous de la sienne qu'il n'y avait rien à redouter pour son honneur. Pourtant la dépravation était telle, à cette époque, parmi les dames de la cour, qu'il avait d'abord trouvé fort vraisemblable une liaison entre Blanche et ce beau jeune homme.

Il voulait donc s'arracher de cette salle, afin de ne pas voir celui qui allait entrer, pensant bien apprendre plus tard ce qu'il aurait dit; mais une force invincible le clouait à sa place, et une nouvelle pâleur, plus grande encore que la précédente, envahit tout son visage, et l'émotion gagna jusqu'à son cœur qui se mit à battre avec une violence extrême. Le valet rentra, introduisant le messager de la duchesse.

C'était en effet un page, mais non un de ces jeunes garçons de noble famille, que les grands seigneurs entretenaient autrefois auprès d'eux, et à qui, malgré l'espèce de domesticité à laquelle ils les obligeaient, ils faisaient donner une éducation en rapport avec les habitudes du temps.

Il y avait dans sa figure et dans toute sa personne ce cachet indélébile d'effronterie et de négligence qui est le propre de l'enfant de Paris. C'était probablement, comme le pensa Louvigny, un page de l'écurie de madame de Chevreuse.

Mais en lui voyant un bouquet à la main, il comprit d'où il venait.

Le jeune garçon s'avança vers Blanche avec plus d'agilité et de souplesse que d'élégance, et Louvigny, songeant que c'était quelque acrobate d'avenir, affublé par Catafago d'un costume de circonstances, résolut d'abréger autant que possible sa visite.

Mais au milieu des danses, la présence d'un page n'avait rien d'insolite, et quand il arriva auprès de sa femme, le page acheva une révérence assez gracieuse pour faire supposer que la belle Forfala en avait réglé les mouvements.

— De la part de madame la duchesse, dit le page en mettant un genou en terre et présentant à la nouvelle mariée un magnifique bouquet de roses blanches.

— Merci, mon ami, dit Blanche en recevant ces fleurs d'un air distrait.

Le page se releva, et le comte s'éloigna avec lui comme pour faire honneur à la duchesse, mais en réalité pour interroger ce messager de mort. Il alla ainsi jusque sur l'escalier, en descendant quelques marches, et lui mit dans la main quelques pièces d'or.

— C'est bien Catafago qui t'a envoyé, n'est-ce pas?

— Oui, monsieur le comte, Catafago.

— Et il ne t'a rien dit de particulier pour moi?

— Non, reprit le page qui trébucha sur une marche, et se retint après la rampe.

— Qu'as-tu donc?

— Un éblouissement, ça vient de me passer devant les yeux comme une flamme.

— Entre à l'office et demande un sorbet.

— Merci, monseigneur, reprit le page en descendant quelques marches; mais il trébucha encore et fit assez de bruit pour que Louvigny qui remontait s'arrêtât.

— Ah! monseigneur, fit le page, qu'est-ce que j'éprouve donc, il me semble que je m'en vais, — ça me tourne dans la tête.

— Ce n'est rien, dit Louvigny en riant, tu auras bu, mauvais sujet.

— Non!... s'écria le page en se cramponnant tout à coup après les ornements de la rampe et en se renversant sur le dos, écumant des lèvres et se tordant sur la pierre comme eût fait un serpent blessé.

Louvigny ne se souciait pas de faire soigner un bohème de la connaissance de Catafago, il appela un valet et lui montrant le page:

— Ce garçon est épileptique pour le moins, dit-il tranquillement, porte-le dans la rue, le grand air lui fera du bien.

Le valet obéit, saisit le page entre ses bras et l'emporta malgré l'espèce de résistance opposée par celui-ci qui, essayant encore de se retenir à la rampe, fit entendre des cris étouffés, une sorte de râle, et dont le corps était agité de tressaillements effroyables.

Au milieu des gens de toute sorte, mendiants, valets ou bourgeois, qui grouillaient sur le pavé de la rue, se tenait Pierre Baudry. Le matin, il n'avait pu croire à l'excès de son malheur, et bien que rien ne lui donnât le moindre droit sur le cœur de Blanche, il se persuadait que peut-être une de ces catastrophes, comme en rêvent les imaginations en délire, allait le jeter dans ses bras, après l'anéantissement de l'acte religieux accompli.

Il entendait sans sourciller, car il n'y prêtait nulle attention, les propos de toutes ces bonnes gens, et, préoccupé uniquement de ce qui pouvait se passer dans l'hôtel, il en fixait les fenêtres d'un regard avide et anxieux.

Il ne vit pas sortir le page, et ce fut une mendiante qui, la première, remarqua que ce jeune garçon avait trébuché sur le seuil où l'avait déposé le valet du comte, et était allé tomber ensuite sur une borne située à quelque distance du porche.

— Qu'a donc ce beau gars? dit-elle en s'approchant.

— J'étouffe, dit le page, j'étrangle, je vais mourir.

— Eh! mon bel ami, dit la femme, tu auras attrapé quelque indigestion à l'entour de ces beaux reliefs succulents qui nous passent devant le nez.

— Soutenez-moi, je vous en prie, la mère.

— Avec plaisir, mon fieu; mais c'est vraiment pitié de quitter une aussi bonne maison quand on est dans cet état. Tu devrais rentrer.

— Non, je suis attendu ailleurs, et il faut que je m'y rende.

— Viens donc.

Le page s'appuya sur l'épaule de la vieille et frôla en passant Baudry qui abaissa alors ses yeux vers lui et, mû par un de ces pressentiments qu'on ne peut dominer, attacha sur lui son regard et sa pensée.

— Vous êtes entré dans l'hôtel tout-à-l'heure? lui dit-il en repoussant la vieille et prenant à son tour le bras du page.

— Oui, reprit péniblement celui-ci.

— Et vous avez vu... Mais je vous reconnais, vous êtes Robin!..

— Par pitié, monsieur, allez me chercher de l'eau, ma poitrine est en feu.

— O ciel! s'écria Pierre en songeant que ce jeune garçon pouvait être un pestiféré et que sa présence dans l'hôtel avait pu y jeter des germes de mort; qu'avez-vous donc?

— Vous ne voyez pas que je meurs.

Baudry le fit asseoir sur le seuil élevé d'une maison et le regarda avec attention.

— Avez-vous vu la mariée? lui demanda-t-il avec une sorte d'angoisse.

— Je lui ai parlé, reprit le page avec lassitude, et comme s'il voulait éviter toute occasion d'en dire davantage; mais il avait sur ce point affaire à forte partie.

— Et... la mariée, elle était rayonnante, n'est-ce pas? demanda-t-il avec un sourire amer.

— Ah! j'ai trop respiré ce maudit bouquet en venant jusqu'ici... murmura le page.

— Quel bouquet?

— Il était pour elle.

— Pour la mariée?

— Oui.

— Et c'est pour avoir respiré ce bouquet que vous êtes dans cet état, Robin?

— Je crois que oui, pardieu; Catafago m'avait bien recommandé de l'éloigner, parce que les fleurs portent à la tête et que...

— Malheur!... fit Pierre qui eut comme l'éclair de la révélation. Il voulut se précipiter vers l'hôtel, mais le page le tenait fortement et le retint de telle façon qu'il ne put bouger. En vain Pierre voulut le repousser, celui-ci se cramponna avec l'énergie d'un noyé qui va succomber, et il l'entraîna avec lui vers le seuil de la maison.

— Voyons, reprit Pierre haletant, comment se fait-il que Catafago...

— L'ai-je dit... Il m'a pourtant bien recommandé de ne pas révéler...

— Parle, misérable, parle, est-ce que tu avais été chargé d'exécuter quelque exécrable vengeance?

— Ah! le maudit Catafago, dit le page avec un juron effroyable, il m'a empoisonné.

— Mais il a empoisonné aussi... Lâche-moi, je veux aller m'assurer.

— Non, ne m'abandonnez pas, monsieur, je meurs.

— Lâche-moi, te dis-je, fit Baudry en saisissant la courte épée qui pendait inerte le long de la cuisse du page, lâche-moi ou je te tue.

Le page lut sans doute la sombre et suprême résolution de l'avocat écrite dans ses yeux, car il laissa retomber sa main et demeura immobile.

Pierre devenu libre ne put cependant s'arracher à ce spectacle. Il se demandait si en effet ses pressentiments étaient vrais, et si le hasard n'avait pas amené cet événement effroyable, sans que pour cela Blanche en fût atteinte. Il se pencha donc de nouveau vers le jeune garçon et lui saisit la main; mais cette main était froide comme du marbre, et quand il la lâcha, elle s'abattit le long du corps du page avec une pesanteur qui avait déjà quelque chose d'affreusement significatif.

— Mort!... murmura-t-il en lui posant une main sur la poitrine. Le page était absolument immobile; ses yeux, grands ouverts et fixés d'une manière sinistre vers la voûte céleste, sa bouche était tractée par un de ces sourires qui sont plutôt une grimace, ne témoignaient que trop de l'affreuse réalité.

— Il est mort!... fit Pierre en se relevant les yeux égarés, et portant sa main sur son front baigné d'une sueur abondante et glacée.
— O mon Dieu! quelle horrible chose!... Blanche!...

Et il s'élança vers l'hôtel de Caumont.

Quand il y arriva, l'affluence des curieux avait redoublé et il lui fut impossible de percer la foule, du sein de laquelle s'élevaient des murmures dont il ne comprenait ni le sens ni la portée.

A chaque instant des seigneurs ou des dames quittaient l'hôtel dans leurs riches atours, suivis de leurs domestiques et ne se donnaient pas même la peine d'attendre leurs chaises ou leurs carrosses, car tous portaient sur leur visage les signes de la plus profonde affliction.

En même temps des lumières couraient dans les appartements de l'hôtel qui n'avaient pas été affectés à la fête, illuminant les fenêtres rapidement, et l'on devinait que quelque grand événement devait se passer derrière ces murs au delà desquels toute musique avait cessé.

— O mon Dieu! murmura Baudry, est-ce qu'il serait arrivé malheur à Blanche?

— Quand ce serait, dit une voix à son oreille.

Pierre se retourna et demeura comme ébloui du regard que lui jeta une femme du fond du capuchon de laine rabattu sur son visage.

— Vous! fit-il en reconnaissant la Tourangelle.

— Oui, moi, fit la jeune femme, en continuant à le regarder avec une fixité étrange et comme si elle se plaisait à braver un danger prévu.

— Vous savez ce qui est arrivé là?

— Je m'en doute.

— Blanche... Vous la haïssez?

— Oh! oui! fit la Tourangelle avec énergie.

— Il lui est arrivé un malheur?

— Je crois qu'elle est morte, reprit simplement la Tourangelle.

— Grand Dieu!

— Je t'aime, Pierre, je t'aime, répondit la Tourangelle en lui serrant une main qu'elle appuya sur son cœur bondissant.

— Je vous hais! reprit le jeune homme en s'arrachant à cette étreinte et se précipitant à travers la porte.

La Tourangelle chancela sur ses jambes, en proie à une de ces frayeurs qui sont près de la folie. Un bras vigoureux la soutint, et elle reconnut avec stupeur Catafago.

— Du courage! lui dit le truand, il vous reviendra.

— Ah! fit-elle avec un sanglot déchirant, je l'ai perdu sans retour, je le sens là... Il me l'a dit: Il me hait!...

XXXIII. — L'ÉLOQUENCE DES SOUVENIRS.

Le cardinal était fort embarrassé à l'égard de Chalais, et ne savait vraiment comment pallier ses torts, car celui-ci ne devait pas manquer de lui reprocher sa demi-arrestation. Heureusement, les espions, toujours en chasse, vinrent à son aide, et le cardinal en voya dire deux mots au commandeur de Valanzé.

Donc, le lendemain matin du jour où Richelieu devait être assassiné, M. de Valanzé entra dans la chambre de Chalais, et lui annonça que toute consigne était levée à son sujet.

— Merci, mon cher comte, répondit-il avec chaleur, vous devinez assurément le premier usage que je vais faire de ma liberté?

— Je m'en doute.

— M. de Richelieu s'est montré avec moi déloyal et traître, je vais lui demander raison.

— Vous êtes fou!

— C'est possible, mais les fous ont quelquefois du bon, et quand ce ne serait qu'un motif de nous délivrer de ce tyran!

— Encore!

— Oh! vos bonnes raisons de l'autre jour sont absolument détruites par sa déloyauté.

— Vous êtes fou, vous dis-je, un prêtre!

— Un prêtre qui a porté l'épée, et s'en est servi assez bien dans sa jeunesse, dit-on. Un prêtre qui n'aspire qu'à commander des armées, et à qui le roi finira par en confier une, si cela continue; un prêtre enfin que ses amours ont rendu l'égal de tous.

— Mon cher Chalais, si vous m'en croyez, vous resterez tranquille.

— Ah! monsieur l'homme sage à tout prix, je me défie de vos conseils, à présent.

— Chalais!... fit le commandeur sévèrement.

— Oui, je plaisante; mais convenez que vous seriez aussi courroucé que moi contre le cardinal, s'il s'était conduit avec vous comme il l'a fait à mon égard.

— Il ne l'eût pas fait avec moi, j'en suis certain.

— Alors, c'est toujours parce que l'on me croit la tête légère que j'ai été tenu aux arrêts ici?

— Maintenant que vous êtes libre, j'ai l'autorisation de parler.

— Mais hier, vous ne saviez rien?

— Depuis hier, je sais la vérité.

— Dites, alors.

— Eh bien, mon cher ami, il faut convenir que votre tête folle est toujours pour quelque chose dans ce qui vous arrive. Qu'est-ce que cette algarade du Pré aux Clercs; qu'est-ce que cette jeune femme que vous vouliez enlever?

— Ah! fit le jeune homme en rougissant, vous savez...

— Il y a des espions partout, vous le savez bien. Ceux, sans doute, que vous aviez chargés de cette expédition ont parlé. Ou bien la chose sera parvenue aux oreilles du futur époux, et il se sera plaint au cardinal.

— Louvigny est bien capable de m'avoir joué ce tour.

— Avouez qu'il aurait été excusable.

— Demander raison à ce misérable. Ignorez-vous donc son affaire avec Hocquincourt. A propos, est-il mort?

— Non, mais le roi, qui a appris ce qui s'est passé, lui a fait dire de pardonner à Louvigny. — Hocquincourt a répondu : « Si j'en meurs, oui; si j'en réchappe, non. »

— Louvigny est un homme mort, alors. Et il est marié?

— D'hier.

— Vous en êtes sûr?

— Parbleu!

— Eh bien, alors, au lieu de s'adresser à mademoiselle de Caumont, on portera ses vues aux pieds de madame de Louvigny.

— Plaisant libertin que vous êtes!

— Ah! cher cousin, si vous saviez l'immense volupté qu'il y a à voler de belle en belle!... à chercher auprès de l'une ce qui manque à l'autre, à faire naître surtout dans leur âme cette fleur d'amour qui est le bonheur réel ici-bas.

— Mais ce n'est pas par la violence...

— Je savais que mademoiselle de Caumont n'aimait pas Louvigny, et je voulais d'abord l'enlever à ce méchant homme, quitte à m'en faire aimer après.

Comme il disait ces mots, son valet de chambre entra, et, derrière lui, parut un homme enveloppé d'un manteau qui, en voyant le commandeur, en remonta les plis sur son visage, de manière à le cacher entièrement.

— Monsieur veut parler sans témoin à monsieur le comte, dit le valet en partant.

Le commandeur reconnut facilement une femme à la démarche et à la taille du nouveau venu et se retira discrètement.

— Comte!... — s'écria madame de Chevreuse avec effroi dès qu'ils furent seuls, — comte! avez-vous toujours mes lettres?

— Sans doute.

— Comment vous ne savez rien?

— A propos de quoi?

— Tenez! fit la duchesse en tirant un paquet de papiers de dessous son manteau, les voici.

— Vous êtes passé dans mon cabinet avant d'entrer ici, et...

— Elles ont été volées au cardinal, cette nuit, par une personne qui m'a donné en cette circonstance la plus admirable preuve de dévouement.

— Que me dites-vous là! oh! mais j'entrevois un abîme d'infamies.

— Les vôtres ont disparu également de chez moi.

— Comment?

— Je l'ignore, mais un de mes valets a disparu. L'un de vos gens a dû faire également le même coup ici.

— Mais nous sommes donc entourés d'espions, de traîtres... Quant à mes lettres, peu importe qu'on s'en soit saisi, elles ne peuvent vous compromettre; mais celles-ci, puisque vous les avez, il faut les brûler à l'instant.

— C'est pour cela que je suis accourue. Chez moi je ne suis pas tranquille; au Louvre, non plus. Allons vite, du feu, du feu.

Le comte sortit vivement et donna ses ordres en conséquence;

puis, pour l'acquit de sa conscience, il se rendit dans son cabinet. Une de ses armoires était en effet forcée, celle où il serrait d'ordinaire sa correspondance et il constata que non-seulement ses papiers avaient disparu, mais encore une certaine somme d'argent.

— Allons, se dit-il, puisque la duchesse a ses lettres, tant pis pour les autres. Mais, gare au cardinal, à présent.

Il rentra dans sa chambre au moment où son valet y apportait une bougie allumée ainsi que de la cire d'Espagne, car il fallait bien dissimuler le véritable motif de cette lumière demandée en plein jour.

La duchesse et lui se mirent à déplier d'une main prompte toutes les lettres et ils les approchaient de la flamme avec un empressement indiquant bien qu'ils craignaient d'être surpris, et les jetaient ensuite dans la cheminée.

Pourtant, Chalais ne pouvait s'empêcher de jeter par moment un coup d'œil de regret sur ces pages où la passion s'exprimait en termes brûlants, et, du papier, son regard se coulait doucement vers la duchesse dont toute la personne était animée à l'œuvre de destruction.

— Duchesse, dit-il en lui arrêtant le bras, cela ne vous peine pas un peu de jeter aux flammes toutes ces adorables choses que vous disiez à l'homme le plus heureux du monde.

— Hâtons-nous, comte, si l'on venait nous arrêter tout à coup au milieu de cette besogne !...

— Je suis libre et vous aussi, puisque vous êtes là... mais, duchesse, tenez, je tombe sur une lettre que je voudrais conserver au prix de mon sang.

— Votre sang est plus précieux qu'un chiffon de papier.

— Parce que votre cœur est de glace, duchesse, et que l'ambition chez vous l'emporte sur tout... mais laissez-moi vous lire ces mots de flamme et vous serez désarmée.

La duchesse haussa les épaules et s'agenouilla devant la cheminée, afin de souffler sur les papiers qui ne brûlaient pas assez vite. Son visage prit ainsi des teintes vigoureuses qui en rehaussaient l'éclat et la pure beauté, et la faisait ressembler à ces magnifiques filles que le soleil de Naples a colorées de ses chauds rayons.

Elle continuait à froisser les papiers et à les joindre aux autres en s'étonnant qu'on ait la rage de tant écrire, tandis que Chalais poursuivait sa lecture les yeux attendris.

— « Oui, je suis à vous, lut-il d'une voix émue, à vous tout en-« tière, et il n'est pas une de mes pensées qui ne vole vers celui qui « m'a fait connaître ces extases de l'âme, ces ardeurs des sens qui « font croire que l'amour est réellement ce bonheur que Dieu destine « aux élus. »

— Taisez-vous, fit la duchesse qui s'était arrêtée et écoutait, la poitrine haletante, cette voix qui, si souvent, avait bouleversé son âme.

— Au contraire, duchesse, écoutez...

— Au feu, au feu !... fit-elle en avançant vers le papier une main toute tremblante.

— C'est la dernière, nous avons le temps ; et il continua en tenant toujours cette main dans la sienne. Ils étaient ainsi posés de telle façon que madame de Chevreuse semblait aux genoux de son ancien amant, sa poitrine appuyée sur lui, et ses yeux noyés dans les siens, comme aux premiers jours passés.

— « O mon Henri, continua Chalais, cachons bien nos amours, « car ils les feraient des jaloux. Avec quelle joie je me rappelle tout ce que « tu m'as dit hier, avec quelle curieuse crainte je me regarde dans « mon miroir, l'interrogeant avec avidité pour savoir si cette beauté « qui fait ta gloire, dis-tu, n'est pas menacée de se flétrir. Oh ! j'en « mourrais, vois-tu, mon Henri adoré !... mais aussi avec quelle « volupté je cherche sur mes lèvres la trace de tes baisers... et, « faut-il que je te l'avoue, je me suis surprise, folle que je suis, « baisant ce cristal inerte et froid en pensant que, peut-être, c'était « tes lèvres. »

Chalais laissa tomber le papier, et la duchesse, dont tout l'être avait tressailli à cette lecture, ne songea même pas à le jeter au feu. Les souvenirs évoqués, le rêve entrevu, devint une réalité. Jeunes tous deux, beaux tous deux, ils oublièrent l'univers entier, ils oublièrent la sombre haine qui veillait au dehors.

XXXIV. — OU MONSIEUR TIENT SA PROMESSE.

Deux heures après, Chalais, habillé de noir et botté comme s'il se disposait à partir pour un voyage, se présentait au Louvre pour faire son service de maître de la garde-robe ; mais on lui annonça

que le roi s'était levé de grand matin et allait partir pour Versailles où il entendait chasser toute la journée.

Chalais voulut entrer néanmoins pour saluer Sa Majesté, mais on lui dit que le roi était en conseil avec la reine, monseigneur Gaston, le duc de Vendôme, le grand prieur, arrivés pendant la nuit de Fontainebleau, ainsi qu'avec M. le cardinal, le maréchal d'Ornano et la reine mère.

— Qu'est-ce que cela signifie? se dit-il en se résignant à attendre la fin de cette réunion qui avait toutes les apparences d'un conseil de famille.

En effet, les personnages que nous venons de désigner étaient réunis dans le cabinet du roi, et entouraient une petite table derrière laquelle se tenait la reine et le cardinal. Celui-ci, un peu en arrière et de façon à pouvoir facilement approcher l'oreille de Sa Majesté.

— Allons, mon frère, disait le roi, il faut vous décider, c'est urgent.

— Sire, je n'ai pas de plus cher désir que celui d'obéir à Votre Majesté, dit le duc d'Anjou; mais...

— Mais vous voulez résister, monsieur!

— Non, sire, je vous le jure.

— Que n'acceptez-vous alors? Mademoiselle de Montpensier est une princesse accomplie, et vous ne pouvez que vous louer d'être agréé par elle!

— Sans doute, sire, mais...

— Toujours des mais... fit le roi avec colère. Et se tournant vers le cardinal, il sembla prendre dans les regards du ministre une force nouvelle pour continuer. Oui, monsieur, c'est trop de résistance, et vous devez céder à ma volonté.

— Sire, dans une affaire comme celle-ci, ce n'est pas à la volonté de mon frère que je voudrais céder, dit Gaston avec plus de fermeté qu'on n'en attendait certainement de son caractère irrésolu et craintif.

— Je suis le roi, et dans toutes choses, le roi se laisse guider par les intérêts de sa cour.

— Sire, dit Gaston, après avoir échangé un regard avec le grand prieur, Votre Majesté a réuni ce conseil, et c'est avec joie que j'y ai trouvé toutes personnes chères à mon cœur; mais du moment que vous les avez rassemblées, ne paraît-il pas de toute justice à Votre Majesté qu'elles soient appelées à donner leur avis sur le point qui, à ma grande douleur, nous divise si malheureusement.

— Vous voulez avoir l'avis de tout le monde, dit le roi, eh bien ! monsieur, vous l'aurez. Parlez d'abord, madame.

La reine n'ignorait pas les motifs de la résistance du prince. Elle savait que celui-ci nourrissait l'espoir d'être un jour son époux, après la déchéance de son souverain légitime : mais elle n'hésita pas un seul instant entre ces deux hommes, dont l'un était beau comme le jour, et l'autre avait cette mine triste et ce corps frêle qui a tant prêté depuis aux malignités de l'histoire.

— Je suis de l'avis de Sa Majesté, dit-elle, d'une voix assurée, et Monsieur le sait bien.

— Monsieur de Vendôme, le vôtre? demanda Louis.

— Sire, dit le duc, mon frère le grand prieur et moi partageons à cet égard les mêmes idées, et je le prie de vous formuler sa pensée, selon laquelle sera l'expression complète de la mienne.

Le grand prieur remercia son frère de cette inspiration, car il se considérait, à juste raison, comme plus susceptible de défendre la cause de Gaston.

— Sire, dit-il sur l'invitation du roi, les princes doivent rechercher des alliances plutôt que des convenances. Mademoiselle de Montpensier, quelque accomplie qu'elle soit, n'offrira jamais au frère du roi les avantages qu'une princesse étrangère pourrait lui apporter en cas de guerre.

— Ouais ! fit le monarque, voilà des paroles bien hardies, monsieur !

— Sire, ce sont celles des plus ardents serviteurs de votre royale personne.

— Ce sont paroles hardies, monsieur, vous dis-je ! Et elles nous font l'effet de friser de bien près une rébellion complète.

— Sire, c'est une politique timide que celle qui vous a été conseillée, car c'est dire aux rois, vos frères, que vous n'osez pas briguer l'honneur de leur appartenir par d'autres liens que ceux de l'étiquette.

— Au contraire, monsieur, dit le roi, avec une fermeté dans l'expression de laquelle passa un instant la grande âme du Béarnais, — c'est leur dire que nous sommes assez forts pour nous passer de leur alliance !

— Sire, Votre Majesté me permettra !...

— Assez, monsieur, dit le roi, qui recueillit l'opinion des autres conseillers.

Restait le cardinal, et chacun tourna les yeux vers cet homme, dont le visage immobile n'avait pas sourcillé durant cet entretien commencé depuis plus d'une heure.

— Je ne vous demande pas votre avis, monsieur le cardinal, dit le roi, nous le considérons comme nôtre ; mais vous avez, je pense, un argument décisif à faire valoir, et je crois que monsieur d'Anjou a besoin que vous ayez recours à lui.

Le prince regarda Richelieu avec appréhension ; mais celui-ci, impassible et froid, s'inclina avec respect et s'adressa au roi.

— Sire, dit-il, je ne suis pas pour les moyens extrêmes, et dans une question aussi grave que celle qui s'agite en ce moment, il eût été désirable que le plus entier accord régnât entre toutes les opinions ; mais si Votre Majesté veut me permettre de lui citer un fait, elle daignera peut-être ensuite en rapporter la conclusion à Monseigneur. C'est une sorte d'apologue, ou d'historiette, et bien qu'elle remonte déjà à de longues années, elle ne m'en paraît pas moins susceptible d'application. Il y a dix-huit ans, j'étais allé à Rome pour solliciter la faveur d'être sacré évêque par le Saint-Père lui-même.

Chacun se regarda en souriant, car on n'ignorait pas ce qui s'était passé alors.

Paul V lui avait demandé s'il avait l'âge requis pour être sacré, et Richelieu répondit affirmativement. Une fois la cérémonie achevée, le nouvel évêque demanda au pape l'absolution.

« — Et de quoi ? demanda celui-ci.

« — De ce que j'ai dit à Votre Sainteté que j'avais l'âge, tandis « que je ne l'ai pas. »

Ce à quoi Paul V répondit en s'adressant aux cardinaux qui l'entouraient : — *Questo giovini sara un gran furbo.*

— En sortant de Viterbe, continua Richelieu, je tombai, moi et ma suite, fort peu nombreuse il est vrai, dans une embuscade, dressée par des bandits, de ceux qui ont l'habitude de rançonner les voyageurs. Il n'y avait aucune résistance à tenter, et bien que j'eusse une épée et des pistolets dans ma chaise, je ne voulus pas sacrifier la vie des pauvres gens qui m'accompagnaient. Je résolus donc d'en passer par où ces brigands voudraient. Ils exigèrent rançon, et je leur promis vingt mille écus pour moi et trois mille pour chacun des gens de ma suite. La somme était forte assurément, mais comme je voulais laisser mon secrétaire entre les mains de ces bandits, en qualité d'otage, le chef exigea simplement ma parole de gentilhomme. Je la lui donnai sans hésiter, et je pus continuer ma route. Quatre jours après, le chef de ces bandits entra dans l'appartement que le cardinal Barberin avait bien voulu me donner dans son palais. J'étais maître de sa vie, et certain de toutes les absolutions possibles, je le payai. Cependant j'exigeai de lui une promesse, celle de renoncer à son infâme métier et de se réconcilier avec le pape. Il tint parole. Que diriez-vous cependant de ce bandit s'il ne l'eût pas tenue, il avait promis sous l'empire de la peur une chose en apparence indifférente, et que rien n'était plus facile d'éluder.

— Je ne sais pas où en veut venir Son Éminence, dit vivement Gaston qui rougit jusqu'aux oreilles, mais son historiette menaçante d'être assez malséante pour un fils de France, je le dispense d'aller plus loin. Je remercie vivement MM. de Vendôme et d'Ornano de leur adhésion, elles sont précieuses pour moi, mais je me décide à obéir, j'épouserai mademoiselle de Montpensier.

— Merci, mon frère, dit sincèrement le roi en lui tendant la main. Mais Gaston ne répondit pas à cette avance et se leva avec une respectueuse froideur. Il salua le roi et la reine, passa devant le cardinal sans le regarder et sortit.

A la porte il trouva Chalais, et passa un bras sous le sien.

— Ah ! mon cher Chalais, lui dit-il, l'affaire a été rudement menée par ce damné cardinal. Nous avons manqué notre coup, et j'épouse mademoiselle de Montpensier.

— Est-il possible ?

— Si vous n'aviez pas été retenu par lui à Paris, votre impétueuse nature nous débarrassait de lui, dès les premières minutes de notre arrivée à Fleury.

— Il paraît pourtant que c'est à propos de la femme de Louvigny que j'ai été mis aux arrêts par ordre du roi.

— Monsonge, mon ami, mensonge.

— Cependant, on m'a relâché ce matin, et je venais faire une scène de reproches au cardinal, car, sous prétexte de moralité, on a été jusqu'à fouiller dans mes armoires.

— Je vous dis que nous avons été vendus par quelque traître.

Chalais rougit extrêmement, car il ne se sentait pas tout à fait irréprochable sur ce point, bien qu'il eût ménagé ses complices.

— Et l'ordre que j'ai reçu du roi, d'avoir à me trouver ce matin à son lever, ordre que m'a transmis à Fleury le cardinal lui-même, dans une circonstance que je n'oublierai de ma vie, et que j'espère bien un jour lui faire payer, n'est-ce pas la preuve évidente que le complot a été éventé ?

Comme ils allaient disparaître par une des portes de la galerie, un grand mouvement se fit aux fenêtres, vers lesquelles tout le monde s'était précipité.

— Qu'y a-t-il donc ? demanda le prince.

Barradas passait en ce moment et se mit à rire au nez de Gaston.

— Qu'est-ce ? lui demanda Chalais.

— Eh ! parbleu, c'est MM. de Vendôme et le maréchal d'Ornano qui nous donnent la comédie au moment de monter en carrosse. M. le capitaine des gardes vient de les arrêter au nom du roi.

— Arrêtés ! mes frères, mes meilleurs amis !... s'écria Gaston qui sentit ses jambes fléchir.

Chalais le soutint, mais le rouge de l'indignation lui était monté au visage.

Presque aussitôt Louvigny parut, les yeux hagards, et en apercevant le duc et Chalais, il accourut vers eux.

— Monseigneur, dit-il, je viens vous demander mon congé.

— Quoi ! vous voulez quitter mon service, vous, Louvigny, qui êtes à moi depuis si longtemps et sur qui je croyais pouvoir compter.

Barradas se rapprocha et s'adressa au prince avec l'effronterie qui lui était habituelle.

— Eh ! monseigneur, dit-il, ce pauvre Louvigny est en même temps le plus heureux des hommes et le plus infortuné des maris. Il a épousé hier, et il hérite aujourd'hui.

— Monsieur ! s'écria Louvigny en pâlissant.

— Eh ! quoi ! fit Chalais, mademoiselle de Caumont...

— Elle est morte, reprit Louvigny.

— Morte !

— Du reste, Louvigny, ne vous félicitez pas trop, ajouta Barradas, M. de Caumont est un chicanier, il vous fera rendre la dot, car cela n'était pas prévu dans le contrat ! Ah ! c'était pourtant bien arrangé. Trop tôt ! comte, trop tôt !

— Monsieur, dit Louvigny, j'irai vous demander compte de ces paroles outrageantes.

— Quand vous voudrez, monsieur, et il passa en toisant avec insolence Louvigny qui, retenu par Chalais, voulait se précipiter sur lui.

— Eh ! tu le tueras tout à l'heure, au Pré aux Clercs, dit Chalais.

— Ni aujourd'hui, ni demain, c'est impossible, ne faut-il pas que je m'occupe de faire inhumer...

— Ah ! ça, c'est donc bien vrai ?

— Chalais, toi aussi, tu voudrais te moquer ?...

— Non, certes, mais une mort aussi subite. Une jeune fille dans tout l'éclat de sa beauté, dans toute la force de ses dix-huit ans.

— Chalais, si elle n'était plus, j'aurais peut-être à te demander compte de certaine tentative...

— Je m'en repens de tout mon cœur, mon cher ami, crois-le bien.

— Tu es sincère, toi, dit Louvigny avec conviction ; mais les autres.. Ah ! je regrette bien d'avoir accompli ce mariage aujourd'hui, car la calomnie.

— La calomnie t'atteindra, c'est sûr ; mais importe, à toi, tu aimes tant l'argent.

— Chalais !

— Allons, c'est à un vieil ami comme moi que tu prétendrais céler ton véritable caractère. .

Louvigny regarda de travers, et, considérant le duc d'Anjou, sembla solliciter une réponse à la prière qu'il était venu lui adresser.

— Ces messieurs arrêtés ! dit Gaston, que ses affaires préoccupaient uniquement, — demain ce sera mon tour.

— Monseigneur, fit Chalais avec énergie en s'approchant de son oreille, donnez-moi une lettre pour l'archiduc, et dès la réponse je vous jure que le cardinal ne vous inquiètera plus. — En attendant je vais de ce pas lui dire son fait.

Le duc s'en alla avec Louvigny, et Chalais se dirigea vers les appartements du cardinal. Mais comme il en approchait, un valet lui remit une lettre.

— De la part de M. le lieutenant-criminel, dit-il.

Chalais ouvrit la lettre, non sans une certaine crainte : les événements qui se succédaient depuis deux jours se précipitaient avec une perpétuité de malheur qui ne laissait pas que de jeter un certain trouble dans cet esprit d'ordinaire si limpide et si peu accessible aux chagrins.

Dès qu'il eut jeté les yeux sur ce papier, il tressaillit de tout son corps.

— Jeanne au Châtelet! s'écria-t-il, oh! courons, courons à son aide!...

Et, oubliant absolument et le cardinal et ses ressentiments personnels, il s'élança hors du palais.

XXXV. — UN PIÈGE A SAVANT.

Ce ne fut que le lendemain matin que maître Adamas s'aperçut du vol commis dans son armoire. Il lui fut facile d'en constater les traces, et il l'attribua tout naturellement à son pourvoyeur ordinaire de sujets anatomiques.

Il frémit à la pensée que cet immonde coquin avait peut-être déjà accompli son œuvre ténébreuse; mais il songea également qu'il était peut-être encore temps de l'arrêter.

Vingt minutes après, il arrivait encore tout bouleversé chez Catafago.

Celui-ci était bien tranquillement assis sur le seuil de sa porte et raclait une vieille guitare aux cordes échevelées, tandis que la Forfala s'occupait de soins intérieurs, tout en fixant par moment des regards farouches sur la frêle créature qui dormait couchée dans un berceau d'osier.

— Misérable, dit le docteur, en le saisissant par le bras, tu m'as volé.

Catafago l'avait vu venir au loin, et n'avait pas sourcillé; il releva la tête et offrit aux yeux hagards du vieillard le visage le plus placide du monde.

— Eh bien! après? fit-il en essayant d'égratigner une corde de son pouce nerveux.

— Rends-moi ce flacon.

— Oh! volontiers, fit Catafago en se levant tranquillement et s'en allant chercher une fiole soigneusement cachée dans le coin d'une étagère effrondée.

— Tu t'en es servi? s'écria Adamas qui le vit aux trois quarts vide.

Le docteur le considéra avec crainte et s'écarta de lui.

— Malheureux, c'est un crime horrible!

— A vos yeux, c'est possible, mon maître; aux miens, c'est une bonne affaire. Vous avez, à l'aide de cette drogue somnifère, assassiné déjà un grand nombre de chiens, chats ou lapins, et cela sans scrupule; eh bien, à mes yeux, voyez-vous, un homme, cela ne pèse pas davantage.

— Exécrable drôle, ne crains-tu pas que la justice...

— La justice n'inquiète que ceux qui ont la maladresse de lui fournir les verges.

— Eh bien, je me charge de ton châtiment, moi.

— Vous!

— La manière dont on meurt au moyen de ce flacon est trop extraordinaire pour que ton exécrable action n'ait pas eu du retentissement; je saurai facilement quelle a été ta victime et je te dénoncerai.

— Vous ne ferez pas cela, reprit tranquillement le bandit.

— Tu le crois?

— Je vous en défie.

— Eh bien! j'y vais de ce pas, et sous peu tu auras de mes nouvelles.

— Vous ne le ferez pas, mon maître, parce que vous avez besoin vous-même de mon silence. La loi et les ordonnances vous interdisent de déterrer des corps dans les cimetières et je prouverai que vous n'avez fait que ce commerce depuis dix ans.

— A ton aise; il y aura une amende, je la paierai.

— Vous serez pendu haut et court.

— Je n'en crois rien. M. le cardinal m'honore de son amitié.

— Alors, grand bien vous fasse!... Seulement... dit le bandit d'un air significatif, et qui s'arrêta tout à coup.

— Achève.

— Moi, je vous donnerais un conseil.

— Lequel?

— Vous êtes curieux, maître, autant que savant. Eh bien, vous pourriez, si vous vouliez, étudier l'effet de votre poison sur une personne baptisée.

— Horreur!

— Cette proposition en vaut une autre.

— Tu es un misérable, et tu seras pendu, je te le jure.

Et le vieillard s'éloigna au plus vite dans la direction de la Seine, pendant que Catafago fermait soigneusement la porte de la maison.

— Es-tu fou! dit la Forfala, de laisser s'éloigner cet homme, comme tu as fait, sans exiger de garanties; s'il te dénonce, nous sommes perdus.

— Bah! fit le truand en riant dans sa barbe.

— Qu'est-ce que tu as à rire?

— Je fais cette réflexion que, depuis le jour où ce damné comte m'a à moitié assassiné, tout me réussit! Jusqu'à ce petit drôle de Robin, que je ne trouve plus sur mes talons.

— Robin! dit la Forfala en se dressant tout à coup devant lui, comme l'eût fait une vipère sur la queue de laquelle un rustre aurait marché.

— Eh bien, oui, Robin, après?

— Rien... fit la bohémienne en se laissant tomber sur son lit pâle comme une morte; — mais si tu m'en crois, Catafago, tu te défieras de ce vilain docteur.

Elle prononça ces mots d'une voix faible et sans trouble; le bandit n'eut pas l'air de s'en apercevoir. Toutefois, il jeta vers elle comme un regard de triomphe, et se rapprocha de la porte, à la serrure de laquelle il appliqua son œil.

— Je savais bien qu'il reviendrait, dit-il.

— Qui? fit la Forfala en se soulevant, la bouche entr'ouverte et presque haletante d'espoir.

— Oh! ce n'est pas Robin, reprit son terrible amant en ricanant, c'est le docteur.

Et il tira tranquillement un couteau de sa ceinture et en examina la pointe et le tranchant avec attention.

— Que veux-tu faire?

— La porte était ouverte, et il y a des gens qui rôdent de tous les côtés; j'étais donc forcé de le laisser échapper; mais j'ai jeté un appât à ce bélître de savant, et il revient se jeter dans ma nasse. Il ne sortira pas d'ici.

— Tu veux le tuer!

— Pardieu, oui. Il approche. Ecoute bien, Forfala, et ne réplique pas, surtout. D'abord, lève-toi.

— Mais...

— Lève-toi, allons!

Et l'effroyable bandit accompagna cet ordre d'un geste énergique auquel la pauvre femme s'empressa d'obéir, tremblante comme une feuille.

— Tu es bien peu brave, aujourd'hui, mignonne! dit Catafago en la regardant de travers.

— Tu me fais peur, aussi, répondit la bohémienne d'une voix douce.

— Et toi, tu me fais pitié, tu as l'air d'une timide brebis! je ne vois pas en toi la lionne des beaux jours.

— C'est que...

— Allons, parle, dépêche-toi, tu vois bien le vieux savant qui approche.

— Robin...

— Eh bien?

— Il n'a pas reparu depuis hier.

— Ah! c'est cela qui te préoccupe; eh bien, nous en reparlerons. Ecoute bien. Le bonhomme va frapper, tu demanderas qui est là; à ta voix, tu me défieras pas, et tu ouvriras. Je vais me tenir derrière l'huis, le couteau levé.

— Ah! maudit...

— Le voici, attention. Chut!...

Une minute après, minute terrible pour la Forfala dont le cœur, mû de pitié, battait à lui rompre la poitrine, on frappa à la porte.

XXXVI. — LES MILLE PISTOLES DU BANDIT.

La Forfala ouvrit la porte, ainsi que le lui avait commandé Catafago, mais il est probable que son visage exprimait la terreur dont son âme était saisie, car le docteur recula à deux pas du seuil.

— Catafago n'est plus là? demanda-t-il.

— Il fait sa sieste, répondit la bohémienne.

— Ne pouvez-vous le réveiller?

— Oh! non, fit-elle avec empressement.

— Je voulais... au fait, vous n'ignorez rien de ses mystérieux

Catafago, tranquillement assis sur le seuil de sa porte, raclait une vieille guitare. (P. 71.)

trafics, ma belle enfant ; je puis bien vous dire ce qui me ramène. Je lui pardonnerai son vol, quoique la drogue qu'il m'a soustraite m'ait coûté plus de dix écus d'or, sans compter le temps passé à souffler les fourneaux, mais à une condition.

— Laquelle?

— Il me livrera le cadavre.

— Pour rien? fit la Forfala qui comprit la grimace que lui fit Catafago du coin où il n'avait cessé de rester blotti.

— Je lui paierai trente pistoles.

— Le jeu n'en vaut pas la chandelle, monsieur, dit la bohémienne, surtout après les menaces que vous avez faites tout à l'heure à l'honnête Catafago.

— Eh! il me connaît bien, je ne les aurais jamais effectuées.

— Il ne voudra pas.

— Qu'est-ce qu'il y a? demanda le truand d'une voix forte qui partit des profondeurs de la maison.

Le docteur s'avança tout à fait et, risquant sa tête à travers l'huis, aperçut le bandit qui était couché sur le lit de la Forfala, et tenait l'enfant dans ses bras. Ce spectacle n'était pas fait assurément pour inspirer la moindre crainte; aussi fit-il disparaître toute appréhension de ce genre dans l'âme d'Adamas qui entra dans l'unique chambre de ce logis sinistre.

— J'ai entendu, dit le bohème; il faut toujours faire ce que vous voulez, maudit homme!

— Tu consens, ami Catafago? s'écria le docteur en se frottant les mains.

— Oui, mais pour cinquante pistoles.

— Ah! le juif!

— Écoutez donc, il s'agit d'une personne de haute naissance, et pour avoir son corps, il me faudra au moins en offrir dix aux sacristains ou fossoyeurs.

— Eh bien, soit.

— Mais, mon maître, vous m'avez menacé tout à l'heure, il me faut des arrhes.

— Je n'ai pas un écu sur moi.

— Votre signature, alors.

— Oh! c'est bien grave, si on la trouvait entre tes mains, car tu joues un jeu à te faire pendre vingt fois par jour.

— Eh bien, si vous êtes l'ami de M. le cardinal, vous vous tirerez d'affaire. Ferme la porte, Forfala.

La bohémienne obéit avec d'autant plus de promptitude qu'en même temps le bandit s'était précipité sur Adamas, le couteau levé.

— Ah! fit celui-ci, qui comprit trop tard le piége et se laissa tomber sur le sol.

Mais Catafago ne laissa pas tomber son bras redoutable, car la porte ne s'était pas fermée sous l'effort de sa maîtresse : un bras vigoureux et un pied vivement placé entre l'huis et le montant l'en avaient empêchée.

Catafago comprit trop tard, lui aussi, le danger qu'il courait et laissa échapper un éclat de rire qui emplit toute la masure, et en fit trembler les murailles débiles.

— Voilà un homme qui a peur ! fit-il en continuant, et qui pourtant joue tous les jours avec la mort. Allons, relevez-vous, mon maître et rentrez chez vous, vous aurez votre affaire, tenez vos doublons prêts.

Adamas n'en demanda pas davantage, et s'enfuit sans même songer à regarder et à rendre grâces au sauveur inespéré qui venait de l'arracher à la colère du bandit.

Le nouveau personnage qui s'introduisait ainsi, à peu près de force, dans le domicile du couple bohème, n'était autre que Pierre Baudry.

Celui-ci avait l'air profondément découragé; et, se jetant sur un

Anne d'Autriche regarda le roi avec étonnement. (P. 75.)

escabeau, il resta la tête basse et les bras pendants de chaque côté du corps.

— Catafago, dit-il d'une voix faible, il faut que vous me rendiez un service.

Le bandit qui, à sa vue, s'était un instant troublé, car il avait vu, la veille, l'avocat recevoir les dernières paroles du page, se dit aussitôt qu'il ne savait rien de sa participation à la mort de mademoiselle de Caumont et que, par conséquent, il ne venait pas lui en demander compte. Au contraire, à son avis, Pierre n'avait qu'à se louer de lui.

Il échangea avec la Forfala un de ces regards de satisfaction et de sécurité qui signifiait évidemment : — Il se livre.

Mais la Forfala eut sans doute horreur de l'épouvantable catastrophe que méditait son amant, car elle adressa le plus charmant sourire à l'avocat.

— Catafago a trop à se louer de vous pour rien vous refuser, monsieur Baudry. Il n'oubliera jamais, j'en suis sûre, que sans vous il crèverait peut-être comme un chien dans un fossé de l'abbaye de Saint-Germain-des-Prés.

— C'est vrai, dit le truand d'une voix sombre, et en jetant cette fois sur la belle fille un regard de travers et contenant les menaces les plus effroyables.

— Mon cher Catafago, reprit Pierre, vous êtes un habile homme et maintes fois vous avez été employé à des expéditions délicates; témoin celle dont vous m'avez récemment confié la conduite, et qui n'a pas abouti comme je l'espérais; mais, par suite de vos relations avec ceux des grands seigneurs qui ont eu recours à vos talents, il vous est donné sans doute de pénétrer souvent dans leur maison, de causer avec leurs gens, de deviner même parfois leurs projets.

— Cela m'est arrivé.

DIXIÈME LIVRAISON.

— Alors, Catafago, pourriez-vous découvrir l'auteur de l'un de ces forfaits qui épouvantent à la fois l'esprit et la pensée?

— Me prenez-vous pour le lieutenant criminel? fit le truand d'une voix rogue.

— Il y a de ces crimes ténébreux sur lesquels la justice n'ouvre aucune enquête, parce que le rang et la richesse des familles leur commandent de s'abstenir, mais qui n'en doivent pas moins être devant les hommes, comme devant Dieu, dignes d'un châtiment exemplaire.

— Vous voulez, je parie, me parler de la mort de madame de Louvigny?

— Vous savez déjà?

— Pardieu, il n'est question que de cela.

— Est-ce que vous auriez des indices sur ce point, Catafago? reprit Pierre avec avidité.

— Non.

— Cherchez bien dans vos souvenirs.

— Je n'ai rien à chercher.

— Vous êtes bien certain?

— Pourquoi cette insistance? demanda le bandit que cette espèce d'interrogatoire commençait à fatiguer.

— Et pourquoi ce silence? demanda à son tour l'avocat.

— Ah!... fit Catafago en relevant la tête avec insolence.

— C'est toi qui l'as tuée, misérable! s'écria Pierre en se précipitant vers lui et le saisissant à la gorge.

Mais le truand lui donna un violent coup de poing dans la poitrine et Pierre, forcé de lâcher prise, alla tomber sur le lit de la Forfala. Il se relevait, furieux et menaçant toujours, lorsqu'il fut saisi à son tour, renversé sur le grabat, et il vit briller au-dessus de sa tête la lame aiguë d'un couteau.

— Savez-vous une chose, dit Catafago en le regardant avec des yeux rouges et terribles capables de faire mourir de peur une âme moins bien trempée que celle de Pierre, — savez-vous, malheureux avorton, que j'ai reçu cent pistoles, et promesse de cent autres pour vous enfoncer cinq pouces de cette lame dans la poitrine.

— Eh bien! tue-moi, j'aime mieux cela.

— Non! fit le truand en le lâchant et le laissant se mettre sur ses jambes, ce qu'a dit tout à l'heure la Forfala te sauve la vie.

Pierre ne songea même pas à remercier la belle bohémienne qui avait assisté impassible à cette lutte suprême; il s'avança vers le bandit, la tête haute et le geste impératif.

— Dis-moi qui a tué Blanche, et je te pardonne.

— Me pardonner! Etes-vous fou?

— Oui, je te pardonnerai sa mort, car je pense bien que tu n'as été qu'un instrument, et qu'aux hommes comme toi, peu importe qui paye, pourvu qu'on paye; — oui, je te pardonnerai cette exécrable action, si tu me livres le nom du coupable.

— Et si je garde le silence?

— Je m'attacherai à toi de telle sorte, qu'il faudra bien qu'un jour ou l'autre tu desserres les dents, ou sinon...

— Vraiment, je t'admire, jeune homme! tu crois m'effrayer... Eh bien! que feras-tu? tu iras me dénoncer au Châtelet. Le Châtelet, vois-tu, je m'en moque comme de cela.

Et, en disant ces mots, le bandit fit claquer l'ongle de son pouce sous ses dents incisives.

— Et d'ailleurs, continua-t-il, je défie qu'on me prouve rien. Il n'y a qu'un seul homme que je craigne, un seul dont la vue suffirait à me faire gagner les cavernes les plus inaccessibles, parce que je sais bien que, me croyant mort, il ne me manquerait pas. Celui-là, tant que je n'aurai pas vengé sur lui les terreurs qu'il me cause, je le redouterai. A part lui, je n'ai peur de personne, et je défie à qui que ce soit de mettre la main sur moi. Sur ce, jeune homme, va-t'en d'ici et n'y reviens jamais, car, à dater de cet instant, je t'en préviens, ta vie ne pèsera pas plus à mes yeux que celle du premier venu, et je puis me souvenir qu'on m'a offert deux cents pistoles de ta peau.

— O mon Dieu! dit Pierre, reconnaissant qu'il ne tirerait rien de cet endurci coquin, je ne pourrai donc que prier pour son âme.

Quand il fut parti, Catafago se répandit en blasphèmes, et la Forfala, il faut le dire, ne fit rien pour le calmer, au contraire; elle affecta de fredonner quelques paroles d'une séguedilla alerte, comme si elle eût voulu exciter ses appétits féroces.

— Tais-toi, dit le bandit, car j'ai une espèce de fièvre de sang, et, si cela continue, il faudra que je tue quelqu'un.

— Tu n'oserais pas.

— Pourquoi me dis-tu cela?

— Parce que je le pense.

— On dirait que tu veux me provoquer?

— Et quand cela serait?

— Tu sais bien que je ne te tuerai jamais que je ne sois vengé. J'ai besoin de toi pour cela.

— Eh! cette existence me pèse, Catafago. Je sens en moi une douleur mortelle, vois-tu! Pourquoi m'as-tu apporté cet enfant à la place du mien? Je ne puis m'y attacher, et il y a des moments où je me demande s'il ne vaut pas mieux l'abandonner et lui refuser ce sein qui ne devrait être qu'à l'enfant de mes entrailles. Tu m'as juré que mon enfant était entre bonnes mains; tu n'as pas menti, au moins?

— Eh! fit Catafago avec impatience.

— Ah! qu'un coup de couteau viendrait à point m'ôter mes appréhensions. Je suis mère, vois-tu, Catafago, je suis mère, à présent, rien de plus, et si j'avais la certitude que mon enfant n'est plus, je n'attendrais pas que la mort me vînt de toi.

— Voyons, dit le bandit, assez, tu me fatigues; songeons aux choses sérieuses. Nous avons là cent pistoles, le Louvigny m'en doit cent autres, une autre personne huit cents. Il m'en faut mille au moins pour mener une affaire à bonne fin. C'est mon compte.

— C'est cette autre personne qui est cause de la mort de Robin?

— Tu étais mère avant tout, disais-tu?... fit le bohème en la regardant de côté.

La Forfala rougit, mais elle soutint la cruelle fixité de ses yeux.

— Écoute, continua-t-il, ce Robin, malgré ses quinze ans, était bien le plus terrible vaurien du Pré aux Clercs, il n'est pas de filles de ces parages à qui il n'ait conté fleurettes, et je l'ai trouvé trois ou quatre fois rôdant autour de la maison et fuyant à mon approche. J'avais besoin de quelqu'un pour jouer un rôle de page.

Je lui ai dit qu'il aurait affaire à quelque jolie servante, et il a accepté.

— Et il est mort!

— Vois-tu, Forfala, je te connais. Je grisonne, et tu n'es pas aussi exclusivement mère que tu veux bien le dire. A l'égard de Robin seulement je t'ai vue mentir, et comme cela ne t'était jamais arrivé, je m'étais promis de l'éloigner.

— Et tu as voué cet enfant à la mort, comme cela, froidement, sans remords.

— Il me déplaisait, et tu aurais fini par l'aimer.

La bohémienne se mordit les lèvres, et ne répondit pas; puis, sans se soucier des cris du nourrisson qui venait de se réveiller, elle ramassa la guitare que Catafago avait posée contre la muraille et continua d'une voix monotone la joyeuse chanson commencée précédemment.

Le bandit la laissa faire et s'en alla choisir, dans un coin de la maison, une forte pince de fer. Il la passa dans l'œil d'un baudrier, comme il eût fait d'une épée, et se mit cette arme étrange autour du corps, après quoi il s'enveloppa d'un manteau et sortit.

Il se dirigea vers un sentier du Pré aux Clercs qui bordait un ruisseau ombragé de saules, et s'assit sur une grosse pierre derrière laquelle s'élevait une énorme quantité de joncs et de hautes herbes.

Il passait peu de monde de ce côté, si ce n'est quelques-uns de ces couples mystérieux qui recherchent d'ordinaire l'ombre et le silence, et qui, à la vue du bandit, s'empressaient de porter leurs pas d'un autre côté, soit qu'ils ne voulussent pas être aperçus, soit que son visage rébarbatif leur causât quelque frayeur.

Au bout d'une demi-heure d'attente, Catafago distingua au bout du sentier un individu qu'à sa plume et à la manière dont il portait l'épée, on reconnaissait pour un gentilhomme; toutefois, ce seigneur, bien qu'il affectât de marcher résolument, avait dans sa manière de tourner la tête une certaine timidité indiquant de reste qu'il eût été fort contrarié d'être rencontré.

Quand il fut à distance, Catafago marcha droit à lui.

— Monsieur le comte de Louvigny, dit-il.

— Chut!

— Il n'y a personne ici que des rainettes vertes ou des orfraies, je connais mon Pré aux Clercs, allez, monseigneur; il a des retraites inaccessibles et des fourrés redoutés. Ne s'aventure pas qui veut dans ces parages, dès que la nuit est, et, à cette heure, il faut être gentilhomme pour oser passer dans mon chemin.

— Tu m'as envoyé un messager ce matin, et j'ai pensé...

— Qu'il était convenable de m'apporter la somme promise.

— Mais...

— Tenez, monseigneur, là, derrière ce rocher, en écartant les ronces et les rosiers, vous pourrez le voir.

— Et tu étais assis tranquillement à cette place?

— Dame, je n'ai peur que des vivants, moi!

Le comte s'approcha timidement de la pierre, monta dessus afin de mieux voir; puis, écartant les hautes herbes du fourreau de son épée, il aperçut un cadavre vêtu de noir, comme étaient ordinairement les vêtements des écoliers ou bazochiens, et dont le visage livide et violacé était animé par un regard glauque et terne, tourné vers le ciel.

Louvigny recula, pâle et assez visiblement ému, et resta, un pied sur la pierre, un moment absorbé dans ses réflexions.

Catafago s'approcha doucement.

— Je me suis trop hâté de te donner cet ordre, dit le comte. Aujourd'hui je n'ai plus que faire de la mort de ce jeune homme, car tu sais, sans doute, le malheur qui m'est arrivé.

— Ils seront morts le même jour, monseigneur, reprit le bohème avec empressement, espérant bien que cette réflexion allait éteindre tout remords dans l'âme de sa pratique.

— Tiens, voilà l'argent, dit Louvigny, qui fit aussitôt mine de s'éloigner.

— Monseigneur, un mot encore, je vous prie.

— Parle.

— Avez-vous rencontré depuis quelque temps M. de Rochefort?

— Non.

— Je sais que M. le cardinal l'emploie à beaucoup de choses, et que des missions secrètes l'éloignent parfois de la cour; mais ce que les domestiques m'ont dit serait-il vrai! Croyez-vous qu'il ait été mis à la Bastille?

— Le bruit en a couru hier au Louvre.

— Bon. Je vous remercie.

Le comte s'éloigna, et Catafago le suivit des yeux en soupesant avec complaisance le sac de cuir que lui avait remis son client.

— Imbécile! murmura-t-il entre ses dents. Je savais bien qu'un meurtrier ne peut contempler sa victime sans frayeur, et que tu prendrais celui-ci pour ton ennemi.. J'ai complété mes mille pistoles, mais si le comte est à la Bastille ?... Ce doit être un faux bruit.

Et il gagna, pensif, le bord de la Seine.

XXXVII. — LA VENGEANCE D'UN AMI.

Quand les princes eurent quitté la chambre du roi, et que Louis XIII eut reçu avis de leur arrestation, il se renversa dans son fauteuil et éclata de rire.

Cela était si contraire aux habitudes de ce monarque morose et ennuyé, que le cardinal et la reine se regardèrent involontairement et reportèrent ensuite les yeux sur lui.

— Qu'avez-vous donc, sire? demanda Anne d'Autriche, qui déjà s'était levée pour se retirer.

— La plus drôle d'histoire , madame, et je n'y songeais plus du tout ce matin, lorsque la déconvenue dans laquelle doivent se trouver MM. de Vendôme me la représente tout à coup à l'esprit.

— Qu'est-ce ?

— Figurez-vous qu'hier au soir, M. le cardinal m'avait laissé dans mon lit avec une assez fatigante insomnie, et j'attendais patiemment un livre qu'il m'avait promis pour me désennuyer. C'était, selon lui, le livre le plus attrayant du monde, car il était, à ce qu'il paraît, écrit de fines pattes de mouches et rempli de concetti à l'italienne, comme les plus raffinés de la cour savent si bien les débiter. Je me pourléchais d'avance, comme fait mon grand chien courant Miraud, lorsque je le tiens en laisse au moment de le lancer sur le gibier ; et, en effet, M. le cardinal ne tarda pas à m'envoyer par des Bournais, son valet de chambre, un coffret en bois de calembour sentant l'ambre et l'iris à faire pâmer.

— Et ce coffret ? demanda anxieusement la reine, car elle avait surpris un regard et un sourire cruels lancés vers elle par le ministre.

— Eh bien , madame, je comptais trouver dans ce coffret la correspondance amoureuse de deux des plus brillants personnages de la cour; — l'homme est de mes serviteurs, l'un de ceux que je me plais le plus à voir; la dame est fort connue de vous.

— Ah !...

— Savez-vous, madame, ce que j'ai trouvé enfin au fond de la boîte ?

— Sire... fit Richelieu interrogeant des yeux; car, lui aussi se trouvait agité d'un tressaillement étrange.

— J'y ai trouvé le deuxième acte de *Mirame*.

La reine regarda le roi avec étonnement.

— *Mirame*, madame, continua-t-il, est une tragédie à laquelle travaille M. le cardinal, et qui, à ce qu'il paraît, contient des allusions délicates aux faiblesses de certaine grande dame de la cour... d'Angleterre.

— Quoi ? fit Richelieu, il y avait dans cette boîte...

— Pas autre chose.

— Oh !... fit le ministre en se levant rouge comme braise , que veut dire ceci?...

— Cela signifie, monseigneur, que les poëtes ont parfois des absences et qu'ils sont exposés à prendre un papier pour l'autre. Savez-vous que ce serait une plaisante aventure, si, au lieu de votre manuscrit, vous aviez envoyé les lettres de nos amoureux à messieurs les comédiens !

Le roi se leva à son tour et s'approcha, toujours riant, du cardinal.

— Assurez-vous de la chose, monsieur le cardinal, car, avant tout, il faut éviter le scandale.

Et il s'en alla, laissant en présence les deux ennemis.

— Bien joué, madame, fit Richelieu en s'inclinant.

— Comment, monsieur ? fit la reine qui ne comprenait pas.

— L'autre jour, grâce à un incendie allumé fort à propos, la duchesse a pu échapper à la confusion qui l'attendait. Hier, par un de ces hasards qui confondent, elle a évité encore une plus grande disgrâce. Cela lui fait deux manches, et suffit ordinairement pour gagner la partie. Mais patience, madame, patience, nous verrons.

— Monsieur, je ne veux pas aller au delà de vos paroles, et je me repose sur la bonté de ma cause pour triompher des embûches des méchants. Cependant je vous le disais franchement, si vous voulez...

— Quoi, madame ?

— Le jour où vous me prouverez que l'homme que vous savez n'est plus, j'oublierai tout et pardonnerai peut-être.

Elle passa devant le cardinal, qui s'inclina et resta seul, les joues pâles et les poings serrés.

— Ces lettres, ces lettres, que sont-elles donc devenues ?...

Et il se dirigea immédiatement vers son appartement, à la porte duquel il s'arrêta un instant.

— Est-ce que Marion m'aurait joué ?... se dit-il... Oh ! c'est impossible... Et pourtant, c'est une si étrange créature !...

Le soir, M. le duc d'Anjou assista au coucher du roi, et, afin que tout le monde fût bien convaincu du raccommodement, il lui donna la chemise. Cette action avait-elle été arrêtée d'avance, ou n'était-elle que la conséquence de cette versatilité d'esprit dont Gaston fournit toute sa vie le triste spectacle. Toujours est-il que Chalais quitta la chambre aussitôt ; car, déjà indisposé contre le cardinal à cause de l'arrestation des frères naturels du roi, il ne voulait pas se laisser emporter à sa mauvaise humeur contre le prince.

— Si le roi a ordonné d'arrêter MM. de Vendôme, lui avait dit le commandeur, c'est parce qu'ils ont fait de l'opposition au mariage de Gaston et de mademoiselle de Montpensier, et nullement pour leur participation au complot contre le cardinal.

— Le cardinal est le plus déloyal des hommes, avait répondu Chalais, et je m'en souviendrai.

A la porte de la chambre du roi il rencontra Louvigny vêtu de noir, et dont le visage était lugubre.

— Je te cherchais, lui dit celui-ci.

— Que me veux-tu ?

— Je me bats demain au Pré aux Clercs avec Barradas.

— Eh bien ?

— Veux-tu être mon second ?

— Ah ! fit Chalais en le regardant bien en face ; as-tu déjà demandé cela à quelqu'un ?

— Non.

— C'est qu'il ne me serait pas possible de te servir demain.

— Soit , qu'à cela ne tienne ; Barradas consentira à remettre le duel, d'autant plus que c'est moi qui suis l'offensé.

— Ah ! ça, tu as enterré ta femme aujourd'hui et tu veux la rejoindre demain.

— Je ferai de mon mieux pour que cela ne soit pas, dit Louvigny avec un sourire étrange.

— En vérité ; eh bien, veux-tu que je te dise franchement ma façon de penser, Louvigny ?

— Nous avons été élevés ensemble, nous avons eu mêmes jeux, mêmes travaux, nous sommes presque comme frères ; tu m'y as habitué

— Tâche de trouver une autre second.

— C'est là ta façon de penser, Chalais ?

— Oui.

— Tu me refuses ?

— Oui.

— Et pourquoi? demanda insolemment Louvigny.

— A ta place, je ne ferais pas semblable question.

— Est-ce une querelle que tu me cherches?

— Non, loin de là, je m'arrangerai toute ma vie pour ne jamais avoir de querelle avec toi, Louvigny, de même que je déclinerai l'honneur de te servir de second dans les duels que tu pourras avoir à l'avenir. Que diable te fâche pas et fais appel à ta mémoire, il n'y a pas si longtemps que tu vis à l'œuvre, au Pré aux Clercs, et le pauvre Hocquincourt n'est pas encore hors de danger.

— Chalais !...

— Tu as été terriblement maladroit dans cette affaire.

— C'est une fatalité que je suis encore aujourd'hui à m'expliquer.

— Oui, eh bien! je me la suis parfaitement expliquée, moi; aussi me suis-je promis de ne jamais sanctionner par ma présence le renouvellement d'une semblable algarade.

— Chalais, tu me rendras raison !

— De vieux amis comme nous, allons donc ! Ce que je te dis là, personne assurément n'oserait te le dire, et te ferait une injure plus mortelle peut-être; mais, je te le répète, je ne serai pas ton second.

— Chalais, je t'en prie.

— Quand tu me supplierais à genoux, non !

— Prends garde !

— A quoi ?

— Je te forcerai bien à mettre une épée à la main.

— Le jour où j'aurai assez de la vie , nous verrons cela, je te le promets.

— Chalais ne joins pas l'insulte à l'affront !...

— Eh ! prends-le comme tu voudras, je trouve que ton action

avec Hocquincourt a été déloyale ; et, puisque tu veux des mots catégoriques, je me crois encore trop honnête et trop loyal pour appuyer de mon épée la cause d'un homme comme toi.

— Oh! je me vengerai ! fit Louvigny en grinçant des dents.

— A ton aise.

Et Chalais lui tourna le dos en sifflottant l'air de chasse favori du roi.

Louvigny resta stupide sur le coup. Il était loin de s'attendre à semblable sortie, et il ne savait à quel saint se vouer pour se tirer d'embarras ; car si son ami d'enfance lui adressait un tel refus, à plus forte raison tout seigneur de la cour partagerait une semblable répulsion. La haine et la fureur distillaient leur venin dans son cœur, et il se demandait comment il pourrait se venger de cet ami contre lequel, d'ailleurs, il nourrissait déjà des ressentiments, lorsque un homme, portant l'uniforme des Cent-Suisses, l'aborda, le chapeau bas, et lui dit avec l'accent allemand le plus prononcé :

— Vous cherchez un second, monsieur le comte ?

— Oui, reprit Louvigny, en le regardant avec défiance.

— Je vous en servirai, moi, si vous voulez, malgré l'édit de Sa Majesté qui défend les duels.

— Vous êtes gentilhomme ?

— Vous ne me reconnaissez donc pas ?

— Ah! fit Louvigny stupéfait, monsieur de Rochefort!

— Le cardinal m'a chargé de vous complimenter sur l'avis que vous m'avez donné l'autre jour ; — mais comme le complot n'était dirigé que contre Son Éminence, les choses en sont restées où vous les avez vues.

— Et s'il s'agissait maintenant de mieux que cela ?... dit Louvigny avec un méchant sourire.

— Mieux ?

— Un complot contre le roi et contre l'intégrité de son royaume.

— Ce serait mieux en effet, mais il faudrait quelque chose de positif, de bien spécifié.

— Il y aurait des suites alors, des suites autres qu'une vaine bravade comme celle de Fleury ?

— Je vous en réponds.

— Alors conduisez-moi au cardinal.

— Venez vite! s'écria Rochefort avec l'empressement de l'homme qui sait l'importance qu'il y a à battre le fer pendant qu'il est chaud.

Le cardinal venait de chez le roi et semblait triompher. En effet, tout marchait au gré de ses désirs, et il croyait pouvoir compter n'être pas troublé de longtemps dans l'exercice de son pouvoir.

Si jamais ministre fut calomnié, c'est Richelieu ; on a chargé sa mémoire d'assassinats juridiques qui, certainement, étaient des nécessités, et il faut dire que la plupart de ceux, qui, depuis, portèrent leur tête sur l'échafaud, l'avaient largement mérité. Il continuait l'œuvre de Louis XI en abaissant cette féodalité turbulente qui tendait à amoindrir la royauté à son profit et aux dépens du peuple. Privé de troupes, obligé de faire la paix, en présence d'un trésor obéré, mal secondé par le plus faible des rois, livré en quelque sorte à ses seules forces, il lui fallait bien recourir au seul moyen qu'il eût en son pouvoir, — faire de la terreur. Dominer par la crainte, afin d'éviter le retour de la guerre civile dont le peuple avait toutes les charges ; amener insensiblement les masses au sentiment de leur dignité afin de leur demander, en retour de cette sécurité, leur aide et leur sang, c'était comprendre hautement l'avenir et préparer l'ère de ces échanges de pensée entre le souverain et ses peuples, qui, seuls, peuvent faire la force et la grandeur des États.

— Monsieur, dit-il en reconnaissant Louvigny, je pensais à vous précisément.

— A moi, monseigneur ?

— Je me demandais si je ne devais pas vous faire arrêter et conduire au Châtelet.

— Moi ! fit le comte qui devint pâle comme un mort.

— Monsieur, madame de Louvigny est morte le jour de ses noces : un événement de cette importance ne laisse pas que de soulever des propos de toute nature, et il en est de fort peu avantageux pour vous qui me sont revenus.

— Monseigneur, je vous jure.

— Ne jurez pas. Vous êtes connu, monsieur, pour aimer fort l'argent, et l'on m'a parlé d'un compromis, avec M. de Caumont, qui n'est pas des plus délicats.

— Monseigneur, ce sont là calomnies pures de mes ennemis ; on veut me perdre à vos yeux, et, du reste, je ne puis guère m'en étonner, car nul ici-bas ne peut se vanter d'échapper aux malveillants, lorsque le plus grand ministre de la terre n'est pas épargné.

— Ah ! fit Richelieu, qui sourit.

— Monseigneur n'oublie pas que je suis son très-humble serviteur?

— Oui, monsieur, et c'est cette considération qui m'a empêché de donner suite à ma première idée. Vous avez donc bien fait de venir me voir, car je suis heureux de recevoir de votre bouche, un démenti formel aux calomnies débitées contre votre honneur.

— Ah ! Monseigneur, aussi veux-je reconnaître immédiatement tant de bontés en vous révélant les nouveaux complots tramés dans l'ombre par vos ennemis.

— Vous êtes parfaitement informé, mon cher comte, et je m'applaudis toujours d'avoir conseillé au roi de vous attacher au service de M. d'Anjou.

— Monseigneur, les négociations avec l'archiduc ont repris.

— Ah! fit Richelieu en fronçant les sourcils, déjà ! et savez-vous sur quelles bases ?

— M. d'Anjou ne perd ni l'espoir d'épouser une princesse étrangère, tant qu'il n'aura pas conduit mademoiselle de Montpensier à l'autel, ni celui d'épouser la reine quand le roi sera déposé.

— Bien; et vous dites que l'archiduc...

— L'archiduc tiendra les troupes prêtes à Bruxelles jusqu'au jour où le traité sera signé.

— Et ce traité ?

— M. de Chalais...

— Ah ! encore M. de Chalais...

— Il s'est chargé de le recevoir, ainsi que toute la correspondance.

— Mais il n'est pas probable que l'archiduc, pas plus que M. d'Anjou, écrive lui-même.

— Monseigneur, moins habile que M. d'Anjou, qui a mis dans ses intérêts un homme appartenant au service du roi, l'archiduc se sert de son favori, M. de Laisques.

Le cardinal regarda Rochefort d'un air significatif et remercia chaudement le traître ; mais, au moment de le congédier, il se ravisa.

— J'y songe, dit-il, à qui M. de Laisques adresse-t-il ses communications ?

— Elles devaient être remises à un avocat du nom de Pierre... j'ai oublié son autre nom ; mais je crois savoir que cette voie ne sera plus suivie, cet avocat étant mort, dit-on. En tout cas, monseigneur, dès que je le saurai, je m'empresserai d'en informer Votre Éminence.

— Mon cher comte, vous direz de ma part à M. de Caumont que je verrais avec peine qu'il vous suscitât des embarras au sujet de la mort de sa nièce ; et, en vous disant cela, je crois être d'accord avec les sentiments particuliers de Sa Majesté. Il ne faut pas prêter à la malignité des cours par des discussions inutiles, surtout quand il s'agit d'argent, choses toujours faciles à arranger.

Louvigny se retira à moitié consolé, par le mal qu'il venait de faire, et de la perte prématurée de sa jeune femme et de l'affront essuyé de la part de Chalais.

— Rochefort, dit le ministre quand il fut seul avec son confident, vous avez entendu. Coûte que coûte, à tout prix il me faut une lettre, une pièce, le traité, s'il est possible.

— J'y songe, monseigneur.

— Avec un document de cette importance, je suis le maître, et, cette fois, je vous le jure, celui qui me vengera, c'est un homme qui ne pardonne pas.

— Lequel, monseigneur?

— Le bourreau.

XXXVIII. — A QUOI PEUT SERVIR UN ÉTUDIANT IVRE.

Un homme venait de tomber à vingt pas environ de la *Guirlande d'amour*, du côté de la rivière, et presque aussitôt un autre homme s'accroupissait devant lui et se mettait à fouiller ses poches avec avidité.

— Je ne savais pas, maître Melchisédech, dit une voix derrière lui, qu'à vos petits métiers, vous joigniez celui de détrousseur de cadavres.

— Monsieur Pierre Baudry ! s'écria le juif en reconnaissant l'avocat.

— Vous êtes heureux, maître, que le cours de mes pensées ne soit pas porté à m'occuper des affaires des autres, sans cela...

— Vous êtes un honnête jeune homme et vous ne le feriez pas, j'en suis certain, car si je me permets une telle liberté, c'est que je crois y avoir des droits.

— Dieu me pardonne, dit Pierre en se penchant, c'est Cambremer.

— Vous l'avez dit.

— Mais il n'est pas mort, le malheureux, il vient de pousser un soupir.

— Ah! mieux vaudrait pour lui qu'il le fût, peut-être.

— En effet, reprit l'avocat, il est ivre.

— Voilà où mènent les mauvaises passions: je l'ai connu, ce jeune homme, plein d'honneur et de courage; il travaillait avec assiduité, et voyez ce qu'en a fait un amour effréné pour une femme qui ne pouvait l'élever jusqu'à elle.

— Ah! c'est cela... fit Pierre d'une voix profonde.

— Et pourtant, quand je dis cela, je vais vite, car cette dame a fait pour un artisan ce qu'elle a refusé à l'étudiant. C'est depuis que Cambremer a eu la preuve de la vanité de ses espérances qu'il s'est adonné au vice qui l'a conduit sur ce chemin, dans l'état où vous le voyez Il y a quelques jours, il avait besoin d'argent, et s'...st adressé à moi; je lui ai proposé le petit marché que vous avez déjà repoussé, vous vous le rappelez, et il a accepté. J'étais volé, mon cher monsieur, volé comme dans un bois!

Et le juif se mit à fouiller de nouveau dans les poches de l'étudiant.

— Volé encore! reprit-il avec désespoir. Volé une seconde fois! Que voulez-vous que je fasse de cet homme? Il s'est vendu à moi, il m'a promis de se mettre à ma disposition le jour où je l'en requerrais; mais il sera ivre ce jour-là; rien à faire avec les ivrognes, rien ! — Si encore il lui restait quelques écus, je serais rentré dans une partie de mon argent.

— Vilain commerce que le vôtre, monsieur Melchisedech !

— Il a ses risques, j'en conviens, fit le juif en se levant et le considérant attentivement à la lueur rougeâtre des derniers rayons du soleil couchant, surtout quand j'ai la maladresse de compter sur des hommes comme celui-là. Quant à vous, continua-t-il, si vous vouliez, je serais tout disposé...

— Je n'ai besoin de rien, moi!

— Vous devez à la Tourangelle une somme importante.

Pierre haussa les épaules et voulut s'éloigner, mais le juif le retint en se plaçant devant lui.

— Vous devez, il n'y a pas à dire! Et je vous crois trop homme de cœur et d'honneur pour jamais songer à faire perdre quoi que ce soit à cette excellente femme.

— C'est vrai, dit Pierre avec un soupir.

— Rentrez chez elle, je viens de la laisser dans les larmes, et puisque vous ne voulez pas l'épouser, essayez du moins de la consoler.

— La consoler, dit Pierre d'une voix remplie d'amertume, et de quoi? de ce qu'elle ne veut pas guérir d'une folie? Ah! maître Melchisedech, y a vraiment des heures où je me demande s'il ne faut pas me vendre à vous, me vouer à l'œuvre fatale que vous méditez, et jeter ma vie aux quatre vents du hasard.

— Faites-le, jeune homme, et vous ne vous en repentirez pas. Ce que je vous demanderai sera toujours moins pénible que d'épouser une femme qu'on n'aime pas.

— Je ne me marierai jamais.

— Qui sait !

— Ah! je regrette de n'être pas animé de ces ardeurs de piété qui font les fanatiques, et les jettent au fond d'un couvent jusqu'à la fin de leurs souffrances et de leurs jours. Ah! si j'avais la foi, Melchisedech.

— Belle poussée! se rendre inutile à tous; venez avec moi, vous dis-je, et j'offre un noble but à vos généreuses aspirations. Vous voudriez vous faire moine, que ne vous faites-vous soldat?

— Au fait, vous avez peut-être raison.

— Soyez le soldat d'une idée, au lieu d'être celui d'un roi; venez, vous dis-je, vous ne vous en repentirez pas.

— Maître Melchisedech, une affaire présentée par vous, je ne vous le cache pas, me cause quelque défiance.

— Parce que je suis un juif, un chien comme vous dites, vous autres chrétiens, parce que je suis un trafiquant et que, comme tel, vous me jugez indigne ou incapable d'être mû par un sentiment noble ou généreux. Eh bien ! vous vous trompez, jeune homme : je n'ai pas toujours été ce que je suis, un marchand d'argent; et en vendant de tout ce qui a cours ici-bas, depuis les denrées les plus infimes, au besoin, jusqu'aux consciences et à l'amour des dames, grandes ou petites, pourvu qu'elles soient belles, je n'ai pas toujours été, vous dis-je, l'homme ignoble et dégradé que vous persistez à

voir en moi, je le reconnais à vos regards. Si vous voulez je vous en donnerai la preuve.

— Que voulez-vous dire?

— Tel que vous me voyez, monsieur l'avocat, j'ai fait partie, d'une manière occulte, du gouvernement des Seize, pendant que le roi Henri guerroyait pour reconquérir son royaume. Pas une des délibérations de ce corps n'était prise sans qu'au préalable j'aie été consulté; et si j'avais eu la main au pouvoir d'une manière ostensible, j'en jure Dieu, nous serions aujourd'hui, non sous le joug d'un faible roi et d'un prêtre, mais en république !...

— Est-il possible! fit Pierre en le regardant curieusement.

— Cela vous étonne, n'est-ce pas? Eh bien ! j'ai été dénoncé depuis, signalé à toutes les haines, et si l'on ne m'a pas pendu comme certains de MM. les Seize, c'est que j'ai su me soustraire, par la fuite et au moyen d'habiles déguisements, à toute recherche.

— Mais votre commerce?

— Ah! c'est le mauvais côté de mon caractère. Ruiné par les persécutions, privé des moyens de faire ma fortune par mes moyens ordinaires, par la banque, il a bien fallu recourir aux petits métiers. Le juif reste toujours le juif, malheureusement; et c'est pourquoi, quand je devrais être aujourd'hui surintendant des finances du royaume, je recrute des adhérents au vieux parti des Seize qui, quoique éteint en apparence, a ses racines les plus vigoureuses dans la haute bourgeoisie de Paris et de la province.

— Vous conspirez contre le roi, alors?

— Voulez-vous être à moi?

— Non.

— Eh bien ! je ne vous en dirai pas davantage; bonsoir. Il y a des seigneurs et des belles dames à la *Guirlande d'amour*; je vais faire un trafic.

Et sur ces paroles Melchisedech s'éloigna en courant vers la taverne.

Pierre le suivit machinalement, car il marchait vers ce logis plutôt par habitude que par sympathie. Quand il eut disparu derrière les arbres, une ombre se glissa du côté de Cambremer et, comme Melchisedech, s'agenouilla auprès de l'étudiant dont elle examina le visage. C'était Catafago.

— Allons, se dit-il, le voilà ivre ! Je m'en doutais bien et j'aurais dû ne pas le quitter de la journée. Heureusement j'ai pris mes précautions.

Il tira un petit flacon d'une espèce de gibecière qu'il portait autour du corps et le fit respirer à l'étudiant, qui sortit de l'espèce de léthargie dans laquelle les vapeurs du vin l'avaient plongé.

— Mauvais réveil ! dit-il en reconnaissant le bandit.

— Je ne suis pas beau, c'est vrai, mais je n'en dis pas autant, moi. Vous m'avez loué votre belle taille et vos larges épaules pour cette nuit, allons vite. Il faut s'acquitter.

— J'ai soif !

— Je vous ai promis une pistole pour la plus simple des besognes. Venez vite; quand vous aurez gagné votre argent, vous boirez à votre aise.

Cambremer ne pouvait se soulever et semblait une masse de plomb, il fallut que Catafago lui fit respirer encore son flacon.

— Ah! quelle odeur exécrable ! fit l'étudiant.

— Marchons, marchons ! dit Catafago en l'aidant à se relever; la nuit ne sera peut-être pas assez longue pour ce que j'ai à faire.

Lorsque Cambremer fut sur ses jambes, le bandit le prit par le bras, l'entraîna vivement vers la rivière et le fit placer dans une barque. Il saisit les avirons et se mit à ramer avec énergie vers la pointe du Louvre, où étaient amarrés de grands bateaux de charbon.

Catafago attacha sa barque au câble qui retenait l'une de ces massives embarcations et aida Cambremer à en gravir le rebord. Ils marchèrent ainsi, le long du charbon, passèrent sur un autre bateau et sautèrent ensuite sur la grève.

Cambremer ne marchait pas d'une manière bien assurée, il trébuchait souvent, et son guide était obligé de le surveiller avec attention pour l'empêcher de tomber dans les cloaques qui, à cette époque, s'ouvraient sous les pas des habitants. Ils prirent ensuite les rues étroites qui longeaient les bâtiments de l'église de Saint-Germain-l'Auxerrois et de ses dépendances.

Ils s'avancèrent au pied d'un mur peu élevé servant de clôture au petit jardin du presbytère et dans lequel était pratiquée une brèche, comme si, dans la journée même, quelque lourde voiture avait effondré les assises. Catafago traversa résolument les plates-bandes de l'abbé, tenant toujours Cambremer par le bras, jusqu'à ce qu'il fût parvenu dans un angle assez profond, formé par l'un des contre-forts de l'abside et dans lequel se trouvait une des fenêtres, élevée au-dessus du sol de près de dix pieds.

— Allons, seigneur écolier, dit le bohème en faisant placer Cambremer le dos appuyé à la muraille, voici le moment venu de gagner votre pistole.

— Hein ? fit l'étudiant avec un grognement.

— Satan me berce ! dit le truand, il est plus ivre que jamais.

— Oui, ivre, je le suis et j'en suis heureux, car je la vois comme elle devrait être, et c'est encore du bonheur. Ah ! mon ami, Dieu te préserve d'aimer jamais une femme.

— La belle affaire ! fit Catafago en le maintenant en place.

— La femme est un être lâche et malfaisant. Elle vous fait commettre des bassesses et des crimes avec un sourire, et si vous ne repoussez pas la sirène, vous êtes voué au malheur et au désespoir. Ah ! Catafago, hâte-toi, mon brave, voilà que les torts de celle qui m'a perdu reviennent en foule à mon esprit ; hâte-toi, il faut que j'aille noyer dans les pots cet horrible souvenir qui m'étreint et me torture... Allons, mon brave, puisque c'est toi qui ce soir veux bien me verser l'oubli, verse à pleins bords, car j'ai soif, vois-tu, une soif à vider la Seine, à boire du sang même s'il le faut, si, surtout, c'est celui de deux hommes !

— Ah ! tu hais quelqu'un à ce point, dit Catafago qui allait poser un pied sur ses deux mains jointes et qui s'arrêta ; car il n'était pas fâché de connaître à fond l'instrument dont il se servait à cette heure, et dont il pouvait encore réclamer plus tard les services.

— L'un d'eux, j'ai cru le tuer deux fois ; et l'autre, si mon poignard n'a pas été jusqu'à son cœur, c'est que ma main a tremblé ; mais patience, un jour viendra où je me vengerai sur eux de l'enfer que cette femme a mis dans mon cœur.

— A votre place, moi je tuerais la femme.

— La tuer !... dit Cambremer, comme si cette idée n'avait jamais lui dans sa pensée, et avec une sorte de frayeur timide.

— Oh ! vous l'aimez encore et vous l'aimerez toujours.

— Non !... non, je la hais au contraire.

— De ces deux hommes, voyons, j'en connais un au moins : c'est Robert, l'armurier ; joli garçon, vraiment !

— Quant à l'autre, ce que je ne puis lui pardonner, c'est d'avoir fait pleurer cette femme. Oui, un jour, elle a pleuré de rage devant moi, de ce qu'il ne l'aimait pas, et ces larmes sont tombées sur mon cœur et l'ont brûlé comme flamme. Son sang seul pourra éteindre ma haine.

— Il ne parlera pas, et le temps passe, se dit Catafago en mettant le pied sur les deux mains de l'étudiant.

— Ah çà ! que vas-tu faire dans cette église, mécréant ?

— Que t'importe ! répliqua le bandit en posant un pied sur son épaule.

— Part à deux ! fit l'étudiant en le retenant par la jambe.

Mais Catafago avait saisi d'une main vigoureuse l'un des croisillons de fer de la fenêtre qui se trouva ouverte et avait lestement sauté sur l'appui en repoussant Cambremer, qui trébucha sur le sol.

En un instant le truand escalada l'étroite ouverture sans se soucier du bris de quelques vitraux qui cédèrent sous son poids, et il se trouva du côté de l'église au moment où l'étudiant se relevait.

— Et ma pistole ? lui dit celui-ci.

— Quand tu sortiras, reprit Catafago, qui se laissa glisser de la fenêtre et tomba sur un confessionnal qui se trouvait dans l'une des chapelles latérales.

L'église était plongée dans la plus complète obscurité, et la lampe du tabernacle n'éclairait qu'un espace très-restreint au milieu de la nef. Cet espace était pourtant celui vers lequel Catafago se dirigea, et, en effet, il se baissa vers les dalles, cherchant quelque chose dans l'ombre, à deux ou trois pieds du rayonnement de la lampe.

Il parvint à trouver un anneau replié dans son alvéole et y introduisit aussitôt le levier qu'il avait apporté suspendu à son cou ; mais, quels que fussent ses efforts, il ne parvint qu'à grand'peine à soulever la large dalle qui recouvrait probablement l'entrée des cryptes sépulcrales qui alors étaient creusées sous toutes les églises et servaient à l'inhumation des personnes de haute naissance.

— Tonnerre ! s'écria-t-il, c'est trop lourd.

Il n'hésita pas longtemps sur le parti à prendre, et s'en alla, courant et se dirigeant dans la nef obscure aussi facilement que l'eût fait un animal nyctalope, et tira tout doucement les verrous d'une petite porte donnant accès dans l'église du côté du jardin de l'abbé. Son espoir n'avait pas été trompé, il retrouva Cambremer endormi, au pied du mur où il l'avait laissé.

— Alerte ! alerte ! j'ai encore besoin de vous, ami, fit-il en le réveillant.

— Ah ! que j'ai soif !... répondit l'étudiant en ouvrant les yeux.

— Vous boirez tout votre soûl dans un quart d'heure : allons, vite, vite.

Cambremer le suivit tout grommelant, et quelques instants après l'aidait puissamment dans l'œuvre commencée. Sous leurs efforts la dalle de pierre céda tout à fait et ils la placèrent à côté de l'ouverture d'un escalier.

— Ah çà ! me diras-tu ce que tu veux faire, maudit ? demanda l'étudiant, en saisissant le truand par le bras.

— Eh ! tout simplement enlever un collier de perles oublié au cou d'une morte.

— Mécréant, je ne te suivrai pas dans ton œuvre abominable !

Catafago ne tenait pas à avoir de témoin et encore moins d'associé co-partageant dans son expédition, et il s'empressa de tirer une lanterne de son sac, en alluma sans scrupule la chandelle à la lampe du tabernacle et s'enfonça aussitôt dans la crypte funèbre.

Lorsque l'escalier manqua sous ses pas, il trébucha aussitôt ; et sa lanterne lui eût certainement échappé des mains s'il ne l'eût tenue fortement. Il en dirigea la lumière de tous côtés.

Certes, une âme moins solidement trempée que la sienne se fût profondément troublée à la vue du spectacle qu'éclaira cette lueur rapide. Une centaine de cercueils de pierre étaient rangés le long des murailles, les uns posés simplement sur le sol, les autres placés sur de hauts tréteaux de fer. Quatre ou cinq se trouvaient au bas de l'escalier, mais ils étaient de chêne et attendaient probablement qu'on leur assignât une place définitive dans ce dernier asile, et c'était contre leurs ais solides que Catafago avait trébuché en descendant.

Il promena sa lanterne sur ces bières, et épela avec une attention scrupuleuse les inscriptions qu'offrait chacune d'elles, gravées sur des plaques de cuivre, comme dorées par le poli du travail exécuté dans la journée.

Il s'arrêta à l'une de ces plaques et une voix retentit à ses oreilles qui lui en confirma la suprême teneur.

ICI GÎT

TRÈS-NOBLE ET TRÈS-PUISSANTE DAME,

BLANCHE DE CAUMONT, COMTESSE DE LOUVIGNY.

PRIEZ POUR SON AME.

Catafago se retourna et reconnut Cambremer.

— Ah ! tu es descendu, l'homme timoré ?

— Oui, tu m'intéresses, vaurien pervers, dit l'étudiant en croisant ses bras.

— Eh bien ! tiens-moi la lanterne.

XXXIX. — LES TRAITRES.

Il n'était certainement ni dans le caractère, ni dans les habitudes de maître Adamas de chercher à pénétrer les secrets de qui que ce fût. Cependant il songeait parfois, malgré lui, aux recommandations que le cardinal lui avait faites, et s'il n'avait nullement la pensée de trahir la confiance de Béranger, sa curiosité se trouvait vivement surexcitée à l'endroit des papiers que celui-ci possédait, et dont il pouvait faire une arme redoutable contre le premier ministre.

Nous nous trouvons donc obligé de raconter cette mystérieuse histoire au lecteur.

Depuis le 8 mai 1590, Henri de Navarre assiégeait Paris ; déjà trois ans s'étaient écoulés et la capitale lui opposait une résistance héroïque. Son armée était campée dans les plaines, ou cantonnée dans les villages du nord de la ville.

Sur la partie la plus élevée de la montagne de Belleville, et qui par conséquent dominait entièrement le camp, deux hommes étaient debout, tandis qu'un troisième couché à deux pas dans son manteau, le regard fixé sur eux, semblait attacher plus particulièrement son attention sur le plus grand des deux personnages.

Ce personnage était tout d'abord remarquable par la magnifique armure damasquinée d'or dont il était revêtu ; — au lieu du casque empenné qui, d'ordinaire, protégeait son front superbe, il avait adopté un chapeau aux larges bords pour le moment, rejeté en arrière et pendant sur ses épaules, attaché par les cordons.

Cet homme au front majestueux, dont les cheveux et la barbe grisonnaient déjà sensiblement, était celui qu'on appelait le Béarnais ou le Navarrois, et qui plus tard devait se nommer Henri IV.

Le second était un seigneur, déjà avancé en âge et que le roi appelait le sire de Rosny, en attendant qu'il le fît plus tard duc de Sully.

Tous deux avaient considéré un instant Paris, dont les maisons étaient éclairées par les rayons du soleil couchant.

— Sire, disait Rosny, il y a des traîtres dans le camp, j'en ai la conviction. Il est impossible que vos projets de mouvements ou de manœuvres soient connus si à point par l'ennemi, puisqu'il arrive toujours à les déjouer, sans qu'il ait des intelligences dans votre conseil.

— Dans mon conseil, je ne puis admettre cela.

— Les traîtres sont peut-être dans votre tente même. Convenez que sans ces trahisons la ville serait déjà tombée au pouvoir de nos soldats.

— Des traîtres dans le camp, reprit le roi, cela est possible. Il y a beaucoup de vagabonds et de bandits à la suite de nos gentilshommes; mais ces misérables ne peuvent fournir que des renseignements vagues, des détails insignifiants tout au plus sur la marche des troupes, leur esprit, la mesure de leur courage, les limites de leur enthousiasme. Ce sont choses que la moindre occasion, un caprice même de ma part, peuvent changer d'une heure à l'autre. Et puis, le moral des troupes est facilement accessible aux sentiments contraires. Ne voyez-vous pas tous les jours ceux qui désespèrent se ranimer à l'annonce d'un succès obtenu par mes capitaines dans les provinces?

— Comme ceux dont le courage s'abat se réveillent devant votre formidable exemple, sire.

— Chercher des traîtres sous ma tente, dit le roi d'un air soucieux, je ne puis m'arrêter à cette idée, elle déchire mon cœur.

— Rappelez-vous votre dernière attaque, elle avait été discutée et convenue entre tous les chefs. La poterne de porte Saint-Denis devait être spécialement investie par un gros d'archers et de routiers armés de haches, tandis que la cavalerie donnerait à la porte Neuve et occuperait ainsi l'attention des Parisiens. Nous avions appris que cette poterne, située au nord, était d'ordinaire mal gardée et qu'elle serait mal défendue.

— Oui, la poterne s'est trouvée tout à coup protégée, contre l'ordinaire, par les meilleures troupes du duc de Féria. Cet Espagnol me fait plus de mal à lui seul que l'armée parisienne réunie.

— Il y avait donc au milieu de nous un traître, quel est-il?

— Est-il donc un chef, fit Henri, qui aurait intérêt à notre défaite?

— Le vicomte de Turenne.

— Lui!... le plus magnanime des hommes!... je ne le croirai jamais.

— Il n'a pas intérêt à notre défaite, reprit Rosny, mais j'ai de graves présomptions de croire qu'il convoite la royauté, lui aussi.

— Vous êtes fou, Rosny; Turenne, un de France!

— En le mariant avec Charlotte de la Mark, vous l'avez fait duc de Bouillon, le voilà prince souverain, et il vaut bien les Guise.

— Je réponds de lui, reprit le roi.

— La trahison a des voies détournées pour arriver à ses fins; — et qui sait si une prétendue imprévoyance du général ou chez d'autres chefs n'est pas déjà habilement exploitée de manière à faire passer dans l'esprit des troupes un commencement de réaction en faveur de ce prince?

— Impossible! répétait le roi.

— Sire, celui qui vit de la vie calme du penseur et dans la contemplation incessante des choses de la terre, sait lire dans les consciences.

— Vous vous trompez, Rosny, répliqua le roi avec énergie en relevant le front; nous avions tous juré, l'un après l'autre, de garder ce secret, et le vicomte n'assistait pas à ce conseil!... Rappelez-vous...

— C'est vrai, répondit Rosny en baissant la tête.

Il tomba dans une méditation profonde, et au bout de quelques instants il prit la main du roi et l'attira à dix pas, au pied d'un chêne touffu dont les feuilles bruissaient au souffle léger du vent du soir.

— Il y a toujours des oreilles qui écoutent, partout où deux hommes échangent leurs pensées, dit-il en désignant modérément du doigt l'homme qui était resté couché à terre, — et ces oreilles, en apparence insensibles, recèlent quelquefois avec plus de facilité les secrets que la prudence veut cacher à tous.

— Listrac! fit le roi avec une surprise mêlée d'une sorte d'indignation, lui! Oh! impossible encore!

— Sire, il était avec moi, le seul homme étranger à tout commandement, qui, avant-hier, nous trouvions sous votre tente. Couché dans un coin, il n'a pas dû perdre une des paroles qui se sont prononcées.

— Mon cher Rosny, Listrac est un enfant du Béarn, une nature droite, sévère et loyale, incapable d'une lâcheté, et dans son âme où je suis habitué à lire depuis longtemps, je n'ai jamais soupçonné même l'ombre d'une pensée mauvaise. Lui et son frère Béranger me sont dévoués, j'en réponds.

— Le démon prend toutes les formes pour tromper.

— Ce serait à douter de tout!...

Henri était tombé dans une mélancolie profonde, il jetait sur celui qu'il avait désigné du nom de Listrac un regard attristé et menaçant à la fois; il répugnait à cette grande âme de soupçonner, après vingt ans d'épreuves, ce compagnon de sa fortune, cette noble nature qui s'était attachée à son service sans réflexion et par pure attraction, — chien fidèle dont il avait tant de fois éprouvé le dévouement.

— Le soleil baisse de plus en plus, c'est l'heure du conseil, dit Rosny; allons, sire, et, cette fois, espérons que personne ne surprendra le secret de nos délibérations.

Le roi hésita avant de suivre Rosny qui avait déjà fait quelques pas vers le camp; puis, s'adressant à l'homme couché à terre :

— Listrac, dit-il, reste là jusqu'à ce que la bannière de ma tente soit descendue.

Le Béarnais avait relevé la tête et, par un signe, avait témoigné de son obéissance à l'ordre de son maître.

— Cette fois, Rosny, dit le roi en le rejoignant, si l'on nous trahit, vous me direz pas que c'est ce pauvre Listrac qui est coupable.

Ils arrivèrent bientôt aux premières tentes et furent salués par les chefs subalternes et les soldats. Tous demandaient l'assaut général d'une voix unanime, et l'on voyait de vieux guerriers, aux blessures récentes et se soutenant à peine, réclamant la mort sous les murailles plutôt qu'une agonie de toutes les heures.

Quelques paroles distribuées par Henri faisaient çà et là éclater la joie sur les visages, et chacun se retirait, sinon bien rassuré, du moins plein d'espérance en la fin prochaine de cette guerre déjà si désastreuse.

Plus loin, ils trouvèrent des jeunes gens, gais et rieurs, jouant aux dés sur le sol ou sur la peau des tambours, tandis qu'une troupe de bohémiennes et de ces jongleurs qui avaient suivi l'armée dansant, au son des rauques instruments de corne, des castagnettes et du pandero, au milieu d'un cercle de soldats de toutes armes.

Le roi avisa deux gentilshommes, parmi ceux qui semblaient les plus attentifs à suivre les mouvements gracieux d'une baladine de douze ans à peine, faisant merveille entre toutes ses compagnes. Il les appela par leurs noms.

— Monsieur de Richelieu, Béranger, dit-il, suivez-nous tous deux.

Les deux gentilshommes obéirent et marchèrent côte à côte derrière le roi, qui ne tarda pas à arriver en vue d'une vaste tente, au sommet de laquelle flottait une large bannière aux trois fleurs de lys d'or.

Avant de pénétrer sous la tente, au seuil de laquelle se tenaient rassemblés déjà les différents chefs de l'armée, le roi Henri se tourna vers celui des deux seigneurs qui se trouvait le plus près de lui, homme au visage dur, au nez acéré comme celui des oiseaux de proie, et dont les yeux pleins de finesse étaient ombragés par d'épais sourcils.

— Monsieur de Richelieu, dit-il, vous êtes prévôt de l'hôtel, veuillez vous placer derrière la tente, l'épée à la main, et n'en laissez approcher âme qui vive.

Le gentilhomme obéit et disparut bientôt derrière les plis nombreux de l'immense habitation de toiles du prince.

Restait Béranger. C'était un grand soudard béarnais aux larges épaules, aux cheveux et à la barbe rousse, une sorte de taureau de formidable aspect, mais dont les yeux bleus avaient une expression de douceur qui tempérait heureusement ce que son visage avait de farouche.

Son armure complète avait la teinte sombre de l'acier bleu, et il était toujours appuyé sur une épée énorme qu'il portait constamment sans fourreau.

— Béranger, mon ami, lui dit le roi, tu te placeras à l'entrée de la tente même, aussitôt que les chefs m'y auront suivi. Tu veilleras

C'était Catalago. (P. 77.)

d'abord, ainsi que M. de Richelieu, à ce que personne n'approche, et tu tiendras les sentinelles à distance. Puis, ajouta-t-il à voix couverte, dès que le conseil sera achevé, tu suivras le vicomte de Turenne jusqu'à sa tente, aux abords de laquelle tu resteras. Si quelqu'un en sort, autre que le duc, tu te mettras à ses trousses et tu suivras partout où il irait.

— Oui, sire, mais... j'y songe...

— A quoi, mon brave?

S'il vient à sortir deux ou trois personnes et qu'elles se séparent?

— Pas trop mal raisonné, ma foi. Ta finesse m'étonne tous les jours, mon brave limier, dit Henri en souriant de voir le soldat se rengorger à cet étrange compliment. Alors, il faut te procurer une douzaine d'hommes dévoués et les lancer l'un après l'autre sur toutes les pistes.

— Facile, sire.

Béranger leva immédiatement son épée en l'air, et presque aussitôt on vit se mouvoir à cent pas de distance une petite troupe de soldats qui s'avança vers la tente.

— Voici mon monde, dit Béranger, c'est une meute parfaitement dressée, comme vous voyez, sire.

— Bien, mon fidèle; organisez-vous, et demain demande-moi une récompense pour ces braves gens.

Désormais tranquille de ce côté, le roi rejoignit les chefs, et pénétra avec eux sous la tente dont les portières se refermèrent sur eux.

Listrac avait compris facilement, aux quelques mots échangés à son sujet, qu'il était soupçonné par M. de Rosny de trahison; et sa noble nature se révolta devant cette accusation contre laquelle il eût protesté aussitôt, si les bonnes paroles du roi n'étaient venues lui prouver qu'il se refusait à l'en croire capable. Il suivit donc des

yeux les deux chefs s'éloignant, et quand il le vit se faire accompagner de Béranger et de M. de Richelieu, son regard devint étincelant.

Ce regard exprimait la plus implacable haine, et l'on devinait que ce sentiment n'était chez lui que le résultat d'un instinct, d'une conviction plutôt, et non le produit de cette mauvaise passion qui a nom l'envie.

Malgré la distance, son œil d'aigle percevait tous les mouvements du roi, et quand il le vit assigner à M. de Richelieu un poste spécial, derrière la tente, son impatience et son agitation n'eurent plus de bornes. Il maudit intérieurement la consigne donnée et cherchait le moyen de la quitter, sans encourir la colère de son souverain, cette place où il se sentait non-seulement inutile, mais encore nuisible; cependant il avait au plus haut degré le sentiment et l'habitude de l'obéissance, de sorte qu'il attendit que la bannière fût descendue de sa hampe pour rentrer au camp. Il demeura donc les yeux fixés de ce côté.

Tout à coup, il lui sembla que M. de Richelieu, placé en sentinelle derrière la tente, venait de disparaître.

Vivement intrigué par cette circonstance, et ne sachant à quoi l'attribuer, Listrac atteignit le chêne, et en eut bientôt gagné le faîte. Là, ce qui n'avait été d'abord pour lui qu'un simple soupçon, se changea en certitude : en effet, il apercevait le corps de l'officier entièrement couché à terre, et la tête dissimulée sous les plis de l'extrémité des étoffes qui formaient la tente du roi.

— Voilà donc, se dit-il en se laissant glisser le long de l'arbre, l'explication du bruit que j'entendis hier.

Il se demanda s'il devait céder à la tentation qui le prit de rentrer au camp sans attendre le signal, et de clouer au sol, comme un scorpion sur le sable, cet exécrable espion qui avait dû déjà

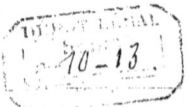

Les chevaux sont au bout de la ruelle, dit Cressia. (P. 84.)

vendre tant de fois à l'ennemi le secret des opérations du siége. Il y avait tout lieu de penser que le gentilhomme resterait dans cette position jusqu'à la fin de la séance : Listrac eut donc la patience d'attendre le dénoûment de cet étrange événement, bien résolu à ne pas laisser achever la trahison que méditait probablement l'officier.

Au bout d'une heure, et comme le soleil avait tout à fait disparu de l'horizon, les chefs sortirent de la tente et regagnèrent leurs quartiers; malgré l'obscurité qui déjà se répandait de tous côtés, Listrac les vit s'éloigner l'un après l'autre. M. de Richelieu s'était relevé et demeurait immobile à son poste, tandis que le roi faisait signe à Béranger, qui déjà marchait sur les traces de M. de Turenne, de s'approcher. Listrac vit son frère s'avancer et le roi lui donner sans doute des instructions. Béranger fit comme un mouvement de joie rapidement réprimé, et s'éloigna ensuite après avoir levé sa longue épée en l'air. Sa petite troupe s'était immédiatement mise à le suivre; elle se perdit avec lui dans l'inextricable réseau des tentes en se dirigeant vers le nord.

Le lecteur devinera certainement que le roi venait de donner à Béranger un ordre contraire au précédent, et que sans doute les soupçons que M. de Rosny avait fait passer dans son âme s'étaient détournés du vicomte de Turenne.

Mais la bannière du roi continuait à flotter dans les airs, sous le souffle du vent du soir : le pauvre Béarnais ne pouvait cependant rester à cette place oublié sans doute par le chef.

En ce moment, M. de Richelieu quittait son poste.

L'hésitation ne parut plus possible à Listrac, il prit sa course dans la direction suivie par le prévôt, et moins d'un quart d'heure après, l'obscurité devenant de plus en plus épaisse, il marchait sur les traces de cet homme, retenant son souffle, réglant son pas sur le sien, rampant sur la terre comme un serpent, prenant parfois l'immobilité de l'arbuste ou de la pierre qui l'abritaient, mais l'œil toujours fixé sur ce point noir fuyant devant lui.

Arrivé aux premières maisons du village de Bercy, une ombre noire se détacha de l'une d'elles et rejoignit M. de Richelieu.

— C'est toi, Melchisedech? demanda le prévôt.

— Oui, répondit l'ombre.

M. de Richelieu lui parla longtemps, et prit ensuite sa place. Ce fut alors l'ombre qui se mit en route, et Listrac jugea que c'était maintenant cet homme qu'il fallait suivre de préférence; car il le reconnaissait pour l'avoir vu souvent dans le camp royal exercer divers commerces. C'était un de ces juifs comme il y en avait tant à la suite de l'armée.

L'enfant d'Israël s'arrêta devant la Seine, descendit sur la berge et fit jaillir des étincelles de deux cailloux qu'il entre-choqua. Il attendit le temps de compter jusqu'à dix, et aussitôt d'autres étincelles brillèrent dans l'ombre, sur la rive opposée.

A ce signal, Melchisedech pénétra entre les touffes d'un petit massif d'osiers qui s'élevait à trente pas environ de la rive, où une barque ne tarda pas à aborder. Il fut rejoint par un homme vêtu d'un grand manteau de couleur sombre.

Listrac glissa sur le sol et se tint immobile, ne s'occupant que du soin d'assourdir le bruit que pouvaient produire les différentes pièces de son armure de corps.

Melchisedech et l'inconnu étaient en présence, mais le juif s'écria presque aussitôt :

— Vous n'êtes pas celui qui vient d'ordinaire?

— Celui qui venait d'ordinaire, répondit l'inconnu, avec un accent espagnol fort prononcé, a été tué ce matin dans une sortie. Dieu ait son âme.

— Il venait, reprit le juif, au nom du duc de Féria, généralissime des troupes de Sa Majesté le roi d'Espagne.

— Je suis, moi, également envoyé par le duc de Féria. D'ailleurs, que t'importe l'instrument choisi ! Esclave ou chef, il n'est que le dépositaire des secrets que tu lui confies.

— Qui me dit que c'est bien le duc de Féria qui vous envoie ?

— Regarde, fit l'inconnu en tendant vers Melchisedech sa main droite ornée d'un anneau où brillait, de feux sombres, une émeraude énorme. Tu connais les armes du duc : la lune est assez claire pour te permettre d'en distinguer l'empreinte.

— Je commence à vous croire mon allié, répliqua Melchisedech.

— Je ne suis point ton allié, juif, et la preuve, c'est que je t'achète. Voici la somme promise. Quant à celui qui t'envoie, les promesses que lui a faites M. de Mayenne seront tenues, j'en prends l'engagement au nom du roi d'Espagne, et pour preuve, voici un bon de cent mille livres à son profit.

Listrac vit le titre passer de la main de l'Espagnol dans celle du juif et il se tint à quatre pour ne pas se précipiter sur eux et tuer sur place le négociateur et le traître.

XL. — LE CORPS DU PENDU.

— Le conseil a-t-il enfin décidé l'attaque ? demanda l'inconnu.

— L'attaque a été arrêtée, répondit Melchisedech.

— Pour demain, sans doute ?

— Pour demain.

— Tu crois que l'artillerie de Henri de Navarre aura raison de nos murailles ?

— Le roi en espère merveille.

— Quel sera le mode d'attaque ?

— Le gros se portera à la porte Neuve.

— Et sans nul doute, cette attaque sera dirigée par Henri de Navarre, comme le poste le plus important et le plus périlleux ? Mais tu ne me dis pas tout : il doit y avoir un point désigné pour être attaqué dans l'ombre pendant que tout le choc de l'armée donnera sur la partie orientale de la ville ?

— Je l'ignore.

— Cela a dû pourtant être décidé. Ce sont de vieilles habitudes de guerre qu'on ne néglige jamais d'observer et qui parfois réussissent.

— Je ne sais rien à ce sujet.

— Juif, reprit l'Espagnol avec une sorte de hauteur, lorsque tu t'es abouché, il y a vingt jours, avec notre envoyé, tu as promis de ne rien cacher. Tu as fixé toi-même la somme qui te serait donnée chaque fois qu'on te demanderait une entrevue. Cette somme est dix fois plus forte que celle accordée d'ordinaire aux révélations de cette nature. Nous n'avons pas marchandé la récompense, ne sois donc pas avare de paroles.

— Je ne sais rien de plus.

— Tiens, dit l'inconnu, montrant une bourse, il y a là le double de la somme que tu viens de recevoir.

Melchisedech ne put tenir contre la tentation ; d'ailleurs, que lui importait un détail de plus, une fois le premier pas fait dans la voie de la trahison.

— Il y a, à cette heure, dit-il, deux cents hommes des meilleurs de l'armée, cachés dans les catacombes, aux Thermes de Julien, et qui attaqueront à l'improviste sur la rive gauche les soldats qui gardent la porte Buci.

— Tu mens ! Il y a une heure, je suis passé devant les Thermes, et j'ai reconnu les plumes et les casaques espagnoles de mes soldats.

— Vos soldats !... s'écria Melchisedech plein de terreur.

— Oui, je suis le duc de Féria. Tu vois donc qu'il n'est guère possible de m'abuser, comme tu aurais pu le faire d'un de mes lieutenants.

— Monsieur le duc, dit le juif, ce que je viens de dire est la vérité. La trahison s'est glissée parmi les vôtres, et à l'heure qu'il est, si des plumes et des casaques aux couleurs d'Espagne se montrent aux Thermes de Julien, ce sont des cavaliers royaux qui en sont revêtus.

— Par saint Jacques, ce que tu dis mérite récompense ; prends cette bourse et annonce à M. de Richelieu que demain il recevra cent mille livres en or.

Et sur ces paroles le duc s'éloigna.

Melchisedech, puissamment surexcité par l'importance du secret qu'il venait de livrer, prit aussitôt sa course vers le camp et passa comme un éclair, en effleurant du pied le pauvre Listrac, encore

tout pâle des émotions que cette scène avait fait naître dans son âme...

— Je saurai toujours bien retrouver ce misérable, pensa celui-ci. Et se relevant avec précaution, il se lança à la poursuite du duc, employant pour le suivre la tactique adoptée déjà pour M. de Richelieu.

Le manteau noir de l'Espagnol était à dix pas devant lui, suivant une sorte de sentier. Arrivé à une courbe, Listrac se releva avec vivacité, fit un bond en avant, pareil au jaguar, se jeta sur le duc et l'étreignit de ses deux bras. Ce fut dans l'ombre de la nuit une lutte terrible et désespérée ; mais l'Espagnol fut facilement maintenu par le Béarnais, grâce aux plis nombreux de son manteau qui gênaient ses mouvements. Aussi celui-ci lui appuyant bientôt un genou sur la poitrine, se disposait à lui lier les mains et les pieds au moyen de son écharpe.

Cependant, le duc de Féria fit entendre un sifflement aigu qui se répercuta dans le lointain et s'éteignit ensuite dans le silence de la nuit. Listrac appuya sa main sur la bouche de l'Espagnol afin de l'empêcher de donner de la sorte un nouveau signal, et désespérant de pouvoir emporter ce fardeau, il résolut d'attendre le jour à cette place, bien sûr d'être aperçu de l'armée des assiégeants et d'avoir main-forte.

Il regardait de tous côtés, perçant l'obscurité de son regard ; mais le casque léger qui lui couvrait la tête ne lui rendait pas les sons aussi perceptibles qu'à l'ennemi qu'il tenait terrassé, car celui-ci tressaillit au bout de quelques instants, et d'un effort suprême, dégagea sa tête de l'étreinte du Béarnais. Les airs retentirent encore une fois de son sifflement aigu.

Listrac n'hésita plus et renonçant à emmener ce captif vivant, il tira sa dague et lui approcha de son cou.

Mais au même instant, il fut saisi à son tour par une troupe de soldats qui surgirent tout à coup, venant du côté de la rivière, et qui, sur l'ordre du duc, l'emmenèrent prisonnier.

Pendant ce temps, Béranger avait reçu l'ordre du roi de se préparer, lui, sa petite troupe ordinaire, et une certaine quantité de braves soldats qu'il lui dé-igna, à une expédition hasardeuse. Il s'agissait de se rendre, à la faveur de la nuit, aux Thermes de Julien, et d'y prendre la place et le costume des Espagnols qui les gardaient.

La chose était facile : le roi s'était décidé à imiter ses ennemis ; il achetait ceux qu'il ne pouvait vaincre. Il avait profité de cette circonstance pour faire occuper ce poste important par les siens, afin de se ménager de ce côté un accès facile dans la place.

En effet, le duc de Féria, croyant la rive gauche suffisamment gardée par des Espagnols, ne devait pas songer à la défendre ; mais averti par Melchisedech, il donna ses ordres. Avant le jour, les Thermes étaient investis.

Les soldats du Béarnais, non encore familiers avec les lieux, n'ayant encore eu ni le temps ni la faculté d'étudier les issues et les endroits faibles de la place, — choses qu'ils avaient imprudemment remises au jour, — furent surpris et attaqués. Malgré des prodiges de valeur, tous furent massacrés, à l'exception de Béranger qui s'était laissé tomber parmi les morts et parvint à se dégager et à regagner le camp.

Le roi et M. de Rosny étaient ensemble lorsque Béranger arriva souillé de poussière et de sang. Il portait dans ses bras un tout petit enfant.

— Te voilà, Béranger, dit le roi : as-tu donc quelque nouvelle à m'apprendre pour que tu aies quitté ton poste ?

— Oui, sire, mais Votre Majesté ne m'a pas regardé sans doute ?

— Si, je vois dans tes bras une jolie petite fille.

— Je l'ai trouvée sur ma route, dans les bras d'une pauvre femme qui venait de mourir de faim, comme la moitié des Parisiens sont en train de faire en ce moment.

— Et tu l'as adoptée, je te reconnais bien là ; mais pourquoi... Ah ! pardonne-moi, mon brave, fit Henri de Navarre en s'avançant tout ému et posant une main sur l'épaule du soldat, je ne voyais pas... tu es couvert de sang !

Béranger raconta le massacre auquel il venait d'échapper. Cette circonstance, rapprochée de la disparition de Listrac, — dont on n'avait retrouvé sur la colline que le manteau — atterra le roi. Il n'était plus permis de douter : à leurs yeux, c'était bien le Béarnais qui trahissait. Aussi le roi donna-t-il l'ordre de saisir Listrac partout où il serait rencontré et de le mettre à mort incontinent.

Quelques jours se passèrent ainsi, et les affaires d'Henri de Navarre n'avançaient pas, bien que ses émissaires et tous les renseignements qui lui parvenaient, s'accordassent pour représenter la nation entière et les Parisiens désireux de voir finir cette guerre désastreuse.

Il se décida à user plus largement encore de la corruption. La vénalité des gouverneurs qui tenaient pour la Ligue diverses villes et places fortes était connue ; il entra en marché avec eux, et partout ce nouveau genre d'attaque obtint un succès plus prompt que celui du canon. En nous transmettant le compte exact des sommes que coûta la reddition des principales villes du royaume, Sully a fait trop éloquemment mentir les vers fameux de la Henriade qui nous montrent Henri IV régnant sur la France... par droit de *conquête*.

Le comte de Brissac vendit Paris moyennant la somme d'un million six cent quatre-vingt mille quatre cents livres.

Le 22 mars 1594, dès quatre heures du matin, le comte de Brissac et Lhuillier, prévôt des marchands, se rendirent à la porte Neuve, située sur le quai du Louvre, un peu au-dessus de l'endroit où, depuis, a été construit le pont Royal. Peu d'instants après, on vit arriver un premier corps de troupes royales commandé par Saint-Luc ; tandis qu'en même temps d'autres corps conduits par François d'O, Biron, Salignac et Vitré se présentaient aux portes Saint-Honoré et Saint-Denis.

Ces forces étant introduites dans Paris, Brissac en sortit pour aller au-devant de Henri IV.

A midi, pendant son dîner, auquel assistaient MM. de Brissac, Lhuillier et trois échevins, ceux précisément qui lui avaient si heureusement *ménagé* son entrée dans sa capitale, le roi avisa Béranger qui, tranquillement appuyé sur son épée, semblait triste et soucieux.

— Eh bien ! mon vieux compagnon, lui dit-il, que penses-tu de me voir ainsi à Paris ?

— Sire, reprit le soldat, on a rendu à César ce qui appartenait à César.

— Ventre-saint-gris ! répliqua Henri, on ne m'a pas fait comme à César, car on ne me l'a pas rendu, on me l'a bien vendu !

Les vendeurs ne sourcillèrent pas à cette saillie narquoise qui était bien dans le caractère du roi ; ils y gagnaient trop.

Le roi Henri IV ordonna à l'ambassadeur d'Espagne de sortir sur-le-champ de la ville avec les troupes espagnoles. Cette sortie s'effectua par la porte Saint-Denis.

Mais Béranger qui, du haut de la muraille, assistait au défilé, s'aperçut que les Espagnols emmenaient un assez grand nombre de captifs parmi lesquels il reconnut quelques soldats des troupes royales ; il rassembla à la hâte quelques cavaliers et sortit immédiatement de la ville. Comme les prisonniers marchaient à pieds ils ralentissaient la marche de leurs gardiens d'une manière notable ; si bien que Béranger les atteignit au pied de la montagne de Saint-Lazare.

Un combat terrible s'engagea de nouveau avec les derniers cavaliers ; et le reste de la troupe, désespérant de pouvoir conserver ses prisonniers, se mit aussitôt à fuir en tous sens, se contentant d'en tuer quelques-uns.

Béranger se hâta de délivrer les prisonniers des chaînes et des cordes qui liaient leurs mains, et ceux-ci pleins d'une nouvelle ardeur, se saisissant des armes et des chevaux abandonnés par les Espagnols tombés sous les coups de leurs libérateurs, se mirent pour la plupart à la poursuite des fuyards.

Cependant un groupe s'était formé autour de l'un des prisonniers qui n'était autre que Listrac. Il était assis sur une pierre et semblait harassé de fatigue.

Autour de lui, menaçants et furieux, se tenaient M. de Richelieu et une douzaine de gentilshommes ou de soldats. Ils demandaient à grands cris la mort de ce misérable accusé, avec tant d'apparences contre lui, d'avoir trahi les secrets de la délibération des chefs, et surtout, d'avoir fait tuer les soldats de l'embuscade des Thermes de Julien.

— Le roi l'a condamné, dit M. de Richelieu, et a commandé de le mettre à mort partout où on le rencontrerait. A mort le traître !

Listrac se tourna vers le prévôt et lui jeta un tel regard de mépris que celui-ci n'en put supporter le poids ; mais, surpris au delà de toute expression que le Béarnais n'essayât pas de se défendre, il résolut d'exploiter cette circonstance avant que son frère Béranger eût eu le temps de revenir de sa poursuite des Espagnols.

On fit lever Listrac, et l'on fut obligé de le soutenir, car il semblait prêt à rendre le dernier soupir.

— J'ai faim ! murmura-t-il d'un air hébété et comme si la raison se fût enfuie de son cerveau.

— Tu n'as pas besoin de nourriture pour le voyage que tu vas entreprendre, dit grossièrement un soldat en lui passant une corde au cou.

Listrac releva la tête avec surprise en sentant cet horrible contact ; mais aussitôt, et sur l'ordre de M. de Richelieu, trois hommes saisirent l'extrémité de la corde qu'ils avaient passée auparavant à la maîtresse branche d'un des arbres de la route et la tirèrent avec force.

Le malheureux fut traîné sur le sol l'espace de trois ou quatre pas ; puis, bientôt, son corps se balança dans l'espace où il tournoya sur lui-même à la grande joie des exécuteurs.

Tous s'éloignèrent ensuite et ne tardèrent pas à rentrer dans Paris.

Cependant Béranger revenait au petit trot de son cheval, suivi des soldats qui l'avaient accompagné dans son expédition, et ramenant quelques captifs délivrés, lorsqu'il aperçut le corps du pendu. Il allait détourner les yeux de ce spectacle, alors trop fréquent, horrible témoignage des justices sommaires de cette époque, lorsqu'en tournant sur lui-même, le pendu lui montra tout à coup son visage.

— Mon frère ! s'écria Béranger en se précipitant au galop de ce côté et en saisissant le corps entre ses bras, tandis que sur son ordre un soldat s'empressait de couper la corde.

— Il n'est pas mort ! s'écria-t-il avec joie.

Il y avait alors un petit ruisseau qui, descendant des hauteurs de Ménilmontant, prenait en écharpe le faubourg et toutes les plaines du nord de Paris et allait se perdre dans la Seine à peu de distance des Tuileries ; Béranger, sans descendre de cheval, emporta le corps de son frère de ce côté et mit pied à terre au bord du ruisseau.

Ranimé par ces bons soins, Listrac ne tarda pas à rouvrir les yeux.

— Ah ! fit-il, en reconnaissant son frère, tu ne me crois pas coupable, toi.

— Non, je n'ai jamais pu admettre que tu fusses un traître.

— Je me sens mourir, frère... Les Espagnols m'ont torturé pour m'arracher des révélations... Mais je veux te dire le nom du traître.

— Il y en a donc un ?

— Oui. Et c'est lui.

— Lui ?... achève.

— C'est lui qui m'a fait pendre tout à l'heure afin d'ensevelir dans le silence le secret de son infamie.

— Oh ! le misérable !...

— Ecoute, frère, et retiens bien ceci. Les délibérations des chefs, le secret de l'embuscade des Thermes de Julien... Ah ! soutiens-moi, je me meurs...

— Achève, et surtout dis-moi le nom du traître.

— C'est M. de Richelieu.

— Lui ! fit Béranger d'une voix terrible. Oh ! je te vengerai !...

— Le juif Melchisédech était son intermédiaire avec le duc... Mais écoute encore. Tâche de t'introduire dans l'hôtel du duc.

— Quel duc ?

— Le duc de Féria, au faubourg Saint-Antoine. Fouille les caves, il y a un cachot où l'on m'avait enfermé. Dans ce cachot, sous une pierre, tu trouveras des papiers...

— Achève !...

— Ah ! je ne puis... Frère, frère, tu diras au roi que je ne suis point un traître, n'est-ce pas ?

— Sois tranquille.

— Et... tu me vengeras.

— Je te le jure.

Quelques instants après le généreux Listrac rendait le dernier soupir, et le soir, après l'avoir enseveli, Béranger gagna le logis qui lui avait été assigné dans la ville.

Il y trouva son domestique déjà installé et qui venait de coucher la petite fille recueillie par lui.

— Je n'ai plus de frère, se dit-il tristement, et j'ai un enfant... soyons prudent. La vengeance sera lente, mais elle viendra.

XLI. — QUE LES AMOUREUX NE SONT PAS LES PLUS HABILES MESSAGERS.

Au moment où Béranger racontait l'histoire de sa jeunesse à son ami Adamas, la Cressia, vêtue d'un costume d'homme, bottée et éperonnée, l'épée au côté, et deux pistolets à sa ceinture, car elle savait à quel point les rues étaient peu sûres à cette époque, madame de Cressia, disons-nous, frappait à la porte de la petite maison de la rue de la Lune.

Robert ouvrit. Comme elle, il était enveloppé dans un manteau, une lourde épée en relevait les bords, et un large chapeau était rabattu sur ses yeux.

Elle se jeta à son cou, et l'étreignit avec fureur contre sa riche poitrine. Était-ce illusion ou réalité, jamais encore son nouvel amant ne lui avait semblé si beau et si valeureusement équipé.

— Les chevaux sont au bout de la rue, dit-elle.

— Partons vite, car je crains d'être inquiété.

— Inquiété, et par qui ?

— Je vous le dirai, mais je me suis demandé s'il ne valait pas mieux nous en aller chacun de notre côté et nous retrouver à quelques lieues de Paris.

— Ah! fit la marquise avec effroi, j'ai cru m'apercevoir, en effet, en frappant à la porte, que quelqu'un m'épiait.

— Votre mari peut-être?

— Non. Il n'est pas de retour encore. Je ne l'attends que demain matin, et c'est pour cela, mon Robert, que j'ai voulu partir avec vous.

— Il faut tout prévoir. Si ce n'est pas M. de Cressia qui vous fait épier, c'est la police de M. de Richelieu qui m'observe. Nous allons y aviser et j'y pensais précisément quand vous êtes arrivée.

Robert commença par placer une lampe de façon que ses rayons frappassent directement la fenêtre du rez-de-chaussée donnant sur la rue.

— Tant qu'on verra de la lumière, on me croira dedans, dit-il.

Il prit la Cressia par la main et l'entraîna par le petit escalier conduisant à son atelier souterrain, en ce moment plongé dans une obscurité que dissipait à peine la lueur de la lune passant à travers une croisée percée au fond d'une épaisse embrasure; ce qui indiquait que la maison avait été construite sur la muraille même du rempart, qui à cette époque s'élevait de ce côté.

— C'est ici, dit la Cressia en se serrant contre lui, c'est ici que j'ai senti pour la première fois que je t'aimais.

Robert répondit à son étreinte en baisant rapidement son front, et alla ensuite prendre une corde qu'il attacha solidement à la fenêtre, grâce à une barre de fer placée en travers.

— Aurez-vous le courage de vous fier à cette corde? demanda-t-il en s'assurant qu'elle résistait à la plus vigoureuse traction.

— Où tu passeras, je passerai, mon Robert, reprit-elle avec une sorte d'exaltation.

— Une fois dehors, nous rentrerons dans Paris par une autre voie pour chercher les chevaux.

— Ce que tu feras sera bien fait, dit la marquise qui, habituée aux manières efféminées des raffinés de la cour, appréciait à sa valeur la mâle énergie de ce jeune homme jeté sur sa route par le hasard et qui lui faisait connaître une vie nouvelle.

Robert sauta sur l'appui de la fenêtre et eut alors un moment d'hésitation.

— Il n'y a que vingt pieds, dit-il, mais on peut encore se tuer. Je vais l'essayer seul.

— Robert, je te le défends, je veux partir avec toi !

Mais le jeune homme ne l'écoutait pas. Il s'était laissé glisser le long de la corde, avait pris pied ; puis, remontant immédiatement, à la force des poignets, il reparut à la fenêtre à laquelle se penchait la belle Espagnole. Elle récompensa cette vaillante prouesse par un baiser; puis, se confiant à son tour à la corde, se pendit au cou de Robert, qui descendit sans encombre jusqu'au sol.

Une demi-heure après, et suivis d'un laquais comme eux à cheval, ils galopaient sur la route de Flandre.

Le jour les surprit à la Chapelle-en-Serval, où ils devaient changer de chevaux.

La poste était située à droite, vers le milieu du village, à l'endroit même où elle a résisté encore aujourd'hui aux envahissements des chemins de fer, et formait angle avec une rue conduisant au château seigneurial et à l'église.

L'heure matinale ne ralentissait jamais le service de ces exploitations privilégiées; mais si le maître de la poste ne présidait pas lui-même aux relais, une espèce de postillon factotum tenait sa place.

— Trois chevaux, dit Robert, que les précédents relais avaient déjà habitué à cette manière de voyager, réservée seulement alors à la noblesse ou à de rares partisans ou financiers.

— Il n'y en a qu'un à l'écurie, monsieur le gentilhomme, reprit le factotum en mettant son bonnet à la main; mais si vous voulez

vous reposer deux heures à l'auberge en face, vous aurez ceux qui vont rentrer d'ici à un quart d'heure.

— Mais ne pourrait-on partir dès qu'ils rentreront ?

— Impossible, monsieur, il faut qu'ils se reposent, ou sans cela ils vous laisseraient en route. C'est d'ailleurs contraire aux règlements.

Madame de Cressia, qui, pendant ces pourparlers, s'était avancée curieusement dans la rue du Château, revint vivement vers Robert.

— Je paierai double, dit-elle en s'adressant au postillon.

— Impossible, répondit imperturbablement cet homme.

— Ah çà, maraud, fais-moi venir ton maître, je suis sûre qu'il fera ce que nous voulons.

— Mon maître dort et il m'a défendu de le réveiller.

— Eh bien, c'est ce que nous allons voir, dit Robert, dont les oreilles commençaient à s'échauffer, et qui voulut pénétrer dans la grande cour de la maison.

— Monsieur, reprit le postillon, c'est bien à tort que vous vous emportez, car mon maître ne pourra vous donner les chevaux qu'il n'a pas dans ses écuries.

— Eh bien ! soit, nous allons à l'auberge, dit la Cressia, et dès que les chevaux seront de retour, préviens-nous.

— Oui, monsieur, reprit le factotum en saluant profondément.

La marquise et Robert traversèrent la rue à pied et s'approchèrent de l'hôtellerie dont la porte était soigneusement calfeutrée, car aucun trafic n'avait lieu à cette heure sur la route.

— Il y a quelqu'un de suspect à la poste, dit la Cressia à voix basse. Vous redoutez les espions du cardinal et je crois que c'est avec raison. Une manière de paysan était tout à l'heure à une fenêtre, dans la petite rue, et s'est retirée en me voyant la regarder. Je ne sais si je me trompe, mais j'ai vu ces yeux et surtout ces sourcils-là quelque part.

Robert frappa à la porte de l'auberge, et ses coups retentirent dans toutes les parties du village, renvoyés par l'écho. Ils ne l'empêchèrent pas toutefois d'entendre comme le galop éloigné d'un cheval lancé à fond de train.

— Ce sont les chevaux qui rentrent, dit la marquise.

— Non, répliqua Robert en regardant du côté du nord, je ne vois rien, et pourtant c'est quelqu'un qui va comme le vent.

C'était en effet un cavalier qui tournait le village et qui, au bout de quelques instants, apparut à son extrémité, en filant la route au grand galop.

— C'est quelque colporteur, dit Robert en mettant une main devant ses yeux pour se garantir de l'éclat du soleil levant, car je vois comme une balle assez volumineuse attachée sur sa selle.

Il fallut dix bonnes minutes pour que l'aubergiste se décidât à ouvrir sa porte, et au moment où ils allaient entrer, Robert s'aperçut que le laquais de la marquise avait disparu. Il le cherchait des yeux aux alentours, lorsqu'il le vit, sortant de la rue de l'Église, et accourant à toutes jambes.

— Monsieur, dit-il, je me défiais du postillon et j'ai fait le tour de la maison. Les écuries de la poste longent cette rue, et j'ai pu grimper jusqu'aux lucarnes.

— Qu'as-tu vu?

— Il y a plus de trente chevaux!

— Tonnerre ! fit Robert, c'était une conspiration contre moi. Va chercher ce postillon.

Le laquais traversa la rue et pénétra sous la porte cochère de la poste. Pendant ce temps la Cressia avait retenu Robert au milieu de la route.

— Robert, dit-elle d'une voix grave, ceci n'est pas naturel, et il est probable qu'en effet une conspiration a été ourdie contre vous. Nous sommes trop près de Paris pour que rien ait été tenté encore, et d'ailleurs on ne veut peut-être qu'on vous épier. Il serait plus prudent, je le crois, de nous séparer. Cela dérouterait les espions, et nous arriverions chacun de notre côté à Bruxelles.

— Vous quitter, chère âme de ma vie, vous exposer aux mauvaises rencontres, — eh ! que m'importent les embûches et les guet-apens ! Seulement, je veux vous donner la moitié de mon secret. Il y a tout à parier que c'est moi qu'on observe; il serait trop facile de m'arrêter et de me prendre la lettre que je porte, mais tel n'est pas le but de mes ennemis. Cependant si le sort en décidait autrement, si je succombais, vous obtiendriez facilement qu'on vous donnât mon épée. Eh bien, le pommeau de mon épée se dévisse, et dans l'étui qui s'offrira alors à vos regards vous trouverez une lettre roulée. Elle est destinée à M. de Laisque, gouverneur de Bruxelles et favori de M. l'archiduc.

— Bien.

Le laquais revenait avec empressement et déclarait que le factotum s'était recouché et ne voulait pas sortir de son lit tant que les chevaux ne seraient pas rentrés.

Robert ne répondit rien; mais au lieu de se diriger vers les écuries où couchait ce drôle, il pénétra dans une immense cuisine dont la porte était entre-bâillée sous la porte cochère, et se mit à frapper de telle sorte sur la table et les casserolles qu'une servante accourut tout effrayée au bruit de ce charivari.

— Des chevaux! s'écria-t-il, je veux des chevaux. Réveille ton maître, mordieu! ou je brise tout ici.

La servante se mit à crier de tous ses poumons, et déjà le maître de poste se réveillait lorsque le factotum parut à la porte de la cuisine, menant trois chevaux par la bride.

— Allons, dit-il, pas tant de bruit, monsieur, voilà deux bêtes qui reviennent, par le portail des champs, de Survilliers; vous pouvez les prendre, mais du diable si elles vous mènent à Senlis avant deux bonnes heures.

— Ce n'est pas ton affaire, maraud, dit la Cressia en sautant sur le sien.

— Quel peut être cet homme? lui dit Robert quand ils eurent dépassé le village.

— Quel homme?

— Celui que vous avez vu, ce colporteur, car c'est le même, et le postillon avait reçu l'ordre de ne nous donner des chevaux que lorsqu'il eussent une notable avance. Qui sait si nous n'avons pas intérêt à le rejoindre comme il avait intérêt, lui, à nous dépasser?

— En chasse, alors! dit gaiement la marquise en houssinant sa monture.

Mais la tâche était au-dessus des forces d'une femme, quelque courageuse qu'elle fût; si bien que la journée entière s'écoula sans qu'ils eussent revu le colporteur ou le paysan apparu à la poste de la Chapelle-en-Serval.

Deux jours après ils allaient entrer dans le village de Vitry, à cinq ou six lieues de Douai, lorsqu'en se retournant madame de Cressia aperçut au loin, à un bon quart de lieue, un gros nuage de poussière.

— Il serait étrange qu'après avoir poursuivi nous soyons à notre tour l'objet de la course de ces gens-là.

En effet, une demi-douzaine de cavaliers accouraient à toute bride, et, par prudence, la marquise crut devoir se réfugier dans la première porte qui s'offrit à sa vue.

Robert et son valet l'avaient suivie, et déjà le maître de cette maison se disposait à se fâcher de cet envahissement, prétendant ne pas tenir auberge; mais la marquise lui jeta une pièce d'or et lui ordonna de fermer vivement sa porte.

En même temps elle descendit de cheval et pénétra dans la cuisine du logis, dont les fenêtres donnaient sur la rue principale du village. Elle se cacha dans un coin du vitrail, guettant l'arrivée des cavaliers qui, selon toute apparence, allaient passer là.

Robert avait mis pied à terre également et se disposait à la rejoindre, lorsqu'elle revint vers lui le visage bouleversé.

— Ah! fit-elle, nous l'avions dépassé, et maintenant il est en force. Il va nous attaquer.

— Vous l'avez reconnu?

— C'est M. de Rochefort, l'âme damnée du cardinal; mais il y avait avec eux un homme masqué dont l'aspect m'a vivement émue. Je ne sais quel est cet homme, mais il me semble que je le connais.

— Écoutez, madame, dit Robert, il faut changer notre itinéraire et attirer sur moi seul l'orage qui nous menace. C'est sur moi évidemment qu'est dirigée l'expédition; les espions placés à ma porte le prouvent. Rendons-nous chacun de notre côté à Bruxelles, ou retournez à Paris; je continuerai seul ma route.

— T'abandonner lorsqu'il peut y avoir danger pour toi, ami; non, non, ce serait une lâcheté, et je n'en suis pas capable. Je veux que tu voies jusqu'au bout tout ce qu'il y a dans mon âme, et que je rachète ainsi tout ce passé qui n'a pas été à toi!

— Chère âme, j'ai peur pour vous.

— Cet homme masqué, quel est-il?...

— Si c'était votre mari?

— J'y ai bien songé, mais il a la barbe grise; on la voyait apparaître sous son masque, et mon mari est jeune.

— Serait-ce le cardinal lui-même?

— C'est impossible.

— En acceptant la mission que m'a confiée M. de Chalais, madame, j'ai fait le sacrifice de ma vie, mais non celui de la vôtre; il faut nous séparer.

— Alors confie-moi ta lettre, c'est moi qui la porterai. Si tu arrives avant moi à Bruxelles, tu iras l'annoncer à M. de Laisques et, au besoin, tu viendras à ma rencontre avec des hommes d'épée.

— Encore un jour d'étape et nous arriverons à Bruxelles; je ne puis me décider à vous laisser seule.

— Ami, crois-moi, j'ai un instinct qui ne me trompe pas. Confie-moi ta lettre, te dis-je; si l'on t'arrête, tu n'auras rien à défendre et tu ne tireras pas l'épée, on te fouillera en vain, et je retrouverai mon Robert sain et sauf.

Le jeune homme la pressa sur son sein, puis il se laissa fléchir.

Il tira son épée du fourreau, et appuya fortement son pied sur la lame, en saisit le pommeau entre ses doigts nerveux et le dévissa. De la poignée ainsi décapitée il tira un petit rouleau de papier que la marquise glissa immédiatement dans sa poitrine.

— Plutôt que de le livrer, dit-elle, je l'avalerai.

Elle exigea alors que le jeune homme partît au plus vite, lui promettant de se remettre en route sans retard.

— J'ai soif de te revoir bientôt, dit-elle, car je t'aime, je t'aime comme jamais je ne me serais crue capable d'aimer.

Robert remonta ensuite à cheval et reprit seul la route de Flandre.

Il reconnut au loin la troupe de cavaliers aperçue précédemment par la marquise et ne changea rien à ses allures; mais, arrivé en vue d'une bifurcation de la route, il vit la troupe qui, au lieu de continuer à galoper sur celle qui faisait la droite de la fourche, et qu'on lui avait indiquée comme menant en Flandre, prenait rapidement à gauche.

— La marquise s'est trompée! se dit-il.

Et il voulut retourner sur ses pas, lorsqu'il lui sembla qu'un des cavaliers était resté en arrière et suivait seul le chemin qu'il comptait prendre à son tour. Sur la selle de cet homme un paquet assez volumineux attira son attention.

— C'est le colporteur! se dit-il, il faut que je sache si véritablement c'est à moi qu'il en veut. Mais la réputation de M. de Rochefort est faite, il faut agir de ruse avec cet homme et ne rien brusquer.

Et il se contenta de le suivre dès loin, laissant entre cet ennemi et lui assez d'espace pour ne pas exciter sa défiance et lui faire supposer qu'il voulait l'attaquer.

Pendant ce temps la petite troupe de cavaliers qui avait pris à gauche, à la bifurcation, s'était arrêtée dans un petit bois, et quand une demi-heure se fut écoulée, l'homme masqué à la barbe grise commanda la marche et mit son cheval au galop.

Peu de temps après, la troupe se trouvait à quelques pas de madame de Cressia, qui, suivie de son valet, avait fait prendre l'amble à sa monture et se rangeait sur sa droite pour la laisser passer.

Mais sur un commandement bref de l'homme masqué, les cavaliers l'entourèrent.

— Madame, dit le chef, j'ai pensé que vous aviez besoin d'un compagnon de voyage, et que nul mieux que moi ne pourrait vous en servir d'une manière plus convenable.

A cette voix la marquise avait tressailli, et quand le gentilhomme eut achevé ces mots, prononcés du reste avec la plus exquise urbanité, quand il eut ôté son masque et la barbe qui y adhérait, elle eut la conscience de son danger.

— M. de Cressia! dit-elle en tremblant de tout son corps.

Le marquis saisit la bride de son cheval et le força de rebrousser chemin.

Elle le laissa faire.

— Cependant, se dit-elle au milieu de ses appréhensions, — il faut que j'aille à Bruxelles.

XLII. — LE COLPORTEUR.

C'était en effet Rochefort qui marchait à trois cents pas en avant de Robert.

Rochefort n'était pas un espion vulgaire, et en se voyant suivi d'un seul homme, il ne douta pas que sa tactique, concertée avec M. de Cressia, n'eût réussi. Il continua donc sa route comme si d'autres intérêts le conduisaient, et la nuit étant sur le point de tomber, il résolut de s'arrêter à Hal, village distant de Bruxelles d'environ trois ou quatre lieues.

De loin, Robert le vit entrer dans une auberge située presque à l'entrée, à droite, et au-dessus de la grande porte de laquelle s'arcboutait l'enseigne du *Lion d'or*, concession faite aux susceptibilités héraldiques des Espagnols, que l'image du lion néerlandais aurait pu offusquer.

Robert n'avait pas dessein d'éviter cet homme à qui vraisemblablement il supposait les plus mauvaises intentions à son égard; c'est pourquoi il s'arrêta également dans l'auberge, et sans paraître remarquer les yeux ardents qui, du haut d'une fenêtre du premier étage, suivaient tous ses mouvements, il sembla faire choix de ce gîte pour la nuit.

Il demanda à souper et fut installé, à cet effet, dans une pièce donnant sur une cour dans laquelle les hommes et les chevaux se succédaient à grand bruit. Une fois repu, Robert demanda sa chambre, car il voulait partir de bon matin, de manière à arriver à Bruxelles à une heure honnête. On le conduisit au troisième étage, sous les toits, et, bien que cet arrangement eût eu de quoi mortifier passablement son amour-propre s'il eût été véritablement gentilhomme, il n'en laissa voir aucun déplaisir; d'autant plus que l'hôtelier lui annonça que toutes les autres chambres étaient occupées ou retenues.

Toutefois, Robert avait remarqué la porte de la chambre d'où Rochefort l'avait épié, et, bien certain qu'il passerait là la nuit, il résolut de ne plus s'inquiéter de cet homme que le lendemain, s'il y avait lieu.

Mais, une fois dans sa chambre, le jeune homme se fit ce raisonnement assez plausible : c'est que s'il ne s'occupait pas de cet ennemi, cet ennemi pourrait fort bien s'occuper de lui de manière à entraver ses projets.

Il se coucha donc tout habillé, son épée sous sa main, et ses pistolets sous l'oreiller; mais, quels que fussent sa bonne volonté et ses efforts, le sommeil ne put fermer sa paupière. Il se sentait, pour ainsi dire, épié.

Si bien qu'il en vint à se tenir un autre raisonnement.

— Si, au lieu d'attendre l'attaque, je me faisais l'agresseur, se dit-il en manière de conclusion.

Au bout de dix minutes de réflexion, son plan était fait.

Il commença d'abord par aller ouvrir sa fenêtre; puis il éteignit sa lampe en se donnant deux heures de sommeil; car il fallait bien laisser à tous les habitants de l'hôtellerie le temps de s'endormir. La tranquillité d'esprit où l'avait mis son projet lui procura un sommeil calme et paisible; et quand il se réveilla en sursaut, une horloge lointaine lui apprit qu'il avait dormi quatre heures.

Il était alors une heure après minuit, et le silence le plus absolu régnait non-seulement dans la maison, mais dans le village et dans la campagne dont on apercevait vaguement les plaines au delà des habitations voisines.

Robert se pencha à sa fenêtre et observa la rue avec une scrupuleuse attention, se rendant compte de chaque ombre projetée, et de tout objet dont la couleur et la forme ne se mariaient pas avec les murailles ou le sol.

Rassuré de ce côté, il ôta son pourpoint et ses bottes, passa une forte et courte dague dans sa ceinture, et grimpant sur l'appui de la fenêtre, il gagna le toit où, malgré sa forte inclinaison, il se maintint assez bien en équilibre pour gagner une grande et large cheminée s'élevant à l'extrémité et montant contre le mur extérieur de la maison.

Robert était homme de résolution; il escalada la cheminée et, après un léger examen consacré à constater lequel des deux orifices appartenait à la chambre de Rochefort, il se glissa dans l'un d'eux et commença de descendre sans se soucier le moins du monde de salir ses linges.

Au bas de la cheminée, dans un coin du foyer, une lampe allumée indiquait que le comte s'était livré, lui aussi, à un examen des localités et avait voulu, en supprimant le rayonnement de sa lumière, dissimuler sa présence au dehors.

Le jeune homme descendit donc avec la plus extrême précaution dans la cheminée, et il ne dut qu'à son adresse, à la souplesse de ses mouvements et à la force de ses muscles de parvenir sans le moindre bruit sur les chenets du foyer.

Il resta un moment dans l'angle formé par les parois, interrogeant la chambre et examinant les points d'attaque. Un lit s'élevait au fond de la chambre sur lequel, malgré l'obscurité, il aperçut Rochefort dormant tout habillé.

Seulement, comme il n'avait probablement pas les mêmes craintes que Robert, puisqu'il se considérait plutôt comme chasseur que comme gibier, il n'avait pas pris les mêmes précautions. Son épée était posée en travers sur une chaise, et ses pistolets désarmés étaient placés sur une table.

Robert n'eut aucun doute, il dormait bien.

Il se précipita donc sur lui avec une impétuosité irrésistible et lui saisit les deux poignets dans ses mains puissantes. Rochefort se réveilla et devina plutôt qu'il ne reconnut à quel ennemi il avait affaire et lutta immédiatement de toute la force de ses muscles d'acier; mais il avait le désavantage, car il était toujours couché sur le dos, et ce qu'il voulait éviter avant tout c'était de réunir ses mains, car il sentait bien que l'intention de son adversaire était de les contenir dans l'une des siennes, afin de saisir ensuite la dague dont il avait déjà touché le pommeau.

La lutte continua dans l'ombre, terrible, désespérée, et cependant silencieuse de part et d'autre.

Rochefort n'osait crier, parce qu'ignorant comment Robert avait pu pénétrer dans sa chambre, il pouvait craindre que des gens affidés n'accourussent et ne fissent découvrir sa qualité : or, sa qualité était de celles qui, en pays ennemi, ne lui devaient guère concilier de sympathies.

Robert jugea cependant qu'il fallait en finir, et sautant sur le lit, il appuya son genou sur la poitrine du comte, et dans l'effort que celui-ci tenta pour résister, il parvint à saisir ses deux poignets. Il déroula prestement sa ceinture et les enserra dans un système de nœuds dont celui-ci reconnut immédiatement l'excellence, car il commença à blasphémer et à donner des coups de pied susceptibles d'ameuter toute la maison.

Le jeune homme eut bientôt trouvé plusieurs serviettes; il s'en servit pour nouer d'abord les jambes du comte; puis, après avoir fait une sorte de tampon et le lui avoir appliqué sur la bouche, au moment où celui-ci l'ouvrait pour crier, il l'assujettit avec force.

Malgré ce bâillon, Rochefort écumait, les yeux lui sortaient de la tête, et il exécutait sur son lit des soubresauts terribles dont le jeune armurier, du reste, ne s'inquiéta pas, car il ne songeait plus qu'à la retraite.

Il se saisit des pistolets du comte, et au lieu de remonter chez lui par le chemin qui l'avait conduit, il ouvrit tout bonnement la porte, la referma à double tour, empocha la clef et monta les marches de l'escalier quatre à quatre.

La lune lui permit de se rhabiller et de faire disparaître les traces de suie qui souillaient son visage; puis il descendit, s'assura que Rochefort ne bougeait pas dans sa chambre, et arriva à l'écurie où il réveilla un palefrenier. Celui-ci n'obéit qu'avec répugnance, et l'aida à seller son cheval, mais il refusa catégoriquement de lui ouvrir la porte.

Robert avait heureusement reconnu la veille que l'hôtelier couchait dans une chambre attenant à la salle où il avait soupé : il se dirigea donc immédiatement de ce côté et réveilla le bonhomme qui, de même que son valet, opposa les plus énergiques refus à sa prière. Il ordonna alors, et cela de telle façon que l'hôte fut forcé de se vêtir en toute hâte et d'aller ouvrir lui-même la grande porte.

Quelques minutes après, l'artisan volait à triple galop sur la route de Bruxelles.

Il s'arrêta sur la place du marché aux Poulets, où s'élevait alors l'auberge des Trois-Suisses, et, une fois son cheval mis à l'écurie, il se rendit au Parc, où se trouvait l'hôtel d'Orange, résidence du gouverneur des Pays-Bas, et demanda à parler à M. de Laisques, pour affaire urgente.

Introduit aussitôt, il trouva le favori de l'archiduc à sa toilette. Celui-ci l'emmena à l'instant dans l'embrasure d'une fenêtre, et après quelques mots échangés, donna un ordre auquel obéit un officier qui se trouvait là.

Une heure après, Robert, à la tête d'une escouade d'archers à cheval, pénétrait à l'auberge du Lion d'Or, et montait, suivi de deux hommes, à la chambre de Rochefort. La porte était encore fermée à double tour, ainsi qu'il l'avait laissée; mais quand il pénétra dans l'alcôve, il poussa un cri de fureur et de désappointement.

Le lit était vide, et au milieu de la chambre il trouva la ceinture et les liens avec lesquels il l'avait si solidement attaché : tous étaient à demi brûlés et indiquaient que Rochefort s'était traîné jusqu'à la lampe pour se débarrasser de ses entraves.

La fenêtre était ouverte, et les rideaux du lit attachés au balcon indiquaient bien la voie par laquelle il s'était échappé; mais son cheval, dit l'hôte, n'avait pas quitté l'écurie.

— Nous le rattraperons! s'écria Robert en s'élançant au dehors suivi aussitôt de la petite troupe d'archers.

Mais il rentra dans Bruxelles sans avoir pu remettre la main sur le comte; si bien que, par mesure de précaution, le gouverneur crut devoir s'assurer de sa personne. En vain il voulut résister, en vain il parla de la mission dont il était chargé; comme il n'était plus porteur de la lettre, et comme il ne voulait pas nommer la personne à laquelle il l'avait confiée, le gouverneur n'ajouta aucune foi à ses allégations et le traita d'espion.

On le conduisait donc à la prison de l'hôtel de ville, lorsqu'en débouchant sur la place, il aperçut à l'extrémité plusieurs cavaliers qui semblaient arriver de voyage et chercher un gîte.

Au milieu d'eux, Robert reconnut madame de Cressia causant avec enjouement avec l'un des cavaliers, gentilhomme de la meilleure tournure et qui lui répondait avec un sérieux de glace.

Les deux groupes se croisèrent, mais, en passant, la marquise jeta sur le jeune homme un de ces regards, chargés d'amour et de promesses, qui fit tomber sur son cœur une véritable rosée d'espérance et de bonheur.

XLIII. — LES CAPUCINS DE SAINT-HUBERT.

Bruxelles a toujours rassemblé dans ses murs un nombre considérable de couvents, et celui des Capucins, situé alors dans la rue Saint-Hubert, était l'un des plus riches de cet ordre mendiant. Il avait pour gardien un gentilhomme de la plus haute noblesse brabançonne qui, bien qu'il se trouvât alors le seul représentant d'une famille éteinte dans la personne de son frère aîné, n'avait pas voulu faire casser ses vœux et se plaisait, malgré la règle, à faire régner dans son couvent l'abondance et les plaisirs.

Mais comme les exercices de piété n'avaient jamais reçu la moindre atteinte de cette manière d'être, et que les autres couvents de la même obédience étaient loin de se plaindre des grasses récoltes que l'abstention des capucins de Saint-Hubert faisait pleuvoir dans leurs besaces, lorsqu'ils allaient mendier de porte en porte, tout le monde était content.

Le couvent était donc le rendez-vous des plus nobles, des plus riches et des plus élégants seigneurs du Brabant : dom Barthélemy y accueillait avec empressement les artistes, peintres ou musiciens, et Rubens avait déjà donné à l'église quelques-unes de ces magnifiques toiles que le temps nous a heureusement conservées.

Donc, le jour même où madame de Cressia entrait à Bruxelles en compagnie de son mari, un moine portant le costume complet de l'ordre fondé par Mathieu Baschi, y compris la longue barbe et la besace, les pieds nus et souillés de la boue du chemin, se présentait au couvent de la rue Saint-Hubert.

Le frère portier l'accueillit avec cette onctueuse bienveillance née de l'esprit de corps respecté jusque dans ses minutieuses pratiques, et s'empressa de le faire conduire au père gardien.

Le supérieur reçut assez froidement ce moine, dont la personne n'était rien moins que recommandable en apparence, car il n'avait pas sacrifié comme lui aux exigences du monde et du bien-vivre en se chaussant sans vergogne de souliers mignons; il se résolut à l'expédier au plus vite : mais le frère lui demanda sa bénédiction avec tant de bonne foi qu'il se sentit aussitôt animé des meilleurs sentiments à son égard, et le satisfit assez gauchement sur ce point.

— Mon père, dit le capucin, je suis chargé d'une lettre du révérend dom Gerle, gardien des capucins de Saint-Honoré, à Paris, pour votre révérence.

— Le révérend dom Gerle, fit le prieur, c'est l'un de mes meilleurs amis.

— Je ne doute pas alors que vous ne daigniez reporter sur moi une légère somme de votre bienveillance, monseigneur, car il m'a affirmé en quittant Paris, que je pouvais y compter.

— Sans doute. Cependant je ne dois pas vous le cacher, mon très-cher frère, le révérend dom Gerle ne m'a pas vu depuis un an au moins, et depuis ce temps il est survenu de graves changements dans la communauté dont l'administration m'a été confiée, ainsi que dans la vie de son frère indigne. Un héritage considérable m'a permis d'adoucir les pratiques sévères de mes religieux, et je ne sais si votre révérence...

— Je ne comprends pas, monseigneur, fit le capucin avec la plus naïve componction.

Le père gardien ouvrit la lettre de son ami et hocha la tête avec un sourire d'approbation.

— C'est bien ce que je prévoyais, dit-il : vous désirez faire pénitence, mon frère, et le vénérable dom Gerle vous a indiqué ma maison, comme devant contribuer à activer votre salut. Je ne tenterai

certes pas de vous détourner des voies dans lesquelles vous entrez; mais je dois vous en prévenir, je n'ai ici que des religieux dont l'état de grâce est complet. De sorte que si vous avez quelque péché à expier, il serait peut-être mieux que vous voulussiez bien choisir une maison où la règle soit observée plus rigoureusement.

— Mon père, dom Gerle m'a parlé des bontés qui distinguent votre cœur, et c'est précisément parce que j'ai beaucoup à expier, c'est précisément, dit-il, parce que parfois je me suis surpris regrettant les erreurs du monde, qu'il m'a indiqué votre maison comme devant contribuer davantage encore à mon salut. Plus vous entourez vos religieux de douceur et d'indulgence, plus je dois me plonger dans les mortifications et me préparer par le spectacle de vos innocentes, mais peut-être trop mondaines satisfactions, à cet état de grâce qui est le but auquel doit tendre toute âme vraiment chrétienne.

— Eh bien, mon frère, qu'il soit fait comme vous désirez; vous serez astreint à la règle dans toutes ses conditions les plus dures, si vous le voulez; votre cellule sera nue et froide, vos repas seront le rebut des tables de la ville que vous aurez recueilli, vous-même dans vos saintes tournées, et si, après toutes ces mortifications, vous vous déclarez toujours fermement résolu, vous aurez droit à l'absolution de vos péchés, et même à la faveur de vos chefs.

— Merci, monseigneur, reprit le capucin en s'inclinant sur la main du prieur qui se la laissa parfaitement baiser en grand seigneur qu'il était et en futur prince de l'Église.

Dom Barthélemy donna ses ordres, et le nouveau commensal des capucins de Saint-Hubert fut installé dans les conditions indiquées par lui.

Peu de temps après, le gouverneur du Brabant fut introduit chez le prieur et le surprit une viole entre les jambes, essayant de déchiffrer un morceau de musique étalé sur un riche pupitre.

— Bravo! fit M. de Laissac en entrant.

— Cela m'arrive de Rome, mon cher comte, c'est le cardinal Ficara qui me l'envoie. Ah! ces Italiens, quelle science d'harmonie et quels trésors de grâce et d'amour! Écoutez...

— Je n'ai pas le temps.

— Qu'avez-vous donc, cher comte? Au fait, je n'avais pas remarqué, vous voilà botté et éperonné comme si vous alliez en guerre.

— Vous ne vous trompez pas tout à fait. Je pars pour Ostende.

— L'archiduc vous appelle?

— Non. Mais les circonstances sont graves; ainsi, avant de m'embarquer, j'ai voulu vous voir et surtout vous consulter.

— Ah! cher comte, vous savez pourtant que toutes choses étrangères à l'art me sont fastidieuses et pénibles, et que je suis le plus mauvais donneur de conseils qu'on ait jamais vu ici-bas.

— Vous vous faites trop modeste; c'est justement parce que je sais le contraire que j'ai toujours un plaisir de vous soumettre les affaires les plus épineuses. Écoutez.

— Vous avez dédaigné ma musique et il faut que je subisse la vôtre; est-ce de la charité, cela? dit le prieur d'un ton de doux reproche.

— Si vous saviez comme je suis pressé de partir, vous ne me feriez pas perdre ainsi mon temps.

— Parlez donc.

— J'ai reçu tout à l'heure la visite d'une dame de la cour de France, madame de Cressia.

— Attendez donc, mais vous vous trompez. Elle ne fait plus partie de la cour, pour ainsi dire, car elle était dame d'honneur de la reine, qui l'a remerciée à cause de certaines escapades au Pré aux Clercs dont on a fort médit auprès du roi.

— C'est possible. Toujours est-il qu'elle est l'ennemie de M. de Richelieu, car elle m'a remis une lettre signée CHALAIS. Tenez, lisez-la.

— Au nom de M. Gaston de France! dit le moine après avoir lu.

— Et, ce qu'il y a de plus piquant, c'est que le mari de cette dame est envoyé à l'archiduc par le roi, ou plutôt par le cardinal.

— En effet. Du reste, M. de Cressia et sa femme ont toujours été fort mal ensemble.

— Que faut-il que je fasse?

— Si je ne me trompe, vous vous disposez à partir pour Ostende, où vous voulez arriver avant M. de Cressia?

— Oui, le cardinal lui fait proposer la paix, et M. de Chalais nous demande notre concours au nom du prince.

— L'avantage de l'archiduc est certainement d'écouter le duc d'Anjou.

Le supérieur reçut assez froidement ce moine. (P. 87.)

— C'est aussi mon avis; M. d'Anjou est par intérêt l'ami de l'Espagne s'il épouse la reine; tandis que M. de Richelieu, continuant la politique de Henri IV, ne rêve que l'abaissement de la maison d'Autriche.

— Mon cher Barthélemy, me permettez-vous de m'appuyer de votre opinion auprès de l'archiduc?

— Sans doute. Du reste, ma manière de voir est bien connue et, aujourd'hui encore, j'ai prouvé mon peu de sympathie pour le cardinal de Richelieu.

— Comment?

— Je vous conterai cela à votre retour, car, vous aviez raison, il faut partir au plus vite; il est bien fâcheux que l'archiduc ne soit pas à Bruxelles. Un jour de perdu, c'est souvent un siècle.

— Je tâcherai de le ramener, mais d'ici à mon retour, je compte sur vous pour me trouver un messager.

— Un messager?

— Je ne veux pas employer ceux qui m'ont apporté cette lettre; ils sont connus des espions du cardinal. M. de Rochefort, l'âme damnée de Richelieu, s'est trouvé sur leur passage, et s'ils lui ont échappé, c'est par miracle. M. de Cressia a voyagé une partie du chemin avec ce Rochefort, et ce n'est qu'au moment de rejoindre sa femme qu'ils se sont séparés. — C'est une histoire fort romanesque, et la marquise, qui est bien la plus charmante femme qui se puisse voir, m'a conté cela comme à un confesseur. A mon retour, vous en jugerez, — et il importe que ma réponse à M. de Chalais parvienne sûrement.

— Bon, je partirai moi-même pour Paris, s'il le faut.

— Cela ne serait pas mal. Vous pourriez voyager bien ostensiblement, avec une suite de trois ou quatre religieux, et personne ne s'aviserait de vous inquiéter en route.

Le marquis de Laisques partit, et dom Barthélemy continua l'étude commencée, emplissant d'harmonie sa somptueuse cellule de prieur.

Le lendemain, à son réveil, le père gardien trouva tout le couvent dans une agitation extrême et apprit qu'à matines et depuis les exercices de piété avaient été troublés par une suite de distractions fort regrettables; mais, cependant, personne ne lui dit le motif présumé de semblables événements.

Comme dom Barthélemy était le meilleur homme du monde et en même temps le plus profond égoïste qu'il y eût, il entrevit immédiatement dans cette situation une suite de désagréments pour la communauté, et il résolut de les prévenir au plus tôt. Il fit venir le frère portier, l'autorité la plus considérable après la sienne, et l'interrogea sans détours.

— Mon père, dit le capucin, tout provient du frère Timothée.

— Frère Timothée? Je ne le connais pas... Ah! vous voulez parler de ce bon frère arrivé hier.

— Précisément, monseigneur.

— Comment! il donne déjà lieu à scandale?

— Au contraire, monseigneur! au contraire, c'est un saint homme, et nous professons déjà pour lui et son caractère la plus grande estime; mais Votre Révérence nous a habitués à trouver des adoucissements dans la règle, de sorte que la conduite de ce religieux peut paraître un blâme indirect de ce qui se passe ici.

— Ce qui se passe ici est connu, et le père gardien du couvent Saint-Honoré, à Paris, a envoyé frère Timothée à dessein. C'est un grand pécheur, à ce qu'il paraît, et sa pénitence ne doit être que plus exemplaire s'il parvient à la faire au sein de nos douces et saintes habitudes.

— Mais Votre Révérence n'a pas songé à une chose?

— Laquelle?

— C'est que ce vénérable frère Timothée, malgré sa jeunesse,

C'est sa voix! exclama le bandit avec un grincement de dents effroyable. (P. 91.)

pourrait bien être fort avant dans les bonnes grâces du Saint-Père qui, dit-on, s'est ému de nos pratiques et songerait à nous réformer. Qui sait si frère Timothée n'est pas un saint espion envoyé par la congrégation, jalouse de nos tolérances.

— Vous m'y faites songer, mon frère, et je vous promets d'aviser.

Dom Barthélemy fit appeler le capucin, cause innocente de tout le mal, et le reçut dans son oratoire, à genoux sur la pierre et se livrant aux mortifications les plus réelles au milieu de ses prières, car dom Barthélemy était réellement de bonne foi et n'avait pas voulu passer pour plus mondain qu'il ne l'était.

— Mon frère, lui dit-il, j'ai appris avec quel zèle vous accomplissiez vos devoirs; mais j'ai les pouvoirs nécessaires pour vous autoriser à vous relâcher un peu.

— Mon père, votre bienveillance est infinie à l'égard d'un pauvre pécheur comme moi, mais le souci de mon salut m'inspire la dure nécessité de m'en déclarer indigne.

— Pourtant, si je vous priais.

— Monseigneur, nous avons peu de temps à passer ici-bas, et la vie est trop courte encore pour gagner le ciel.

— Si j'ordonnais! s'écria le prieur en rougissant.

— J'en serais au désespoir, mon père, mais je serais obligé de vous désobéir.

— Mon frère, prenez-y garde! fit le prieur avec colère.

Frère Timothée ne sourcilla pas et croisa dévotement les mains sur la poitrine.

— Écoutez, frère Timothée, j'aime à penser que vous n'avez pas lu la lettre que le père gardien du couvent de Paris m'a adressée.

— Elle était cachetée, mon père, et je n'ai eu garde...

— Cette lettre me donnait pleins pouvoirs sur vous.

— Je le sais, monseigneur, fit le capucin avec humilité.

— Et elle m'informe des véritables motifs qui vous ont fait éloigner de Paris.

— Les... véritables... motifs?...

— Oui, vous étiez suspect à M. de Richelieu, ainsi qu'au révérend père Joseph, pour vous être employé avec trop de zèle en faveur de la reine-mère.

— Mon père!... fit le moine avec un certain effroi et en regardant de tous côtés, comme s'il craignait d'être entendu.

— Eh bien, mon très-cher frère, si vous persistez à vous confondre dans des pratiques inutiles et que la règle de notre ordre ne prescrit pas absolument, je vous renverrai à Paris.

— A Paris!... s'écria frère Timothée au comble de la terreur.

— Ah! il paraît que vous avez peur de cette ville?

— Jamais je n'y ferai mon salut, mon père!

— C'est bon, réfléchissez à ceci.

— Mon père, daignez...

— J'ai dit, fit dom Barthélemy en le congédiant avec un geste plein de hauteur sous lequel le malheureux capucin sembla fléchir son épine dorsale, comme si les foudres du ciel menaçaient son humble personne.

Quand il eut disparu, le prieur passa sa main dans sa barbe et sourit avec complaisance.

— Si je l'envoie à Paris, celui-là, du moins, s'arrangera pour ne pas être surpris par les espions du cardinal.

Deux jours après, l'harmonie la plus complète régnait dans la communauté, et dom Barthélemy avait repris ses études musicales : il avait même été jusqu'à organiser une messe en musique pour le dimanche suivant; si bien que M. de Laisques le surprit en pleine répétition en revenant d'Ostende.

Le visage soucieux du marquis l'engagea à laisser toute occupation artistique et il s'empressa de l'emmener dans son oratoire. C'était la seule pièce du couvent où il était certain de n'être ni épié, ni entendu par les oisifs et les curieux. Et Dieu sait s'il y en avait, dans cette maison bienheureuse.

— Mon cher abbé, dit le marquis, voici le moment de tenir la promesse que vous m'avez faite en quelque sorte l'autre jour.

— Vous voulez que j'aille à Paris ?

— Dès demain matin, au point du jour, si vous pouviez.

— Et qu'aurai-je à y faire ?

— Une chose bien simple : chercher, dans une auberge du Pré aux Clercs, un avocat du nom de Pierre Baudry et lui remettre un pli cacheté.

— Soit, je suis à vos ordres; mais...

— Mais...

— Mais, j'ai la goutte, mon cher marquis, pas en ce moment, il est vrai, mais elle peut me prendre d'un instant à l'autre. Vous n'ignorez pas que la règle exige que je ne voyage qu'à pied, en mendiant; songez à quoi vous exposez votre ami le plus fidèle et le plus dévoué si cette maudite maladie le surprend en chemin.

— Comment faire, alors? Je vous répète que le messager de M. de Chalais est maintenant connu. M. de Rochefort a fort à se plaindre de lui, il a dû organiser un traquenard gigantesque pour le prendre et se venger.

— Écoutez, j'ai ici un religieux...

— Oh! mêler une nouvelle personne dans ces affaires! Savez-vous que si cette lettre était trouvée...

— Eh bien?

— Elle a de quoi faire couper le cou à M. de Chalais.

— Ainsi qu'au messager.

— Mon cher Barthélemy, vous êtes bien l'épicurien le plus complet que j'aie rencontré de ma vie. Le cou de M. de Chalais vous importerait fort peu, à la rigueur, mais quant à celui du messager vous en avez plus de souci.

— Marquis, fit le capucin en s'étendant dans son fauteuil et croisant ses mains sur son ventre, je suis si heureux ici !

— Allons, j'ai pitié; faites venir votre religieux, je veux l'interroger.

— Je vous le donne pour un forcené ligueur. Il est fort compromis, à ce qu'il paraît, aux yeux de M. de Richelieu; de sorte qu'en le chargeant de porter une lettre, elle innocenterait peut-être M. de Chalais.

— C'est une idée heureuse que vous avez là. Dans tous les cas, le messager ne saura pas à qui la lettre est destinée. Il la remettra à l'intermédiaire convenu, voilà tout.

Le prieur fit appeler frère Timothée qui entra les bras en croix, et à qui sa tête rasée et sa longue barbe donnaient l'air le plus profondément béat qu'on pût voir.

Le lecteur aura deviné, sans doute, que cet honnête capucin n'était autre que M. de Rochefort.

XLIV. — LES MÉTAMORPHOSES DE BOHÈME.

Il était dit que la ville de Bruxelles semblait destinée à servir de rendez-vous à plusieurs personnages de cette histoire.

A peu près au même instant où frère Timothée entrait dans l'oratoire du prieur des Capucins, Catafago et la Forfala mettaient le pied sur le seuil de la boutique d'un fripier de la place où s'élevait la fontaine fameuse du Mannekepisse.

A cette époque, les fripiers étaient en position de fournir aux dépenses des plus riches, et leur marchandise n'était pas ce qu'elle est devenue aujourd'hui. On entrait chez un de ces commerçants gueux des pieds à la tête, et l'on pouvait en sortir digne d'être admis au palais du roi.

Catafago entra dans la boutique avec l'assurance d'un gentilhomme.

— Maître, dit-il de cette voix de tête qui est l'indice de l'effronterie, je veux, pour madame et pour moi, tout ce que vous avez de mieux dans vos défroques.

Le fripier se hâta de les faire passer dans une autre pièce donnant également sur la rue, et le long des murs de laquelle régnaient d'immenses armoires de chêne poli. Il flairait quelques personnages d'importance que les hasards de la politique avaient forcés de fuir de France en piteux équipage, et qui profitaient de leur arrivée dans es Pays-Bas pour reprendre leur véritable forme.

— Monsieur, dit le fripier en ouvrant une armoire, voici un pourpoint de velours nacarat qui n'a pas été porté trois fois.

— Pas assez de broderies! dit, d'un air dédaigneux, Catafago qui s'était assis dans un fauteuil, où il se renversait carrément, les jambes étendues, et en regardant les solives.

— Monsieur, reprit le fripier qui replaça l'habit sur son pignon et ouvrit une autre armoire d'où s'échappait une odeur d'ambre à suffoquer, — je crois que je vais avoir votre affaire. — Oui, précisément, une veste de satin rose, agrémentée de passequilles et de passementeries d'or fin, savez-vous!

— Pas mal, dit le bandit avec satisfaction, je crois que je ne serai pas trop mal chiffonné sous cet accoutrement, — mais il ne me semble pas d'une extrême fraîcheur.

— Oh! monsieur, il m'a été vendu par le valet de chambre de M. de Laisques, l'un des raffinés de la cour de l'archiduc, parce que madame de Chevreuse, dont il était fort amoureux lors de son dernier séjour à Paris, avait désiré le voir vêtu de vert.

— Croyez-vous qu'il m'ira?

— J'en suis sûr, monsieur, savez-vous !

— Bien; mais il me faut un haut de chausses à l'avenant.

— Le voici, monsieur, le voici, dit le marchand en soulevant un monceau de vêtements pour en tirer la culotte désirée.

— Cependant, fit Catafago en réfléchissant, j'aurai froid avec ce satin, je préférerais du velours; mais qu'il soit plus brodé, entendez-vous, plus brodé que cela, mordieu!

— Monsieur, on va vous trouver cela, dit le Belge suant sang et eau et mettant toutes ses défroques sens dessus dessous.

Il eut bientôt exhumé de ces nécropoles de l'élégance le plus magnifique habit de velours vert qui se pût imaginer, brodé de jais, et dont les rubans étaient tous terminés par des aiguillettes délicatement ciselées.

— Voilà mon affaire, s'écria le bohème en se levant. Trouvez le reste, le haut de chausses, le chapeau, l'épée, les bottes, le linge, enfin, que je me reconnaisse moi-même quand j'oserai me regarder dans votre grand miroir que voilà, sangdieu!

— Monsieur, je me ferai honneur de vous servir de valet de chambre.

— Maintenant, occupons-nous de la toilette de madame.

— Si madame veut bien prendre la peine de monter au premier étage, elle y trouvera madame Gripekowen, qui se fera un plaisir de lui rendre le même office.

— Montons ensemble, dit Catafago, je redescendrai m'habiller quand la toilette de madame sera achevée.

Le marchand ne fit aucune objection, car la beauté de la Forfala était assez grande pour motiver une velléité de jalousie de la part d'un époux.

La bohémienne, avec tout le tact que les femmes possèdent, à quelque rang de la société qu'elles appartiennent, sut bientôt trouver une robe de merveilleux goût, en même temps, de la plus suprême élégance; mais quand il fut question de l'essayer, Catafago prit la parole :

— Apportez ici, dit-il, le linge nécessaire et tout ce qui s'en suit. Madame n'aura pas d'autre servante que son seigneur et maître.

Le fripier, peu questionneur de sa nature et par état, était sur le point d'obéir, lorsque madame Gripekowen lui adressa un de ces regards qui sont tout un poëme.

Le commerçant se ravisa aussitôt et se retourna vers Catafago en se grattant l'oreille :

— Mais, monseigneur... dit-il.

— Quoi? demanda le bandit.

— Votre Excellence ne s'est pas enquise du prix auquel je...

— Eh bien, dites-le.

— Pour les habits de monseigneur, ce sera cent pistoles, et pour ceux de madame, tout autant.

— Total, deux cents pistoles; apportez les effets, si nous sommes contents, je ne dirai rien.

La marchande se retira et ne tarda pas à revenir, chargée de hardes de toutes sortes, et jusqu'à des souliers les plus mignons du monde, et dont elle fit essayer plusieurs paires à la Forfala.

— Ceux-ci vont à la perfection! s'écria-t-elle satisfaite et admirant le pied de la bohémienne, ce sont ceux d'une damoiselle de quatorze ans, entrée récemment au couvent par désespoir d'amour.

— Elle avait un pied à damner un saint! dit le truand en se léchant les lèvres.

Les bonnes gens laissèrent nos deux bohémiens dans la chambre, et Catafago se mit en devoir de dégrafer la robe fanée de sa maîtresse. Celle-ci se laissait faire avec l'immobilité d'une automate, et il ne put s'empêcher de frapper du pied avec colère.

— De quoi te plains-tu ? dit-elle avec calme, n'ai-je pas obéi à toutes tes fantaisies, depuis huit jours que nous avons quitté Paris?

— Certes! tu as obéi, mais tu me blâmes intérieurement.

— Non, tu es le maître.

— Cela me fatigue d'être seul à penser. Autrefois, tu étais de moitié dans toutes nos actions. Tu daignais m'interroger, tu me questionnais sur le succès de nos expéditions, et à présent...

— A présent, cela m'est indifférent.

— Tu as tort, car, si tu avais voulu, tu saurais pourquoi je t'ai amenée ici, pourquoi, enfin, nous commençons la plus belle et la plus sérieuse comédie que nous ayons jamais jouée. Il s'agit de se venger du Rochefort.

— Ah! fit la Forfala dont les narines se gonflèrent d'aise et de sauvage ivresse.

— Allons, ma belle, courage. Tu as, depuis Paris, assez raclé ta guitare sur la route; nous allons, à présent, faire les grands seigneurs. Voilà pourquoi je voulais posséder mille pistoles. Nous les avons, grâce à M. de Louvigny, à la Tourangelle, à ce pauvre docteur Adamas, à qui j'ai vendu le corps de...

— Le corps de Robin, n'est-ce pas?

— Il est mort de la même maladie que madame de Louvigny, le docteur n'a pas été volé. Il aura son poison. Allons, je vois que tu ne me pardonneras jamais la mort de ce Robin que Dieu damne, car te voilà redevenue rêveuse et sombre.

— Tu ne sauras jamais pourquoi je le regrette tant, ce Robin.

— Parce que tu étais amoureuse de lui, peut-être? fit Catafago avec un commencement de rugissement. — Ne me dis pas ces choses-là en face, ma commère, ou sinon, je te cloue sur cette table d'un coup de couteau.

— Imbécile, ce n'est pas cela! fit la Forfala en riant tout à coup d'une manière forcée. Mais si tu veux que je remplisse bien mon rôle, apprends-moi ce que j'aurai à faire.

— Voilà. Je revenais, avec ce niais de Cambremer, d'une expédition que je n'oublierai certes jamais de ma vie, et j'avais encore le cœur tout ému de ce qui venait de m'arriver.

— Quoi donc ?

— Oh! c'est absurde, une de ces peurs qu'un homme comme moi ne devrait jamais avoir. Toujours est-il que, revenu déjà de ma frayeur, je me promettais de recommencer le lendemain, lorsqu'en passant dans la rue du Coq, afin d'éviter le Louvre, qui me rappelle des souvenirs fâcheux, je vois tout à coup devant moi un homme dont la taille me frappe. Il faisait nuit noire; mais, pour moi, il n'y a qu'un homme comme celui-là. Il était accompagné de deux archers gagnant les quartiers nord de la ville. Je me résolus à le suivre et, laissant Cambremer qui était ivre et me gênait, je me mis à la suite de ce maudit.

— C'était M. de Rochefort? fit la Forfala.

— Eh! oui. Grâce à la nuit je pus m'approcher assez pour saisir quelques paroles. J'entendis qu'il annonçait son départ pour les Pays-Bas, et il recommandait à l'un des archers de se trouver, trois jours après à Amiens et d'y attendre de ses nouvelles. Essayer de le joindre et de le tuer là, dans Paris, chose difficile, tandis que si je pouvais le joindre en rase campagne... Mais je préférai donner suite à ce fameux projet qui exigeait mille pistoles. Le Rochefort est en ce moment dans les Pays-Bas; l'archiduc habite Bruxelles pour l'ordinaire, et quoique absent en ce moment, il y a son quartier général; c'est donc autour de lui que doivent s'ourdir les toiles d'araignées de l'espion du cardinal. Comme il doit tourner autour de lui, un jour ou l'autre je le rejoindrai, et pour cela il faut faire assez bonne figure pour pouvoir l'approcher sans risques.

— Eh! quoi, Catafago est devenu assez poltron pour ne pas oser donner un coup de couteau à son ennemi ?

— Ce Rochefort, je le parie, est cuirassé dessus et dessous; ce serait un coup de couteau perdu et qui me ferait pendre, tandis qu'avec mon projet... Allons! habillons-nous, la belle enfant.

La Forfala avait déjà dégrafé sa robe et avait remplacé par le linge le plus fin et le plus blanc celui dont les fatigues de la route avaient fort compromis la pureté, et après quelques soins donnés à sa coiffure, elle apparut aux yeux éblouis de son amant dans le deshabillé le plus galant et le plus voluptueux qui se pût voir.

— Oh! Forfala, fit celui-ci en approchant ses lèvres de ses épaules, tu es belle à miracles, et tu vas rendre fous d'amour les élégants seigneurs de la cour de M. l'archiduc.

— N'est-ce pas pour cela que tu m'as amenée?

— Oui et non. Je veux que tu t'attaques au Rochefort, et pour cela il faut rebuter tout le monde : c'est le seul moyen pour qu'il fasse attention à toi.

— Pauvre fou! est-ce que cet homme peut devenir amoureux ?

— Si tu sais t'y prendre, oui. Nous allons avoir une maison montée pendant un mois. Grâce à mes mille pistoles, j'aurai crédit pendant huit jours, et pour le reste, au moment donné, nous mettrons la clef sous la porte.

— Sais-tu ce que tu devrais faire, Catafago?

— Dis-le.

— Tu devrais me donner ton argent afin de payer ma dot dans quelque couvent.

— Toi, payenne! s'écria le bandit en la prenant dans ses bras et l'embrassant sur le cou, tu y mourrais en huit jours.

— Ah! monstre, fit la Forfala en lui entourant également le cou dans un de ses bras nus, que tu me connais bien!

Au milieu d'un baiser Catafago bondit soudain, comme fait le cheval de guerre au son de la trompette.

— Qu'as-tu donc? demanda la bohémienne en rajustant le fin lin sur sa riche poitrine et saisissant la robe pour en passer les manches.

Catafago s'approcha de la porte et écouta avec une ardente curiosité un bruit de voix qui venait d'en bas.

— C'est le fripier qui fait son commerce, dit la Forfala en haussant ses belles épaules.

— C'est sa voix!... exclama le bandit avec un grincement de dents effroyable.

— Sa voix?

— C'est lui, le comte de Rochefort.

— Tu es fou!

Catafago ne répondit pas ; il ouvrit doucement la porte et descendit l'escalier avec aussi peu de bruit qu'eût pu le faire un chat.

Il arriva ainsi jusqu'à la dernière marche de l'escalier et jeta un regard furtif dans la boutique du fripier; il le vit en conversation avec un capucin.

— Diable! se dit-il, s'il a revêtu cette forme, il n'en est que plus dangereux; tenons-nous bien.

La lettre de M. de Laisques avait été d'autant plus facilement confiée à Rochefort, que la recommandation du gardien des Capucins de la rue Saint-Honoré, à Paris, éloignait de lui tout soupçon; mais il avait été obligé d'aller chercher cette lettre à Orange même.

Si bien qu'au moment où il en sortait, muni de ce précieux titre et tremblant encore de l'émotion d'être arrivé si promptement au but de sa mission, il se croisa sous le porche avec M. et madame de Cressia qui entraient au palais.

A sa vue, la marquise ne put réprimer un mouvement de surprise, car elle le reconnut aussitôt.

— C'est M. de Rochefort! fit-elle en s'adressant à son mari.

— Bah! répliqua celui-ci, vous le voyez partout, madame.

— Je vous l'affirme, et il n'est venu ici que pour accomplir de sinistres desseins; il faut prévenir au plus tôt M. de Laisques.

— Madame, répondit le froid diplomate, ne vous pressez pas, je vous en prie, il y a peut-être là, en admettant que votre découverte soit vraie, de graves intérêts qui nous échappent.

— Eh! vous me feriez mourir, monsieur, avec votre sang-froid, dit la marquise en se hâtant de monter l'escalier.

Rochefort, qui avait surpris le mouvement de madame de Cressia, n'était pas homme à attendre longtemps les suites de cette reconnaissance.

— Maudite femme! se dit-il, si je ne la devance pas je suis mort. Toutes les fois que j'ai des femmes dans mon jeu, je perds.

Il avait précisément remarqué, le matin même, dans une de ses tournées par la ville, la boutique de maître Gripekoven. Il se dirigea donc au plus vite vers la place du Mennekepisse.

— Mon frère, dit-il en entrant, j'ai les plus sérieux motifs pour m'absenter pendant un jour de mon couvent, pouvez-vous me fournir un habit complet de cavalier.

— Mon père, je suis à votre disposition, s'empressa de répondre le commerçant, qui, sans être juif, ne répugnait pas à se compromettre aux yeux de la sainte inquisition pour gagner quelque argent.

— Hâtons-nous, l'habit le plus simple; vous voyez ma taille, il me faut tout, sans exception, jusqu'à une perruque. Avez-vous des rasoirs?

— Tenez, monsieur, j'ai là, dans cette salle, tout ce que vous pouvez désirer. Rochefort se précipita dans cette pièce où étaient aussi, précisément, les vêtements choisis par Catafago.

Maître Gripckoven avait, très-vraisemblablement, des accointances avec force gens en rébellion contre la société ou, du moins, obligés de recourir à certaines supercheries; car le comte trouva dans ce cabinet un attirail complet de déguisement, jusqu'à du fard. Il s'empressa de se défigurer, en passant une couche d'ocre jaune sur ses sourcils, celui des traits particuliers de son visage qu'il pouvait le moins dissimuler, et de choisir de ces perruques à boucles blondes dont la jeunesse d'alors faisait fort volontiers étalage.

Soudain, et comme il se regardait dans le miroir pour placer cette coiffure sur sa tête rasée, il vit une autre tête au-dessus de son épaule et se retourna brusquement.

— Catafago!... fit-il en saisissant aussitôt le bandit par le bras.

Le bohème avait accompli absolument le même mouvement; de sorte que ces deux hommes se trouvèrent face à face, et se tenant mutuellement par le poignet avec l'intention bien manifeste de ne pas se lâcher.

— Tu n'es donc pas mort! s'écria Rochefort au comble de la stupeur.

— Comme vous voyez, monseigneur! fit le bandit avec un rugissement.

— Que me veux-tu?

— Ah! vous pâlissez, monsieur le comte; cela signifie que vous vous en doutez un peu.

— Tu veux me demander compte de mes procédés à ton égard?

— Je veux me venger.

— Imbécile, si tu voulais te venger, tu m'aurais déjà planté ton poignard dans le cœur.

Il n'achevait pas que le bras formidable de Catafago se levait, armé d'un large couteau catalan.

Rochefort put saisir ce bras, et le tenir ainsi suspendu au-dessus de sa tête; mais si Catafago était moins brave, il était d'une vigueur peu commune; si bien qu'ils luttèrent ainsi et, se saisissant tous deux par le corps, ne tardèrent pas à rouler sur le plancher en se tenant fortement embrassés.

Rochefort se rappela cependant l'issue de sa lutte avec Robert, et, craignant de voir se renouveler sa déconvenue, il poussa des cris désespérés, au risque de ce qui pourrait en résulter, espérant toujours s'esquiver, dès qu'il pourrait échapper aux étreintes du bandit.

A ses cris, une personne accourut en effet : c'était une femme à demi vêtue.

Il reconnut la Forfala.

Celle-ci ne perdit pas de temps, et, se précipitant vers le groupe des combattants, saisit Rochefort par le cou, et, lui appuyant la tête sur sa poitrine, semblait l'offrir aux coups de son amant.

— Tue-le, Catafago, s'il refuse de parler, dit-elle avec une sauvage énergie.

— Que me voulez-vous? dit Rochefort en la regardant avec angoisse.

— Comte, qu'avez-vous fait de mon enfant?

— Quel enfant?

— L'enfant que Catafago vous a vendu.

— C'était donc le vôtre?

— Oui.

Le bandit tenait sa main armée à deux lignes de la poitrine du comte, et semblait, lui aussi, attendre sa réponse avec anxiété.

— Je vous le rendrai, dit Rochefort qui se sentait dans une position à tout oser.

— Non, dit le bandit, nous voulons seulement savoir où il est.

— Tais-toi, dit Forfala; cette existence m'est à charge, tu le sais, je te l'ai dit cent fois; il me faut mon enfant, coûte que coûte; tu rendras l'argent, nous avons; mais mon enfant, je veux mon enfant.

— Vous l'aurez, répéta Rochefort, je vous le promets.

— Ah! comte, Catafago m'a assez parlé de vous pour que je me défie d'une promesse, il me faut une garantie.

— Laquelle?

— Votre signature.

— Soit, j'y consens.

— Mais je dicterai la déclaration, dit Catafago, — et, je vous en préviens, comte, je le reconnaîtrai, mon enfant; je l'ai marqué d'un signe ineffaçable et vous ne pourrez pas m'en présenter un autre.

— Hâtons-nous, dit le comte.

Catafago le laissa se relever; mais sa maîtresse et lui le tenaient de telle sorte qu'il ne pouvait s'arracher de leurs mains. Ils le conduisirent vers une table sur laquelle se trouvait précisément tout ce qu'il fallait pour écrire, et ils le forcèrent de s'asseoir sur une chaise.

La Forfala s'empressa de lui passer ses deux bras autour du corps et de le faire adhérer ainsi après le dossier du fauteuil, tandis que Catafago, en ne lui laissant que la main droite libre, ne cessait de le menacer de son couteau.

— Dictez, dit Rochefort en saisissant une plume.

— « Je m'engage, dicta le bandit, à rendre à Catafago ou à la « Forfala l'enfant qu'ils m'ont vendu le 14 juin 1625. Lequel enfant « porte au sein droit... » Laissez en blanc, monseigneur, je le remplirai moi-même.

— C'est fait, dit Rochefort en achevant d'écrire.

— Signez.

Rochefort signa.

Après quoi, ils le laissèrent libre, et le comte se hâta de rajuster sa perruque. Ils assistaient à sa toilette avec un reste de crainte et sans le perdre de vue, car il y avait là une épée, et Rochefort savait assez s'en servir pour leur faire un mauvais parti, lorsque, à leur grande surprise, le comte sourit et se rapprocha de Catafago.

— Ecoute, dit-il, ce que je viens de t'accorder, je ne te l'aurais pas donné pour cent mille livres. Veux-tu en gagner dix mille?

— Oui! fit le bohème qui ne refusait jamais d'entrer en pourparlers.

— Défie-toi, Catafago, dit la Forfala, il t'a déjà trompé, il te trompera encore.

— Eh! non, j'ai besoin de lui, et je pourrais m'en aller sans lui proposer rien, répliqua le comte.

— Parlez, monseigneur, dit le truand.

— Il s'agit d'une chose fort simple. Tu vas revêtir cette robe de capucin, chausser ces sandales, rabattre le capuchon et te diriger immédiatement vers la porte de Louvain, à l'autre extrémité de la ville.

— Et après?

— A cette porte, tu seras arrêté très-probablement et tu te laisseras faire, voilà tout.

— C'est-à-dire qu'on me prendra pour M. de Rochefort.

— On te conduira chez M. l'archiduc qui me connaît, et, comme on reconnaîtra facilement l'erreur, tu seras relâché aussitôt.

— Défie-toi, Catafago, dit la Forfala d'une voix sombre.

— Ouais! vous avez fait ici quelque mauvais coup, on me prendra pour votre complice, et je serai...

— Niais, tant qu'on ne m'aura pas trouvé, tu seras entouré d'égards.

— Va pour vingt mille livres, dit Catafago, je risque tout!

— Catafago, ton amour de l'or te conduira à la potence!

— Affaire conclue, dit Rochefort, je te les paierai à Paris, et, comme tu es bon diable après tout, je te promets de t'employer encore dans mes entreprises.

— Comte, reprit la Forfala en serrant le papier dans sa poitrine, il me faut mon enfant; rappelez-vous votre engagement, car sans cela, je vous le jure, vous aurez affaire à moi! et moi, voyez-vous, il n'y aura pas assez d'or dans le trésor du roi pour m'empêcher de me venger.

— Vous avez ma signature, madame, dit Rochefort avec noblesse et en posant son chapeau sur la tête.

Il se précipita au dehors en laissant échapper un éclat de rire qui retentit dans la maison comme si c'eût été celui du génie du mal.

XLV. — CHRISTINE.

L'enfant recueilli par Béranger au siége de Paris était, en 1608, une charmante jeune fille. Bien que l'ancien officier eût alors trente-neuf ans, ils s'aimaient.

Béranger avait en vain essayé de venger son frère; en vain il avait accusé M. de Richelieu de trahison envers le roi; le roi lui avait ri au nez.

Peu de temps après, il crut comprendre que M. de Richelieu avait servi d'intermédiaire entre le roi et le duc de Féria, et que ce qui avait pu avoir lieu précédemment était un de ces faits sur lesquels l'importance des événements survenus depuis avait fait passer l'éponge. En effet, M. de Féria avait évacué Paris, nous l'avons vu, sans tirer l'épée.

Béranger aimait son roi, mais il voulut protester contre tout ce qui s'était fait. Sa probité se révoltait des lâchetés commises et des trahisons impunies; il vendit sa charge de capitaine, plaça l'argent sur la tête de la petite créature, et s'engagea comme simple soldat dans le régiment de Rambures, l'un des plus renommés de ce temps, en déclarant d'avance qu'il n'accepterait jamais aucun grade. Il obtint cependant de son capitaine la faculté de venir chaque année passer un mois à Paris, auprès de celle qu'il appelait son enfant.

Il l'avait confiée à une femme dont il connaissait le cœur et qui avait nom Marianne, — et celle-ci, heureuse de la vie calme et doucement abondante que lui faisait le soldat, avait pour Béranger un culte qu'elle fit partager à Christine.

Un jour de l'an 1608, Béranger arrivait de Tours, où était son régiment, avec l'intention de demander sa mise à la retraite si, comme il l'espérait, elle consentait à l'agréer pour époux.

Quand il entra dans sa petite maison de la rue Serpente, il trouva sa Christine malade et en danger de mort, comme le lui dit imprudemment Marianne.

Cet homme, que le rude métier de la guerre et ses malheurs passés avaient fait jusque-là dur et insensible, s'abandonna à la plus extrême douleur; il s'agenouilla respectueusement aux pieds de la couche qui supportait celle dont il attendait le bonheur. Son regard suivait avec anxiété les mouvements de ce cœur qui était sien et des larmes abondantes jaillirent de ses yeux.

— Oh! s'écriait-il dans sa douleur, mon sang à qui me la rendra! mon âme à qui la sauvera!

— Je vais chercher le médecin, fit Marianne que ce désespoir épouvantait.

— Oui, oui, cours, Marianne, cours, je veillerai pendant ce temps sur elle.

— C'est inutile, dit une voix.

Béranger et Marianne se retournèrent en même temps et aperçurent un homme enveloppé d'un manteau noir qui venait d'entrer dans la salle où ils se lamentaient.

— Un étranger!

— Rassurez-vous, c'est un ami, dit celui-ci se débarrassant de son long manteau et du chapeau à larges bords qui lui cachait le visage.

— Un ami? dit Béranger qui ne connaissait plus personne à qui donner ce nom.

— Je passais, j'ai entendu vos plaintes, je suis entré. Vous avez ici quelqu'un de malade, je suis médecin.

— Alors, monsieur, c'est le ciel qui vous envoie; venez vite et dissipez nos craintes.

Le médecin s'avança vers le lit, considéra la malade avec attention; puis il tira de son sein une petite fiole de cristal et versa quelques gouttes de l'élixir qu'elle contenait sur les lèvres de Christine. Elle sortit du sommeil de plomb qui semblait l'oppresser.

— Ah! fit-elle en regardant les trois personnes qui l'entouraient. Elle aperçut Béranger et lui tendit la main.

— Lui! murmura-t-elle avec un sourire de céleste joie.

Il est des regards qui n'ont pas besoin de paroles pour se faire comprendre; deux âmes peuvent se confondre et échanger de tendres aveux sans que l'interprétation ne faillisse d'un ou d'autre côté. Béranger et Christine sentirent au fond de leur cœur que leurs âmes étaient toujours sœurs.

— Monsieur, dit le médecin, cette jeune fille a besoin de tous les secours de l'art; la fièvre ardente qui s'est emparée d'elle ne la quittera que demain, lorsque le calme et la fraîcheur de la nuit auront dissipé l'émotion que votre vue a fait naître.

— Quoi, vous savez...

— Je sais deviner, dit le médecin avec un doux sourire; en attendant, je vais aller chercher quelques simples afin de composer un breuvage salutaire qui lui donnera des forces et hâtera son rétablissement.

— Mais le médecin... hasarda Marianne, — il désespérait...

— Ayez confiance en moi, je la sauverai.

— Monsieur, dit Béranger avec entraînement, je vous remercie d'avance de vos offres généreuses, et je ne vous cacherai pas que je me sens attiré vers vous par des sentiments que je ne croyais plus éprouver. Avant de nous séparer pour un moment, oserai-je vous demander...

— Parlez, monsieur.

— Votre main?

— La voilà.

— Avez-vous un frère?

— Non.

— Eh bien, monsieur, moi, Béranger, soldat du roi, je vous le demande, voulez-vous être frères?

— De tout mon cœur!

— Dites-moi votre nom.

— Adamas.

— Eh bien, frère Adamas, à la vie, à la mort.

— Adieu, Béranger : je vais chercher des secours pour votre fiancée; l'amitié du frère ne doit pas faire oublier les devoirs du médecin.

Quand Adamas fut parti, le soldat s'approcha de Christine; un doux sommeil avait clos sa paupière; il la laissa, et lui-même tombant sur l'escabelle, les coudes appuyés sur une table, resta là, absorbé et repassant dans son esprit tous les événements qui avaient signalé sa jeunesse.

Il se demandait s'il devait songer uniquement, désormais, à la vie nouvelle qui allait s'ouvrir pour lui; s'il devait abdiquer ses haines passées; oublier la mort si malheureuse de son frère Listrac, victime de la plus odieuse perfidie; oublier, enfin, que ce M. de Richelieu était riche et jouissait paisiblement des biens que le monde ne songeait nullement à lui reprocher, au milieu de sa famille et élevant ses enfants avec tous les soins d'un homme honnête, loyal et vertueux.

En effet, M. de Richelieu, grand prévôt de l'hôtel et chevalier de l'ordre, avait alors trois fils : le premier faisait déjà figure à la cour, et le second était évêque de Luçon. Toutefois, on disait qu'il venait de résigner cette haute dignité pour se faire chartreux.

Le plus jeune, connu alors sous le nom du marquis du Chillion, étudiait en Sorbonne. On le disait fort audacieux et décidé à résister à son père qui voulait également le pousser dans les ordres.

La nuit était venue quand Christine se réveilla.

— Ah! Béranger, lui dit-elle d'une voix suave, que tu as bien fait de venir!

— Je ne partirai plus, si tu veux...

— Si je le veux! je n'ai pas de plus cher désir, et puis...

— Et puis... achève, ma chère enfant, achève.

— C'est que...

— Ne suis-je pas... ton frère? Et, mieux que cela, si tu veux...

— Ah! Béranger, il y a un jeune homme...

— Hein?... fit le soldat avec un mouvement terrible du corps et un froncement indescriptible des sourcils.

— Il s'appelle le marquis du Chillion.

— Eh bien!

— Il m'a écrit...

— Je le tuerai! s'écria Béranger en se levant et se mettant à marcher par la chambre, en proie à une agitation sans pareille.

Adamas rentra sur ces entrefaites, et la colère du soldat passa, surtout quand il vit sa fiancée s'endormir à la suite de la potion que lui avait administrée le jeune homme.

Le lendemain matin, Christine allait mieux, elle put se lever; mais elle était bien faible encore. Cependant Béranger, à qui la nuit avait suggéré la pensée de prévenir tout malheur du côté du fils de son ancien ennemi, avait fait à Christine l'aveu de son amour.

La jeune fille le reçut avec enivrement. En vain le soldat lui parla de quelques cheveux blancs qui apparaissaient sur sa tête expressive, elle sourit et lui avoua qu'elle n'avait jamais encore rencontré des yeux plus jeunes et un cœur plus loyal que le sien.

La journée entière se passa en beaux projets; mais ces émotions, si nouvelles pour la jeune fille, affaiblirent son cerveau et elle fut obligée de se renverser dans le fauteuil et de fermer les yeux.

Quand Béranger la vit endormie, il se leva, prit son chapeau, son manteau et se disposa à sortir.

— Je te la confie, Marianne, dit-il à la servante, veille sur elle, je vais revenir.

— Où allez-vous donc?

— A Saint-Séverin, prévenir M. le curé. Demain, elle sera ma femme. Si elle ne peut marcher à l'autel, le clergé viendra ici.

— Vous ferez bien.

Béranger partit.

Cinq minutes après, on frappa à la porte, et Marianne, croyant que c'était le soldat qui revenait, ou le médecin, ou même le bonhomme dont les soins avaient été jusque-là à peu près inutiles, alla ouvrir sans défiance.

Deux hommes masqués entrèrent vivement dans la maison et l'empêchèrent de refermer la porte.

— Tiens, femme, dit l'un en lui mettant une bourse dans la main.

— Que voulez-vous? fit la servante au comble de la stupeur.

— La jeune fille qui est là, dit l'homme en montrant la porte de la chambre entr'ouverte.

— Christine ?

— Il me la faut.

— Jamais !

Les deux hommes s'avancèrent vers la chambre, mais la servante se jeta au-devant d'eux et montra des ongles qui eussent effrayé les plus intrépides.

— Contenez-la, monsieur, dit l'homme qui n'avait pas encore parlé et qui, sans doute, était un valet, remarquable, du reste, par sa haute taille et la vigueur de ses muscles.

— Non, occupe-toi d'elle, dit l'autre qui, malgré son masque, semblait être âgé tout au plus de vingt ans.

Le valet obéit : il contint et saisit dans l'une de ses puissantes mains les deux poignets de Marianne, tandis que de l'autre il lui appuyait un mouchoir tamponné sur la bouche pour l'empêcher de crier.

Le jeune seigneur revint alors ; il portait Christine évanouie dans ses bras et gagna la rue. Son affidé le suivit aussitôt, après avoir eu soin de jeter Marianne dans un cabinet où il l'enferma.

En vain Marianne poussa les cris les plus perçants ; et, quand elle put parvenir à sortir de ce cabinet que lui avait ouvert un voisin charitable, attiré par le bruit, elle apprit que les ravisseurs étaient montés à cheval et avaient disparu du côté de la porte Buci.

Sans nul doute le seigneur débauché allait cacher sa proie dans l'une des maisons suspectes du Pré aux Clercs.

XLVI. — LES AMOURS DU MARQUIS DU CHILLION.

Les ravisseurs avaient conduit Christine dans un petit château situé à Grenelle, à une lieue de Paris, et dont une aile bâtie sur pilotis, gracieuse et coquette, s'élevait sur la Seine.

Cependant la jeune fille était réellement très-malade : tant qu'ils traversèrent la campagne au galop de leurs chevaux, le marquis du Chillion, car c'était en effet ce seigneur, attribua son évanouissement à la frayeur ou à l'émotion causée par ce rapt ; mais quand, déposée sur un sopha, il ne lui vit pas ouvrir les yeux, il commença à s'inquiéter.

— Un médecin ! dit-il à son valet, cours vite à Paris, crève ton cheval s'il le faut, mais ramène un médecin !

Nous avons dit que le marquis Armand du Chillion était le troisième fils de M. de Richelieu. Ce jeune homme, dont l'amour avait poursuivi Christine depuis plusieurs mois, venait d'être invité par son père à se préparer à entrer dans les ordres, en raison de la détermination subite de son frère aîné qui, d'évêque de Luçon qu'il était, venait de se faire chartreux.

Or, le jeune Armand se sentait la vocation militaire, et résolut de mettre une barrière entre lui et l'état ecclésiastique. Cette barrière, c'était un scandale.

Et voilà pourquoi il avait enlevé Christine au vu et su de tout le monde.

Il n'était pas assez pervers pour aller plus loin ; aussi son premier mouvement avait-il été d'envoyer chercher du secours pour tirer la jeune fille de cette effrayante immobilité.

Christine était toujours couchée sur le sofa, et il se promenait par les chambres, tantôt interrogeant la route de Paris, tantôt revenant vers la jeune fille, dont il baisait timidement les mains.

Enfin il aperçut à l'horizon son valet accourant au triple galop, lequel avait derrière lui, sur la croupe du cheval, un homme qui était probablement un médecin. Il alla au-devant de lui jusqu'au vestibule de son appartement.

— J'ai rencontré monsieur à la porte de Buci, dit le valet ; il donnait ses soins à un couvreur qui venait de se laisser choir d'un toit.

Le jeune homme considéra le nouveau venu avec des yeux scrutateurs, et lui fit signe de le suivre ; mais le valet l'arrêta.

— Votre père vient d'arriver au château, monseigneur, et veut vous parler.

— C'est bon, plus tard.

— A l'instant ; il a entendu le bruit qui s'est fait, il s'est enquis ; et il m'a dit que si vous ne vous rendiez sur l'heure auprès de lui, il viendrait.

— Eh !... fit le marquis avec impatience.

— Il m'a demandé qui était monsieur, je lui ai dit qu'il était médecin, et j'ai eu toutes les peines du monde à l'empêcher de nous suivre.

— J'y vais. Conduis monsieur près de la malade.

— Monseigneur, dit le valet à voix basse, je crois que vous avez réussi, car M. votre père sait tout. Cela s'est répandu comme l'éclair dans tout Paris.

— Monsieur, dit le marquis en s'adressant au médecin, si la malade vers laquelle on va vous conduire a besoin d'être saignée, n'hésitez pas.

— Mais... fit le docteur.

— Vous n'êtes ni chirurgien ni barbier, allez-vous dire, mais je payerai comme si vous réunissiez à vous seul toutes les facultés.

Il s'éloigna en toute hâte.

Pendant ce temps le valet conduisit le médecin dans la chambre et se retira ensuite discrètement.

— Christine !... s'écria le médecin, qui n'était autre qu'Adamas, — je savais bien que je la retrouverais.

A son nom prononcé près d'elle, la jeune fille sortit de la léthargie qui semblait s'être emparée d'elle, et passa ses mains devant ses yeux comme pour repousser quelque objet menaçant ou terrible.

— Qui m'appelle ?

Adamas approcha de ses lèvres la petite fiole dont il avait déjà constaté les effets, et elle ouvrit les yeux tout à fait.

— Vous, monsieur !... fit-elle avec un reste d'oppression, je vous connais.

— Oui, vous m'avez vu chez Béranger.

— Béranger !... oh ! je me souviens... sauvez-moi, monsieur, sauvez-moi !...

— Mademoiselle, vous êtes la fiancée de mon frère, et je n'ai pas de plus cher désir ; mais vous êtes ici au pouvoir d'un homme puissant, et pour que votre délivrance soit possible, l'important est que je puisse sortir sans être inquiété. C'est pourquoi il ne faut pas que nous paraissions nous connaître.

— C'est donc le marquis du Chillion ?...

— Lui-même... Il m'a parlé tout à l'heure avec un masque, et c'est la figure cachée qu'il vous a enlevée ; mais puisque c'est lui seul qui vous a poursuivie jusqu'au jour de ses obsessions, il n'y a pas à douter. Ce qu'il fallait savoir avant tout, c'était le lieu de votre retraite. Béranger et moi nous courions sur vos traces chacun de notre côté, et le hasard a voulu que je fusse conduit ici : bientôt il apprendra...

— Oh ! mais jusqu'à ce moment ?... Il faut fuir tout de suite, monsieur, je le veux.

— Impossible : cette maison doit être fermée pour vous.

— Cette fenêtre ?

Adamas y court avec empressement, mais il se retourna avec un sombre désappointement.

— C'est la Seine, dit-il, et nous sommes ici à la hauteur de vingt pieds au-dessus de ses eaux. Ah ! si je savais nager, je partirais immédiatement, et aucun retard ne pourrait être apporté...

— Vous ne voyez pas de barque au bas du mur ?

— Non, hélas !

— Quand cet homme viendra, dit Christine avec une sombre résolution et en regardant la fenêtre, je ne l'attendrai pas.

— O ciel ! fit Adamas qui la comprit, que deviendrait Béranger ? Songez qu'il vous aime, que vous êtes pour lui toute la terre, il me l'a dit tout à l'heure, avec des larmes plein les yeux... Espérez au contraire, je vous sauverai, j'en ai la conviction.

— Dieu vous entende !

— Christine, j'entends venir de ce côté. Fermez les yeux.

Le jeune marquis entra. Il avait conservé son masque sur le visage, et interrogea le médecin avec une expression d'intérêt où il y avait plus d'impatience que de compassion.

— Une fièvre violente, monsieur, reprit Adamas, et quand elle parle, du délire... Elle a dû éprouver quelque violente émotion, et je ne pourrai répondre de ses jours que si le plus grand repos...

— N'avez-vous pas quelque potion à lui administrer ?

— Oui, mais il faudrait...

— Écrivez votre ordonnance, tenez, là, sur cette table, je vais envoyer un exprès à Paris.

— Monsieur, dit Adamas, je ne suis pas un médecin comme tous les autres, moi, je dois en prévenir votre seigneurie.

— Comment ?

— J'ai fait de mon art une étude approfondie, et c'est sur les principes de la chimie et de la plus rigoureuse observation que je base mon système de médication : Or, je n'ai nulle confiance dans les drogues que manipulent les apothicaires ; trop souvent, quand j'ai osé m'en servir, pressé par le temps où les circonstances, elles ont produit des effets diamétralement opposés à ceux que j'en attendais.

— Alors, vous composez vous-même vos potions ?

— Oui, monsieur.

— Qu'à cela ne tienne; écrivez la nature des drogues qu'il vous faut, et je vous les enverrai chercher.

— A cette heure, aucune boutique ne sera ouverte à Paris dans le quartier des droguistes.

— Où demeurez-vous ?

— Je suis arrivé de Montpellier depuis huit jours, et en attendant une clientèle et une maison, j'ai pris le premier logis qui s'est présenté.

— Lequel ? fit le marquis avec impatience.

— Je demeure au Pré aux Clers, à la *Guirlande d'Amour.*

— Mauvaise recommandation pour un savant, monsieur.

— Un étranger ne sait que choisir.

— Alors vous ne connaissez personne à Paris ?

— Personne, que deux ou trois pauvres malades que le hasard m'a envoyés.

— Bien : vous allez partir alors comme vous êtes venu, en compagnie de mon valet, qui vous ramènera de même.

Les préparatifs furent bientôt faits ; Adamas échangea rapidement un regard avec Christine, puis il partit accompagné par le valet, et quelques minutes après ils galopaient sur la route de Paris.

Comme ils approchaient de la porte Buci, Adamas, qui n'avait cessé d'avoir l'œil au guet et d'examiner avec une scrupuleuse attention non-seulement les passants, mais encore les arbres du chemin, les maisons, les buissons, aperçut un homme qui, assis sur un tas de pierres, la tête dans ses mains, semblait en proie à une réelle douleur.

L'obscurité était grande, et pourtant l'attitude de cet homme le frappa. Comme le cheval passait près de lui, le couvrant de poussière, il le reconnut tout à fait.

— Frère ! fit-il, à moi !

Le soldat reconnut la pensée plutôt que la voix, et ne douta point que cet appel à l'accent désespéré ne lui fût adressé : il bondit sur lui-même, et bien que le valet qui, avec l'instinct de ce qui venait de se passer, avait vigoureusement poussé son cheval pour lui faire doubler le galop, il le rattrapa et saisit la bride.

Le valet prit un pistolet dans ses fontes et le dirigeait froidement vers la poitrine de Béranger ; mais celui-ci, habitué aux combats, baissa la tête, passa de l'autre côté du cheval, et saisissant le drôle par la jambe le poussa rudement.

Le valet tomba lourdement sur le pavé, tandis qu'Adamas, qui s'était laissé glisser de la croupe, saisissait à son tour la bride du cheval, laissant son ami se démêler avec le valet comme il l'entendrait, bien certain qu'il en viendrait à bout.

Béranger avait affaire à forte partie, car le valet était d'une vigueur peu commune ; mais son droit donne une force prodigieuse et explique souvent la victoire des faibles. Le soldat était, lui aussi, fort et courageux, si bien que la lutte ne fut pas longue : il parvint à dégager son bras droit que son adversaire avait enroulé dans le sien, et saisissant le pommeau de son épée, il lui en assena un coup si violent sur la tempe que les bras du drôle se détendirent et tombèrent inertes à ses côtés.

— En selle ! s'écria Adamas qui le jugea mort pour le moins, je vais te conduire, ami.

Béranger sauta sur le cheval et aida le médecin à reprendre sa position sur la croupe ; seulement, cette fois, celui-ci le fit avec une vivacité qui eût pu passer à la rigueur pour de l'adresse. Ils partirent comme le vent, et ceux qui les virent passer crurent à quelque bourrasque subite, ne laissant sur son passage que des tourbillons de poussière et le feu d'innombrables étincelles.

Pendant ce temps, le jeune marquis n'avait pas quitté la chambre de Christine ; et celle-ci, dont l'émotion était extrême, ne put parvenir à garder l'immobilité que lui avait recommandée Adamas.

Armand s'avança vivement près du sofa et lui prit une main.

— Christine, dit-il d'une voix émue, vous ne dormez donc pas ? Oh ! de grâce, répondez-moi, ne me gardez pas plus longtemps rancune. Oui, je le comprends, je vous suis odieux, j'aurais dû agir autrement ; mais ce n'est pas ma faute, voyez-vous, j'ai été entraîné à la violence par l'amour le plus ardent.

Elle ouvrit les yeux et le repoussa.

— Laissez-moi, dit-elle.

— Christine, ne me repoussez pas. Je vous ai dit quel est mon amour ; mais mes lettres, où mon âme s'épanchait, étaient froides et impuissantes à vous montrer mon cœur tout entier.

— Monsieur...

— Si vous pouviez savoir jusqu'à quel point je vous aime ! Pour obtenir ton amour sur la terre, Christine, je donnerais volontiers...

— Oh ! taisez-vous.

— Christine, j'ai trop longtemps résisté, mon cœur ne peut plus retenir l'amour dévorant qu'il renferme, tu es ma seule pensée, ma seule espérance... Si tu ne m'aimes pas, je meurs.

Elle se leva et recula au fond de la chambre ; mais il resta un genou en terre, les deux mains suppliantes.

— Par pitié, Christine, ne me repousse pas, continua le jeune homme ; si tu pouvais voir les combats incessants qui se livrent dans moi. Ton amour c'est la vie, aie pitié.

La jeune fille voulut se précipiter vers la porte ; mais il se leva et la retint par le bras.

— Arrête, malheureuse ! dit-il, les dents serrées, ne va pas plus loin, tu es ici en mon pouvoir, tu ne peux m'échapper...

— O ciel !...

— Oui, jusqu'à présent les prières et les supplications m'ont si mal réussi que nous allons voir si la force...

— La force !... fit Christine indignée.

— Oui, je m'attache à toi.

— Monsieur de Richelieu, vous êtes un lâche !

Le jeune homme pâlit sous cet outrage ; mais il contempla celle qui le lui avait infligé et sourit.

— Un lâche ! soit, reprit-il, mais je t'aime trop pour reculer, rien ne peut m'arrêter ; je vois l'abîme, nous y roulerons ensemble, entends-tu, Christine, rien ne m'arrêtera, pas même un crime !

— Et vous dites m'aimer ? fit Christine avec mépris.

— Amour ou passion, cri du cœur ou délire des sens, tu seras à moi !

Elle voulut crier ; mais des baisers furieux arrêtèrent ses cris et la pauvre fille tomba évanouie entre ses bras. Le démon du mal triomphait.

Quand Christine rouvrit les yeux, elle s'arracha de ses bras et courut vers la fenêtre qu'elle ouvrit. Devinant son projet, le marquis voulut s'élancer pour la retenir ; mais tout à coup il recula, pâle et les traits horriblement contractés.

Un homme venait d'apparaître à cette fenêtre et sautait dans la chambre, l'épée à la main, menaçant et terrible.

— Béranger ! fit Christine d'une voix faible en cachant son visage rouge de honte et tombant dans ses bras.

— Malédiction ! s'écria le marquis qui, lui aussi, mit l'épée à la main.

— Hors d'ici, marquis du Chillion, fils de Richelieu, le traître, dit Béranger, hors d'ici, ou je vous tue !

Et tenant la jeune fille embrassée, il s'avança vers le gentilhomme qui, malgré son courage et sa science des armes, fut saisi d'une réelle épouvante à l'aspect de cette sainte colère où étaient mêlés le courroux du père et le ressentiment du fiancé.

Il recula, l'épée tendue, les yeux démesurément ouverts, devant la lame flamboyante du soldat et tout à coup la porte de la chambre s'ouvrit.

Un vieillard apparut qui, à la vue de ce qui se passait, entra vivement et prit son fils dans ses bras.

— Ah ! Richelieu, exclama Béranger, enfin je vais donc pouvoir acquitter d'un coup la vieille dette de mon frère Listrac, augmentée du rapt infâme commis aujourd'hui ! je vais tuer le père et le fils ! Enfin !

— C'est Béranger, fit le vieillard au comble de l'effroi, viens, mon fils, viens !

Et avant que le jeune homme eût pu résister, son père l'entraînait vivement et refermait immédiatement la porte.

— Oh ! je les rejoindrai l'un et l'autre ! dit Béranger qui rugissait.

Mais la vue de Christine demi-morte lui rendit le sentiment de sa situation. Il alla pousser le verrou de cette porte par laquelle ses deux ennemis avaient disparu, car il craignait que les valets du château ne s'armassent et ne revinssent à la charge.

Puis, saisissant la jeune fille dans ses bras nerveux, il enjamba la fenêtre, et descendit l'échelle de cordes qu'il y avait accrochée avec la lenteur exigée par le doux fardeau qu'il serrait contre son cœur.

Adamas était au-dessous avec une barque.

Un mois après, le jeune Armand, qui avait embrassé les ordres et avait été fait évêque de Luçon, partait pour Rome.

Hors d'ici, marquis de Chillion, fils de Richelieu, le traître, dit Béranger. (P. 95.)

Huit mois après, Christine, devenue la femme de Béranger, et qui ne s'était jamais bien remise des émotions de cette terrible journée, expirait en donnant le jour à Jeanne.

— Mon cher Adamas, dit le soldat après avoir raconté à son ami ce que le docteur ignorait de cette histoire, le marquis du Chillion, aujourd'hui le cardinal de Richelieu, maître du roi et de la France, donnerait un million pour avoir les papiers que je possède : ces papiers qui sont la preuve de la trahison de son père et des amours criminelles de l'évêque de Luçon, ces papiers le couvriraient de honte et de ridicule aux yeux de l'Europe.

DEUXIÈME PARTIE.

I. — COMMENT M. DE LOUVIGNY PORTAIT LE DEUIL.

M. de Louvigny eût été certainement le modèle des maris : le soir même du jour où l'on avait inhumé sa femme dans les cryptes de Saint-Germain-l'Auxerrois, il traitait ses amis au Pré aux Clercs.

Le pavillon d'où nous avons déjà vu la duchesse de Chevreuse et la dame inconnue s'évader heureusement à la faveur de l'incendie, avait été promptement réparé et le gala de veuvage de Louvigny servait à son inauguration.

y avait là les plus mauvais sujets de la cour, et jusqu'à M. de

Barradas, avec qui le comte s'était rapatrié bien vite, vu, il faut le dire, sa difficulté à trouver des seconds pour se battre avec lui.

— Je vous disais bien, cher comte, avait répondu Barradas à son invitation à souper, que la spéculation était bonne.

— Aussi, eus-je tort de me fâcher.

— C'est égal, le roi n'a pas souri quand on lui a annoncé votre veuvage si prompt, il a même dit que si vous n'apparteniez pas d'aussi près à son frère, il vous aurait banni de la cour.

— Le roi a dit cela ! s'écria Louvigny effrayé.

— Heureusement le cardinal était là qui a pris votre défense.

— Alors vous venez souper, n'est-ce pas ? dit le comte soulagé.

Mais, malgré l'appui du ministre en cette circonstance, il sentait que sa position pourrait éprouver quelque atteinte, et il en était déjà à se repentir d'avoir convoqué ses amis; aussi était-il d'humeur assez morose au commencement du souper, et prit-il le parti de boire pour s'étourdir.

— Eh quoi, s'écria le gros Montchenu, que m'apprend-on, Louvigny, tu avais prié mesdemoiselles Delorme et de Lenclos d'être des nôtres, et elles ont refusé ton invitation ?

— Oui, dit le comte en vidant son verre et le tendant aussitôt à son voisin qui le remplit, ces dames ont fait les timorées, — elles ont prétendu que ce vin-là leur tournerait sur le cœur, — bégueules !

— Comte, n'attaquez pas la réputation de ces dames, elle est immaculée, dit Barradas, supposez plutôt qu'elles avaient un engagement plus attrayant.

— Peste, comme tu y vas, dit Brichanteau, est-il rien de plus gai qu'un souper de veuvage. Louvigny nous a promis les violons pour ce soir, et en attendant, je propose qu'on aille chercher baladins et baladines afin que la fête soit complète.

— Louvigny, répartit Montchenu, tu es cent mille fois plus timoré,

La morte se soulevait dans son cercueil. (P. 99.)

dans ton genre, que mesdemoiselles Delorme et de Lenclos, car moi, à ta place, j'aurais voulu donner cette petite fête dans l'hôtel même de Caumont.

— Eh! je vais être probablement forcé d'en déloger sous peu..

— Tes créanciers t'auraient-ils déjà exproprié?

— L'oncle de ma femme va le revendiquer pour sa part...

— Pour quelle part?

— Que sais-je, répondit Louvigny qui avait été trop loin, c'est un vieil avare capable de toutes les chicanes.

Un des négrillons attachés au service des pavillons réservés de la *Guirlande d'amour* entra tout à coup dans la salle et s'approcha de Louvigny.

— Monsieur le comte, dit-il, mesdames de Lenclos et Delorme demandent la faveur d'être introduites.

— Qu'elles entrent! s'écrièrent tous les assistants avec enthousiasme, et avant que Louvigny eût pu dire un seul mot.

Les deux courtisanes entrèrent en se tenant par la main, et certes on eût dit deux déesses qui venaient de descendre de l'un de ces nuages d'or dont les peintres commençaient à orner les plafonds des palais. Elles souriaient, et leur beauté était rehaussée encore par des toilettes savamment combinées d'avance, évidemment, pour ne pas se nuire mutuellement, et qui offraient tout ce que la mode si somptueusement élégante de cette époque avait inventé de plus luxueux. Aussi, les convives, les femmes elles-mêmes, n'eurent qu'un cri d'admiration pour accueillir ces reines de la galanterie.

— Était-ce donc pour vous ménager ce succès, mesdames, que vous m'avez refusé? demanda Louvigny en les faisant aussitôt placer à ses côtés.

— Non, dit Marion avec insouciance, car je ne voulais réellement pas venir, et c'est Ninon qui m'a entraînée en disant que ce devait être fort curieux.

— Curieux? dit Louvigny en remplissant leurs verres.

— Oui, répliqua Ninon, j'étais subitement devenue fort curieuse de voir jusqu'à quel point la bassesse et la cupidité d'un homme peuvent aller.

— Ah! madame, fit Louvigny qui se fâcha.

— Comte, à votre santé, dit la courtisane en le regardant en face et avec un de ces rires effrontés montrant trente-deux perles irrésistibles. — Vivent les hommes cupides! Nous les choyons et caressons, nous autres, et les considérons, surtout, beaucoup plus que s'ils étaient les plus intègres et les plus vertueux!

— Foin de la vertu! dit Barradas qui applaudit.

— Messieurs, dit Ninon, un jour la Vertu, vêtue de haillons, comme toujours, s'égara sur le chemin qui mène au Pré aux Clercs et rencontra un de ces riches traitants que la fortune se plaît à combler au détriment de chacun; le traitant la trouva jolie et lui offrit son cœur. La Vertu trouva, elle, la chose neuve et d'assez bon goût; si bien qu'elle accepta. Ils firent le plus effroyable ménage qu'on pût imaginer et le traitant en revint au grand galop à la vie facile des bonnes filles, avouant que l'ennui coûtait cent mille fois plus que le plaisir. Tant que M. de Louvigny a bataillé avec le diable, essayant de lui arracher le talisman sans lequel rien n'est possible ici-bas, il a soutenu sans vergogne la réputation d'homme austère et ennuyeux. Vous allez voir qu'aujourd'hui ses mérites vont éclore, par douzaines, aux yeux d'un chacun.

— Pardieu, dit le comte, me voici en possession d'une fortune de traitant, ma belle, et si vous voulez passer avec moi le contrat de dame Vertu, je suis bien sûr de ne jamais faire mauvais ménage.

— Prenez garde, comte, dit Marion, l'ennui naît aussi bien d'une succession de plaisirs que d'une continuité de vertu.

— Je n'en aurai pas le démenti, Ninon, si vous le voulez, voici ma main.

— Comte, êtes-vous bien certain que le corps de votre femme est bel et bien refroidi dans sa tombe?

— Vous êtes lugubre, Ninon, mais la chose me tente, pardieu! Nous avons, nous autres hommes, le privilége de pouvoir nous marier le lendemain d'un veuvage; je vous épouse, Ninon, par mes ancêtres!

— Acceptez, acceptez, Ninon! firent tous les convives en choquant leurs verres.

— A une condition, fit celle-ci qui réfléchit une minute.

— Laquelle?

— Y souscrivez-vous d'avance?

— Les yeux fermés.

— Messieurs, dit la belle courtisane, vous êtes témoins. — Eh bien! voici ce que je veux, et d'abord, comte, encore un verre, car je ne vous trouve pas encore assez ivre pour vous imposer une semblable prouesse.

— Parle, sirène, tu es sûre de ton pouvoir, fit Louvigny qui vida son verre coup sur coup.

— Admirons ce que peut contenir l'estomac d'un héritier!

— Marion, dit M. de Montchenu à sa voisine, pourquoi toutes ces caresses à Louvigny? je suis trois fois plus riche que lui, moi.

— Et quatre fois plus gros, n'est-ce rien, cela?

— Voyons, Ninon, tes conditions, ma belle? demanda Louvigny.

— C'est que le mariage sera célébré, aujourd'hui même, dans l'hôtel de Caumont.

— Ah! fit Louvigny avec un sentiment de répulsion.

— Bravo! s'écrièrent les convives, c'est une idée triomphante, celle là.

— Si le roi l'apprend, je suis perdu, dit Louvigny qui avala de nouveau le contenu de son verre que Marion venait de lui verser sur un coup d'œil de Ninon.

— Louvigny a peur! dit cette dernière.

— Louvigny n'est brave que l'épée à la main, ajouta Marion.

Ce mot eut raison de tous les scrupules du gentilhomme. Il se leva et, en mettant un genou sur la chaise, car il se soutenait à peine, il présenta son verre à sa voisine.

— Partons, dit-il.

Ce fut le signal de joie et de vivats sans fin, et en un instant tout le monde eut quitté la table.

— Mais, reprit Louvigny, l'hôtel est triste et désert; le marquis a dû le quitter avec son dernier valet : nous ne trouverons que le portier qui le garde et les chauves-souris qui le hantent.

— Eh bien, dit Marion, emmenons les serviteurs noirs et blancs de la Guirlande d'amour, marmitons et vaisselle; sus, messieurs, et que ce beau cortége traverse la Seine comme le triomphe de Sardanapale!

— Ah! vertu, s'écria Louvigny, tu n'aurais pas de ces idées sublimes!

En peu d'instants, les préparatifs furent faits, et la Tourangelle, consultée, acquiesça à tout ce qu'on voulait. La belle hôtesse, tout entière à ses douleurs, à ses remords peut-être, s'était renfermée dans sa chambre, donnant pleins pouvoirs à son chef de cuisine.

Les valets de la compagnie et de ces dames, restés dans les salles de la Guirlande d'amour, où on leur avait servi à souper, complétèrent le cortége des serviteurs de la Tourangelle, et le plus curieux ruban de personnages se mit à défiler à travers le Pré aux Clercs, vers l'endroit de la Seine où la Tourangelle possédait un embarcadère avec barques pavoisées.

Les valets portaient des paniers chargés de vins exquis ou de mets succulents que le chemin ne pouvait gâter, des corbeilles remplies de pâtisseries et de fruits de toutes sortes; et tous, valets des seigneurs et des belles dames, éclairés par quelques flambeaux à la flamme rougeâtre, gagnèrent les barques.

En ce moment, un léger bateau abordait, portant les musiciens attendus; si bien que le chef de la troupe leur ordonna de prendre la tête et de précéder la petite flottille en jouant de leurs instruments.

Cette fête improvisée produisit aussitôt sur le fleuve le spectacle le plus galant et le plus merveilleux et, le but de la promenade mis de côté, il y avait tout à parier qu'elle ferait les frais de la conversation du lendemain et trouverait le soir même les plus empressés imitateurs.

Des berges du Pré aux Clercs à celles du quai de l'Ecole vers lesquelles on naviguait, il n'y avait pas pour une demi-heure de traversée; aussi la bande joyeuse ne tarda-t-elle pas à aborder sur la rive opposée.

Les bons bourgeois dont le sommeil fut troublé par ce déploiement inusité de musique et de flambeaux se mirent aux fenêtres, et messieurs du Guet, qui se croisèrent tout à coup avec le cortége, n'osant rappeler de nobles seigneurs au respect des ordonnances de police et des édits royaux sur la tranquillité des rues de Paris pendant la nuit, se rangèrent le long de la muraille et prirent plaisir à voir défiler ces enfants perdus du royaume de Liesse et de Bombance.

Les belles courtisanes saluèrent gravement la garde civique, et tout se passa sans encombre. Les ménétriers s'arrêtèrent par ordre sous le porche de l'hôtel de Caumont, et Louvigny que le froid de la nuit avait quelque peu dégrisé frappa d'autorité à l'huis.

Le portier ouvrit en tremblant, car lui aussi avait été réveillé par ce bruit anormal et ces torrents d'harmonie, et force lui fut bien de laisser s'engouffrer dans la vaste cour de l'hôtel cette troupe de belle humeur.

En quelques instants les flambeaux de l'hôtel furent allumés, la plupart ayant déjà servi aux noces et aux funérailles; et par les soins de la valetaille de la Guirlande d'amour, une table fut dressée dans la grande salle de l'hôtel.

Cependant, un homme s'était vivement ému de tout ce remueménage, c'était le vieux marquis de Caumont, lequel, ne pouvant se décider à quitter l'hôtel, y était rentré furtivement après le départ du dernier valet. Il accourut à demi vêtu, en robe de chambre, une épée d'une main, un flambeau de l'autre.

— Que veut dire ceci? s'écria-t-il stupéfait à la vue de toutes ces clartés et de la réunion brillante qui avait envahi les appartements et commençait à se rapprocher de la table qu'on achevait de dresser.

— Ceci, mon oncle, dit Louvigny en le saluant avec la plus exquise courtoisie, c'est votre neveu qui a eu pitié du grand isolement dans lequel vous savait plongé, et qui vous invite à prendre votre part du plus mirifique repas auquel vous aurez jamais assisté durant votre longue existence d'anachorète.

— A table! l'oncle de Louvigny! dit une voix de femme.

— A table! répétèrent en chœur les jeunes gens.

— Jamais! s'écria le marquis, jamais une telle profanation dans la demeure de mes pères! c'est une indignité, une abominable action!

— Mon oncle, asseyez-vous, je vous en prie, et faites-moi raison, dit Louvigny.

— Monsieur, reprit le vieillard, cet hôtel ne vous appartient pas encore. Je l'ai fait évacuer aujourd'hui par mes gens et je me disposais à le quitter moi-même, parce que je voulais laisser sa possession en litige en attendant que les juges aient prononcé entre nous.

— Vous le revendiquez encore, mon cher oncle?

— Oui, monsieur, et toujours; en l'absence de tout héritier direct de mon frère, c'est moi qui dois posséder. Vous avez été marié selon la coutume normande, et je plaiderai.

— Monsieur, nous plaiderons quand vous voudrez; mais en attendant, videz ce verre ou laissez-nous en paix.

— Malédiction sur toi, blasphémateur impie! exclama le vieillard, je me retire et au besoin, messieurs, je vous en préviens, je vous appellerai tous en témoignage du mépris dans lequel un gentilhomme ose tenir une noble maison.

— Mon oncle, dit Louvigny, n'oubliez pas de faire citer également ces dames!

Un immense éclat de rire accueillit cette insultante recommandation et le marquis disparut dans l'ombre épaisse des grands appartements.

— Monsieur de Louvigny, dit Ninon en lui donnant la main, vous êtes charmant, foi d'honnête femme, c'est moi qui vous le dis.

— A boire! reprit Louvigny. Mesdames et messieurs, si vous m'en croyez, personne ne sortira d'ici avec sa raison, sous peine de payer pareille fête la nuit prochaine.

— Adopté!

— Et si personne ne perd le pari, nous la paierons tous.

— Bravo! buvons! et raca sur le félon et discourtois qui viendrait encore se mêler de troubler notre fête.

Les coupes se vidèrent et se remplirent de nouveau à la ronde, ce qui établit une sorte de silence, pendant lequel on entendit distinctement frapper deux coups à la porte de la rue.

— C'est ici, dit quelqu'un.

— Qui peut venir à cette heure? demanda Ninon.

— Je n'attends personne.

— Buvons! répliqua Marion.

— Buvons à nos amours! dit Louvigny en élevant son verre au-dessus de sa tête.

Deux autres coups retentirent de nouveau, dominant tellement le bruit des voix et le choc des verres que tous se regardèrent étonnés.

— Cela est sinistre! dit quelqu'un.

Au même instant, la porte de la salle s'ouvrit et le portier parut, le visage bouleversé, les cheveux hérissés, les yeux hagards.

— Monsieur! s'écria-t-il, monsieur!

— Eh bien?

— Ah! monsieur...

Il ne put achever et fut obligé de s'appuyer à l'embrasure de la porte pour ne pas tomber.

— Qui frappe donc?

— Monsieur, j'ai refermé la porte sur elle.

— Sur qui?

— Sur... la personne qui demandait à entrer.

— Mais quelle est-elle, au nom du diable, parleras-tu?

— C'est feue madame la comtesse.

Un rire général accueillit cette parole poussée par le portier dont les dents claquaient.

— La plaisanterie est lugubre! dit Marion.

Deux nouveaux coups de marteau retentirent encore et emplirent les échos de la rue et de la salle de leur bruit sonore et perçant.

— Cela passe toute croyance! dit Louvigny en s'approchant de la fenêtre, je veux voir par moi-même si ce drôle se moque de nous!

Il essaya d'ouvrir le vitrail; mais les targettes rouillées ne cédèrent pas; il fut obligé d'employer toute sa force pour ouvrir la croisée, et quelques briques se détachèrent au-dessous et tombèrent sur ses bottes.

Il se pencha vers la rue et aperçut une forme longue et blanche arrêtée devant la porte de l'hôtel.

— Qui va là? demanda-t-il.

— Ouvrez-moi, monsieur, dit une voix faible qui lui donna le frisson.

Mais il surmonta toute terreur, et, ramassant vivement une des pierres que foulait son pied, il se remit à la fenêtre.

— Arrière! dit-il.

Et il jeta sa pierre sur le fantôme qui s'affaissa sur le pavé.

— Bravo! Louvigny! firent tous les convives.

— Cet imbécile qui croit aux revenants! dit le comte. A boire! et versez à plein verre! A mes nouvelles amours!

II. — ENTERRÉE VIVANTE.

Ce n'était pas sans dessein que nous avons fait connaître le départ de Catafago pour Bruxelles avant de raconter les événements qui l'avaient précédé; il importait de suivre Robert, dont le départ était antérieur à la mort de Blanche et à son inhumation dans les cryptes de Saint-Germain-l'Auxerrois.

Catafago avait donc attaqué sans vergogne la bière où gisait la comtesse de Louvigny et, s'il avait le dessein de satisfaire la curiosité scientifique d'Adamas, il nourrissait également celui de s'approprier les quelques bijoux avec lesquels les femmes de haute noblesse étaient toujours inhumées.

Il commença par couper avec son couteau le plomb qui entourait la bière; puis, le dessus enlevé, il introduisit sa pince entre les ais solidement cloués.

Le chêne cria sous le fer et causa une sensation extraordinaire à cet homme qui pourtant n'était guère accessible à la peur, et Cambremer, qui tenait la lanterne pour l'éclairer dans ce sinistre travail, lui retint le bras.

— On dirait que c'est le mort qui a crié, dit-il à voix basse.

— Eh! fit le bandit en se remettant à l'ouvrage, je connais ce cri-là, ce n'est rien.

Et il reprit sa besogne en sifflotant. Les clous cédèrent l'un après l'autre, et la planche formant le couvercle du cercueil fut enfin enlevée.

La morte apparut enveloppée de son blanc suaire, à travers lequel se voyaient ses vêtements. Ses mains étaient croisées sur sa poitrine, blanches comme de la cire et Catafago constata aussitôt que leurs doigts n'étaient ornés d'aucune espèce de bague.

— Volé! fit-il avec une effroyable grimace.

Mais tout à coup il recula avec un mouvement indicible, et bien que son cœur fût assez profondément bronzé pour ne pas se laisser

assaillir par les petites faiblesses de l'humanité, il se sentit saisi, mordu par la plus effroyable épouvante.

Lui et Cambremer étaient restés agenouillés devant la bière; mais Catafago se leva et continua de reculer jusqu'à ce que l'un des piliers vint à lui barrer le passage; il baissa la tête et, prenant sa course en criant, il regagna l'escalier du chœur, en monta précipitamment les marches et disparut.

Cambremer était resté à genoux, lui, la lanterne à la main; mais il semblait cloué sur la dalle, et considérait avec des yeux hagards le spectacle le plus étrange.

La morte se soulevait dans son cercueil.

Appuyée d'une main sur le rebord, elle écartait de l'autre les plis du linceul qui recouvrait son visage. Elle apparut pâle et blafarde, les yeux grands ouverts et la bouche entr'ouverte comme si elle aspirait, à pleins poumons, l'air qui la frappait...

Cambremer dirigea les rayons de la lanterne sur son visage et, blessée sans doute de l'éclat de cette lueur, elle ferma les yeux; puis elle les rouvrit et regarda de tous côtés.

— Où suis-je donc?... fit-elle en essayant en vain de percer l'obscurité qui régnait au-delà des faibles lueurs de la lanterne.

Elle entendit alors la respiration haletante de l'étudiant et reporta ses regards de son côté.

— Qui êtes-vous? fit-elle en essayant de se soulever.

— Madame, dit Cambremer que l'épouvante dégrisait petit à petit, n'étiez-vous donc qu'endormie?...

— Endormie?... Ah! je me souviens, cette fête... C'était un bal de noces... puis, tout a tourné devant mes yeux et je me suis sentie mourir...

— On vous a cru morte! dit Cambremer.

— Ah! fit-elle avec un cri qui remplit toute l'église, crypte et nef. Elle se replia sur elle-même et comprit dans quelle espèce de liens ses jambes étaient captives; elle se débarrassa aussitôt du linceul dont les plis se déchirèrent et sortit un pied hors des planches.

— Enterrée vivante!... s'écria-t-elle au comble de l'effroi.

Elle avait quitté entièrement la bière et se tenait debout devant Cambremer qui, reculant à son tour, s'était arrêté sur la première marche de l'escalier.

Les rayons de la lanterne la guidaient vers lui, et comme il ne cessait de la regarder, elle étendit une main comme si elle conjurait un des gardiens de ce noir séjour.

— Qui êtes-vous? demanda t-elle d'une voix haletante.

— Hélas! madame, répondit-il, je suis un pauvre étudiant que la misère et l'amour ont rendu criminel, et qui vient d'éprouver la plus profonde émotion qu'il ait jamais ressentie depuis qu'il existe.

— Je suis donc bien vivante?...

— J'ai contribué à vous retirer du cercueil où la méchanceté des hommes vous avait peut-être clouée à dessein.

— Oh! ce n'est pas possible, cela!

— Madame, tout est possible en fait de choses mauvaises, et votre résurrection me remplit l'âme de regret et de contrition. Ce n'est pas le hasard qui a amené ici deux hommes animés d'un projet criminel. En violant une tombe, nous avons marché dans les desseins de Dieu qui voulait vous sauver.

— Oui, monsieur, oui, et vous m'aiderez à sortir d'ici.

— Je suis à vos ordres, madame.

— Ecoutez, vous ne me paraissez pas entièrement endurci dans le crime, bien que vous m'accusiez, et si vous m'en croyez, vous rachèterez vos fautes en faisant profession.

— Je n'ai pas la foi suffisante pour porter aux pieds des autels mes repentirs.

— Alors, vous avez un moyen, une noble manière de vous relever de votre opinion, faites-vous soldat.

— Oui, vous avez raison, c'est une belle carrière, celle-là.

— Partons d'ici, au plus vite.

Blanche s'appuya sur le bras de l'étudiant, qui monta les marches en tremblant, et ils parvinrent bientôt dans l'église; mais quand l'air plus froid de la nef vint frapper son visage et ses membres, la jeune femme se mit à trembler.

— J'ai froid, dit-elle, malgré ses dents qui claquaient.

Au bord de la trappe entr'ouverte se trouvait un manteau, celui de Catafago sans doute; l'étudiant le prit, et en couvrit les épaules de la ressuscitée; mais elle ne put marcher et fut forcée de s'asseoir sur la dalle qui avait été soulevée et poussée hors de l'entrée des cryptes.

— Oh! fit-elle en versant des pleurs amers, abandonnée ainsi!...

Personne n'a donc veillé sur mes dernières heures ; on m'a cru morte, et le dernier des valets aura rejeté sur mon visage le linceul des trépassés... O ma mère, si tu avais été là, tu aurais épargné à ton enfant le plus horrible des supplices...

Puis elle se releva tout à coup et s'éloigna du trou sinistre dont elle venait de sortir.

— Grand Dieu ! si je m'étais réveillée dans cette tombe !

Elle courut vers la porte de l'église, au delà de laquelle un demi-jour apparaissait.

Cambremer marcha avec empressement derrière elle.

— Je vous remercie, monsieur, dit-elle d'une voix douce en s'arrêtant ; mais je vous en prie, ne me suivez pas. J'ai été si malheureuse sur la terre que je me suis habituée à vivre seule. C'est une nouvelle existence que je recommence, peut-être, et je désire que rien ne vienne troubler le cours des événements que me prépare le hasard. Vous m'avez rendu un grand service, si l'on se place au point de vue des misérables aspirations de l'humanité ; mais vous avez peut-être contribué puissamment à mon malheur. N'essayez pas de savoir qui je suis ; mais, je vous le jure, si jamais je suis heureuse, je saurai vous retrouver pour vous récompenser.

— Je n'ai besoin de rien, madame, puisque je veux me faire soldat.

— Tant mieux, car j'en ai le triste pressentiment, il n'y aura jamais eu sur la terre de femme plus pauvre que moi.

— Madame ! s'écria tout à coup Cambremer.

— Qu'y a-t-il ?

— Oh ! venez de ce côté.

Il lui prit la main et l'entraîna tout doucement derrière l'un des contreforts de l'église, où ils se tinrent blottis et gardant le plus absolu silence, l'étudiant lui montra un homme qui se glissait dans l'ombre, et entrait ensuite précipitamment dans l'église.

— C'est l'homme que j'avais accompagné, madame, et qui, chassé par la frayeur, se ravise et court à la curée.

— Pauvre homme, dit-elle avec tristesse, je l'ai privé de quelques petits bénéfices.

— Il vous aurait tuée, madame, pour s'approprier les pendants qui brillent à vos oreilles et le collier que j'aperçois à votre cou.

— Ah ! fit Blanche avec surprise, mes avides parents m'ont laissé tout cela !

Et avec un mouvement plein de grâce, elle détacha ses boucles d'oreilles et força Cambremer à les prendre.

— Si vous n'en voulez pas, au moins remettez-les à cet homme : qu'il n'ait pas tout perdu.

Elle poussa l'étudiant vers la porte de l'église et s'éloigna aussitôt en toute hâte, dans la direction de l'hôtel de Caumont.

Nous avons vu de quelle façon M. de Louvigny, son mari, l'avait reçue.

Le fragment de brique l'avait atteinte à la tête, et elle était tombée sur le coup ; mais grâce à la fraîcheur de la nuit et au sang qu'elle perdait, son organisation jusque-là si surexcitée retrouva le calme, et un quart d'heure après elle sortait de l'évanouissement causé par la brutale cruauté du comte.

Mais la pauvre femme n'osait frapper de nouveau à la porte de son hôtel, et les éclats de rires, le choc des verres, les chansons et le son des instruments qu'elle entendait bruire au-dessus de sa tête comme la réalisation d'une nuit de sabbat, lui disaient que trop l'accueil que ne manquerait pas de recevoir sa nouvelle tentative.

— Je suis donc morte au monde, s'écria-t-elle en sanglottant et en s'éloignant de cette rue dont chaque bruit retombait sur son cœur et y frappait avec la force accablante d'un lourd marteau sur une enclume.

Elle s'affaissa sur les marches du perron d'une maison, et resta ainsi la tête dans ses mains.

Un espace de temps, dont elle ne put calculer la durée, s'écoula ainsi, au bout duquel elle sentit se glisser sur son cou comme le froid attouchement d'un reptile. Elle releva brusquement la tête, et vit un homme devant elle qui recula de deux pas, effrayé de l'étrange fixité de ses yeux.

— Que me voulez-vous ? dit-elle.

Et mue par une secrète espérance de protection, elle se leva et tendit les bras vers cet homme. Mais celui-ci, à qui la vue d'un collier au cou de cette femme avait inspiré une velléité de s'en emparer, parut pris tout à coup d'une sorte de terreur panique, et s'enfuit.

Blanche sentait encore sur sa peau la sensation de froid éprouvée par le contact du voleur, et y portant la main à son tour, elle rencontra les grains du collier qui avait amené cette tentative. Elle ôta le bijou et le cacha instinctivement dans son sein.

— Il me vient de vous, chère mère, dit-elle, merci à ceux qui me l'ont conservé.

Mais son isolement et l'horreur des rues de Paris à cette époque lui rendirent le sentiment de sa pénible situation. Elle se remit à fondre en larmes.

Au bruit de ses sanglots, sans doute, une femme accourut.

— Qu'avez-vous, mon enfant ? fit-elle d'une voix douce.

Blanche releva la tête et vit devant elle une femme enveloppée dans une mante brune, et qui portait un petit falot dont elle dirigeait sur elle les rayons : les filets de lumière qui sortaient de la partie supérieure de la lanterne éclairaient également les traits de cette femme, qui paraissait âgée d'environ cinquante ans.

Elle répéta sa question.

— J'ai froid, j'ai peur !... répondit la jeune femme.

— N'avez-vous donc pas de logis où vous retirer ?

— On vient de me chasser du mien.

— Ouais !... fit la vieille en dressant l'oreille et s'accroupissant à terre sur ses talons pour se trouver au niveau du visage de Blanche.

— Pourquoi me regardez-vous si curieusement, madame ?

— Vous êtes bien belle, ma chère enfant.

— Hélas ! à quoi sert la beauté, sinon à attirer tous les malheurs sur celles à qui est échu ce don fatal.

— Etes-vous fille, femme ou veuve ?

— Pourquoi me demandez-vous cela ?

— Auriez-vous fui la maison paternelle ?

— Je n'ai plus de parents.

— Votre époux se serait-il conduit avec vous comme ils font tous, et vous aurait-il fait expier ses fautes par son injuste abandon ?

— Je n'ai plus de mari.

— Et vous êtes seule ainsi, par les rues, exposée aux injures de l'air, aux insultes des passants.

— Ah ! j'ai peur... fit Blanche en se serrant dans l'angle du perron.

— Voulez-vous venir avec moi, madame ? je vous offre bon logis et bon feu ?

— Ah ! vous êtes bonne !

— Et vous, belle à plaisir, venez.

Blanche se laissa prendre par la main et suivit machinalement cette femme, qui se faisait si charitable à son égard, et celle-ci ne tarda pas à arriver ainsi dans la rue de l'Arbre-Sec, où elle s'arrêta devant une maison d'assez bonne apparence.

La vieille tira un passe-partout de sa poche et l'introduisit dans la serrure de la porte qui roula sur ses gonds sans produire le moindre bruit. Elles trouvèrent alors dans un grand corridor dont les dalles étaient recouvertes de nattes de jonc, et qu'éclairait une lampe pendue au mur.

Au bout du corridor se trouvait un escalier dont chaque marche était garnie d'un tapis, et Blanche le monta, soutenue par son guide, qui souriait sans s'étonner de cette faiblesse qu'elle attribuait tout naturellement au froid, à la faim et à l'émotion.

Elle l'introduisit dans une chambre assez richement meublée et la fit asseoir dans un fauteuil qu'elle roula devant une vaste cheminée dans l'âtre de laquelle elle jeta quelques menus bois qui flambèrent aussitôt, et à la douce chaleur desquels Blanche offrit ses mains pâles et diaphanes.

— Ah ! fit-elle avec le sourire d'une insensée, j'étais morte et j'avais senti le froid de la tombe.

Peu d'instants après, une servante, jeune, jolie et accorte, dressa devant elle une petite table sur laquelle fumaient quelques réconfortants. Blanche y toucha à peine et déjà elle fermait les yeux, cédant au sommeil, lorsque la vieille rentra et l'invita à se mettre au lit.

La pauvre femme se laissa déshabiller ; mais s'apercevant que la vieille et sa servante mettaient à cette besogne un empressement immodeste, elle les repoussa doucement et acheva seule.

Quand elle fut bien calfeutrée dans les couvertures, en proie à une légère fièvre, elle vit les yeux de la vieille fixés sur elle avec une persistance où, dans sa candeur, elle ne vit qu'un bienveillant intérêt ; elle sourit.

— Dites-moi votre nom, madame, fit-elle avec une voix angélique, je veux le joindre à celui de ma mère dans la prière que je vais adresser à Dieu qui m'a protégée.

— Je m'appelle Catherine, répondit la vieille en se retirant après l'avoir baisée au front.

Quand elle eut fermé la porte sur elle, la servante la regarda en riant.

— Eh bien! fit-elle avec un regard effronté, pourquoi ne lui avez-vous pas dit votre vrai nom, la Maréchal?.

— Oh! ce nom est trop connu à Paris, et il ne faut pas effaroucher cet ange.

— Elle est jolie en effet.

— Oui, presqu'autant que la Forfala, répondit la vieille en se frottant les mains. Bonne aubaine!

III. — OU PEUT MENER LE CAPRICE D'UN HOMME.

Chalais avait refusé de servir de second à Louvigny parce qu'il n'avait plus que mépris pour cet indigne ami de son enfance, et aussi parce qu'il devait passer une partie de la journée au Châtelet, où il s'était déjà rendu la veille.

Le grand Châtelet occupait, comme on sait, la place qui porte aujourd'hui ce nom et quelques-unes des rues adjacentes; situé au nord du Pont-au-Change, une arcade sombre et boueuse servait d'entrée à la rue Saint-Denis. Ses prisons avaient une renommée terrible, et les noms de certaines d'entre elles faisaient frissonner : la Grièche, la Gourdaine, le Puits, les Chaînes, la Barbarie, la Fosse, les Oubliettes.

Dans le cachot appelé la Fosse, les prisonniers étaient descendus, au moyen d'une poulie, par une ouverture pratiquée à la voûte du souterrain, comme on descend un sceau dans un puits. Un autre était nommé la Chausse d'Hypocras; et celui-là était le comble de l'atrocité, car les prisonniers qui avaient constamment les pieds dans l'eau ne pouvaient se tenir debout ni couchés. Ce cachot avait une propriété précieuse : au bout de quinze jours de détention, le prisonnier était mort.

Quant à celui qu'on appelait Fin d'aise, il était rempli d'ordures et de reptiles : c'était un séjour plein de ressources; enfermé là, l'innocent ne manquait jamais de se reconnaître coupable au bout de quelques heures. Cela économisait le temps et le charbon de M. de Paris.

Chalais fut immédiatement introduit dans le cabinet du lieutenant-criminel.

— Eh bien! monsieur, dit-il, pourrai-je la voir aujourd'hui?

— Monsieur le comte, reprit le magistrat, depuis que cette jeune femme est entrée ici, son état est tellement étrange que la justice hésite vraiment à se prononcer. Elle s'accuse elle-même d'avoir abandonné un enfant, elle s'accuse de sa mort, et pourtant, aujourd'hui elle refuse de le reconnaître dans le cadavre de celui qui lui a été représenté et qu'elle avait d'abord déclaré être sien.

— Vous m'avez dit hier que sa raison...

— Hier, quand vous vous êtes présenté sur mon invitation, elle n'était réellement pas en état de vous être confrontée; mais aujourd'hui elle est plus calme et je vais faire procéder à cette formalité nécessaire pour éclairer la justice.

— Cependant, monsieur, je n'ai pas nié la connaître, et je vous affirme de nouveau qu'elle est incapable d'avoir pu donner volontairement la mort à son enfant.

— Monsieur, je ne veux pas, quant à présent, aller au-delà de ce qui est acquis au procès.

— Au procès?

— Oui, monsieur, la justice est saisie, et jusqu'à preuve évidente et palpable de sa non-culpabilité, mademoiselle Jeanne Béranger sera accusée.

— N'est-il pas possible d'user d'indulgence?

— Hélas! non, monsieur, la mission de la justice est sévère et cruelle, mais il faut qu'elle s'accomplisse. J'ai donc l'honneur de vous répéter que sans vouloir faire remonter ce procès jusqu'à vous, il a été reconnu nécessaire de vous entendre. Cette malheureuse n'a cessé de prononcer votre nom dans sa folie, elle vous a appelé, elle croit vous voir à ses côtés, elle va même jusqu'à vous désigner comme l'auteur du crime.

— O ciel!

— Mais rassurez-vous. Nous savons parfaitement distinguer la voix de la vérité de celle de la passion en délire. Il se peut que vous ayez été seulement la cause du malheur qui a eu lieu et cela par suite d'un abandon que nous n'avons pas à apprécier.

— Monsieur, Jeanne est la plus noble jeune fille que j'aie jamais rencontrée, et puisque vous me faites l'honneur de me parler ainsi,

je ne vous cacherai pas que j'ai pour elle la plus vive sympathie e la plus profonde estime. Oui, je m'accuse sincèrement de son malheur. C'est par mon fait qu'elle a succombé. Elle vivait, calme et naïve, dans son obscurité, lorsque le hasard m'a amené devant elle; sa beauté a allumé dans mon cœur une passion que je me repens encore de lui avoir fait partager ; mais quand, appelé par d'autres intérêts et distrait par de coupables erreurs, j'ai cessé tout à coup de la voir, j'étais loin de me douter que la faute commise, qui est mienne et non l'œuvre de sa volonté, avait eu des suites aussi regrettables.

— Monsieur, dit sévèrement le magistrat, vous êtes jeune, et l'on vous a dépeint à mes yeux comme un esprit inconsidéré, comme un de ces seigneurs altérés de voluptés folles, qui se font un jeu de porter partout la désolation et le malheur. Peut-être avez-vous raison, cette jeune personne n'est-elle réellement pas coupable d'un crime; mais si ce crime doit remonter jusqu'à vous, si vous en êtes responsable moralement, quels seront vos remords si le bras de la justice est obligé de frapper?

— Monsieur, je vous concède le droit de me parler ainsi; votre âge et vos vertus seront certainement de nature à éclairer mon esprit sur les fautes que je puis commettre par suite de ces entraînements invincibles que, je l'avoue, je n'ai jamais cherché à combattre; mais puisque vous me parlez comme le ferait un père, permettez-moi de faire appel à votre cœur, plus encore qu'à votre équité, en faveur de la malheureuse enfant que la fatalité a jetée dans les fers. Elle n'est pas coupable, j'en ai la conviction la plus intime et la plus forte, — et il faut que dans toute cette affaire il y ait contre elle un concours de circonstances que le temps pourra sans doute vous permettre de découvrir.

— Je compte sur vous pour cela, monsieur le comte; vous allez voir l'accusée.

— L'accusée!... répéta Chalais avec une expression de douleur profonde, non, monsieur, je ne puis le croire! Et lui donner un pareil nom est une infâme calomnie.

— Monsieur, tant que la justice n'a pas prononcé, elle ne voit que des coupables.

Le lieutenant criminel frappa sur une clochette, au moyen d'un petit marteau de cuivre et adressa à l'exempt qui se présenta l'ordre de lui amener Jeanne.

Quelques instants après, celui-ci était de retour et déclarait que la prisonnière refusait de quitter son cachot, et qu'avant d'user de rigueur il avait voulu prendre les ordres auprès de M. le lieutenant criminel.

Le magistrat rougit de colère; mais, en se tournant vers Chalais, il se sentit désarmé par l'attitude suppliante du jeune seigneur.

— Allons la voir, dit-il.

L'exempt marcha le premier et fit ouvrir toutes les portes devant le chef suprême de ces lieux de désespérance et d'horreur, qui, parfois, se retournait vers Chalais comme pour solliciter ses impressions sur l'aspect formidable de ces prisons.

— Ne sont-elles pas justement l'effroi des coupables? semblait-il lui dire.

Ils descendirent une trentaine de marches, et le geôlier, sur l'invitation de l'exempt, alluma une torche de résine contre la lumière de laquelle une foule d'insectes noirs et velus vinrent voleter avec un sinistre bruissement d'ailes.

Ils pénétrèrent ensuite dans un cachot, au fond duquel, sur un amas de paille infecte, gisait l'infortunée.

— Je ne suis pas coupable! s'écria-t-elle avec une sorte de fureur.

Mais le magistrat, qui était entré le premier, s'effaça et la lumière de la torche éclaira subitement les traits de Chalais.

A sa vue, elle se prit à trembler, puis tordit ses mains entre ses genoux avec une expression d'indicible ressentiment.

— Le voilà! fit-elle en jetant sur son amant des regards farouches.

— Jeanne!... s'écria le jeune homme avec compassion.

— C'est toi qui m'as perdue! s'écria-t-elle, et tu viens encore insulter à mon malheur.

— Jeanne, dit le magistrat, vous avez souvent invoqué le nom de M. le comte de Chalais durant votre délire; et c'est en considération de ce fait que j'ai ordonné votre translation en ce lieu, où nul ne peut vous entendre; — quel a été votre dessein? avez-vous voulu l'associer à votre crime, ou voulez-vous simplement lui reprocher d'en être la cause?

— Je ne suis pas coupable!

— M. le comte a consenti à vous voir, et je compte sur l'influence qu'il a pu avoir autrefois sur votre esprit pour vous engager à dire la vérité.

— Mais je n'ai jamais dit autre chose.

— Non, mon enfant, c'est parce que vous avez commencé par vous accuser que vous avez été retenue par la justice. Aujourd'hui que l'information a son cours, il faut aider la justice et non chercher à l'égarer. Dites ce que vous avez fait de votre enfant.

— Je ne sais pas.

— Vous comprendrez qu'une telle réponse ne peut être admise par la raison.

— Je ne sais pas, vous dis-je. Je suis sortie de la maison de mon père, j'étais folle, je ne savais pas où j'allais, je ne me rappelle rien... Oui, je tenais mon enfant entre mes bras... mais après, après... rien, rien... je ne sais pas.

— Jeanne, essayez cependant; la réflexion aurait dû vous éclairer.

— Ah! si je l'avais, cet enfant de mon crime et de mon amour, comme je le baignerais de mes larmes !...

— Monsieur le comte, dit le magistrat à voix basse, je vais vous laisser avec elle, tâchez de la décider à parler.

Il se retira et les deux amants restèrent en présence; mais Jeanne, tout entière à sa douleur et le visage caché dans ses deux mains, n'avait pas vu le départ du lieutenant criminel. Chalais marcha vers elle, et lui posa une main sur le front.

— Jeanne !... fit-il d'une voix émue.

— Henri !... ah! serais-tu prisonnier aussi, toi?

— Pourquoi te refuser, Jeanne, à ce qui peut faire ton salut? Tu ne peux rien expliquer, rien dire de tes actions; comment veux-tu qu'on croie à ton innocence?

— Que m'importe, si tu ne m'aimes plus!

— Que dis-tu ?...

— Ô Henri! aie pitié de moi, je t'en conjure, car je ne puis vivre sans ton amour... Une pauvre femme mérite au moins de la pitié... Oh! pourquoi ne m'avoir plus revue, ni même écrit, c'était me punir bien cruellement de t'avoir aimé... oui, je t'ai bien aimé, va, bien aimé.

— Tais-toi...

— Pourquoi me taire? je n'ai que de l'amour au cœur, je le proclame. Ou sinon, tue-moi ; car maintenant que tu m'as retiré ton amour, me condamner à vivre, c'est horrible.

— Tu es insensée, grands dieux !... fit Chalais que cette exaltation troublait étrangement et qui voulut retirer sa main qu'elle avait saisie entre les siennes.

— Henri, ne me réduis pas à douter de la justice céleste, car sans toi je ne pourrais plus croire à rien... Je n'aurais pas seulement la consolation de la prière, je ne croirais même plus en Dieu.

— Malheureuse !...

— Ah! Henri, qu'un mot d'amour de toi me serait doux !...

— Écoute, je veux absolument te sauver ; mais pour que je puisse réussir, il me faut une promesse.

— Tu me feras sortir de ce cachot ?

— Oui.

— Je fuirai avec toi?

— Oui.

— Bonté du ciel, que de joies! Que faut-il que je fasse? parle, ordonne, j'obéirai.

— Eh bien, à dater de cet instant, tu resteras muette à toute question : tu ne refuseras pas de répondre, mais tu feindras d'être frappée de mutisme.

— Pourquoi cela ?

— Tu le sauras; me le promets-tu?

— Tu me dirais, Henri, de me précipiter du haut des tours Notre-Dame, je n'hésiterais pas une minute.

— Adieu, je vais travailler à ta délivrance.

— Tu pars ?... fit-elle en essayant de le retenir.

— Je reviendrai.

— Quand?

— Ce soir, peut-être dans quelques heures.

Il s'arracha de ses bras et fut conduit dans le cabinet du lieutenant criminel, qui l'attendait avec la patiente et laborieuse tranquillité du représentant de la justice.

— Eh bien, monsieur le comte?

— Ah! monsieur, je vous le répète, c'est moi qui suis coupable; mon abandon l'a tout fait; son père allait revenir à Paris, il l'eût maudite, tuée peut-être, et alors sa tête s'est perdue, elle est devenue folle.

— Elle a avoué?

— Non, mais ne frappez pas en elle le crime d'un autre. Écoutez, monsieur, je veux la sauver, et, pour cela, il n'y a rien dont je ne me sente capable. Je suis riche, vous le savez, très-riche; ma mère a un douaire de plus de cent mille livres, — eh bien, j'engage mes domaines, ceux de ma mère, et je donnerai aux pauvres la somme que vous fixerez, quelque forte qu'elle soit, un million, s'il le faut.

— Monsieur !...

— Ce n'est pas une accusée ordinaire, ne la jugez pas comme les autres coupables, — suspendez cet horrible procès et laissez-moi l'emmener. Je vous jure qu'elle aura quitté Paris cette nuit et la France dans trois jours.

— Que me proposez-vous là?

— Vous êtes souverain dans ces matières, monsieur; vous savez, en outre, que le roi daigne m'honorer de ses bontés. Je vous apporterai un ordre signé de lui, s'il le faut; mais, au nom du ciel, accordez-moi la vie de cette pauvre insensée.

— Ah! jeune homme, ce que vous me demandez là est une chose que je n'ai jamais faite, depuis trente ans que je rends la justice; c'est un crime aux yeux de la loi.

— Monsieur, je vous en supplie.

Et Chalais plia le genou devant le magistrat, qui fut vivement ému de cette humilité d'un si haut gentilhomme.

— Monsieur le comte, dit-il, je ne veux pas que le roi intervienne en ceci. Sa Majesté est la personnification de la loi, je suis en son nom que se rend la justice, et mon devoir me fait trop jaloux de la dignité de mon souverain pour que son nom soit invoqué pour commettre peut-être une grande iniquité. Je ne vous dirai pas que je consens à quoi que ce soit, mais...

— Achevez, monsieur, achevez...

— Je fermerai les yeux.

— Ah! monsieur, que de grâces !...

Et, saisissant une des mains du lieutenant criminel, il y porta ses lèvres avec ferveur.

— Vous êtes aussi grand que Dieu, monsieur, car vous rendez une âme à la terre!

Chalais quitta le cabinet du magistrat et trouva, à la porte, l'exempt qui l'avait introduit et se disposait à le reconduire à travers le réseau compliqué des couloirs et des corridors du château.

— Un mot, l'ami, lui dit-il à voix basse quand ils furent à une raisonnable distance et bien isolés de toute oreille curieuse.

L'exempt se retourna et le regarda avec une curiosité indiquant bien qu'il s'attendait à quelque proposition insolite.

— Vous ne gagnez pas grand'chose ici, lui dit-il, et je vous donnerai, si vous voulez, le gain de dix années : cinq cents pistoles sont à vous.

— Je sais, monseigneur, ce que vous désirez de moi, et cela ne suffirait pas pour me faire risquer la corde.

— Bah! on ne pend pas pour cela.

— J'en aurai au moins pour dix ans de galères.

— Vous voulez mille pistoles.

— Monseigneur, ce métier-là ne me va pas, le domicile est malsain, et j'ai toujours rêvé une petite maison dans les marais de la Grange-Batelière, avec un bel enclos de dix arpents planté de vignes et de poiriers.

— Combien veut-on la vendre?

— Mille pistoles, monseigneur, mais il m'en faut bien cinq cents pour endormir les chiens de garde.

— Vous les aurez : cinq cents avant, mille après.

— Pourquoi trop juste, mais vous me laisserez diriger l'affaire.

— Que faut-il que je fasse?

— Vous vous trouverez demain soir, à onze heures sonnant, sur le pont au Change, vous aurez, sous votre manteau, des habits d'homme, et je vous introduirai.

— Bien. Voici des arrhes, dit le comte en lui glissant une bourse dans la main. À demain.

— Onze heures sonnant, monseigneur, pas avant.

Chalais s'éloigna tristement.

— La malheureuse! murmura-t-il, elle est coupable, mais je la sauverai.

IV. — FILLE, FEMME ET VEUVE.

Il était neuf heures du soir, environ, et M. de Montchenu, ce gentilhomme gros, gras et bête, dont le lecteur a entrevu la silhouette, ouvrait la porte d'une maison de la rue de l'Arbre-Sec, qui était alors fermée par un loquet à secret.

Il la repoussa sur lui, et s'arrêta devant une grille de fer ouvragé, sur le milieu de laquelle il saisit un petit marteau qu'il laissa retomber sur un gros clou d'acier.

Un ressort invisible joua, et la grille tourna sur ses gonds, graissée avec soin pour ne produire aucun bruit discordant.

M. de Montchenu monta lourdement l'escalier, garni de tapis, avec une assurance indiquant de reste un familier de la maison et rencontra sur la dernière marche la maîtresse du logis.

— Vous m'avez écrit, ma chère Maréchal, lui dit-il, avec des yeux largement équarquillés.

— Venez vite, monseigneur, et vous me direz ensuite si je vous aime.

— Vous êtes, ma chère Maréchal, la femme la plus habile et la plus précieuse que je connaisse, et vous pouvez être certaine que je demanderai pour vous une abbaye à M. le cardinal quand vous voudrez.

— Tout de suite alors, fit la vieille dont la face s'illumina de convoitise; avec vous, il ne faut jamais laisser fuir l'occasion.

— Vous ai-je jamais manqué de parole?

— Je ne vous ai jamais demandé que de l'argent.

— Et sur ce chapitre...

— Oh! vous êtes beau comme Jupiter, je l'avoue, mais quant à votre abbaye...

— Vous croyez qu'on n'en donne pas aux femmes?

— Allons, ne me leurrez pas d'une folle espérance, et venez bien vite admirer l'oiseau précieux que j'ai mis en cage à votre intention.

La Maréchal fit monter encore un étage au gros gentilhomme et quand celui-ci eut suffisamment soufflé, elle lui prit la main et l'introduisit dans une chambre obscure, non sans lui avoir recommandé le plus absolu silence.

La vieille se mit à genoux au milieu de la chambre et fit exécuter la même manœuvre à M. de Montchenu, ce qui ne fut pas sans peine; et elle déchaussa avec la plus grande précaution l'un des carreaux dont le sol était formé.

— Regardez! dit-elle.

Le gros gentilhomme posa ses mains à terre et approcha son visage de l'ouverture. Son regard glissa entre deux solives du plafond inférieur et découvrit bientôt la plus ravissante créature, couchée sur une chaise longue et dont le pâle visage accusait un reste de malaise. Il est probable que cette apparition produisit l'effet qu'en attendait la Maréchal, car il se releva presque aussitôt, suant à grosses gouttes et regarda la vieille dont le visage n'était éclairé que par la faible lueur venant de la fenêtre.

— Elle est bien jolie! fit-il.

Mais tout à coup il retomba sur ses mains et se mit à considérer la jeune femme avec une vive attention.

— Je connais cette figure-là!... dit-il en soufflant comme un bœuf, vu la fatigue que lui causait la position.

La Maréchal replaça aussitôt la brique dans son alvéole.

— Taisez-vous donc!... fit-elle avec brusquerie.

— Oh! mais, c'est sûr, répéta le gentilhomme en réfléchissant, j'ai vu cette figure-là quelque part.

— Ce n'est pas toujours une ribaude de votre connaissance, gros mauvais sujet, car je vous donne celle-ci pour la jeunesse et la vertu même.

— Je brûle de lui présenter mes hommages respectueux.

— Respectueux?

— Passionnés, je veux dire, car on n'a pas plus de grâce et de modestie. Est-il possible que tant de perversité habite une enveloppe si angélique.

— Mais qui vous dit que ce soit une perverse, monseigneur, je vous affirme au contraire sa sagesse.

— C'est bon. Nous verrons ce qu'il en est: ce n'est pas un homme de mon importance qu'on peut tromper facilement.

— Oh! à qui le dites-vous! fit la vieille en riant sous cape.

Ils descendirent l'escalier et elle fit arrêter M. de Montchenu devant la porte de l'appartement de la jeune femme entrevue; mais celui-ci, avant d'y entrer, sur son invitation, restait pensif.

— Oui, se disait-il, je la connais.

— Vous allez voir, dit la Maréchal, que c'est une de vos nombreuses victimes.

— Cela se pourrait bien, reprit le gros homme avec fatuité. En tout cas, annoncez-moi. Vous savez que je ne suis ici que le baron de la Pacauderie.

La vieille tourna la clef de la chambre et surprit Blanche, — car

c'était elle qui était le centre de l'espionnage précédent, — à genoux devant son fauteuil.

Elle se détourna, et fit signe à la vieille d'attendre que sa prière fût finie, et celle-ci acquiesça à ce désir non sans hausser les épaules. Elle commençait à se fatiguer de ces manières de fille de distinction qui, au premier abord, l'avaient charmée.

— J'allais me mettre au lit, dit Blanche en se levant, est-ce que vous auriez quelque chose à me dire, ma chère dame?

— Non, mademoiselle, si ce n'est qu'un noble seigneur désire vous parler.

— Quel est-il?... fit la jeune femme que cette annonce bouleversa; car, il faut le dire, elle se trouvait en quelque sorte heureuse d'être retirée du monde et n'osait se faire à la pensée qu'il lui faudrait quelque jour y rentrer.

— M. le baron de la Pacauderie, reprit la Maréchal.

— Je ne le connais pas.

— Mais il paraît qu'il vous connaît, lui.

— Dites-lui de revenir demain.

— C'est qu'il désire vous entretenir dès à présent.

— C'est bien fâcheux, vous auriez dû m'épargner cette visite, ma chère dame, et, bien que je ne connaisse pas ce seigneur, je vous avoue qu'il m'agréerait fort de ne ne pas le voir.

— Ah! si vous croyez que je vais le renvoyer comme cela! dit brusquement la Maréchal en allant ouvrir la porte.

Blanche la regarda avec étonnement, et fronça légèrement ses sourcils; mais son âme candide et pure était si loin de la réalité qu'elle ne songea nullement à relever ce qui pouvait exister de cette femme avait d'inconvenant. Elle ramena toutefois sur son front l'espèce de voile de laine dont elle s'était entouré la tête et attendit, le cœur battant d'appréhension, la visite qui venait de lui être annoncée si étrangement.

Le gros Montchenu entra pesamment dans la chambre, le chapeau à la main, et s'avança en saluant vers la belle jeune femme, tandis que la Maréchal allumait, au moyen de l'unique chandelle qui jusqu'à ce moment avait éclairé cette pièce, les quatre ou cinq bougies qui se trouvaient fichées dans un grand flambeau de cuivre.

Blanche reconnut aussitôt ce seigneur pour l'avoir vu à la cour de la reine-mère, et se prit à trembler de tous ses membres. Elle tomba assise sur sa chaise, sans pouvoir ni saluer ni répondre un mot.

— Mademoiselle, dit lestement le gros seigneur, dès que la Maréchal eut disparu, je suis venu vous voir sur le bruit de votre beauté et...

La jeune femme le regarda avec un port de tête tellement significatif de dédain et d'étonnement que Montchenu en demeura tout interdit et ne put soutenir le regard flamboyant qui passa entre les franges de son voile.

— Monsieur, que désirez-vous de moi? reprit-elle aussitôt avec une grande froideur.

— Vous dire que vous êtes belle, mon enfant, et que si vous voulez que je mettrai mon bonheur à passer ma vie à vos pieds.

— Monsieur...

— Oui, ma parole d'honneur, vous êtes la plus ravissante fille que j'aie jamais vue, ici surtout, et je ferai votre bonheur.

— O ciel!... fit Blanche.

Elle se précipita vers la porte, et échappa au baron qui, en faisant le geste de la retenir, tourna sur lui-même et faillit se laisser choir.

— Ma belle enfant, où allez-vous donc comme cela, seriez-vous farouche autant que belle?

— Où suis-je donc?... s'écria Blanche avec une exclamation d'effroi en trouvant la porte fermée au dehors.

— Vous êtes, ma toute charmante, dans la plus honnête maison de Paris, et, je vous le répète, si vous consentez à écouter les vœux du plus passionné de vos admirateurs, cette maison deviendra pour vous la réalisation la plus complète du paradis terrestre.

— Monsieur, dit la jeune femme avec fermeté, ordonnez qu'on m'ouvre cette porte.

— Hein?

— Je ne veux pas rester ici un instant de plus.

— Vous voulez fuir, fit le bonhomme au comble de la stupeur.

— Sans doute.

— Fuir, ah ça! mais c'est donc sérieux? Vous ne savez vraiment pas ce que je suis venu faire chez vous? vous seriez donc, ainsi que me l'a dit cette respectable madame Maréchal, un ange descendu du ciel, la vertu en personne?

— Mon Dieu!... murmura Blanche d'une voix étranglée et en se

Mademoiselle, dit lestement le gros seigneur, je suis venu vous voir, sur le bruit de votre beauté. (P. 103.)

serrant contre la porte, sur laquelle elle s'appuyait de toutes ses forces, — cet homme est ivre.

— Mademoiselle, je vous jure que je jouis de tout mon sang-froid, et que, si je pouvais vous paraître un instant hors de raison, ce ne serait qu'à vos beautés qu'il faudrait vous en prendre.

Pour toute réponse Blanche se mit à frapper à la porte, mais les coups retentissaient en vain dans la maison qui en redit les échos, et elle meurtrit ses poings délicats. Le baron la considérait en souriant.

— Mademoiselle, reprit-il, vous avez bien tort de faire la renchérie, car vous vous fatiguez pour rien. La Maréchal est une brave et digne femme qui ne se dérange pas pour semblables vétilles.

— Mais vous n'avez donc pas d'âme, monsieur!... dit tout à coup la jeune femme en se plaçant devant lui les bras croisés.

— Si, pardieu, j'en ai une, mon confesseur me l'a appris autrefois; mais mon précepteur m'a enseigné autre chose encore: c'est que notre âme est en exil sur cette terre et qu'il faut se conformer aux préceptes de maître Épicure, à savoir...

— Assez, monsieur, fit Blanche en l'interrompant et passant devant lui avec une expression de mépris tel, qu'il demeura comme abasourdi.

Il se remit pourtant bien vite de cette impression dont il ne se croyait pas capable à l'égard d'une petite fille appartenant, pour le moins, vu ses manières, à quelque famille de bourgeois.

— Mademoiselle, reprit-il du ton le plus léger, si vous y consentez, je vais donner des ordres, et le plus succulent souper sera servi ici-même.

— Sortez, monsieur, répondit-elle.

— Hein?...

— Je vous dis de sortir d'ici.

— Par exemple, voici qui dépasse toute imagination.

— Allons, vous êtes sans âme et sans cœur, je vois que vous êtes pis encore.

— Quoi donc?

Elle ne répondit pas, haussa les épaules et reprit sa place sur sa chaise.

Moutchenu n'avait pas assez d'intelligence pour comprendre à quelle nature d'élite il avait affaire et le parti qui lui restait à prendre; il crut, de bonne foi, dans le cercle étroit de ses notions du bien et du mal, que tout cela n'était qu'un jeu destiné à cacher de fabuleuses prétentions, et, bien qu'il commençât à s'en fatiguer, il ne voulut pas céder un pouce de terrain.

Il vint se mettre à genoux devant elle, ou plutôt il s'y laissa tomber, et essaya de lui prendre les mains; mais Blanche se leva et courut à la fenêtre où elle se mit à crier de toutes ses forces à l'aide.

Le baron ne put se remettre sur ses jambes assez vite pour l'en empêcher; mais, comme il achevait de se relever, la porte de la chambre s'ouvrit avec fracas et la Maréchal se précipita comme une furie vers Blanche qu'elle arracha de la croisée et rejeta dans la chambre.

Celle-ci, tout étourdie, chancela et tomba entre les bras du baron qui se trouvait à sa portée; mais, loin de perdre courage, elle lutta contre ses embrassements, frappant des poings sur ses grosses mains qui lui serraient la taille, et, les lançant ensuite au-dessus de sa tête, attrapa le gentilhomme en plein visage.

Celui-ci la lâcha et gagna la porte en grommelant.

— J'en ai assez, comme cela, fit-il en gagnant l'escalier.

Vous me donnerez votre liberté... (P. 111.)

Quand il eut disparu, et que la Maréchal l'eut entendu en descendre les marches, puis refermer la porte sur lui, elle marcha vers la jeune fille, en grinçant des dents, et ses doigts crochus effleurèrent son visage.

— Je ne sais qui me tient, dit-elle, de ne pas t'arracher les yeux, mijaurée du diable !

— Ah ! madame, que vous ai-je fait ?

— Quoi, malheureuse, je t'ai sauvée des archers du roi qui t'auraient conduite en prison comme ribaude et vagabonde, et c'est comme cela que tu me récompenses !

— Grand Dieu, madame, qui êtes-vous donc ?

— Je suis une femme qui commande et qui veut être obéie, et tu obéiras ou sinon...

— Laissez-moi m'en aller d'ici, madame, dit Blanche avec fermeté.

— Non, tu ne sortiras pas !... Et je lui donnais encore ma plus belle chambre !... Une chambre où mesdemoiselles Ninon de Lenclos et Marion Delorme, des princesses, celles-là, et même des grandes dames de la cour, sont heureuses de venir se reposer après leur bain.

— Après leur bain, vous êtes donc ?...

— Je donne à baigner, oui, ma belle, et j'ai amassé de gros deniers à ce joli métier, mais des péronnelles comme toi me feraient bientôt fermer boutique; allons, hors d'ici.

— Mon Dieu, quelle horreur ! fit Blanche en se hâtant de passer la porte.

Mais la mégère ne la laissa pas prendre la rampe de l'escalier; elle lui saisit la main, et, l'entraînant avec elle, lui fit monter de force l'étage supérieur.

En vain Blanche cria; en vain elle essaya de se cramponner à la rampe, il lui fallut céder.

— Ah ! madame, dit-elle quand elle fut sur le palier, si vous saviez qui je suis, vous ne me traiteriez pas ainsi !

La Maréchal la regarda avec une curiosité avide.

— Dites-le, voyons, qui êtes-vous?

Mais la pauvre jeune femme frissonna de tout son corps; elle se dit que mieux valait peut-être encore souffrir ainsi que de retourner auprès de son mari, auteur de sa mort, selon toute vraisemblance, et, pour le moins, disposé à nier son identité.

Tout à coup, une idée bienfaisante jaillit de son cerveau et elle songea qu'il y avait sur la terre, dans ce Paris corrompu et inhospitalier, un être au moins qui ne la rendrait pas ainsi la honte ou la risée de chacun et lui offrirait aide et protection.

— Si vous voulez me laisser aller, dit-elle, je vous paierai bien.

— Avec quoi? demanda la matrone incrédule et irritée.

— C'est vrai, je n'ai pas d'argent.

— Allons, entre-là, maudite engeance !

Elle la poussa dans un cabinet obscur dont elle referma la porte avec force. Blanche se trouvait dans une nuit profonde, et n'osait ni bouger, ni faire un pas; pourtant, quand ses yeux se furent habitués aux ténèbres, elle crut distinguer par terre, dans un coin, une sorte de grabat, et elle se trouva heureuse de pouvoir s'y laisser tomber. Elle pleura abondamment.

— Mon Dieu!... que vous ai-je fait? dit-elle, pour me rendre ainsi le jouet de la perversité des hommes?... Ah! Pierre, Pierre, où êtes-vous? Est-ce parce que j'ai méconnu son amour, mon Dieu, que vous me frappez de la sorte?...

Le lendemain, après une nuit d'insomnie ou d'un sommeil agité par mille terreurs invincibles, Blanche reconnut qu'une lucarne unique et grillée, à travers laquelle passait à peine un rayon de lumière, était le seul endroit qui lui permettrait désormais de contempler l'azur du ciel, et se demanda si elle était condamnée à vivre ou à mourir dans ce taudis.

Elle ne se faisait nulle idée de la rapacité de ces créatures à qui le plus ignoble des métiers a ôté tous sentiments tendres, et qui se vengent, par des tortures, des mécomptes de leur bienfaisance trop intéressée.

Vers midi, la porte s'ouvrit et la Maréchal parut; elle apportait une cruche d'eau et une croûte de pain qu'elle jeta sur le lit.

— Tenez, dit-elle, d'une voix rude, c'est assez bon pour vous.

Blanche lui adressa un regard où son âme angélique avait en vain fondu toutes les séductions, la vieille demeura insensible.

— Quand vous voudrez habiter la chambre d'hier, ajouta-t-elle, vous n'aurez qu'à m'appeler.

— Jamais ! fit Blanche avec effroi.

— Nous verrons.

La Maréchal, comme toutes les infâmes de son espèce, avait spéculé sur le mystère dont semblait s'entourer la jeune fille. Elle lui supposait des motifs graves, honteux ou criminels pour garder ce silence complet sur son individualité, et elle en abusait avec une froide cruauté. D'ailleurs elle ne pouvait déjà plus lui pardonner d'avoir fait fuir M. de Montchenu.

Le soir, quand elle entra dans le cabinet où elle avait enfermé cette pauvre enfant, elle la trouva exténuée et la tête vacillante : le manque d'air et de nourriture faisait déjà son effet. Mais Blanche ne se plaignit pas, elle était résolue à se laisser mourir.

— N'étais-je pas d'ailleurs condamnée, se disait-elle, et ne dois-je pas rendre à la terre ce corps qu'un miracle en a fait sortir.

Le lendemain matin, la Maréchal lui apporta pas même une croûte de pain, comme la veille; mais elle se contenta de guetter les ravages de sa belle action à travers un guichet percé dans la porte.

— Ce soir, elle sera à point, se dit-elle en redescendant son immonde escalier.

Il était huit heure quand elle rouvrit le cabinet, et l'air qui entra avec elle fit retourner la tête à la pauvre jeune fille qui gisait sur son grabat, brûlante de fièvre, les yeux rouges, la poitrine haletante.

— Eh bien? fit la mégère en se penchant vers elle, les poings sur ses genoux.

Blanche ne répondit pas.

— Allons, levons-nous.

Et l'horrible vieille saisit un bras de la pauvre fille et la força de se soulever; mais celle-ci était trop faible, elle ne put parvenir à quitter sa couche. La Maréchal lui approcha une fiole des lèvres.

— Buvez cela, dit-elle, ça vous donnera des forces.

Blanche obéit machinalement et avala quelques gorgées de cette liqueur; mais elle retira aussitôt sa bouche en repoussant la fiole.

— C'est du feu, dit-elle, ou du poison.

Mais, ainsi que l'avait dit la Maréchal, une force factice, il est vrai, lui était revenue, et elle put se dresser sur ses pieds. La vieille ne lui donna pas le temps de réfléchir, elle la prit par la main et l'entraîna. Elle lui fit descendre l'escalier et ouvrit la porte de la rue.

Quand Blanche sentit son visage amaigri fouetté par les émanations fétides des ruisseaux boueux de la capitale, elle aspira fortement et retrouva plus de force qu'elle ne l'eût réellement espéré. Elle songea un instant que l'horrible mégère allait la chasser devant elle et l'abandonner; mais elle se trompait; celle-ci ne cessa pas de la tenir fortement par le poignet et l'entraînait toujours.

Blanche suivait, sans savoir où ses jambes la portaient; sa tête vacillait sur ses épaules comme si l'ivresse se fût emparée de ses sens, et elle n'aurait su reconnaître les quartiers qu'elles traversèrent ainsi.

Après de longs détours, à travers les rues obscures, un air plus pur vint frapper son visage, ses pieds foulaient une herbe épaisse ou touffue ou suivaient des sentiers bordés de plantes auxquelles la fraicheur de la nuit rendait leurs senteurs parfumées. Des arbres épais secouaient dans l'air leurs branches touffues, et au loin des bruits confus, cris, éclats de rire, appels joyeux, fanfares d'instruments, tout enfin forma dans sa pensée ou sa mémoire.

Elles traversaient le Pré aux Clercs.

— Où voulez-vous donc me conduire? dit tout à coup Blanche en s'arrêtant et forçant la vieille d'en faire autant.

— Tu n'as pas voulu des grands seigneurs, reprit la baigneuse avec un mauvais sourire, nous allons voir si tu voudras des écoliers, bohèmes et mauvais garçons.

— Ah!... s'écria la jeune femme en secouant fortement la main qui la tenait.

La vieille qui ne s'attendait pas à ce mouvement la lâcha et Blanche en profita aussitôt pour s'échapper. Elle bondit par dessus les herbes, comme un jeune faon poursuivi par de cruels chasseurs et bientôt elle eut la satisfaction suprême d'entendre la Maréchal dont les jambes se refusaient à la poursuivre, qui maugréait dans l'ombre et l'accablait des injures les plus grossières.

Quand elle fut bien certaine d'être assez éloignée pour n'avoir plus rien à craindre de cette furie, elle s'assit au pied d'un arbre et contint son cœur dans ses deux mains; puis quand elle se vit seule au milieu de cet enclos suspect, aux légendes cyniques ou sinistres, elle eut peur et pleura.

— Mon Dieu, se dit-elle, que vais-je devenir !

V. — JEANNE COUPABLE.

La duchesse de Chevreuse et Chalais entrèrent chez la reine sans être annoncées.

— Venez, comte, dit Anne, en lui tendant l'une de ses belles mains, venez, que je vous remercie!

— Ah ! madame, je suis trop payé, dit le jeune seigneur en mettant un genou en terre et posant respectueusement ses lèvres sur les doigts fins et polis de sa souveraine.

— Vous êtes un homme de ressource, et je vois que rien ne vous coûte pour tirer vos amis d'un mauvais pas. Cependant j'ai appris que vous aviez payé les dégats causés à ce pavillon, c'est une bagatelle, je le sais, mais un sujet ne peut pas être créancier de ses rois. Je vous prie, en conséquence, cher comte, d'accepter cette épée dont la lame a été forgée exprès pour moi, il y a un an.

Et, en disant ces mots, la reine prit sur la table devant laquelle elle se trouvait une épée dont la poignée d'or était une merveille de ciselure.

— La lame est bonne surtout, dit-elle; et, pour un vaillant gentilhomme comme vous, c'est l'important.

— Madame, je m'efforcerai de vous le prouver.

— Si le comte n'a encore rien fait, madame, reprit la duchesse, c'est que ce maudit homme est introuvable. Je me suis adressée à tout le monde pour avoir de ses nouvelles, il a absolument disparu. J'ai même été plus loin, j'ai prié certaine personne fort avant dans les bonnes grâces du cardinal de s'enquérir à ce sujet; mais l'homme rouge a été impénétrable.

— Il doit l'employer à quelque ténébreuse machination.

— Mon capitaine des gardes a l'ordre de lui courir sus à première vue, dit la reine.

— Et moi, madame, je vous en promets autant, serait-il dans la chambre du roi, notre Sire. Cette noble lame n'aura pas d'autre destination que celle de frapper vos ennemis, et, Dieu aidant, madame, je pense que ce sera bientôt.

— Vous avez du nouveau?

— Oui et non, mais ce soir même...

— Majesté, interrompit madame de Chevreuse, ne l'interrogez pas, car il nous dirait trop de choses, et je crois que pour le succès de l'entreprise, il y a déjà trop de personnes dans la confidence.

— Comte, dit Anne avec une profonde conviction, j'ai voulu vous voir ce soir, parce que j'ai une grâce à vous demander; vous allez me faire un serment.

— Oui, madame.

— Mais sans réflexion, et sans réticence.

— Je jure d'avance d'exécuter vos ordres quels qu'ils soient...

— Je sais que dans vos complots il n'est question de tuer... mes ennemis. Or, il en est un que je ne puis considérer comme tel, et je veux que la vie de celui-là vous soit sacrée comme si c'était celle de votre père.

— Madame, quel est son nom?

— Monsieur de Chalais, je n'ai pas à apprécier le plus ou moins de bonheur que m'a donné le mariage; mais au nom de ce qu'il y a de plus saint et de plus sacré pour moi sur la terre, pour le salut de mon âme, je ne voudrais changer le mari que le sort m'a donné. Ainsi, comte, le serment que j'exige, c'est que jamais votre épée ne sera dirigée contre sa poitrine.

— Ah! madame, j'engage ma parole de gentilhomme; j'ai pour le roi la plus profonde vénération, et je donnerais à l'instant ma vie pour lui, comme pour vous.

— Bien, comte, je vous remercie, fit la reine qui parut soulagée et lui tendit encore la main.

Le comte la baisa de nouveau, puis il releva la tête et vit sa souveraine qui, restée pensive, les yeux fixés vers la terre, semblait en proie à de sombres tristesses. Il regarda madame de Chevreuse, et celle-ci lui fit signe de se retirer et le reconduisit jusqu'à la porte.

— Attendez-moi, lui dit-elle à voix basse en la refermant sur lui.

— Duchesse, dit la reine, je crois qu'il est temps de songer enfin aux choses sérieuses, et de préparer le lendemain du triomphe. Je ne veux pas être la dupe des politiques qui espèrent avoir raison de ma faiblesse; aussi, duchesse, je compte sur vous, comme toujours.

— Vous ordonnerez, madame.

— M. de Chalais nous servira. Écoutez bien quel est mon plan et réfléchissez-y. Quand le cardinal n'existera plus, le roi nommera M. de Chalais capitaine des gardes et lui ordonnera de conduire M. d'Anjou à la Bastille, et puis la reine-mère à la frontière. C'est le rêve de M. le cardinal, il m'a été révélé par les indiscrétions du roi, ce doit être le vrai parti.

— Je le crois, madame.

— Réfléchissez-y, profondément, et en attendant, allez retrouver M. de Chalais; il est de ces hommes qu'il ne faut pas abandonner à eux-mêmes.

— Je vois que Votre Majesté l'a bien jugé, dit madame de Chevreuse en riant.

— M. de Chalais est le plus charmant gentilhomme de la cour, allez, duchesse.

— Ah! madame, il y a des jours où j'en suis à désirer le retour de M. de Chevreuse : — au moins j'aurais un prétexte pour me retirer du monde.

— Eh quoi?...

— Il aime toutes les femmes.

— Je croyais que madame de Cressia et lui avaient rompu.

— On ne rompt jamais avec ces hommes-là, madame.

— Pauvre duchesse, si vous étiez mélancolique, je vous plaindrais bien sincèrement, dit Anne en la congédiant avec le plus indulgent sourire.

Quand madame de Chevreuse rejoignit Chalais dans le salon qui précédait la chambre de la reine, celui-ci était dévoré d'impatience, et marcha vivement au-devant d'elle.

— Ah! vous voici, duchesse, que me voulez-vous? parlez vite, je suis attendu.

— Henri, je voulais vous recommander de ne pas manquer à votre service, ce soir, auprès du roi. Le cardinal est furieux, et il ne manquerait pas d'attribuer votre absence à quelque complot tramé contre lui; seulement, il aurait l'esprit de le présenter comme menaçant le roi.

— Que m'importe!

— Votre messager est parti pour Bruxelles, mais avant qu'il soit de retour, on a le temps cent fois de vous mettre à la Bastille.

— Duchesse, je ferai mon possible pour assister ce soir au coucher du roi, mais...

— Qui vous en empêchera?

— Un rendez-vous.

— De femme?

— Non, un rendez-vous d'honneur.

— Chalais, Chalais, les plus grands intérêts reposent sur votre tête, ne l'oubliez pas.

— Chère duchesse, votre vie seule y serait engagée, que ce me serait un motif puissant pour être circonspect; jugez de ce que ce doit être quand tant de braves gens y sont compromis.

— Tâchez d'agir en dehors de M. d'Anjou, tant que vous pourrez; car, pendant que MM. de Vendôme seront à la Bastille, il n'osera rien.

— Soyez tranquille.

— Songez que la reine doit être vengée.

— Eh! si je pouvais mettre la main sur Rochefort, tout serait dit. J'en suis sûr, le cardinal ne rencontrera jamais un homme comme lui.

— Allez à votre rendez-vous et revenez vite.

Chalais s'échappa et gagna au plus vite son hôtel. Son valet de chambre l'attendait et l'aida sans retard à cacher sous son manteau les vêtements qu'il devait emporter au Châtelet.

A onze heures sonnant, ainsi qu'il en était convenu avec l'exempt, il se trouvait sur le pont au Change, et fut accosté par un petit garçon qui lui tendit la main, comme s'il mendiait.

— Monsieur de Chalais, dit cet enfant, venez avec moi; je suis chargé de vous conduire.

Au lieu de pénétrer sous le large porche qui servait d'entrée principale à la sombre prison, l'enfant gagna un de ces escaliers de pierre cachés entre deux maisons qui bordaient le pont, lesquels descendaient à la rivière.

Un instant, Chalais crut à quelque guet-apens, mais il sentait à son côté une forte épée d'aventures, longue de fer mais bien en main, et dont il savait se servir de manière à faire reculer trois hommes.

L'enfant ne tarda pas à arriver au pied de l'une de ces maisons noires qui, il y a une trentaine d'années, occupaient encore l'emplacement actuel des quais, bordant immédiatement la Seine, sur laquelle leurs fenêtres surplombaient, et dont les pièces inférieures étaient inondées lors des crues.

Mais un homme sortit aussitôt de cette maison, et le comte reconnut l'exempt auquel il avait affaire.

— Venez, monsieur le comte, dit-il en marchant devant lui.

Ils firent quelques pas vers la rivière et montèrent dans une barque dont l'exempt saisit les avirons. Il se mit à ramer et, dix minutes après, l'esquif abordait auprès de l'une de ces ouvertures qui offraient leurs grilles massives à fleur d'eau, sous le pont, et sur les murailles voisines de la première arche.

Derrière cette grille, un homme se tenait qui la fit tourner silencieusement sur ses gonds probablement graissés. Chalais s'engagea, à la suite de l'exempt, dans le souterrain infect qui se présentait ainsi, et marcha l'espace de cinq à six minutes sans qu'aucun incident se produisît. Ils montèrent ensuite un escalier, et, au bout de cet escalier, commençait un corridor dans lequel, Chalais se le rappela, se trouvait le cachot où gisait la malheureuse Jeanne.

Il ne se trompait pas.

Un homme, assis sur le seuil de ce cachot, se leva à leur approche et s'empressa d'ouvrir la porte massive.

L'exempt tira une lanterne sourde de dessous son manteau, en démasqua la lumière et la posa sur la dalle humide.

— Hâtez-vous, dit-il.

— Mais, fit Chalais, si nous prenons le chemin que nous venons de suivre, à quoi bon ce changement de costume?

— C'est que nous ne passerons pas par le souterrain. Au Châtelet, l'espionnage est la loi souveraine. Déjà le geôlier en chef sait qu'un étranger s'est introduit par la Seine, et il a fait placer des agents pour nous surprendre. Nous aurons donc à passer par le greffe. Là j'ai des amis, et un ordre de levée d'écrou pour madame, au nom d'un jeune garçon arrêté par erreur, tranche toute difficulté.

— Bien.

— Hâtez-vous, je vous en prie, dit l'exempt qui laissa ensuite les deux jeunes gens seuls.

— Jeanne, Jeanne, fit Chalais en se débarrassant des vêtements qu'il portait, je viens vous faire libre.

— Libre!... dit celle-ci en se jetant à son cou et lui baisant la poitrine avec ravissement — libre, et par toi!...

— Écoutez, Jeanne, nous n'avons pas un instant à perdre. Revêtez promptement ces habits.

— Nous allons quitter ces murs odieux, mon Henri, et je pars avec toi?

— Oui.

— Où irons-nous?

— J'ai pourvu à tout : un homme dont je suis sûr vous prendra à la porte de mon hôtel et vous fera monter, à quelques pas de là, sur une mule; puis, vous gagnerez ensemble un village du Périgord, où vous vivrez dans l'obscurité et l'oubli.

— Que dis-tu donc?... fit la jeune fille qui l'avait écouté en hochant la tête, et comme si ses idées se confondaient à essayer de comprendre.

— Je vous en supplie, Jeanne, mettez ces vêtements.

— Quoi! partir, quitter Paris, sans toi? Qu'est-ce que cela veut dire?

— J'ai voulu, et, grâce au ciel, je suis parvenu à vous arracher à la mort.

— Je suis donc condamnée?

— Non, mais vous le serez.

— Je serai condamnée, moi... Henri!... Monsieur le comte de Chalais, vous me croyez donc coupable aussi, vous?

— Jeanne...

— Répondez; croyez-vous que j'aie tué mon enfant?

— Jeanne, au nom du ciel, venez, hâtez-vous, les instants s'écoulent; plus tard, peut-être, il ne sera plus temps.

— Mais vous ne m'avez pas répondu, monsieur : vous croyez que j'ai commis cet exécrable crime?

— Qu'importe, si je vous sauve!

— Ah!... fit la pauvre fille en s'éloignant de lui et le considérant avec pitié... j'espérais mieux de vous, je croyais que vous, au moins, vous auriez crié à haute voix : « Elle est innocente! » mais, vous doutez ; vos paroles, vos actions, tout concourt, plus encore que les faits, à m'accuser, car on se dira, avec juste raison : « Vous voyez bien qu'elle n'est qu'une infâme criminelle, puisque son amant, son amant qui doit bien la connaître, celui-là l'accuse ! »

— Au nom du ciel!

— Partez, monsieur, laissez-moi dans mon opprobre et dans mon ignominie. La mort, la mort! je la réclame à grands cris, car, je vous le jure, ce n'est pas le bourreau qui me tuera : vous m'avez tuée, vous !

Elle se laissa tomber sur la paille qui lui servait de couche et demeura immobile, l'œil morne, fixé devant elle, pâle et muette, semblable à la statue du désespoir.

— Jeanne...

Elle ne répondit pas.

Il se pencha vers elle et voulut la prendre dans ses bras, mais elle le repoussa avec force et lui lança un regard farouche et terrible.

— Coupable! s'écria-t-elle, coupable! je suis coupable; accourez, accourez tous, juges, magistrats, geôliers et bourreaux, venez saisir la main coupable, conduisez-la au tribunal et, de là, au gibet : elle a tué son enfant!

Chalais se jeta à genoux devant elle, mais elle fut inflexible et se remit à crier à plus haute voix encore son horrible anathème sur elle-même.

A ses cris, l'exempt entra.

— Que de temps perdu ! s'écria-t-il.

— Je suis coupable! cria Jeanne.

— Malheureuse! taisez-vous, j'entends venir au loin; nous sommes découverts, venez, monsieur.

— Jeanne!... fit Chalais avec prière.

— Non! répondit-elle avec une sauvage énergie.

L'exempt entraîna le comte et, quand ils furent au fond du corridor abrité par un angle obscur, ils virent accourir des archers et des guichetiers. Jeanne ne cessait de crier, et tous les échos du Châtelet semblaient redire ces mots terribles :

— J'ai tué mon enfant!

VI. — OU LA TOURANGELLE TUE LE VEAU GRAS.

La Tourangelle était dévorée de remords.

Ce n'est point en vain qu'on commet ou qu'on ordonne le crime : et quelque complaisante que fût la jolie hôtesse à l'égard des conventions du monde ou des mœurs déréglées de cette époque, elle avait cependant au fond du cœur une certaine somme de bons sentiments.

Ce soir-là, il y avait eu en quelque sorte chômage à la *Guirlande d'amour* ; aussi la Tourangelle avait-elle fait fermer de bonne heure les portes de la maison. Elle avait envoyé tout son monde se coucher ; et heureuse de se trouver seule, elle se prenait à espérer que la venue de Pierre Baudry lui rendrait la tranquillité et la quiétude de l'âme ; mais la nuit s'avançait et Pierre ne rentrait pas. Elle allait et venait par la maison impatiente et enfiévrée, écoutant sans cesse tous les bruits du dehors qui pouvaient parvenir jusqu'à elle, et au-dessus de toutes ces rumeurs, jamais ne dominait ce coup, bien connu, frappé d'ordinaire par l'homme aimé.

Pourtant, en prêtant l'oreille, elle crut distinguer le bruit des pas de quelqu'un dans l'avenue : ce n'était pas Pierre évidemment ; mais pour qu'une personne se fût décidée à franchir les haies formant l'enclos, lorsque la *Guirlande d'amour* était partout plongée dans l'obscurité, il lui fallait un intérêt puissant.

Peut-être venait-on lui parler de Pierre, et elle prêtait l'oreille avec anxiété.

Elle ne se trompait pas ; mais cette personne, au lieu de frapper à la porte, se laissa tomber sur un petit banc de pierre placé à côté. La Tourangelle regarda par la fenêtre et reconnut que c'était une femme ; elle la vit bientôt s'étendre sur la pierre et, le front appuyé sur ses mains, sembler céder au plus profond désespoir ou succomber sous les étreintes d'une extrême misère.

— Pauvre femme! se dit-elle, c'est Dieu qui l'envoie, il faut la secourir!

Elle ouvrit promptement sa porte et s'approcha de cette femme dont les vêtements sombres étaient déchirés. Ses cheveux étaient épars, et la maigreur de ses mains indiquait de réelles souffrances.

Blanche, car c'était elle, en voyant une femme s'avancer de son côté, avait fait un mouvement d'effroi sans pareil ; mais la force lui avait manqué pour fuir, et elle était restée sur son banc, appréhendant de se retrouver sous la griffe de l'horrible mégère.

— Avez-vous donc peur de moi ? lui demanda la Tourangelle.

A cette voix qui ne manquait ni de douceur ni de bienveillance la jeune fille releva le front et écarta ses cheveux.

— Ah! fit-elle, le cœur soulagé, prenez pitié de moi, madame.

— Qu'avez-vous ?

— J'ai froid, j'ai faim, je me meurs.

— Venez vite avec moi, alors.

La Tourangelle lui prit la main et l'attira doucement vers sa maison, dont elle referma la porte. Elle la fit entrer dans la vaste cuisine, dont le foyer brillait encore des restes de tisons ayant servi aux rôtis de la journée, et Blanche en approcha ses mains avec une sensation de bien-être infini.

Quand elle fut réchauffée, et tandis que la Tourangelle s'empressait de placer quelques aliments sur une petite table, Blanche céda au sentiment de coquetterie inné au cœur de toute femme et releva ses cheveux qu'elle tordit derrière sa nuque, et se tourna ensuite vers l'hôtesse.

— Ah! madame, lui dit-elle, que vous êtes bonne!...

Mais presque aussitôt elle frissonna, car elle se rappelait que la Maréchal avait commencé, elle aussi, par se montrer compatissante à son égard et qu'elle lui avait supposé une bonne âme.

— Qu'avez-vous? fit la Tourangelle qui venait l'inviter à manger, et qui se mit à la considérer avec une attention mêlée d'une certaine expression d'étonnement.

— Oh! non, vous êtes jeune, vous êtes belle, et vous ne me rendrez pas aussi malheureuse que cette horrible femme.

— Quelle femme? demanda la Tourangelle, en plaçant la chandelle de manière à mieux voir la jeune fille.

— Oh! madame, vous ne devez pas la connaître, vous ! Les âmes généreuses ne fraient pas avec les monstres.

— C'est une femme qui vous a persécutée?

— Oui, elle s'appelle la Maréchal.

— Oh! la vieille maudite, je la connais, fit la Tourangelle en regardant Blanche avec défiance, cette fois.

— J'ai pu, grâce au ciel! m'échapper de ses mains, mais si elle me savait ici... ô madame, je vous en supplie, ne me chassez pas, ne m'abandonnez pas, car si je devais retourner au pouvoir de cette femme, je mourrais... Non, vous serez bonne et charitable et vous me permettrez de rester ici... Je serai votre servante, s'il le faut, oui, votre servante, car je veux gagner le pain que vous me donnez en ce moment.

— C'est étrange, plus je vous vois et plus il me semble que votre visage ne m'est pas inconnu...

— Le mien, madame?

— Avez-vous déjà été en condition?

— Non, je suis une pauvre fille, abandonnée par une famille avide, et qui, au lieu de me placer dans un couvent m'a indignement chassée.

— C'est bien mal, en effet.

— Madame, voulez-vous, dites, que je sois votre servante?

— Mais...

— Si je ne sais pas, vous me montrerez, je serai pleine de bonne volonté, et vous ne vous en repentirez pas, j'en suis sûre.

— Cependant vous ne me paraissez pas née pour servir?

— Ah! madame, accordez-moi cela, je serais si heureuse de gagner ma vie et de ne devoir rien à personne.

— Vous avez là un singulier désir, mon enfant.

— Ah! madame, je vous en supplie.

— Eh bien! soit ; demain, vous entrerez en fonction, mais en attendant venez vous coucher.

— Seule ?

— Sans doute.

— Ah! c'est que j'étais seule aussi chez madame Maréchal et que...

— Ne craignez rien de ce genre. C'est ici une hôtellerie, une auberge, un cabaret, comme vous voudrez, mais personne n'y souffre, et tout le monde y montre de gais visages.

— Excepté vous, madame, car vous dites cela d'un air triste et comme si vous aviez de grands chagrins.

— Oui, j'en ai, fit la Tourangelle, qui sentit son cœur se soulever tout à coup.

— Je vous plains bien, madame; pourtant vous me paraissez être dans une position à faire un peu ce que vous voulez.

— Oui, c'est vrai, mais le malheur ne vient pas seulement de nous-mêmes, il nous arrive le plus souvent par les autres.

— Oh! je vous devine, ce sont des chagrins d'amour que vous avez, madame. Bien cruels sont ceux-là, en vérité!

— Chagrins d'amour!... fit la Tourangelle avec une sombre amertume, folie, source de misères et de calamités. Ah! pauvres femmes que nous sommes, il faut toujours que nous servions de jouets... N'aimez jamais, mon enfant, si vous voulez vivre en paix avec vous-même.

— Oh! madame, je n'aimerai jamais, je sais qu'on en meurt.

La Tourangelle conduisit sa nouvelle servante dans une petite chambrette, située sous les combles de la maison, et dont la fenêtre n'avait plus une seule de ses vitres en bon état; mais Blanche ne se montrait pas difficile, elle se voyait bien libre et ne se plaignait pas d'avoir trop d'air.

— Tâchez de fermer votre porte comme vous pourrez, lui dit la Tourangelle, car je ne réponds de rien : j'ai quatre grands diables de valets qui ne sont pas des plus vertueux.

— Merci, madame, je mettrai mon lit en travers de la porte.

— A propos, comment vous appelle-t-on?

— Marguerite, madame, répondit Blanche qui avait déjà donné ce nom-là à la Maréchal.

Elle dormit toute la nuit du meilleur sommeil. Bien que tombée au dernier degré de l'échelle sociale, elle se trouvait relativement heureuse. Ses rêves furent ceux qui la visitaient quand elle était jeune fille; et même les plus riants lui montrèrent, à plusieurs reprises, le visage bienveillant d'un jeune homme l'entourant de cette précieuse protection qui rend la vie facile et belle.

Le lendemain, en s'éveillant, elle se surprit chantant, et ce fut sans déplaisir qu'elle revêtit les grossiers vêtements que la colère de la Maréchal lui avait infligés en dernier lieu. Quand elle descendit dans la grande cuisine, elle trouva la Tourangelle assise auprès de la fenêtre, un tricot entre les doigts, et qui, pensive et rêveuse, avait les yeux fixés au dehors sur la grande avenue, s'étendant de la Seine à la maison, comme si elle attendait quelqu'un.

— Madame... fit-elle timidement.

La Tourangelle sortit comme en sursaut de sa rêverie et jeta sur sa nouvelle servante un regard furtif. Elle la trouva jolie, plus jolie que la veille; mais cette circonstance n'était pas de nature à changer ses intentions à son égard, car autant que possible elle choisissait d'ordinaire ses serviteurs de façon à soutenir la réputation d'élégance de la *Guirlande d'amour*. Elle l'emmena pour lui enseigner le service auquel elle la destinait, et quand elle l'eut ensuite installée dans l'arrière-cuisine, où la noble demoiselle se prêta de la meilleure grâce du monde à l'occupation de plumer un canard, la Tourangelle revint prendre sa place à son observatoire.

Parfois elle tressaillait, et des pleurs abondants remplissaient ses yeux; alors elle se retirait dans sa chambre et se jetait à genoux devant son lit, demandant grâce au seigneur et lui adressant d'ardentes prières. Soit effet de ferveur, soit tacite complaisance de sa conscience, elle sortait toujours plus calme d'une crise de cette nature, et, vers le milieu de la journée, elle descendait tranquillement son escalier et allait se rendre à la cuisine, en passant par la grande salle, où se pressaient déjà quelques habitués, joueurs de lansquenet ou buveurs d'hypocras, lorsque, tout à coup, ses yeux furent frappés comme d'un éblouissement subit. Elle fut forcée de se retenir après le dossier de la chaise qui se trouvait sur son passage, pour ne pas tomber.

C'est qu'un événement extraordinaire avait lieu dans cette même salle. A l'autre extrémité, assis devant une petite table vers laquelle, comme par habitude, elle avait machinalement jeté les yeux en entrant, était un jeune homme accoudé et tristement absorbé dans ses pensées.

Elle oublia toute bienséance et se précipita, ravie et souriante, vers cette table.

— Pierre!... fit-elle, c'est vous!...

Le jeune homme rougit.

— Vous ne me haïssez donc pas, que vous voici de retour? dit-elle.

— Non, reprit l'avocat en lui tendant la main, je ne vous hais pas, et la preuve, c'est que, me trouvant seul au monde, j'ai pensé à vous.

— Vous avez bien fait.

— Du reste, j'ai contracté une dette avec vous, et j'espère bientôt pouvoir m'acquitter.

— Ne parlez pas de cela, Pierre, je ne veux pas de votre argent, il me brûlerait les doigts.

— Je plaide demain au présidial, et comme ma cause est bonne j'aurai de l'argent et de la réputation.

— Tant mieux, car vous le méritez. Mais, est-ce que vous voulez, comme autrefois, dîner ici?

— Oui.

— Alors, venez dans une autre salle, vous serez plus tranquille.

— Je le veux bien, car j'ai à travailler, et je ne pouvais le faire dans la maison de Robert, je ne sais pourquoi...

— La maison de Robert?

— Oui, est-ce parce que ce brave garçon est heureux aujourd'hui, est-ce parce que le souvenir de son bonheur me rend jaloux et envieux... je ne sais... je souffre et je sais que vous souffrez... Nos souffrances sont incurables, ma pauvre Tourangelle, je serai mieux auprès de vous.

— Ah! les hommes!... fit la belle hôtesse.

Elle le conduisit dans un cabinet attenant à cette salle et où se trouvait une table devant laquelle Pierre prit place.

— Pierre, dit-elle, si j'osais vous dire...

— Parlez... fit celui-ci... en la regardant avec froideur.

— Non, rien, plus tard, ce n'est pas le moment, et pourtant vous paraissez triste; si vous vouliez, je vous offrirais mes consolations.

— Ah! Tourangelle, mes chagrins ne sont pas de ceux qu'on oublie.

— Pierre, n'était-ce pas folie à vous?...

— D'aimer Blanche... Ah! ne réveillez pas mes regrets, car vous ne pouvez savoir à quel point je l'aimais... C'est aujourd'hui, voyez-vous, c'est à présent qu'elle n'est plus, que je sens tout ce que sa mort a laissé de vide dans mon âme. Elle, cette belle et noble jeune fille, au milieu d'une cour corrompue, aux côtés d'une vieille reine dont les erreurs ont précipité dans la tombe le meilleur des rois, exposée aux séductions d'un chacun, à cause de sa beauté, aux convoitises de chacun, à cause de sa richesse, — et malgré tout cela, malgré les exemples pervers et les condamnables indulgences de tous, elle était restée pure et sans tache!... Ah! non, non, mes chagrins ne sont pas de ceux qu'on oublie, car une telle femme ne se retrouve pas une seconde fois dans la vie d'un homme.

— Pierre, Pierre!... fit la Tourangelle les yeux pleins de larmes.

— Aussi, Tourangelle, je vous en supplie, ne me parlez jamais de cet ange, car, voyez-vous, je ne sais qui me tient de me planter un couteau dans le cœur afin d'aller la rejoindre.

— Oui, vous avez raison, Pierre, reprit-elle avec une gaieté factice, je ne veux plus être pour vous qu'une sœur dévouée, et pour commencer, mon bel hôte, je vais vous faire servir à dîner.

Et elle se retira, le cœur gros et en poussant force soupirs, car elle se voyait bien condamnée.

— Oh! il me reviendra... se dit-elle... quand il aura oublié.

La belle hôtesse s'empressa de s'occuper, en femme amoureuse, de satisfaire les goûts de son amant, et mit elle-même la main aux fourneaux pour lui préparer quelque friandise susceptible de lui ramener son cœur. Ses instincts bornés n'allaient pas au delà.

Elle envoya ses servantes dresser la table de Pierre, et quand elles revinrent, Blanche était auprès d'elle attendant la conclusion d'une savante combinaison d'œufs et de crème constituant le plus succulent potage. Quand elle eut versé sa casserole dans une jolie soupière de faïence décorée de fleurs, elle la plaça entre les mains de la fausse Marguerite, et lui désigna la porte du cabinet.

— Allez, et attendez qu'il vous dise comment il la trouve, fit-elle avec une secrète joie d'enfant.

Quand Blanche entra dans la pièce, Pierre avait repris sa position méditative, et appuyait son front sur ses deux mains.

Mais en voyant le vase placé sur la table, il releva la tête :

— Elle!... fit-il en reconnaissant la servante et en se levant aussitôt.

La jeune fille ne fut pas moins surprise, et recula avec une sorte de frayeur ; mais Pierre demeura immobile et la considéra.

— Vous!... dit-il encore.

Mais il se reprit aussitôt :

— Est-ce vous? demanda-t-il en joignant les mains avec instance.

Blanche avait eu le temps de reprendre son sang-froid, et eut la force de le regarder, elle aussi, avec étonnement.

— Eh! quoi! reprit Pierre, vous ne me reconnaissez pas?

— Non, monsieur.

— Sa voix, c'est sa voix! oh! mais je ne pourrais me tromper à ce point, vous êtes bien mademoiselle Blanche de Caumont.

— Plaît-il ? fit la jeune fille qui n'osait se laisser aller à sa joie, car elle voyait avec ravissement quelle trace profonde elle avait laissée dans la pensée du jeune homme.

— Blanche, reprit-il, est-ce à vous que je m'adresse ? par pitié répondez-moi, êtes-vous ici par la vertu d'un miracle du ciel, êtes-vous donc sortie de la tombe pour moi seul ? est-ce vous, au nom du ciel, est-ce vous ?

— Monsieur, je ne sais ce que vous voulez dire.

— Vous n'êtes pas Blanche de Caumont ?

— Je m'appelle Marguerite.

— Marguerite, oh ! ce n'est pas possible, on n'a jamais vu une ressemblance aussi étrangement complète, et il n'y a pas assez longtemps que sa voix a frappé mon oreille pour que j'aie pu perdre le son de son timbre enchanteur.

Blanche était certainement très-visiblement mal à l'aise, et bien qu'elle sentît un désir immense de se jeter au cou de ce fidèle ami des jours mauvais de sa première existence, elle sut se contenir afin de ne pas compromettre les félicités qu'elle entrevoyait déjà dans l'avenir. Son aventure avec le Maréchal lui avait donné une circonspection qui n'était pas dans son caractère, mais dont elle appréciait l'utilité.

Au même instant, et comme si la même idée était née dans l'esprit du jeune homme, celui-ci alla reprendre sa place devant la table, et déplia une serviette avec une apparente insouciance.

— Je ne sais pas ce que j'ai, dit-il à Blanche, et j'ai eu tort, vraiment, mademoiselle, de vous parler ainsi... vous dites que vous vous nommez... Marguerite ?

— Oui, monsieur, reprit Blanche, qui croyait devoir s'en aller et qui s'arrêta.

— Vous êtes au service de la maison depuis peu de temps ?

— Depuis ce matin.

— Et avant, vous aviez servi ailleurs ?

— Non, monsieur.

— Ah !...

— C'est-à-dire si, j'étais dans une maison que j'ai quittée.

— Et que faisiez-vous dans cette maison ?

— Ce que j'y fais ici, j'étais servante.

— Et à ce dur métier, ma belle enfant, vous avez pu conserver ainsi la blancheur de vos mains ?

— Ah ! fit Blanche en les cachant sous son tablier, c'est que...

— C'est que vous voulez me tromper, et que c'est vous, Blanche, c'est vous qui vous cachez sous ce costume !... Et pourtant je suis fou... Oui, fou, continua Pierre avec un triste sourire... Elle est morte, j'ai vu passer la bière de chêne où son corps était enseveli, je l'ai vu descendre dans le caveau, j'ai vu refermer la lourde dalle... Oh ! je suis fou, et c'est en vain que je prétendrais me débattre avec l'horrible certitude ; — ce n'est que trop vrai !...

Et il reposa sa tête dans ses mains, sans essayer de retenir Blanche, qui en s'éloignant essuyait furtivement une larme.

Peu d'instants après la Tourangelle entra et surprit l'avocat dans la même position et n'ayant pas touché au mets succulent servi devant lui. Elle haussa les épaules avec une expression de pitié douloureuse ; puis elle s'approcha de la table et plaça une cuillerée de ce potage, confectionné avec tant d'amour, dans l'assiette du jeune homme qui releva la tête et lui sourit.

— Voyons, Pierre, mon ami, il faut être raisonnable et manger.

— Vous avez raison, bonne Tourangelle.

— Et puis me promettre une chose.

— Laquelle ?

— C'est que vous ne songerez jamais à payer vos dettes. Cela n'est pas naturel, d'ailleurs, chez un jeune homme. Est-ce qu'il n'y a pas plus de vingt personnes qui me doivent ? des sommes énormes encore ! des seigneurs et des étudiants, des bohèmes, de grandes dames, des filles folles... que sais-je ! Cela ferait au moins six ou sept mille livres, qu'est-ce que cela me fait ? je n'ai ni enfants... ni mari.

— C'est bien parce que vous ne le voulez pas, cela.

— Pierre, vous savez qu'il n'y a qu'un seul homme au monde que je veuille pour époux.

L'avocat ne répondit pas, et elle s'éloigna.

— Quelques instants après, Blanche revint portant un plat sur lequel fumait le plus doré des chapons, et certes, si Baudry eût été dans une autre disposition d'esprit, il eût pensé qu'on tuait le veau gras en sa faveur, car jamais il ne s'était trouvé à pareil festin.

Mais ce n'était pas le chapon qu'il considérait, c'était la jeune fille qui, malgré la désinvolture dégagée qu'elle essayait d'affecter, avait dans sa démarche quelque chose que Pierre remarqua aussitôt, et qui certainement n'était pas d'une fille du peuple. Il semblait que sa jupe courte, bien qu'elle montrât les deux plus jolis petits pieds du monde, gênait ses pas, comme l'eussent fait ces robes longues qui balayaient la terre, et que les grandes dames poussaient si habilement devant elles.

— Mademoiselle, dit-il en se levant, et allant la prendre par la main, vous avez beau dire, je vous connais, et je suis bien certain de vous avoir rencontrée ailleurs, et la preuve c'est qu'à votre vue je ressens tout ce feu que je ressentais pour la personne...

— Quelle personne ?

— Oh ! si ce n'est pas vous, c'est une ressemblance si parfaite... Mais qu'importe, quoi que ce soit, miracle ou réalité, à vous, du moins, j'oserai dire ce qu'il y a dans mon âme... Oui, je t'aime !...

— Monsieur, taisez-vous, ou je m'en vais.

— Reste, je t'en supplie, dit-il, en lui prenant la main.

— Monsieur, fit Blanche en le repoussant doucement.

— Oh ! quel air de dignité !... Mais ne craignez rien, je ne vous veux pas de mal ! ce que j'éprouve pour elle et ce que j'éprouve pour vous, parce que vous me semblez une seule et même personne, c'est l'amour le plus pur, le plus respectueux... Oui Blanche, je vous aime !... comme un fou, et si vous ne m'aimez pas, je meurs.

— O ciel !

— Oui, je mourrai, c'est sûr. Quand j'ai vu descendre votre cercueil sous cette église, j'ai senti en moi quelque chose qui se déchirait, et, je vous le jure, si j'avais eu un couteau, je me serais tué afin d'être enseveli avec vous.

— Pierre !

— Ah ! c'est vous, c'est vous, madame, ce cri vous a révélée !

— Chut !... fit-elle au comble de l'effroi.

— Vous l'avouez, enfin !

— Ah ! ne me trahissez pas !

— Moi, vous trahir, moi qui vous aime tant !

— Taisez-vous, de grâce...

— Oh ! mais vous me direz par quel miracle du ciel...

— Oui, je vous le dirai, mais pas un mot de plus.

— Ah ! madame, que ce soit par Dieu ou par les hommes que vous ayez été sauvée, je vous vois au comble de la joie et du bonheur, car je vous vous être encore, je vous aime...

— Pierre, ce n'est pas le hasard en effet qui m'a amenée ici, c'était une force invincible qui m'y poussait, et il me semblait que cette force m'attirait vers vous, le seul être au monde qui m'ayez jamais témoigné de l'intérêt.

— Oh ! moi, le premier jour, la première heure que je vous ai vue, je vous ai aimée...

— Pierre....

— Ah ! j'ignore que le ciel nous réserve, madame, mais, je vous le jure, ma vie entière est à vous.

En disant ces mots, le jeune homme s'était mis à genoux devant Blanche, et prenant une de ses mains dans les siennes, il la baisait saintement et avec toute l'ardeur de cet amour si longtemps stérile, enivré de toutes les joies du paradis, lorsque tout à coup la porte de la chambre s'ouvrit et une exclamation sourde retentit derrière eux.

— Ah !... fit la Tourangelle que la surprise, la douleur et la colère clouaient à la porte, et qui s'y appuyait pour ne pas tomber.

Les deux jeunes gens s'étaient séparés, et tandis que Blanche gardait une attitude confuse et embarrassée, Pierre marcha avec résolution vers l'hôtesse comme pour lui commander le silence. Cette attitude, au lieu de calmer celle-ci, la révolta et lui fit surmonter son émotion.

— Quelle est cette femme ?... s'écria-t-elle en s'avançant de son côté, les yeux en feu et les poings serrés comme si elle eût tenu un couteau.

— Pierre ! s'écria Blanche en se réfugiant vers lui.

— Madame ! fit Pierre en se plaçant devant elle.

— Quelle est cette femme ? répéta la Tourangelle avec un emportement convulsif.

— C'est une femme que je vous ordonne de respecter.

— Grand Dieu ! cette ressemblance... Ah ! exclama-t-elle, je la reconnais.

Blanche cacha son visage dans la poitrine de l'avocat.

— Je ne l'ai vue qu'une fois, jeune l'hôtesse, elle marchait à l'autel, dans ses voiles blancs, vêtue d'habits magnifiques ; son regard m'avait frappée... Mais d'où sort-elle donc ?

— Madame, reprit Pierre, vous vous méprenez étrangement, et

cette jeune fille n'est pas ce que vous pensez. Vous avez été comme moi dupe d'une ressemblance ; mais cette enveloppe charmante qui me rappelle une personne aimée, et pour laquelle j'aurais donné mon sang, elle est placée désormais sous ma protection, et je n'y faillirai pas.

— Pierre...

— Venez, mademoiselle, quittons cette maison où vous n'êtes pas à votre place.

— Oui, sortez d'ici, sortez tous deux, et hâtez-vous, car je ne sais qui me tient d'appeler mes gens et de vous faire expirer tous deux sous leurs coups.

— Ah ! fuyons, s'écria Blanche épouvantée de l'expression mauvaise répandue sur les traits de cette femme qu'un instant elle avait crue douce et bonne, mais que la jalousie transformait soudain en furie.

Ils firent aussitôt le mouvement de quitter la salle ; mais la Tourangelle, qui ne pouvait admettre l'idée désastreuse de ne plus revoir celui qu'elle aimait si éperdument, se plaça devant la porte.

— Pierre, dit-elle, vous partez?...

— Oui, reprit simplement celui-ci, en essayant de l'écarter du geste.

— Oh !... fit la Tourangelle en lançant sur Blanche des regards effrayants de haine et de colère, vous ne savez pas ce dont je suis capable.

— Arrière, madame, fit l'avocat, qui cette fois là repoussa brutalement.

Ils quittèrent la salle, traversèrent la grande cuisine en courant, et quand ils se trouvèrent dans l'avenue, Pierre se retourna vers la maison, dont l'une des fenêtres venait de s'ouvrir.

— Pierre, dit la Tourangelle aveuglée par la fureur, Pierre, vous aurez de mes nouvelles. Dans quelque lieu que vous soyez, je saurai vous atteindre, et je me vengerai.

— Venez, fit l'avocat sans répondre, et en entraînant vivement la jeune fille vers la rivière.

Ils descendirent le cours du fleuve, jusqu'à ce qu'ils fussent arrivés au bateau de passage, au bac, qui a laissé son nom à la rue, et se confièrent aux planches de cette vaste machine qui, de tout temps, et à toute heure du jour, traversait des hommes, des chevaux et des charrettes.

Ce n'était pas sans motif qu'ils avaient pris le bac, car, aussitôt lancés à travers le chemin du Pré aux Clercs, Blanche avait exprimé la crainte d'être surprise et reconnue ; si bien que Pierre avait résolu de lui faire gagner la retraite où il voulait la conduire, en évitant de traverser Paris.

Le détour était long, car il fallait remonter la campagne en dehors de l'enceinte, de manière à rentrer dans la ville par la porte Montmartre, et ils arrivèrent ainsi, sans encombre, à la rue de la Lune.

Lorsque le jeune homme eut enfermé Blanche dans la maison de Robert, en lui recommandant de n'ouvrir à qui que ce soit, il s'éloigna en toute hâte en se dirigeant vers la rue Saint-Denis. De là, il pénétra dans la rue Quincampoix, et avisa une maison dont la largeur ne comportait qu'une fenêtre.

Le rez-de-chaussée était occupé par une petite boutique dont, au premier abord, on n'eût pas facilement déterminé le commerce ; car il y avait en étalage, sur la fenêtre et sur la porte, ainsi que sur une table placée en travers, un assemblage divers d'objets et de marchandises. De vieilles épées avec ou sans poignée, des chaudrons, quelques vieux chandeliers d'église, des meubles effondrés, des loques de toute nature d'étoffe, de vieux galons enterrés dans le plateau d'une balance, et au fond, derrière les vitres fumeuses d'une armoire, quelques vases de métal ventrus et assez grossièrement ciselés.

C'était ce que nous appelons aujourd'hui une boutique de bric-à-brac, et cet antre noir et infect était la demeure du juif Melchisedech.

— M. Melchisedech, est-il là ? demanda Baudry en s'adressant à une vieille femme qui ravaudait un vieux bas dans un coin, tellement confondue avec les loques suspendues au-dessus de sa tête qu'on la distinguait à peine, — ce qui était une merveilleuse sentinelle à l'affut des petits filoux qui, de tout temps, ont exploité les étalages des marchands.

— Oui, fit une voix aigre qui sortit des profondeurs de la boutique.

Et aussitôt le juif parut.

Il tenait d'une main le pan d'une vieille chasuble et de l'autre une forte paire de ciseaux ; et probablement, afin d'exécuter plus commodément la séparation des broderies d'or et d'argent d'avec la soie usée, il avait passé, sans nul respect de ce saint vêtement, sa tête pelée et sordide dans l'ouverture du milieu.

— Ah! vous voilà, mon bel écolier, fit Melchisedech en souriant, j'étais bien sûr de vous voir un jour. Quand on aime comme vous, au-dessus de sa condition, il faut toujours avoir recours aux Lombards.

— Mais... fit l'avocat que ces mots surprirent.

— Croyez-vous donc que je ne connaisse pas toute votre histoire, moi ! Heureusement, votre belle passion n'est plus, mais l'ambition vous a mordu et il vous faut de l'argent, car sans argent pas d'ambition possible et réalisable. Voyons, combien voulez-vous ?

— Deux cents pistoles.

— Gros denier!

— Vous me les avez offertes, il y a quelques jours, maître.

— C'est vrai et je ne m'en dédis pas.

— Eh bien?

— Vous vous rappelez à quelles conditions je vous ai dit que j'opérais mes placements sur la jeunesse ?

— Parfaitement.

— Vous me donnerez votre liberté, c'est-à-dire le droit de vous envoyer à la mort, si telle est ma fantaisie, et cela jusqu'à ce que vous m'ayez remboursé.

— Soit.

— Même, si je vous force à vous faire soldat, pour racheter un fils de bourgeois qu'un coup de tête aura forcé à s'enrôler.

— Pourvu que le motif soit avouable et ne soit pas contre l'honneur, je ferai ce que vous exigez.

— Il me faut votre parole d'honnête homme, et outre de votre signature, et une bonne lettre de change.

— Je vous la donnerai.

— Bien, vous rappelez-vous, monsieur Pierre Baudry, que cette parole-là, je ne l'exige pas de tout le monde, et que si je m'en contente venant de vous, c'est que je vous sais homme à la tenir.

— Vous m'avez jugé ce que je suis, maître.

— Allons... je vais vous compter deux cents pistoles, venez.

Melchisedech l'emmena dans son arrière-boutique et tira d'un bahut une écritoire et une feuille de papier.

Pierre se plaça devant une table, et écrivit sous la dictée du juif le titre le plus net et le plus concis, par lequel il se reconnaissait débiteur envers lui.

Melchisedech lui compta alors une à une deux cents pièces d'or et Pierre les enfouit dans la poche de côté de son pourpoint.

Le juif réprouvé prit alors une solennelle attitude et ouvrit avec une mystérieuse lenteur les deux ventaux d'un petit tableau en chêne sculpté, et alors, entre ces deux panneaux, merveilleusement peints et représentant les scènes sublimes de la Passion, apparut le signe rédempteur de la foi chrétienne.

— Jurez, dit-il, la main étendue sur le Christ, que vous me concédez plein pouvoir sur votre libre arbitre.

— Juif, dit Pierre révolté, tu oses invoquer un pareil témoin !

— Jeune homme, je ne suis pas plus juif que chrétien, je suis l'enfant perdu d'une nation dispersée et maudite, je respecte et vénère toutes les croyances, et je connais la valeur de tous les symboles. Hésites-tu à t'engager sur la croix, parce que c'est moi qui la présente ?

— Oui.

— Eh bien! fit Melchisedech en refermant brusquement les deux volets du tableau, engage-moi purement et simplement ta foi d'homme, c'est tout ce que j'exigerai de toi.

— Je le jure, dit Pierre, je jure d'être à tes ordres jusqu'au jour du paiement de ma dette.

— Merci.

Pierre s'éloigna au plus vite de cette sombre maison et gagna la rive gauche de la Seine, posant de temps en temps la main sur sa poitrine, à l'endroit où était cet or, afin de bien s'assurer de sa possession. Une demi-heure après, il traversait le Pré aux Clercs et entrait ensuite dans la grande salle de la *Guirlande d'Amour* en ce moment encombrée de buveurs de toutes conditions.

A sa vue, la Tourangelle ne put réprimer un mouvement d'espoir ; mais le visage de l'avocat était rayonnant, et elle fronça les sourcils, car elle soupçonna aussitôt qu'il y allait pour elle d'un grand malheur. Elle voulait se retirer dans une pièce séparée afin d'éviter les nombreux étrangers qui se trouvaient dans la grande salle; mais Pierre l'arrêta.

— Pardon, madame, mais ce que j'ai à vous dire n'a pas besoin de mystère.

Ce soldat était ivre et battait les murailles du bout de sa rapière. (P. 114.)

— Qu'est-ce donc? demanda la Tourangelle avec appréhension.

— Donnez-moi quittance des cent pistoles que je vous dois, voici la somme.

— Ah! fit la jolie hôtesse avec une sourde exclamation de rage. Mais devant tout le monde elle n'osa élever aucune réclamation et prit tranquillement une plume avec laquelle elle griffonna sur un morceau de papier le titre exigé par cet amant révolté.

Pierre le plia tranquillement, le plaça dans sa poche, salua avec une politesse froide, tourna les talons et quitta la salle. Mais quand il passa devant la fenêtre, il y trouva la Tourangelle qui l'attendait.

— Pierre, dit-elle, les dents serrées et le visage horriblement contracté, — je sais où l'on peut t'atteindre et te blesser maintenant, va! c'est au cœur de ta maîtresse! c'est là que je frapperai.

Pierre ne répondit pas, mais frémit.

— C'est moi qui déjà t'avais fait empoisonner, et par je ne sais quel artifice du démon, elle est sauvée...

— Vous?.. fit-il, bouleversé jusqu'au fond des entrailles.

— Oui, moi! répondit-elle d'une voix éclatante.

— Misérable!

Elle se mit à rire d'une joie féroce, et son visage perdit en un instant toute sa beauté.

— Cette fois, va, je frapperai à coup sûr, et moi-même!... Pierre s'enfuit.

— Souviens-toi! cria-t-elle, souviens-toi!

VII. — LE MESSAGER DE FLANDRES

Quinze jours après les divers événements que nous venons de raconter, un cavalier accourait à franc étrier vers Paris, par la route de Flandres. Ce cavalier s'arrêta à trois portées d'arquebuse de la Porte-Saint-Martin, devant une auberge située à peu près en face de l'église Saint-Laurent, laquelle était très-fréquentée alors par toute personne désireuse de secouer la poussière ou la boue de ses vêtements avant d'entrer dans Paris.

Un quart d'heure après, ce même cavalier quittait l'auberge, vêtu d'une robe de capucin, à pied, une main appuyée sur la besace honnêtement gonflée qu'il portait sur l'épaule, et secouant de temps à autre le lourd chapelet pendu à sa ceinture.

Il entra en cet équipage dans la capitale et se rendit au Louvre sans s'arrêter à mendier à chaque porte, ainsi que le prescrivait la règle. Quelques instants après il était introduit dans le cabinet du cardinal.

— Eh bien! comte, dit celui-ci qui reconnut aussitôt Rochefort, vous voici de retour?

— J'aime à me flatter que Votre Eminence n'a pas trouvé mon absence trop longue.

— En effet, vous êtes un homme expéditif.

— Ah! monseigneur, c'est que j'ai eu le feu aux trousses.

— Vous vous êtes laissé prendre?

— Le jour où Votre Eminence me verra pris, elle pourra se dire que ma dernière heure a sonné, car, Dieu vivant, il y aura eu mort d'homme.

— Vous avez des nouvelles fraîches de là-bas, je suppose, car sans cela vous n'auriez pas quitté votre poste si tôt.

— Monseigneur, lisez vite cette lettre, car il y a péril en la demeure.

— Pourvu que Rossignol soit ici, fit Richelieu en agitant vivement une clochette.

— Monseigneur, dit Rochefort, à votre place, je ne prendrais pas tant de précaution, et je briserais le cachet.

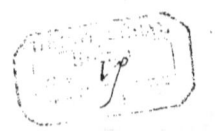

Les archers la repoussèrent, et elle tomba sur le plancher évanouie. (P. 119.)

Le cardinal ne répondit pas et sourit.

— Des Bournais, dit-il à son valet de chambre qui entra, donnez ceci à M. Rossignol en lui disant que c'est très-pressé.

Le valet sortit en emportant la lettre remise par Rochefort, et le cardinal se renversa dans son fauteuil.

— Maintenant, mon cher comte, vous avez le temps de me raconter votre Odyssée.

— Ah! monseigneur, je n'eus pas plus tôt la lettre dans les mains que je fus reconnu. Heureusement, j'avais vingt minutes d'avance et j'ai appris par un espion lancé à mes trousses et que j'ai reconnu pour appartenir à Votre Eminence, le beau danger auquel j'ai échappé... Le marquis de Laicques eut la naïveté de courir au couvent des capucins, où il me croyait rentré pour me préparer à partir pour Paris. Vous pensez bien, monseigneur, qu'on lui dit que je n'étais pas encore revenu : il ordonna au Père gardien de s'emparer de ma personne et fit fermer immédiatement les portes de la ville, après s'être informé partout si l'on avait vu sortir un capucin. Le soir, M. de Laicques, me croyant toujours dans la ville, fit publier un ban, promettant cinq cents pistoles à qui me livrerait. Un pauvre diable de Bohême, vêtu de ma robe, par un tour de mon métier, fut arrêté à ma place et a dû être pendu, pour le moins, et dix limiers de police furent lancés à ma poursuite quand il n'était plus temps. Je n'ai que dix heures d'avance sur eux, monseigneur, en admettant qu'ils aient fait aussi grande diligence que moi, et je suis bien certain de n'avoir été ni rejoint ni dépassé. Il faut cependant se hâter, car, pendant que je suis ici, on a peut-être couru chez cet avocat.

— Quel avocat?

— Celui à qui la lettre est adressée.

— Ce n'est pas à quelqu'un de la cour?

— C'est un intermédiaire évidemment; mais toutes mes batteries

sont dressées pour savoir d'abord quel est cet homme, et ensuite ce qu'il fera, lui, ou ceux qui habitent dans sa maison, d'ici à trois jours.

— Bien, Rochefort, tout cela est bien.

— Seulement, monseigneur, je vous avoue que je suis à sec.

— Tenez, là-bas, dans cette boîte, il y a de l'argent, prenez ce dont vous avez besoin, et si cela ne suffit pas, dites-le.

Ce qu'il y avait de bon et de grand chez le cardinal, c'est qu'il ne regardait jamais à payer les gens qu'il employait. Rochefort remplit sans se gêner un gros sac de cuir qu'il tira de sa robe et dont il noua ensuite les cordons avec soin afin d'empêcher les pièces d'or de tinter durant les allées et venues qu'il avait encore à exécuter.

En ce moment, un homme entra tout effaré et sans avoir été annoncé. C'était M. Rossignol.

Ce Rossignol était un jeune homme d'Alby, entré récemment chez le cardinal, à qui le prince de Condé l'avait recommandé et qui possédait un talent merveilleux pour lire les écritures chiffrées, et savait les cinq langues parlées en ce moment en Europe.

A ces talents, et sur l'invitation du cardinal, il n'avait pas tardé à ajouter celui de décacheter une lettre sans qu'il y parût, soit au papier, soit au cachet de cire. C'était, à part cela, le plus innocent et le meilleur des hommes.

— Monseigneur, dit-il pâle et défait, et en essuyant une sueur abondante, quels tissus d'horreurs!

— Ah! cher monsieur Rossignol, dit Richelieu sans s'émouvoir et en souriant, vous lisez donc ce que vous traduisez?

— Que Votre Eminence me pardonne, mais dans la circonstance... répondit naïvement le pauvre garçon.

Le cardinal savait l'espagnol qui était la langue dans laquelle s'exprimait la lettre de M. de Laicques, mais il préféra lire la traduction de son employé, afin de gagner du temps, car Rochefort semblait bondir d'impatience.

— En effet, dit-il, il y a quelque danger pour moi à laisser aller les choses. — Restez ici, Rossignol, car vous aurez à recacheter cette lettre dès que je vous la rendrai.

Et après avoir fait un petit signe d'intelligence à Rochefort, le cardinal quitta son cabinet et se rendit chez le roi.

Louis XIII était occupé à faire du filet, l'une de ses occupations favorites lorsqu'il n'était pas à la chasse, et fronça le sourcil à l'aspect de son ministre. Il commençait à remarquer que leurs entretiens manquaient généralement de ces attraits particuliers et joyeux que recherchait avec empressement l'homme le plus ennuyé de son royaume.

— Sire, dit le cardinal, Votre Majesté a toujours pensé que certains seigneurs de sa cour étaient uniquement occupés de leurs plaisirs et que, par conséquent, ils étaient à cent lieues de l'idée de conspirer contre la tranquillité de l'État et la vie du souverain.

— Oh! monsieur le cardinal, voici une accusation bien grave.

— Je prouve, sire.

— Messieurs de Vendôme, y sont-ils encore mêlés?

— Oui, sire, et à ce sujet Votre Majesté me permettra de lui faire remarquer que ce n'est pas moi qui ai sollicité leur élargissement. M. le duc est retourné dans son gouvernement de Bretagne où, sans nul doute, il brave son roi plus que jamais.

— Le croyez-vous, monsieur, fit le roi à qui un subit rayonnement passa sur le visage.

— Je prouve, sire.

— Comment, monsieur, comment?

— Que Votre Majesté veuille bien lire ceci, c'est la traduction d'une lettre écrite par M. de Laicques, favori de l'archiduc, à l'un des seigneurs de votre cour, et pour plus de créance, Votre Majesté sait assez d'espagnol pour comparer la traduction à l'original.

Le roi prit les deux papiers que lui tendait son ministre avec un léger frémissement dans les mains, car à côté du côté dominant de son caractère, s'il ne sut jamais faire acte de volonté, il y eut peu de souverains plus jaloux de leur autorité et du prestige de leur couronne.

— A qui est-ce adressé, monsieur?

— Je ne le sais pas encore, sire, et ce n'est que lorsque j'aurai rendu la lettre à son messager que je pourrai l'apprendre.

Pendant ces mots prononcés le roi avait lu ceci :

« Sa Majesté Catholique et M. l'archiduc sont fermement décidés à soutenir la cause des mécontents de la France, mais à la condition que le traité sera arrêté et signé sur les bases déjà indiquées :

« 1° Exil, emprisonnement ou mort de M. de Richelieu.

« 2° Déportation du roi.

« 3° Mariage de la reine avec M. d'Anjou.

— C'est effroyablement infâme, M. le cardinal! s'écria le roi en se laissant retomber sur la chaise qu'il avait quittée.

— Ces bases, sire, je vous les avais déjà fait pressentir et vous voyez que j'avais raison, mais veuillez continuer.

« Ceci convenu, continua le roi, un corps d'armée de dix mille Espagnols entrera en France par la Flandre, dix mille autres par la Franche-Comté et dix mille autres par les Pyrennées; et la flotte de Sa Majesté catholique bloquera les ports de la Méditerranée et de l'Océan, afin d'assurer l'effet du traité.

« C'est aux mécontents de France à préparer la réussite par l'accomplissement immédiat du premier point, lequel servira de signal pour l'invasion du sol français par les troupes du roi d'Espagne. »

Louis XIII demeura atterré et, laissant glisser le papier sur ses genoux, cacha son visage dans ses mains; puis, comme secouant ce mouvement de faiblesse, il releva fièrement la tête et montra des yeux irrités et une bouche frémissante de colère.

— Il faut lutter, monsieur le cardinal, il le faut à tout prix! votre cause est la mienne, et j'espère que vous ne vous laisserez pas gagner de vitesse par ces misérables traîtres qui, non contents de disposer du souverain que Dieu leur a donné, n'hésitent pas à vendre leur patrie à l'étranger.

— Sire, les coupables seront punis et j'attends pour cela vos ordres.

— Je vous donne carte blanche, pleins pouvoirs, monsieur, et ce que vous aurez fait je l'approuve d'avance.

— Sire, il faut frapper vite et fort, il faut dompter enfin cette noblesse insolente qui, si on la laissait faire, reviendrait aux vieux usages féodaux que les rois vos prédécesseurs avaient commencé à lui enlever par lambeaux. Il faut enfin relever l'échafaud des coupables de haute trahison, et charger de venger les injures faites au roi, l'homme fatal qui représente seul l'autorité sans limites, — le bourreau.

— Faites, monsieur, faites! s'écria Louis qui venait de relire cette lettre exécrable.

Richelieu la reprit des mains du roi et s'échappa.

Les rares courtisans qui le virent passer dans le corridor qui menait à ses appartements, remarquèrent qu'il marchait plus vite que de coutume, et qu'il caressait sa barbe avec complaisance.

— M. de Richelieu paraît radieux, dirent-ils, cela va mal pour quelqu'un.

Dix minutes après, la lettre était recachetée avec soin par M. Rossignol et sans qu'aucune trace y parût, et rendue ensuite à Rochefort.

— Monseigneur, dit celui-ci, je me sauve, mais si vous ne me revoyez pas d'ici à deux heures, envoyez investir une maison de la rue de la Lune, reconnaissable à des volets verts, et habitée par un avocat du nom de Pierre Baudry.

Pendant que le ministre écrivait ces renseignements Rochefort disparaissait.

Peu de temps après sa sortie du Louvre, toujours vêtu en capucin, un autre moine quitta le palais portant la robe des dominicains et se mit à le suivre avec une attention extrême; puis ce moine fut lui-même suivi d'une sorte de soldat, aux habits râpés et dont le chapeau et la plume annonçaient la détresse. Ce soldat était ivre et battait avec amour du bout de sa flamberge les murailles qu'il rencontraient sur son chemin. Néanmoins, ce soldat ne perdait pas de vue non plus le capucin marchant à cent pas en avant.

Quand Rochefort fut parvenu à la hauteur de la rue Montorgueil, il changea d'allures et, quittant le pas accéléré, prit les mines et la componction d'un véritable frocard; il distribua des bénédictions à droite et à gauche avec cette attention extrême avec laquelle un véritable frocard; il distribua des bénédictions à droite et à gauche et se mit à demander l'aumône à chaque porte qu'il rencontrait, mettant très-précieusement dans une bourse de cuir les liards que la charité publique lui donnait et serrant plus précieusement encore les reliefs de victuailles que lui abandonnaient les fidèles.

Il arriva ainsi dans la rue de la Lune, et tandis qu'il s'arrêtait devant la porte de la maison aux volets verts, le dominicain le dépassait. Quant au soldat ivre il s'était arrêté au commencement de la rue.

Le capucin frappa discrètement à la porte et demanda la charité de cette voix nasillarde et avec cette mélopée traditionnelle qui, à cette époque, avait le déplorable don de dépouiller les vrais pauvres au profit de couvents regorgeant de richesses.

Ce fut Pierre qui ouvrit.

Sa préoccupation sans doute l'avait empêché de distinguer le genre d'appel adressé par le moine, car il se fut bien gardé d'ouvrir; mais dès que la porte fut entrebâillée, le capucin la poussa avec une insistance indiquant bien que la charité n'avait pas été le mobile de sa visite.

— Monsieur, lui dit Rochefort, êtes-vous bien M. Pierre Baudry, avocat?

— Oui, reprit Pierre en fronçant le sourcil.

— Je suis chargé de vous remettre cette moitié de liard à l'effigie du roi Henri.

Pierre prit la pièce, la considéra avec attention et la tendit vers le capucin qui ne la prit pas.

— Eh bien? fit-il.

— Eh bien! monsieur, vous devez en avoir une pareille à me montrer.

— Vous venez de Flandres?

— Oui, monsieur.

Pierre fouilla dans sa poche et y prit une moitié de liard qu'il approcha de celle du capucin, et constata que les deux morceaux s'ajustaient admirablement.

— J'attends vos ordres, mon frère, dit-il ensuite.

— J'ai à vous remettre simplement ce pli.

Pierre le reçut en s'inclinant, et il attendait naturellement que le capucin se retirât; mais celui-ci ne bougeait pas et semblait attendre.

— N'avez-vous donc pas de réponse à me donner, monsieur? demanda-t-il.

— Non.

— C'est qu'on me l'avait annoncée, et que j'ai ordre de repartir immédiatement après que vous me l'aurez transmise.

— Ah! fit Pierre en réfléchissant sur ce dernier mot; ce qui lui fit bien voir que le messager était parfaitement au courant de la nature de son intervention; eh bien! venez dans... trois heures.

— C'est beaucoup, mon frère, fit observer Rochefort.

— Je ne puis vous la remettre avant.

— Soit. Je reviendrai dans trois heures. Que Dieu vous protége et vous bénisse, mon fils.

Il sortit, imitant à s'y méprendre les gestes arrondis et les simagrées béates des moines mendiants, et l'avocat demeura bien convaincu qu'il avait eu affaire au véritable messager de M. de Laicques.

Mais, quand il rentra dans le parloir, il trouva Blanche, agitée et inquiète.

— Ah! Pierre, fit-elle, quel est cet homme?

— Vous l'avez donc vu et entendu.

— Oui, à travers la porte entrebâillée... Il m'a fait peur.

— Bah!

— Vous avez un secret, et je ne chercherai pas à le pénétrer; mais la vue de cet homme m'a frappée. Ce n'est pas là un religieux ordinaire.

— En êtes-vous bien sûre? fit Pierre en souriant.

— J'en jurerais presque; sa figure ne m'est pas inconnue. Je suis certaine de l'avoir vu à la cour.

— Mais, chère demoiselle, ne pouvez-vous admettre que la grâce vienne à toucher un seigneur de la cour, et fasse du plus mondain le plus exemplaire des moines?

— Tenez, Pierre, pardonnez-moi mon insistance; mais, depuis que vous m'avez si bien initiée à votre existence; depuis que j'ai appris à lire dans votre pensée comme dans un livre ouvert, j'ai acquis, pour tout ce qui vous concerne, une prescience qui ne me trompe pas, j'en suis sûre. Croyez-en mes pressentiments, Pierre, et ne recevez pas cet homme quand il reviendra. Je ne sais, mais son regard a quelque chose de sombre et de fatal qui m'a glacée. Tandis qu'il vous parlait, il me semblait vous voir pantelant et mourant sous la griffe d'un oiseau de proie, et, je vous le dis, Pierre, cet homme vous portera malheur.

— Non, chère Blanche, non. Je suis en tout ceci très-désintéressé, et je sers d'instrument; voilà tout. Dans tout ce qui peut se tramer, je ne serai jamais nommé, j'en ai l'assurance. Et maintenant que ma vie ne m'appartient plus; maintenant qu'elle est plus que jamais toute à vous, et que vous attendez de moi aide, protection et... que vous avez droit à tout ce que mon âme renferme d'adoration et d'amour, je vous le promets, je serai prudent.

— Vous sortez? s'écria Blanche en le voyant prendre son manteau.

— Je serai bientôt de retour.

— Ah! Pierre, je vous en supplie, restez.

— Mais il le faut.

— Pierre, vous êtes enveloppé dans quelque conspiration, je le devine! Ah! je connais les dangers que vous courez, moi, si vous ne les voyez pas. Quand j'étais au service de la reine-mère, il n'était pas de jour où je n'entendisse ourdir des complots contre le cardinal... puis, plus tard, chez mon oncle... O Pierre, je vous en supplie, renoncez, il en est temps encore; vous ne savez pas que c'est que le cardinal. La reine-mère disait que personne ne le connaissait aussi bien qu'elle, et que si l'on ne se hâtait pas de le tuer, il ferait massacrer tous ses ennemis.

— Raison de plus, alors, Blanche, pour que je me hâte.

— Ah! vous l'avouez donc!

— Oui, mais je me suis engagé d'honneur dans cette affaire, Blanche, et cela dans un jour de désespoir, quand je vous croyais perfide; il n'y a donc plus à m'en dédire, sous peine de félonie.

— Pierre, vous partez pas, mon ami, au nom du ciel! Il me semble que je ne vous reverrai plus.

— Blanche, répondit le jeune homme d'une voix grave, je dois obéir à la fatalité qui me pousse, et, bien que vous soyez exposée à devenir victime de mon abandon, si le hasard me fait tomber dans quelque terrible infortune, vous ne devez pas me conseiller une action contraire à l'honneur.

— C'est vrai, fit la jeune fille en tombant sur une chaise et fondant en larmes.

— Blanche, je vous aime, dit Pierre en se mettant à genoux devant elle, j'ai pour vous le plus ardent amour qui jamais ait rempli l'âme d'un homme de cœur; mais je ne puis vous prouver mes pensées, tout en me faisant bien voir que votre vie est attachée à la mienne, il est un mot que vous n'avez jamais prononcé. Blanche, vous ne m'avez jamais dit que vous m'aimiez...

Il la regardait avec une sorte d'extase, et comme s'il attendait l'arrêt de sa mort. Elle releva la tête; leurs yeux se rencontrèrent,

et elle passa ses bras autour du cou du jeune homme, laissant tomber sa tête sur son épaule et la baignant de ses larmes.

— Pierre!... fit-elle d'une voix à peine saisissable.

— Ah! Blanche, fit Pierre; maintenant que tu m'aimes, me voilà pour toujours courageux et fort. Ne crains rien, mon ange, je te reviendrai bientôt; je saurai vaincre et surmonter les obstacles, s'il s'en rencontre sur mon chemin; car j'ai hâte de retrouver celle qui est ma vie, j'ai hâte de retrouver le bonheur.

Il se releva et fit lever Blanche, qui l'accompagna jusqu'à la porte, un bras passé autour de son corps. Avant de se séparer, Pierre attira sa tête sous ses lèvres et y imprima le plus respectueux et en même temps le plus tendre des baisers.

— Je vais prier pour toi, dit-elle en lui serrant la main.

— Mon Dieu! se dit Pierre en fermant la porte, faites que je revienne vers elle.

Il traversa la rue, jeta un dernier regard vers la maison et se dirigea du côté de la rue Poissonnière; et, dès qu'il eut mis le pied dans cette voie, il ne remarqua pas qu'un moine dominicain, jusque-là caché dans l'allée sombre d'une maison, se mit à le suivre avec une attention soutenue, bien qu'il eût les yeux baissés vers la terre.

VIII. — QUE LE BONHEUR N'EST JAMAIS COMPLET.

Peu de temps après, Pierre revenait vers sa demeure, toujours suivi du moine dominicain, lorsqu'en entrant dans la rue de la Lune, il aperçut, à l'autre bout, le capucin rasant les murs et se dirigeant du même côté. Il préféra courir vers lui et le rejoignit assez à temps pour l'empêcher de frapper à sa porte.

— Mon père, dit-il rapidement, revenez ce soir, à la nuit, je n'ai pu avoir de réponse.

— Bien, répondit Rochefort; mais, au nom du ciel, jeune homme, tâchez que je reparte promptement; car, depuis que je suis à Paris, il me semble être épié par nombre de gens.

Le capucin passa et se retrouva au bout de la rue en face du dominicain, qui allait lui faire le salut que se doivent tous les religieux, lorsque Rochefort l'arrêta par la manche.

— Où l'as-tu vu t'arrêter? lui demanda-t-il.

— Chez M. de Chalais.

Rochefort eut comme un mouvement de triomphante joie. Il sut le dissimuler pourtant.

— Je vais t'envoyer quelqu'un, dit-il au moine, pour te remplacer! car on a dû déjà trop te remarquer dans ce quartier. En attendant, je veux toujours être informé de la venue, dans cette maison, de quelque personne que ce soit, — et cela à l'instant même.

Rochefort passa.

Pendant ce temps, Pierre était rentré dans la maison aux volets verts, et retrouvait Blanche agenouillée dans le parloir.

— Vous voilà! fit-elle en s'élançant vers le jeune homme, le front radieux, — mes prières ont été exaucées, Dieu vous ramène!...

Mais son mouvement de joie ne fut pas de longue durée; car un grand coup frappé à la porte extérieure la troubla aussitôt.

— N'ouvrez pas, dit-elle, saisie d'une frayeur subite.

— Je veux voir ce que c'est, dit Pierre en pensant que c'était peut-être la réponse qu'il attendait.

Il alla donc ouvrir le petit judas grillé percé dans le bois de la porte et aperçut la figure pâle et les yeux effarés du juif Melchisédech.

— Ouvrez! ouvrez! fit celui-ci.

Pierre ouvrit sans défiance, car il ne songeait pas qu'il fût question d'autre chose que d'argent; mais dès que la porte eut tourné sur ses gonds, le juif se précipita sur lui et le prit à la gorge.

— Malheureux! s'écria-t-il, rendez-moi mon argent!

— Holà! fit l'avocat en se dégageant de cette étreinte, et se mettant à rire, ce n'est pas le jour de l'échéance, maître Melchisedech.

— Tu m'as trompé, volé, indignement volé!

— Juif, ménagez vos termes, je vous le conseille.

— Quand vous m'avez signé cette lettre de change, je vous croyais libre de votre personne.

— Eh bien?

116   LES BELLES DAMES DU PRÉ AUX CLERCS.

— Et vous ne l'étiez pas.

— Je ne vous comprends point, maître Melchisedech.

— Je sais ce que je dis. Vous apparteniez déjà à la conspiration à laquelle je voulais vous lier; sans cela vous n'auriez jamais eu un écu de mon épargne. Aussi, allez-vous me payer, et cela sur-le-champ, ce que vous me devez.

— Je vous paierai à l'échéance.

— Tout de suite, la lettre de change que j'ai entre les mains n'a pas de date, elle est exigible quand je voudrai, demain, aujourd'hui même, tout de suite.

— Je ne puis vous payer aujourd'hui.

— Eh bien ! je vous donne jusqu'à demain, et je vous le jure, si demain, à pareille heure, je ne suis pas payé, je porte plainte au châtelet, et vous fais incarcérer.

— Mais, maître Melchisedech, pourquoi cette rigueur ?

— Vous m'avez trompé, vous dis-je, vous avez l'air d'un embarrassé, préparez-vous seulement à me payer demain.

— Vous ne me dites pas tout, il y a autre chose. Allez, parlez. J'ai du courage.

Melchisedech regarda de tous côtés, comme s'il craignait d'être entendu et amena Pierre vers la porte.

— Je viens de voir la Tourangelle, dit-il à voix basse, et elle m'a révélé un événement qui peut vous faire pendre bel et bien, vous et votre complice... Oh ! c'est en vain que vous prétendriez nier, elle sait tout et veut vous dénoncer.

— Que ne l'a-t-elle fait depuis quinze jours ?

— Je n'en sais rien, toujours est-il que vous me paierez demain, sans faute, ou alors c'est moi-même qui vous dénoncerai au châtelet comme adultère.

Pierre lui sauta à la gorge avec une telle violence que le juif recula et serait tombé à la renverse si le mur ne se fût trouvé là.

— Misérable ! dit le jeune homme, je te défends de répéter une semblable calomnie.

— Aïe ! lâchez-moi, mon bon monsieur, lâchez-moi.

— Te lâcher pour que tu ailles la répandre partout, non, de par Dieu, tu ne sortiras pas d'ici vivant.

— Au meurtre ! à l'assassin ! se mit à crier Melchisedech.

Mais la voix s'arrêta dans sa gorge que Pierre serrait de nouveau avec vigueur, et il tomba à moitié évanoui sur le sol.

— Pierre !... fit Blanche qui accourut, pâle et tremblante.

— Ah ! mademoiselle, pourrez-vous jamais me pardonner ?

— Que voulez-vous que je vous pardonne, vous savez bien que je vous aime... répondit-elle rapidement. Renvoyez cet homme au plus vite.

Elle disparut et Pierre se porta vers le juif qui se tenait sur son séant, et appuyait sa tête vacillante contre le mur. Il le releva et le fit asseoir sur une chaise où il lui fit boire un verre d'eau; mais quand Melchisedech revint tout à fait à lui, ses yeux s'animèrent d'une rage nouvelle et il crispa les poings avec colère.

— Mon argent? fit-il en se levant, il me faut mon argent?

— Vous l'aurez demain, répondit l'avocat en le poussant vers la porte.

— Demain, n'y manquez pas ou, je vous l'ai juré, je vous dénonce au Châtelet.

— Ne répétez pas vos menaces, juif infâme, dit Pierre en serrant les dents, ou je vous tue.

Quand Pierre rentra dans la chambre, il se soutenait à peine, car telle est la force et la confiance des âmes vertueuses, qu'elles ne voient jamais les choses sous leur vilain aspect et ne reconnaissent le mal que quand la méchanceté le leur a signalé.

— Blanche, dit-il, c'est avec la plus grande joie de ma vie que je vous ai accueillie dans cette maison qu'un ami m'a prêtée; mais quand, en y entrant, vous y avez apporté le bonheur et l'espérance en l'avenir, j'étais loin de me douter des propos que les mauvais de ce monde oseraient tenir. Je ne veux pas que votre vertu subisse la moindre atteinte, et ce qu'a dit cet être immonde n'est que trop vrai. Blanche, au nom du ciel, il faut conjurer tout danger de ce côté et vous mettre, par la fuite, à l'abri d'une dénonciation. M. de Louvigny, quelqu'intérêt qu'il ait à vous croire morte, serait bien obligé de vous reconnaître si les choses allaient devant la justice. Du moment que l'on ne vous retrouvera pas, il ne dira rien.

— Où voulez-vous que j'aille? demanda Blanche avec fermeté.

— Il faudrait quitter ce pays, la France, je ne sais pas.

— Le plus simple, serait peut-être de retourner auprès de mon mari, de le sommer de me reprendre et d'invoquer la bière qu'on a dû trouver vide dans les caveaux de Saint-Germain-l'Auxerrois.

— O ciel, que dites-vous là!

— Mais enfin, si je ne le fais pas, que voulez-vous que je devienne, errant sur la terre et obligée de mendier mon pain.

— Blanche! oh! mais vous vous méprenez!... croyez-vous donc que je vous abandonnerais ainsi, moi? oh! non, jamais, ma vie est à vous et je vous la consacre toute.

— Ah! Pierre, je le savais bien, je voulais voir cependant si votre cœur avait faibli. Oui, vous m'avez voué votre vie, et moi je vous ai donné la mienne. Il n'y a que la mort qui puisse nous séparer à présent, je vous en fais le serment.

— Ah! que de joies!

— Mais il faut cependant écouter la voix du monde quand elle parle; l'accusation dont vous a menacé ce juif ne doit pas avoir le moindre point d'appui, même à nos propres yeux. Tant que mon mari vivra, je ne dois être que votre sœur.

— Oui!... fit Pierre en tombant à ses pieds.

Blanche lui posa une main sur le front et le regarda avec cette expression de bonté infinie que Dieu a dû donner à ses anges, et ils restèrent ainsi quelques minutes comme plongés dans une extase surnaturelle.

— Ecoute, ami, reprit la jeune fille, il y a encore une chose que tu me caches. Cet homme, ce juif, t'a réclamé de l'argent?

— C'est vrai.

— Il faudrait le payer.

— Je ne le puis, ma Blanche aimée, je ne le puis. Il y a quelques jours je lui ai emprunté, et avec une partie de cet argent j'ai acquitté une dette ancienne et sacrée. Le reste ne monte pas à cent livres.

— Mais ce plaidoyer, cette affaire dont vous êtes chargé, et qui a été remise à quinzaine, c'est pour après demain, je crois...

— J'en aurai cent livres, tout au plus! fit Pierre avec accablement et quels que soient mon courage et mon envie de jeter ma dette au visage de ce misérable, je n'oserai jamais aller frapper à la porte des grands qui m'ont donné leur confiance.

— Cependant...

— Non, Blanche, je ne voudrais pas avoir l'air de me vendre.

— Ah! tu es bien l'homme que j'ai rêvé, mon Pierre aimé, et tes sentiments sont nobles, sans arrière-pensée et sans qu'une tache les ternisse. Ecoute, il faut parer au plus pressé, et payer cet homme : après, nous verrons.

Pierre la regarda d'un air égaré.

— Tiens! fit-elle en plongeant sa main dans sa poitrine, voici le seul vestige d'une immense fortune. C'est un collier qui a appartenu à ma mère, je vais le vendre.

Pierre le reçut entre ses mains tremblantes et chaud encore de son séjour dans le sein virginal de sa bien-aimée : il le baisa avec transport et voulut forcer la jeune fille à le reprendre.

— Jamais, dit-il, jamais, je ne consentirai à accomplir un pareil sacrilège.

— Au contraire, ami, il semble que l'ombre de ma mère ait voulu protéger son enfant en lui laissant ce bijou dont je ne me suis jamais séparée et que la pitié de mes serviteurs avait enseveli avec moi.

— Cet argent serait maudit.

— Non, ami, je le veux, je l'exige, nous irons ensemble chez un orfèvre. — Viens, et de là, tout de suite, tu iras payer cet homme. Il ne faut pas qu'il se ligue avec nos ennemis.

— Ah! Blanche, vous êtes un ange et vous méritez bien d'être heureuse.

— Partons vite. Je te dis que cet argent nous portera bonheur!... dit-elle en l'embrassant avant d'ouvrir la porte.

Quand ils furent hors de la maison, ils tournèrent vers la rue Saint-Denis et dépassèrent un soldat ivre qui marcha derrière eux sans paraître les avoir remarqués et qui, cependant, ne les perdait pas de vue.

Puis, au moment où ils parvenaient à la hauteur de la rue Mauconseil, le soldat s'arrêta dans un cabaret où il échangea un signe avec un homme buvant sur la porte; cet homme laissa aussitôt son verre sur la table, et s'élança à la suite du couple amoureux.

Rien n'est stable et certain sur cette terre : ils étaient jeunes, honnêtes, purs, beaux et ils s'aimaient : — C'était donc le bonheur.

Le malheur était derrière eux.

IX. — L'ESPION DU CARDINAL.

Il n'est pas aussi facile qu'on le croit de vendre un objet de grand prix quand on est vêtu aussi simplement que l'étaient Pierre et Blanche. Les orfévres, gens honorables pour la plupart, opposaient des difficultés et voulaient consigner sur leurs livres le nom du vendeur; or, l'avocat, qui connaissait les lois et les usages, craignait de compromettre Blanche par une déclaration véridique.

— Allons chez les juifs, lui dit la jeune fille.

Pierre se rappela alors avoir remarqué une boutique assez semblable à celle de Melchisedech dans la rue de la Harpe, et ils se dirigèrent de ce côté.

Cette promenade à travers les rues de Paris, en plein jour, bien qu'elle présentât des dangers, avait pour les jeunes gens une saveur infinie; ils échangeaient leurs impressions avec ivresse et se pressaient significativement le bras; ils se figuraient être nés tous deux dans une condition modeste, avoir été fiancés par leurs parents, et jouir en paix de leur liberté.

Ils arrivèrent bientôt chez le brocanteur, lequel était probablement d'un ordre plus élevé que Melchisedech, car on ne voyait que des objets de grand prix à la montre de sa boutique, dont l'entrée était située dans une allée conduisant aux étages supérieurs.

La première personne qu'ils trouvèrent en mettant le pied dans cette maison fut Melchisedech, debout au milieu du magasin.

— Ah! fit-il, vous venez trouver mon confrère Abraham?

Pierre ne répondit pas, tourna le dos à cet être immonde et s'avança vers le maître du logis, lequel était assis magistralement derrière un comptoir de chêne.

Blanche était restée auprès de la porte; mais en reconnaissant le juif entrevu par elle, quelques heures auparavant, elle s'effaça, comme espérant qu'il allait sortir; Melchisedech n'en profita pas et, au lieu de se retirer, il alla s'asseoir dans un coin de la boutique, examinant en souriant les différents personnages d'une scène dont il croyait deviner les péripéties.

Le confrère Abraham, d'une corpulence énorme, était vêtu à l'orientale et semblait un de ces turcs automatiques qu'on voit assis à la porte des bazars du Levant; il bougeait le moins possible, et malgré cette immobilité en quelque sorte pharaonesque, absolument contraire à la nature active de Melchisedech, les affaires affluaient chez lui au point qu'il en refusait la moitié.

Pierre jeta vers Melchisedech un regard de défiance et le reporta ensuite sur Abraham; mais celui-ci ne parut pas avoir remarqué cette velléité répulsive et attendait placidement que le jeune homme lui expliquât le motif de sa visite.

L'avocat tira le collier de sa poche et le lui présenta.

— Je désirerais vendre ceci, dit-il.

— Combien de perles y a-t-il? demanda le juif qui considéra l'objet du coin de l'œil et le reposa ensuite sur le comptoir.

— Cent soixante.

— Cela vaut cent soixante pistoles, dit Abraham imperturbable.

— Monsieur, dit Blanche en s'avançant, ces perles sont d'une grande valeur, je l'ai toujours entendu dire, et votre offre n'est pas raisonnable.

Le gros juif tourna les yeux vers elle, puis vers Pierre, et ne parut nullement s'étonner de l'observation.

— Madame est avec vous? dit-il.

— Oui, monsieur.

— C'est votre femme? et ce collier lui appartient?

— C'est ma sœur, et cet objet est sa propriété.

Melchisedech rit dans son coin.

— J'ai dit 160 pistoles, répliqua le juif.

Les deux jeunes gens se regardèrent avec le désappointement peint sur leur visage, car ils comprirent instinctivement que cet homme n'était pas de ceux qui reviennent sur une opinion émise; en effet, Abraham avait baissé les yeux, et semblait plongé déjà dans un demi-sommeil.

Melchisedech s'avança et jeta un coup d'œil rapide sur le collier.

— Je ne voudrais pas, dit-il, aller sur les brisées de mon confrère Abraham et lui faire concurrence; mais je ne donnerais certes pas un denier de plus de ces perles.

— Mais vous savez bien que je vous dois davantage! dit Pierre qui eut des larmes dans la voix.

— Alors, c'est madame qui paie vos dettes, parfait, je n'ai rien à y répondre; mais je vois que vous ne connaissez pas maître Abraham. Il vous a offert 160 pistoles, il faut lui céder le bijou ou renoncer à faire affaire avec lui.

— Nous irons ailleurs.

— Songez que maître Abraham ne vous demande pas qui vous êtes, et de qui vous tenez ceci, c'est beaucoup cela, et vous ne l'ignorez pas, car avant de venir ici, vous avez dû aller chez les orfévres.

Pierre ne lui répondit pas et lui tourna le dos. Il était décidé.

— Monsieur, dit-il ensuite au gros juif, donnez-moi les 160 pistoles que vous m'offrez et le collier est à vous.

Abraham ouvrit les yeux, avança la main sur son comptoir, y prit un long poignard turc par la lame, et frappa du pommeau un grand plat de cuivre dans lequel se trouvait un fouillis de bijoux richement montés, de diamants et de pierres précieuses.

Une lourde tapisserie se souleva, et un nègre montra sa face luisante.

Le juif lui adressa quelques mots dans un idiome inconnu et fit un mouvement des doigts net et bref.

Quelques minutes après, le nègre reparut apportant une petite bourse de cuir; il en versa le contenu sur le comptoir et se mit à ranger les pièces d'or en piles.

— Prenez, dit Abraham quand l'opération fut terminée; et, saisissant le collier du bout de son poignard, il le jeta dans le bassin de cuivre où il se confondit avec les autres bijoux.

Blanche ne put réprimer une sorte de mouvement d'effroi et de douleur en voyant sa chère relique traitée avec tant de mépris par ce juif; et aussitôt, Pierre, mû par un sentiment dont il ne fut pas maître, se précipita vers le bassin de cuivre, et y plongeant une main fébrile, en retira le collier qu'il mit au cou de Blanche.

— Non, dit-il avec force, je romps le marché! Allons nous-en, Blanche, et si cet homme se présente demain avec son billet, j'irai en prison.

Blanche voulut répliquer, mais il l'entraîna rapidement vers la porte; la jeune fille résista et, se dégageant de son étreinte, revint vers le comptoir, retira avec calme le collier de son cou et le jeta dans le bassin de cuivre.

— Tenez, monsieur, dit-elle, ce bijou est bien à vous, et je veux que le marché tienne.

Elle fit couler ensuite les pièces d'or et d'argent dans son giron et marcha ensuite vers Pierre qui considérait son action d'un air égaré.

Quand ils eurent disparu, Melchisedech quitta son coin et vint se placer devant le comptoir.

— C'est là précisément le jeune homme dont je vous parlais, dit-il, vous voyez donc bien que la lettre de change que vous avez acceptée n'est pas mauvaise.

— En effet, ce sont d'honnêtes personnes, répliqua Abraham, ils paieront. Mais si j'étais à votre place...

— Eh bien?

— Je ne réclamerais jamais cet acte.

— Oh! c'est bien à vous, qui êtes richissime, de faire des sacrifices de cette importance, mais moi...

— Vous, Melchisedech, si j'avais ce que vous possédez, il y a longtemps que j'aurais quitté ce Paris froid et brumeux pour aller vivre à Constantinople.

— Où le sultan vous ferait bel et bien empaler un de ces jours pour avoir vos richesses, merci. Paris est la ville par excellence pour les gens de notre nation. Allez voir ailleurs si une plainte en justice serait admise venant de nous!

— Melchisedech, si vous m'en croyez, vous ne poursuivrez pas ce jeune homme.

— Pourquoi?

— Parce qu'il est utile à l'œuvre des princes, et que si vous les privez de son concours, vous en serez le premier puni.

— Un soldat de moins ne peut faire perdre une bataille.

— Nous avons promesse de bâtir une synagogue à Paris; qui sait si l'incarcération pour dette de ce jeune homme ne reculera pas ce triomphe de cent ans. Je vous dis que sa coopération est nécessaire à l'œuvre. Or donc, laissez-le tranquille.

— Abraham, vous voulez me ruiner.

— Non, mais les questions d'argent vous ont toujours fait dévier du droit chemin, songez-y. Et si vous m'en croyez, vous courrez après eux pour les assurer de votre bonne volonté. Rien n'est à négliger en fait de conspiration, voyez-vous. Demain, ils seront sans le sou et sont capables de se livrer à l'une de ces extrémités dont les gens de cœur sont seuls capables.

— Abraham, vous serez responsable de ce qui pourra arriver.

— Faites, et vous vous en trouverez bien.

— Vous avez des nouvelles de Bruxelles ?

— Non, mais j'en attends, et si j'en reçois, — faut-il vous le dire, — ce sera par l'entremise de l'avocat Pierre Baudry.

— Ah ! que ne parliez-vous plus tôt.

— Vous voyez bien qu'il faut courir après ces enfants et leur ôter tout souci.

— Mais vous répondez de l'argent ?

— Vous êtes incorrigible, allez toujours.

Le juif s'élança hors de la maison et se mit à la poursuite des deux jeunes gens qu'il avait vus tourner du côté droit, c'est-à-dire remonter la rue de la Harpe.

La journée avait marché pendant ce temps, et ce n'était pas sans motif que Pierre avait pris de ce côté. Blanche se laissait conduire, heureuse de s'appuyer sur le bras de l'homme aimé ; mais quand elle vit le jeune homme prendre toujours à droite et s'engager dans une foule de rues et ruelles fort mal famées, elle songea à lui en faire l'observation.

— Où allons-nous donc ? demanda-t-elle.

— Ici, dit Pierre en s'arrêtant au bout de la rue Hautefeuille et en montrant l'église du couvent des Cordeliers, dont le réfectoire renferme aujourd'hui les richesses pathologiques du musée Dupuytren.

— Dans cette église, mon ami ?

— Oui, mon ange, je vais vous y laisser pour quelques instants, et je reviens vous y prendre dans une heure au plus.

— Ah ! Pierre, vous allez me quitter ?

— Il le faut.

— Pierre, je vous obéis en aveugle, mais pendant ce temps je vais souffrir toutes les tortures de l'enfer.

— Blanche, vos paroles me navrent, et je vous jure que je me sens pris de lâches terreurs. Si, au contraire, je vous voyais courageuse et forte, avec quelle ardeur je m'acquitterais de la tâche que je me suis imposée.

— Je ne sais à quels événements tendent les complots qui vous enserrent, ami, mais il y a une circonstance qui me fait douter de la sainteté de la cause, et par conséquent du succès de l'entreprise.

— Laquelle ?

— C'est que M. de Louvigny était mêlé à cette affaire, et que son âme est incapable d'un bon mouvement.

— Ne me rappelez pas ce nom, Blanche, car il me remet au cœur les véritables, les seules terreurs dont je puisse être atteint. Là, uniquement de ce seul côté, j'appréhende pour nous du malheur. Entrez vite dans cette église, et attendez-moi avec patience et courage.

Il entra avec elle, et dès qu'il eut vu la jeune fille s'agenouiller derrière la grille du chœur, il quitta la nef et se mit à courir dans la direction du Palais Médicis.

L'homme qui l'avait épié depuis la rue Mauconseil marchait à distance, se contentant de courir dès qu'il avait dépassé la rue qu'il suivait.

L'avocat semblait être attendu par le concierge, car dès qu'il parut, cet homme le conduisit dans l'une des pièces du rez-de-chaussée du palais, où il lui dit d'attendre. Mais l'attente ne fut pas longue, et Chalais parut qui marcha vers lui, la main tendue, et avec le meilleur sourire.

— Je suis heureux de vous voir, lui dit-il, car j'ai à vous confier une mission intéressante pour un homme de cœur comme vous.

— Je suis à vos ordres, monseigneur.

— Il s'agit de plaider la cause d'une fille auprès de son père, afin d'amener celui-ci à lui rouvrir ses bras. Malheureusement des circonstances douloureuses m'empêchent de le faire moi-même ; mais si vous obteniez ce résultat inespéré, monsieur l'avocat, ce serait la plus belle cause que vous auriez jamais gagnée.

— Monseigneur, le malheur a droit à toutes mes sympathies.

— Merci pour la jeune fille et pour moi, mon ami, reprit Chalais avec une expression de tristesse pleine d'effusion. Je ne sais pas ce que le ciel me réserve, mais je mourrais aujourd'hui satisfait, en pensant que je laisse le sort d'une enfant malheureuse et digne du respect de tous, sous la protection d'un honnête homme.

— Ah ! monseigneur, vous parlez de mourir, vous à qui la vie sourit de tant de côtés !

— Ecoutez, vous n'ignorez pas nos projets et nos espérances ; je vous ai engagé dans une mauvaise voie peut-être, et vous vous y êtes jeté avec un esprit de courageuse audace qui vous a gagné mon amitié ; pardonnez-moi donc si jamais il vous arrivait malheur par mon fait.

— Oh ! de grand cœur.

— Tenez, voici une lettre qu'il s'agit de confier à la personne qui vous a remis celle de ce matin.

— Ce sera fait ce soir, selon les instructions que vous m'avez données ; il se présentera chez moi à la nuit tombante.

— Bien. Mais, mon cher Baudry, voulez-vous me permettre encore un mot ?

— Dites, monsieur le comte.

— Cette lettre est la dernière dont vous aurez à vous charger ; mais quoi qu'il arrive, quoi qu'on vous demande, que ce soit le roi, le cardinal, la justice, ou même...

— Ou même le bourreau...

— Oui, vous me comprenez ?

— Monsieur le comte, vous pouvez être tranquille, votre cause est entre les mains d'un homme d'honneur. Je ne vous ai jamais vu, je ne vous ai jamais parlé, et si l'on vous présente à moi, je ne vous reconnaîtrai pas.

Chalais lui prit la main et l'attira sur sa poitrine avec une effusion pleine de ce charme qui lui gagnait si facilement les esprits.

— Vous êtes un véritable ami, et si vous avez besoin de moi n'oubliez pas que vous avez le droit de tout exiger.

— Monsieur le comte, peut-être un jour une personne vous demandera votre protection en mon nom ; si je ne suis plus, écoutez-la avec bonté.

— Vous pouvez y compter... Quant à ce dont je vous parlais tout à l'heure, allez vite porter cette lettre, et venez me voir demain matin, nous en causerons.

Ils se séparèrent, et Pierre quitta le palais Médicis en toute hâte.

La nuit commençait à tomber, et il longeait la petite rue des Francs-Bourgeois, lorsqu'il fut obligé de se ranger sous le porche d'une maison afin d'éviter les éclaboussures d'un cheval lancé à toute vitesse.

— Dieu me pardonne, se dit-il, ce cavalier m'a bien l'air d'être Robert ; où va-t-il comme cela ?

Mais le cheval venait de tourner le bout de la rue, et Pierre pensa s'être trompé. Il se hâta de gagner l'église et y retrouva Blanche tout en larmes, qui s'empressa de l'attirer hors du saint lieu.

— Ah ! fit-elle, je ne sais si je me suis endormie, mais je viens d'avoir une vision horrible. Pierre, je t'ai vu entouré de dangers de toutes sortes, tous les malheurs de la terre t'assiégeaient sous toutes les formes. Des soldats, des juges, des bourreaux... Ah ! c'est trop de souffrances pour mon amour, et je ne serai vraiment heureuse que si nous pouvons gagner un modeste village.

— Y songes-tu ?

— Pierre, n'as-tu pas eu toi-même cette pensée, et n'as-tu pas aspiré souvent, tu me l'as dit, à te vouer à l'éducation des enfants du simple laboureur ? Nous pourrions vivre ainsi ; je serais fière et heureuse de travailler toute la journée à tes côtés, sous tes regards, et nous attendrions ainsi, dans le calme et le bonheur de chaque jour, l'instant où Dieu nous rappellerait vers lui.

— Blanche, vous êtes un enfant, rien ne me menace, tout va bien, et je l'espère, dans quelques heures, nous serons libres et tout entier à nous-mêmes.

— Alors, nous partirons ?...

— Gagnons d'abord la demeure de Robert, répondit Pierre sans avoir eu l'air d'entendre.

Mais il était préoccupé durant la route, et par moments il hâtait le pas au point que la jeune fille ne pouvait le suivre.

— Qu'as-tu donc ? lui demanda-t-elle au moment où ils mettaient le pied sur le Pont-Neuf.

— C'est étrange, il me semble bien à présent que ce cavalier était Robert...

— Quel cavalier ? demanda Blanche.

Pierre ne répondit pas, car il fut tout à coup abordé par un religieux qui, marchant plus vite que lui, venait de le dépasser et s'était retourné comme frappé par le son de sa voix.

— C'est vous, monsieur Baudry ? fit-il avec un accent d'étonnement, j'allais chez vous.

L'avocat le reconnut aussitôt pour le capucin à qui il avait donné rendez-vous.

— Voici la lettre, dit-il en tirant de son pourpoint un étui de bois de la longueur de deux doigts et soigneusement cacheté. Hâtez-vous de partir.

— Merci, monsieur, reprit le capucin, j'ai ordre de ne me remettre en route que demain matin, et je dois passer la nuit à mon couvent, rue Saint-Honoré.

— Faites à votre gré, reprit Pierre en continuant son chemin.

Et tandis que les deux jeunes gens, moins pressés, gagnaient le cimetière des Innocents qu'ils avaient à traverser pour rentrer chez eux, le capucin s'acheminait à grands pas vers le Louvre.

Le cimetière des Innocents n'avait pas alors la sombre tristesse des champs de repos d'aujourd'hui ; situé au milieu de la ville, et dans le quartier le plus populeux, il se trouvait traversé à toute heure du jour et de la nuit ; aussi, ses avenues étaient-elles bordées de boutiques de toute nature, parmi lesquelles les fleurs, les rubans et les menues bimbeloteries à l'usage des femmes du peuple étaient les plus nombreuses.

Il y avait partout, du côté du couchant, une partie vouée davantage à la solitude, par suite de l'absence d'avenues ; et quand les deux jeunes gens passèrent, ils aperçurent, à genoux devant l'une des tombes qui s'élevaient sur la bordure de ce quartier, un homme que son gorgerin d'acier et ses éperons, brillant aux derniers reflets du soleil couchant, décelaient facilement pour un militaire.

Pierre le reconnut pour le vieillard avec lequel il avait échangé quelques paroles au palais Médicis, et doubla le pas pour l'éviter. Maintenant que Chalais lui avait dit qu'il n'aurait probablement plus à porter aucun message, il n'aspirait qu'à se consacrer tout entier à Blanche, et à oublier tout ce qui n'était pas elle. Et pourtant, quand il songeait à l'avenir, il frissonnait intérieurement, car il lui fallait bien reporter sa pensée vers la Tourangelle et vers M. de Louvigny. Il voyait, par ces deux êtres, poindre une série de malheurs dont sa misère ne lui garantissait que trop la venue prochaine.

Blanche avait beau chercher à ramener la gaieté sur son visage, car elle ne soupirait après aucune autre joie que celle dont elle savourait en ce moment les délices, Pierre était sombre et inquiet. C'était lui qui, à son tour, semblait sous l'empire d'un pressentiment pénible ; mais, comme il ne voulait pas en faire part à la jeune fille, de crainte de l'effrayer, celle-ci se serra contre lui, et garda le silence.

Ils arrivèrent ainsi dans la rue de la Lune, et au moment où Pierre approchait la clef de sa porte, il demeura stupéfait en voyant cette porte s'ouvrir toute seule.

Un homme leur montra et leur dit vivement d'entrer dans la maison.

— Catafago ! fit Pierre qui hésita à franchir le seuil.

— J'arrive de Bruxelles, reprit celui-ci et j'apporte des nouvelles, entrez donc !

Pierre entra dans la maison avec Blanche et tous deux se mirent à considérer avec surprise cet homme qu'ils s'attendaient peu à trouver en possession de leur domicile.

— Je suis arrivé de Bruxelles avec M. Robert, dit le bandit, et tandis qu'il court après vous dans Paris, moi je vous attendais ici.

— Ah! fit Pierre qui se rappela le cavalier de la rue des Francs-Bourgeois, c'était lui, je l'ai vu à cheval et galoper vers le...

— Vers le palais Médicis. Il ne vous a pas rencontré, je le vois ; mais, heureusement, il trouvera là à qui parler.

— Qu'y a-t-il donc ?

— Avez-vous reçu la visite d'un capucin ?

— Oui.

— Ah! misère ! nous sommes arrivés trop tard! tout est perdu !

— Comment ?

— Je restais ici pour le recevoir, il aura éventé la mèche.

— Mais enfin ?

— C'est un espion du cardinal.

— O ciel! fit Blanche qui chancela sur elle-même, et fut retenue à temps par Catafago, — je l'avais reconnu vaguement, et maintenant, son visage me revient, c'est M. de Rochefort.

— Oui ! répondit Catafago avec une sorte de rugissement, je l'ai échappé belle, il a failli me faire pendre là-bas, mais je le retrouverai !

— Mais, répliqua Pierre, si ce que vous dites est vrai, il faut aviser...

— Oui, prévenez votre monde, je ne sais pas qui, mais d'après ce que m'a dit M. Robert, cela brûle.

— Oh! je cours ! s'écria Pierre.

— Et moi aussi, ajouta Catafago, il faut que je trouve ce maudit homme, car c'est un compte terrible à régler entre nous. Je ne me paie ni des promesses, ni des signatures d'un pareil homme, moi !

Pierre ouvrit la porte de la maison ; mais aussitôt une nuée d'hommes fit irruption par cette issue ; l'un d'eux portait une torche allumée qui emplit le petit vestibule de lumière.

— Sauve qui peut ! s'écria Catafago en se précipitant, tête baissée, vers ces hommes dont plusieurs furent renversés du choc, tandis que d'autres s'élançaient à sa poursuite.

Quant à ceux qui restaient, ils s'avancèrent vivement vers l'avocat, et avant que celui-ci ait eu le temps de faire un mouvement, ils s'étaient emparés de sa personne.

— En prison! dit l'exempt qui les commandait.

— Pierre! s'écria Blanche qui voulut se jeter vers lui.

— Arrière les femmes! fit brutalement l'agent en la repoussant.

— Je ne résiste pas, vous le voyez, dit le jeune homme d'une voix douce, laissez-moi l'embrasser.

L'exempt fit un signe et ils se jetèrent dans les bras l'un de l'autre en sanglotant.

— Séparés ! s'écria Blanche, oh! ce n'est pas possible !

— Je ne sais de dont on m'accuse, dit Pierre, mon innocence sera bientôt reconnue, je l'espère, et je te reviendrai. N'est-ce pas monsieur ?

— Probablement, répondit l'agent.

Ils s'embrassèrent de nouveau, et Pierre put glisser quelques mots dans l'oreille de la jeune fille sans que les agents songeassent à l'empêcher de parler ; car, ils n'avaient ordre sans doute que de s'assurer de sa personne.

— Cours prévenir M. de Chalais, lui dit-il.

Mais, quand il s'agit d'emmener Pierre, Blanche se jeta de nouveau à son cou essayant de le retenir, et il fallut que les agents employassent toutes leurs forces pour l'arracher. La jeune fille lutta pendant quelques minutes ; puis, vaincue, elle fut obligée de lâcher son amant. Les archers la repoussèrent de côté et elle tomba sur le plancher, évanouie.

Quand elle sortit de cet horrible état de prostration qui n'était ni la mort ni la vie, dix heures sonnaient à l'église voisine. Elle se rappela tout à coup la recommandation de Pierre et s'élança hors de la maison.

— Peut-être sera-t-il trop tard, murmura-t-elle... Oh! oui, M. de Chalais le sauvera.

X. — LA CLÉMENCE.

— M. de Chalais, dit le roi, après avoir congédié les personnes qui avaient assisté à son coucher, — restez, j'ai à vous parler.

Le comte qui, durant toute la cérémonie, n'avait cessé de chercher les regards du roi, savait certainement de quoi il allait être question ; mais néanmoins il ne laissait pas que d'être inquiet, car il avait conscience de l'action commise dans la journée, et bien que le traité remis par lui à Pierre eût été modifié, selon ses observations, ce n'en était pas moins une conspiration contre l'État.

— Chalais, dit Louis XIII, je me suis occupé de vous aujourd'hui.

Comme le roi avait prononcé ces mots avec un sérieux de glace, le comte se contenta de s'incliner et d'attendre une plus ample explication.

— J'ai soumis la requête à l'examen de M. le chancelier, hier, et ce soir il m'a fait remettre son rapport par M. le cardinal.

— Ah! fit Chalais, que cette filière hiérarchique inquiéta.

— M. le cardinal a conclu, et contre mon attente, mon cher Chalais, car il n'a pas pour vous une affection bien vive, il a conclu en votre faveur.

— Sire, dit Chalais en mettant un genou en terre, merci à vous.

— Oh! c'est à M. le cardinal que vous devez des remerciements, car s'il eût été d'avis de laisser cette malheureuse fille en prison jusqu'à son jugement, je vous abandonnais.

— Sire, M. le cardinal est un grand ministre, assurément...

— Alors, pourquoi voulez-vous le renverser? dit brusquement Louis.

— Moi !

— Allons ! ne faites pas l'étonné, j'ai connaissance de tout, monsieur, et je vous engage à vous tenir tranquille.

— Sire, je ne comprends pas...

— Vous avez reçu ce matin une lettre de Bruxelles ?

Vous n'êtes donc pas le fils du roi vert galant? (P. 125.)

Chalais se troubla visiblement, mais il se remit aussitôt, car il était en quelque sorte préparé.

— Une lettre de Bruxelles, sire...

— Vous conspirez avec mes ennemis, monsieur, s'écria Louis, qui n'était pas diplomate et ne se souvenait nullement des recommandations du cardinal à ce sujet.

— Sire, en admettant que je conspirasse, ce serait contre vos ennemis que je serais heureux et fier de me liguer.

— Monsieur, ne cherchez pas à épiloguer sur les mots; je n'ai pas de serviteur plus dévoué que M. le cardinal, et je ne puis le considérer comme un ennemi de ma couronne, qu'il contribue à rendre glorieuse.

— Sire, je n'ai pas l'honneur d'être des amis de Son Eminence, et c'est sans doute pour cela qu'elle m'a nui dans l'esprit de Votre Majesté.

— Monsieur, reprit le roi, avez-vous reçu une lettre de Bruxelles, ce matin ?

— Non, sire.

— Bien, je ne pousserai pas plus loin mes questions, et je ne veux pas que vous soyez en reste de générosité avec moi. Tenez, monsieur, voici l'ordre de mise en liberté de votre maîtresse.

Ce disant, le roi prit un parchemin sur sa table et le tendit au comte de telle façon qu'il eût l'air de le lui jeter. Chalais rougit et ne put s'empêcher de mettre un genou en terre pour le ramasser.

— Sire, dit-il, merci, pour elle, mais non pour moi, car votre colère est la plus grande disgrâce qu'on puisse attendre.

— C'est bien, monsieur, sortez, fit le roi en lui tournant le dos.

— Sire...

Le roi ne répondit pas et sonna son valet de chambre, qui entra et se prépara à le mettre au lit.

— Sire, dit cet homme, il y a là Son Eminence, qui demande instamment à parler à Votre Majesté.

— Demain.

— Sire, il s'agit d'une affaire urgente, et Son Eminence m'a ordonné d'insister.

— Qu'il entre, dit Louis en s'asseyant de mauvaise humeur.

Chalais était resté dans la même position, mais en entendant ces paroles, échangées cependant à voix basse, il ne crut pas devoir attendre l'entrée du cardinal. Il connaissait le roi et savait bien que, le lendemain, Sa Majesté lui rendrait ses bonnes grâces.

Il se releva et salua dans la glace d'où le roi le regardait; puis il se retira par la porte opposée à celle qu'avait prise le valet de chambre pour aller prévenir le ministre des dispositions du roi.

Il traversa les salons à la hâte et descendit l'escalier en courant, oubliant absolument et le roi et le cardinal, ne donnant même qu'une légère attention à cette circonstance que la venue d'un messager de Bruxelles était connue. Il était tout entier à la satisfaction de pouvoir faire mettre la pauvre Jeanne en liberté.

Il n'avait pas fait dix pas hors du Louvre, qu'une forme noire s'avança vers lui et lui barra le passage. Comme c'était une femme, il ne songea nullement à s'offusquer de cette action et se contentait de la repousser légèrement ; mais celle-ci le prit par le bras.

— Comte, dit-elle, il faut que je vous parle absolument.

Il y avait dans l'accent de cette femme une telle force d'injonction que Chalais en fut frappé et s'arrêta ; mais en même temps il releva le capuchon qui lui cachait ses traits et distingua, malgré l'obscurité, un masque sur son visage.

— Qui êtes-vous ? demanda-t-il.

— Je vous suis envoyée par Pierre Baudry.

— Ah ! fit Chalais, qui s'éloigna comme s'il redoutait un piège.

Ils s'enfoncèrent dans cet escalier. (P. 127.)

— Ne craignez rien, monsieur le comte, je parle sérieusement et dis la vérité; c'est M. Baudry qui m'envoie vers vous.

— Je ne le connais pas.

— Vous ne connaissez pas Pierre Baudry, l'avocat?

— Non.

— C'est impossible, et le pauvre jeune homme ne s'attendait pas à être renié aussi indignement que vous le faites en ce moment.

— Madame...

— Monsieur, je vous somme de m'écouter au nom de Pierre qu'on vient d'arrêter et de conduire en prison.

Chalais fut sur le point de faire un mouvement d'intérêt en se rapprochant de cette messagère de malheur; mais, bien que son âme fût en ce moment en proie aux plus vives appréhensions, il sut se contenir et voulut encore repousser la pauvre femme.

— Vous ne me croyez pas? s'écria-t-elle.

— Arrière! dit-il.

— Comte, je vous jure que c'est la vérité.

— Qui êtes-vous, madame, et pourquoi ce masque sur votre visage? est-ce pour me tromper, ou pour que je ne sache pas d'où me viennent ces avis dont je n'ai que faire?

— Comte, Pierre m'a envoyée vous prévenir de son arrestation, pensant sans doute que vous en feriez votre profit, et que vous et d'autres personnes sauriez vous prémunir contre un événement de cette nature.

— Madame, ôtez ce masque et je verrai si je dois vous croire.

— Comte, le visage d'une femme qui croit devoir se cacher est sacré, et vous ne devez pas exiger pareille chose; d'ailleurs, que pourrait-il vous apprendre?

— Alors, passez votre chemin, la belle; je ne veux ni vous connaître, ni essayer de comprendre ce que vous m'avez dit.

— Soit, j'ai rempli ma mission, et il ne me reste qu'à vous adresser une prière.

— Laquelle, madame? fit Chalais, désarmé subitement, car la voix était douce et attestait l'âge de la personne qui l'implorait.

— C'est d'employer votre crédit, si vous le pouvez, à sauver ce pauvre jeune homme.

— Le sauver?

— Je l'aime, et s'il mourait je mourrais, — ajouta la femme avec un sanglot.

Chalais fut vivement ému et répondit par une involontaire étreinte au serrement de main de la belle éplorée; mais il la fit ranger contre le mur et passa.

— Mon Dieu! se dit-il quand il fut à vingt pas du Louvre, si cela était vrai, pourtant! Pierre Baudry, en me quittant tout à l'heure, m'a fait promettre... Et cette grâce que le roi a signée... oh! ce serait mal remercier Dieu!...

Et il revint sur ses pas avec un empressement attestant bien certainement un bon cœur. Il retrouva la jeune femme assise sur une borne et la tête dans ses mains.

— Madame, lui dit-il avec entraînement, qui que vous soyez, si véritablement vous m'êtes envoyée par ce jeune homme, comptez sur moi, et même, si je venais à vous manquer, allez trouver ma mère, c'est une sainte femme, et elle vous accueillera bien.

Sur ces mots, il s'éloigna et ne tarda pas à arriver en vue du Châtelet.

— Pierre l'aurait reconduite à son père, ce disait-il, et maintenant il faut que ce soit moi... l'oserai-je?... Oui, ce sera mon châtiment. Il n'est pas de sacrifices que je ne sois prêt à faire pour apaiser un père irrité. Heureusement je suis riche.

Le nom du roi et la signature du chancelier lui ouvrirent toutes les portes. Un quart d'heure après, Jeanne était dans ses bras.

— Ma Jeanne bien-aimée, lui dit-il, en me voyant te méconnaître, tu as avoué un crime dont tu es incapable, et j'ai reconnu alors la voix de l'innocence. Viens, viens avec celui qui t'aime et t'honore.

Jeanne croyait rêver, et il fallut que les geôliers et les gardiens lui assurassent qu'elle était libre.

Quand ils se trouvèrent sur le Pont-au-Change, au milieu de la nuit et du silence, seuls devant Dieu, la jeune femme étendit la main vers le ciel.

— Oui, maintenant, mon Henri, je te le jure, je suis innocente.

— Viens vite, fit Chalais en l'entraînant vers la Cité.

— Où me conduis-tu donc ?

— Dans les bras de ton père.

Jeanne s'arrêta, passa ses bras autour de son cou et l'embrassa ardemment.

— Allons ! fit-elle avec la joie et la fierté du triomphateur.

XI. — LE JUSTICIER DE L'HONNEUR.

Chalais frappa avec assurance à la porte du docteur Adamas ; mais Jeanne se serra contre lui en s'appuyant sur son bras, car elle se sentait défaillir.

A cette époque, les rues étaient loin d'être sûres, et la rue Serpente n'était ni plus brillante ni plus fréquentée qu'aujourd'hui ; si bien que la vieille servante commença par ouvrir un petit judas pratiqué au milieu de l'huis. Mais la nuit était trop obscure pour permettre de distinguer autre chose qu'une ombre noire se dressant sur le pavé.

— Qui frappe? demanda-t-elle en approchant sa chandelle du judas, afin d'éclairer un peu le dehors.

A ce moment, Jeanne s'était soulevée sur le perron, et son visage se trouva à la hauteur de l'ouverture.

— Jésus! s'écria Marianne avec un éclat de voix qui retentit dans toute la maison, — c'est mademoiselle!

Elle ouvrit la porte à grand fracas et Jeanne tomba dans ses bras.

— Mon père est-il ici? demanda-t-elle les yeux égarés.

— M. le docteur, oui ; il est là-haut, dans son laboratoire, comme toujours ; mais M. Béranger est absent et ne tardera pas à rentrer.

— Reste ici, bonne Marianne, et, quand il rentrera, préviens-le que je suis là. Le coup sera moins violent pour son cœur.

— Soyez tranquille.

— Montons, dit Jeanne en emmenant Chalais qui, à son tour, éprouvait une certaine répugnance à pénétrer dans cette maison où il avait jeté le deuil et le désespoir.

Jeanne frappa timidement à la porte du laboratoire et fut obligée de répéter son appel, car le docteur était vraisemblablement plongé dans quelque mystérieuse expérience. Il vint ouvrir en grommelant, car il n'aimait pas être dérangé, et faillit tomber à la renverse en reconnaissant le visage aimé de sa fille adoptive.

— Ma Jeanne ! s'écria-t-il en lui ouvrant les bras.

— Mon père ! fit la jeune fille en répondant à ses transports, oui, c'est bien moi ! je vous reviens, et pour toujours !

— Ah ! que Béranger va être heureux ! le pauvre homme, il passe sa vie sur la tombe de sa femme ; il y est à cette heure, et, je suis sûr que, tout en t'accusant, il demande à ta mère de te protéger.

— Elle m'a protégée, mon père, car me voici, et c'est à M. de Chalais que je dois d'être libre.

— Ah ! monsieur le comte, vous avez bien agi, et c'est là noblement...

— Reconnaître mes torts... oui, monsieur, vous pouvez ajouter cela. J'ai été bien coupable, je l'avoue, et vous me voyez repentant et prêt à offrir à mademoiselle les réparations auxquelles elle a justement droit.

— Merci, monsieur le comte, vous êtes un homme d'honneur, dit le bon docteur en lui prenant une main que Chalais ne serra que faiblement en essayant de dérober ses yeux aux regards de Jeanne qui le considérait d'une manière étrange, car elle trouvait à son amant une froideur à laquelle son âme naïve et pure n'était pas préparée.

Deux coups frappés à la porte de la rue les firent tressaillir tous trois.

— C'est mon père ! dit Jeanne en joignant les mains.

— Cachez-vous là, monsieur, dit le docteur en montrant un rideau

à Chalais, il ne faut pas qu'il vous voie tout d'abord. Vous vous montrerez quand il sera temps.

— Ma fille ! où est-elle? où est ma Jeanne?... fit une voix forte dans l'escalier, en même temps qu'on entendait retentir sur les marches de bois les pas mal assurés du vieux soldat.

Béranger parut et Jeanne se jeta dans ses bras.

— Quand j'ai quitté la tombe de ta mère, tout à l'heure, dit-il, je me suis senti plein de courage et d'espoir ; — une voix secrète me disait qu'un bonheur allait m'arriver!... je revois mon enfant !

— Mon bon père ! fit Jeanne en cachant sa tête dans sa poitrine.

— Ah ! que cela fait du bien de sentir battre sur son cœur, un cœur bien à vous!... et d'avoir dans sa main celle d'un véritable ami...

Ce disant, Béranger tendait sa main au docteur, et ces trois êtres restèrent confondus pendant quelques minutes dans un groupe d'affectueuse tendresse.

— Adamas, mon frère, continua le soldat, quand tu as daigné entrer dans ma maison et en faire la tienne, le bonheur est entré avec toi.

A ce mot, Jeanne tressaillit involontairement, et Béranger, à qui la vue de son enfant avait fait tout oublier, retrouva tout à coup le souvenir.

— Que dis-je!... s'écria-t-il en repoussant Jeanne, suis-je atteint de folie? Jeanne, Jeanne, qu'avez-vous fait de mon honneur?

La jeune fille tomba à genoux et Adamas voulut s'élancer vers elle, mais son ami le retint.

— Laisse-nous, dit-il.

— Frère, au nom du ciel, au nom de notre vieille amitié, sois clément !

Le vieux soldat lui fit un signe et il sortit.

— Jeanne, continua Béranger, je n'avais rien sur la terre que vous ; vous étiez la joie, l'espérance et la consolation de mes vieux jours, et pendant que je me battais au loin sous les drapeaux du roi, vous consommiez ici votre perte et mon déshonneur. Vous avez été oublieuse de toutes les pudeurs de la femme, et vous avez souillé votre couronne de pureté, Jeanne, vous êtes infâme !

— Oh !... mon père !

— Oui, infâme, et doublement, car vous avez arraché la seule richesse restée à votre père, à celui qu'un malheur de vingt années aurait dû vous rendre sacré.

— Ah ! accablez-moi de votre malédiction, mon père, punissez-moi, tuez-moi, j'ai tout mérité.

— Je ne veux pas votre mort, non, j'ai trop pleuré depuis quelques jours, et j'ai vu jusqu'à quel point peut aller pour vous ma faiblesse et mon amour ; mais, si je ne vous pardonne pas, il faut une expiation, et cette expiation, c'est moi qui me charge de la poursuivre.

— Que voulez-vous dire?

— Autrefois, je me suis trouvé dans une situation à peu près semblable, continua Béranger d'une voix sombre, et la vengeance m'a échappé ; celui qui m'avait offensé s'était rendu inaccessible à ma haine et j'avais été forcé de remettre à de longues années la vengeance que je voulais tirer de son exécrable action ; je m'étais dit : — Quand Jeanne sera grande, quand elle sera en âge d'être mariée, quand enfin elle n'aura plus besoin du vieux Béranger, celui-ci pourra sacrifier sa vie et son honneur, s'il le faut, pour la vengeance ; mais aujourd'hui, Jeanne, vous m'avez rendu toute fierté impossible ; je n'ose plus lever la tête, et je ne puis parler de mon honneur d'autrefois, tant que celui d'à présent n'aura pas recouvré son éclat et sa pureté. Je ne veux pas être un père à qui tout le monde se croira le droit de cracher au visage le nom de l'infâme qui l'a avili!

— Que voulez-vous donc, mon père?

— Quand vous avez failli, vous vous êtes condamnée au mépris ; moi, je ne l'accepte pas, mais il me faut le nom de l'homme qui t'a jetée à la fange des rues.

— Ô ciel !

— Je veux lui demander compte de son action.

— Vous voulez le tuer ?

— Tu l'aimes donc encore?

— Oui, oui, je l'aime, mon père : c'est le plus généreux et le plus noble des hommes.

— Tu mens, car il t'a trompée ! tu vois bien qu'il me faut son nom. Il t'a trompée, te dis-je, trompée, entends-tu? trompée plutôt que séduite, car il a dû mentir indignement pour en arriver là. —

Allons, son nom ? il me le faut, car tout le sang de ses veines ne pourra payer cet affront.

— Mon père !

— Ah ! tu ne sais pas, toi, ce que j'ai souffert depuis longtemps, depuis ta naissance ; tu ne sais pas ce que le soin de ton avenir a imposé de sacrifices à mon honneur et tout ce qu'il m'a fallu renfermer en moi de sentiments tumultueux pour ne pas venger l'affront ancien. Mais aujourd'hui, en voici un nouveau ; il faut qu'il ait son expiation, je le veux, je l'exige, et voilà pourquoi je te demande le nom de cet homme.

— Ah ! mon père, je l'aime !

— Que m'importe ! il me faut sa vie.

— Mon père, s'il meurt, je mourrai.

— Je veux le nom de ce lâche !

— C'est moi, monsieur, fit une voix sombre.

Tous deux se retournèrent et virent Chalais qui, les lèvres frémissantes et dans une attitude pleine de fierté et de colère, soulevait le rideau derrière lequel il était demeuré abrité tant que sa patience avait pu le supporter.

— Vous avez bien tardé à paraître ! fit Béranger comme dans une sorte de ragissement et en tirant son épée.

— Mon père !...

— Retire-toi, enfant, retire-toi, car il faut châtier l'homme qui m'a enlevé la consolation et la joie de mes vieux jours.

— Monsieur, dit Chalais, vous me tuerez, mais je ne me défendrai pas contre vous.

— Ah ! je le disais bien que tu étais un lâche.

— Je suis un homme qui vous a gravement offensé, monsieur, et qui voudrait payer de tout son sang le tort qu'il vous a causé... mais...

— Mais, c'est justement votre sang qu'il me faut, monsieur, et c'est tout ce que vous devriez avoir déjà l'épée à la main.

— Monsieur, je ne pourrais, d'ailleurs, me battre ici avec vous, et demain...

— Oh ! je vous connais, messieurs les beaux seigneurs de la cour, et les façons mises à la mode par M. Concini, d'odieuse mémoire, ne sont pas, je le vois, tout à fait mises en oubli !

— Monsieur, qu'osez-vous penser ?

— Que, d'ici à demain, quatre hommes à vos gages se chargeront de venger votre injure.

— Monsieur !

— Allons, misérable, hâte-toi de tirer ton épée, car tu vois bien qu'à tout prix il faut que je la sente contre la mienne.

— Mon père !

— Arrière, fille, arrière ! laisse les hommes vider le différend de l'honneur.

— Jamais, jamais !

Et Jeanne s'était précipitée vers son père et lui étreignait le corps de toutes ses forces ; mais le vieux soldat avait assez de vigueur pour l'entraîner après lui, et, en deux bonds, il avait réussi à se trouver auprès de la porte du laboratoire.

Il se débarrassa de l'étreinte de Jeanne et, la prenant par un bras en même temps que, de l'autre, il ouvrait la porte, il la poussa sur le palier avant même que celle-ci eût compris la simultanéité de ces mouvements.

Quand Béranger eut assuré la porte au moyen du verrou, il se retourna vers Chalais qui était resté immobile au fond du laboratoire et le considérait d'un air triste.

— Allons, monsieur, fit le vieux soldat d'une voix brève, tirez votre épée ; nous avons assez de place ici.

— Monsieur, je vous en supplie, ne me forcez pas à ce combat horrible.

— Mais il me faut une réparation, vous avez dit tout à l'heure que j'y avais droit ; or, puisque vous ne voulez pas vous battre, c'est donc que vous préférez me donner celle que tout homme d'honneur se serait empressé déjà de m'offrir.

— Laquelle, monsieur ?

— Jeanne était pure et honnête, lorsque votre amour l'a souillée, c'est à vous de la réhabiliter aux yeux de tous ; qu'elle soit votre femme !

— Monsieur, dit Chalais avec noblesse, je mérite votre colère et je n'ai aucun droit à votre pitié, aussi je vous offre de nouveau ma poitrine.

— Eh quoi ?...

— Je ne puis consentir.

— Vous ne pouvez !... vous ne pouvez épouser Jeanne, peut-être ?

— Hélas !

— Êtes-vous insensé, monsieur, ou bien ne seriez-vous pas libre ? seriez-vous marié déjà ?

— Non, monsieur.

— Ah ! fit Béranger en se frappant le front, je vous ai vu au palais Médicis, c'est vous qu'on appelait, je crois, M. de Chalais. Seriez-vous tellement engagé dans cette entreprise que vous n'ayez pas la faculté de disposer de vous-même ?

— Monsieur, en vous disant de me tuer, n'est-ce pas vous dire que je suis maître de ma personne ?

— Mais alors, pourquoi, pourquoi ce refus plus insultant encore que l'offre première ?

— Monsieur, nous vivons à une époque où les lois du monde doivent être aussi respectées que celles dont le souverain se fait le dispensateur. Je vous ai déjà dit que j'étais disposé à vous donner toutes les satisfactions, à faire tous les sacrifices ; mais cela s'arrête à ce que la noble famille à laquelle j'appartiens aurait le droit d'appeler une mésalliance.

Un formidable éclat de rire accueillit ces mots.

— J'attendais cette parole ! s'écria Béranger en brandissant son épée. Allons, monsieur, du courage, du courage, à défaut de cœur et d'honneur.

Et, du plat de son épée, il frappa l'épaule du gentilhomme.

Chalais sous cet outrage et mit impétueusement l'épée hors du fourreau. Un cliquetis sinistre retentit, auquel répondit un cri déchirant venant de l'extérieur.

— Mon père !... cria Jeanne en frappant de toutes ses forces contre la porte, mon père, ne le tuez pas ! je vous en supplie, au nom du ciel, au nom de mon amour pour vous !

Mais il semblait que ces prières ranimaient au contraire la fureur du soldat ; et elle était telle qu'il ne s'apercevait pas de la manière de combattre du comte qui, une fois aux prises, se sentit ému de pitié et ne s'attachait qu'à essayer de désarmer son adversaire.

— Vous me ménagez, corbleu ! dit Béranger, obligé de se fendre sur un appel que Chalais n'avait nullement paré.

— Mon père !... cria Jeanne, et sa voix semblait venir de dessous la porte affaiblie, comme si elle eût été couchée à terre.

Mais au lieu de parvenir à désarmer le vieux soldat dont le poignet était de fer et la science assurée par une longue pratique, Chalais lia son épée de telle sorte qu'elle lui échappa des mains.

Béranger poussa un cri de triomphe et, saisissant le jeune homme à la gorge, lui appliqua la pointe de son épée à deux lignes de la poitrine. Chalais renversé par le choc fut obligé de mettre un genou en terre.

— Je suis maître de ta vie, misérable, et je vais te tuer.

— Faites, monsieur, je suis coupable.

— Ah ! tu refuses d'épouser ma fille parce que tu es gentilhomme : c'est une félonie, car c'est parce qu'elle n'était pas noble que tu as osé lui parler d'amour.

— Mon père !... murmura Jeanne d'une voix mourante, au nom de ma mère, épargnez-le !...

— Ah ! comte, vous avez eu l'infâme courage de me répondre cela, eh bien ! aussi sûr que je vais te tuer à l'instant, je vous jure que je suis noble, et fils de noble, moi ! je m'appelle Béranger de Listrac, et si je voulais bien chercher mes parchemins, je vous prouverais que le roi Charles VII nous a faits barons de Listrac, Sauveterre et autres lieux ; mais, c'est Satan qui vous en fournira les preuves !

Et il avançait l'épée ; déjà elle avait touché la veste de soie du gentilhomme et allait traverser, lorsqu'un bruit effroyable retentit dans le laboratoire et au dessus de leurs têtes.

En même temps la porte volait en éclats sous les efforts vigoureux de Robert qui se précipitait dans la salle comme un ouragan.

Les vitres de la croisée pratiquée dans le plafond tombaient sur le sol, et Catafago, sautant sur le plancher comme un chat, arrêtait le bras prêt à frapper.

Le vieux lion rugit en voyant Chalais se relever et Jeanne accourir et se jeter dans ses bras, et voulut se débarrasser des étreintes du bandit ; mais il avait affaire à trop vigoureuse partie pour cela.

— Comte, dit Robert. Catafago et moi nous étions à la porte de votre hôtel, attendant votre retour, quand une escouade d'archers est arrivée pour vous arrêter. En nous trouvant pas chez vous, le chef a dit : — Il aura été délivrer la fille d'Adamas, et pendant que les archers se dirigeaient vers le Châtelet, nous sommes accourus.

— Il y a ordre de m'arrêter ?

— Oui, le moine qui a apporté à Pierre Baudry la lettre de Bruxelles, c'est M. de Rochefort, et Pierre Baudry est à la Bastille ou ailleurs. Ne vous laissez pas surprendre, fuyez !

— Le cardinal...

— Il a la lettre qu'on vous a adressée de Bruxelles et celle que vous avez répondue.

— Eh bien ! ma vie allait être tranchée par le fer de monsieur, elle le sera par la hache du bourreau, soit !

— O ciel ! fit Jeanne.

— Je vais aller me livrer au cardinal, cela sera plus tôt fait, et monsieur ne perdra pas sa vengeance.

— Monsieur, dit Béranger en remettant l'épée au fourreau, du moment que le cardinal vous persécute, partez, nous reprendrons notre combat quand vous serez loin de ses prisons et de ses bourreaux.

— A quoi bon ? la vie me pèse.

— Fuyez, Henri, je vous en supplie, dit Jeanne en fondant en larmes et s'appuyant sur la poitrine de son père, fuyez, conservez vos jours, si vous avez un reste de pitié et d'affection pour celle qui vous a consacré sa vie.

— Jeanne...

— Fuyez, comte, dit Robert en lui prenant la main.

Chalais, ébranlé, allait céder, lorsque deux coups, rudement frappés à la porte de la rue, retentirent dans l'escalier démasqué par le bris de la porte du laboratoire.

— Trop tard !... fit Adamas en montant précipitamment et montrant une figure effarée, ce sont des archers et un exempt.

— Mon Dieu !... fit Jeanne au désespoir.

— Nous sommes quatre hommes, dit tranquillement Béranger en mettant la main sur la garde de son épée, nous pouvons avoir raison d'une poignée de sbires.

— Grands dieux ! s'écria Adamas, une révolte contre les gens du roi !

— Fuyez, Henri, au nom de votre mère qui, vous me l'avez dit, mourrait comme moi de votre mort.

— Ma mère ! reprit Chalais sortant tout à fait de sa torpeur et relevant la tête en regardant autour de lui.

Deux coups plus forts furent frappés à la porte de la rue.

— Mais ils gardent la maison ! dit le docteur avec désespoir.

— Par ici, dit Catafago, en montrant la croisée par laquelle il avait fait irruption dans la salle.

— Oui ! affirma Jeanne.

— Venez, fit Catafago, je connais les chemins et je réponds de vous mener hors Paris, quand toutes les portes seraient gardées par une armée !

Ce disant, le bohème avait traîné un grand fauteuil en-dessous de la croisée, le faisait soutenir par Robert et, s'aidant des mains, grimpait lestement sur le toit.

— Allez ouvrir aux archers, dit-il, mais retenez-les en bas cinq minutes.

Et Catafago tendit une main à Chalais qui à son tour monta sur le fauteuil.

XII. — LE FILS DU VERT GALANT.

— Résumons, dit le roi quand le cardinal lui eut mis en main les preuves du complot, — le contenu du petit étui remis par Pierre à Rochefort, — preuves autrement sérieuses que la lettre du matin.

— Votre Majesté est bien décidée ?

— Oui.

— M. de Chalais à la Bastille...

— Ah ! je suis bien fâché de l'avoir laissé partir tout à l'heure.

— Que Votre Majesté n'ait aucune crainte, le comte est un de ces cerveaux fêlés qui ne croient au danger que lorsqu'il est sous leurs pas ; il ne fuirait qu'à la dernière extrémité, et nous aurons soin qu'il n'échappe pas.

— Et je lui ai accordé la grâce de sa maîtresse !

— Sire, je vous la demanderais encore, reprit le ministre, à qui ce souvenir fit froncer les sourcils.

— Bien, je vous l'abandonne, mais messieurs mes frères les bâtards ?

— A la Bastille aussi, sire.

— Et madame de Chevreuse ?

— Je l'exile provisoirement à Tours.

— Bien, et mon frère ?

— Il sera, dans les quarante-huit heures, l'époux de mademoiselle de Montpensier.

— Très-bien, et...

— Votre Majesté a encore quelqu'un à punir ?

— La plus coupable de tous, monsieur le cardinal, une femme qui m'a déjà causé tant de soucis, et à vous aussi ; car, c'est en vain que vous l'avez toujours défendue, elle revient toujours à ses erreurs, et déteste toujours son mari. Dieu sait ce que j'ai souffert à propos de M. de Buckingham, ce damné duc qui, dit-on, nourrit encore l'espoir de revenir à ma cour. Monsieur le cardinal, quel châtiment, quel châtiment avez-vous trouvé pour elle ?

— Sire, je n'en connais pas.

— Il m'en faut un, cependant.

— Sire, la reine est la vertu même, je le crois, j'en suis sûr. Elle n'est coupable que de légèreté ; mais elle a l'âme noble et généreuse, et quand vous aurez éloigné d'elle cette folle duchesse de Chevreuse, tout ira bien.

— Mais le châtiment, cardinal, il me le faut, encore une fois je le veux.

— Sire, avec une âme comme celle de la reine, les plus simples sont les meilleurs, et si j'osais conseiller Votre Majesté, je lui dirais...

— Achevez...

— Entrez, sire, dans la chambre de la reine, dites-lui que vous savez tout et que sans rien exiger, sans rien conserver contre elle, vous lui pardonnez.

— Vous avez raison, monsieur le cardinal, j'y vais tout de suite.

— Oui, sire, et moi je vais exécuter vos ordres, relativement aux véritables conspirateurs.

— Faites.

— Cependant...

— Quoi encore ?

— Votre Majesté m'a abandonné M. de Chalais, mais Votre Majesté a-t-elle bien réfléchi à ce que ce mot entraîne ?

— C'est un grand coupable, monsieur de Richelieu !

— Aussi, sire, veux-je absolument convenir d'avance de ce qui sera fait. Il faut un grand exemple, proportionné au crime.

Le roi resta un instant pensif, pendant lequel Richelieu l'examinait avec une attention inquiète, car il lui semblait voir ses yeux se voiler et se porter ensuite de côté et d'autre, ce qui était le signe évident de l'indécision si habituelle au caractère du monarque.

— Sire, reprit Richelieu, cette fois vous en êtes bien convaincu, ce n'est pas à moi qu'on s'en prend, c'est à votre couronne, et si on commence à se débarrasser de moi, c'est parce que l'on sent le grand attachement que votre ministre a la France et à son roi. — Sire, il ne faut pas hésiter : si votre père, de glorieuse mémoire, avait fermé les yeux, le maréchal de Biron eût fait ce qu'il accompli plus tard ceux qui ont armé le bras exécrable de Ravaillac.

— Faites, monsieur, faites, dit le roi en se levant, je vais suivre votre conseil, il est excellent, et je n'attendais pas moins d'un ministre en qui j'ai mis si heureusement toute ma confiance.

Richelieu agita la clochette afin d'en éviter la peine au monarque et commanda le service.

En un instant les gentilshommes de la chambre se rangèrent et les pages porteurs de flambeaux marchèrent devant le roi, qui, avec ce cortège, se présenta devant la porte de la reine ; mais, arrivé là, il renvoya tout le monde et commanda à l'huissier de ne pas bouger.

Il entra donc sans être annoncé et trouva la reine dans son petit salon, assise auprès d'une table, en compagnie de madame de Chevreuse.

La reine tournait le visage à la porte et le vit entrer ; elle se leva aussitôt, marcha en grande hâte au-devant de lui, et s'inclina avec moins de froideur que d'habitude.

Le roi mit cet accueil sur le compte du trouble occasionné par sa venue subite et ne tarda pas à avoir la preuve qu'il ne s'était pas trompé, car en tournant les yeux vers une glace, il aperçut madame de Chevreuse qui, assise le dos tourné à la porte, glissait en se levant un papier dans sa gorgerette.

Cela le mit aussitôt de mauvaise humeur, et, comme tous les caractères faibles, il commença par se mettre en colère.

— Madame, s'écria-t-il, vous ne direz plus à présent qu'on vous accuse sur des chimères, et qu'on accumule à plaisir les circonstances qui vous chargent ?

— Sire... fit la reine avec timidité en se tournant vers la duchesse qui, par discrétion, fit mine de se diriger vers la porte.

— Ne partez pas, madame, dit vivement le roi, vous êtes assez avant dans la confiance de votre souveraine pour pouvoir assister à une explication entre époux. — Entre époux qui s'aiment, n'est-ce pas, madame? continua Louis XIII en lui prenant la main et la faisant asseoir auprès de la table, à la place même que venait de quitter madame de Chevreuse.

— Que me voulez-vous, sire?

— Ah! je vous ai dérangées, dit le roi en riant avec une amère contrainte et en regardant le bec d'une plume encore trempée d'encre; vous écriviez quelque sonnet, duchesse?

— J'essayais, sire, reprit celle-ci sans perdre la tête, et nous venions de nous décider, Sa Majesté et moi, à charger de ce soin M. Voiture.

— En vérité!

— Asseyez-vous là, duchesse, dit le roi en prenant la main de madame de Chevreuse et la forçant doucement de prendre la place quittée par elle-même, et prêtez-moi également toute votre attention.

— Mais qu'avez-vous donc, sire? demanda la reine dont les lèvres tremblaient visiblement.

— Madame, vous he pouvez plus vous en défendre à présent, vous conspirez réellement avec nos ennemis. Et vous recevez des lettres de votre frère le roi d'Espagne qui concluent à ma déposition; et les sonnets que vous dictez à madame de Chevreuse sont vos réponses à ces abominables projets. Oh! vous ne nierez pas, je sais tout: c'est doña Estefana, votre camériste espagnole, qui confie les lettres à Laporte, votre valet de chambre, lequel les fait passer au marquis de Mirabel, ambassadeur d'Espagne: vous voyez que je suis bien informé.

— Sire, dit Anne d'Autriche, ceux qui ont essayé de noircir auprès de vous la plus innocente des correspondances sont de bien méchants esprits, et ils ne méritent pas que je cherche à me justifier; aussi ne le ferai-je point. Libre à vous d'écouter ces indignes accusations; mais vous me permettrez de vous rappeler que vous m'avez déjà mise hors de cause dans tout ceci.

— Madame...

— M. de Richelieu s'est attiré beaucoup d'ennemis, et cherche à vous persuader que vouloir mon renvoi c'est conspirer contre vous; c'est habile, assurément, mais prenez garde, sire : à ce jeu vous pouvez perdre beaucoup plus qu'un ministre! je ne me défendrai pas.

— Quand je vous dis que j'ai la preuve!

— La preuve de ma participation directe?...

— Non, mais...

— C'est bien, sire, fit la reine en se levant. Brisons là. Je me retire.

— Madame...

Elle salua très-humblement et se dirigea majestueusement vers la porte de sa chambre, qu'elle ouvrit et qui se referma ensuite sur elle.

Madame de Chevreuse, surprise de ce départ qu'elle n'avait pu prévoir, s'était levée également et se disposait à suivre sa maîtresse; mais le roi la retint par la main et la força de rester.

Le roi avait toujours eu de grandes familiarités avec la veuve de M. de Luynes son favori, et il faut dire que la belle Marie de Rohan ne lui ménageait pas les avances, car elle ignorait alors les manières d'agir du roi avec ses maîtresses. Mais lorsque son ambition déçue avait poussé madame de Chevreuse à devenir l'amie de la femme plutôt que la maîtresse du mari, Louis XIII avait conservé ses libertés d'allures avec cette femme séduisante. Un jour, mis en quelque sorte au pied du mur, il avait déclaré de l'aimer ses maîtresses que de la tête à la ceinture : ce à quoi la folle duchesse avait répondu par un de ces mots qui prouvaient l'empire qu'une jolie femme sait toujours prendre sur la mode.

Aussi, dès qu'il se trouva seul avec elle, le roi à qui les grands airs de la reine imposaient, prit-il le ton du commandement.

— Madame, dit-il, donnez-moi la lettre que vous écriviez quand je suis entré.

— Quelle lettre, sire?

— Celle que je vous ai vue cacher.

— Vous m'avez vue cacher une lettre?

— Oui.

— Où donc? demanda effrontément la duchesse en regardant le roi.

Louis le Chaste baissa les yeux et désigna sa propre poitrine.

— Là, fit-il.

— Je ne comprends pas Votre Majesté.

— Duchesse, reprit le roi avec colère et en frappant du pied, à mon entrée vous avez glissé une lettre... là!

Et cette fois, ce n'était plus lui-même qu'il désignait du doigt, mais la poitrine de la duchesse, véritable nid de toutes les grâces et dont elle semblait prendre plaisir à présenter toutes les richesses aux regards timides de son ancien et trop platonique amant.

La duchesse haussa les épaules sans respect pour la majesté royale, mais ce geste fit tout à coup saillir entre l'étoffe de sa robe et les blancheurs de neige du sein l'angle aigu du papier incriminé.

— Tenez, madame, le voilà, dit Louis, je le vois!

Madame de Chevreuse abaissa son regard sur elle-même et aperçut en effet le papier accusateur; mais elle savait à qui elle avait affaire.

— Eh bien! sire, dit-elle, prenez-le.

Le roi avança une main frémissante; mais aussitôt rougissant et troublé, sous le regard provocateur de cette sirène, il recula de quelques pas.

— Je ne mets jamais mes mains là, dit-il en balbutiant.

Et avant que madame de Chevreuse eût pu comprendre son dessein, il s'était précipité vers le coin de la cheminée et y avait saisi une paire de pincettes, armé de laquelle il s'avança résolument.

— Ah! sire... fit avec un reproche amer la belle duchesse, en voyant cet instrument dirigé contre sa poitrine, — vous n'êtes donc pas le fils du roi Vert Galant?

Le roi jeta les pincettes à terre dans un vif mouvement de colère et madame de Chevreuse en profita pour gagner au plus vite l'appartement de la reine.

Quand le roi se vit seul, il frappa du pied et rentra chez lui; puis, honteux de sa faiblesse, il reprit le chemin des appartements de la reine; mais il apprit que Sa Majesté venait de partir à l'instant pour le couvent du Val-de-Grâce, où, d'ordinaire, Anne d'Autriche aimait à faire ses dévotions.

Furieux, il saisit une plume et écrivit à M. Séguier l'ordre formel de se rendre immédiatement au Val-de-Grâce, et d'avoir à procéder à une perquisition sévère dans les meubles à l'usage de la reine, de fouiller partout, jusqu'aux dames qui l'accompagnaient, et de fouiller même la reine, s'il supposait que quelque papier eût pu être dissimulé par elle soit dans ses poches, soit ailleurs.

Le roi savait que M. Séguier n'était pas homme à avoir besoin de pincettes pour exécuter ses ordres.

XIII

M. de Chalais suivait Catafago, et ils couraient sur les toits comme deux chats. Ils passaient ainsi d'une maison à l'autre et, par bonheur, les gouttières étaient assez larges pour les soutenir dans ces régions périlleuses.

— Que ne cherchez-vous donc à descendre? demanda le comte en s'arrêtant derrière une grosse cheminée, cette course est fatigante en diable.

— Laissez-moi faire, monsieur, je connais, au bout du pâté, une espèce de petite échelle qui semble avoir été placée là exprès pour le cas présent.

— Attendez, laissez-moi souffler un peu.

— Pas longtemps, monsieur.

— Ah çà, il me semble que vous ne m'êtes pas inconnu?

— Oui, monsieur, c'est moi que vous aviez chargé d'enlever un soir mademoiselle de Caumont.

— Tu es donc Catafago, mon ami?

— Oui, monsieur le comte.

— Je ne t'aurais jamais reconnu; tu as un haut de chausses et un pourpoint de magnifique tournure de gentilhommerie.

— Un peu fané! fit le bandit en opposant ses broderies de jais aux rayons de la lune.

— Tu joues bien des rôles, mon ami, à ce que je vois : tantôt ravisseur, tantôt sauveur.

— Et tantôt assassin, pour vous servir, monseigneur, surtout si c'est contre M. de Rochefort.

— Ah! tu n'aimes pas cet homme?

— Non, monseigneur, reprit Catafago d'une voix qui sembla sortir du plus profond de sa poitrine.

— Eh bien! mon cher, si je suis obligé de quitter Paris, comme il paraît, je ne regretterai qu'une chose, c'est de ne pas te montrer le cadavre de M. de Rochefort.

— Ah! monseigneur, ne nous enlevez pas cette joie!

— Nous? de qui parles-tu?

— Forfala et moi nous avons juré sa mort, et nous le tuerons; Forfala conserve un fol espoir, quant à son enfant, mais je connais le pèlerin, moi, et je suis sûr que son billet est comme celui que mademoiselle de Lenclos a signé, dit-on, à M. de la Châtre.

— Ah! tu connais tes ruelles, mon drôle!

— Chut! monseigneur, si vous m'en croyez, nous allons poursuivre notre chemin, car il me semble...

— Qu'y a-t-il donc? demanda Chalais en le voyant se pencher vers la rue sans nul souci du vertige.

— Diable!...

— Que vois-tu donc?

— Ouais, serions-nous dépistés?...

En effet, les appréhensions de Catafago pouvaient avoir quelque apparence de fondement, car au-dessous d'eux, ils entendaient comme le pas de plusieurs soldats courant, ce qui se reconnaissait facilement au cliquetis de leurs gorgerins et des capucines de leurs mousquets.

— Alerte! dit le bandit, suivez-moi.

Il se mit à courir tantôt dans les larges gouttières de plomb; tantôt il passait à califourchon sur l'arête faîtière d'un mur, tantôt il s'aidait des mains pour tourner une haute cheminée ou bien pour escalader une fenêtre de grenier d'où sortaient des rayons de lumière faisant craindre une mauvaise disposition des locataires. Chalais le suivait avec difficulté, et déchirait ses mains à ce labeur auquel, pour la première fois de sa vie, il se voyait contraint; mais il ne réfléchissait nullement à ce que cette situation pouvait avoir de mortifiant pour sa dignité, il ne s'agissait pour le moment que d'échapper aux rancunes du cardinal.

En cet instant, un éclair sillonna la rue, et une détonation retentit qui réveilla tous les échos de ce quartier paisible.

— C'est sur nous qu'on a tiré, dit Catafago en revenant sur ses pas et rejoignant Chalais.

— Pardine, je le vois bien, dit tranquillement le comte en lui montrant le trou d'une balle dans le mur de la cheminée contre laquelle il était appuyé. Les bons bourgeois de Paris vont croire à une nouvelle Saint-Barthélemy.

— Prenez garde! fit le bandit en le prenant par le bras et en le forçant à se baisser.

Et aussitôt une nouvelle détonation retentit.

Plusieurs fenêtres s'ouvrirent dans la rue et des têtes de bourgeois effarés apparurent.

— Rentrez chez vous, bonnes gens! dit une voix courroucée, c'est par ordre du roi.

Catafago fit tourner Chalais autour de la cheminée et au lieu de suivre la gouttière dans la direction précédente, ils retournèrent sur leurs pas et enjambèrent le toit de sa maison voisine, au moment où ils entendaient dans l'escalier de celle qu'ils quittaient le pas de plusieurs hommes.

Ils marchèrent alors sur la partie du toit opposée à celle de la rue, et en admettant que les habitants ne prêteraient pas main-forte aux archers ou suppôts de police, ils avaient l'espoir de se tirer de ce mauvais pas.

Heureusement ces gens n'étaient pas hommes à s'aventurer sur ces chemins périlleux et se contentèrent de tirer encore quelques coups de mousquet dans la direction des fugitifs.

— Ils vont cerner le pâté de maisons, dit Catafago, alerte!

Ils enjambèrent encore deux toits et alors le bandit frappa résolûment aux vitres d'une croisée perchée sur les combles d'une maison.

— Qui est là? fit une voix effrayée.

Catafago ne répondit pas, enfonça le carreau, souleva le châssis de l'une de ces fenêtres à coulisse qu'on a nommées, depuis, du nom de l'instrument de supplice inventé par Guillotin, et sauta dans une petite chambre. Il fut saisi aussitôt à la gorge par deux mains d'acier; mais au moment où Chalais l'imitait et descendait à son tour dans la chambre, il avait raison de l'hôte incommode de cette modeste demeure et le jetait sur le carreau.

— Pas de bruit, l'ami, dit Catafago en cherchant la porte, nous voulons descendre par ton escalier, voilà tout.

— Je connais cette voix, fit l'habitant en se relevant.

— Comment te nommes-tu?

— Bruniquel.

— Ah! nous sommes en pays de connaissance, je suis Catafago: allons, du secours, mon gars.

— Que faut-il faire? demanda le jeune homme cherchant à battre le briquet pour allumer une chandelle.

— Pas de lumière; ouvre vite la porte et tâche de nous conduire hors d'ici de manière à échapper aux archers.

— Il y a bien du tumulte dans la rue, en effet, dit Bruniquel qui ouvrit sa porte et marcha, sans avoir pris la peine de se vêtir, à travers l'escalier en guidant le bandit et celui qu'il supposait être son complice dans quelque méfait hardi.

Ils arrivèrent dans une petite cour noire et le jeune garçon montra un puits engagé dans l'épaisseur d'un mur.

— Tenez, dit-il, quand j'ai besoin d'un alibi, je passe par là; ce puits est mitoyen avec la maison voisine qui donne sur la rue des Poitevins, et il y a un grand jardin avec une brèche sur la rue Hautefeuille.

— Bon! fit Catafago en s'avançant vers la margelle, au-dessous de laquelle, en effet, il reconnut, avec les doigts, des entailles profondes fort propices pour une escalade.

— Je remonte chez moi, car je n'ai pas chaud, dit Bruniquel.

Catafago était déjà enfoncé à mi-corps dans le puits.

— Je vous montre le chemin, monsieur le comte, dit-il à voix basse. Tenez-vous à la corde, — les deux ensemble, mordieu! ou vous glisseriez au fond, — là, — un pied ici, l'autre là.

Quand Chalais eut exécuté la manœuvre, Catafago avait déjà dépassé la limite de mitoyenneté et enjambait la margelle de l'autre côté. Il se pencha vers le puits et fit vivement remonter l'un des seaux sur sa poulie.

— Tenez, dit-il, mettez un pied dans le seau et tenez-vous à la corde, je vais vous remonter à la force des poignets, — baissez la tête, parfait!

Chalais sauta sur la margelle et de là dans la cour de la maison voisine. Ils ne perdirent pas une minute à examiner le chemin qu'ils venaient de suivre et gagnèrent au plus tôt le jardin dont avait parlé Bruniquel; mais comme ils approchaient de la brèche, ils aperçurent briller à la clarté de la lune la collerette d'acier et la hallebarde d'un archer.

— L'issue est gardée!... fit Chalais en s'arrêtant.

— Oui, mordieu, oui, répondit Catafago en se grattant l'oreille.

Mais les hommes de proie comme lui sont fertiles en expédients, et le bandit, en portant ses yeux de tous côtés, aperçut un de ces tonneaux défoncés que les jardiniers enterrent comme réservoir pour l'arrosement de leurs cultures, et il en retira deux cerceaux.

— Tenez, dit-il à Chalais, prenez ceci; nous allons nous glisser contre le mur de manière à arriver à la brèche sans être aperçus. J'attirerai l'attention du gardien et...

Mais comme ils entendirent du bruit au loin, ils supposèrent que c'était le reste de la troupe et hâtèrent le pas, tandis que Catafago continuait à parler à voix basse.

Ce qu'il avait prescrit fut exécuté, et il s'approcha de la brèche du mur comme sans y prendre garde et en sifflant un air de séguedille, puis, il s'arrêta à dix pas et resta immobile, les jambes écartées.

— Que faites-vous là? lui demanda aussitôt l'archer qui l'aperçut et se pencha sur l'ouverture en s'appuyant d'une main sur l'assise qui se trouvait à sa portée.

Mais il n'eut pas plutôt achevé que Chalais, qui s'était tapi contre le mur, lui jetait son cerceau double autour du corps et le maintenait ainsi dans l'impossibilité de se mouvoir. Au même instant, Catafago bondissait vers la brèche avec la vélocité d'un tigre, et avant que l'archer eût pu pousser un cri, il lui plongeait son couteau dans la gorge.

Il tira tout à fait le cadavre dans le jardin et enjamba rapidement la brèche suivi du comte, au moment où, des deux côtés de la rue Hautefeuille, affluait un nombre considérable de monde.

Du côté du midi, c'était un groupe d'archers qui accourait, attiré sans doute par le bruit que la hallebarde de leur camarade avait produit en tombant sur le pavé; du côté du nord s'avançait un nombreux cortège de cavaliers entourant un carrosse et éclairé par des pages également à cheval portant des torches.

C'était la reine qui se rendait au Val-de-Grâce.

A la faveur d'une telle agglomération de monde dans cette rue étroite, Chalais et Catafago purent se glisser entre les chevaux et gagner du terrain.

— Nous avons le temps d'arriver à la porte Saint-Michel, dit le bandit.

— Mais elle doit être gardée.

— Oh! ce n'est pas cela qui m'embarrasse.

Ils reprirent leur course en montant la rue de la Harpe, enfilèrent la rue d'Enfer; mais, au lieu de s'approcher de la poterne qu'on apercevait de loin, grâce à une espèce de lanterne accrochée à un poteau destiné à l'affichage des édits royaux, le bandit s'arrêta.

— Mais pourquoi passons-nous par cette porte, Catafago? demanda Chalais.

— Vous en préférez une autre, monseigneur?

— Oui, celle de Saint-Victor.

— Ah! c'est que j'ai ici des moyens dont je ne disposerais ailleurs qu'avec une journée devant moi.

— Marchons, reprit le comte qui ne jugea pas devoir répliquer à un motif aussi excellent.

Catafago n'obéit pas. Ils étaient arrêtés devant la porte d'une espèce de masure assez semblable à celle qu'il habitait au Pré aux Clercs et il frappa sur l'huis au moyen d'une petite pierre qu'il trouva et replaça aussitôt dans un coin du seuil. Au bout d'un instant la porte s'ouvrit et une vieille femme parut, s'éclairant d'une mauvaise lampe de forme antique.

Catafago lui mit quelque chose dans la main et repoussa du pied un amas d'étoffes et de vieilles hardes assez semblables à du fumier, sous lequel il découvrit un anneau de fer qu'il tira aussitôt à lui, après avoir toutefois pris la lampe des mains de la vieille.

— Suivez-moi, dit-il au comte.

Celui-ci le retint du geste.

— C'est de l'argent que vous avez donné à cette pauvre femme? demanda-t-il à son guide.

— Oui, c'est un prix fait. Tant par homme qui prend cette route. La bonne vieille vit de cela.

— Mais elle n'a pas, je suppose, la chance de rendre souvent service à un homme comme moi?

— C'est juste, affirma Catafago.

Chalais mit quelques pièces d'or dans la main de la vieille, dont les yeux brillèrent comme des escarboucles à la vue de cette aubaine inattendue.

— De beaux écus tout neufs! s'écria-t-elle.

Ils s'enfoncèrent dans cet escalier, au bout duquel se trouvait une cave qu'ils traversèrent pour gagner un nouvel escalier d'au moins quatre-vingts marches, après lequel commençait un corridor large à peu près de vingt pieds. Ce corridor aboutissait à une sorte de carrefour où Catafago parut embarrassé; mais en approchant la lampe d'un gros pilier, il y constata une grosse croix creusée dans la pierre, lequel signe était répété de loin en loin, et servait à se diriger dans ces cryptes mystérieuses.

Au bout d'un quart d'heure, ils furent obligés de s'asseoir, car la route, parsemée de fragments de roc et d'amas de matériaux qu'il fallait escalader, avait fatigué le comte.

— Nous sommes dans les catacombes, à ce qu'il me semble, dit celui-ci...

— Oui, monseigneur, et nous n'avons fait que le tiers du chemin.

Une heure après, Catafago s'arrêtait tout à coup et levait la tête vers une espèce de puits large de six pieds, au milieu duquel se balançait une corde à nœuds, et qui laissait arriver jusqu'à eux la pâle lueur des étoiles.

— Voilà, monseigneur, où il faudrait déployer un peu de force musculaire, je crains, car je doute qu'il y ait là-haut quelqu'un pour m'aider à vous hisser.

— Passe, je ferai comme toi.

— Laissez-moi toujours monter seul; s'il n'y a personne, vous monterez. Sinon, vous n'avez qu'à vous tenir solidement des deux mains à la corde, et vous placerez vos pieds sur le morceau de bois qui est au bout.

Catafago grimpa à la force des poignets, et fut bientôt parvenu au sommet.

— Tenez-vous bien! cria-t-il ensuite à Chalais qui exécuta la manœuvre recommandée et se trouva suspendu sur l'abîme, montant sensiblement vers l'orifice de la carrière.

— Bonne invention, monsieur le comte, dit le bohème, quand la tête de Chalais dépassa l'ouverture; il paraît que, pendant mon voyage à Bruxelles, les amis ont jugé plus commode d'adapter un treuil à notre palais souterrain.

— Ah! fit Chalais en se secouant et frappant des pieds sur le sol, il fait bon être sous le ciel.

— Belle nuit, en effet!

— Où sommes-nous?

— A deux pas du village d'Ivry, monseigneur,

— Bon! il y a un maître de poste, je crois?

— Oui, monseigneur.

— J'y vais, dit Chalais, en mettant la main à sa poche.

Mais au lieu de s'éloigner, il restait immobile et considérait le truand dans une attitude triste et rêveuse.

— Ecoute, Catafago, par je ne sais quelle combinaison du hasard tu as échoué dans l'expédition que je t'avais commandée au Pré aux Clercs, et tu t'es trouvé à point chez maître Adamas pour me faire échapper. Je crois donc que tu es plutôt un ami pour moi, et... faut-il te l'avouer? je n'ose pas t'offrir une récompense.

— Ma foi, monseigneur, je pensais absolument la même chose quand je vous ai vu fourrer votre main dans vos grègues.

— Catafago, tu es un brave, donne-moi la main.

— Monseigneur... fit le bohème en reculant de quelques pas.

— Allons, pas de fausse honte ou de stupide réserve : tu es un brave, te dis-je, ta main?

L'œil du bandit brillait d'une façon extraordinaire, tandis qu'il avançait timidement sa main vers celle du gentilhomme.

— Monseigneur, dit-il, je voudrais me faire tuer pour vous, car je n'ai jamais rencontré plus noble cœur.

— Ecoute encore, tu retourneras chez maître Adamas, et si M. Béranger te demande où je suis réfugié, à lui seul, entends-tu, à lui seul, tu diras que je suis allé au château de Chalais, et de là à Nantes.

— Chez votre mère?

— Non, ne lui dis pas que je serai chez ma mère.

Il lui tendit encore la main, et sur l'indication de Catafago, il gagna au plus vite le village d'Ivry.

— Et quant à moi, murmura le bohème, il s'agit de retrouver cet exécrable Rochefort.

XIV. — LES HARDIESSES DE M. SÉGUIER.

La reine s'était rendue au Val-de-Grâce. Cette abbaye était alors un couvent de religieuses, fondé depuis peu par Anne d'Autriche. Elle aimait à s'y retirer parfois afin d'accomplir plus tranquillement les dévotions dont, superstitieuse Espagnole, elle croyait devoir racheter sa vie occupée de choses futiles et mondaines.

Quand elle eut laissé à la porte intérieure du couvent, selon la coutume, ses gens et son équipage, elle se trouva seule avec madame de Hautefort et doña Estefana, en face de l'abbesse, qui ne savait à quoi attribuer cette visite à une heure aussi avancée.

Lorsque le bruit des cavaliers de l'escorte se fut effacé dans le faubourg Saint-Jacques, la reine prit le bras de madame de Hautefort et s'adressa à l'abbesse.

— Ma chère sœur, dit-elle, donnez-moi une chambre où je puisse me retirer pour plusieurs jours.

— La chambre de Votre Majesté est toujours prête, mais...

— Oui, chère sœur, c'est plusieurs jours que je viens passer ici, car je suis bien malheureuse. — Aussi, espéré-je qu'à force de prières le ciel aura pitié de ma détresse.

La prieure était une personne trop discrète, par habitude et par caractère, pour oser témoigner le moindre sentiment de curiosité ; aussi se contenta-t-elle de montrer le chemin à sa souveraine en portant devant elle un flambeau à trois branches.

Quand la reine fut installée dans sa chambre, magnifique salle meublée d'une manière somptueuse et indiquant bien à quel auguste usage elle était réservée, elle se tourna vers madame de Hautefort et doña Estefana, qui étaient restées seules avec elle, et leur tendit les mains avec des yeux gros de larmes.

— Ah! mes bonnes amies, que me réserve-t-on, grands dieux!...

— Votre Majesté a peut-être été un peu vite, dit madame de Hautefort, et son départ du Louvre est de nature à indisposer le roi contre elle.

— Certainement, Sa Majesté est indifférente, et ne me tourmentera que si elle y est poussée.

— Elle y sera poussée, madame.

— Hélas! ma chère Hautefort, j'avais encore un peu d'espoir en M. d'Anjou, mais c'est un homme sans volonté, qui n'osera jamais agir contre ce maudit cardinal.

— Madame, voici qu'on sonne à la porte de la cour! s'écria doña Estefana toute effarée.

— C'est le roi qui poursuit Votre Majesté, dit madame de Hautefort.

— Oui, le roi n'est pas un homme bon, dit la reine, et je ne sais à

Cette vieille femme était repoussante à voir. (P. 131.)

quoi me rattacher avec lui. Il est dissimulé, et ses faiblesses ne sont qu'apparentes, car il est violent et cruel.

— Le roi? fit la dame d'honneur avec étonnement.

— Oui; quoique son père, le roi Henri, ait tout fait dans son enfance pour le corriger de son penchant à la cruauté, jusqu'à l'avoir de sa main battu de verges.

— Est-il possible!

— Madame, on sonne encore, dit doña Estefana en espagnol.

— Allez voir ce que c'est, car, à cette heure, ce n'est pas pour l'abbesse que l'on vient ici.

— Madame, reprit madame de Hautefort en voyant la reine essuyer ses yeux, je ne puis croire que le roi vous veuille du mal, et, quoi qu'en dise Votre Majesté, il est bon.

— Bon, ah! ma chère Hautefort, il est un fait, une action de sa jeunesse qui m'a été rapportée depuis mon mariage; si je l'avais connue, je me serais fait plutôt tuer que de consentir à être reine de France. Ecoutez. Un jour, il était enfant et avait pris en haine un jeune seigneur dont j'ai oublié le nom. Il fallut pour le satisfaire, et par ordre de sa mère, tirer à ce gentilhomme un coup de mousquet sans balle, auquel coup ce gentilhomme, prévenu d'avance, tomba et fit le mort : ce qui causa une si grande joie au petit prince qu'il battit des mains.

— Ah! madame, est-ce bien vrai, cela? Il y a tant de gens méchants, toujours à l'affût de ce que font et disent les rois et disposés à l'interpréter à mal!

— Oh! ma chère amie, le roi est capable de cela, et je suis sûre que le jour où il apprendra ma mort, il ne décommandera pas une partie de chasse.

Doña Estefana ouvrit vivement la porte et introduisit la duchesse de Chevreuse, qui entra tout effarée.

— Madame, dit-elle en baisant la main de sa souveraine, attendez-vous à toutes les infortunes, car le complot de M. d'Anjou étant découvert, le roi va sévir contre les coupables et leurs adhérents. Pour commencer, j'ai reçu l'ordre de me retirer auprès de Tours, dans ma terre de Luynes-Maillé et, à l'heure qu'il est, M. de Chalais doit être arrêté...

— M. de Chalais arrêté!...

— Et d'autres encore.

— Il y a du Rochefort là-dessous, dit la reine en frémissant.

— Oui, madame, car je viens de chez M. de Chalais, où j'ai appris, par un jeune homme nommé Robert, le rôle joué par cet abominable homme dans cette affaire. Madame, je crois le plus sûr pour Votre Majesté serait de gagner Bruxelles, comme plus rapproché, et où vous protégera votre tante l'infante Claire-Eugénie. De là, vous pourriez vous réfugier, par mer, auprès du roi d'Espagne, votre frère.

— Fuir la France!

— Oui, madame, car la haine du cardinal sera sans pitié; il tient la copie du traité, et pour asseoir définitivement sa puissance, il voudra du sang.

— Du sang!

— Il faudra des victimes, madame, et s'il n'ose pas porter la main sur la personne sacrée de Votre Majesté, qui sait ce qu'il fera!

— Mais je ne puis fuir facilement, duchesse, et le couvent doit être entouré d'espions.

— Madame, il le faut, car, j'hésitais à vous le dire, la reine-mère a reçu il y a quelques instants l'ordre de sortir de France.

— O ciel!

— Peut-être est-ce le cloître qu'on vous réserve.

— Le cloître! s'écria la belle Anne avec effroi. Oh! ce n'est pas

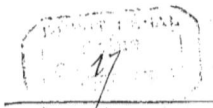

Il s'installa, un livre à la main, sur le balcon. (P. 134.)

possible! Je suis fille, femme et sœur de roi ; l'histoire ne parle de reines déposées et cloîtrées, qu'en ajoutant à leur nom des accusations infâmes, — et moi, je puis le prouver, je n'ai conspiré ni contre le roi ni contre l'État. Ce que je désire, ce que je veux, c'est uniquement l'éloignement d'un homme exécré et coupable de lèse-majesté envers sa souveraine.

— Madame, le roi n'a rien vu, il ne croira pas ; M. de Richelieu le retourne comme un gant.

— Mon Dieu !

— Madame, il faut partir ; tout peut se faire en secret, je prendrai tout sur moi.

— Vous êtes un esprit aventureux, duchesse, et vous me faites peur.

— Je vais aller à Tours, puisque tel est le lieu désigné pour mon exil ; là je saurai vous réunir un petit nombre de partisans, et puis d'ailleurs, j'ai un moyen d'en rassembler un certain nombre, à Paris même.

— A Paris, à la cour, oh ! duchesse, vous vous faites illusion.

— Mademoiselle Marion Delorme m'est toute dévouée : par elle l'association des belles dames du Pré aux Clercs peut être convoquée, et ces dames se feront fortes d'engager chacune son amant dans une tentative désespérée pour sortir de Paris et de la France, si Votre Majesté y était retenue réellement prisonnière.

— Qu'osez-vous proposer là ?

— Eh ! madame, les associations de plaisir sont celles sur lesquelles on peut le mieux compter quand il s'agit d'actions généreuses et chevaleresques.

— Je ne consentirai jamais...

— Madame, les instants sont précieux. Il faut que j'aie quitté Paris avant le jour. Je pars donc pour Tours à l'instant même.

Mais convenons d'un signe qui me fera connaître les intentions de Votre Majesté.

— Lequel?

— Si elle est décidée à partir pour Bruxelles, c'est qu'elle aura besoin de moi, et alors elle m'enverra un livre d'heures relié en rouge ; si au contraire vous ne devez pas partir, et par conséquent si je ne dois pas bouger, ce sera un livre relié en vert que je recevrai.

— Vous entendez, ma chère Hautefort, dit la reine en s'adressant à sa dame d'honneur.

— Oui, madame.

La duchesse répéta l'instruction à madame de Hautefort qui écouta avec l'attention la plus soutenue et se grava ces recommandations dans la mémoire. Après quoi, madame de Chevreuse prit congé de la reine et s'éloigna non sans emporter les bénédictions de sa souveraine, qui resta pensive et désolée.

— Madame, ne voulez-vous pas vous mettre au lit? demanda doña Estafana.

— Non, je suis malade et je sens que le lit me donnerait la fièvre.

Et sur ces paroles, la reine se mit à marcher par la chambre et s'en alla à la fenêtre d'où elle adressa un dernier signe d'amitié et d'adieu à sa fidèle confidente qui traversait la cour du couvent.

Anne se mit en prière avec ses deux dames, et les matines étant venues à sonner, tandis qu'elles étaient occupées à ce saint exercice, elle voulut descendre dans la chapelle et se confondre parmi les religieuses, afin de conjurer la colère céleste à force d'abnégation et d'humilité. Elle quitta la chapelle la dernière, les yeux baissés et les mains jointes, et avant qu'elle fût encore parvenue au perron qui conduisait à son appartement, elle entendit retentir la cloche de la porte extérieure du couvent.

— Encore un nouveau malheur ! s'écria-t-elle en gravissant rapidement les degrés et sans vouloir se retourner pour voir qui allait entrer.

Elle s'enferma dans sa chambre et envoya madame de Hautefort se reposer, ne gardant auprès d'elle que doña Estafana.

Mais la dame d'honneur avait à peine disparu par une porte qu'on frappait assez discrètement à l'autre, celle qui conduisait au dehors, et que, sur l'ordre de la reine, l'abbesse fut introduite.

— Madame, dit-elle, c'est M. le premier président Séguier qui désire parler à la reine de la part de Sa Majesté.

— Qu'il entre, dit Anne sans pouvoir dissimuler sa mauvaise humeur, et en faisant signe à doña Estefana de rester auprès d'elle.

Le président était venu avec plusieurs conseillers, mais il entra seul et s'avança vers la reine, les yeux baissés, et avec l'apparence du plus extrême embarras.

— Madame, dit-il, je suis chargé par le roi de demander à Votre Majesté communication de toutes ses lettres, papiers et correspondances quelconques.

— Plaît-il, monsieur?

Le président répéta la phrase, mais avec plus d'embarras encore et en essayant de donner à son attitude une expression de désaveu pour ses paroles.

— Oh! j'ai bien entendu, monsieur, mais j'étais curieuse de voir jusqu'à quel point un sujet peut porter le courage d'insulter sa souveraine.

— Madame, je supplie Votre Majesté de considérer que je ne suis ici que le représentant du roi et que si je n'avais pas reçu à cet égard les ordres les plus précis et les plus sévères, j'aurais préféré mourir que d'en avoir eu seulement la pensée.

— Enfin, monsieur, vous voulez visiter mes coffres? Heureusement ils sont là, tenez, doña Estefana va nous les ouvrir tous.

Et elle donna aussitôt l'ordre à sa camériste en espagnol.

— Madame, reprit M. Séguier, les ordres de Sa Majesté vont plus loin encore.

— Plus loin, monsieur?

— Oui, madame, et j'en préviens avec douleur Votre Majesté, mais je serai forcé de les exécuter.

— Avez-vous commission de me conduire à la Bastille?

— Non, madame, quoique, à vrai dire, je le préférerais, car on en sort, madame, et le dommage n'en est pas plus grand.

— Que voulez-vous dire et de quel dommage suis-je donc menacée?

— Madame, il m'a été enjoint par le roi de prier Votre Majesté de permettre que je m'assure par moi-même qu'elle ne garde sur sa personne aucune lettre compromettante, comme celle, par exemple, qu'elle aurait pu recevoir ou être sur le point de faire parvenir au roi d'Espagne ou à M. l'archiduc son oncle.

— Vous voulez fouiller votre reine! s'écria Anne d'Autriche au comble de la stupeur et dont les narines frémissaient d'indignation et de colère.

— C'est l'ordre du roi, madame, fit Séguier qui était prêt à défaillir, car une émotion extraordinaire s'était emparée de tous ses sens, à la pensée de la profanation qu'il était venu commettre.

— Monsieur, je vous préviens que je ne pardonnerai jamais, ni à vous, ni à ceux qui vous envoient, un pareil affront.

— Madame, je suis esclave de mon devoir, le roi m'a commandé d'aller, je vais.

— Mais c'est une indignité! s'écria la reine.

Et elle répéta en espagnol à doña Estefana ce que M. Séguier était venu faire au Val-de-Grâce.

— Sainte Vierge! exclama à son tour la camériste en roulant des yeux furibonds et avançant ses deux poings fermés vers le magistrat.

— Silence, mignonne; il faut savoir souffrir, dit Anne en tombant assise sur u fauteuil et cachant son visage dans ses mains.

— Madame... fit le président visiblement ému lui-même.

— Faites votre métier, monsieur, dit la reine en se retournant vers lui et lui montrant une des ouvertures conduisant aux poches de sa jupe.

M. Séguier hésita, il ne savait quelle contenance tenir et il introduisit une main tremblante dans la poche. Il ne l'y laissa pas longtemps assurément, mais en la retirant, il avait tressailli au contact de la jambe royale et ses yeux s'étaient égarés d'une sainte terreur.

— Madame, fit-il haletant, que Votre Majesté daigne m'affirmer qu'elle n'a aucun papier qui puisse intéresser le roi?

— Faites, monsieur, répondit la reine en lui montrant l'autre poche.

Le magistrat obéit à cette injonction, et qui eût examiné ces deux personnes eût supposé certainement que ce n'était pas à la reine que violence était faite.

Il va sans dire qu'il ne trouva rien.

Mais alors ses yeux se portèrent involontairement sur le corsage de la reine,—sur cette poitrine admirable que les poètes célébraient tout bas et que les courtisans, même les plus difficiles, avaient proclamée la plus belle qui jamais ait paru à la cour de France, — et le premier président demeura interdit.

Il approcha ses doigts frémissants de cette poitrine palpitante.

— Monsieur! fit la reine dont le visage devint fulgurant d'indignation et de colère.

— Madame, ordre du roi, répondit le magistrat.

Et, plus hardi que Louis XIII, il put constater que la reine ne confiait pas, comme madame de Chevreuse, ses secrets écrits aux pudiques mystères de son corset.

La reine restait immobile d'effroi et de stupéfaction.

— Miséricorde! s'écria doña Estefana en espagnol, à la cour de Sa Majesté Catholique cet homme serait mis à mort!... Il a osé toucher à la reine! Tocar á las tetas de la reyna !

— Monsieur, dit la reine en se levant pâle et les lèvres tremblantes, en montrant du doigt deux ou trois coffres qui, en arrivant, avaient été posés sur des chaises, achevez votre visite.—Viens, Estefana.

Et elle sortit, suivie de sa camériste, qui ne cessait de répéter :

— Ha tocado á las tetas de la reyna !

La reine alla trouver dans sa chambre madame de Hautefort, qui s'était mise au lit.

— Ma chère, dit-elle, il faut vous lever et envoyer en grande hâte à madame de Chevreuse le livre d'heures convenu.

— Eh quoi ! madame.

— Nous partirons pour Bruxelles, je n'y puis plus tenir.

— A l'instant, madame, fit la dame d'honneur en sautant à bas de son lit, malgré le respect qu'eût dû lui inspirer la présence de la reine.

— Ah! monsieur de Richelieu, dit la reine en serrant les dents, vous me paierez ce nouvel affront!

— Tocar á las tetas de la reyna ! ne cessait de répéter doña Estefana en jetant les hauts cris.

XV. — LA COMTESSE DEL RIO COLORADO.

— Monsieur de Rochefort, dit Richelieu en fronçant les sourcils, voici quatre jours que je vous ai donné l'ordre d'arrêter M. de Chalais ; or, comme vous ne reparaissiez pas, je vous croyais mort.

— Monseigneur, j'ai remué ciel et terre pendant ces quatre jours. Avant de posséder le traité que j'ai si heureusement pu attraper sur le pont Neuf, j'avais placé des hommes sûrs à toutes les portes de Paris et à la moindre brèche comptais offrir une fuite plus ou moins facile. Et à moins que M. de Chalais n'ait eu des ailes...

— On se déguise.

— M. de Chalais n'est pas homme à se déguiser. Pour réussir à semblable jeu, il faut une force de volonté dont il n'est pas capable. Il est donc encore dans Paris, je le supposais du moins hier...

— Alors, il ne fallait pas reparaître devant moi.

— Monseigneur, ne vous hâtez pas de me condamner.

— Défendez-vous donc.

— Monseigneur, j'ai établi une surveillance incessante sur toutes les personnes que connaît M. de Chalais, depuis les courtisanes jusqu'aux plus grands seigneurs, et je m'étais averti que certaine personne qui a concentré toutes ses espérances et sa vie entière sur ce gentilhomme vent de quitter Paris.

— La fille de Béranger? demanda Richelieu en fronçant le sourcil.

— Oui, monseigneur. Où sera Chalais elle ira, je me lance donc à sa poursuite.

— Partez vite.

— Mais, monseigneur, avant de quitter Paris je désirerais que Votre Eminence fit étudier d'une manière toute particulière, — et comme elle seule en possède le secret, — les menées d'une belle personne qui vient d'éclore tout à coup au soleil de la galanterie.

— Ah! fit le cardinal avec un pâle sourire.

— Moi, hors de Paris, monseigneur, je ne réponds plus de mes gens et si Votre Eminence pouvait intéresser quelque belle personne...

— Enfin, de quoi s'agit-il?

— Un de mes ennemis, et Dieu sait si j'en ai, un de mes ennemis, mais un de ceux qui ne pardonnent pas et qui me plantera son couteau dans la gorge à la première rencontre, sans me prévenir le moins du monde, avait une maîtresse très belle et qui vivait assez misérablement, — par vertu, — par amour pour ce drôle. Or, aujourd'hui, et cela depuis trois jours, elle mène le train le plus extraordinaire sous le nom de comtesse del Rio Colorado. Le gros Montchenu fournit à ses dépenses, ce qui dit tout, car il est homme à se ruiner pour une femme qui aura l'air de l'aimer.

— Eh bien?

— Monseigneur, pour qu'une femme de la trempe de celle-là en soit venue à supporter Montchenu, il lui faut un puissant motif, il faut qu'elle y soit poussée par un mobile secret. Et ce mobile, de près ou de loin, il se rattache à M. de Chalais, j'en ai la conviction.

— Bien, je ferai étudier cela. Partez.

— Monseigneur, je vous le jure cette fois, je ne reparaîtrai devant vous que lorsque M. de Chalais sera pris.

Rochefort disparut par une petite porte cachée dans la tapisserie derrière laquelle était ce fameux escalier, monté déjà par lui avec l'enfant de la Forfala, et qui aboutissait aux caves et souterrains du Louvre. Il y avait tout lieu de supposer qu'il était entré par la poterne donnant dans les fossés du quai, car lorsqu'il eut gravi, vêtu d'une houppelande de valet, le talus extérieur, une vieille femme accroupie devant un bateau de charbon et qui semblait le guetter, se mit incontinent à le suivre.

Cette vieille femme était repoussante à voir : elle semblait une de ces larves sordides comme les boues de Paris en vomissent de temps en temps et qui n'ont véritablement de leur sexe que le costume ; créatures dégradées et qui souvent expient dans la misère et l'ivresse le luxe insolent d'une jeunesse honteuse et imprévoyante.

Rochefort ne songea pas à s'inquiéter de cette mégère dont les yeux perçants le suivaient du reste à assez grande distance pour ne pas attirer son attention, et, par conséquent, il fut loin de reconnaître en elle Catafaga.

Le bohème avait constaté, par expérience, que l'on se défiait moins de l'espionnage d'une femme et que la police la mieux faite ne se recrute pas toujours en hommes. Par une volonté désormais fixée et implacable comme était la sienne, uniquement occupé d'un seul objet, il s'était dit que Rochefort tomberait un jour ou l'autre sous sa griffe; et il se résignait à la patience, condition première de la force.

Rochefort, de son côté, fouillant Paris pour trouver Chalais, ne pouvait manquer, malgré ses déguisements, d'être deviné par Catafago. Aussi, en établissant d'abord son quartier général aux environs de l'hôtel du comte, il se croyait bien certain de le rencontrer. Cela ne manqua pas, et dès cet instant Catafago ne le perdit pas de vue.

Lui aussi avait des affidés, et la gent bohème lui fournit les auxiliaires, sinon aussi intelligents, du moins suffisamment dévoués pour le servir. Il dormait dans la rue au coin d'une borne, avec un ami aux alentours prêt à le réveiller au besoin.

Pendant ce temps-là Forfala habitait un somptueux hôtel dans la rue Christine, derrière lequel s'étendait un de ces magnifiques jardins qui, aujourd'hui, ont complètement disparu de ces quartiers. Installée déjà depuis si peu de temps, il semblait qu'elle eût passé toute sa vie dans une pareille abondance ; car il n'est que les femmes pour se faire à toutes les fortunes et passer en quelques heures par les métamorphoses les plus opposées.

Le jour de son retour à Paris, en compagnie de Robert à la poursuite de Rochefort, Catafago s'était dit ceci : — Il me reste huit cents pistoles, c'est assez pour commencer.

Il eut bientôt découvert un hôtel à louer tout meublé, comme il s'en rencontrait à l'usage des nobles gentilshommes venant de province, ou des étrangers de distinction arrivant à Paris, et il y conduisit la Forfala en payant trois mois d'avance sur le loyer. Puis les fournisseurs affluèrent, et comme il se fit passer pour l'intendant de la comtesse del Rio Colorado, il put marchander et avoir à bon compte les hardes ou bijoux que les marchands ne voulaient pas laisser à crédit.

Après quoi, toujours bâtissant de mirifiques projets, il alla trouver la Maréchal.

Le soir même, M. de Montchenu fut introduit chez la comtesse del Rio Colorado; mais ce fut à Catafago qu'il fut conduit d'abord.

— Mon ami, lui dit le baron, madame Maréchal, qui est bien la plus honnête personne que j'aie jamais rencontrée, m'a dit que votre

maîtresse était la plus infortunée des femmes; qu'amenée à Paris par son mari, sous prétexte de la produire à la cour, celui-ci, dès le premier jour de son arrivée, l'avait laissée dans cette maison, seule, sans protection, pour suivre en Angleterre je ne sais quelle baladine.

— Monsieur, reprit Catafago avec la plus grande réserve, vous êtes informé de choses ..

— Oh! je vous ai dit cela ainsi, carrément, sans ambage ni circonlocution, et je ne vous cacherai pas que madame Maréchal est la femme la plus instruite de la capitale; il ne faudrait pas dès lors perdre de temps à essayer de me tromper.

— Monseigneur, je ne vous comprends pas.

— Écoutez, je suis passé ce matin dans la rue, j'ai vu la comtesse à son balcon, et je suis animé du plus vif désir de lui être présenté; mais comme je sais que vous avez grand crédit sur son esprit, j'ai pensé qu'il n'y avait pas à hésiter. Je mets à votre disposition personnelle la somme que vous voudrez.

— Monsieur...

— Allons, mon cher, pas de fausse vertu. La Maréchal vous connaît à ce qu'il paraît, car elle m'a conseillé de vous offrir ceci.

Ce disant le gros seigneur mit dans la main du bandit une petite bourse dont le poids ne laissa pas que de le faire sourire.

— Monseigneur, fit-il en se confondant en saluts, je vais vous annoncer à madame la comtesse.

M. de Montchenu se carra grassement dans un fauteuil, pendant que Catafago passait dans la chambre où la Forfala faisait la sieste.

— Allons, comtesse, dit-il en riant, voici le poisson qui mord à l'hameçon. A l'œuvre, et songe que nous travaillons contre le Rochefort.

— Ah! le misérable!... dit la belle fille, je rêvais de lui à l'instant : je le tenais entre mes bras, comme à Bruxelles; mais cette fois je ne le lâchais pas, je te le jure.

— Songe que M. de Montchenu est un des plus riches seigneurs de France. Par la même occasion nous pouvons faire notre fortune et nous en aller dans notre belle Espagne où nous achèterons un château et ses dépendances.

— Catafago, tu fais un métier horrible, y songes-tu!... dit la belle fille avec un froncement de sourcil.

— Eh! je suis sûr de toi, — et du Montchenu! Si je supposais que tu eusses seulement la pensée de ne pas être fidèle à ton Catafago, je t'étranglerais sur l'heure.

La Forfala passa au salon, et le gros gentilhomme se leva avec une vivacité sans pareille, et en s'avançant vers la fausse comtesse il fut tout à coup comme saisi de frayeur; il y avait dans sa démarche et ses manières une sorte de timidité dont la source était d'abord tout entière dans le souvenir de son insuccès auprès de Blanche. Depuis sa disparition, il accablait la Maréchal de questions sur cette ravissante jeune fille entrevue, et celle-ci, désespérant de remettre jamais la main sur celle-là, avait saisi avec empressement l'occasion de le présenter chez une femme qui, à ses yeux, était la plus complète réalisation de la beauté.

Il y avait aussi dans les allures du gros gentilhomme une émotion produite par l'aspect de cette femme.

La Forfala était en effet d'une beauté foudroyante. Son teint, chaudement coloré par les feux du soleil d'Espagne, ses yeux grands et veloutés, sa taille dont la richesse n'excluait ni la souplesse ni le charme, toutes ces perfections enfin, rehaussées encore par le vêtements les plus somptueux et les plus élégants, la rendaient irrésistible.

— Madame la comtesse... fit-il en saluant jusqu'à terre.

La Forfala le regarda avec étonnement; elle n'était pas habituée à son nouveau titre; mais en voyant les respects du visiteur elle fut facilement rappelée à son rôle et indiqua un siège au gentilhomme.

— Madame, reprit celui-ci qui ne savait comment entamer un entretien avec une femme si imposante.

— Monsieur, fit la Forfala dont l'accent naturel eût suffi à la poser comme Espagnole aux yeux d'un homme moins naïf que Montchenu, — j'ai consenti à vous recevoir parce qu'on m'a affirmé que vous étiez le plus aimable des hommes.

— Ah! comtesse!... fit le gros seigneur suffoqué.

— Aussi, monsieur le baron, ai-je l'espoir que vous daignerez m'accorder votre protection et employer tout votre crédit pour faciliter mon retour dans ma patrie, dont m'ont éloignée des malheurs immérités.

— Ah! madame, vous désirez retourner en Espagne, lorsque tant de succès vous attendent ici!

— Je suis une femme simple, monsieur, et je ne désire que l'obscurité. C'est pourquoi, si vous me permettez de compter sur votre bonté et votre délicatesse...

— Comment, comtesse! mais je vous donne, dès cet instant, sur mon âme, les droits les plus...

Et il demeura subitement interdit devant un regard froid de la Forfala.

— Monsieur, dit-elle, vos paroles m'honorent certainement, mais je ne sais si je dois considérer une semblable déclaration comme sérieuse.

— Madame, je vous engage ma foi de gentilhomme.

— Vous osez me parler ainsi, monsieur, la première fois que vous me voyez; il faut donc que je sois bien abandonnée de tous!

— Ah! madame, le plus profond respect...

— Malheureuse femme que je suis!... fit la Forfala qui, on le voit, était tout à fait dans son rôle.

— Vous êtes la plus belle personne que j'aie jamais vue, il n'y a pas à la cour de France une grande dame qui puisse vous être comparée. — N'attribuez donc qu'à votre beauté les transports dans lesquels elle me jette... Oui, ma parole d'honneur, vous êtes sans égale, et si vous voulez me le permettre, je mets à vos pieds mon cœur et... tout ce que je possède.

— M. le comte del Rio Colorado, mon mari, quels que soient ses torts...

— Ils sont énormes, madame, énormes! Eh! quoi, abandonner, pour je ne sais quelle espèce, une personne comme vous! cela veut du sang, et si vous daignez bien m'accepter pour votre chevalier, je me fais fort de vous rendre veuve dans les quarante-huit heures.

— Oh! monsieur, fit la Forfala en riant aux éclats, vous êtes prompt et terrible dans vos amitiés, et je me vois forcée de vous rappeler...

— C'est juste, madame, je deviens fou, et, foi de gentilhomme, comme disait Sa Majesté François Ier, vous m'avez mis la cervelle à l'envers!

— Je m'en aperçois, dit effrontément la belle fille.

M. de Montchenu fut tout décontenancé; mais il prit le parti de rire.

— Que les Espagnoles sont donc de charmantes femmes! s'écria-t-il.

— Et indulgentes surtout, monsieur!

— Eh bien! chère comtesse, si vous êtes animée tout particulièrement des mêmes sentiments, vous ne repousserez pas mes vœux?

— Quels sont-ils? demanda effrontément encore la Forfala.

— Mon cœur et ma fortune, répondit le gentilhomme ému comme un enfant.

— Et si j'acceptais?...

En prononçant ces mots, la Forfala oublia tout ce qu'il y avait encore de sentiments généreux au fond de son cœur, et ne fut plus que l'âpre bohème qui sent mordre à l'hameçon: elle eut une de ces poses penchées avec clignement d'yeux qui, pour un homme aussi peu gâté que l'était le baron par les femmes, produisit un effet incendiaire.

— Comtesse, dit-il en tombant lourdement à ses genoux, voulez-vous me promettre d'exaucer la prière que je vais vous adresser?

— Je ne promets rien d'avance, mais je vous permets de parler.

— Mon carrosse est en bas, daignez y accepter une place pour la promenade.

— A condition que vous me ramènerez ici et que personne ne saura mon nom?

— Je suis votre esclave et vous ordonnerez toujours.

Quelques instants après, le gros gentilhomme montrait à tout Paris, qui semblait s'être donné rendez-vous sur le Cours-la-Reine, sa nouvelle splendide conquête. Et la plupart des seigneurs de la cour qui, peut-être, avaient vu passer dans les rues la Forfala et sa mandoline, se demandèrent où ce diable d'homme avait pu découvrir semblable beauté et surtout se faire agréer comme cavalier servant, — lui que les courtisanes les plus rapaces avaient toujours repoussé, malgré son or.

Cela fit sensation; mais malgré tous les hommages que les passants lui prodiguaient, la bohémienne demeurait froide et indifférente. De toutes ces luxueuses vanités, à la vue de ces saluts, malgré les satisfactions que nombre de femmes, à sa place, auraient éprouvées, elle ne ressentait qu'un immense ennui.

— Rentrons, dit-elle tout à coup, au plus beau moment du triomphe de Montchenu.

Celui-ci obéit et commanda le retour à son cocher; mais quand le carrosse eut pénétré dans la cour de l'hôtel de la rue Christine, le baron retint par la main la fausse comtesse et s'adressa à son cocher.

— Je te donne, toi, le carrosse, les chevaux, ainsi que Basque et Picard, à madame la comtesse.

— Baron, répondit à cette gracieuseté la Forfala en se laissant baiser la main, je vous attendrai ce soir à souper.

— Ah! comtesse, que de grâces... mais...

Et il demeura stupéfait en voyant la Forfala remonter dans le carrosse et ordonner au laquais de relever les mantelets.

— Que faites-vous? demanda-t-il d'une voix étranglée.

— Dites au cocher...

— A votre cocher, comtesse, je vous en prie.

— Dites à mon cocher...

— Adorable comtesse!... fit Montchenu au comble de la joie.

— Dites de toucher et de me conduire à la porte Saint-Victor.

— Vous voulez quitter Paris?

— Non, mais si vous êtes bien curieux de savoir où je vais...

— Oh! vous êtes ma reine et maîtresse, et...

— Non, tenez, vous êtes un bon homme, venez avec moi.

— Comtesse, vous voulez donc me rendre fou de bonheur!...

— Mais je vous ai dit que vous l'étiez déjà.

— Porte Saint-Victor! cria le baron au cocher en se laissant tomber sur le siège de devant du carrosse afin de laisser toute la banquette du fond à la robe de sa belle compagne, — et après?...

— Vous verrez.

Le cocher toucha et le carrosse partit à fond de train.

Une heure après, le cocher arrêta, sur l'ordre transmis par le baron, devant l'une des premières maisons du village de Villejuif.

Forfala descendit majestueusement, aidée par le baron, et au milieu d'un attroupement considérable d'enfants et de matrones, curieux de voir d'aussi brillants seigneurs s'arrêter devant une maison, habitée par de pauvres gens.

Dans l'unique pièce du rez-de-chaussée de cette masure se trouvait une femme avec deux enfants sur les bras, et qu'elle allaitait simultanément. Cette femme se leva toute confuse, en voyant entrer chez elle des personnes dont les habits rayonnaient comme des soleils, et fit une humble révérence.

— Vous ne me reconnaissez donc pas? lui demanda Forfala.

— Ah! fit aussitôt la paysanne qui n'osa pas ajouter un mot de plus, car elle devinait instinctivement qu'il y avait un mystère, impénétrable pour elle, dans la métamorphose de celle qu'elle n'avait encore vue que sous les simples habits de la bohémienne.

— Je viens chercher l'enfant, dit-elle.

— Déjà, balbutia la paysanne...

— Quel enfant?... demanda le baron en ouvrant de grands yeux.

— Le mien, répondit la Forfala en s'emparant de l'un de ceux que tenait la paysanne.

— Le vôtre?...

— Eh! oui, qu'y a-t-il là d'étonnant?

— Rien, rien, assurément, balbutia le gros seigneur qui réfléchit assez rapidement qu'il ne pouvait pas avoir la prétention d'exiger quoi que ce fût d'une femme en puissance de mari.

— Avez-vous de l'argent sur vous, baron?

— Oui, certes, reprit Montchenu en cherchant sa bourse.

— Donnez-en à cette brave femme.

Le baron dénoua les cordons et y plongea les doigts; mais la Forfala la lui arracha des mains avec un geste de reine qui ravit d'aise son adorateur, et la mit tout entière dans les mains de la paysanne qui faillit tomber à la renverse de joie et de saisissement.

Ils remontèrent en voiture, au milieu des acclamations de la foule qui avait été témoin de la générosité de la belle dame, et le carrosse reprit le chemin de Paris.

— Je vous attends toujours à souper ce soir, dit la belle fille avec un sourire charmant, en congédiant le baron sur les marches du perron.

Elle monta l'escalier avec lenteur, en jetant des regards attendris sur l'enfant qui s'était endormi dans ses bras, et quand elle fut seule, renfermée dans sa chambre somptueuse, elle l'embrassa avec une sorte de frénésie.

— Ah!... fit-elle en respirant fortement, il n'est pas à moi, mais je l'aime.

Elle le posa cependant sur son lit, et recula avec une sorte de répulsion.

— Le mien! le mien!... où est-il?... Mais la femme à qui cet infâme l'a vendu, elle sera comme moi, peut-être, elle ne voudra pas le rendre... Car celui-ci, je le sens, oh! non, je ne pourrais jamais m'en séparer.

XVI. — LA TÊTE DE M. DE ROCHEFORT.

Catafago ne pouvait comprendre pour quel motif Rochefort se cachait constamment sous divers costumes et ne sortait véritablement en toute assurance que la nuit : toutefois, il le suivait avec une persévérance dans laquelle il y eut, à la longue, autant de curiosité que de haine.

Il se figurait pouvoir découvrir un secret utile à Chalais. De sorte que cette exécrable vieille, dont il avait revêtu l'apparence, se trouvait sans cesse sous les pas du comte.

Ce jour-là, comme il marchait à cent pas environ de Rochefort, vêtu en paysan conducteur de bœufs, il faillit être renversé, en longeant la rue Mouffetard, par un carrosse lancé à toute vitesse. Il reconnut la Forfala et M. de Montchenu dans cet équipage; et comme Rochefort, lui aussi, avait considéré le carrosse avec une curiosité malveillante, il se frotta les mains.

Il remarqua cependant que le comte se retourna à plusieurs reprises, et notamment au moment où il franchit la poterne; c'est pourquoi, Catafago tira.de sa poche un mouchoir rouge et le substitua au blanc qu'il avait sur ses épaules et continua sa marche, convaincu d'avoir dépisté son ennemi pour quelque temps.

Arrivé à Arcueil, Rochefort s'arrêta dans un cabaret de triste apparence, à la porte duquel était assis un homme vêtu également en paysan et qui dormait, le dos appuyé contre le mur, tandis qu'un gros cheval normand, attaché à un arbre, en rongeait l'écorce.

Rochefort éveilla le dormeur d'un coup de pied dans les jambes, échangea quelques paroles avec lui et sauta sur le cheval qu'il fit marcher au petit trot, non sans s'être retourné.

Mais Catafago, qui se doutait de quelque chose d'exceptionnel, s'était tapi dans un fossé bordant la route et n'en laissait dépasser que juste son œil.

— Diable ! se dit-il, s'il va à cheval, je serai vivement distancé.

Et il se mit à trotter, lui aussi, peu soucieux d'exciter les moqueries du village, surpris de voir une femme inconnue suivre une semblable allure. Rochefort ne paraissait nullement pressé, du reste, car il mit souvent sa monture au pas, ce qui rendit la tâche que s'était imposée le bandit beaucoup plus facile.

Comme le soir approchait, ils arrivèrent à Montlhéry; mais avant de s'engager dans le village, Rochefort tourna tout à coup dans une grande avenue de gros marronniers, paraissant conduire dans un bois, et au bout de laquelle Catafago aperçut une jolie maison bâtie en briques rouges.

Grâce aux marronniers et aux touffes épaisses de charmille qui bordaient cette avenue, il put s'avancer sans être aperçu jusqu'à une grille que Rochefort venait de se faire ouvrir et à travers laquelle il glissa ses yeux ardents.

Catafago attendit quelques instants sans rien voir et sans rien entendre; puis, soudain, plusieurs coups de feu retentirent, suivis d'un cliquetis d'épées significatif.

— C'est M. de Chalais qu'il arrête !... se dit Catafago en essayant de franchir la grille, malgré sa robe, qui gênait considérablement ses mouvements.

Mais, comme il était déjà parvenu au milieu, il s'arrêta sous l'impression d'un sentiment d'égoïsme, se demandant s'il fallait compromettre le succès de sa vengeance dans les hasards d'une affaire indépendante.

— Bah! nous le tuerons à nous deux !... fit-il en continuant son escalade.

Mais sa robe s'accrocha aux broussailles de fer forgé de la grille et se fendit dans toute sa hauteur: il ne fallait pas songer à la raccommoder; Catafago prit le parti le plus sage : il s'en dépouilla et la jeta dans une touffe d'orties.

Cependant les coups de feu se succédaient, mais en s'éloignant; ce qui permettait de supposer que l'homme poursuivi par Rochefort cherchait à s'évader par le parc attenant à l'habitation; — mais quand Catafago retomba de l'autre côté de la grille tout bruit avait cessé.

Il s'élança néanmoins vers l'endroit d'où les coups de feu avaient semblé venir et passa à côté de la maison. Il aperçut dans une pièce du rez-de-chaussée une femme essayant de calmer un enfant âgé de deux ans environ, et qui pleurait bruyamment, tout en cachant sa tête blonde entre ses genoux. Il ne jugea pas opportun de s'ar-

rêter là et continua sa marche; mais il se trouva aussitôt en face de trois hommes qui accouraient, vêtus de costumes militaires, et qui le couchèrent en joue.

Catafago, homme de prompte exécution, se coucha à plat ventre, et les balles sifflèrent au-dessus de son corps.

— Quartier ! s'écria-t-il aussitôt, en voyant les soldats arriver sur lui, la crosse des fusils en l'air, et comme se disposant à l'assommer.

On le fit relever, et les soldats le conduisirent immédiatement vers leur chef, qui revenait de l'intérieur du parc en maugréant.

— Tu étais avec M. de Rochefort? lui dit l'officier avec un accent allemand des plus prononcés.

— J'étais derrière lui, monsieur, mais non avec lui ; et la preuve, c'est que j'ai escaladé la grille d'entrée, pensant que vous étiez en train de l'écharper, et que je pouvais vous prêter main forte.

— Le mautit a pu fuir...

— Il a fui !... s'écria Catafago avec un soubresaut tel que les soldats le lâchèrent, et en se mettant à courir au hasard, à travers le parc.

Mais il fut rattrapé aussitôt et ramené devant l'officier, qui riait.

— Tu es un harti coquine, et tu dois appartenir à cet homme qui, pour s'introduire dans cette maison, s'était fêtu en paysan ?

— Je ne suis pas à M. de Rochefort, dit Catafago, je vous le jure, monsieur; bien loin de là, car je ne m'étais mis à sa poursuite que pour le faire passer de vie à trépas à mon heure et à ma convenance.

— Tu es son ennemi ? fit l'officier en le considérant avec attention.

— Oui, monsieur, un pauvre diable de bohème à qui M. de Rochefort a fait beaucoup de mal et qui a juré de se venger.

— C'est pon; cela sera examiné ; en attendant, tu fas être enfermé ici et content à Paris, s'il y a lieu.

— Enfermé ! monsieur, mais M. de Rochefort va s'échapper et je perdrai sa piste.

— Tu es habile, l'ami, mais tu ne me confaincras pas, répliqua l'officier. Tu es à M. de Rochefort, et nous te carterons. Carrotez-le, vous autres, et veillez à ce qu'il ne glisse pas entre fos mains, car il me fait l'effet d'un drôle avisé.

Le truand laissa échapper un soupir de profond découragement, et s'affaissa de douleur entre les bras des soldats.

— Messieurs, dit-il, je désespère certainement de vous convaincre, mais vous avez bien tort, allez, — car cet horrible M. de Rochefort est lancé à la piste de M. de Chalais, et il va faire arrêter ce noble jeune homme.

— M. de Chalais ? dit l'officier en le regardant avec curiosité.

— Oui, monsieur, je suis son serviteur le plus dévoué, et je vous le jure par tout ce qu'un mécréant comme moi pourrait invoquer de sacré, si vous étiez disposé à y croire.

— Qu'est-ce que cela, monsieur de Bitterkirken? demanda soudain une voix de femme, passant à travers les lames de la jalousie d'une fenêtre du rez-de-chaussée de la maison. — Quel est cet homme ?

— Un compagnon de M. de Rochefort, sans doute, madame.

— Non, madame, fit Catafago en se portant avec vivacité vers la fenêtre et en forçant ainsi les hommes qui le tenaient à le suivre dans cette évolution; non, j'étais au contraire sur le pas de ce maudit homme, épiant l'instant favorable pour lui planter mon couteau dans le cœur.

— Holà ! monsieur de Bitterkirken, ceci paraît sérieux, dit la dame, et mérite qu'on y fasse attention. Venez, que nous en causions, s'il vous plaît.

La fenêtre se referma, et l'officier entra dans la maison, où il alla rejoindre aussitôt une dame dont le visage était couvert d'un masque, et qui le reçut, étendue sur une ottomane.

— Eh bien ! monsieur, dit-elle, vous voyez qu'il est bien heureux que je me sois trouvée ici.

— Certes, madame, car je n'aurais chamais regonnu M. de Rochefort, dans ce paysan.

— Vous faisiez bonne garde, cependant, j'en suis témoin, mais cet homme vous a surpris.

— Il a fait témanté à me parler, et je savais bien que tant que je l'aurais sous mon regard...

— Monsieur, vous êtes un loyal gentilhomme, et la reine sait qu'elle peut compter sur votre dévouement; mais quand elle vous a donné l'ordre de garder cette maison et l'enfant qui y est élevé, elle ne vous a pas tout dit, — elle a cru devoir vous cacher que cet enfant appartient à une dame de ses amies, —laquelle est l'ennemie de M. de Rochefort. C'est pourquoi si, dans une heure au plus tard, un homme que vous connaissez, M. de Chevreuse, se présentait ici et prétendait vous enlever cet enfant, vous auriez à le recevoir comme vous avez reçu M. de Rochefort, qui est sans doute d'accord avec lui.

— Montame, dit l'officier qui ne baragouinait que sous le coup d'une vive émotion, — ché ne feux pas chercher à rien comprentre, Montame la reine, mon souferaine, m'afre ortonné et j'obéis. Cependant...

— Parlez, monsieur, parlez.

— Cet homme qui est là, entre les mains de mes soldats, si, comme M. de Rochefort, il était téguisé.

— Eh bien?

— Si c'était M. de Chevreuse.

— Non, ce n'est pas lui, dit la dame avec assurance. De même que j'ai su vous dénoncer Rochefort lorsqu'il s'est approché de l'enfant qui jouait avec sa nourrice, j'aurais reconnu M. de Chevreuse au premier coup d'œil jeté sur lui. Mais n'importe, si cet homme a dit vrai, s'il est réellement l'ennemi de M. de Rochefort, il faut compter avec lui. Dites qu'on l'amène.

L'officier s'approcha de la fenêtre, donna ses ordres aux soldats, et quelques instants après, Catafago était amené devant la dame.

— Laissez-moi seule avec lui, monsieur de Bitterkirken, je vous en prie.

— Liez-lui les mains, dit l'officier.

— Non, fit vivement la dame, frappée de l'éloquence du regard que lui adressa résolûment le bandit.

— Monsieur, dit la dame masquée à Catafago, quand l'officier fut sorti, — vous avouez être entré dans cette maison en ennemi de M. de Rochefort?

— Oui, madame, comme je l'ai dit à cet officier qui écorche si bien le français, et je vous jure que si l'on ne m'avait pas retenu, pour peu que je l'eusse pu retrouver, je vous apportais sa tête pour preuve de ce que j'avance.

— Sa tête?.., Qui êtes-vous donc?

— Un pauvre bohème, madame, qui a été employé par lui dans des occasions délicates, et qui en a été trompé, volé, assassiné !

— Voici de graves accusations, et je ne sais si je dois vous croire, car il est étrange que ce soit précisément aujourd'hui que, M. de Rochefort et vous, vous soyez présentés dans cette maison, depuis plus d'un mois qu'elle est gardée.

— Madame, c'est que M. de Rochefort et moi sommes arrivés de Bruxelles depuis peu, moi toujours à ses trousses.

— De Bruxelles, fit la dame en l'examinant avec intérêt, et qu'étiez-vous allé faire dans cette ville?

— C'est un secret, madame.

— Si vous n'êtes pas sincère et franc avec moi, je vous livre à M. de Bitterkirken, qui a pleins pouvoirs de la reine pour faire pendre M. de Rochefort et ses adhérents.

— Pendre! madame, s'écria Catafago avec effroi.

— C'est comme je vous le dis.

— Eh bien! madame, je vais vous dire le sujet de ma haine pour cet homme, et vous jugerez après si je suis bon à pendre ou à lâcher après lui.

Et le bandit raconta son marché d'enfant passé avec le comte, et sa chute dans une oubliette du Louvre.

— Vous avez fourni un enfant à M. de Rochefort le 14 juin, si je ne me trompe?

— Oui, madame.

— Ah!... fit la dame, qui comprit en effet le rôle de Rochefort dans la comédie de supposition d'enfant que le cardinal avait voulu faire jouer à la reine.

— Vous convenez, n'est-ce pas, madame, que je ne suis pas de la compagnie de cet homme, et que je doive avoir soif de me venger de lui?

— En effet, il calculait assez bien pour que le secret fût fidèlement gardé.

— Mais la mort n'a pas voulu de moi, pour ses péchés. — Madame, j'ai une grâce à vous demander. Puisque vous savez si bien quel jour l'enfant a été livré à M. de Rochefort, vous savez sans doute à qui M. de Rochefort l'a livré à son tour?

— Il n'a pas été accepté, et il a dû le garder.

— Lui, garder un enfant! il l'aura sans doute jeté également dans l'oubliette... Il n'est pas ici, au moins?

— Non.

— C'est qu'il semble n'avoir pénétré dans cette maison que pour un enfant, — et il pourrait bien s'en trouver deux.

— Tranquillisez-vous, mon ami, l'enfant qui est ici a près de deux ans.

— Ah! madame, c'est un abîme où je me perds, et cet exécrabl comte pourra seul me dire la vérité, ou payer de son sang ses infâmes trafics. Je vole sur ses pas, car je suppose que vous allez me faire mettre en liberté.

— Écoutez, mon ami, j'ai quelques soupçons que M. de Rochefort est parti d'ici pour aller faire un fort mauvais parti à M. de Chalais. Tâchez donc de le rejoindre, et puisque vous avez de si grands griefs contre lui, faites pour le mieux afin qu'il ne joigne pas ce gentilhomme.

— J'ai déjà contribué à le faire sortir de Paris, et je vous jure...

— C'est vous qui l'avez fait passer par?...

— Par les Catacombes, oui, madame, et je sais où il est à présent. Il m'avait chargé de le dire...

— A qui?

— A madame de Chevreuse, dit Catafago qui comprit sa faute.

— Ah! je n'hésite plus; alors, soyez libre, et si vous avez besoin d'argent...

Et la dame lui tendit une bourse que le bohème accepta sans vergogne.

— Je vais prendre un cheval et dépasser Rochefort qui marche à petites journées. Seul, je doutais de le vaincre, mais avec l'épée de Chalais et mon couteau...

— Vous disiez tout à l'heure... fit la dame qui hésita.

— Quoi, madame?

— Que vous m'apporteriez sa tête!

— Eh bien !

— Apportez-la, et je vous jure qu'elle vous sera bien payée.

XVII. — DES FAÇONS DE M. CATAFAGO AVEC MESSIEURS LES ESPIONS.

Au moment de quitter la maison, Catafago se gratta l'oreille.

— Madame, dit-il, il y aurait un moyen souverain pour me permettre d'arriver à M. de Chalais sans risquer d'être inquiété par ce Rochefort. Ce serait de me confier la casaque de l'un des militaires qui gardent cette maison.

— Bonne idée ! dit la dame, qui donna immédiatement des ordres en conséquence à M. de Bitterkirken.

Catafago qui, pour se déguiser en femme, avait dû couper sa barbe, reparut devant la dame masquée porteur d'un costume complet de cavalier, et la lèvre supérieure ornée d'une magnifique paire de moustaches, agrément dont il avait la poche pleine, pour les besoins du métier.

Quelques instants après il s'était procuré un cheval à la poste de Monthéry et galopait sur la route, dans la direction d'Orléans. La nuit était venue.

Il y avait deux heures à peu près qu'il était en route, lorsqu'il aperçut à l'horizon un cavalier qui lui fit bien l'effet d'être son homme, et il se mit immédiatement à presser son cheval de manière à le joindre ; mais, dès que cet homme eut entendu le bruit de ses pas, il se retourna, jugeant sans doute plus prudent de s'arrêter que de continuer ou de fuir. Catafago le vit descendre de sa monture et s'asseoir sur le rebord d'un fossé, les mains cachées sous son manteau ; mais l'obscurité l'empêcha de constater si c'était bien Rochefort.

Le bohème était prudent, et ne voulut pas compromettre la mission qu'il s'était donnée, en attendant mieux, dans un combat singulier avec un athlète de la force de Rochefort. Il passa en toisant cet espèce de paysan, et disparut bientôt lui-même à l'horizon.

Quelle que soit la vigueur d'un homme, dix heures de cheval sont suffisantes, et Catafago dut faire étapes ; si bien que le troisième jour, comme il se trouvait à quelques lieues de Tours, il avisa une jeune femme assise sur une pierre au bord d'un ruisseau, à une vingtaine de pas de la porte, et qui, la tête appuyée dans ses mains et les yeux fixés vers la terre, semblait en proie à une sorte de désespoir.

Catafago ne voyait pas ses traits, mais une inspiration la lui fit néanmoins reconnaître.

— C'est elle ! se dit-il en s'avançant immédiatement vers le ruisseau.

En entendant le pas d'un cheval qui s'approchait d'elle, la jeune femme releva la tête. Le bandit ne s'était pas trompé, c'était Jeanne.

— Mademoiselle Béranger !... fit-il.

Jeanne ne reconnut pas ce soldat aux larges moustaches, mais celui-ci mit pied à terre.

— Je suis Catafago, mademoiselle, et je vais où vous allez.

— Catafago ! ah ! c'est Dieu qui vous envoie !

— Mais qu'avez-vous donc, mademoiselle? que vous est-il arrivé? demanda le bohème en s'apercevant que ses vêtements étaient en désordre et que ses traits avaient gardé l'expression d'une violente émotion.

— En partant de Paris, répondit-elle, j'avais quelque argent. Au bout d'un jour de marche, je m'aperçus que je n'arriverais jamais si je continuais à pied. Je fis marché avec un colporteur, qui me prit dans une voiture menée par un valet ; mais ce matin, au point du jour, ce misérable m'a volée et m'a abandonnée ici.

— Eh bien! mademoiselle, vous l'avez dit, c'est Dieu qui m'a envoyé, car je vais vous prendre en croupe et, cette fois, je vous le jure, je vous mènerai où vous voulez aller.

— Ah! monsieur, fit Jeanne en lui serrant la main, partons vite alors, car j'ai hâte de le revoir.

— Et moi donc, mademoiselle !

Catafago remonta en selle et tendit la main à Jeanne, qui mit un pied sur la botte du bandit et sauta ainsi sur la bête, où elle prit place assez commodément.

Ils partirent, et Catafago, homme de précaution, recommanda à Jeanne d'avoir toujours les yeux fixés derrière elle, d'examiner l'horizon et de lui signaler, sans exception, tout ce qui pourrait sollic r plus ou moins son attention.

— Avec les gens que je veux vaincre, dit-il, rien n'est à dédaigner.

Bientôt ils entrèrent dans Tours, — et ils n'eurent pas fait cent pas dans la ville, qu'un homme les aborda avec force saluts : ce qui ne parut inspirer aucune méfiance à Catafago, qui arrêta sa montu e.

— Monsieur, dit l'inconnu, vous êtes soldat aux gardes de Sa Majesté la reine?

— Oui, répondit Catafago en tranchant du gentilhomme.

— Est-ce que vous arrivez de Paris?

— Oui, fit le bohème en fronçant le sourcil.

— Pardonnez-moi si je vous fais cette question, c'est que j'appartiens à madame de Chevreuse, qui m'a envoyé devant elle pour préparer ses logements dans son château. Il y a au moins douze heures qu'elle devrait être arrivée, car elle voyageait en poste, et je ne vois rien venir.

— Ouais ! se dit Catafago, est-ce que j'aurais découvert quelque grand secret... — Voyons, l'ami, demanda-t-il à son tour, êtes-vous venu de Paris en précédant madame de Chevreuse?

— Oui, d'une même sorte.

— Ne s'est-elle pas arrêtée à Montlhéry?

— O i, monsieur.

— Eh bien ! il se pourrait qu'elle s'y trouvât encore ou qu'elle s'en fût retournée à Paris par suite d'événements survenus à Montlhéry, et auxquels sans doute elle ne s'attendait pas.

Le valet salua, et Catafago continua son chemin ; mais Jeanne approcha aussitôt sa bouche de l'oreille de ce dernier :

— Pendant que vous parliez au valet, dit-elle, un homme a paru tout à coup à la porte de la ville, comme s'il avait couru pour nous rejoindre, et il s'est arrêté tout court en nous voyant.

— Bon ! tâchez de le retrouver.

Jeanne reporta ses yeux devant elle sans y prendre garde, et comme si elle examinait les édifices d'une ville inconnue, et donna un coup de coude à Catafago pour attirer son attention.

— Le voilà, dit-elle.

Le bohème chercha et trouva facilement une auberge de sa connaissance, située à l'enseigne des Trois brocs d'argent, située Grande-Rue, et dans laquelle il entra bruyamment. Il y demanda une chambre pour Jeanne, située autant que possible sur le derrière de la maison, tandis que la sienne, qui communiquait par une porte intérieure, donnait sur la rue au moyen d'un grand balcon.

— Ma belle demoiselle, dit-il à Jeanne, vous allez souper dans une demi-heure, si vous voulez bien ; et après, vous vous mettrez au lit, car nous repartirons demain matin, au point du jour.

Pendant qu'on dressait la table dans la chambre de Jeanne, Catafago rentra dans la sienne et tira, de sa valise, la robe de femme, qu'il avait retirée prudemment des orties où il l'avait jetée, à Montlhéry ; puis, après avoir fermé ses portes aux verrous, il s'affubla de ce costume, y joignit un bonnet aux larges tuyaux et, dans cet équipage, s'installa, un livre à la main, sur le balcon Son extérieur ne pouvait nullement effaroucher le voisinage ; aussi, ne tarda-t-il pas à remarquer, à travers quelques trous pratiqués dans les barbes de son bonnet, un homme couché dans le coin d'une borne et dormant.

Catafago avait l'œil assez perçant pour reconnaître, au peu d'abandon du corps et de la face, que cet homme ne dormait pas.

Il rentra donc dans sa chambre, revêtit son costume militaire, et se mit à table avec Jeanne, non sans s'excuser de cette liberté.

— Ah! mon ami, lui dit la jeune femme d'une voix douce et triste, est-ce que j'ai le droit de me montrer difficile avec mes amis?

— C'est que maître Adamas a dû me nuire fortement dans votre esprit.

— Mon père Adamas est le plus juste des hommes, et quand il vous a vu sauver M. de Chalais, l'autre soir, il s'est écrié que cette action rachèterait toutes vos fautes.

— Hum ! fit Catafago, mes fautes!... Il est bien indulgent... mais là n'est pas l'affaire : j'ai à exécuter cette nuit un projet superbe et qui, si je ne m'abuse, servira grandement au bonheur de M. de Chalais et au vôtre, ma belle demoiselle.

— Lequel ?

— Chut!...

Et le bandit s'adressa, en se renversant sur le dossier de sa chaise, à l'aubergiste qui avait tenu à honneur d'apporter lui-même le rôti, consistant en une paire de perdreaux dorés par la plus savante cuisson.

— Maître Pillegrue, lui dit-il, pouvez-vous me procurer d'ici à la fin du dîner, avant que la nuit tombe, une corde grosse comme le petit doigt de madame, mais solide, de première qualité, et qui aurait déjà servi, si c'est possible.

— Oui, répondit l'hôte, rien n'est plus facile. Faut-il qu'elle soit longue ?

— Quelle largeur a votre rue, à peu près ?

— Au moins trente pieds.

— Eh bien ! je voudrais que la corde en eût pour le moins soixante.

— On vous trouvera cela.

— Tout de suite, parce que nous partons demain au point du jour, et je n'aurais pas le loisir de courir les cordiers de la ville pour me la procurer.

— Cela va être fait à l'instant, seigneur.

Catafago se laissa traiter de gentilhomme imperturbablement et essaya de faire rire Jeanne par les réflexions que lui suggéra cette situation ; mais il fut contraint de s'arrêter. La tristesse de la pauvre fille était contagieuse et le gagnait.

— O amour!... pensait-il. — Pourquoi diable aussi M. de Chalais a-t-il été s'amouracher d'une fille de petite condition... mais ce ne sont pas mes affaires.

Et il avala coup sur coup quelques gorgées de vin, comme s'il réfléchissait profondément ; puis il rompit tout à coup le silence.

— Mademoiselle, dit-il, à force de songer, j'ai cru deviner juste, et m'est avis que vous êtes particulièrement destinée à faire prendre M. de Chalais.

— Moi, grands dieux !

— Oui, mademoiselle ; or, vous le savez, le comte est à Chalais, auprès de sa mère, ou à Nantes ; et c'est ici, à Tours, que vous devez opter pour l'une ou l'autre de ces villes.

— Je vais chez sa mère.

— Vous avez raison : c'est là qu'il doit être encore ; mais les espions lancés à votre suite ont très-probablement fait le même raisonnement et doivent inférer de votre marche, à droite ou à gauche, en sortant de Tours, vers quels lieux doivent être dirigés les exempts chargés de l'arrêter.

— Ah! monsieur Catafago, vous me faites frémir ! Où voulez-vous en venir ?

— A ceci, qui est bien simple : il faut que les espions perdent votre trace et la mienne, afin que nous puissions faire évader M. de Chalais, qui gagnera l'Espagne ou un des vaisseaux à l'ancre dans le port de Nantes. A cet effet, vous vous déguiserez en homme, et nous aurons chacun un cheval ; ne vous inquiétez pas des frais, j'ai de l'argent, et beaucoup.

— Mais les espions nous reconnaîtront tout de même ?

— Il n'y en a qu'un à craindre, lequel transmet ses observations à un autre ; cela a dû se faire ainsi depuis Paris, afin de ne pas trop fatiguer ces messieurs. Je connais ces manœuvres-là.

— Que ferez-vous, alors?

— Je vous le dirai quand il en sera temps.

En ce moment l'hôte apporta à Catafago la cordelette demandée. Celui-ci s'extasia sur la manière dont les cordiers travaillaient à Tours, et ne manqua pas de l'attribuer aux belles chanvrières des environs, dont les propriétaires avaient, de père en fils, conservé la

C'est en vain qu'il voulait s'arracher à cette étreinte, il ne pouvait que rugir et crier. (P. 141.)

tradition de Tristan l'Ermite, le compère de Sa Majesté Louis XI, lequel se connaissait fort en corderies.

Nous savons que Catafago était homme de ressources ; il eut bientôt trouvé dans le fond de ses poches une balle de plomb qu'il inséra dans l'épaisseur de la corde, à l'une des extrémités, et sur laquelle il pratiqua une petite tresse fort savante.

Catafago confia la corde ainsi arrangée à Jeanne, et se hâta de sortir pour lui acheter des habits d'homme.

Quand il fut de retour, la nuit était venue, et il put constater que l'espion était toujours à sa porte, mais assis sur la borne, au lieu d'être assis auprès. Il se tapit dans un coin de la fenêtre, et, au bout d'un quart d'heure, il eut la satisfaction de voir un homme qui s'approchait doucement du premier, échangeait quelques mots avec lui et prenait sa place.

Il ne passait personne alors dans la rue, car l'heure du couvre-feu avait sonné, et Catafago, grâce à son costume d'emprunt, croyait pouvoir se permettre de conserver sa chandelle ; mais quand il eut bien constaté la tranquillité des rues voisines, quand il eut vu la porte de l'auberge se fermer, il l'éteignit, et se glissa ensuite sur le balcon dont il referma la fenêtre sur lui. Il resta accroupi sous les rinceaux et l'appui sculptés et attendit, glissant un œil attentif à travers les jours de la balustrade.

Au bout de quelques instants, l'espion, qui était resté immobile sur son banc, bougea et fit trois pas en avant ; puis il s'avança vers l'auberge sans faire le moindre bruit, comme s'il craignait de réveiller les chats du voisinage, et indiquant bien, par la timidité de ses allures, la mauvaise besogne dont il était chargé.

Catafago guettait en souriant, et sans pouvoir retenir des paroles d'impatience, comme s'il se faisait véritablement violence pour ne pas éclater en imprécations.

L'espion avançait toujours.

Quand il fut parvenu en face des *Trois Brocs d'argent*, il leva la tête vers le balcon, comme s'il tenait à constater que toute lumière en avait disparu, puis il tourna sur ses talons et se disposa à regagner son observatoire.

A ce moment, Catafago se leva, se pencha sur l'appui de pierre du balcon, et, faisant décrire à son bras un mouvement violent et demi-circulaire, lança dans l'espace un objet qui siffla comme une vipère.

C'était le lasso indien.

Un cri terrible retentit, auquel répondirent seuls les échos lointains de la ville, et Catafago tira à lui sa cordelette, laquelle ramenait un gibier fort lourd et qui se débattait vigoureusement. Mais Catafago avait la poigne forte et les membres solides ; si bien qu'après avoir tiré de toutes ses forces, et avec une vivacité doublée par les instincts naturellement féroces de son caractère, l'espion se trouva suspendu au-dessus du pavé.

Quelques brassées encore et il le saisissait par les cheveux et le traînait dans la chambre.

L'homme était immobile, mais ce pouvait être de peur ; aussi Catafago se mit-il à frapper dans ses mains. Jeanne apparut, une lampe à la main.

Elle poussa un cri d'effroi à la vue du spectacle qui s'offrit à ses yeux : c'est-à-dire Catafago accroupi sur le corps de l'espion, dont la corde, qui s'était arrêtée sur les épaules, avait tellement serré le cou dans le redoutable nœud formé naturellement par la rotation du lasso, que son visage était déjà noir et offrait toutes les apparences de la mort. Mais son cœur battait avec violence, et ses bras et ses jambes s'agitaient convulsivement.

— Ce n'est pas assez, dit Catafago.

Madame, un messager de la reine. (P. 143.)

Et il se disposait à redoubler la corde au cou de l'espion, afin d'achever la strangulation, lorsque Jeanne posa la lampe sur la table et s'enfuit dans sa chambre.

— Couchez-vous, mademoiselle, et ne vous inquiétez de rien, lui dit Catafago. Nous n'avons plus rien à craindre du mouchard.

Et appuyant son pied sur la poitrine de l'espion, il tira, tira jusqu'à ce que celui-ci ne donnât plus signe de vie, ni par les battements de son cœur, ni par aucun mouvement.

Après quoi Catafago se jeta sur son lit et s'endormit du sommeil du juste.

Une heure après, il se réveillait, s'assurait que son homme n'avait pas remué, et saisissant ce cadavre désormais immobile, il le traîna vers la fenêtre et le jeta sans scrupule sur le pavé de la rue ; puis, après avoir attaché sa corde après le balcon, il se disposait à s'en servir pour descendre, lorsqu'il se ravisa et pénétra dans la chambre de Jeanne.

Celle-ci revint toute craintive et à demi-vêtue ; puis, quand il fut descendu dans la rue, elle remonta la corde. Catafago souleva le cadavre sur ses robustes épaules et s'achemina vers la Loire.

XVIII. — LA DERNIÈRE ÉTAPE.

— Ma mère, disait Henri à la duchesse douairière de Chalais sa mère, il faut absolument que je parte. il est probable qu'à cette heure tous mes amis sont dispersés : laissez-moi donc les joindre et aviser avec eux aux moyens de renverser cet odieux ministre.

— Ah! mon fils, quelles douleurs tu réservais à ta mère en t'abandonnant sans réserve à tous ces ambitieux. Ils ont abusé de la générosité de ton âme et j'en suis sûre, ils t'ont renié au moment du danger.

— Je ne le pense pas, ma mère, et si, de ce pas, je me rends auprès de M. de Vendôme je suis sûr d'y trouver aide et protection.

— Que n'as-tu gagné Nantes au plus tôt. Tu serais en ce moment sur un bon vaisseau faisant voiles pour quelque port de refuge, où la haine de M. de Richelieu ne pourrait t'atteindre.

— Chère mère, pouvez-vous donc me reprocher d'avoir voulu vous embrasser avant de dire adieu pour toujours à ma patrie.

— Ne dis pas cela, mon Henri, car j'espère en la miséricorde de Dieu. Non-seulement tu reverras bientôt la France, mais tu la reverras comblé d'honneur par ton roi qui, délivré de la tyrannie qui pèse sur sa couronne, jugera digne et honnête de récompenser ses plus fidèles serviteurs.

— Ma mère, mon cheval est sellé. Il me faut trois jours pour gagner Nantes, que je vous presse une dernière fois sur mon cœur.

— Henri, mon fils, tu me désespères!... Et en parlant ainsi, il semble que tu condamnes ta cause. Aie plus de confiance en elle, c'est celle du bon droit et de l'honneur.

— C'est celle des opprimés et des malheureux, ma mère, et sans me faire illusion sur mon peu de valeur, j'ai la conviction que cette noble cause ne trouvera plus un homme disposé comme je l'étais à jouer sa vie obscurément.

— Tu vois...

— Oui, ma mère, je comprends enfin la différence qu'il y a entre le courage et le sacrifice. Mes compagnons seront tout prêts, j'en suis certain, à mettre l'épée à la main, à combattre, un contre dix, à verser leur sang jusqu'à la dernière goutte ; mais l'espoir d'empressement avec lequel ils ont accepté ma coopération morale à cette œuvre, me prouve ce que je disais : ils ne craignent pas les épées, ils ont eu peur de la hache.

— O ciel! que veux-tu dire?...

— Qu'il y a danger de la tête, madame, et que votre fils vou
demande sa bénédiction avant de partir.

— Oh! va-t en, va-t-en vite, mon enfant, fit la duchesse en se
levant avec vivacité; où est ton valet de chambre?... je veux te voir
monter à cheval, pars, ne reste pas un instant de plus! car, je le
sens, c'est ici qu'on va venir te chercher, on connaît ton cœur, et
tout naturellement on se dira : il a été embrasser sa mère. Pars,
pars.

Et la douairière le retenait sur son cœur, comme si elle eût
voulu s'offrir aux coups qui pouvaient menacer ce fils chéri; puis
elle le repoussa avec force et tous deux descendirent rapidement
les marches du grand escalier du château, au pied duquel se tenait
le valet de chambre du comte, lequel lui jeta un manteau sur les
épaules.

Madame de Chalais marcha jusqu'au perron du vestibule et s'approchant du beau cheval noir qui piaffait d'impatience en rongeant
son frein, elle tendit l'étrier à son fils.

Chalais sauta en selle avec grâce et saisissant une dernière fois la
main de sa mère y imprima un ardent baiser; puis, il s'élança à
travers la grande cour, et il allait franchir la grille ouverte à deux
battants qui commandait les larges fossés défendant à l'ouest le
château, lorsque tout à coup il fit cabrer son cheval et l'arrêta.

— Qu'y a-t-il!... s'écria la duchesse en s'élançant de ce côté.

Deux hommes venaient de se présenter à la grille; et c'était devant eux que le comte était resté immobile.

— Jeanne! s'était-il écrié, mettant immédiatement pied à terre,
et laissant sa monture s'échapper en liberté.

Jeanne s'était jetée dans ses bras et l'étreignait avec force, tandis
que Catafago contemplait avec un attendrissement, peu conciliable
pourtant avec sa rude et sauvage nature, ce spectacle attendrissant.

— Henri, vous allez partir?

— Oui, répondit le comte, mais te voilà, ma Jeanne, je reste.

— Ah! je savais bien que tu m'aimais encore.

— Tout cela est fort bien, c'est pour le mieux, dit Catafago en
s'approchant; mais, si vous m'en croyez, monsieur le comte
partira.

— Ah! c'est toi, mon ami? fit chaleureusement le jeune homme
en tendant la main au bandit qui le lèvres avec respect.

— Comte, dit la douairière qui s'avança, maintenant que vous
avez embrassé vos amis, ils vous laisseront partir.

A la vue de cette noble dame, dont la beauté avait un aspect de
majesté et de tendresse ineffable, Jeanne joignit les mains comme si
elle se fût trouvée tout à coup en présence de la Reine du ciel.

— Jeanne, dit Henri, c'est ma mère.

— Jeanne? fit la duchesse avec stupéfaction et en considérant
avec curiosité la jeune fille qui s'était agenouillée à demi devant elle,
soutenue par son amant.

— Oui, ma mère, c'est cette enfant dont je vous parlais ce matin,
c'est celle que j'aime et qui est si digne d'être votre fille.

La duchesse ouvrit ses bras à cette nouvelle venue dont le doux
visage l'avait déjà charmée; mais, cette fois, Chalais ne put retenir
Jeanne qui tomba tout à fait aux pieds de sa mère.

Madame de Chalais se baissa vers elle, la força de se relever, et la
conserva tendrement embrassée.

— Nous parlerons de lui, dit-elle d'une voix émue en tendant une
main à son fils.

— Ah! madame, que vous êtes bonne!

— Pars vite, mon enfant, et quand tu m'auras écrit ou fait dire
que tu es en sûreté, je te conduirai vers toi, et nous vivrons tous
trois dans l'exil.

— Monsieur le comte, dit Catafago, voulez-vous de moi pour
compagnon de route?

— Ce n'est pas de refus, mon garçon.

— Oui, Henri, oui, fit vivement Jeanne, c'est un homme de cœur
et de ressource. il vous sera bien utile.

— Monsieur, dit la mère en s'adressant au bandit, soyez béni
pour le dévouement que vous inspire mon fils.

Le bandit inclina la tête devant cette noble dame et ne trouva
aucune parole pour lui répondre, tant inspirait de respect à cette
espèce de paria, une dame de si haute noblesse et si imposante
qu'était la princesse de Chalais.

Chalais avait rapidement donné l'ordre qu'on sellât un cheval
pour Catafago et qu'on lui amenât le sien.

— Allons, mon fils, reprit la duchesse, hâtez-vous, partez!

— Déjà!... murmura Jeanne qui ne pouvait arracher ses yeux du
visage de son amant.

— Monsieur le comte, reprit Catafago, je vous accompagne donc,
cela est convenu; mais, si vous m'en croyez, je ne vous suivrai qu'à
une distance d'une demi-lieue. Voyant ceux qui viendront en face,
vous serez toujours assez fort pour les recevoir; tandis que moi à
l'arrière-garde, ce sera bien le diable si l'on vous rattrape sans m'a-
voir passé sur le corps.

— Soit, dit Chalais en souriant; que j'entre dans Nantes et tout
est sauvé!

— Allons, mon fils, dit la duchesse avec impatience.

Un valet avait ramené le cheval, et Chalais, après avoir pressé
de nouveau les deux femmes sur son cœur, se retrouva en selle ainsi
que le laquais qui devait le suivre. Mais il semblait attendre qu'on
eût amené la monture du bohème.

— Partez, monseigneur, dit celui-ci, il vous faut un quart d'heure
d'avance sur moi.

Le comte adressa un baiser de la main aux deux femmes et s'é-
lança vers la grille du château.

Peu d'instants après, Catafago montait à cheval à son tour pendant que la pauvre Jeanne l'accablait de recommandations; il partit
enfin.

Le château de Chalais, dont les massives constructions subsis-
tent encore, dominait la contrée à plus de vingt lieues à la ronde :
la duchesse et Jeanne montèrent sur la plus haute des tours et suivirent les cavaliers du regard tant que leurs yeux purent les apercevoir; et la nuit était venue, déjà depuis longtemps, qu'elles croyaient
encore voir flotter au loin le manteau de cet être adoré.

— Le reverrai-je !..., murmurait tristement Jeanne, en suivant la
duchesse qui descendait l'escalier de la tour, oppressée par la même
crainte, mais qui avait la force de la dissimuler.

Catafago se tint constamment à la distance convenue, s'arran-
geant toujours de manière à voir le comte à l'horizon, tandis qu'il
se retournait à peu près à chaque quart d'heure pour interroger la
route qu'il venait de parcourir. La nuit venue, et pendant qu'on
changeait de chevaux, ils se rapprochaient; et, sur le conseil de Catafago, à qui Robert avait raconté son aventure de route, le comte
prit le parti de ne coucher dans aucune auberge. Les nuits étaient
belles et chaudes, et il se rencontrait toujours un bois ou une forêt
dans lesquels ils s'enfonçaient, attachant leurs chevaux au premier
arbre venu, et s'endormant couchés dans leurs manteaux sur des
lits de bruyère et de mousse.

Le quatrième jour ils arrivèrent en vue des premières maisons
du village de Rézé, aujourd'hui considéré à peu près comme un
faubourg de Nantes et situé sur la rive gauche de la Loire.

Cependant, Chalais ne s'avançait pas avec assurance; il voyait à
quelque distance, en deçà de ces maisons, un assez nombreux attroupement, au milieu duquel ressortaient quelques cavaliers et
d'où, par moments, s'échappait le miroitement des pièces d'acier
dont se composaient encore certains équipements militaires. Il
laissa Catafago le rejoindre.

— Va voir ce que c'est, lui dit-il.

Le bandit piqua des deux, et fut accueilli par des vivats partis
précisément d'un groupe de cavaliers dont les casaques étaient aux
couleurs de la sienne.

— Un garde! firent-ils tous avec joie.

— Il faut boire avec nous, camarade ! s'écria l'un d'eux qui , descendu de cheval, trinquait avec d'autres soldats appartenant évidemment à des corps différents.

— Qu'êtes-vous venus faire ici? demanda Catafago en prenant le
verre qui lui était tendu.

— Nous précédons la maison de la reine de deux jours, afin de
faire préparer les logements de ses gardes. Les mousquetaires arriveront après nous, et en trouveront s'ils peuvent.

— M. de Vendôme est toujours à Nantes ? demanda Catafago

— Toujours, mais...

— Mais?

— Il est question de donner son gouvernement au maréchal t-
Thémines.

— Diable ! fit le bohème en lui-même, le temps presse alors.

Et ne trouvant point sur ces figures martiales aucun visage de
nature à lui donner le moindre soupçon, il sortit du groupe et
alla se placer au milieu de la route, où il agita son chapeau
en l'air.

Chalais se mit aussitôt en marche, se dirigeant vers Rézé, et à
son approche les soldats aux gardes s'empressèrent de le saluer;
car, tous reconnurent le maître de la garde-robe. Catafago put
donc, sans paraître inconvenant à l'égard de ses prétendus cama-

rades, continuer sa route en compagnie de ce haut seigneur.

Ils traversèrent les quatre ou cinq ponts élevés sur la Loire qui livraient accès dans Nantes, et arrivèrent bientôt sur la place du Bouffay où s'élevait l'hôtellerie de l'*Ancre du Salut*, vers laquelle ils se dirigèrent.

— Je meurs de faim, dit Chalais, qui mit pied à terre à la porte de l'auberge, humblement salué par l'hôte.

— Diable ! qu'y a-t-il donc là-bas ? dit Catafago en remarquant un nombre considérable de bourgeois et de matelots qui, arrêtés sur le quai de la Fosse, semblaient assister au lever de l'ancre d'une grosse barque dont la proue était tournée en amont du fleuve, et sur laquelle se trouvaient plusieurs gentilshommes qui saluaient.

— Va voir, lui dit à voix basse Chalais qui avait été également frappé de cette affluence. Il faut être au courant de tout ce qui se passe ici.

Lorsque Catafago se fut éloigné, Chalais entra dans la grande salle de l'auberge dans laquelle se trouvaient plusieurs tables occupées en ce moment par des buveurs. A sa vue, l'un d'eux sortit de l'ombre, comme s'il eût bondi, et s'approcha, le visage enflammé. C'était un homme vêtu d'un de ces costumes militaires assez difficiles à attribuer à tel ou tel corps, à cette époque où l'uniforme n'existait pas.

— M. de Chalais ! fit-il, je vous trouve donc enfin sur mon passage !

Le comte regarda cet homme avec calme et essaya de l'écarter du geste.

— Je n'ai pas l'honneur de vous connaître, dit-il.

— Mais moi, je vous connais ! répliqua ce soldat, et vous allez, s'il vous plaît, sortir immédiatement d'ici avec moi, monsieur, je veux essayer de vous planter mon épée au cœur.

— Mon ami, je vous jure que vous me confondez avec quelque autre personne, dont vous avez à vous plaindre, mais quant à moi...

— Quant à vous !... mais ne voyez-vous pas, n'entendez-vous pas que je vous appelle par votre nom, comte de Chalais ! Ah ! au fait, il est possible, vous n'avez peut-être jamais assez regardé au-dessous de vous, pour vous dire : — Il y a des hommes que mon bonheur voue éternellement aux désespérances et au crime ; il y a des hommes qui seraient peut-être au comble de leurs désirs si je n'existais pas ; que j'ai rencontrés sur ma route et dont j'ai broyé le cœur !

— Allons, vous êtes fou.

— Non, monsieur, je ne suis pas fou, et la preuve c'est que je me nomme Cambremer.

— Cambremer ! c'est le nom d'un étudiant breton dont on m'a parlé autrefois...

— Autrefois !... il n'y a pas si longtemps pourtant !... mais cet étudiant breton, monsieur, cet étudiant que son amour pour une femme indigne a fait lâche et criminel, cet étudiant aujourd'hui soldat, vient à vous et vous dit : — Je vous demande compte de mon bonheur perdu, de toute ma vie brisée, il le faut ! allons, monsieur, sortons, vous dis-je, si vous ne voulez pas que je vous tue ici-même !

Et en disant ces mots, Cambremer tira son épée avec un mouvement de fureur aveugle et se précipita sur lui ; mais il fut aussitôt saisi par trois hommes qui, témoins de cette scène, s'étaient vivement levés des tables où ils buvaient, en même temps que l'hôtelier qui, jugeant sur les apparences, selon la coutume des gens de son état, s'était déclaré du parti du grand seigneur, et voulait expulser ce soldat mal-appris.

Cette contrainte exaspéra Cambremer et lui donna la force nécessaire pour s'arracher des bras qui le retenaient, et il fondit l'épée en avant sur Chalais qui venait de tourner le dos.

Mais l'hôtelier qui s'était jeté au-devant du comte, afin de le pousser vivement, reçut le coup et tomba aussitôt, baigné dans son sang.

Cambremer recula, épouvanté, et se laissa désarmer et terrasser par les assistants. La femme de l'hôtelier se mit à pousser des cris qui ameutèrent nombre de gens devant l'hôtellerie et, peu d'instants après, Cambremer, désigné par tous comme l'assassin, était arrêté et conduit en prison.

Chalais, à la faveur du tumulte, avait pu gagner la rue, et Catafago accourut aussitôt vers lui.

— Monsieur le comte, dit-il, c'est M. de Vendôme qui quitte la ville sur ce bateau. Il retourne à Paris, ne voulant pas subir l'humiliation de rendre son gouvernement au maréchal de Thémines, qui n'est qu'à deux lieues de Nantes.

— Oh ! fuyons, alors, tout est perdu.

Et comme ils se dirigeaient vers la porte de l'hôtellerie menant aux écuries, une troupe nombreuse de soldats accourut et se jeta sur lui.

— M. de Chalais, dit une voix, vous êtes mon prisonnier.

— Rochefort ! s'écria Chalais, en reconnaissant le comte dans le chef de cette escouade et tirant son épée avec fureur.

— Ordre du roi, contresigné du cardinal, reprit celui-ci en faisant signe à ses gens qui désarmèrent aussitôt le grand homme.

En vain Chalais avait porté ses regards de tous côtés pour requérir l'aide de Catafago. Le bandit avait disparu.

XIX. — LE SECRET DE BÉRANGER.

Le cardinal de Richelieu se promenait dans son cabinet, en proie à la plus vive émotion, et, dans un coin de la pièce, éclairée par un seul flambeau placé sur le bureau du ministre, était un homme, assis sur le bord d'un fauteuil et tremblant de tous ses membres.

C'était maître Adamas, qui, terrifié, ne savait s'il devait rester assis ou se lever, ce dont, peut-être, il n'aurait pas eu la force.

— Adamas, vous me trompez ! fit le cardinal en frappant du pied et en fixant sur le docteur des yeux qui lançaient des flammes.

— Monseigneur, je ne sais rien, je vous le jure.

— Ah ! parole de médecin !

— Monseigneur...

— Vous êtes l'ami de Béranger ; depuis longues années, depuis un fatal événement que je n'ai pas oublié, ni vous non plus, il vous a donné ra à peu près sa maison ; vous avez élevé sa fille ! — Il est donc impossible que vous ne sachiez rien. Songez-y, Adamas, je veux être obéi, et vous savez que je ne suis pas habitué à rencontrer de résistances.

— Monseigneur, que voulez-vous que je vous dise, je ne suis occupé que de mes livres et de mes observations ; et s'il faut vous l'avouer, plusieurs fois, Béranger a paru se défier de mes distractions.

Le cardinal resta un instant pensif.

— Je veux le voir.

— Qui, monseigneur ?

— Béranger. J'irai chez lui.

— Vous, monseigneur, fit le docteur épouvanté.

— Oh ! je n'ai pas peur, répliqua Richelieu. J'ai plus d'une fois affronté le fer et les poignards.

— Oh ! monseigneur, Béranger est un homme loyal avec lequel Votre Éminence n'aura jamais à craindre le poignard, mais...

— A présent ?...

— Pourquoi pas ?

— Vous le savez bien.

— Parlez, je n'aime pas à deviner.

— Monseigneur, ma pauvre maison est dans la désolation. La fille de Béranger, qui a été délivrée de la prison par grâce du roi, a encore quitté le toit paternel pour rejoindre...

— Pour rejoindre M. de Chalais, je le sais. Eh bien, est-ce donc pour cela que je n'oserais me présenter devant Béranger ? Que sont pour moi tous ces amoureux et tous ces fous ? Je marche dans mon chemin, sans m'inquiéter de personne ; et si M. de Chalais s'est rendu rebelle à son roi, dois-je pour cela interrompre le cours de la justice, pour qu'un vieux soldat ait la satisfaction de voir sa fille à ses côtés ? Si, par vos paroles, Adamas, vous voulez dire que M. Béranger m'impute le mal qui lui est fait par sa fille, cela prouve que ce n'est pas un homme de bon sens, voilà tout ; mais puisque vous dites que c'est un homme loyal, je n'hésite pas, venez.

Il n'y avait pas moyen de résister à un homme aussi impérieusement dominateur que Richelieu, qui jeta sur sa robe rouge un grand manteau noir et se coiffa d'un chapeau sans plumes. Le bon docteur marchait sur ses pas, et ils descendirent un petit escalier, débouchant dans un coin de la cour du Louvre, et devant lequel se trouvait un carrosse toujours attelé.

Peu d'instants après, le carrosse s'arrêtait dans la rue Serpente. Le cardinal fit passer le docteur le premier, et celui-ci l'introduisit dans le parloir, après avoir dit à Marianne de faire venir le vieux soldat.

Quand Adamas se retourna, le ministre s'était appliqué un masque sur le visage avec la pensée de détourner le premier choc.

Bientôt les pas de Béranger retentirent dans l'escalier, et il se présenta à la porte de la salle, pâle et appuyé sur une longue canne. Il avait laissé croître sa barbe, et le négligé de ses vêtements annonçait une sorte de découragement, un de ces renoncements aux choses de ce monde que de profondes douleurs jettent dans les âmes.

Il s'arrêta sur le seuil et considéra, les sourcils froncés, cet inconnu aux allures mystérieuses, auprès duquel son ami Adamas semblait se tenir dans une attitude respectueuse, presque servile.

— Que me veut-on? demanda-t-il à voix haute.

Adamas voulut parler, mais il fit un signe pour l'en empêcher.

— Un homme honnête qui a conçu un projet honorable ne doit pas marcher à visage couvert.

— Monsieur... fit Richelieu qui sentit ses joues se couvrir d'une rougeur subite.

— Monsieur, dit le cardinal, je suis un homme animé des sentiments les moins hostiles, et si je me présente masqué, c'est tout simplement parce que j'ai voulu éviter le premier moment de surprise que vous eût causé mon visage.

— Ah! fit le vieux soldat en le regardant curieusement, qui êtes vous donc?

— Je suis un homme dont vous avez peut-être, dans le passé, quelque droit de vous plaindre.

— Dans le passé...

— Je suis un homme qui, en faisant cet aveu, donne un exemple frappant d'humilité, et croit, par là, mériter, sinon l'oubli, du moins le pardon de ses offenses.

— Oh!... s'écria Béranger, quel est le gentilhomme qui ose en effet m'adresser de telles paroles? Est-ce un honnête cœur qui se repent, ou un criminel endurci qui me trompe? Ah!... j'y suis!...

Ce disant, le vieux soldat s'était baissé et montrant, de son doigt tendu avec force, les pieds de son interlocuteur il éclata de rire.

— Satan se reconnaît à son pied fourchu, et ses suppôts à leurs bas rouges... Allons, monsieur de Richelieu, ôtez ce masque, vous êtes reconnu!

Le cardinal obéit et montra son visage pâle et blême, ses lèvres frémissantes, et sa main en s'agitant sous son manteau semblait chercher la garde d'une épée.

— C'est bien lui!... fit Béranger avec une satisfaction cruelle.

Et, se dirigeant vers la porte de la salle, il l'ouvrit tranquillement, retira la clef qui était au dehors, et l'introduisant dans la serrure lui fit faire le double tour; après quoi il mit la clef dans sa poche.

— C'est ainsi, monseigneur, dit-il, qu'agissent d'ordinaire deux combattants qui veulent que mort s'ensuive. Oh! je prévois vos objections! Vous allez me dire que vous êtes prêtre et que la religion vous défend de tenir une épée. C'est une question que je ne veux pas approfondir; et d'ailleurs vous êtes encore jeune et je suis vieux, cela égalise les chances que mon épée pourrait avoir contre elle, en admettant qu'elle sût faire la distinction d'une soutane à un pourpoint. Allons, monseigneur, en garde!

Le soldat tira son épée et fit un appel formidable du pied, tandis que le cardinal ouvrait son manteau et apparaissait la poitrine en avant, les bras ouverts et sans armes.

— Béranger, s'écria Adamas, le cardinal est entré ici sous ma sauvegarde, et...

— Tais-toi, et même, mon pauvre ami, si tu m'en crois, tu vas nous laisser seuls, monseigneur et moi; car tu ne peux rien comprendre à ces sortes d'explications, toi, qui as mission de guérir.

— Non, je ne bouge pas d'ici, et je ne permettrai pas qu'un combat sacrilége...

— Il n'y a pas de sacrilége. Du moment que cet homme est venu ici, c'est qu'il a entendu m'offrir enfin la réparation qui m'est due. N'est-ce pas, marquis de Chillion?

— Monsieur, dit le cardinal en s'avançant, je ne veux pas me battre avec vous. Cela ne convient ni à nos caractères ni à nos âges. Vous avez des cheveux blancs et les miens grisonnent; le temps a passé sur les faits qui nous ont divisés jadis, et c'est en hommes sages que nous devons essayer de réparer le mal autrefois commis.

— Réparer le mal, vraiment, vous admire, monsieur! réparer! mais me rendrez-vous Christine que vous avez déshonorée? Me rendrez-vous cette femme que mon amour et mon absolution d'un passé dont elle était innocente n'ont pu rattacher à la vie, et que le poids de la honte a conduite lentement au tombeau? Me rendrez-vous tout le bonheur de ma vie, à moi? Je ne vous parle pas ici de mon frère qui a été victime des infamies de votre père, mais de mon bonheur enfermé tout entier dans cette femme adorable et que votre brutale passion a tuée... Ah! tenez, vous avez réveillé la haine, imprudent, vous allez savoir ce que c'est que la vengeance!

Et il marcha l'épée tendue vers le cardinal qui, au lieu de reculer, s'avança résolûment les bras croisés.

— Assassinez-moi! dit-il simplement.

Une majesté inexprimable parut empreinte sur son visage, son front sembla rayonner, et Béranger jeta son épée et se laissa tomber sur une chaise.

— Ah! dit-il en se frappant la tête, il a raison cet homme, je ne suis pas un assassin!...

— Béranger, dit Adamas, M. le cardinal ne désire que...

— Assez, répliqua le vieux soldat: vous avez sans doute vos gardes dans la rue, monseigneur, appelez-les, et faites-moi renfermer de nouveau à la Bastille, je ne suis bon qu'à y mourir de misère et de rage.

— Monseigneur est venu seul, dit Adamas.

— Seul?... fit Béranger avec étonnement.

— Monsieur, dit le cardinal en s'approchant, je vous ai dit en commençant que j'avais regret du passé; n'est-ce donc rien, à vos yeux, qu'un grand de la terre qui s'abaisse comme le fait le ministre du plus puissant roi de la chrétienté.

— Allez-vous-en! fit Béranger en se levant et ouvrant la porte avec emportement, allez-vous-en, car vous voulez me tenter, satan, vous voulez me proposer quelque chose d'impossible!

— Je veux vous demander les papiers que vous avez et dont vous pouvez vous faire une arme contre moi.

— Ah! j'étais bien sûr de vous tenir, monseigneur, et je le vois à présent, cette humilité n'est qu'hypocrisie; vous n'avez pas regret du passé et vous avez peur du ridicule et du scandale.

— Eh bien! quand cela serait, dit effrontément Richelieu.

— Je serais le plus heureux des hommes d'avoir su conserver les preuves de l'infamie de votre père et de la vôtre, parce que je serais bien certain, alors, d'avoir savamment calculé ma vengeance.

— Béranger, dit Richelieu d'une voix ferme et en fixant sur le vieillard ce regard tenace et dominateur avec lequel il avait déjà dompté tant de princes et de hauts seigneurs, — Béranger, vous avez été le compagnon du roi Henri, et bien que l'oublieux Béarnais se soit montré ingrat, selon vous, en ne donnant pas satisfaction à vos haines, vous n'avez pas cessé un instant de révérer sa mémoire et de reporter votre amour sur son fils. Eh bien, la politique d'Henri IV, de ce monarque qui a le plus fait pour son peuple, entre tous ceux que la France a jamais eus à sa tête, ce monarque a légué à son fils une politique que je continue et que j'espère mener à bonne fin. C'est une œuvre grandiose, Béranger, car elle commence par l'abaissement de la maison d'Autriche et tend à la prépondérance de la France sur tous les autres royaumes. Fixez, comme moi, vos regards sur ce grand et grand et entoure la couronne aujourd'hui; et dites si vous y trouvez, soit un capitaine, soit un gentilhomme, qui ait dans le cœur ce qu'il faut de force, de volonté et de courage pour accomplir l'œuvre. Non, vous ne rencontrerez pas l'homme prédestiné. C'est à moi que cette tâche appartient, et vous ne vous ferez pas l'artisan de la ruine dans laquelle ma chute entraînerait un pays pour lequel, déjà, vous avez été si fier de verser votre sang.

— Oh!... fit Béranger d'une voix sourde, l'âge a obscurci ma pensée et amolli mon cœur. Il y a des hommes à qui tout réussit sur la terre, et d'autres à qui tout est malheur et désespoir. Vous êtes un grand ministre et vous triompherez toujours, vous! Venez avec moi.

— Où cela?

— J'ai juré à Christine de la venger, il faut qu'elle me relève de mon serment.

— Christine...

— Vous n'avez pas craint d'affronter un vivant, monseigneur, auriez-vous peur des morts?

Richelieu ne put retenir le tressaillement nerveux qui agita ses lèvres et ses mains, mais il se contint.

— Que voulez-vous dire?

— Qu'il y a longues années que Christine dort sous la pierre du sépulcre, et que, depuis ce temps, j'ai nourri la suprême espérance de me venger; et tandis que son pauvre corps est froid et immobile dans la terre, mon sang bout et m'étouffe. Ah! j'ai bien souffert durant tout ce temps, monseigneur; mais puisque Christine a arrêté mon bras, c'est donc qu'elle pardonne!... Venez.

— Mais... fit Richelieu qui ne comprenait pas ce que voulait cet homme étrange.

— Tenez, monseigneur, dans ce coin, là, il y a une épée, prenez-la, car il y a de mauvaises rencontres à faire dans Paris,—et puis, si Dieu le veut, il faut bien que vous défendiez votre vie.

— Marchons, dit le cardinal, je vous ai dit que je me fiais à vous.

Béranger ramassa son épée, la remit au fourreau et marcha le premier Richelieu le suivit; mais en ouvrant la porte de la rue, le vieux soldat aperçut le carrosse et fit un mouvement de retraite. Il lui semblait voir se dresser devant lui les hautes et redoutables tours de la Bastille.

— Nous irons à pied, dit vivement le cardinal.

Béranger le regarda avec une certaine expression de reproche; il semblait regretter cette confiance et désirer au contraire qu'une manifestation hostile lui rendît sa libre volonté et l'exercice complet de ses ressentiments.

Ils descendirent la rue de la Harpe et, obliquant à gauche, gagnèrent le pont Saint-Michel pour traverser la Seine; et peu de temps après ils quittaient la Cité, passaient sous la voûte du Châtelet et aboutissaient au cimetière des Innocents.

Ils avaient accompli ce trajet sans échanger une parole, et traversé ces quartiers, éclairés seulement par la pâle clarté des étoiles, non sans être l'objet de l'étonnement des rares passants; car ce soldat aux allures fermes et décidées, au milieu duquel voltiger au-dessus du sa longue épée, suivi par un homme enveloppé d'un manteau et, dont les pas, semblables à ceux des animaux nocturnes, ne produisaient aucun bruit, faisaient assez l'effet de ces promeneurs qui, au moyen âge, se croyaient obsédés par le moine bourru de la tradition.

A cette heure, il n'y avait plus personne sur l'emplacement du marché, et la chaleur du jour ayant été accablante, il n'était pas rare d'apercevoir de temps en temps voltiger au-dessus du sol du cimetière quelques-uns de ces feux-follets qui ont été l'objet de la terreur des esprits faibles.

Le soldat aguerri et l'homme de savoir qui traversaient ces espaces livrés au champ du repos n'étaient pas de ceux qui s'épouvantent de ces phénomènes de la nature; ils avançaient donc résolûment au milieu des tombes.

Au centre du cimetière s'élevait une grande croix de pierre, objet de la vénération générale; car elle servait à perpétuer le souvenir de ceux qui n'avaient pas eu la consolante faculté de reconnaître le tertre recouvrant un être cher. Quand les deux visiteurs nocturnes de ces sombres lieux y parvinrent, Béranger s'arrêta et appuya son front baigné de sueur contre cette pierre.

— Oh!... murmura-t-il d'une voix profonde,—c'est un sacrilège, oui un sacrilège, monseigneur, car vous avez été le meurtrier,—et je ne puis, sans que tout en moi se révolte, vous conduire auprès de la victime, qui, elle aussi, va tressaillir dans sa tombe à votre approche.

Richelieu s'arrêta.

— Quittons ces lieux, dit-il résolûment.

— Non, venez, monseigneur, une force inconnue me pousse; vous avez Dieu pour vous,—à moins que ce ne soit le démon.

Ils arrivèrent alors au pied d'un tertre verdoyant, entouré d'une grille en bois, et au milieu duquel les rayons de la lune éclairaient une large pierre surmontée d'une croix massive.

— C'est ici, dit Béranger en ôtant son chapeau.

Le cardinal l'imita, et demeura pensif, les yeux fixés sur ce modeste enclos où reposait une femme dont il se reprochait réellement le malheur; mais son âme bronzée n'était pas de celles que de pareils spectacles ou de semblables situations émeuvent ou troublent: il attendait patiemment le résultat cherché par son ancien ennemi.

Celui-ci avait posé un genou en terre et semblait demander des inspirations à l'âme envolée de la pauvre martyre, et Richelieu suivait avec une impatience heureusement bien déguisée le travail de l'exaltation chez cet homme dont il se voyait forcé d'accepter les lois.

Aucun bruit ne se faisait entendre entre ces funèbres monuments, si ce n'était le rare croassement des oiseaux de nuit et le cri des guetteurs de la ville criant l'heure au loin; lorsque tout à coup la cloche de l'église des Saints-Innocents tinta, lugubre et sonore, les douze coups de minuit.

Ce bruit sembla faire sortir Béranger de sa triste rêverie, et à chacun des coups qui résonnaient sur le bronze, sa poitrine se soulevait comme si une impression plus profonde, plus douloureuse, plus poignante, venait soudain en changer le cours.

Lorsque le douzième coup retentit, la croix de pierre vacilla sur elle-même, et avant que les deux hommes eussent remarqué ce mouvement elle tombait sur la dalle et se brisait en morceaux.

— Ah!... fit Béranger en se relevant, le front baigné de sueur, c'est un avertissement du ciel!...

Le cardinal recula instinctivement à la vue de l'expression terrible qui se manifestait sur son visage.

— Un malheur m'est annoncé! reprit le vieux soldat, et c'est de vous qu'il me vient.

— Vous êtes fou!... fit le cardinal perdant patience.

— Ah! vous me trompez!

— Eh! quel intérêt...

Mais Béranger avait perdu toute mesure, et contemplant une dernière fois la croix qui gisait mutilée sur la tombe de sa femme, il s'avança vers le cardinal, les deux mains étendues et comme s'il voulait le saisir à la gorge.

— A moi! fit celui-ci au comble de l'effroi.

Béranger avançait toujours et il allait certainement saisir son ennemi, lorsqu'il se trouva tout à coup arrêté par deux bras vigoureux qui s'étaient enroulés autour de son corps. C'est en vain qu'il voulait s'arracher à cette étreinte, il ne pouvait que rugir et crier.

— Ah! Rochefort, c'est vous... fit le ministre en reconnaissant son confident avec satisfaction.

— Partez, monseigneur, partez, je saurai bien contenir ce furieux. J'ai de bonnes nouvelles à vous apprendre.

— Oh! mais il m'avait promis...

— Ces papiers... dit Béranger, c'était cela que tu voulais avant tout, et tes regrets n'étaient que comédie, n'est-ce pas, Richelieu?

— Partez donc, monseigneur, répéta Rochefort, je ne pourrai pas le tenir toujours.

— Qu'avez-vous donc à m'annoncer? demanda le cardinal.

— Il est arrêté.

— C'est de M. de Chalais qu'il s'agit, fit Béranger avec un soubresaut tel que Rochefort le lâcha.

Mais presque aussitôt ils se retrouvèrent tous deux l'épée à la main; Rochefort faisait un rempart de son corps au cardinal, qui ne savait de quel côté fuir.

— Fuyez donc, monseigneur, dit encore une fois le comte en parant avec adresse les coups d'épée furieux du vétéran.

— Ne le tuez pas, comte, car vous savez qu'il me faut ces papiers!... dit le cardinal en s'orientant et se mettant à fuir entre les tombes du côté de la rue Saint-Honoré.

— C'est dommage! dit Rochefort en battant en retraite à reculons, ce qui redoublait la rage de Béranger qui, d'estoc et de taille, poursuivait cet ennemi à travers les champs de repos, se souciant peu de fouler aux pieds les cendres des morts et les monuments élevés par la piété de leurs proches.

En le poussant ainsi, Béranger était revenu sans s'en apercevoir auprès de la tombe de Christine; si bien qu'en s'appuyant sur la barrière, il lui sembla qu'un nuage de sang passait devant ses yeux.

Il abaissa son épée et Rochefort en profita pour s'échapper.

Cependant il ne s'éloigna pas et resta à quelque distance caché derrière un grand mausolée, suivant du regard ce qui allait advenir; et bientôt, ce fut avec une joie infinie qu'il aperçut le vieux soldat essayer de se retenir après la barrière, puis tomber à genoux devant la tombe, et enfin se laisser glisser sur le sol, où il resta sans mouvement.

Rochefort prit aussitôt la route qu'avait suivie le cardinal, et retrouva l'Éminence arrêtée à côté de la première tombe du cimetière et qui causait avec un homme que l'obscurité empêchait de distinguer.

Cet homme s'éloigna ensuite et le cardinal resta seul.

— Vous êtes encore là, monseigneur? dit le comte en l'abordant.

Richelieu ne répondit pas et lui fit signe d'attendre.

Au bout de vingt minutes, l'homme revint, suivi de quatre autres, lesquels étaient armés de pioches, de pelles et de fers.

— Venez, leur dit le cardinal en marchant le premier.

Ils se retrouvèrent bientôt auprès de la tombe de Christine, et Richelieu ne fit nulle attention au corps de Béranger que Rochefort lui montrait. Il désigna la pierre du tombeau aux hommes qui l'avaient accompagné.

— Soulevez cette pierre, dit-il.

Rochefort le regardait étonné et semblait lui demander l'explication de tout ceci.

— Je l'ai deviné, reprit le cardinal à voix basse en lui serrant le poignet et lui montrant le vieux soldat, — là est le secret de cet homme.

XX. — L'HOTEL DE CAUMONT.

Quand Robert revint dans sa petite maison de la rue de la Lune, il trouva Blanche dans les larmes. La pauvre enfant était sans forces et accroupie dans un coin du vestibule, les yeux hagards, la tête vacillante ; et quand elle vit entrer le jeune homme, elle poussa une sorte de cri d'effroi, le prenant pour un des archers qui lui avaient enlevé son amant.

Pourtant, elle se releva aussitôt, et cédant à un de ces mouvements du cœur qui sont le mobile des grands et des généreux sacrifices, elle marcha vers Robert avec résolution.

— Vous allez me réunir à lui ! fit-elle avec résolution.

— Non, mademoiselle, reprit tristement l'artisan, je ne suis pas son juge, mais son ami.

— Oh ! vous m'aiderez à le sauver.

— Hélas ! mademoiselle, je ne suis rien, moi, et mon impuissance est au moins égale à la vôtre, en présence de toutes ces choses qui se nomment la justice, les archers, la prison, les bourreaux.

— Les bourreaux ?... hélas ! croyez-vous donc...

— Non, cent fois non, ce n'est pas possible ; les bourreaux sont institués pour les grands seigneurs, mais...

— Achevez...

— La prison le tient, elle ne le lâchera pas.

— Ah ! ne rien pouvoir, c'est affreux, en effet.

— Mademoiselle, en ce monde, voyez-vous, tout est aux puissants et aux riches. Je suis l'ami de Pierre, je me ferais hacher pour lui, mais c'est là tout ce que je puis, et ce n'est guère. Que diable voulez-vous que fasse de ma vie M. le cardinal de Richelieu qui tient aujourd'hui sous sa main ce petit avocat, comme il ferait d'un pauvre oiseau du ciel ?

— Si vous étiez un grand seigneur, vous pourriez donc quelque chose ?

— Peut-être.

— Comment cela ?

— Si j'étais un de ces puissants du monde qui ont autour d'eux et derrière eux parents et alliances, tous ayant domaines et vassaux, je ferais agir toute cette meute intéressée à me servir, et le nombre montant, montant toujours, comme les flots de la mer, des juges aux ministres, des ministres au roi, du roi au cardinal, car c'est lui qui règne maintenant, les derniers coups frappés le prouvent, — alors il faudrait bien qu'on me rendît mon ami.

— Vous êtes certain de cela, monsieur ? fit Blanche en relevant la tête avec fierté.

— Oui.

— Pierre est sauvé alors, répliqua-t-elle en s'élançant dans la chambre voisine et revenant avec un manteau dont elle s'enveloppa.

— Où voulez-vous aller ?

— Les rues ne sont pas sûres, monsieur. Oh ! je n'ai point peur pour moi, certainement, car la vie me serait inutile aujourd'hui si Pierre devait m'être enlevé ; mais j'ai peur d'être entravée comme je l'ai déjà été, voulez-vous m'accompagner ?

— Où donc ?

— Chez M. le marquis de Caumont, d'abord, et ensuite chez M. le comte de Louvigny.

— Le comte de Louvigny ? oh ! mademoiselle, que voulez-vous faire là ?

— Eh bien ?

— Cet homme était l'ami de M. de Chalais, son ami d'enfance, et M. de Chalais, quand il s'est vu forcé de fuir s'est écrié : Il y a du Louvigny là-dessous !

— Ah !... fit Blanche avec un mouvement d'effroi et de dégoût.

— Prenez garde, mademoiselle.

— Monsieur, vous avez sans doute appris que le comte a perdu sa femme, le soir même de ses noces ?

— Oui, mademoiselle, cela a fait assez de bruit dans Paris.

— Eh bien ! la comtesse de Louvigny, c'est moi !

— Vous, madame !

— Venez, accompagnez-moi chez mon oncle, monsieur, et de là chez mon mari.

Robert ouvrit la porte et offrit son bras à la jeune femme qui s'y appuya avec fermeté et tous deux se dirigèrent vers le quartier du Louvre.

Quand ils arrivèrent devant l'hôtel de Caumont, Blanche s'arrêta sous le portail.

— Monsieur, dit-elle, si vous êtes l'ami de Pierre, ne me refusez pas une prière.

— Ordonnez, madame.

— J'ai déjà été chassée de cette maison qui est la mienne, chassée à coups de pierres. Je ne sais pas l'accueil qui va m'y être fait ; c'est pourquoi je vous prie, je vous conjure d'attendre à cette porte le résultat de ma visite. Si mes droits, si mon état sont méconnus, j'irai me jeter aux pieds des magistrats. Si, au contraire, je suis remise en possession de mon rang, alors j'aurai des parents, des alliés, des protecteurs, alors je serai riche, et je vous dirai : — Aidez-moi à sauver Pierre Baudry.

— Madame, répondit Robert en mettant la main sur la garde de l'épée courte qu'il portait sous son manteau, afin d'éluder les ordonnances, — si vous avez déjà été repoussée de cette maison, ne pensez-vous pas que le secours de mon bras pourrait vous être utile ?

— J'appellerai à l'aide, répondit-elle en saisissant le marteau de fer et le laissant retomber sur la porte.

Le coup retentit dans la maison sans y éveiller aucun mouvement et Blanche redoubla.

— La dernière fois que je suis venue, il y avait un autre bruit dans la demeure de mon père.

Elle frappa de nouveau, et elle commençait à désespérer d'obtenir aucune réponse, lorsqu'elle entendit le cliquetis de plusieurs clefs accompagnant la marche lourde d'un homme qui s'avançait.

— Qui est là ? demanda cet homme d'une voix forte et faisant contraste avec sa démarche lente et pénible.

— Mon oncle, répondit la jeune femme, c'est moi, Blanche de Caumont.

Les clefs s'entre-choquèrent comme si le vieillard éprouvait un tressaillement involontaire ; et la jeune femme frappa de ses petites mains sur l'huis avec énergie.

— Arrière ! reprit le marquis, ma nièce est morte et je l'ai vu mettre en terre.

— Mon oncle, je vous en supplie, ouvrez-moi, un miracle m'a rendue à la vie, je vous le prouverai facilement.

— C'est bien vous pourtant, fit le vieillard en se rapprochant.

— Ouvrez-moi, mon oncle, et vous me reconnaîtrez.

Aussitôt, la lourde porte roula sur ses gonds et Blanche entra dans la maison. Le vieillard recula, saisi d'effroi, et dirigea en tremblant vers son visage la lanterne qu'il tenait à la main.

— C'est bien elle ! fit-il d'une voix étranglée.

— Oui, c'est moi, reprit Blanche en se jetant à son cou, c'est moi, mon oncle, et vous me protégerez, j'en suis sûre ; car, sans cela, ce serait blasphémer Dieu qui m'a rappelée à la vie.

— Et Louvigny te croit morte !...

— Quand je suis venue ici, en sortant de ma tombe, il m'a chassée à coups de pierres.

— Je le sais, mais je ne croyais pas...

— Je vous conterai tout, mon oncle, et vous apprendrez...

— Oui, tu as raison, au plus pressé d'abord. Ah ! tu arrives bien, et tu vas m'aider à me venger de cet infâme Louvigny !

— Qu'a-t-il fait ?

— Viens, viens, mon enfant.

Le vieillard l'entraîna vers une ouverture noire, sinistre et béante au-dessous du grand escalier de l'hôtel.

— Où voulez-vous me conduire ? fit Blanche qui recula instinctivement et comme saisie d'effroi.

— Tu le verras.

— Ah ! je ne puis voir sans frayeur une porte qui a l'air de conduire à une nouvelle tombe.

— Ne crains rien. Depuis deux jours, je me suis introduit dans la cave de l'hôtel par un chemin qui n'est connu que de moi. La maison est abandonnée et, là seulement, nous serons à l'abri des mauvais desseins de cet exécrable Louvigny.

— Qu'a-t-il donc fait ?

— Viens, je te dis.

— Ah ! mon oncle, je m'abandonne à vous ; mais, au nom du ciel, n'oubliez pas que vous êtes le frère de mon père vénéré.

— Je ne l'oublie pas et tu m'es assurément envoyée par Dieu même. Ce que je ne pouvais obtenir de Louvigny, tu l'obtiendras, toi, car il faudra bien qu'il accepte ta résurrection et te rende ton état !

— Mon oncle, il me faut surtout beaucoup d'or.

— Tu en auras.

— Tout de suite.

— Tout de suite; tu en aurais déjà plein ton giron si tu n'hésitais pas autant à me suivre.

— Oh! marchons, alors.

Le vieillard descendit l'escalier en éclairant les marches avec soin, afin de diriger les pas de sa craintive nièce, et ils parvinrent ainsi dans un long corridor, au fond duquel Blanche vit briller une faible lueur. Quand ils approchèrent, la jeune femme distingua une lourde porte de fer et, au fond du caveau qui s'offrit, plusieurs caisses solidement closes.

— Approche, mon enfant, dit le marquis en lui prenant la main, et sois heureuse, ces caisses-là sont pleines d'or! et tout cela est à toi!

— Vous ne me trompez pas, mon oncle? interrompit la jeune femme qui connaissait de longue date M. de Caumont et ne le supposait pas susceptible de la grande générosité qu'il manifestait.

Il lui prit la main et elle s'avança vers une des caisses, mais, presque aussitôt un bruit formidable retentit derrière eux.

C'était la lourde porte qu'une main invisible venait de refermer.

— O ciel! fit Blanche bouleversée.

— Malheur! s'écria le marquis.

Il se précipita sur cet huis solide et essaya de l'attirer vers lui; puis il y frappa en désespéré et de toutes ses forces.

Deux tours de clef retentirent dans la serrure. Ils étaient enfermés.

En vain, ils appelèrent et poussèrent des cris, le son de leurs voix semblait s'arrêter aux murs épais de ce tombeau infranchissable.

XXI. — FAIBLESSES DE REINE.

Madame de Chevreuse était arrivée dans son château, près Tours, à peu près rassurée sur le sort de Chalais qui, elle le pensait, pourrait gagner la mer et, de là, l'Angleterre, lorsque le lendemain matin, au point du jour, sa femme de chambre la réveilla en sursaut.

— Qu'y a-t-il donc? s'écria-t-elle.

— Madame, un messager de la reine.

— Qu'il entre, fit vivement la duchesse, car elle n'augurait rien de bon d'un tel événement, et surtout de l'ordre, donné sans doute, de la réveiller.

La femme de chambre introduisit un valet qui s'approcha du lit avec une assurance qui, certes, n'appartenait pas à son état.

— M. de Largillière! fit la duchesse en reconnaissant un des gentilshommes de la maison d'Anne d'Autriche.

— Madame la duchesse, dit celui-ci en mettant la main à la poche de son justaucorps, je ne vous avais pas rencontrée ou si je n'avais pu être admis auprès de vous, j'avais ordre de vous faire remettre ceci de la part de la reine.

Ce disant il tendit un petit livre d'heures.

La duchesse ne l'eut pas plutôt aperçu qu'elle appela sa femme de chambre restée au fond de la pièce.

— Qu'on m'habille! s'écria-t-elle aussitôt.

Et, sans souci de la présence du gentilhomme, elle allait sauter à bas de son lit, lorsqu'elle se ravisa.

— Monsieur de Largillière, allez, je vous prie, m'attendre de l'autre côté.

— Pas longtemps, madame, car la reine m'envoie à Nantes.

— Alors, partez pour Nantes, monsieur, le service de Sa Majesté ne doit pas souffrir. Mais avant, encore un mot. Savez-vous si l'on a fait quelques préparatifs à Paris?

— Beaucoup, madame.

— Bien.

La duchesse de Chevreuse était une nature active et infatigable. Une demi-heure après, elle avait revêtu le plus charmant et le plus simple costume d'homme, et dicté à sa dame d'atours cinq lettres adressées à des seigneurs du voisinage, et sur lesquels elle savait pouvoir compter au besoin.

Toutes étaient ainsi conçues:

« Dimanche soir, à dix heures, à l'endroit convenu. Ayez avec
« vous le plus d'hommes dévoués que vous pourrez rencontrer, soit
« ici, soit ailleurs. N'oubliez pas qu'il y va du salut du royaume, et
« que les fidèles seront récompensés au delà de leurs espérances.

« MARIE DE ROHAN. »

Pendant ce temps la femme de chambre s'était également habillée

en homme, et toutes deux, seules, hardies et déterminées, se mirent en route à travers bois, par des sentiers où leurs chevaux pouvaient à peine passer, mais sur lesquels aucun espion n'avait assurément dressé ses embuscades d'observation.

Quand elle eut quitté ses domaines, la duchesse prit la grande route sans se soucier des conséquences que pouvait avoir sa désobéissance aux ordres d'exil qu'elle avait reçus; et après quatre jours d'un voyage extrêmement fatigant pour une femme élégante et habituée aux douceurs de la vie et aux recherches du luxe, elle arriva à Paris le samedi, dans la nuit, et entra par une issue secrète dans son hôtel, situé rue Saint-Thomas, sur l'emplacement où s'élèvent aujourd'hui les constructions et les jardins du nouveau Louvre.

Madame de Chevreuse n'avait donc que quelques pas à faire pour entrer au Louvre, où il y avait un portier à sa dévotion. Deux heures sonnaient à Saint-Germain-l'Auxerrois quand elle pénétrait dans la chambre de madame de Hautefort, et de là chez la reine.

— Vous, duchesse! s'écria Anne d'Autriche en se réveillant sous un baiser respectueux imprimé sur son bras par sa favorite.

— Votre Majesté ne m'attendait pas?

— Non, certes.

— Eh quoi?

— Je vous ai envoyé le signal convenu.

— Un livre d'heures.

— Oui, eh bien!

— Eh bien, Majesté, cela signifiait, selon nos conventions: nous partons pour Bruxelles.

— Ah! chère duchesse, c'est une erreur de cette pauvre de Hautefort.

— Votre Majesté ne part pas alors?

— Hélas! non.

— Mais si vous dites, hélas! madame, vous regrettez donc cet ordre pacifique?

— Dites prudent, duchesse.

— Prudent!

— Ah! ma pauvre duchesse, si vous saviez quel homme est le cardinal de Richelieu, fit la reine en fondant en larmes. Il est parvenu à ses fins; et, au lieu de partir pour Bruxelles, je vais suivre le roi à Nantes.

— A Nantes!

— C'est là que le cardinal veut que s'accomplisse le mariage de M. Gaston, — et puis...

Un regard de madame de Chevreuse interrogea.

— Et puis, continua la reine, je ne sais si je me trompe, mais je crois qu'ils veulent m'avoir là, à leur portée, pour les interrogatoires de ce malheureux jeune homme.

— Quel jeune homme! quels interrogatoires? demanda la duchesse instinctivement émue.

— Ah! chère duchesse, vous ne savez pas, ce pauvre M. de Chalais, — il est arrêté.

— Arrêté!

— Le cardinal en a reçu la nouvelle il y a trois heures, et il a eu l'audace de me l'envoyer annoncer par cet infâme M. de Rochefort.

— Rochefort! Eh quoi, Votre Majesté pousse à ce point l'oubli des injures que cet homme n'a pas été arrêté à son tour et jeté dans quelque prison basse du palais, ou percé de coups de hallebarde dans l'antichambre de vos appartements?

— Duchesse, vous n'étiez pas là, je suis à bout de forces et de courage.

— Ah! s'écria madame de Chevreuse, si vous cédez ainsi vous êtes perdue, perdue à jamais! Je ne parle pas de moi qui suis son ennemie déclarée et dont il se vengera tôt ou tard; mais le cardinal doit avoir déjà préparé la trappe où vous disparaîtrez, madame. Il fallait lutter à visage découvert, retenir M. de Rochefort, faire entrer votre capitaine des gardes et lui ordonner de frapper.

— Je n'ai pas osé.

— Mais qu'oserez-vous donc à présent, madame? Rien, rien!

— Aussi vais-je à Nantes, répondit la reine en laissant retomber sa tête sur l'oreiller.

— Madame, il en est temps encore, si vous le voulez. Vous pouvez être à moitié chemin de Bruxelles avant qu'on s'aperçoive de votre absence. Tout est prêt pour le départ. J'ai une douzaine d'hommes déterminés qui seront ce soir au Bourget, cachés dans le bois qui longe la route. Habillez-vous en homme, tenez-vous prête et je réponds du succès.

En un instant, les portes furent enfoncées et les truands se précipitèrent dans les somptueux appartements. (P. 148.)

— Le puis-je, gardée comme je le suis?

— Eh! madame, vous avez été toujours gardée autant qu'à présent, et cependant vous avez bien su vous rendre au Pré aux Clercs, un soir.

— Aussi Rochefort l'a appris par ses espions et peu s'en est fallu que... Vous avez été vue entrant au Louvre, chose sûre, et les espions ont dû être doublés, et leur surveillance, mise en éveil, sera plus grande que jamais.

— Ah! Majesté, vous me désespérez, fit la duchesse que cette inertie avait gagnée et qui se sentait paralysée.

— Ah! chère amie, je suis malheureuse! fit Anne en lui tendant les bras.

Madame de Chevreuse ne put résister à la douleur de sa souveraine, bien qu'elle méprisât sa faiblesse au delà de toute expression, et répondit à son appel en lui ouvrant également ses bras et confondant ses pleurs avec les siens.

Tout à coup la duchesse s'arracha à ces douces étreintes et regarda fixement Anne avec une expression de reproche.

— Mais les chagrins de ma souveraine me font oublier les miens! s'écria-t-elle.

— Que voulez-vous dire, amie? demanda la reine avec bonté.

— Chalais! Chalais! il est arrêté, madame, c'est vous qui l'avez dit; — vous ne le laisserez pas mourir, ce noble jeune homme?

— Lui, mourir!

— Ah! ne vous y trompez pas, c'est là ce que veut le cardinal. Maintes fois, en ma présence, ne vous a-t-il pas dit que Henri IV n'avait été réellement roi de France qu'après le supplice du maréchal de Biron? Richelieu veut le pouvoir à tout prix. Il ne peut faire tomber la tête des princes bâtards, mais il lui faut celle de Chalais.

— Le croyez-vous?

— Ah! madame, l'amour ne se trompe pas.

— Vous l'aimez encore?

— Oui, madame. Quels que soient ses torts, quelle que soit la légèreté de son cœur, je l'aimerai jusqu'à mon dernier soupir, et je sacrifierai ma vie, s'il le faut, pour le sauver.

— Vite, habillez-moi, duchesse, appelez madame de Hautefort.

— Que voulez-vous faire, madame?

— Vous avez raison, il faut le sauver, je veux aller trouver le roi à l'instant.

— Ah! madame, si vous faites cela, le roi sera si aise qu'il vous accordera toutes les grâces.

— Duchesse, votre ami, n'est-il pas le mien?

— Ah! vous êtes bonne, fit madame de Chevreuse qui se précipita de nouveau vers Anne d'Autriche, lui étreignit le cou et baisa ses belles épaules avec transports.

— Chère duchesse, dit la reine émue et rougissante, vous échaufferiez un marbre!

Elle souleva la blanche couverture, sortit hors du lit une jambe admirable et descendit sur le tapis avec la grâce et la majesté d'une déesse quittant la nuée où elle resplendissait.

Madame de Hautefort accourut à peine vêtue, et en quelques instants les deux dames eurent bientôt improvisé à la reine une toilette suffisante pour traverser les chambres et corridors qui la séparaient des appartements du roi; et l'animation de ses traits rendait plus séduisante encore cette figure qui, dans sa jeunesse, fit d'Anne d'Autriche la femme la plus irrésistible.

— Ah! madame, s'écria la duchesse, que vous êtes belle! et comme le roi devrait tomber amoureux, lorsqu'il va vous voir apparaître.

La reine ébaucha sur ses lèvres roses un sourire rempli d'amertume et de dédain et marcha vers la porte.

Il apercevait, à une certaine distance, un gros navire. (P. 154.)

— Venez avec moi, chère amie, dit-elle en passant son bras sous celui de madame de Chevreuse.

A leur grand étonnement l'huissier de service était à son poste, et leur ouvrit la porte du roi à deux battants. La reine hésita un moment et ne sut si elle devait entrer, car, au delà de la portière de tapisserie soulevée par l'huissier, elle apercevait le roi assis dans un fauteuil et le cardinal assis également en face de lui.

A la vue des visiteuses, le cardinal se leva et fit mine de se retirer discrètement; mais le roi, redoutant quelque ennui, le retint du geste.

La reine et la duchesse, mues par un même sentiment, et comprenant sans doute l'urgence de la situation, se précipitèrent aux pieds du roi.

— Sire, grâce pour M. de Chalais, dit la reine.

— C'est un rebelle, madame, reprit sévèrement Louis XIII, et il doit être puni!

— Puni! fit la reine, quel crime a-t-il commis?

— Vous le savez mieux que moi, madame.

— Il n'est coupable que de légèreté, répliqua la duchesse.

— Légèreté, madame. En effet, il fallait que vous eussiez cette conviction pour avoir osé braver mes ordres en quittant vos terres.

— Sire, prenez ma vie, mais qu'il soit libre!

— Tout doux, madame, fit Louis dont une rougeur subite envahit le visage, vous êtes bien hardie de disposer ainsi d'un bien qui n'est ni le vôtre ni celui de M. de Chalais. Votre vie est à M. de Chevreuse. Retirez-vous.

— Sire...

— Et d'ailleurs, madame, tout cela ne me concerne plus. Il y a des coupables, ils appartiennent à la justice, et c'est auprès de M. le cardinal qu'il convient de vous pourvoir à présent pour obtenir quelque chose en leur faveur.

— Ah! s'écria la duchesse en se levant vivement et allant s'agenouiller devant Richelieu qui était resté immobile auprès d'une table et contemplait avec joie ces deux femmes humiliées.

— Monsieur le cardinal, dit la reine en se relevant à son tour et s'appuyant sur le fauteuil quitté par celui-ci, — vous avez entendu le roi. Si le sort de M. de Chalais est entre vos mains, vous n'hésiterez pas à céder à mes vœux.

— Madame, répondit Richelieu d'une voix calme et grave, Sa Majesté vous l'a dit, les coupables appartiennent à la justice. Une commission a été instituée à Nantes, et si elle les absout...

— Une commission... fit madame de Chevreuse avec stupeur.

— Présidée par M. de Marillac, garde des sceaux.

— Il est mort!... s'écria la duchesse avec un cri de désespoir et en s'affaissant sur le tapis.

La reine passa devant le roi, alla vers elle, la prit par-dessous les bras et l'aida à se relever.

— Venez, mon amie, dit-elle, nous irons à Nantes et nous le défendrons.

— Soit, madame, dit le roi, que cette parole exaspéra, surtout après un regard jeté vers lui par le ministre, — soyez prête à partir au point du jour pour Nantes.

— Seule, ajouta Richelieu en s'avançant, car madame de Chevreuse a reçu l'ordre d'aller à Tours. Si, au point du jour, elle était rencontrée dans Paris, je serais forcé de la faire conduire à la Bastille.

— Ah! monsieur de Richelieu, dit la duchesse, vous êtes cruel, mais quelqu'un nous vengera.

Elles partirent en hâte, et quand elles eurent disparu derrière la tapisserie, le ministre s'avança tranquillement vers la table, y prit un parchemin et le présenta au roi.

— Veuillez, sire, dit-il, signer encore ceci.

— Qu'est-ce que cela ?

— Ordre à l'un de vos bas officiers de se rendre à Nantes, à la suite de la cour.

— Et quel est cet officier ? demanda le roi qui, après avoir signé, essayait de lire le grimoire.

— Sire, c'est le bourreau.

— Holà, monsieur le cardinal, que me dites-vous là, et pourquoi déranger cet homme ?

— C'est l'usage. D'ordinaire, sire, le bourreau de la cour doit toujours marcher avec elle ; seulement il est parfois dérogé à cette règle, car on a toujours le temps de le mander ; mais dans cette circonstance, sa présence, sinon les services qu'il peut rendre, aura pour effet de contenir la langue de quelques mécontents.

— Nous allons marier mon frère à Nantes.

— Avant tout, sire, nous allons punir et frapper de terreur les ennemis de Votre Majesté.

— Les charges qui pèsent sur Chalais sont-elles si accablantes ?

— Vous les connaissez, sire, elles sont terribles.

— Et vous croyez que les juges le trouveront suffisamment compromis ?

— Oui, sire.

— Mais enfin ils peuvent le renvoyer absous.

— Sire, ils le trouveront coupable.

XXII. — LA DUCHESSE ET L'ARTISAN.

En vain, madame de Chevreuse se présenta aux différentes portes du Louvre, toutes étaient fermées et les gardiens refusèrent d'ouvrir, par ordre du roi. Elle remonta chez la reine, en proie aux plus vives terreurs ; car il était bien certain que le cardinal voulait la faire arrêter dès le jour venu.

— Vous êtes ici sous ma sauvegarde, dit la reine, et demain je vous ferai reconduire à votre hôtel.

— Demain, madame, il sera peut-être trop tard pour m'occuper de le sauver.

— Malheureuse femme, vous pensez plus à lui qu'à vous-même !

— Majesté, c'est moi qui l'ai poussé dans cette conspiration, je dois à mon honneur et à ma conscience de l'arracher au sort qui le menace.

— Dites qu'on fasse venir mon capitaine des gardes, il est justement au Louvre cette nuit. Il saura bien vous faire sortir, lui.

— Mais, madame, il y a un ordre du roi.

— Allez toujours, nous le discuterons.

La duchesse obéit, et peu d'instants après l'officier entra. C'était un gentilhomme déjà avancé en âge et dont la réputation d'honneur et de fermeté était proverbiale : esclave de la discipline, il se fût fait hacher cependant en mille pièces pour le service de sa souveraine.

— Madame la duchesse sortira du Louvre, répondit-il tranquillement lorsque Anne d'Autriche lui eut expliqué ce qu'elle attendait de son dévouement.

La duchesse prit son bras, et ils se dirigèrent du côté de l'une des poternes ouvrant sur la rue Saint-Honoré, et dont le poste était occupé par MM. les gardes récemment accordés au cardinal par le roi.

La sentinelle refusa le passage.

L'officier qui commandait fut réveillé et accourut aussitôt.

— Pardonnez-moi, madame la duchesse, dit-il avec la plus exquise politesse ; mais, comme j'ai eu l'honneur de vous le dire, il y a un quart d'heure, il y a un ordre du roi.

— L'ordre concerne-t-il donc plus particulièrement madame la duchesse de Chevreuse ? demanda le capitaine des gardes de la reine.

— Non, mon général, il s'applique aux dames, quelles qu'elles soient.

— Bien.

Ils se retirèrent, et le capitaine ramena la duchesse dans son appartement, la laissa seule et, peu après, lui envoya un habit complet de soldat.

Madame de Chevreuse comprit facilement, et quand elle eut achevé seule une transformation que, du reste, elle n'était déjà que trop habituée à opérer, le capitaine rentra.

— Venez, madame, dit-il, et n'ayez pas peur.

— J'ai du courage.

— Je le sais, mais il ne faut pas vous en servir si, par hasard, il

y avait des coups d'épée échangés. En ce cas, vous vous contenterez de fuir du côté le plus à votre convenance.

— Je comprends.

Peu après, la duchesse était placée au centre d'une quinzaine de soldats aux gardes dont le capitaine prit lui-même le commandement, et ils marchèrent vers la poterne Saint-Honoré.

— Qui vive ? cria la sentinelle en voyant approcher cette troupe nombreuse et insolite à pareille heure.

— Ronde major ! — répondit le capitaine des gardes de la reine, en s'avançant au mot d'ordre.

L'officier du poste sortit à son tour, et le capitaine, après s'être fait reconnaître, entra avec lui dans le quartier.

Pendant ce temps les gardes du cardinal avaient quitté la porte et étaient venus échanger quelques saluts avec ceux-ci. Mais tout à coup un juron retentit dans l'ombre et deux épées sortirent du fourreau.

— Bataille ! dit une voix.

Les gardes de la reine semblèrent aussitôt prendre parti pour leurs camarades, et en un instant le tumulte fut au comble. Ce fut sous la poterne une mêlée furieuse, où les cris, les imprécations se mêlaient au cliquetis des épées.

Deux flambeaux éclairèrent tout à coup la bataille, portés par les deux officiers qui sortirent du poste.

— Bas les armes ! crièrent-ils de cette voix de commandement que les soldats ne méconnaissent pas.

Les épées s'abaissèrent aussitôt.

— Qui a commencé ? demanda, d'une voix courroucée, le capitaine des gardes de la reine.

Personne ne répondit.

— Vous allez voir, mon général, que ce ne sera personne ! fit l'officier en riant.

Le capitaine gronda tout le monde et ordonna que les rangs fussent repris en silence. Quelques éclopés gagnèrent les leurs en se plaignant, tandis que d'autres se réfugièrent dans le quartier ; et quand le silence fut rétabli entièrement, le capitaine constata que le plus petit de ses soldats avait disparu.

Madame de Chevreuse ne s'attarda pas aux abords du palais ; mais elle n'osa rentrer à son hôtel, car elle se figurait avec assez de vraisemblance que le cardinal l'avait fait garder à vue pour le cas où elle parviendrait à sortir du Louvre.

— A qui me fier ? se demanda-t-elle, au milieu de cette ville où le terreur m'a peut-être fait déjà tant d'ennemis.

Elle songea à cet amant de madame de Cressia, dont Chalais lui avait parlé.

— C'est un noble cœur, se dit-elle, il se dévouera pour moi comme celle de lui.

Elle se décida à se rendre chez son ancienne rivale et prit sa course vers le pont Neuf. Son costume et l'épée pendue à ses côtés lui faisaient la meilleure garde ; elle arriva donc sans encombre en vue de la maison au pied de laquelle l'infortuné Pontgibaud avait été tué ; mais au moment où elle allait frapper à la porte, elle entendit au-dessus de sa tête le bruit d'une fenêtre qu'on ouvrait.

Elle s'écarta aussitôt et s'enfonça sous le porche de la maison qui, comme celle de la Cressia, formait l'ouverture de la place Dauphine.

Peu d'instants après, deux ombres parurent sur le balcon : un homme et une femme. L'homme attacha une corde à la balustrade, suivi dans cette opération avec une anxieuse curiosité par sa compagne ; puis les ombres se rapprochèrent formant un groupe uni par une forte étreinte, et le bruit d'un ardent baiser retentit dans l'ombre.

Après quoi l'homme enjamba le balcon et se laissa glisser dans la rue.

Quand il eut fait dix pas sur le pont Neuf, madame de Chevreuse courut vers lui et l'arrêta.

— Monsieur, dit-elle, n'êtes-vous pas M. Robert ?

— Que vous importe ? reprit le jeune artisan en toisant l'indiscret qu'il prenait pour un espion.

— Je suis une femme dont vous n'avez aucune mauvaise aventure à redouter.

— Une femme !... fit Robert, qui distingua aussitôt qu'on lui disait vrai.

— Je suis la duchesse de Chevreuse.

— Vous, madame, fit l'ouvrier en ôtant son chapeau.

— Couvrez-vous et donnez-moi votre bras, nous allons causer en marchant, car on pourrait nous épier, vous par jalousie et moi par haine.

— Parlez, madame, je suis à vos ordres, reprit le jeune homme tout ému de sentir sur son bras la douce chaleur de la main de cette femme séduisante et belle, et que son ardente maîtresse pouvait seule égaler en beauté.

— Monsieur, depuis que vous êtes revenu de Bruxelles, il s'est passé bien des choses, et d'abord M. de Chalais a été arrêté.

— Lui aussi, je le sais!

— Oui, il faut le sauver; je vous connais homme de résolution, et vous êtes de bon conseil.

— Ah! madame, que me dites-vous là? vous rouvrez les blessures de mon âme et me faites apercevoir la profondeur de l'abîme dans lequel je roule.

— Que voulez-vous dire?

— J'aime, madame, j'aime follement, et cet amour me rend lâche et infâme.

— Vous, c'est impossible. M. de Chalais m'a dit que vous aviez le cœur haut placé et l'âme généreuse.

— Je suis un lâche, madame, fit le jeune homme en se cachant le visage et en arrêtant sa marche.

— Non, je ne puis le croire, répliqua la duchesse en le forçant de marcher, et la preuve c'est que je suis venue réclamer votre assistance.

— Et si je ne pouvais pas vous la prêter? Ah! jugez, madame, jugez à quel point je suis infâme! et que cet aveu, s'il ne me fait pas expirer de honte à vos pieds, me fasse au moins rougir. Cette femme que j'aime, pour elle j'oublie tout, le travail, mon ami, qui est en prison, et une pauvre jeune femme que la méchanceté d'un homme a enterrée vivante une seconde fois.

— O ciel!

— Le travail, il me répugne aujourd'hui, et la vue même de ces nobles instruments qui autrefois faisaient ma gloire et mon orgueil, me rappelle l'état d'abaissement dans lequel j'ai vécu si longtemps.

— Mais cette jeune fille?...

— L'ami, madame, j'aurais dû m'occuper sans relâche de son salut, remuer le ciel et la terre pour le délivrer de vive force.

— Vous le pourriez?...

— Quant à la jeune fille, madame, continua Robert obsédé par la suite de ses tumultueuses pensées, il y a plusieurs jours, je n'ose les compter, qu'elle est ensevelie vivante dans un sépulcre.

— Et elle vit encore?

— Grâce au ciel, j'ai pu lui faire passer des aliments; mais je n'ai pas encore eu le courage de travailler à sa délivrance.

— Qui est-elle?

— C'est madame de Louvigny.

— Eh quoi?...

— Oh! c'est une lugubre histoire, et quand elle sortira de ce cachot, elle nous racontera comment la fatalité l'a encore placée sans doute sous le coup des embûches du misérable qui est son mari. Mais vous êtes une noble dame, vous, et vous pourrez l'accuser en face, devant la justice, devant le roi.

— Hélas! proscrite moi-même, je ne puis rien.

— Vous voyez bien, madame, qu'il n'y a rien à espérer de moi.

— Au contraire, madame, j'aurais dû en noble cœur; il y a toujours quelque chose à espérer de ceux qui sont capables d'aimer. Êtes-vous disposé à écouter ce que je veux vous proposer en faveur de M. de Chalais?

— Oui, madame, mais à une condition.

— Laquelle?

— C'est ce qui sera fait pour lui sera fait également pour Pierre Baudry, mon ami.

— Mais j'y consens avec joie.

— Eh bien, madame, au plus pressé d'abord.

Comme ils disaient ces mots, ils entraient dans la rue Saint-Germain-l'Auxerrois, et Robert frappa à la porte d'une maison de piètre apparence, hermétiquement close. Cette porte s'ouvrit doucement, et le jeune artisan se glissa dans l'ouverture; puis il revint presque aussitôt vers la duchesse, portant un paquet d'une main et un rouleau de cordes dans l'autre.

Madame de Chevreuse le laissa faire et le suivit jusqu'au porche de l'hôtel de Caumont qui se dressait dans l'ombre d'une manière sinistre. Robert le dépassa et s'approcha d'un soupirail défendu contre les passants et les voleurs par d'épais barreaux.

Avec une dextérité que son métier expliquait parfaitement, il retira l'un des barreaux qui, sans doute, était replacé exactement de la sorte chaque nuit, et attachant sa corde aux autres, il se glissa par l'ouverture produite par l'absence de la barre de fer.

La duchesse suivit cette opération avec une curiosité indicible et

cinq minutes ne s'étaient pas écoulées que la tête de Robert reparaissait au soupirail.

Elle était pâle et ses yeux hagards indiquaient que quelque grand événement venait de se produire.

Il sortit de terre, replaça précipitamment le barreau dans ses alvéoles, y accumula de la terre afin de cacher la solution de continuité et s'appuya contre le mur.

— Qu'y a-t-il donc? demanda la duchesse.

— Ah! madame, l'un des deux est mort, assurément.

— L'un des deux?

— Oui, et il n'y a plus un instant à perdre. Vous voulez mon assistance pour délivrer M. de Chalais, vous l'aurez, mais pour cela il faut que vous vous réunissiez à madame de...

— A madame de Cressia? fit la duchesse avec une sorte de répulsion.

— Ah! si vous connaissiez son cœur! réunissez-vous toutes deux, madame, et puisque je suis pauvre, donnez-moi toutes deux les moyens de soulever Paris tout entier, contre cet infâme hôtel de Caumont d'abord, et ensuite...

— Ensuite?

— Contre cette effroyable prison qui a nom le Châtelet.

— Que faut-il faire pour cela?

— Aller trouver madame de Cressia; moi je cours au Pré aux Clercs, c'est là que je trouverai les hommes qu'il me faut.

— Et ces hommes?...

— Ces hommes, madame, après qu'ils auront démoli cet hôtel, après qu'ils auront démoli le Châtelet, nous les conduirons à Nantes!

— Oh! courons, courons, car votre enthousiasme me gagne, et, je le disais bien, vous êtes un noble cœur!

Ils reprirent le chemin du pont Neuf, et tandis que madame de Chevreuse frappait à la porte de la Cressia, Robert courait au Pré aux Clercs.

Comme il en franchissait l'une des entrées, un homme en sortait précipitamment.

— Catafago! fit-il.

— Robert! répondit le bandit avec joie.

— Je venais vous chercher au Pré aux Clercs.

Et le jeune homme le mit au fait de ce qu'il réclamait de lui.

— Satan vous protège! s'écria le bohème avec un rugissement de joie. J'arrive de Nantes à franc étrier, et je suis venu à Paris avec la pensée de réaliser votre idée.

— Et où courez-vous ainsi?

— A la Cour des Miracles, venez: c'est là que nous trouverons mes hommes, et de fameux, allez!

XXIII. — LES PORTES DE FER.

Peu de temps après, une centaine d'hommes aux figures sinistres, s'étaient groupés sur le bord de la Seine, et à chaque instant un nouveau compagnon venait prendre rang parmi eux, accourant des profondeurs du Pré aux Clercs.

Tous étaient armés d'épées, de pistolets ou d'arquebuses; mais un petit nombre, se tenant en avant, portaient, uniformément, d'une main une grosse pince de fer, de l'autre une sorte de bâton qui, vraisemblablement, sur quelque signal, devait se transformer en une torche ardente.

A la même heure, une troupe semblable s'était réunie au milieu du cimetière des Innocents, et de même, des retardataires accouraient vers ceux-ci, venant du nord de Paris et très-probablement, vu leurs mines farouches et leurs costumes étranges, de la Cour des Miracles.

Quand deux heures sonnèrent aux horloges, les deux troupes s'ébranlèrent en même temps, comme si d'un côté et de l'autre de la Seine, elles avaient obéi à un même commandement.

C'est qu'une même volonté les dirigeait.

Les deux troupes arrivèrent, l'une par le pont Neuf, l'autre par la rue Saint-Honoré; si bien que la tête de l'une apparaissait par le côté ouest de la rue Saint-Germain-l'Auxerrois au moment même où la tête de l'autre y pénétrait par le côté oriental.

Deux hommes dirigeaient chacun une troupe de la rue: Robert et Catafago.

Le bandit frappa dans ses mains, et, comme par enchantement, dix torches s'allumèrent, et leurs porteurs se rangèrent devant l'hôtel.

Pendant que Robert descellait le barreau de fer du soupirail et se glissait par cette ouverture dans l'intérieur de la maison, dix hommes, armés de leurs fortes pinces d'acier, attaquaient résolûment la grosse porte de l'hôtel de Caumont, et en quelques pesées habilement exécutées firent voler hors de leurs alvéoles de pierre les gonds massifs. La lourde porte tomba dans l'intérieur du vestibule tout d'une pièce et avec un fracas qui réveilla immédiatement toute la rue, car les voisins, étonnés déjà sans doute de l'éclatante lumière répandue aux environs, mirent aux fenêtres leurs têtes effarées.

La manœuvre paraissait bien arrêtée d'avance, car, tandis que le gros de la troupe gardait toujours les extrémités de la rue, les dix hommes qui portaient les torches pénétrèrent seuls dans l'hôtel : ils trouvèrent au milieu de la cour Robert qui les attendait.

— Il faudra démolir un mur, dit-il à Catafago.

— On démolira la maison s'il le faut, répondit le truand avec une joie farouche.

Mais en ce moment une lumière brilla à une fenêtre du premier étage et un coup de feu retentit. Instinctivement, Catafago baissa la tête et l'un des porteurs de torches tomba.

— Conduisez les leviers, dit le bandit à Robert, je veux voir, moi, quel est l'homme qui nous dérange.

Robert marcha aussitôt vers la porte basse des caves de l'hôtel et s'y précipita, suivi de dix porteurs de pinces et de cinq porteurs de torches.

Ceux de ces derniers qui restaient s'étaient précipités sur les pas de Catafago qui les avait fait placer sous le vestibule du grand escalier et par conséquent à l'abri d'une nouvelle arquebusade. Le truand était sorti dans la rue et avait sifflé d'une façon particulière : aussitôt quinze truands quittant leurs rangs s'étaient joints à lui, l'épée ou le poignard au poing.

Ils montèrent l'escalier sans réflexion, comme l'eût fait une troupe de soldats expérimentés à l'assaut des places, et Catafago souriait dans sa barbe, car il leur faisait faire ainsi l'apprentissage de l'assaut plus important qu'il méditait.

Comme les premiers parvenaient au palier du premier étage, un coup de feu retentit encore et un des truands tomba à la renverse sur ses camarades. Personne ne sut de quel côté était partie la balle, mais tous se ruèrent comme un seul homme sur les trois portes qui se trouvaient à cet étage.

En un instant, elles furent enfoncées et les truands se précipitèrent dans les somptueux appartements, brisant tout ce qui se trouvait sous leurs coups ou faisant main basse sur les objets à leur convenance.

Mais Catafago, ardent jusque-là à fouiller tous les coins, les cabinets et les grandes salles solitaires, songea soudain que par ces agressions, on voulait le détourner du véritable but de l'irruption de sa bande dans la maison; il s'arrêta aussitôt et se replia sur l'escalier.

— Cherchez bien, vous autres, dit-il à ses hommes, et pas de quartier. Du moment que nous sommes en rébellion ouverte avec le roi, il faut venger nos frères; on ne nous en pendra pas moins ! L'essentiel est de ne pas se faire prendre. Les amis veillent aux bouts de la rue, rien à craindre de ce côté.

Sur ces mots, il s'élança aussitôt à s'enfoncer, lui aussi, dans les profondeurs de l'escalier des caves. La lueur des torches le guida facilement vers la partie où ses hommes, sous la direction de Robert, travaillaient activement à la démolition d'un mur épais de plus de trois pieds, et dans lequel les pics et leviers n'avaient encore pratiqué que des trous insignifiants.

— Et vous n'avez pu trouver la porte? demanda Catafago.

— Non. M. de Caumont, que j'ai interrogé hier à travers le petit soupirail de la cour par lequel je lui faisais passer sa nourriture, a essayé en vain de me guider; et ce n'est que sur son avis que j'ai attaqué ce mur.

Le truand ne répondit pas; mais il examinait avec attention la muraille formant angle avec celle qu'on démolissait.

— C'est ici qu'est la porte, dit-il.

Et s'emparant de la pince de l'un de ses hommes, il en introduisit la pointe plate et acérée au-dessous de la dernière assise et pesa fortement. Un mouvement de bas en haut se produisit sur toute la muraille et il poussa un cri de joie, car c'était là évidemment une porte de pierre qui venait de jouer sur ses gonds.

— A l'œuvre! s'écria-t-il.

Les dix pinces se placèrent dans la mince fissure laissée au pied du mur par les assises, et, sur le commandement de Catafago, décrivirent un arc de cercle formidable; mais les pierres du bas seules se brisèrent en éclats.

— C'est bien une porte, dit le truand en se mettant à genoux sur le sol et approchant une torche des trous laissés béants, mais elle est en fer. A l'œuvre, à l'œuvre, du courage ! car nous n'avons déjà que trop passé de temps ici !

Les dix pinces s'enfoncèrent de nouveau avec force et jouèrent avec rage à coups précipités, si bien qu'au bout de deux minutes la porte céda.

— C'est cela, dit Robert; j'aperçois maintenant les signes dont parlait M. de Caumont et qui m'avaient échappé; mais après cette porte, il y en a une autre.

— Raison de plus pour se hâter, alors! reprit Catafago animant ses compagnons du geste et de la voix.

En ce moment un homme accourut, venant du dehos.

— Alerte! dit-il, la prévôté a été réveillée par le guet et se rassemble pour marcher sur nous.

— Vous êtes assez nombreux pour contenir les archers pendant une heure, répondit Catafago qui se remit à la besogne avec ardeur.

Pendant ce temps, on entendait de grandes clameurs dans l'intérieur de l'hôtel et par intervalles un soupirail du caveau où travaillaient ces hommes s'éclairait de lueurs rougeâtres qui luttaient avec la lumière des torches. Mais, animés à leur besogne, aucun ne remarquait cela.

Des cris retentissaient également au-dessus du bruit des pics, des pinces et des marteaux.

— Les enfants sans-soucis s'amusent ! dit Catafago en riant.

Un homme, aux traits bouleversés, se précipita de nouveau dans la cave.

— Qu'y a-t-il ? demanda le truand en se retournant.

— L'hôtel est en feu ! reprit cet homme dont les mains noircies et les cheveux étrangement ébouriffés semblaient attester la vérité de ses paroles.

— Encore un effort, les amis ! s'écria Catafago.

Mais la terreur du nouveau venu avait gagné les compagnons et tous firent un pas vers la sortie.

— Lâches fainéants! s'écria le truand.

— Tu n'es pas notre chef, dit l'un des hommes.

— Le Grand-Coësre m'a donné pleine autorité pour cette nuit, ne l'oubliez pas.

Ce mot sembla produire un effet extraordinaire sur ces hommes, car ils reprirent l'œuvre de destruction avec un acharnement qui, cette fois, avait quelque chose de fébrile et de désespéré.

Enfin la porte tomba dans l'intérieur du caveau qu'elle masquait et Robert se précipita au delà, suivi de Catafago qui sut par un geste éloquent et dominateur entraîner les artisans de la destruction commencée.

Dès qu'ils parvinrent dans ce nouveau cachot, des cris étouffés retentirent à peu de distance, lesquels guidèrent aussitôt les recherches. Ils partaient de derrière une nouvelle porte de fer et imploraient l'assistance des démolisseurs.

— C'est M. de Louvigny qui nous a enfermés, disait une voix d'homme avec rage, et il m'a pris tout mon or. Vengeance! vengeance contre lui, vengeance!

— Au nom du ciel, délivrez-nous, dit une voix de femme.

Robert avait pris lui-même une pince des mains de l'un des travailleurs et, attaquant avec fureur la porte de fer, fut bien vite imité par les truands et par Catafago lui-même.

Les coups dont ils essayaient d'ébranler la solide armature couvraient les voix des prisonniers ; mais ils furent soudain dominés eux-mêmes par un horrible fracas survenu dans la cour de l'hôtel, lequel provenait d'un écroulement dont quelques débris refluèrent par le soupirail du caveau où se trouvaient les travailleurs. Instinctivement ceux-ci s'étaient arrêtés.

— Vous ne pouvez plus remonter, dit une voix à travers le soupirail.

A ces mots une véritable panique se répandit parmi les truands, qui se précipitèrent immédiatement vers l'escalier où ils disparurent luttant avec les débris et les flammes.

— Catafago, s'était écrié Robert, nous ne pouvons abandonner ces pauvres victimes.

— C'est vrai, dit le truand, qui se résigna à achever l'œuvre; bâtons-nous.

Tous deux se remirent à la besogne, et par d'habiles pesées firent bientôt sauter les gonds de la porte de fer qui, déchaussée, vacilla sur elle-même, puis, dirigée par Robert, retomba contre le mur où elle resta immobile.

Mais tous deux reculèrent épouvantés à la vue du spectre qui se dressa devant eux.

C'était M. de Caumont, hâve, déguenillé, fou, qui, les doigts crispés et les ongles menaçants, semblait une bête féroce s'opposant à ce qu'on pénétrât dans son antre.

— Ah! sauvez-moi, dit Blanche en se jetant dans les bras de Robert, mon pauvre oncle est fou.

— Ah! que vous avez dû souffrir! dit le jeune homme.

— Cela lui a pris, quand il a vu qu'on essayait d'ouvrir les portes de ce cachot.

— Il faut sortir d'ici, dit Catafago qui ne s'occupait pas de M. de Caumont.

— Mais mon pauvre oncle?

— Ah! qu'il s'arrange; il paraît avoir là quelques tonnelets d'or plus précieux pour lui que la vie, c'est son affaire: venez, madame.

— Mais nous ne pouvons monter par l'escalier, dit Robert.

— Aidez-moi à escalader jusqu'au soupirail, dit Catafago, je trouverai bien une corde pour vous tirer de là.

La manœuvre fut rapidement exécutée, et bientôt le bohème se trouva dans la cour pleine de décombres, et au milieu desquels, à la lueur d'un incendie dévorant les étages supérieurs, se mouvaient une infinité d'hommes semblables à des démons.

Catafago jugea qu'il n'y avait rien à demander à ces misérables animés seulement du désir du pillage, et qui s'en donnaient à cœur joie dans ce somptueux hôtel: il se disposait à se tourner d'un autre côté lorsqu'il aperçut, sous le porche de l'hôtel, le comte de Louvigny qui s'avançait avec précaution à la tête d'une douzaine de soldats.

Le truand se jeta aussitôt à plat ventre en travers du soupirail et resta immobile, mais de son œil voilé il vit très-distinctement Louvigny se dirigeant vers l'entrée des caves.

— Ceci m'a l'air de n'être ni d'un bon parent ni d'un bon mari, se dit-il.

XXIV. — LE PRISONNIER.

Quand Chalais eut comparu devant la commission présidée par M. de Marillac, le garde des sceaux, il fut reconduit dans sa prison.

Dans ce premier interrogatoire, il n'avait été question que de son prétendu complot contre la vie du roi, et, sur ce point, il se sentait innocent et, par conséquent, assez fort pour se disculper. Mais cela lui donnait fort à réfléchir, car l'accusation était serrée, et il lui fallait combattre avec les mêmes armes que celles de ses ennemis.

— Pourvu qu'ils n'aient pas appliqué ce pauvre Pierre Baudry à la torture! — pensait-il.

Il s'était jeté sur son lit et examinait son sort avec plus de sérieux que d'épouvante, lorsque le bruit des verrous, tirés hors de leurs tenons, et le grincement formidable de la clef dans la serrure de la porte, lui firent relever la tête avec étonnement, car ce n'était pas l'heure à laquelle, depuis quelques jours qu'il était enfermé, il s'était habitué à voir venir ses gardiens.

Le geôlier parut le premier, tenant à la main une grosse lanterne qui éclaira le cachot d'une lumière intense. Il se rangea pour laisser entrer un homme coiffé d'un large feutre et enveloppé dans un long manteau; puis, plaçant la lanterne sur l'une des cinq marches qui descendaient dans la prison, il se retira.

Quand la porte se fut refermée, l'homme s'assit sur un escabeau et son visage apparut au pâle lumière aux yeux du prisonnier.

— M. le cardinal!... fit-il en se soulevant sur son lit.

— Restez, dit Richelieu, il n'y a qu'un siège, et nous en avons peut-être pour longtemps à causer.

— On ne cause qu'avec ses amis.

— Vous verrez bientôt, monsieur, que vous me comptez toujours parmi les vôtres.

— Déjà de la raillerie, monsieur!

— Comte, je vous jure...

— Assez, monsieur, car je vous connais tout entier maintenant, et la haine que vous inspirez à tout le monde est bien justifiée, certes!

— Écoutez-moi...

— Monsieur, poursuivit Chalais, venez-vous donc insulter à ma misère, vous qui m'avez jeté dans ce cachot et traîné devant des juges au mépris de votre parole donnée?

— Monsieur de Chalais, ce n'est pas moi qui vous ai conduit ici, c'est vous-même, répondit Richelieu avec un accent de douceur auquel le prisonnier ne fit nullement attention.

— Moi-même, soit, moi et vos trahisons!

— Monsieur de Chalais!...

— J'ai été inconséquent, je l'avoue, imprudent, j'y consens encore; mais ce que j'avais confié sous le sceau du secret, ce que j'avais confié surtout à votre honneur, c'était cela dont il ne fallait vous armer, ni contre moi, ni contre mes amis! Vous avez détruit en moi tout sentiment de déférence pour votre caractère, monseigneur; aussi, j'en jure Dieu, le premier usage que je ferai de ma liberté sera de vous tuer.

— Ma vie appartient au roi, et vous agirez comme vous l'entendrez. Si je suis venu ici ce n'est pas pour écouter des plaintes chimériques, mais bien pour vous offrir mes services.

Chalais éclata de rire.

— Monsieur de Chalais, reprit Richelieu, ce n'est pas d'aujourd'hui que je reconnais en vous un cœur généreux et une âme noble; aussi je me sens touché d'une véritable commisération pour vous.

— Il ne me manquait plus que votre pitié, monseigneur, en effet!

— Oui, malheureux jeune homme, j'ai pitié de votre erreur et des suites funestes dans lesquelles va vous entraîner l'aveugle sécurité qui me paraît vous animer. Je ne puis vous dire tout ce qui s'est passé, depuis le jour où le commandeur de Valanzé a conduit dans mon cabinet, parce que cela touche à des intérêts trop graves, trop augustes; mais ce dont je veux vous persuader, c'est que vous avez été trompé.

— Par vous, oui, je le sais.

— Par ceux en qui vous avez placé toute votre confiance, par ceux-là même sur qui reposent vos folles espérances. Vous avez été dupe, vous dis-je, et ce que, dans votre loyal enthousiasme, vous n'avez jugé devoir consister qu'en un changement de ministr., était le renversement complet de la monarchie. Vous soutenez n'avoir pas conspiré contre le roi: M. Gaston a déclaré le contraire.

— Le duc d'Anjou a déclaré ceci, monseigneur! fit Chalais dont les yeux démesurément ouverts semblaient douter de cette allégation d'un homme dont il avait de justes motifs pour suspecter la bonne foi.

— Oui.

— Après ce qui s'est passé, vous ne vous étonnerez pas si je réclame des preuves.

— Vous en aurez.

— M. Gaston, alors, m'a chargé?

— Terriblement, et de telle façon que votre procès ne peut être long.

Richelieu prononça ces mots avec un calme et une assurance qui firent intérieurement frissonner Chalais.

— Comte, le roi incline à la clémence; mais il veut connaître la vérité. Il m'a donc envoyé vers vous pour vous prier de faire des aveux complets et d'agir en cela comme son serviteur et son ami.

— Le roi a permis mon emprisonnement, et maintenant...

— Vous consentez?...

— Si j'obéissais au roi, ce ne serait ni pour lui ni pour moi, mais parce que je veux être libre, pour accomplir un acte d'honnête homme.

— Vous voudriez épouser Jeanne Béranger, je pense?

— Oui, monseigneur.

— Eh bien, monsieur, faites ce que je vous demande et je vous promets de faire signer le roi à ce mariage.

— Monsieur le cardinal, je vous préviens que, quoi qu'il arrive, je demeure à jamais votre ennemi.

— Eh! monsieur, que m'importe, je suis le serviteur du roi et ma vie ne doit peser que bien peu quand il s'agit de la gloire de la couronne. Vous serez mon ennemi, soit, et vous me tuerez — si vous pouvez. Or, comme votre procès roule sur une accusation de lèse-majesté, et que le témoignage seul de M. Gaston vous charge, voici ce que vous êtes disposé à déclarer...

— D'abord, monseigneur, prouvez-moi que le roi vous envoie.

— Tenez, vous connaissez son écriture... lisez.

Le cardinal tira un papier de sa poche et le tendit à Chalais qui l'opposa à la lueur de la lanterne et lut ce qui suit:

« Chalais me fera plaisir de déclarer ce qu'il sait, car je ne puis « croire qu'il ait jamais conspiré contre moi, ainsi que l'en accuse « M. d'Anjou.

« LOUIS. »

— Lâche prince! fit-il entre ses dents.

— Ainsi, c'est lui, c'est bien à lui, à son profit, que tout devait se conclure.

— Mais je ne sais rien à ce sujet, monseigneur.

— Voici la copie d'une lettre que vous a écrite M. de Laïsques et qui vous a été remise par un avocat.

Chalais rougit et reconnut en effet la lettre que Pierre lui avait apportée.

— C'est faux, monseigneur.

— Pourquoi nier ? cet avocat est sous les verrous et vous sera confronté.

Chalais vit bien qu'il fallait tout avouer.

— Eh bien ! monseigneur, c'est vrai, les Espagnols devaient entrer dans Paris, vous tuer, déposer le roi et marier M. d'Anjou avec la reine !

— Ah !... fit Richelieu avec une satisfaction visible.

— Mais la reine est innocente, monsieur, elle n'a jamais prêté les mains à ce complot, si ce n'est...

— Si ce n'est ?...

— Si ce n'est en ce qui vous concerne ; mais c'est la plus noble des femmes, en même temps que la plus digne des reines. Elle avait déclaré préférer entrer dans un couvent que d'épouser son beau-frère.

— Vous signeriez tout ceci, comte ?

— Oui, monseigneur, si le roi l'exige.

Richelieu se leva et frappa dans ses mains ; mais dans son impatience, il ne se contenta pas de ce signal et alla frapper à la porte.

— Ouvrez, dit-il avec autorité.

La porte s'ouvrit et il glissa quelques mots à l'oreille du geôlier qui se présenta.

Celui-ci s'éloigna, et pendant ce temps le cardinal déplia, sur une petite table qu'il approcha du lit de Chalais, une assez grande feuille de papier, tira une écritoire et une plume de sa poche et les déposa sur la table.

Chalais le regardait faire avec une curiosité naïve ; mais son étonnement fut au comble quand la porte se rouvrit et qu'il reconnut le personnage qui entra derrière le geôlier, le visage entièrement caché dans son manteau.

— Sire !... dit-il en sautant à bas de son lit et mettant un genou en terre.

— Écrivez, comte, fit Richelieu en frappant de ses doigts secs sur le papier.

— Faites, confirma le roi.

— Et je serai libre, sire ? dit Chalais en balbutiant, et prenant machinalement la plume que lui tendait le cardinal.

Le roi inclina la tête et fut s'asseoir comme avec répugnance sur le grabat de son ancien favori.

— Il fait bien humide ici ! dit-il en ramenant autour de lui les plis de son manteau.

XXV. — LES ENVOYÉS DU PRÉ AUX CLERCS.

La cour étant arrivée à Nantes, une nombreuse affluence de gentilshommes et de nobles dames s'y pressait déjà, accourant en foule des environs.

A la suite des bagages et des gens de service avait marché cette inévitable agglomération de bohémiens nomades qui, à cette époque, prélevait ses redevances sur les riches et les pauvres, indistinctement, soit par le vol ou des commerces infâmes, soit par le spectacle, les plaisirs ou la débauche.

Il y avait donc, le lendemain de la venue du roi dans sa bonne ville de Nantes, un certain encombrement à la porte de Paris ; mais la curiosité l'occasionna plutôt que l'empressement.

Une foule de badauds contemplait avec de grands yeux le cortège de laquais, à pied et à cheval, entourant un carrosse ou tenant en bride une douzaine de mules richement caparaçonnées à l'espagnole portant des bagages nombreux.

Dans le carrosse étaient deux femmes : l'une, la maîtresse, assise sur la banquette du fond ; l'autre, une suivante favorite, assise sur le devant. Cette femme, dont la beauté éblouissante était relevée encore par la parure la plus recherchée et la plus riche, n'était autre que la comtesse del Rio Colorado.

Elle tenait à la main ce petit masque de velours sans lequel les femmes n'allaient jamais alors, — et la suivante avait gardé le sien sur son visage.

A la portière, monté sur un vigoureux cheval normand capable de supporter les quatre preux de la légende, s'empressait M. de Montchenu. Le digne gentilhomme soufflait et suait à grosses gouttes,

car l'exercice du cheval ne lui agréait que médiocrement ; mais il trouvait la force de sourire constamment.

Cette merveilleuse Forfala lui avait mis au cœur un de ces amours qui sont toute la vie d'un homme.

Toutefois, le gros gentilhomme jetait parfois sur la suivante des regards curieux, réprimés aussitôt par un mouvement de la comtesse. Il se demandait pourquoi cette femme, dont l'extérieur ne lui rappelait rien des servantes habituelles de sa superbe maîtresse, gardait constamment son masque ; mais, pour tout au monde, il n'eût pas osé en demander le motif, soit à la comtesse, soit à celle qui excitait sa curiosité.

Le carrosse fut obligé d'arrêter à une portée d'arquebuse de la ville afin de donner aux commis de la maltôte le temps de percevoir les droits d'aubaine sur les bagages, formalité dont se chargea le majordome de la comtesse du Rio Colorado.

Montchenu en profita pour descendre de sa monture et vint s'appuyer sur la portière du carrosse.

— Comtesse, je vous le disais bien que tout ce monde-là nous mangerait du temps. Nous n'avons pu arriver à Nantes que le lendemain de l'entrée du roi...

— Je vous croyais courtisan plus tiède, mon cher baron.

— Comtesse, c'est pour votre gloire que je dis cela, uniquement ! je vous conjure de le croire. Vous avez exprimé le désir d'avoir dix estafiers à cheval, vêtus à la flamande, pour vous escorter, et quinze muletiers vêtus à l'espagnole pour vos bagages ; vous savez que je ne sais qu'obéir.

— Vous êtes un galant homme ! répondit la Forfala en lui tendant sa belle main, sur laquelle le gros seigneur imprima le plus tendre baiser.

— Comtesse, je voudrais que vous me demandassiez la lune ; vrai, ma parole d'honneur, je crois que je parviendrais à vous la décrocher.

— Les hommes se mettent en marche, dit la suivante masquée.

Le baron eut une sorte de sursaut étonné au timbre de cette voix grave et presque solennelle ; mais la comtesse lui ordonna de remonter à cheval et il obéit. Le cortège se remit en mouvement, et le majordome, qui était resté en arrière pour voir défiler son monde, échangea un regard avec celui des muletiers andaloux qui fermait la marche.

— Ils y sont tous, lui dit-il ensuite en enjambant un cheval que lui tenait respectueusement un paysan.

Un quart d'heure après, cette suite brillante entrait avec ses maîtres dans l'auberge de la Sirène, l'une des plus renommées de Nantes et située sur la place de la Cathédrale.

Lorsque le cortège de la comtesse du Rio Colorado avait débouché par la grande rue sur la place de l'Église, deux femmes se tenaient cachées dans les plis d'un grand rideau, à une fenêtre restée fermée au deuxième étage, et comptèrent avec satisfaction les nombreux valets de la courtisane.

L'une d'elles ouvrit alors la fenêtre, attira le rideau sur son appui et en laissa pendre l'extrémité au dehors ; puis toutes deux sortirent de la chambre, descendirent l'escalier et entrèrent dans une salle située au premier étage, où déjà la Forfala et sa suivante masquée venaient d'entrer.

A la vue de M. de Montchenu, elles mirent un masque sur leur visage, et celui-ci fut immédiatement congédié avec la mission de veiller à l'installation des gens.

Quand il eut disparu, tous les masques tombèrent et madame de Chevreuse, l'une d'elles, ouvrit ses bras à Blanche, qui s'y jeta avec l'entraînement de sa jeunesse et de sa belle âme.

— Nous le sauverons, mesdames, n'est-ce pas ? dit-elle.

— Oui, reprit la duchesse en la baisant au front.

La Forfala était restée debout, à une certaine distance, et comme si elle n'osait se joindre aux affaires de ces trois grandes dames ; mais Blanche alla vers elle et lui prit les mains,

— Venez, dit-elle, venez, vous qui êtes grande par le cœur ; n'êtes-vous pas mon amie, vous qui voulez bien vous employer à le sauver ?

Madame de Chevreuse adressa un bon sourire à la Forfala qui répondit par une belle révérence ; mais la troisième dame lui jeta un regard dont l'expression jalouse avait quelque chose de fatalement terrible. Elle trouvait la bohémienne trop belle.

— Avez-vous quelque chose de nouveau ? demanda Blanche.

— Oui, répondit madame de Cressia. Le cardinal a institué une commission et M. de Chalais a déjà comparu devant elle. Elle siège

en ce moment et rendra son jugement dans la journée, très-probablement.

— Et M. Baudry ?

— Il a d'abord comparu comme témoin, puis il a été accusé de
complicité, et enfin mis sur le même rang que M. de Chalais.

— O mon Dieu ! fit Blanche avec désespoir.

— Ne perdez pas courage, reprit la duchesse. Pendant que madame de Cressia était au tribunal, moi j'étais en secret auprès de
la reine. Le mariage de M. le duc d'Anjou et de mademoiselle de
Montpensier se prépare. Il sera célébré demain, et Sa Majesté m'a
promis de n'y paraître qu'à la condition qu'il serait fait grâce pleine
et entière aux accusés.

'— Noble cœur ! s'écria Blanche.

— Elle est bien faible ! dit la Cressia avec un sombre ressentiment ; je l'ai connue, moi, je l'ai vue à l'œuvre, et je sais ce que
valent ses volontés. La faiblesse du roi a rejailli sur elle. Sans s'en
douter, elle est dominée aussi par le cardinal.

— Aussi, répliqua madame de Chevreuse, avons-nous pris nos
précautions en conséquence.

— Venez, duchesse, dit la Cressia, ces messieurs doivent nous
attendre à cette heure et s'impatienter.

Elles mirent leurs masques et quittèrent la salle en toute hâte.
Elles descendirent dans une pièce du rez-de-chaussée où elles prirent place sur des fauteuils placés au milieu.

Presque aussitôt, un gentilhomme entra et s'avança en saluant
avec grâce ces deux femmes immobiles et masquées, comme s'il
eût vraiment su à qui il s'adressait.

— Mesdames, dit-il, j'arrive du Pré aux Clercs.

— Soyez le bien-venu, monsieur le comte, dit la duchesse en déguisant sa voix. Qui vous envoie ?

— Ninon.

— Trouvez-vous ce soir, à dix heures, à l'angle nord de la place
du Bouffay, et écoutez bien le seul mot que vous glissera dans
l'oreille un homme vêtu en matelot du port.

— Madame, je sais quelle est l'œuvre qui réclame mon courage
et mon bras, M. de Chalais est mon ami, et...

— Chut !...

Le gentilhomme salua et, sur un signe des deux dames, se retira
par une porte opposée à celle qui lui avait livré accès dans la salle.

Il fut remplacé presque aussitôt par un autre gentilhomme.

— D'où venez-vous, monsieur le baron ? demanda la duchesse.

— Du Pré aux Clercs, belles dames, reprit celui-ci en s'inclinant
sur une main que lui tendit la Cressia.

— Qui vous a dit de venir ?

— Marion.

— Ce soir, à dix heures et demie, à l'angle nord de la place du
Bouffay, un matelot du port vous dira un mot, ne l'oubliez pas.
Partez vite.

Seize seigneurs défilèrent de la sorte, tous venant du Pré aux
Clercs, tous invoquant le nom de l'une des deux grandes courtisanes parisiennes ; et quand le dernier eut disparu, les deux dames
se serrèrent la main.

— Pas un n'a manqué à l'appel, dit madame de Chevreuse avec
une satisfaction profonde. Ce sont des hommes de cœur.

— Il faut maintenant connaître le jugement, répondit la Cressia.

Et elles sortirent de l'auberge, suivies à distance par Robert, vêtu
en matelot et la main sur la poignée d'un large couteau catalan, prêt
à voler à leur aide s'il était besoin.

Pendant ce temps, M. de Montchenu avait fait venir le majordome
de la comtesse del Rio Colorado.

— Mon ami, lui dit-il, cette auberge n'est pas digne de votre
maîtresse. Vous m'obligerez en lui trouvant, dans quelque rue de
Nantes ou dans ses faubourgs, une maison avec jardin, car vous
savez si elle aime les fleurs.

— J'y avais pensé, monseigneur, mais...

— Mais quoi ?

— La dépense.

— Que cela ne vous arrête nullement. Faites et promptement.

— C'est comme si monseigneur était déjà obéi, quand je devrais
faire déguerpir une famille du toit paternel par les fenêtres. Je demande une heure à monseigneur.

— Je vous en donne deux.

— Alors, monseigneur, permettez-moi de dire deux mots aux valets.

Catafago entra dans une petite cour où tous les muletiers andaloux et les estafiers à la flamande étaient assis autour de trois petites
tables chargées de brocs de vin.

A sa vue les rasades cessèrent comme par enchantement.

— Voici un égout, dit-il en montrant un trou noir vers lequel
ruisselaient les eaux bourbeuses qui s'échappaient d'une écurie
voisine, versez-y tout le vin qu'on vous servira, et que tout le monde
soit ivre dans une heure.

Quelques murmures répondirent à cette profanation d'un excellent liquide.

— Vous n'ignorez pas comment le Grand-Cœur a passé ceux qui
m'ont abandonné à Paris, au sac de l'hôtel de Caumont, je compte
être mieux obéi. Il y a gras !

— Compte sur nous, frère ! dirent tous ces hommes avec enthousiasme.

Une heure après, Catafago avait trouvé une habitation magnifique pour la comtesse del Rio Colorado à deux cents pas de la porte
de Paris.

Quand il reprit le chemin de l'hôtel de la Sirène, il passa devant
le château et vit une grande affluence de monde.

— Qu'est-ce qu'il y a ? demanda-t-il à un matelot qui fumait
tranquillement une pipe assis sur une borne.

— Je ne sais pas ; on dit qu'on vient de juger un beau seigneur
de la cour.

— M. de Chalais ?

— C'est son nom, oui.

— Et il est condamné ?

— Pas encore, mais cela va mal pour lui.

Catafago siffla avec indifférence, tira un papier de sa poche et,
s'aidant des mains et des coudes, pénétra jusqu'à la grille du château.

— Monsieur, dit-il en s'adressant au portier, c'est ici, n'est-ce
pas, que demeure Sa Majesté le roi, et M. le cardinal est sans doute
avec lui ?

— Oui, répondit cet homme en le toisant avec curiosité.

— Eh bien, si vous voulez remettre ceci en main propre de
M. le cardinal, il y aura une récompense pour vous.

— Oui-da ?

— C'est comme je vous le dis. Essayez de lui porter ce billet, il
ne vous coûtera pas gros, et vous risquez d'en être bien aise.

Le portier hésita et finit par se décider.

Il se dirigea vers les appartements du cardinal et ne tarda pas
à rencontrer M. des Bournais, qui consentit à remettre le billet à
son maître.

Voici ce qu'il contenait :

« Monseigneur,

« Seize gentilshommes sont arrivés à Nantes avec le dessein de
« délivrer demain M. de Chalais durant le trajet de la prison au
« château. Ce soir, de quart d'heure en quart d'heure, ils recevront
« un mot d'ordre d'un matelot qui se tiendra, depuis dix heures, à
« l'angle nord de la place du Bouffay. »

Richelieu serra le billet dans sa poche et resta un instant pensif.

— Je veillerai, murmura-t-il.

XXVI. — LA CONFIANCE DE M. D'ANJOU.

— Louvigny, dit le duc d'Anjou en rentrant dans l'appartement
qu'il occupait au château de Nantes, suivi du comte, je suis donc
prisonnier ici !

— Monseigneur, cela y ressemble fort.

— Et l'on a jugé aujourd'hui Chalais ?

— Hélas !

— Et vous croyez qu'il sera condamné ?

— Ce n'est pas probable, monseigneur, car il a nié avec force
toute participation au complot contre la vie du roi.

— Et vous êtes certain qu'il ne m'a pas chargé ?

— J'ai assisté au procès, comme vous me l'aviez ordonné, et j'en
suis sûr.

— Cependant, Louvigny, ce qui vient de se passer a lieu de me
surprendre.

— Que s'est-il donc passé, monseigneur ?

— J'ai voulu sortir de Nantes, il n'y a pas dix minutes, accompagné de deux écuyers, et un soldat suisse m'a barré le passage
avec sa hallebarde à la porte de Paris.

— Consigne générale !

— Ordre donné par le roi contre moi seul. Il est vrai que c'est
parce que le roi veut me parler, a dit ce Suisse.

Chalais se retourna avec curiosité. (P. 157.)

— Voici qui est grave, monseigneur.

— Que faut-il faire ?

— A votre place je voudrais voir le roi pour lui remontrer combien une telle conduite est indigne à l'égard d'un prince du sang.

Le duc d'Anjou resta pensif pendant quelques instants ; puis il releva sa jolie tête et regarda le comte avec défiance.

— Louvigny, puis-je compter sur vous ?

— Oui, monseigneur.

— Voici ce que vous allez faire, — mais ne me trahissez pas, surtout, — je vous préviens d'ailleurs que je désavouerais en tout point ce que vous pourriez avancer. Du reste, vous ne pouvez qu'y gagner. Je veux faire ce que la reine n'a pas eu le courage d'accomplir.

— Vous voulez fuir, monseigneur ?

— Oui, fuir, c'est le mot. Je suis au pied du mur, comte, il faut que je m'exécute demain, car ce soir, aux flambeaux, la duchesse de Guise et sa fille mademoiselle de Montpensier font leur entrée dans la ville. Elles sont signalées.

— Le danger est pressant, monseigneur, et je comprends bien votre envie.

— Ce n'est pas que ma cousine me déplaise, elle est fort belle, fort riche, et je serais tout-puissant par ce mariage, mais je rêvais mieux que cela... et mes pensées se reportent à ce beau projet avec trop de force et de persistance, pour que je ne me roidisse pas contre l'odieuse tyrannie du roi ou plutôt du cardinal. Voici ce que vous allez faire, comte. Il y a toujours, à une lieue de Nantes, une demi-douzaine de grands navires prêts à prendre la mer pour les besoins du commerce. Vous en louerez un, au prix que l'on voudra, serait-ce cent mille livres, pourvu qu'il puisse me conduire en Angleterre, où m'attend le duc de Buckingham.

— C'est chose facile, monseigneur.

— Le marché fait, vous resterez à bord et vous tiendrez près de la barre, jusqu'à ce que vous me voyiez venir. Je serai dans une barque. Quand je vous apercevrai, vous nous ferez signe comme si vous vouliez descendre avec nous. J'ordonnerai d'accoster, on jettera une échelle par laquelle vous ferez mine de descendre ; mais je saisirai les échelons et grimperai sur le pont. L'ancre sera levée d'avance, et en route.

— Tout ceci est parfait, monseigneur, et je vole, mais...

— Mais ?...

— Si, en effet, le roi ne veut pas que vous sortiez de la ville.

— C'est en effet ce que je veux éclaircir, et je vais de ce pas voir mon frère. — Vous, au navire, et faites que je vous aperçoive de loin. Surtout que l'échelle soit solide, car les eaux de la Loire sont diablement sales à Nantes.

— A cause du reflux, monseigneur.

— Allez vite, Louvigny.

Le duc se fit annoncer aussitôt chez le roi qui reçut son frère comme s'il l'attendait.

— Sire, dit-il, est-ce le désir de Votre Majesté que je ne sorte pas de la ville ?

— Non, certes, mon frère, et je ne comprends pas ce que vous voulez dire par ces paroles.

— Sire, la journée est magnifique, et j'aurais désiré faire une promenade.

— Vous êtes le maître.

— Il paraît que non, sire, car la porte de Paris m'a été fermée par une insolente hallebarde.

— Et que voulez-vous donc aller faire à Paris ?

— Je n'ai nullement le désir de m'y rendre ; mais les environs de Nantes sont charmants, dit-on.

Richelieu attira Jeanne vers lui et l'embrassa au front. (P. 162.)

— Gaston, vous savez que mademoiselle de Montpensier arrive ce soir même à Nantes.

— Oui, sire.

— Et que demain vous l'épousez?

— Eh bien, sire, cela m'empêche-t-il donc de désirer prendre l'air des champs?

— Allez où bon vous semble.

— Votre Majesté me donne pleine liberté de faire, par exemple, une promenade sur la Loire?

— Ah! prenez garde, Gaston, ici la Loire c'est la mer ou à peu près, et il y a danger peut-être.

— Je ne serais pas fâché de pousser une pointe sur l'eau salée, c'est très-bon pour la santé, d'ailleurs.

— Ceci, Gaston, je ne puis vous l'accorder en cet instant, parce que M. de Buckingham veut nous faire déclarer la guerre par son roi, et que, par conséquent, M. de Richelieu a dû commencer à ordonner des manœuvres à l'escadre qui est en rade.

— M. de Richelieu est-il donc grand amiral de France, sire?

— Non, mais il est fort entendu à ces sortes de choses; aussi, si vous persistez à vouloir gagner la mer, c'est à lui qu'il faudra vous adresser.

Gaston se leva, salua gravement le roi, non sans un air profondément dépité et se retira vers ses appartements; mais au moment d'y entrer il se ravisa. Comme, après tout, il n'y avait plus à se dissimuler qu'il était réduit à l'extrémité, il crut devoir abdiquer pour un moment toute prétention orgueilleuse.

Le cardinal était logé dans un hôtel situé en face du château. Gaston prit avec lui trois de ses gentilshommes et traversa la rue.

Il trouva Richelieu qui venait de rentrer après son entrevue avec Chalais, et qui, déjà, jouait avec les cinq ou six chats qui l'accompagnaient partout.

En voyant la porte de son cabinet s'ouvrir et le duc paraître, il se leva avec empressement et courut vers lui.

— Monseigneur! dit-il avec force révérences, Votre Altesse chez moi! quelle affaire me vaut un tel honneur?

— Monsieur le cardinal, je voudrais...

— Que Votre Altesse daigne s'asseoir.

— Non, je suis bien...

— Ah! monseigneur, de grâce, fit le ministre en approchant un siége devant le prince qui ne put faire autrement que d'y prendre place.

Richelieu était resté debout et, sans en témoigner la moindre chose, jouissait de voir son ennemi à sa merci et venant sans doute s'humilier et solliciter quelque faveur.

Gaston lui exposa l'objet de sa requête.

— Votre Altesse veut voir la mer! s'écria le ministre, il faut avouer qu'elle prend mal son temps.

— Pourquoi cela?

— Parce que madame de Guise et sa fille arrivent ce soir à Nantes.

— Eh bien, qu'à cela ne tienne, je leur baiserai la main et je partirai ensuite.

— Et Votre Altesse veut aller bien loin?

— Trois à quatre heures de mer.

— Même la nuit?

— La nuit, la mer prend des teintes sublimes, et quand on se voit seul au milieu de cette immensité, face à face avec la nature et Dieu, l'âme s'élève et adore. J'ai soif d'émotions douces et fortes à la fois, monsieur le cardinal.

— Mais si Votre Altesse veut me permettre?...

— Dites.

— Que n'attend-elle deux ou trois jours pour faire cette promenade en compagnie de...

— En compagnie de ?...

— De votre femme.

— Ah! c'est que je ne suis pas encore marié !

— Mais Votre Altesse le sera demain.

— Je ne comptais pas pourtant épouser mademoiselle de Montpensier de sitôt.

— Ah! fit le cardinal dont les regards interrogèrent le prince.

— J'ai des scrupules de conscience, monseigneur ; mademoiselle de Montpensier est ma cousine, et la cour de Rome...

— Eh bien, prince, non-seulement je me fais fort de lever vos scrupules, mais encore je puis vous montrer un acte qui vaut tous les brefs et toutes les dispenses du Saint Siège.

— Tout de suite?

— A l'instant, prince, le voilà.

Et Richelieu, prenant un papier plié en quatre et qu'il avait sans doute déposé sur sa table en entrant, le tendit gracieusement à M. d'Anjou.

— C'est l'écriture de M. de Chalais, dit celui-ci qui pâlit en regardant le cardinal.

— Veuillez prendre la peine de lire.

— Eh bien, fit le prince, Chalais avoue avoir écrit à M. de Laisques et en avoir reçu des lettres.

— Oui, monseigneur, mais comme le roi possède les copies de ces lettres dans lesquelles il est fort question de Votre Altesse...

Gaston baissa la tête et demeura atterré, il se sentait perdu.

— Vous voyez bien, prince, qu'il faut absolument épouser mademoiselle de Montpensier.

— Oui, oui... balbutia-t-il, mais quelle est la volonté du roi à mon égard ?

— Vous aurez la liberté et la vie sauves ! prince, n'êtes-vous pas du sang royal ?

— Et l'on me ferait mon procès.

— Le roi le voulait, mais j'ai pu réussir à le faire revenir sur cette pensée. Du reste, prince, soyez certain qu'on vous fera la part belle en épousant mademoiselle de Montpensier : vous serez fait duc d'Orléans, duc de Chartres, comte de Blois, et vous aurez encore bon nombre de seigneuries, ce qui avec l'apport de votre femme vous constituera un revenu de quinze cent mille livres,

Le prince se leva, rouge comme braise et très-ému, il commençait à trouver mademoiselle de Montpensier un fort beau parti, et à le croire nécessaire ; mais il lui restait une arrière-pensée.

— Et Chalais? demanda-t-il.

— Chalais, monseigneur, il sera condamné, n'est-il pas coupable?

— Prenez garde, monsieur le cardinal, je sais quelles sont vos aspirations ; je ne veux pas que mon mariage soit accompli en face d'un échafaud.

— Le roi a droit de grâce, monseigneur.

— Donnez-moi un blanc seing.

— Vous l'aurez demain matin en sortant de la cathédrale, tenant par la main la nouvelle duchesse d'Orléans.

Le prince considéra un instant cette face blême et se sentit le courage de sourire.

— Mais enfin, monsieur le cardinal, pourquoi le roi désire-t-il ce mariage, et vous, surtout, plus fort que le roi ?

— Vous le saurez, monseigneur.

— En attendant, dit-il, je veux faire un tour sur la Loire.

— Faites, monseigneur, et si Votre Altesse veut me faire le plaisir et l'honneur d'accepter ma galère, elle a quatorze bons rameurs qui lui feront faire en une heure la plus délicieuse promenade.

— J'accepte, monsieur le cardinal, reprit Gaston avec empressement et en se hâtant de prendre congé.

Richelieu voulut l'accompagner jusqu'à l'escalier, il le laissa faire. Plus que jamais, il sentait la nécessité de fuir.

M. d'Anjou n'était pas homme à s'embarrasser dans cette circonstance de bagages inutiles, et peu lui importait de laisser à Nantes les officiers nombreux de sa maison. Il regrettait bien les somptueux ajustements de sa garde-robe : mais le plus pressé pour lui était de disparaître ; Richelieu lui avait dit qu'il aurait la vie sauve avec un sourire étrange.

Il avait accepté la galère que le cardinal mettait si gracieusement à sa disposition, trouvant fort réjouissant de la faire servir à un événement qui devait déjouer si complètement les projets du ministre.

Il retrouva les trois officiers qui l'avaient accompagné dans la cour de l'hôtel et, précédé de M. des Bournais, chargé des ordres du cardinal, il descendit vers le port.

Cinq minutes après, ils arrivèrent au quai, et le valet de chambre s'adressa au patron de la galère qui se tenait debout à la barre, jusqu'à ce que le prince et sa suite se fussent assis.

— Son Éminence vous prie, monsieur, d'être entièrement aux ordres et d'accomplir toute chose que vous commandera Son Altesse.

Peu d'instants après, la galère s'éloigna majestueusement, sous l'effort cadencé de ses quatorze rameurs.

Gaston était d'une gaieté folle : il se faisait raconter les anecdotes les plus nouvelles, et bien qu'elles fussent pour la plupart fort peu exemplaires et assez piquantes pour compromettre la moitié de la cour, il ne leur prêtait qu'une attention distraite. Sa pensée et ses regards furtifs étaient tout entiers pour chacun des gros navires de commerce qu'il trouvait en descendant le fleuve.

Une heure s'était écoulée, et l'on se trouvait, vu la force du courant, fort loin déjà de Nantes, lorsque le patron crut devoir faire observer au prince que dans peu d'instants il y aurait marée montante, et qu'il était important d'en profiter si Son Altesse voulait rentrer dans la ville avant la tombée du jour ; mais le prince ne répondit pas.

Il apercevait à une certaine distance un gros navire dont la nationalité était suffisamment accusée par ses formes arrondies, et à l'arrière duquel se tenait un homme debout que, malgré l'éloignement, il reconnut facilement pour M. de Louvigny.

— Qu'est-ce que ce bâtiment? demanda-t-il en se tournant vers le patron.

— Monseigneur, c'est un hollandais.

— Il a une forme étrange.

— Monseigneur, ces navires font le tour du monde et essuient les plus grosses tempêtes sans éprouver de fortes avaries.

— Je serais curieux de le visiter.

— Monseigneur, c'est un bâtiment du commerce, et les aménagements ne sont pas dignes du regard de Votre Altesse.

— Pardieu, voilà un gentilhomme perché sur ce gros bâtiment qui est de ma connaissance. Il paraît que, lui aussi, a eu envie de visiter ce lourd esquif. Abordez, s'il vous plaît, monsieur le patron.

Le patron avait reçu l'ordre d'obéir, il commanda le mouvement et pesa sur la barre.

Dès que la barque toucha les flancs du navire, une petite échelle de cordes se déroula jusqu'à elle, et Gaston, après toutefois s'être assuré qu'elle était solidement accrochée, posa un pied frémissant sur le premier échelon à sa portée et grimpa avec l'agilité d'un véritable loup de mer.

— Venez, messieurs, dit-il à ses officiers.

En quelques enjambées le prince sautait allègrement sur le pont.

— Où est M. de Louvigny? demanda-t-il d'une voix entrecoupée par l'émotion.

— Prince, dit un homme en s'avançant et saluant profondément.

Cet homme était bien vêtu comme le comte et Gaston comprit que, vu de loin, il avait pu le prendre pour son confident ; mais en reconnaissant celui qui le recevait sur ce bâtiment, il recula de surprise et de crainte, et devint pâle comme la mort.

— M. de Rochefort!... fit-il.

Le comte s'inclina profondément devant le prince qui se retourna aussitôt en entendant du bruit derrière lui, et vit ses trois gentilshommes essayant de résister à une douzaine de matelots qui venaient de se jeter sur eux et les entraînaient vers la grande écoutille.

— Que signifie cela, monsieur? s'écria le prince.

— Monseigneur, répondit Rochefort en s'inclinant plus profondément encore, j'ai ordre du roi de retenir Votre Altesse prisonnière sur ce bâtiment.

— Mais ce bâtiment m'appartient et...

— Votre Altesse a dit vrai, ce bâtiment a été en effet affrété à son compte ; mais, d'après ce qui vient de se passer à l'égard de ses officiers, Votre Altesse comprendra que toute résistance serait inutile et dangereuse.

— Monsieur, vous me montrerez l'ordre écrit et signé de mon frère, n'est-ce pas?

— Monseigneur, j'ai l'habitude d'obéir sans ordre écrit, répondit humblement le comte.

— Soit, monsieur, répliqua le prince qui savait à quoi s'en tenir sur cette allégation, mais que voulez-vous faire de moi ?

— Retenir Votre Altesse jusqu'à demain à midi, heure à laquelle Votre Altesse sera tout habillée et prête à marcher à l'église cathédrale de Nantes.

— Je comprends, monsieur. Conduisez-moi alors à la chambre qui m'est destinée.

— Votre Altesse la trouvera certainement indigne d'elle, mais le temps a manqué pour la faire aménager. Du reste, si Votre Altesse eût donné suite à ses projets de promenade en pleine mer, il est probable qu'elle s'en serait contentée.

Rochefort conduisit le prince dans une cabine assez spacieuse, située dans l'entrepont, et dans laquelle, à défaut de meubles nombreux, se trouvaient plusieurs matelas placés les uns sur les autres.

— Le lit sera suffisant, dit-il en s'y jetant avec un dépit dont il s'efforçait en vain de cacher l'expression hargneuse.

Le comte allait se retirer, mais il le rappela.

— Monsieur de Rochefort, dit-il en riant du bout des lèvres, vous êtes fort dans la confiance de M. le cardinal, vous?

— Son Eminence veut en effet me témoigner quelque bienveillance.

— Eh bien, me direz-vous, vous, pourquoi M. de Richelieu tient tant à me voir épouser mademoiselle de Montpensier?

— Monseigneur, il y a deux raisons, je pense.

— Lesquelles?

— La première, c'est que les apanages, seigneuries, châtellenies et immenses biens qu'elle possède n'iront pas à un prince ennemi de la couronne.

— Et la seconde? demanda M. d'Anjou en souriant.

— C'est qu'une fois marié, monseigneur, il y a toute apparence que vous ne songerez plus à épouser... une autre personne.

Le prince le congédia du geste et s'étendit sur ses matelas plus tranquille qu'il ne l'était d'abord : il se résignait. Mais la bravoure et la témérité n'étaient pas les signes distinctifs de son caractère, si bien qu'au bout d'une heure l'inquiétude commença à le prendre. il se dit que ses trois officiers avaient été peut-être massacrés à fond de cale et que leur mort était destinée à disparaître pour la plus grande tranquillité du cardinal. Il songea avec une certaine épouvante que Rochefort avait été mêlé déjà à grand nombre d'aventures ténébreuses, et qu'il était homme à ne se faire aucun scrupule de porter la main sur un fils de France. Dominé par cette idée funeste, il voulut sortir de sa cabine; mais un matelot montait la garde à la porte, et lui intima, dans une langue dont il ne comprit pas un mot, l'ordre d'avoir à rester tranquillement clos.

Le malheureux prince voyait venir la nuit avec terreur, et il assignait à l'astre des nuits la sinistre mission d'éclairer le plus monstrueux des forfaits.

Quant à Chalais, quant à ceux qui, ayant embrassé sa cause, pouvaient se trouver compromis, sa pensée ne s'arrêta pas une seconde ni sur eux ni sur le sort qui leur était sans doute réservé.

Et pourtant au moment où le soleil venait de disparaître à l'horizon, M. de Marillac, le garde des sceaux, était introduit dans le cabinet du cardinal:

— Monseigneur, dit-il, la commission a terminé ses travaux. Elle a entendu M. de Chalais et l'avocat Pierre Baudry son complice, et jugeant en cour criminelle, toutes portes ouvertes, et les habitants de Nantes admis à pénétrer dans l'enceinte, le verdict a été prononcé.

— Et vous me l'apportez, monsieur le garde des sceaux?

— Oui, monseigneur, reprit le grand juge en lui présentant un parchemin, duquel s'échappaient, suspendus par deux rubans rouges, les deux empreintes de cire qui lui donnaient force de loi.

Le cardinal le déplia avec lenteur et les sourcils froncés.

— Condamnés! fit-il avec une surprise parfaitement jouée.

— Monseigneur, ils ont été convaincus au premier chef du crime de lèse-majesté.

— Et ces conclusions ont été prises publiquement?

— Non, monseigneur, la salle avait été évacuée aussitôt le verdict prononcé.

— Et en vertu de ces conclusions, c'est la mort?

— Oui, monseigneur.

Richelieu resta un instant pensif; puis il regarda le magistrat du coin de l'œil.

— Vous avez un autre acte entre les mains, il me semble, est-il de ma compétence ou de celle du roi?

— Monseigneur, c'est encore une condamnation à mort.

— Qui donc?

— Un pauvre diable, un soldat du nom de Cambremer qui a assassiné l'hôtelier de l'*Ancre de Salut*, et qui sera pendu à la place du Pilori.

Le ministre ne répondit pas et parut comme plongé dans ses réflexions; puis, au bout de quelques instants, il releva la tête.

— Monsieur le garde des sceaux, dit-il, demain est jour de réjouissance, ces arrêts ne doivent donc pas être présentés au roi.

— Ah! monseigneur, fit Marillac avec un sentiment d'intérêt et de satisfaction qu'il ne put réprimer.

Le cardinal le regarda avec une expression d'étonnement sévère.

— Monsieur, dit-il, vous les présenterez à la signature du roi... après-demain.

XXVII. — MONSIEUR DE NANTES.

Le lendemain, à la nuit noire, pendant que la cour dansait et festoyait en l'honneur du mariage de M. d'Anjou, célébré dans la journée, Catafago et Robert s'abordaient au milieu de la place du Bouffay.

Ils remontèrent la grande rue de Nantes et ne tardèrent pas à se trouver sur la place du Pilori.

Cinq minutes ne s'étaient pas écoulées qu'une forme noire et svelte s'avança vers eux. C'était une manière de jeune étudiant, enveloppé dans son manteau, mais dont la voix trahit aussitôt le véritable sexe.

— C'est donc là? avait fait la voix en même temps qu'un bras élégant et une petite main désignaient une maison basse située dans un coin de la place, au pied d'une grande tourelle de forme étrange.

— Oui, madame, répondit Catafago.

— Suivez-moi jusqu'à la porte, contre laquelle vous resterez, prêts à entrer si je l'appelais à l'aide.

— Oh! il n'y a nul danger, madame; maître Favorel est le plus doux des hommes, un vrai mouton.

La dame frappa timidement à la porte indiquée qui, peu d'instants après, fut ouverte par une petite fille de douze à treize ans, offrant, grâce à la lueur d'une chandelle qu'elle tenait à la main, la plus rose et la plus gracieuse figure.

— Mon enfant, dit la dame qui crut s'être trompée, est-ce que c'est ici que demeure M. Favorel?

— Oui, madame.

— Entrez, entrez, monsieur, dit une voix plus forte dans l'intérieur de la maison, celle d'une personne qui parut à l'embrasure d'une porte.

La petite fille rentra, et alla poser sa chandelle sur une table auprès de laquelle étaient assis un homme et une femme; et la visiteuse reconnut facilement qu'elle avait interrompu le repas du soir de cette famille.

— Je désirerais vous parler, maître.

L'homme se leva et fit mine de saisir la chandelle pour passer dans une autre pièce avec le visiteur; mais la dame vêtue en homme l'arrêta d'un geste.

— Non, dit-elle en jetant un regard d'intérêt sur les deux femmes qui s'étaient serrées l'une contre l'autre et la considéraient avec attention, — je puis parler devant votre femme et votre fille, je suppose.

Sur un signe de son père, la petite fille avança un siège, et la dame y prit place avec une résolution indiquant bien la surexcitation dans laquelle se trouvait son esprit.

— Monsieur, dit-elle d'une voix timide, vous avez sans doute reçu l'ordre de vous tenir prêt pour demain?

— Pour demain? demanda l'homme avec un certain étonnement.

— Ne doit-il pas y avoir une... une exécution à mort?

— Je le crois, madame; au fait, je l'avais oublié, c'est vrai, le pauvre diable a été condamné.

— C'est bien naturel, répliqua la dame avec une sorte de frémissement intérieur, vous devez être si habitué...

— A cette horrible besogne; oui, monsieur.

— Et cela ne vous fait rien éprouver de pénible, chaque fois que vous êtes requis?...

— Oh! j'avoue, dans les commencements, cela me causait un certain effet; mais j'ai commencé si jeune : on s'y fait.

— Cela vous est imposé en quelque sorte, de père en fils, je sais. Mais vous n'aimez pas cette profession, maître, n'est-ce pas?

— Oh! non, monsieur, répondit pour lui la femme de cet homme: chaque fois qu'il lui faut marcher, il en est malade pendant deux jours.

— Femme, tais-toi, dit l'homme en rougissant.

— Oh! ne vous défendez pas de ces impressions! s'écria la dame avec entraînement, cela prouve que vous avez l'âme élevée et que vous serez peut-être accessible à la pitié.

— Oui, monsieur, oui, cela me fait toujours un effet désagréable, pénible, comme vous dites, et puis il y a encore le mépris que jettent sur moi tous les habitants, mes voisins surtout. Demandez à ma femme, demandez à ma fille, elles ont bien souvent pleuré, allez, en rentrant, parce qu'on s'était détourné d'elles sur leur passage, ou qu'on les avait accablées d'injures.

— C'est un exécrable métier que vous faites là, monsieur, assurément, et puisque vous l'avez en haine, je veux vous faire une proposition qui, j'en suis sûr, vous conviendra en tout point. Vous avez donc été forcé de l'accepter, parce que votre père l'exerçait, et, par conséquent, vous devez recevoir les faibles émoluments attachés à la charge.

— Cela nous donne de quoi vivre, monsieur, répliqua la femme, si l'on peut appeler cela vivre.

— Quelle est la somme?

— Mais... fit l'homme.

— Oh! ne craignez pas de vous ouvrir à moi; je vous ai dit, et je vous répète que je viens à vous avec les meilleures intentions.

— Je touche bon an mal an, tout compris, et en outre je suis logé, six cents livres.

— Et vous comptez exercer encore longtemps?

— Grâce au ciel, je n'ai pas de fils, et je ne veux pas que ma fille épouse un homme dont les mains seraient souillées comme les miennes. J'en ai donc pour dix ans encore.

— Dix ans, cela ferait six mille livres. Eh bien, voulez-vous que je vous en donne trente mille?

— Trente mille livres! s'écria la femme dont les yeux étincelèrent.

— Oh! monsieur, ce ne peut pas être pour une bonne besogne que vous m'offrez une aussi grosse somme.

— Avec trente mille livres vous pouvez aller vivre loin d'ici et faire une dot à cette enfant; mais pour cela il faudrait partir, quitter Nantes, cette nuit même.

— Cette nuit? demanda l'homme avec étonnement.

— Oh! consens, papa, fit la petite fille en se précipitant vers lui, poussée par sa mère et en passant ses bras autour de son cou.

— Monsieur, dit l'homme, vous me proposez de déserter mon poste, et si je cède le serai recherché et puni sévèrement. J'aurai donc voué à la misère ces deux êtres si chers à mon cœur.

— Votre fuite est préparée et vous serez conduit hors de France.

— Madame... pardonnez si j'ai reconnu n'avoir pas affaire à un homme, — avez-vous donc, madame, quelque intérêt particulier pour l'homme qui est condamné?

— Je suis... sa fiancée, répondit Blanche après une hésitation douloureuse, car c'était la malheureuse comtesse de Louvigny que l'amour avait poussée à cette démarche.

— Ah! mon homme, il faut faire ce que veut cette jeune dame!... fit à son tour la femme avec entraînement; songe qu'avec la somme qu'elle te promet, nous pouvons être si heureux! nous irons en Flandre, nous ferons un petit commerce, et dans sept ou huit ans nous deviendrons notre fille à un gros marchand.

— Acceptez!... fit Blanche en s'inclinant vers la terre, et comme si elle se mettait à genoux devant cet homme réprouvé. — Songez, monsieur, que vous assurez le bonheur des vôtres, songez que vous allez connaître une nouvelle existence, et que ce nom, que vous n'osez sans doute pas prononcer ici, peut redevenir un nom honnête et respecté.

— Vous dites que ma fuite est préparée?

— Oui, deux hommes sont là, sur la place, ils vous attendent, et vous conduiront, par la Loire, jusqu'au bateau pêcheur qui part au point du jour et qui vous mènera où vous voudrez.

L'homme posa son coude sur la table, appuya sa tête sur sa main large et velue, et réfléchit profondément. Puis, il se leva.

— Femme, dit-il, prépare tes hardes.

— Il accepte! s'écria sa fille en sautant de joie.

Blanche saisit cette enfant, la pressa fortement dans ses bras et la baisa au front, comme si elle eût été sa sœur ou sa mère. Puis, elle la repoussa doucement et s'avançant vers la table, sortit une grosse bourse de sa poche et ôta de son doigt un gros diamant.

— Tenez, dit-elle, quand vous aurez vendu cette pierre, il y aura probablement plus que la somme promise.

— Non, madame, dit l'homme en l'arrêtant, vous me donnerez cela quand je serai parti. On ne sait ce qui peut survenir.

— J'ai confiance en vous, moi! fit Blanche qui mit le tout sur la table et se dirigea vers la porte.

— Elle ne sera pas mal placée, madame, je vous en fais serment, dit l'homme qui avait les yeux pleins de larmes.

Un quart d'heure après, le bourreau de Nantes, sa femme et sa fille montaient dans une barque que Catafago et Robert firent voler sur la Loire à grands renforts de rames et à l'aide d'une petite voile latine qu'ils hissèrent, la brise étant favorable.

Blanche suivit cette barque sur le fleuve tant que ses yeux purent percer l'obscurité de la nuit, et quand elle l'eut perdue de vue elle rentra à l'auberge de *la Sirène*.

Elle monta aussitôt dans l'appartement de la Forfala et la trouva en grande conversation avec mesdames de Chevreuse et de Cressia.

— L'homme est parti, dit-elle avec un soulagement extraordinaire.

— Quel homme?

— Le bourreau, répondit la Forfala, car elle vit bien que Blanche n'osait prononcer ce mot affreux.

— Bon! fit madame de Chevreuse, nous en avons au moins pour deux jours avant qu'on ait été quérir celui de Rennes, et d'ici là nous saurons parer aux événements.

— Catafago attend deux cents hommes de Paris, madame, répliqua la Forfala, et il a déjà recruté tous les mauvais garçons de Nantes. Il paraît qu'il y en a beaucoup.

— Bien, j'admets qu'il puisse assiéger la prison; mais on ne peut être sûr de ces gens, comme je l'étais des gentilshommes venus à cet effet de Paris à la suite de la cour, et qui ont tous été arrêtés par ordre du cardinal, au fur et à mesure qu'ils se sont présentés à l'angle du Bouffay.

— Ce qui prouve, madame, que la police de M. le cardinal est bien faite et qu'il était sur ses gardes. Je considère, moi, et Catafago est de mon avis, que cette arrestation est très-heureuse, car M. le cardinal ne pourrait jamais supposer qu'un homme comme M. de Chalais pourra être secouru par des bohémiens de la Cour des Miracles et du Pré aux Clercs.

— Ah!... fit madame de Chevreuse, s'il n'y avait que le cardinal! — Mais il y a dans tout ceci un homme qui, vous m'en avez assez dit sur ce point, pourrait s'émouvoir très-fort de la présence de Catafago à Nantes.

— Il ne l'a pas vu, madame, et ne le verra pas, Catafago est méconnaissable.

Sur ces paroles, on gratta à la porte, et une femme de chambre de la Forfala demanda si madame la comtesse del Rio Colorado voulait recevoir M. de Montchenu.

— Sans doute, répondit la Forfala en faisant signe à ces dames de remettre leurs masques.

— Il va nous donner des nouvelles, dit la duchesse.

Le gros gentilhomme fit son entrée timidement, car il ne sut tout à coup quelle contenance tenir, à la vue de ces trois femmes masquées qui se tenaient aux côtés de la dame de ses pensées.

— Allons, baron, approchez, dit la Forfala avec enjouement, et dites-nous ce que vous avez vu de beau à ce bal. Mademoiselle de Montpensier était-elle bien parée?

— Admirable.

— Et M. le cardinal? demanda la duchesse en déguisant sa voix.

— Il rayonnait.

— Et M. d'Anjou?

— Lui aussi; il a pris son parti; c'est un prince aimable et qui, il le dit à qui veut l'entendre, serait désolé de causer la moindre peine à son frère et le moindre embarras à son roi.

— Mais, dit la Cressia, vous avez dû remarquer, monsieur le baron, qu'un grand nombre de seigneurs ou d'officiers venus de Paris pour les fêtes manquaient à ce bal?

— Ma foi, non.

— M. de Bouchavannes?

— Il y était.

— Ah!... firent les quatre dames avec étonnement.

— Et MM. de Brissac, de Montpezat, de Brichanteau? demanda la duchesse.

— Ils y étaient également.

— Je les croyais arrêtés.

— Brichanteau me l'a dit, répondit Montchenu, mais il paraît que le cardinal les a fait relâcher en leur demandant leur parole de gentilshommes de quitter Nantes demain matin avant midi.

— Ah!... firent les quatre dames en se regardant d'un air tout découragé.

— Mais l'homme est parti! leur dit tout à coup Blanche en relevant la tête.

— Ah! mesdames, reprit le gros gentilhomme, si ces seigneurs et ces officiers doivent partir demain matin, il en est un, du moins, qui est compté, lui aussi, au nombre des officiers du roi, qu'on se gardera bien, dit-on, de renvoyer sitôt de la ville.

— Lequel? demanda Blanche frappée d'un horrible pressentiment.

— Le bourreau de la cour.

— Le bourreau de la cour!...

— Il est ici, venu à la suite du roi; on ne parlait que de lui dans les groupes, repartit Montchenu.

Blanche tomba presque morte dans son fauteuil.

— Tout est à refaire, dit-elle.

— Quoi donc? demanda le baron.

— Allez-vous-en, lui dit la Forfala avec un geste de reine en lui désignant la porte.

— Mais...

— Partez vite.

— Ai-je donc pu?... Quelle est cette dame qui se trouve mal... ôtez-lui son masque, vous voyez bien qu'elle étouffe... aussi bien, sa voix, ses mains... il me semble.

— Allez-vous-en! fit la Forfala d'une voix terrible devant laquelle le gros seigneur battit en retraite, l'oreille basse, et comme s'il redoutait de voir le plafond de la salle se charger de manifester, à son intention, le courroux de sa divinité.

Quand il eut disparu, Blanche rouvrit les yeux avec peine et regarda avec un désespoir éloquent ses trois compagnes, non moins atterrées.

— Que faire? demanda-t-elle.

— Celui-là ne pourra être éloigné, fit la Cressia qui réfléchissait.

— Le cardinal le doit garder à vue.

— Il faut cependant qu'il disparaisse, car les hommes de Catafago ne sont pas à Nantes, et les gentilshommes vont quitter la ville... Ah! mesdames, mesdames, je vous en supplie, venez-moi en aide. Je suis riche, vous le savez; vous l'êtes aussi, vous; il me semble que si l'on donnait à cet homme son poids d'or.

— Et Catafago qui n'est pas là! dit la Forfala.

— Oh! je vais au-devant d'eux, dit Blanche, je les trouverai, j'en suis sûre.

— Ne bougez pas, dit la Cressia d'une voix calme, Robert reviendra, et par lui nous saurons...

— Ah! madame, on voit bien que cela ne vous touche pas, vous! s'écria Blanche en s'enveloppant de son manteau et en se précipitant vers la porte. Je les trouverai, car ici, je le vois bien, les femmes seront impuissantes.

— Oui, elle a raison, dit la Forfala, c'est au tour des hommes.

XXVIII. — LA DERNIÈRE NUIT.

Catafago avait envoyé un exprès à la duchesse de Chalais pour l'informer de l'arrestation de son fils. La douairière et Jeanne se mirent immédiatement en route pour Paris; mais, malgré la célérité de leur voyage, elles arrivèrent dans la capitale le lendemain du départ du roi pour Nantes.

Jeanne voulut absolument embrasser son père, et la berline de poste de madame de Chalais passa par la rue Serpente, mais à la condition que Jeanne n'entrerait pas dans la maison.

— M. de Chalais arrêté! dit le vieillard, je sais pourquoi, c'est comme s'il était mort.

— O ciel! fit une voix douloureuse venant de l'intérieur de la voiture.

— Mon père, c'est la mère de M. de Chalais.

Le vieillard s'avança vers la voiture et salua la douairière.

— Madame, dit-il, pardonnez-moi, mais je crois pouvoir sauver votre fils.

— Vous, monsieur?

— Le cardinal m'a vaincu par les larmes de mon enfant, et les vôtres m'affermissent dans le dessein que j'ai formé. Je veux lui obéir enfin.

— Que voulez-vous dire?

— Oh! c'est un secret entre nous deux. Il a fait fouiller le tombeau de ma femme, espérant y trouver un secret; mais sa haine a mal servi. Je vais vous donner des papiers qui peuvent le perdre. S'il refuse la grâce de M. de Chalais, vous n'aurez qu'à les livrer au roi.

— Ah! fit la grande dame qui ne comprenait pas assez l'impor-

tance de cette communication pour l'accueillir comme elle le méritait, et témoignait au contraire une sorte de répulsion.

— Madame, dit Jeanne, croyez mon père, c'est l'honneur et la loyauté en personne.

— Faites mieux, monsieur, reprit la duchesse, venez avec nous à Nantes. Vous saurez mieux élever la voix que des femmes, lorsqu'elles auront épuisé les prières.

Béranger ne se le fit pas répéter; il rentra dans la maison, puis il revint et monta dans la voiture, qui partit bon train.

Donc, tandis que les quatre dames délibéraient à l'auberge de la Sirène, la duchesse douairière était forcée de descendre dans une auberge du faubourg de Paris, car le postillon pris à la dernière poste lui avait affirmé qu'elle ne trouverait de place dans aucune des autres hôtelleries de Nantes.

Le bal n'était pas terminé au château; si bien que madame de Chalais et Béranger furent forcés d'attendre au lendemain pour voir le roi et le cardinal. Madame de Chalais se mit immédiatement à écrire cette lettre que l'histoire nous a conservée, et qui est l'un des morceaux les plus nobles et les plus éloquents de cette époque.

Puis, ils allèrent tous trois sous les murs de ce sombre château, des rares fenêtres duquel s'échappaient des lumières et les éclats de la musique; mais ce n'était pas vers ces fenêtres que se portaient leurs regards avides; c'était plutôt vers les meurtrières étroites et noires qui se distinguaient à peine au haut des tours.

— C'est là qu'il est, ce malheureux enfant! disait la duchesse, ces musiques doivent le faire souffrir.

— Ah! madame, elles lui donnent peut-être au contraire l'espérance de vous revoir bientôt.

— Hélas! mes pressentiments ne m'ont jamais trompée! s'écria la douairière avec un sanglot déchirant.

— Jeanne a raison, madame, ces réjouissances sont l'indice de la clémence, le roi pardonnera.

— Pourvu qu'il veuille me recevoir encore!

— Vous, l'une des plus grandes dames de France, pourrait-on vous refuser cette grâce?

— Rentrons à l'auberge, dit Béranger, vous avez besoin de repos.

— Non, il nous voit peut-être, répondit la douairière en se plaçant à l'endroit du quai que les rayons de la lune éclairaient fortement.

Ils disaient vrai, Chalais était en effet enfermé dans la grosse tour; mais depuis sa condamnation il avait été transféré à l'étage supérieur, et par l'étroite ouverture de sa prison lui arrivaient les éclats d'une musique dont il ne soupçonnait ni la cause ni les rapports qu'elle avait avec sa situation. Il y prenait même un certain plaisir, car, malgré sa condamnation, il croyait pouvoir compter sur la parole du cardinal, et il se représentait assez facilement la joie, les intrigues, les parures, qui riaient, se nouaient, rutilaient au-dessous de lui; il se représentait les belles dames qui, folles, hardies et imprudentes, montraient à l'envi leurs diamants, leurs épaules, les trésors de leur beauté, plutôt que les pensées qu'elles avaient au fond de l'âme.

Chalais en était là de ses réflexions insoucieuses et mondaines, lorsque le bruit formidable des verrous de sa porte retentit soudain.

Le lourd vantail décrivit son arc de cercle sur ses gonds rouillés avec un grincement affreux, et un homme entra sur lequel la porte se referma aussitôt.

Chalais se retourna avec curiosité, car, pour le prisonnier, tout est matière à distraction : un moment, il eut la pensée que c'était le cardinal qui voulait encore lui rendre visite; mais la toilette plus que négligée de ce nouveau venu et la longueur de sa barbe l'eurent bientôt détrompé. Toutefois, cet homme attira son attention d'une manière particulière. Il se rappelait bien avoir déjà vu ce regard, cette taille; mais il ne savait quel nom mettre sur ce visage.

— Vous ne me reconnaissez pas, monsieur le comte?

— Ah! c'est Pierre Baudry! fit Chalais en courant vers lui les mains étendues et en le pressant contre sa poitrine. C'est vous, mon pauvre ami, vous qui, par ma faute, par ma faute seule, avez été compromis dans cette affaire!

— Oui, reprit simplement l'avocat, et il paraît que tout est bien fini, puisque l'on nous rassemble.

— Que voulez-vous dire?

— Ah! cette affaire a été conduite d'une manière étrange et bien mystérieuse, comte, ne le trouvez-vous pas?

— Je ne sais pas, je ne connais rien aux affaires de la justice.

— Ce n'est pas de la justice, cela, comte, c'est de l'arbitraire. Accusés tous deux du même crime, traduits tous deux devant les mêmes juges, on n'a pas même procédé aux formalités élémentaires de tout procès. Aucune confrontation entre nous, aucun interrogatoire préalable : si bien que, sans presque m'avoir entendu, sur la simple constatation d'un fait qu'il ne m'a pas été permis d'expliquer à ma décharge, me voici condamné à mort.

— Vous, condamné à mort! fit Chalais épouvanté.

— Vous voyez bien que ce n'est pas de la justice, cela. Seulement, puisque l'on m'a réuni à vous, je pensais que vous l'étiez aussi.

— C'est vrai, on est venu me le signifier il y a une heure ou deux.

— Ah! et cela ne vous cause pas plus d'émotion?

— De l'émotion? demanda le comte en haussant les épaules.

— Oui.

— Cela me contrarie, je l'avoue.

— Eh quoi, comte?...

— Que voulez-vous? j'ai perdu la partie, il faut expier ma maladresse. Et puis, j'ai si souvent joué ma vie dans des duels, que la mort ne m'est jamais apparue que comme la chose du monde la plus ordinaire.

— C'est en effet, de tous les événements humains, celui qui est le plus certain. Mais, le premier moment donné à l'insouciance qui vous est naturelle, comte, ne songez-vous pas aux êtres chers que vous laissez après vous?

— Ah!... fit Chalais en lui saisissant vivement les mains et en tombant sur son lit avec un profond accablement, — j'avais oublié ma mère ..

— Son amour veille et prie pour vous, sans doute, en ce moment, monsieur le comte.

— Ah! Pierre, mon ami, quelle est l'indignité de ma nature, quelle est la faiblesse de mon âme toute aux frivolités, toute aux conventions de ce monde! Mon esprit, ma pensée sont aux vanités et se détournaient des seules choses qui sont réellement saintes et respectables. Ce n'est pas seulement ma mère que j'oubliais, c'était une pauvre enfant qui m'a donné toute sa vie, et que ma mort va faire veuve et désolée à jamais.

A dater de ce moment, Chalais tomba dans de pénibles et amères réflexions, et Pierre, n'osant les troubler, s'assit sur le lit, à côté de celui que la méchanceté des hommes lui donnait, désormais, pour inséparable compagnon en cette vie et dans l'éternité.

De longues heures se passèrent ainsi, troublées d'abord par les échos lointains de la fête; puis, le plus absolu silence régna, interrompu seulement de temps en temps par le cri monotone des sentinelles.

Le jour commençait à poindre, et un pâle rayon de soleil, entrant dans la prison par l'étroite meurtrière, ne réveilla nullement les jeunes gens qui, tous deux, avaient fini par s'endormir, la tête appuyée l'un au pied l'autre à la voûte.

Tout à coup, le bruit des lourds verrous tirés et des clefs formidables introduites dans l'énorme serrure de la prison retentit et réveilla les deux dormeurs.

Un guichetier se présenta accompagné d'un huissier, lesquels laissèrent dans l'obscurité du corridor un peloton de soldats commandés par un officier.

— Messieurs, dit l'huissier en saluant, veuillez me suivre.

Pierre regarda le comte d'un œil effaré.

— Ami, dit Chalais d'une voix douce en lui saisissant la main, il paraît que le moment est venu.

Mais comme l'avocat, toujours assis sur le lit, semblait de marbre et ne paraissait pas comprendre ce qui se passait :

— Du courage! fit le comte en lui serrant la main.

Pierre se dressa sur ses pieds et un sourire se dessinant sur sa lèvre pâle, il répondit par une forte étreinte à celle de son compagnon.

— Merci! dit-il.

Ils marchèrent en se tenant toujours par la main et se placèrent, la tête haute, au milieu des soldats.

XXIX. — LES SUPPLIANTS.

Blanche revenait vers l'hôtel de la Sirène, accompagnée de ses deux protecteurs, et voulut passer par le quai afin de voir le haut donjon dans lequel, elle le supposait avec raison, devait se trouver renfermé Pierre, l'homme en qui désormais se résumait toute sa vie.

Elle passa ainsi devant le groupe formé par la duchesse, Jeanne et Béranger, et tressaillit de tout son corps.

Elle reconnut la duchesse et devina que cette noble dame venait, elle aussi, contempler les horribles murailles de la prison.

— Madame la duchesse! s'écria-t-elle en se portant aussitôt vers elle.

— Mademoiselle de Caumont .. sous ces habits! fit madame de Chalais qui la reconnut au clair de la lune et la salua de son nom de fille, ignorant sans doute son mariage.

— Ah! madame, dit Blanche, votre fils est là, n'est-ce pas? c'est lui que vous voudriez voir?

Jeanne jeta sur la jeune femme un regard farouche et fit un mouvement pour la repousser; mais celle-ci tourna vers elle des yeux tellement empreints de douleur et d'une suprême innocence que la fille du soldat se repentit aussitôt et lui tendit la main.

— Je suis sa fiancée, dit-elle d'une voix douce et en se serrant contre la duchesse.

— Oui, il est là, lui aussi! dit Blanche, mais nous les sauverons, madame.

— Comment?

— Chut!... fit-elle en mettant un doigt sur ses lèvres.

Elle voulut s'éloigner, mais les deux femmes la retinrent par le bras.

— De qui parlez-vous donc? demandèrent-elles en même temps.

— De M. de Chalais et... de son compagnon... tous deux condamnés.

— Condamnés!...

— Il y a par là des figures suspectes qui rôdent, fit Catafago, en s'avançant et les séparant. Tirons chacun de notre côté.

— Je veux voir le roi! s'écria la duchesse.

— Et moi le cardinal! reprit comme un écho le vieux Béranger en prenant sa fille sous son bras.

— Ce ne sera pas de trop, dit Catafago, mais à cette heure vous n'arriverez pas jusqu'à eux.

— C'est vrai, fit Jeanne.

— Venez néanmoins, dit Blanche, j'ai une idée.

Ils marchèrent tous vers l'hôtel de la Sirène, et Blanche fit attendre la duchesse, Béranger et Jeanne sous le porche. Peu d'instants après, M. de Montchenu descendait et s'approchait de la douairière avec le plus vif empressement. Il était en toilette merveilleuse.

— Madame la duchesse, dit-il, je veux vous introduire au château. Vous verrez le roi, mordieu, ou j'y perdrai mon nom!

— Mais croyez-vous qu'on me laissera seulement entrer!

— Oh! je connais certaine porte qui s'ouvre toujours pour moi, et surtout pour mes écus. Venez.

Madame de Chalais prit son bras et ils marchèrent en avant, suivis par Béranger et Jeanne.

La Cressia, que Robert venait de rejoindre, avait entendu cette rapide conversation du balcon de l'hôtellerie; et aussitôt le jeune homme, contre lequel elle se pressait amoureusement, la repoussa avec douceur.

— Qu'as-tu donc, ami?

— Moi aussi, je veux entrer dans ce château et je les suivrai.

— A quoi bon?

— J'ai mon projet.

— Robert, c'est de la folie, tu n'es pas gentilhomme et...

— Oh! pour ce que je médite, il n'y a pas besoin d'être noble, allez, madame.

— Robert, tu ne partiras pas.

— Eh quoi! Cressia... fit le jeune homme en la considérant avec une curiosité soupçonneuse, est-ce que vraiment vous voudriez laisser mourir M. de Chalais?

— Tu es fou!

— Non pas, madame, je sais que vous le haïssez, par suite de trop d'amour... mais j'en jure Dieu, si ces deux jeunes gens succombaient et que cela fût de votre fait, je vous tuerais.

— Oh! tais-toi, tu sais que je t'aime.

— Je sais aussi, madame, qu'il faut que M. de Chalais et mon ami vivent, et je ne crois, moi, ni à la clémence du roi ni à celle du cardinal. Je ferai donc mieux de suivre ma pensée.

— Quelle est-elle?

— Madame, quand on veut réussir, le plus sûr, c'est de n'avoir pas d'autre confident que soi-même.

En vain la belle Espagnole voulut le retenir, Robert s'échappa de ses bras amoureux et descendit, quatre à quatre, les degrés de l'escalier de l'hôtel.

Quelques moments après, il arrivait à la porte du château par laquelle venaient d'entrer M. de Montchenu et les personnes qu'il conduisait et, après quelques pourparlers avec le portier, il était introduit à son tour.

Le bal finissait, et déjà le nouveau duc d'Orléans, M. d'Anjou, avait été conduit dans ses appartements où l'attendait la nouvelle épousée; M. de Montchenu fit placer les solliciteurs dans un petit cabinet qu'il savait inoccupé, puis il se rendit au coucher du roi.

Quand il eut été certain du départ du cardinal, il s'approcha de Louis et lui adressa quelques mots à voix basse auquel celui-ci répondit en faisant la grimace; mais le digne gentilhomme avait probablement reçu un ordre formel de la Forfala, si bien qu'il trouva dans son amour le terrible courage d'oser insister. Le roi réfléchit, puis répondit avec brusquerie:

— Je verrai la duchesse seule, dit-il, faites-la entrer à l'instant.

En entrant dans la chambre du roi, la noble dame, sans se préoccuper le moins du monde des personnes qui, en assez grand nombre, allaient se trouver témoins de l'audience qui lui était accordée, se précipita aux genoux de son souverain.

— Sire, dit-elle, grâce pour un innocent!

— Eh! madame, fit le roi que ce mot bouleversa, M. de Chalais est un grand coupable!

— Non, sire, ce n'est pas possible : je le connais, Votre Majesté le connaît aussi, c'est une tête folle, incapable de mauvaises pensées et qui n'a jamais conspiré contre son roi.

— Madame, il a conspiré contre le représentant de ma couronne, ce qui est la même chose; car me troubler, c'est être mon ennemi, c'est me vouloir du mal.

— Ah! sire, coupable ou non, c'est à votre souveraine clémence que je m'adresse. Une mère ne peut trouver des arguments assez forts pour combattre les motifs qui ont pu porter les juges à le condamner; elle ne voit qu'une chose, c'est qu'il s'agit de la vie de son fils, et que, fallût-il donner la sienne, elle doit employer tout au monde pour le sauver. Sire, daignez considérer que mon fils est jeune, qu'il a un noble cœur, et qu'en le laissant vivre vous pourriez vous assurer pour bien longtemps encore un dévouement toujours prêt.

— Mais, madame, pourrais-je jamais compter sur le dévouement d'un homme qui s'était engagé à m'assassiner?

— C'est une odieuse calomnie, sire! et je suis certaine que cela ne pourrait se prouver. Qu'il ait voulu tuer quelqu'un, c'est possible, car il y a autour de Votre Majesté des hommes bien dangereux pour sa gloire et qui semblent s'être donné la fatale mission de la faire haïr, si pareille chose était possible à tout cœur français. Sire, ne vous laissez pas aller à des ressentiments qui n'ont pas de bases palpables; songez que cette odieuse accusation repose tout entière sur un complot dont les principaux coupables, sans être hors la loi comme on l'a dit, ont déjà ressenti les effets de votre clémence. Que votre cœur s'ouvre à cette joie suprême de sauver un innocent, et Votre Majesté aura fait le bonheur d'une mère et assuré son salut dans l'autre vie.

— Madame, dit le roi, que cette grande douleur avait ému, j'ai témoigné en tout temps beaucoup d'affection à votre fils et il s'est montré ingrat.

— Eh bien, que Votre Majesté le punisse ainsi, qu'elle pardonne à l'enfant qui a encouru sa colère, qu'elle le reçoive à merci.

— C'est bien difficile, madame.

— Bien difficile, sire?

— Oui, car M. le cardinal...

— Ah! sire, ne mêlez pas M. de Richelieu à cette affaire, ou il gâtera tout.

— C'est qu'il est fort entendu à toutes choses, madame, et que ses services me sont fort précieux.

— Un signe de votre main, un mot de votre bouche, sire, et mon fils est sauvé!

— Je le dirai certainement ce mot, madame, mais il faut que je consulte à cet effet M. le cardinal.

— Je vous en supplie, sire.

— Je vous promets sa grâce, madame, je vous la promets et je tiendrai ma parole, je vous en donne l'assurance, mais c'est à une condition.

— Ah! sire, elle est acceptée, quelle qu'elle soit.

— Il faut absolument que M. le cardinal me présente la grâce à signer. Voyez-le.

— Sire, Votre Majesté m'emplit le cœur de joie, car il le fera, dit la duchesse en se relevant.

— Je l'espère comme vous, répondit Louis XIII avec une sorte de mauvais sourire, car il connaissait son ministre beaucoup mieux que la duchesse.

— Sire, M. de Richelieu ne pourra se mettre en opposition ouverte avec son roi, et d'ailleurs je ne suis pas seule dans cette sainte campagne contre la mort, j'ai des auxiliaires qui seront puissants sur l'esprit de votre ministre, car ils s'attaqueront à son cœur.

Le roi eut encore un sourire étrange, mais la noble dame ne le remarqua pas ou n'en comprit pas l'expression, car elle s'inclina profondément devant le roi qui venait de la congédier du geste.

Elle se retira, le cœur gonflé, débordant, et serra les mains de Montchenu, qui la reconduisit vers le cabinet où devaient l'attendre Béranger et sa fille; mais le cabinet était vide.

— Où sont-ils?... dit-elle. — Ah! ils m'ont précédée sans doute auprès du cardinal. J'y cours. Conduisez-moi, monsieur de Montchenu, car mes yeux sont pleins de larmes et je ne vois pas mon chemin.

Elle s'appuya sur le bras du gentilhomme qui, pour abréger les distances, la fit repasser par le même chemin qu'ils avaient suivi pour parvenir jusqu'au roi.

C'était un escalier étroit aboutissant à la petite cour de la chapelle du château.

Comme ils arrivaient au rez-de-chaussée sur le palier duquel se trouvait une petite porte, basse, un homme se présenta tout à coup devant eux, tout effaré et la respiration haletante.

— Robert! fit Montchenu.

La duchesse le reconnut pour l'avoir vu un instant auparavant sur la place.

— Le roi a promis la grâce, dit-elle avec enivrement.

— Mais il faut que le cardinal approuve, ajouta Montchenu.

— Alors je reste ici, dit Robert.

Et il s'enfonça dans l'ombre de la petite porte basse, où il demeura immobile et l'œil au guet.

Le gros gentilhomme entraîna la duchesse hors du château, et elle trouva, en effet, Jeanne et son père dans l'antichambre du cardinal.

— Il est sorti, dit Jeanne, mais il va rentrer dans une heure, a-t-il dit. Nous avons obtenu à grand'peine de l'attendre ici.

Le cardinal avait été informé de l'audience accordée à madame de Chalais, et il s'était immédiatement transporté au château. Puis, quand la duchesse fut sortie et que le roi se trouva seul dans sa chambre à coucher, il se présenta devant lui.

— Sire, dit-il aussitôt en remarquant l'air embarrassé du roi, vous avez accordé la grâce?

— Oui, reprit Louis d'une voix faible et en se détournant légèrement.

— Avez-vous bien songé, sire, aux conséquences d'un tel acte?

— Non, répondit ingénument le monarque.

— Elles sont immenses!

— Comment cela? Mon frère n'est-il pas marié? par conséquent, il lui est impossible d'épouser la reine, moi déposé.

— Eh quoi! sire, c'est ainsi que vous parlez du plus sanglant outrage qui puisse être infligé à une tête couronnée! mais, sire, ce qui n'a pas été fait jusqu'à ce jour, grâce aux combinaisons approuvées par vous, grâce à la vigilance qui, partout, a régné en votre nom, grâce surtout à l'arrestation de M. de Chalais et de son intermédiaire auprès de l'archiduc, tout cela peut recommencer. Les fils coupés peuvent se renouer, et votre couronne et votre vie se trouver, encore une fois, en question et en péril.

— Holà, monsieur, vous veillerez, je l'espère bien.

— Mais, sire, si mes ennemis triomphent, si, du moins, ils ont l'air de l'emporter, nulle certitude n'existe plus pour moi, et ce sera en vain que je m'appuierai sur le nom de Votre Majesté. On saura d'avance qu'il n'en coûte rien à conspirer, puisque le roi fait grâce.

— J'ai promis, monsieur le cardinal.

— Votre Majesté a promis, fit Richelieu qui sut réprimer un mouvement de satisfaction en découvrant que le roi n'avait pas signé; — soit, Votre Majesté a promis, mais elle a promis de faire grâce à un innocent, je suppose.

— Chalais est-il bien coupable, voyons, monsieur le cardinal?

— S'il est coupable! mais la commission présidée par M. de Marillac...

— Oh! M. le garde des sceaux dira tout ce que vous lui direz de dire.

Robert aperçut aussitôt entre les arbres la duchesse de Chevreuse, Jeanne et Blanche. (P. 166.)

— Sire...

— Je ne l'en blâme pas, certes, car je suis certain que vous ne commandez que dans l'intérêt de ma couronne; mais cette participation de Chalais à la conspiration de l'archiduc...

— Sire, voici une lettre que je reçois à l'instant de Bruxelles.

— Que dit-elle? demanda le roi qui avait horreur de tout papier.

— Qu'on vient de promener dans cette ville le portrait de M. l'archiduc, frère de l'Empereur, en le saluant du titre de roi de France.

— L'archiduc, roi de France!

— Cela est écrit, sire.

— Mais alors, ce n'est plus M. d'Anjou qui me succède?

— Sire, M. le duc d'Anjou n'est plus rien aujourd'hui : il ne peut vous succéder que par votre mort; mais l'Espagne ayant abandonné sa cause, par ce motif qu'il a montré de la faiblesse en consentant à ce mariage, c'est M. l'archiduc qui sera proclamé roi de France, le jour où vous tomberez.

— Que dites-vous là?

— La vérité, sire : c'est le retour de l'Espagne au plan contre lequel a combattu votre glorieux père, et qui devait réussir, grâce à Ravaillac.

— Monsieur le cardinal, j'ai promis la grâce de Chalais.

— Et Votre Majesté a l'intention de tenir?

— Assurément.

— Alors, sire, fit Richelieu en reculant de deux pas, il ne me reste qu'à prendre congé de mon roi.

— Et où allez-vous donc?

— Dans mes terres, sire, si Votre Majesté veut bien me le permettre.

— Voilà qui est fort, par exemple! vous quitteriez mon service?

— Sire, vous trouverez certainement des gens plus capables que moi de mener à bien les affaires de votre royaume.

— Mais vous savez bien qu'il n'y a, autour de moi, que des brouillons et des incapables.

— M. de Chalais une fois sorti de prison est en droit d'avoir toutes les ambitions, et il y a toute probabilité que si sa conspiration avait réussi il eût été nommé pour le moins premier ministre.

— Cette tête folle!

— Pas si folle, sire; c'est lui qui a servi de secrétaire à cette conjuration.

— Cette cervelle à l'envers, ce galantin incorrigible!

— Sire, voyez de l'autre côté du détroit : quel homme est-ce que M. de Buckingham? un Chalais.

— Monsieur le cardinal, vous n'y songez pas sérieusement, encore un coup.

— Sire, je vais de ce pas commander mes équipages et désormais je ne veux plus m'occuper que de cultiver mes blés et mes luzernes.

— Mais j'ai promis à madame de Chalais.

Richelieu eut un sourire et un hochement de tête significatifs.

— Auriez-vous quelque... faux fuyant? demanda timidement le roi.

— Le roi, de par la sainte ampoule, possède toutes les grâces d'état.

— J'ai prévenu, d'abord, que je voulais vous en parler, dit vivement le versatile monarque.

— Eh bien, sire, je prendrai alors tout sur moi. La haine de vos ennemis m'est acquise déjà, et ce n'est pas le trépas d'un jeune turbulent de l'espèce de M. de Chalais qui pourra l'augmenter beaucoup.

— Monsieur le cardinal, en votre âme et conscience, M. de Chalais doit mourir, n'est-ce pas?

Ils montèrent ensemble les degrés terribles. (P. 171.)

— Oui, sire.

— Et ce pauvre diable d'avocat qui est condamné avec lui?

— Lui aussi, sire; il est essentiel que personne n'ose plus accepter le rôle d'intermédiaire entre vos ennemis. Ce procès les frappe ,ous d'une salutaire terreur, et la paix de votre royaume est à ce prix.

— Soit, faites ce que vous voudrez.

— Votre Majesté me promet de ne pas signer la grâce?

— Je vous le promets.

— Sire, vos ennemis sont habiles, une signature est bien vite surprise.

— Je ne signerai que ce que vous me présenterez.

— Moi-même, sire?

— Vous-même.

Le cardinal se leva et se disposa à se retirer.

— A propos, monsieur le cardinal, cette madame de Chalais est venue me troubler fort mal à propos, elle m'a empêché de penser à donner un ordre pour demain à M. le grand veneur.

— Votre Majesté désire que je le transmette?

— Oui, dites-lui qu'au point du jour, je veux aller chasser au faucon à Orvault, où l'on m'a signalé un gibier abondant.

— Je n'y manquerai pas, sire.

Et Louis XIII, enchanté d'avoir assuré ses plaisirs pour le lendemain, sonna son valet de chambre et se mit au lit comme s'il n'avait pas promis de laisser supprimer du monde deux hommes qui, au fond, n'étaient ni ses ennemis ni ceux du royaume.

Il est vrai qu'ils étaient ceux du ministre, ce qui est toujours chose bien plus grave.

Richelieu rentra tranquillement dans son hôtel.

— Vous! s'écria le ministre en reconnaissant Béranger dans l'une des personnes qui l'attendaient dans son antichambre.

— Monseigneur, répondit le vieux soldat, je m'avoue vaincu, et je viens me livrer, pieds et poings liés, à Votre Eminence.

— Entrez! fit le cardinal en ouvrant lui-même la porte d'une salle précédant son cabinet et lui montrant le chemin.

Mais, alors seulement, il aperçut Jeanne qui s'avançait aux côtés de son père.

— Quelle est cette dame? demanda-t-il.

— Ma fille, monseigneur.

Richelieu la regarda curieusement, et quand tous deux furent entrés, il passa à son tour et ferma la porte.

— Monseigneur, dit Béranger en lui tendant une liasse de papiers, voici mon premier mot.

Le cardinal posa une main fébrile sur ce trésor si vaillamment disputé jusque-là par son vieil ennemi, et sentant de la résistance, releva la tête vers Béranger.

— Il est à vous, fit celui-ci en lâchant la liasse.

— Venez!... s'écria Richelieu triomphant en se précipitant vers son cabinet. Il marcha aussitôt vers une table où il prit une paire de ciseaux et trancha les cordons qui retenaient entre eux ces précieux papiers.

— Ah! fit-il avec une satisfaction profonde en reconnaissant ses lettres à l'infortunée Christine.

Toutefois, sa figure pâle rougit extrêmement à la vue des parchemins sur lesquels la trahison de son père se lisait éloquemment. Il se hâta de se diriger vers un flambeau, et déjà il y portait les papiers, lorsque Béranger l'arrêta.

— Il y a une lettre que vous n'avez pas vue, monseigneur, et qu'il est cependant nécessaire que vous lisiez.

— Où donc? demanda le cardinal en cherchant parmi les papiers.

— La voici, répondit le vieux soldat en lui présentant une enve-
oppe cachetée.

Richelieu allait en rompre la cire.

— Lisez d'abord la suscription, dit Béranger en mettant la main
droite sur la garde de son épée.

Richelieu lut ces mots tracés en effet sur l'enveloppe :

« J'ai juré à Christine que vous ouvririez vous-même cette lettre;
« mais si, par vos paroles, vous tentez de m'enlever le seul bien
« qui me reste, l'amour de Jeanne, je vous tue sur place. »

Le cardinal ne sourcilla pas et ouvrit la lettre.

Il lut lentement; mais il fut obligé de se détourner du côté de
la lumière, de manière à cacher entièrement ses traits. Béranger
reconnut seulement au léger tremblement de ses mains qu'il était
vivement ému.

— Vous pouvez brûler à présent, monseigneur, dit le vieux soldat.

Richelieu se retourna, considéra un instant Jeanne, puis com-
muniqua le feu aux papiers, y compris la lettre qu'il venait de lire
et les jeta dans la cheminée où il les regarda brûler pendant quelques instants.

Quand la dernière flamme se fut éteinte sur les débris noirs et
voltigeants, le cardinal respira fortement.

— Il faudra marier richement cette enfant, monsieur, et, pour
cette occasion vous voudrez bien, je l'espère, laisser revivre le
vieux nom de votre famille.

— Monseigneur, Jeanne a fait un choix.

— Ah! M. de Chalais?...

— Oui, monseigneur, grâce pour lui! s'écria Jeanne en se précipitant à ses pieds.

Le cardinal la releva doucement et garda une de ses mains dans
les siennes.

— Ma belle enfant, dit-il, dites un mot et je vous marie à un
gentilhomme qui deviendra rapidement l'un des plus honorés du
royaume. Avant un an le roi le fera duc, et vous aurez le droit de
vous asseoir devant la reine.

— Sire, j'aime M. de Chalais, et je ne veux pas d'autre époux.

— Vous le connaissez mal, je ne le crois pas digne de vous, et
d'ailleurs sa condamnation a été prononcée.

— Monseigneur, s'il meurt, je mourrai.

Richelieu lâcha la main de Jeanne et passa sa main devant ses
yeux ; — un grand combat se livrait dans cette âme de bronze, et
toutes les raisons d'État, les calculs de l'ambition venaient tour à
tour démontrer la nécessité de sacrifier ce jeune homme à une politique implacable dans sa logique cruelle et impérieuse. Pourtant,
il reporta ses regards sur Jeanne qui s'était agenouillée de nouveau
et parut prendre une violente détermination.

— Vous l'épouserez, dit-il en la relevant.

— Ah! monseigneur!

— Vous l'épouserez tout de suite.

— Et il aura sa grâce?

— Vous l'épouserez d'abord. Je le connais, c'est une âme vani-
teuse et égoïste, quoiqu'au fond il y ait d'excellentes qualités du
cœur. C'est donc pour ce motif qu'il faut vous marier à l'instant.
Je ne veux pas que M. de Chalais puisse un jour refuser.

— Et après le mariage, il aura sa grâce, monseigneur? demanda
Jeanne avec une persistante énergie.

— Je vous le promets.

— Pardonnez-moi, monseigneur, dit Jeanne d'une voix douce et
pénétrante, — mais j'ai été habituée à douter de la parole des
hommes.

Richelieu l'attira vers lui et la baisa au front.

— Mon enfant, dit-il, je vous le jure.

— Ah! je savais bien, moi, que vous seriez bon et généreux!
s'écria la jeune fille en lui baisant les mains avec force.

— Allons, vite, fit le cardinal en la repoussant doucement, c'est
moi-même qui vous marierai, et nous ne pouvons avoir de meilleur
témoin que le malheureux compagnon de captivité de M. de Chalais.

Ils suivirent le cardinal, qui traversa encore une fois la rue et pénétra dans le château.

— Monsieur, dit-il à l'officier qui commandait les gardes de la
porte, veuillez vous faire conduire par le geôlier à la prison, et
faites demander les deux prisonniers d'État qu'elle renferme. Prenez
avec vous dix hommes.

— Et de là, monseigneur?

— Vous les conduirez à la chapelle du château.

XXX. — MONSIEUR DE LA COUR.

Robert donna une pistole au gardien de la petite porte du château,
et se promit bien d'exploiter encore sa vénalité si besoin était et si
Catafago le jugeait nécessaire.

Mais, en attendant, il résolut d'exécuter son projet; car il ne
croyait pas plus à la clémence du roi qu'à celle du cardinal. Donc,
au lieu de suivre M. de Montchenu dans l'intérieur du château, il
revint sur ses pas et s'adressa au portier.

— Mon bon ami, crut-il pouvoir lui dire familièrement, à la faveur de son costume de gentilhomme, connaissez-vous toutes les
personnes venues de Paris qui sont logées au château?

— Toutes les personnes de la cour?

— Oui.

— A peu près.

— Alors vous pourrez peut-être m'aider à en trouver une à laquelle je désire parler.

— Comment se nomme-t-elle?

— Je n'en sais rien.

— Oh! voici qui n'est pas commode, monsieur.

— Sans doute, mais... cette personne est, au contraire, extrêmement facile à désigner, car je suppose qu'elle loge au château. C'est
monsieur de la cour.

— Monsieur de la cour? fit le portier avec étonnement.

— Sans doute.

— Je ne connais pas.

— Évidemment je ne pense pas qu'il y ait en effet quelqu'un qui
porte ce nom, mais sa... profession lui donne le droit de s'appeler
ainsi, de même qu'on dit monsieur de Paris, monsieur d'Orléans,
monsieur de Nantes.

— Ah! fit le portier qui comprit. En effet, il y a ici quelqu'un à
qui l'on pourrait bien donner ce nom.

— Alors, vous savez où il a été logé?

— Oui, monsieur.

— Et vous pouvez me l'enseigner?

Le portier hésita; mais Robert lui mit une nouvelle pistole dans
la main.

— C'est près d'ici, monsieur, dans la cour de la chapelle, un petit
logement qui était inhabité, et où, maintenant, je ne coucherais
certes pas pour tout l'or du monde.

— Conduisez-moi!

— Mais c'est que ma porte...

— Fermez-la pendant cinq minutes, répliqua Robert en accompagnant le conseil d'une nouvelle pièce d'or.

Deux minutes après, il frappait à une porte basse située à deux
pas d'un escalier qui, lui dit le gardien, conduisait au cabinet du
roi par une issue secrète.

Robert n'entendit aucun bruit derrière la porte et il regretta vivement alors que la clef ne se trouvât pas sur la serrure, car il
eût agi avec la vigueur qu'il avait déjà montrée à l'égard de M. de
Rochefort. Il frappa une deuxième fois et plus fort.

Au bout de quelques instants, un homme d'aspect farouche vint
ouvrir et lui demanda, d'une voix dure, ce qu'il voulait.

— Vous parler, pardieu, dit Robert.

— On ne me parle pas, à moi, répliqua l'homme.

— Cet aimable accueil me prouve que vous êtes bien pourtant
l'homme que je cherche.

— A qui croyez-vous vous adresser?

— A monsieur... de la cour.

— C'est bien moi.

— Permettez que j'entre.

— Faites, répondit l'homme en se rangeant pour laisser passer
le visiteur.

Robert alla se placer à côté de la lampe fumeuse qui éclairait
assez mal cette pièce, et s'assit sur le bord de la table, tandis que
l'hôte du logis fermait la porte et revenait vers lui.

— Vous devez aimer votre métier, mon maître? lui dit-il en considérant avec curiosité les traits grossiers, le front bas, les yeux gris,
le visage et les mains velues du personnage.

— Oui, répondit l'autre avec un geste d'épaule qui avait quelque
chose de formidable.

— Diable! se dit Robert, ce doit être un taureau, cet animal-là!

— Et comment la vocation vous est-elle venue? continua-t-il à voix
haute.

— J'étais piqueur du roi : un jour, voulant corriger un chien maladroit et croyant avoir un fouet à la main, je lui allongeai un si vigoureux coup de couteau que sa tête en fut séparée du tronc.

— Beau coup! fit Robert comme s'il eût été connaisseur.

— Assez! affirma l'homme en montrant les crocs d'un sanglier, ce qui chez lui, à ce qu'il paraît, était l'expression du sourire. Le matin même, monsieur... de la cour était mort, et l'on me proposa l'emploi.

— Mais c'est une sinécure que vous avez là, mon brave!

— Je n'ai pas encore étrenné; c'est pourtant vrai. Mais, aujourd'hui, il y aura une belle fête à Nantes. On loue déjà des fenêtres à prix d'or. Ah! je crois que M. le cardinal sera content de moi. Pendant le voyage de Paris à Nantes, je me suis essayé la main.

— Et comment cela?

— Toutes les fois que j'ai rencontré un chien errant dans les rues, ou quelque chèvre égarée dans la campagne, je m'éloignai de la suite, je liai la bête par les pattes, et...

— Quel homme ingénieux vous êtes, mon ami!

— N'est-ce pas? répliqua le drôle avec un sourire plus large et plus effrayant que le premier.

— Vous êtes bien le plus exécrable coquin que j'aie jamais rencontré.

— Hein?

— Et je ne sais qui me tient de vous traiter comme vous avez fait de ces malheureuses bêtes.

— Ah! c'est pour me dire cela que vous êtes venu?

— Oui.

— Allez-vous-en! fit l'homme d'un ton menaçant.

— Et s'il ne me plaisait pas?

— Voici qui vous y forcerait bien! répliqua le drôle en s'armant d'un gros pistolet et le dirigeant contre la poitrine de Robert.

— Misérable! fit le jeune homme en mettant vivement l'épée à la main et se précipitant sur lui.

Il est probable que le pistolet n'était pas chargé, car l'homme le rejeta sur son lit et, reculant de deux pas, saisit une hache qu'il brandit au-dessus de sa tête.

— C'est la hache dont tu veux te servir probablement pour M. de Chalais, animal!

— Oui! fit le bourreau en abattant son arme.

Mais il s'affaissa sur lui-même et tomba lourdement sur le sol. Robert avait fait un saut de côté et lui avait enfoncé son épée sous le bras jusqu'à la garde.

— Diable! je crois qu'il en tient!... fit-il en retirant son épée qu'il avait été forcé de lâcher.

En effet, l'homme ne bougeait plus.

Robert n'était pas habitué au meurtre : il fut obligé de s'asseoir, car ses jambes se dérobaient sous lui, et il considérait son œuvre, immobile et les yeux épouvantés.

Il resta probablement longtemps dans cette attitude, car il faisait déjà petit jour quand il sortit de cette espèce de catalepsie. Son premier regard fut pour le bourreau, qui était toujours dans la même posture.

— Il faut faire disparaître cette charogne! se dit-il, — comment?

Il sortit doucement et avisa, auprès de l'escalier, une petite porte entr'ouverte, laquelle, il le sut plus tard, conduisait aux caves. En un instant, sa résolution était prise. Il rentra dans le bouge du bourreau, saisit son corps entre ses bras nerveux, le traîna hors de la chambre et le descendit à travers l'escalier souterrain.

Au bas, il aperçut, sous les marches, un enfoncement obscur : il y jeta le corps et remonta à la hâte.

Quand il arriva au palier, et comme il refermait avec soin la porte du logis, il entendit du bruit dans la petite cour qui, le lecteur se le rappelle, desservait le derrière de la chapelle du château.

Il se tapit dans l'ombre de l'escalier et ne tarda pas à voir un homme enveloppé d'un manteau, et qui se dirigeait de son côté avec un certain empressement.

Cet homme sortait de la chapelle.

— C'est le cardinal!... fit-il, — où va-t-il?... Cet escalier monte chez le roi... Le roi a promis la grâce, la duchesse me l'a dit. — Ce damné cardinal va lui faire changer d'avis... Ma foi! au petit bonheur!...

Il se blottit encore plus dans l'ombre, et, quand Richelieu mit le pied sur la première marche de l'escalier, il fondit sur lui comme un milan.

En un instant, et sans qu'il eût le temps de pousser un cri, le cardinal, trop gêné dans son manteau pour résister, était emporté

par Robert et descendu dans la cave où se trouvait déjà le cadavre du bourreau.

XXXI. — ORDRE DE LA REINE.

Chalais et Pierre avaient été reconduits dans leur prison aussitôt la cérémonie achevée, et Jeanne quitta le château avec son père et la duchesse, le cœur rempli de joie et d'espérance.

Mais, au lieu de se rendre à leur auberge, tous trois coururent à la Sirène, empressés d'apprendre la bonne nouvelle à madame de Louvigny et à ses amis.

Blanche et la duchesse de Chevreuse ne s'étaient pas couchées, et madame de Cressia était à la fenêtre, impatiente et inquiète.

— Le roi a fait grâce, dit madame de Chalais en entrant.

— Hélas!... répondirent les deux femmes en secouant la tête.

— Le cardinal est en ce moment auprès du roi pour lui demander sa signature.

— Je connais M. de Richelieu, répliqua madame de Chevreuse, et il vous a trompée, madame.

— C'est impossible!

— Il vient de marier ma fille à M. de Chalais, dit Béranger.

Madame de Chevreuse jeta un regard de côté sur Jeanne, et madame de Cressia se retourna vivement pour cacher l'altération profonde de ses traits. Toutes deux étaient atteintes au cœur par cette nouvelle inattendue.

— Vous voyez bien! reprit la douairière.

— Et cependant, répliqua madame de Chevreuse qui fut la première à retrouver son sang-froid, quelle est cette horrible construction qui s'élève en ce moment sans bruit sur la place du Bouffay?

— Je ne sais, je n'ai rien vu.

— Une grande estrade, une petite échelle, un billot...

— O ciel! firent la douairière et Jeanne.

— C'est l'échafaud! s'écria Béranger.

En ce moment Catafago entra dans la chambre. Il était vêtu en matelot, et, reconnaissant les nouveaux venus, il s'avança sans crainte.

— Ce n'est que trop vrai, dit-il; je me suis informé, l'ordre a été donné hier au soir de dresser la machine, et il paraît que c'est pour midi.

— Midi!

— Au fait, dit la douairière, le cardinal n'a pu encore donner contre ordre.

— En tout cas, mes hommes sont prêts. Ils sont tous à fond de cale d'un grand bateau à l'ancre et aborderont au dernier moment. Ils se précipiteront sur les gardes, et le prisonnier sera délivré. Les relais sont préparés jusqu'à la mer et le navire lèvera l'ancre dès que le prisonnier aura mis le pied sur le pont.

— Oh! mais ce n'est pas possible! s'écria Jeanne.

— Le cardinal tarde bien! dit madame de Chalais; il a dû réveiller le roi afin de rendre plus tôt mon fils à nos embrassements.

— Je me défie d'une espérance, quand cette espérance n'est pas accompagnée d'une signature du roi et du contre-seing du cardinal.

— Duchesse, y pensez-vous! nous tromper à ce point!

— M. de Richelieu n'a jamais fait autre chose depuis qu'il est au pouvoir.

— Mille traîtres! s'écria Béranger, si je croyais cela!

— Allons chez la reine, dit madame de Chevreuse en prenant le bras de la douairière.

— Oui, répondit celle-ci, ne perdons pas un instant, mais nous recevra-t-elle?

— C'est vous qui demanderez audience; je suis exilée, moi.

— Partons.

— Et vous, dit madame de Chevreuse en s'adressant à Jeanne, à Blanche et à la Cressia, priez, mesdames, priez.

— Moi, dit Catafago, je veille.

— Mesdames, prenez de l'or, vous pouvez en avoir besoin, dit Blanche en leur tendant une grosse bourse.

— Elle a raison, dit la duchesse qui l'accepta et s'en fut en outre ouvrir un coffret, où elle prit plusieurs bagues qu'elle passa à ses doigts.

Quelques instants après, elles parvenaient à grand'peine auprès d'Anne d'Autriche, et encore parce que madame de Chevreuse avait fait passer son nom à doña Estefania par l'huissier de service.

Le jour était tout à fait venu; et la reine, une fois mise au courant de ce qui se passait, laissant madame de Chevreuse dans sa chambre, amena aussitôt la douairière chez son royal époux.

Elles trouvèrent le monarque déjà botté et se disposant à passer son gant de fauconnerie.

— Eh quoi, sire, vous partez déjà pour la chasse?

— Oui, et j'espère qu'elle sera bonne, mes piqueurs ont d'excellentes nouvelles des taillis, reprit le roi en jetant un regard de travers sur madame de Chalais.

— Et quand Votre Majesté compte-t-elle rentrer?

— Ce soir.

— Alors, vous avez vu M. de Richelieu, ce matin?

— Hier, vous voulez dire.

— Hier, si vous voulez, car la nuit a été si courte; enfin, vous avez signé la grâce de M. de Chalais?

— Hein?... fit le roi qui n'osa parler en voyant la douairière qui joignait les mains et semblait le conjurer.

— Répondez, sire, l'avez-vous signée?

— Non.

— O ciel!... fit la duchesse en s'avançant et se mettant à genoux aux pieds du roi, dont elle saisit une main avant que celui-ci eût eu le temps de bouger. — Ah! sire, vous m'aviez promis...

— Eh! madame...

— Sire, reprit la reine, M. de Chalais n'est pas coupable, vous en êtes convenu avec moi, il nous faut sa grâce.

— Mais je ne puis prendre sur moi...

— Vous, le roi!

— Que voulez-vous; je vous l'avais dit, duchesse, il fallait voir M. le cardinal; c'est lui qui a conduit cette affaire, lui seul la connaît bien, et ce qui est fait est fait.

— Ah! sire, vous ne songez pas que c'est à une mère que vous parlez! s'écria la reine indignée en lui montrant la duchesse qui s'était affaissée et gisait renversée sur le tapis, sans mouvement et sans voix.

— Madame, il est des circonstances où un roi ne doit céder qu'à la raison d'Etat.

— Et la raison d'Etat, c'est le cardinal qui la fait. Tout ce qui est contraire à son égoïsme, à son ambition, à son orgueil, il vous le montre comme crime horrible, contre vous et l'Etat. Assez, sire, assez de ce prêtre couronné qui vous cache dans les plis de sa robe rouge; relevez la tête, reprenez votre puissance, soyez une bonne fois le roi, et montrez que vous avez une volonté.

— Madame!... fit Louis XIII, rougissant de colère, car il n'aimait pas à voir nier son autorité.

— Ah! madame, s'écria la douairière en sanglotant, n'irritez pas le roi et laissez-lui seulement voir les larmes d'une mère!...

Mais Louis XIII était dur et entêté, il ignorait le grand art de se tirer des situations fausses ou délicates par des paroles : il continua sur le même ton en cherchant à mettre ses gants avec une vivacité maladroite.

— J'ai un ministre, madame, j'ai confiance en lui, c'est à M. de Richelieu d'agir, je ne puis rien.

Et il se dirigea vers la porte en enfonçant son chapeau sur sa tête, l'ouvrit avec violence et la laissa se refermer seule.

La reine releva la pauvre duchesse dont la tête vacillait et qui sentait sa raison lui échapper.

— Il faut la faire évader, dit la reine.

— Oui, oui, tout est préparé pour cela. Ils ne le laisseront pas monter sur l'échafaud.

— Oh! il ne faut pas qu'il aille jusque-là. Venez, allons trouver madame de Chevreuse, elle est femme de bon conseil et d'action, elle.

Elles rentrèrent chez la reine et madame de Chevreuse fut également d'avis qu'il fallait faire évader le duc dans le plus bref délai. La duplicité du cardinal leur en démontrait l'urgence, car il devait tramer quelque coup ténébreux à l'abri de ce semblant de clémence.

— Comment faire? demanda Anne d'Autriche.

— Séduire le geôlier, tout simplement.

— C'est cela, mais il faudrait pour cela que Votre Majesté consentît...

— A quoi?

— Il est probable que l'on fait bonne garde et que cet homme pourrait difficilement aider au succès de l'entreprise par les moyens ordinaires; car il n'y a pas ici une prison comme à Paris; la prison n'est qu'une dépendance du château, et, vu le luxe de sentinelles déployé par M. de Richelieu, il faudrait perdre un temps précieux à séduire trop de monde Donc, il faut que Votre Majesté daigne s'employer elle-même à cette œuvre de miséricorde.

— Oh! de grand cœur

— Eh bien! venez avec moi, madame, et je réponds de tout.

— Et moi? demanda la douairière.

— Vous, madame, sortez du château, et rendez-vous avec nos amis là où se trouve le bateau à l'ancre; prévenez que le départ est avancé de plusieurs heures et attendez-y nos chers prisonniers.

— Comment, nos prisonniers? fit la reine.

— Eh! madame, il n'y a pas seulement que M. de Chalais à délivrer, il y a son compagnon, un pauvre jeune homme innocent et bon, et qui a sacrifié sa vie avec une abnégation sublime.

— Allons vite, dit la reine, dont la pensée de sauver deux hommes de la mort exaltait tous les sentiments généreux.

Elles s'avancèrent par les galeries du château, mais avec lenteur, examinant les peintures, et comme si la curiosité seule était le mobile de cette excursion matinale, précédées de M. le gouverneur à qui la reine avait fait connaître son désir et qui s'était empressé de se rendre à ses ordres.

De chambre en chambre, de salle en salle, d'escalier en escalier, elles arrivèrent à la vieille tour, et le gouverneur voulait les faire revenir sur leurs pas sous prétexte que cette partie du château n'offrait plus rien de bien curieux; mais la reine insista pour continuer.

— Mais qu'ai-je appris? demanda la reine, il y a des prisonniers d'Etat renfermés ici?

— Oui, madame, répondit le gouverneur.

En ce moment, un homme sortit d'un cabinet situé sur la première marche d'un escalier conduisant aux parties supérieures de la tour, lequel à la vue du gouverneur se rangea contre la muraille.

— Quel est cet homme? demanda la reine.

— C'est un vieux soldat chargé de la geôle du château.

— Je veux lui parler.

Le gouverneur fit un signe à cet homme qui s'avança et demeura immobile, son bonnet à la main.

— Sa Majesté la reine désire te parler, lui dit l'officier.

Le bonhomme demeura interdit et suffoqué, car il était loin de s'attendre à semblable visite.

— Monsieur le gouverneur, fit la reine, approchez-vous. Du lieu où nous sommes, quelqu'un peut-il entendre ce que je veux dire à ce brave homme?

— Non, madame, personne ne passe jamais ici.

— Ecoutez, mon ami, dit Anne d'Autriche, je veux que les deux prisonniers d'Etat, confiés à votre garde, soient libres.

— Madame, fit le gouverneur d'une voix épouvantée, tandis que le geôlier ouvrait des yeux énormes.

— Et afin qu'il n'y ait pas d'équivoque, reprit-elle, il s'agit de M. de Chalais et de son compagnon qui s'appelle...

— Pierre Baudry, ajouta la duchesse.

— Majesté... répondit le gouverneur suffoqué.

— Monsieur, dit la reine, je prends sur moi toute la responsabilité de ce fait, et je vous ordonne, entendez-vous, je vous ordonne d'avoir à veiller avec cet homme à l'évasion des prisonniers.

— Madame, c'est impossible.

— Si vous voulez bien servir votre souveraine, monsieur, c'est chose facile, au contraire.

Le pauvre gouverneur tremblait comme la feuille et son indécision, la crainte de déplaire à sa souveraine, le danger qu'il y avait, pensait-il, à lui désobéir, faisaient perler sur son front de grosses gouttes de sueur. Il faut ajouter, pour être exact, que cet état de trouble et d'anxiété était complètement partagé par le geôlier.

— Monsieur, —dit la duchesse qui voyait déjà sur le visage de la reine les signes avant-coureurs de sa faiblesse, — songez qu'il y aurait certainement, pour vous, danger à résister à Sa Majesté.

Le trouble des deux hommes augmentait encore, et madame de Chevreuse en profita pour brusquer l'action.

— Occupez-vous de cela tout de suite, monsieur, il y va des plus grands intérêts du royaume, et vous comprendrez qu'il y a urgence, car Sa Majesté est partie pour la chasse et ne pouvait, par conséquent, vous ordonner une chose qu'elle approuve.

— Mais... monsieur le cardinal?... balbutia le gouverneur.

— Obéissez, dit la reine.

— On va vous conduire auprès des prisonniers, madame, répondit le gouverneur en faisant un signe au geôlier.

— Faites, duchesse, dit la reine, je reste ici avec M. le gouverneur.

— Allons vite, mon ami, dit madame de Chevreuse en s'adressant au geôlier qui saisit son trousseau de clefs à sa ceinture et monta l'escalier.

A l'étage supérieur une porte se présenta, qui fut ouverte par cet homme.

La duchesse s'élança dans l'intérieur et se jeta au cou de Chalais, qui à son approche quitta, rayonnant, la fenêtre devant laquelle il était appuyé.

— Comte ! dit-elle, vous allez être libre.

— Je le sais, le cardinal a fait grâce.

— Est-il possible !

— Oui, il vient de me...

Mais Chalais s'arrêta, il n'osait avouer à son ancienne maîtresse les nouveaux liens dans lesquels il venait de s'engager à jamais.

— Je sais tout, vous êtes marié, mais je ne vous aime pas moins, nous venons vous sauver, la reine et moi, et tous vos amis ; — écoutez, les moments sont précieux...

— Mais, puisque je vous dis que le cardinal...

— C'est une âme double, il faut tout prévoir. Quand le moment sera venu, on vous fera sortir du château secrètement. De là, vous vous rendrez à Coueron, où vous trouverez vos amis et la barque qui doit vous mener en Angleterre.

— Mais... — fit Chalais en lui saisissant la main et la regardant fixement, — et Pierre Baudry ?

— Je vais, de ce pas, le prévenir aussi. Il fuira avec vous.

— A la bonne heure.

— Au revoir, comte; malgré votre mariage, laissez-moi vous embrasser encore.

Et les deux jeunes gens, oubliant l'univers, s'étreignirent dans un de ces embrassements qui, certes, eût été de nature à troubler fort le cœur de la pauvre Jeanne.

— Ne vous impatientez pas, dit-elle.

— J'ai le bonheur en perspective pour dans quelques heures, reprit Chalais, j'ai la fièvre.

— Au revoir.

La duchesse s'échappa et le comte fut renfermé dans la prison.

— A l'autre prisonnier, dit-elle au geôlier.

— Il est à l'étage inférieur, répondit cet homme, en passant le premier.

La duchesse retrouva la reine et le gouverneur; mais, au moment où elle allait leur parler, elle s'approcha de l'escalier et regarda au fond de la spirale.

— Quelqu'un monte, demanda la reine?

— O ciel ! fit madame de Chevreuse, c'est lui !

— Le cardinal ? s'écria le gouverneur.

— Non, M. de Rochefort, répondit la duchesse; il est suivi de plusieurs soldats.

— Partons, dit la reine.

— Mais... fit la duchesse en lui serrant le bras à plusieurs reprises.

— Songez à obéir, monsieur, dit la reine en se retournant vers le gouverneur. Songez que je le veux.

— Prévenez M. Pierre Baudry, monsieur, et donnez ceci à cet homme, ajouta la duchesse en remettant une bourse au gouverneur et en désignant le geôlier.

— Mais où faudra-t-il conduire les prisonniers, madame?

— A la petite porte qui donne sur la Loire, répondit la reine ; une barque les attendra. Hâtez-vous.

Le gouverneur s'inclina et les deux dames s'éloignèrent rapidement.

Quand elles eurent disparu au bout du corridor, la porte du cabinet par laquelle le geôlier avait paru se rouvrit et un homme au visage pâle en sortit. C'était Louvigny.

— Monsieur, fit le gouverneur épouvanté, vous avez entendu?

— Oui, répondit froidement le comte.

— Mais...

— Nous allons causer de cela avec M. de Rochefort qui monte, ajouta Louvigny en se dirigeant vers l'escalier.

Peu d'instants après, Rochefort parut. Il était, en effet, suivi d'une escouade de soldats, au nombre de douze.

— Monsieur le gouverneur, dit-il aussitôt, je savais vous rencontrer ici, et je vous prie de vouloir bien faire lier les mains aux deux condamnés.

— Eh ! quoi!... fit celui-ci avec stupeur.

— L'heure est changée, répondit froidement le comte.

— Mais...

— Qu'y a-t-il?

Louvigny s'avança.

— J'ai à vous parler, comte, pendant que M. le gouverneur va exécuter vos ordres.

— Faites, monsieur, dit Rochefort qui comprit à un regard de Louvigny qu'il y avait quelque chose d'extraordinaire; mais, pour cette besogne, servez-vous des hommes que voilà.

Le gouverneur, pâle et muet, plus pâle certainement que les condamnés vers lesquels il allait se rendre, appela les geôliers et remonta vers la prison de Chalais.

Rochefort adressa au chef de l'escouade un geste significatif, et se retourna ensuite vers Louvigny qui l'entraîna dans un coin.

— La reine veut les sauver, elle était là tout à l'heure avec madame de Chevreuse, elle a donné des ordres au gouverneur.

— Le cardinal hier au soir, en nous quittant, m'a dit de faire bonne garde et de faire exécuter ses ordres à huit heures précises.

— Il en est sept et demie, s'écria Louvigny.

— Eh bien!

— La reine dit que le roi et le cardinal ont fait grâce.

— Ont-elles montré la grâce signée?

— Non.

— Alors à quoi bon ces paroles, mon cher Louvigny; vous connaissez le cardinal aussi bien que moi, je suppose.

— L'avez-vous vu, ce matin, le cardinal?

— Non, il n'est ni chez lui, ni au château, mais je suis assez habitué à Son Éminence pour deviner. M. de Richelieu ne veut pas avoir la main forcée, et il a jugé à propos de disparaître.

— Cependant, l'ordre de la reine?

— Ah ça, Louvigny, vous verriez avec plaisir M. de Chalais sauvé de l'échafaud, vous?

— Pourquoi pas!

— J'ai des motifs particuliers, moi, pour l'y voir monter au plus tôt. C'est, entre nous, affaire grave. S'il en réchappe, je suis un homme mort. Vous êtes son ami, vous, son ami d'enfance, je vous comprends et je compatis à votre peine; mais vous ne devez pas avoir les mêmes sentiments pour l'autre condamné, je suppose.

— L'autre?

— Il est quelque peu l'amant de madame de Louvigny, si je ne me trompe.

— Madame de Louvigny est morte.

— Erreur, mon cher, et vous le savez mieux que moi.

— Eh bien! soit, je vous abandonne l'avocat, mais faisons quelque chose pour la reine; vous rentrerez en faveur auprès d'elle et Chalais vous laissera en paix. Ne sauvons que lui.

— Au fait, vous avez peut-être raison, dit Rochefort après avoir réfléchi profondément.

— Ainsi que l'a ordonné la reine, on conduit l'un des condamnés à la petite porte de l'eau, on l'affuble d'un manteau et d'un capuchon, lequel est-ce?...

— On peut tenter cela. Qui sait, en effet...

— Vous en sauverez un?

— Tous deux, mais je ne ferai rien sans le cardinal.

— Vous savez où le rencontrer?

— Il faudra bien que je le trouve.

Et Rochefort descendit l'escalier en toute hâte.

— Il me trompe, se dit Louvigny, agissons sans lui.

XXXII. — TROIS COUPS DE CANON.

Le lecteur se représente facilement ce que devait éprouver le cardinal, réduit à l'impuissance, dans la cave où l'avait emporté et où le gardait à vue Robert.

Celui-ci lui avait placé de force un mouchoir entre les dents et l'empêchait ainsi de pousser d'autres cris que des gémissements étouffés ; — mais chaque fois que, malgré l'obscurité, les regards de ces deux hommes se croisaient, de sombres éclairs en jaillissaient.

Tous deux se considéraient comme morts : l'un, dans l'avenir, s'il rendait la liberté à son prisonnier ; l'autre, pour le présent, s'il essayait d'une plus formelle résistance.

En vain Richelieu avait essayé de parler et de faire comprendre à son gardien de quel intérêt il était qu'il lui parlât : le brave ouvrier connaissait, de reste, la réputation de duplicité du ministre, et ne voulut même pas s'exposer à se laisser tromper. Le cardinal suait sang et eau, et la grande force de son caractère le préservait seule d'une attaque d'apoplexie.

Le jour était déjà venu, et les bruits lointains de la ville et de l'intérieur du château parvenaient jusqu'à ce réduit, lorsque tout à coup Robert se fit cette réflexion que si l'on s'apercevait de la disparition du bourreau on pourrait le chercher et le découvrir lui, son prisonnier et le cadavre.

D'un autre côté, comme il savait que le roi avait accordé la grâce des condamnés, il pensait qu'on n'aurait pas à rechercher le bourreau. Cependant, au fond du cœur, la simple prudence lui disait qu'il ferait mieux d'ajouter un deuxième cadavre au premier et de s'enfuir.

— Tuer un bourreau, petite affaire, se disait-il, mais un cardinal !... diable, c'est se brouiller avec tout le monde, la justice, le roi, le pape — et Dieu peut-être.

Toutefois, il jugea ce dernier parti plus sage et, tirant sa dague, il s'approcha du ministre qui comprit plutôt qu'il ne vit le mouvement et se sentit défaillir.

Au moment où Robert se baissa, la main armée, il eut la force de pousser un grand cri, et au même instant un coup de canon retentit au dehors.

— Qu'est-ce que cela? fit Robert en regardant le cardinal.

— Ah !... répondit celui-ci avec accablement.

Un second coup de canon se fit entendre et se répercuta dans le souterrain dont Robert n'avait pas même songé à visiter les profondeurs.

L'armurier dénoua aussitôt le mouchoir et lui laissa la bouche libre.

— Imbécile ! dit le cardinal.

— Eh quoi, monseigneur?... demanda l'ouvrier.

— Cela veut dire, misérable, que tu as envoyé à l'échafaud deux hommes et que leur sang retombe sur ta tête !

— Je ne comprends pas.

— Je t'ai deviné. Tu es l'ami de M. de Chalais, et tu t'es figuré qu'en me supprimant tu supprimais le supplice.

— Oui.

— Eh bien ! mon pauvre garçon, ta bonne volonté en ceci était d'accord avec la mienne et à cause de cela je te pardonne.

— Vous vouliez le sauver, vous aussi ?

— Certainement, et si tu m'avais laissé parler...

— Mais ils ne sont pas morts ! s'écria Robert.

— Le premier coup de canon annonçait que M. de Chalais sortait de prison. Le second devait retentir à son entrée sur la place du Bouffay et le troisième...

— Le troisième? demanda Robert d'une voix haletante.

— Quand justice sera faite.

— Ah ! mais grâce au ciel, ce troisième coup de canon ne sera pas tiré, car il y a une personne qui manquera à la fête.

— Laquelle ?

— Le bourreau, je l'ai supprimé et tenez, monseigneur, regardez un peu, là bas, dans ce coin, cette masse noire et immobile, c'est lui.

— Il y a celui de Nantes.

— Supprimé aussi.

— Oh ! mais tu es un gaillard bien déterminé, toi !

— Vous voyez bien, monseigneur, que le troisième coup ne sera pas tiré.

— Tant mieux, car je te le jure, je voulais sauver M. de Chalais.

— Vous voulez me tromper... fit Robert d'un ton défiant et en regardant alternativement le cardinal et sa dague.

— Et, la preuve, c'est que je venais de le marier à la fille de Béranger.

— Est-ce bien une preuve, monseigneur?

— Il y en a une plus grande, mais je ne te la dois pas.

— Le troisième coup ne se tire pas !... fit Robert pris d'une joie folle.

— Allons, délie-moi les jambes et les bras, que je coure le délivrer; il est encore temps.

— Oh ! monseigneur, soyez bien tranquille sur ce point; à défaut des bourreaux, il y a, de plus, des amis fidèles qui doivent se ruer sur l'escorte, la disperser, et faire évader les prisonniers.

— Dieu t'entende ! fit Richelieu de bonne foi.

Un troisième coup de canon se fit entendre.

— Ah ! s'écrièrent-ils tous deux en même temps.

Robert tomba à genoux, pris d'une subite terreur, et le cardinal détourna la tête.

Mais tout à coup le jeune homme se releva en approchant, aux yeux épouvantés du cardinal, la dague levée sur sa poitrine.

— Tu as menti, prêtre, tu vas mourir.

— Je voulais le sauver, te dis-je, car je venais de le marier à ma fille !

Robert se releva; puis, sans ajouter un mot, se précipita vers l'escalier qu'il gravit en toute hâte, sans se préoccuper davantage du cardinal.

— Ce n'est pas possible, dit-il, il se trompe, il n'y avait pas de bourreau !

Grâce à l'exécution qui avait mis toute la ville sur pieds, il put sortir du château sans que personne y prît garde; mais sans s'occuper de perdre du temps à courir vers la place du Bouffay, il jugea beaucoup plus utile de gagner le lieu indiqué pour le rendez-vous des fugitifs.

Il passa en conséquence par derrière le château, et s'élançant à travers les rues ne tarda pas à sortir de la ville, courant à perdre haleine, bien certain qu'il y avait un malentendu, et que ces coups de canon se rapportaient à quelqu'autre incident de la vie ordinaire d'un port en ce moment habité par le roi.

— C'est quelque souverain étranger qui est venu voir le roi et on salue son entrée... se dit-il en sentant ses oreilles tinter affreusement et comme s'il allait succomber à l'émotion.

Un bon quart d'heure s'était écoulé depuis qu'il courait, et il arriva au rendez-vous, à dix minutes en deçà de Couezon.

C'était un petit bois, formant presqu'île avec la Loire, et défendu du côté de la ville par un assez large ruisseau.

Robert aperçut entre les arbres la duchesse de Chevreuse, Jeanne et Blanche qui se tenaient par la main et restaient penchées vers la rive, attendant avec anxiété.

Il se jeta dans la barque qui était au bord et, en trois vigoureux coups de rame, aida le batelier à traverser.

— Ils ne sont pas là ? s'écria-t-il en abordant.

— Non, répondirent les trois femmes, épouvantées de l'expression sinistre que prirent ses traits.

— Madame de Chalais?

— Elle est restée pour les sauver, nous les attendons.

— Mais, ce canon, vous avez dû l'entendre?

— Oui.

— O mon Dieu, le cardinal aurait-il dit vrai ?

— Il devait les sauver, dit Jeanne, il me l'avait juré.

— Oh ! lui, je le crois, mais...

— Achevez... fit Blanche.

— Mais la fatalité !...

Et il se laissa tomber sur une pierre pleurant et s'arrachant les cheveux.

— C'est moi qui les ai tués !... s'écria-t-il dans son désespoir.

— Chut!... fit Jeanne.

— Qu'y a-t-il ?

— Un homme s'avance à cheval.

— C'est Louvigny? dit madame de Chevreuse.

— Oh ! je suis perdue ! s'écria Blanche.

XXXIII. — LEQUEL EST MORT?

C'était bien Louvigny qui s'avançait.

— Celui-là, fit Robert en bondissant, oh ! je le connais, il ne vient ici que dans de mauvais desseins.

— Chalais s'en défiait! dit la duchesse.

Blanche paraissait folle et s'était jetée à terre essayant de se cacher entre les hautes herbes.

— Restez ici, les femmes! s'écria Robert.

Et se rejetant dans la barque qu'avait quittée le batelier, il aborda sur la rive opposée au moment où Louvigny arrivait.

Celui-ci voyant l'air déterminé du jeune homme qui avait mis l'épée à la main, tira un pistolet des fontes; mais Robert s'était précipité vers lui, avait saisi une de ses jambes et, d'un vigoureux coup d'épaule, l'avait envoyé rouler de l'autre côté du cheval.

Dans sa chute, le pistolet partit seul et la détonation effraya le cheval qui s'enfuit.

— A nous deux, monsieur le comte! dit Robert lorsque Louvigny eut pu se relever.

Celui-ci tira son épée; mais les yeux de son adversaire ne lui présageaient pas quartier, il arma en même temps sa main gauche d'une petite dague.

— Oh ! qu'à cela ne tienne! fit l'ouvrier en tirant également une longue dague de sa ceinture, j'en joue encore mieux !

Il attaqua avec furie, et Louvigny reçut le choc avec la froide circonspection qui était le fond de son caractère. Il ne fut pas longtemps à s'apercevoir que Robert avait plus de bravoure que de science; et il ne songea qu'à profiter de ses fautes, bien certain d'avoir ainsi facilement raison de cet ouragan fait homme.

— Ah! çà, pourquoi voulez-vous donc me tuer? dit Louvigny au bout d'un instant.

— Revanche, mon cher monsieur, revanche!

— Revanche de quoi?

— C'est vous qui nous avez si bien mitraillés et rôtis dans l'hôtel de Caumont, mon ami Catafago et moi.

— Ah! misérable, tu en étais.

— Oui, et je devine pourquoi vous êtes accouru de ce côté, — c'est pour achever l'œuvre commencée dans la cave de cet hôtel, n'est-ce pas?

— Je ne sais ce que tu veux dire.

— C'est pour tuer votre femme!

— Elle est donc en effet ici!

— Oui, et elle attend l'arrivée de son amant.

— Son amant?

— Ah! ce mot te met en fureur, mon beau gentilhomme! Je croyais que tu n'aimais que l'argent. Eh bien! sois tranquille, quand je t'aurai tué, ta femme ne te pleurera pas.

— Ah! c'est toi qui mourras, misérable! fit Louvigny en redoublant d'énergie et d'attention dans son jeu.

Mais il fut troublé par l'arrivée de deux femmes sur le lieu du combat.

C'étaient Jeanne et Blanche qui, tournant la petite presqu'île, étaient accourues, suivies à distance par madame de Chevreuse.

— La voilà! fit Louvigny qui, sans regarder, avait vu des robes de femmes à travers les arbres.

— Oui, c'est elle.

— Tuez-le donc, Robert! fit Jeanne d'une voix farouche.

— O mon Dieu! s'écria Blanche en tombant à genoux et joignant les mains.

A cette voix bien connue, Louvigny se retourna, et, au lieu de répondre aux assauts de son adversaire, il se précipita vers sa femme l'épée en avant et la dague haute.

— Ah! fit Blanche en se renversant à terre, effrayée de l'expression menaçante de ses yeux.

Le fer du mari était à deux doigts de la poitrine de la malheureuse lorsque le comte tomba tout à coup à la renverse.

Il était foudroyé. Robert venait de le frapper par derrière des deux mains.

— Il en a fait autant à Hocquincourt! s'écria la duchesse en battant des mains.

— Avec les traîtres, c'est de bonne guerre! fit Robert en poussant tout à fait le comte pour le faire tomber.

Louvigny resta immobile les yeux démesurément ouverts et l'écume à la bouche, contemplé avec stupeur par Robert et les trois femmes qui se tenaient à distance, mais il n'avait pas lâché son épée.

— Oh! il en tient bien, allez! fit Robert.

— Oui... fit Louvigny en se soulevant sur un coude et laissant échapper son épée, oui, c'est bien fini, je vais mourir.

— Que veniez-vous faire ici, comte? demanda madame de Chevreuse, la première à reprendre son sang-froid.

— Ah!... reprit Louvigny, oui, oui, je me souviens... le cardinal a disparu... mais la justice du roi.. a eu son cours.

— O ciel! s'écrièrent les trois femmes.

— Un des condamnés est sauvé pourtant, ajouta le blessé en jetant un regard méchant vers sa femme, un seul, et c'est...

— C'est... firent les trois femmes qui, les mains jointes, paraissaient suspendues à ses lèvres implorant le mot ou le nom qui allait en sortir.

Mais Louvigny éclata d'un rire effrayant et se renversa sur le sol.

— Comte, s'écria Blanche en se rapprochant de lui et essayant de le faire revenir, lequel est mort?

— Est-ce Chalais? demanda Jeanne avec un de ces cris de l'âme qui aurait ému un tigre.

— Lequel est mort? répéta la duchesse en la secouant rudement.

Louvigny rouvrit les yeux, souleva la tête et sourit encore.

— Oui, un seul est sain et sauf, dit-il, un seul!...

Sa tête se renversa et il demeura immobile.

— Mort! fit la duchesse qui le sentit se roidir dans les dernières convulsions de l'agonie.

Les malheureuses femmes se rapprochèrent, et, se tenant embrassées, confondirent leurs larmes et leurs sanglots.

— Lequel?... se demandèrent-elles ensuite en regardant obstinément du côté de la ville.

— Je le saurai, répondit Robert.

Et s'élançant vers les grandes herbes du rivage où le cheval de Louvigny s'était mis à brouter, il sauta sur l'animal et partit comme un trait pour Nantes.

XXXIV. — LE DROIT DE GRACE.

— Il est évident, s'était dit Rochefort, que le cardinal a l'intention de se céler à tout le monde, afin d'éviter les entraînements et de s'arracher aux sollicitations. Il a eu l'art d'envoyer chasser le roi; si bien qu'il faut exécuter la sentence.

Et sur cette pensée, il se rendit chez le garde des sceaux qui vint le joindre dans un salon.

— Ah! fit celui-ci avec empressement, vous venez sans doute de la part de Son Eminence?

— Oui, monsieur, reprit Rochefort à tout hasard.

— Il vous a chargé d'un ordre pour moi?

— Son Eminence désire que tout se passe comme il a été décidé par la justice.

— C'est qu'il y a un incident auquel on ne s'attendait pas, répondit M. de Marillac.

— Lequel?

— Madame la duchesse douairière de Chalais est là, dans mon cabinet, qui réclame à cette heure son droit de grâce.

— Votre Excellence a-t-elle vu la signature du roi?

— La voici, dit le magistrat en montrant un papier.

— Mais cette signature paraît avoir été contrefaite, monseigneur, fit Rochefort indigné.

— C'est ce que j'ai pensé, car l'acte n'est pas contresigné par le cardinal qui, d'ailleurs, se serait donné la peine de m'informer d'un événement aussi important.

— Assurément.

— D'autant plus que Son Eminence m'a dit, hier au soir: Demain, à huit heures.

— Et il est sept heures et demie, monsieur, vous n'êtes pas sans supposer que Son Eminence avait de grands motifs pour avancer l'heure?

— C'était en effet ma pensée.

— Le cardinal a eu vent d'un complot pour délivrer M. de Chalais, et il a espéré, en avançant l'heure, réduire à néant toute entreprise de cette nature.

— Mais cet acte signé du roi? dit le garde des sceaux en montrant le papier.

— C'est parfaitement imité, dit Rochefort en se mordant les lèvres, et j'ai la conviction qu'il est faux.

— Eh!... M. de Marillac en hochant la tête.

— L'homme qui est à la tête du complot est un aventurier des plus résolus et des plus industrieux. Pour lui, ce serait pur enfantillage que d'apposer une signature aussi facile à imiter que celle du roi, sur un acte quelconque, — aussi, mon avis est que les choses doivent avoir leur cours, sous peine...

— J'avais songé à un sursis jusqu'au retour du roi et je sais que M. le cardinal n'est pas à Nantes.

— Monsieur le garde des sceaux, Son Eminence n'a pas l'habitude de revenir sur ses actes, et puisqu'elle a jugé à propos de s'éloigner...

— Cependant...

— M. le cardinal ne vous a pas chargé de cette affaire pour qu'elle aboutisse au néant.

— Pourtant, le droit du roi...

— Monsieur de Marillac, me permettez-vous de vous rappeler un fait assez important, je crois, dans la circonstance?

— Faites, répondit le magistrat dont le front était chargé de soucis et d'inquiétude.

— Qui vous a proposé à Sa Majesté, à l'exclusion de tant de magistrats, pour l'une des charges les plus hautes de l'Etat?

— Vous avez raison, mon cher comte, je ne cherche pas à combattre, croyez-le bien, les desseins de Son Eminence dont je sais que vous êtes l'écho fidèle; mais je suis ébranlé. Il y a, pour moi, du crime de lèze-majesté si, en effet, le roi a signé la grâce du condamné.

— Bien, répliqua Rochefort, vous avez dit le condamné, n'est-ce pas? — le condamné, — et non, — les condamnés?

— Oui.

— Eh bien, en l'absence de M. le cardinal, je vous proposerai un

Elle renversa en arrière sa belle tête et son cœur cessa de battre. (P. 175.)

compromis qui arrange tout. M. de Chalais montera sur l'échafaud et...

— Eh! il y a un bien autre et un bien grave empêchement encore! s'écria le magistrat suprême, nous n'avons pas de bourreau.

— Hein? fit Rochefort stupéfait.

— Celui de la cour a disparu et, à son défaut, j'ai fait mander celui de Nantes, il a disparu également. Il faut au moins deux jours pour avoir celui d'Angers; vous voyez donc bien, mon cher comte, que de toute manière il faut surseoir.

— Non, répondit Rochefort qui avait profondément réfléchi pendant que le garde des sceaux parlait, — et qui se dirigea immédiatement vers la porte.

— Où allez-vous?

— Donner des ordres, monsieur, pour que tout se passe comme il est d'usage; je me charge de tout.

— Mais ce bourreau?...

— Signez-moi cet ordre de réquisition, et je vous jure qu'il sera à son poste.

— Mais la signature du roi?

— L'un des condamnés a sa grâce, que vous importe lequel. Faites.

Le garde des sceaux apposa sa signature au bas de quelques lignes que griffonna le comte, — et Rochefort se retira, laissant M. de Marillac fort perplexe, car il redoutait tout autant Rochefort que son terrible patron.

— Il est homme, pensa-t-il, à servir de bourreau lui-même, plutôt que d'en laisser manquer.

Il alla trouver la douairière qui attendait dans son cabinet avec toutes les anxiétés du désespoir, et en regardant par la fenêtre toute la population qui, sans savoir cependant que l'heure de l'exécution était changée, se dirigeait déjà vers la place du Bouffay.

M. de Marillac, parfait gentilhomme du reste, n'était pas affligé de la maladie du scrupule; son élévation en était un indice assez concluant; aussi, ne lui fallut-il pas longtemps pour prendre un parti à l'égard de la malheureuse mère.

— Madame, dit-il en fronçant les sourcils, Sa Majesté vous a accordé la grâce de votre fils, n'est-ce pas?

— Oui, monseigneur.

— Et Sa Majesté l'a signée?

— Oui, monsieur, répondit la duchesse qui pâlit.

Le garde des sceaux comprit tout et n'osa pas aller plus loin.

— Monsieur, reprit la duchesse qui surmonta toute émotion et s'avança la tête haute, pourquoi me faites-vous cette question?

— Pour rien, madame.

— Mais ne me donnez-vous pas l'ordre de mettre M. de Chalais en liberté?

— Plus tard, madame, quand M. le cardinal aura apposé sa signature à côté de celle du roi.

La duchesse se sentit défaillir et fut forcée de se retenir à un meuble pour ne pas tomber. En un instant, elle comprit toute l'horreur de la situation; elle comprit pourquoi cette foule passait sous les fenêtres et se dirigeait invariablement vers le même point; pourquoi toutes les têtes semblaient animées d'une expression étrange de curiosité; pourquoi enfin elle entendait parfois, au-dessus du bruit des conversations et des murmures de tous, comme le bruit d'un marteau ou celui de la chute d'une charpente.

— M. de Marillac, s'écria-t-elle, vous me trompez, et vous avez l'intention coupable de vous dérober à votre devoir, vous voulez supprimer l'effet de la grâce royale!

RÉGLEMENT DE COMPTES.

— Non, madame, j'ai trop de respect pour la signature du roi pour ne pas m'empresser d'obéir à ses ordres. Sa Majesté est certaine de ma fidélité et ce n'est pas aujourd'hui que je tenterai de lui prouver que j'ai forfait à ma foi. C'est pourquoi il faut, à mon grand regret, que je vous quitte pour assister aux préparatifs.

— A quels préparatifs?

— Mais, madame, c'est aujourd'hui...

— Monsieur de Marillac, au nom du ciel, s'écria la duchesse en l'interrompant, dites-moi la vérité.

— La vérité, madame, c'est qu'avant d'être magistrat je suis homme, et que je consens à fermer les yeux sur les extrémités auxquelles peut pousser l'amour exagéré d'une mère.

— Que voulez-vous dire?... fit madame de Chalais en le saisissant par sa robe pour l'empêcher d'avancer.

— Madame, de grâce, laissez-moi, je suis attendu.

— Où cela?

— Au château.

— Qu'allez-vous faire au château?

— Mon devoir.

— Vous allez présider à l'assassinat de mon fils?

— A l'accomplissement de la loi, madame.

— Mais le roi a fait grâce.

— C'est faux, madame, et vous le savez bien!... fit le magistrat en le repoussant avec dureté.

La malheureuse mère tomba à la renverse, brisée d'émotion et de désespoir, et M. de Marillac sortit.

Mais, peu d'instants après, la duchesse surmonta son accablement et trouva la force de se lever. Elle sentait sa tête se fendre et tout son sang lui refluer au cœur. Elle se hâta de sortir de l'hôtel et trouva à la porte Catafago vêtu en matelot.

— Ils ont tout deviné, dit-elle.

— Alors je cours vers mes hommes.

— Qu'ils se hâtent !

— C'est pour midi, et ils sont à une demi lieue de Nantes. Nous débarquerons avant une heure. Quant à vous, madame, retournez près de la reine, car si elle le veut bien ..

— La reine n'est qu'une femme et elle a peur d'un Rochefort.

— Oh! celui-la, si je n'ai pu le tuer déjà, son heure approche.

— O ciel, Catafago, que vois je! s'écria madame de Chalais en portant ses yeux vers le château.

— Ouais, ce cortége... que signifie?...

— L'heure serait-elle avancée?

— Malheur!... si c'était!..

— Hâtez-vous... moi je vais à la prison, il a pu fuir peut-être, car la reine avait promis...

Et la pauvre douairière, folle de terreur et brisée d'émotion, se précipita vers le porche du château d'où sortaient des soldats nombreux.

— Il a besoin de sa mère, se disait-elle haletante, — Jeanne, Jeanne qui m'attend... Oh! elle ne saura que trop tôt l'horrible vérité! A lui ! à lui d'abord !...

XXXV. — L'HEURE DE CAMBREMER.

Rochefort se dirigea en toute hâte vers la prison de la ville, et à cet effet, il fut obligé de traverser la foule qui déjà encombrait la place du Bouffay, où se dressait le sinistre échafaud.

La prison attenait à la vieille tour dont le sombre profil se découpait sur le ciel bleu, et la porte fut ouverte au premier mot du comte.

On le connaissait probablement dans ces sombres régions, car le geôlier en chef s'empressa d'accourir à sa demande.

— Vous voyez cet ordre? lui dit Rochefort en lui montrant un papier.

Le geôlier jeta les yeux et reconnut aussitôt la signature du garde des sceaux.

— Que désire votre seigneurie? demanda cet homme avec l'empressement d'un subalterne pour le confident du premier ministre.

— Vous savez ce qui va se passer là? fit Rochefort en indiquant du geste le côté correspondant à la place du Bouffay.

— Oui, monseigneur.

— Connaissez-vous un homme de bonne volonté qui pourrait se charger de...

— De quoi, monseigneur?

— De tenir la place de monsieur de Nantes.

— Je croyais que celui de Sa Majesté...

— Répondez sans observation : — connaissez-vous quelqu'un qui serait volontiers disposé à tenir cet office?

— Volontiers?...

— Volontiers ou avec la promesse d'une bonne récompense.

— Ma foi non, monseigneur.

— Il n'y en a pas parmi les guichetiers attachés à la prison? demanda Rochefort en regardant cet homme entre les yeux et de manière à lui dicter en quelque sorte une réponse.

— Non, monseigneur, car c'est une vilaine besogne.

— Vous êtes hardi, maître, d'oser qualifier ainsi un acte accompli au nom du roi!

— C'est vrai, monseigneur, répliqua le geôlier avec humilité, surtout quand il s'agit de conspirateurs aussi dangereux; j'ai eu tort.

— Il s'agit de me trouver un homme, il le faut, et à l'instant.

— Je vais interroger mes guichetiers, mais je doute...

— N'avez-vous donc pas un condamné que l'espoir de sa grâce pourrait décider à accepter ce que vous appelez si agréablement une vilaine besogne?

— Ah! monseigneur, fit le geôlier tout pâle, je crois que j'ai votre affaire, un condamné à mort.

— C'est parfait, quel est son crime?

— C'est un soldat, condamné à mort pour avoir tué un bourgeois de Nantes.

— En duel?

— Non, un assassinat, il a tué l'hôtelier de l'Ancre de Salut.

— Ah! je connais cette affaire.

— Un homme très-aimé à Nantes, et c'est pour cela qu'on va pendre le drôle.

— Conduisez-moi à l'instant vers lui.

Le geôlier appela un guichetier, et peu d'instants après le comte pénétrait seul dans un cachot humide et obscur, au fond duquel, sur une espèce de grabat, se tenait un homme accroupi.

Le comte dirigea aussitôt les rayons de la lanterne dont il s'était muni sur le visage du condamné.

— Je te connais, dit-il aussitôt.

— C'est possible, monsieur de Rochefort, car je vous connais aussi, moi; je vous ai vu autrefois, il y a longtemps, alors que j'étais un pauvre étudiant, et que vous veniez coqueter comme tout le monde chez certaine dame.

— Ah! fit le comte en fronçant les sourcils, car il désespérait de trouver ce qu'il cherchait, — tu as été étudiant?

— Oui, cette dame me recevait dans ses salons alors. Je suis le fils d'un tabellion de Rennes, et si mon pauvre bonhomme de père me savait condamné comme assassin, il mourrait de chagrin.

— Veux-tu ta grâce?

— Pourquoi faire? Du moment que cette femme ne m'aime pas, j'ai horreur de la vie.

— Quelle est cette femme?

— Madame de Cressia.

— Ah! elle est bien belle en effet, mais c'est une femme étrange; qui sait si, un jour, elle ne pourrait pas t'aimer? Elle s'est amourachée aujourd'hui d'un artisan. Eh bien! quand elle en sera lassée; tu peux avoir ton tour.

— Ah! si je le croyais...

— Si je t'en donne l'assurance...

— Vous feriez de moi plus qu'un homme!

— D'abord, je veux te donner ta grâce.

— Mais que faut-il que je fasse pour cela, car je vous connais de réputation, monsieur le comte, et je ne vous crois pas de mon école, c'est-à-dire, né pour être dupe.

— Non, certes; ce que j'exige de toi est de ces choses qu'on n'est pas exposé à accepter souvent dans sa vie.

— Qu'est-ce donc?

— Il s'agit de tuer un homme.

— Ah! encore?

— Bah! un de plus!

— C'est que je ne suis pas né assassin, monsieur le comte; c'est que j'ai toujours eu le bonheur de manquer ceux dont mon bras a menacé la poitrine; c'est enfin, que celui qui est tombé ici, sous mes coups, a été frappé par une horrible fatalité, alors que je dirigeais mon épée vers celui qui m'a jeté dans l'abîme.

— Et tu seras pendu, mon pauvre Cambremer.

— Hélas!... c'est dur pour un homme qui a été étudiant et qui voulait devenir un brave soldat.

— Si cependant... fit le comte lentement, et comme s'il pesait la valeur de chaque mot, — si cependant il s'agissait de pousser dans le tombeau celui-là même qui est la cause de tous tes malheurs!

— Que voulez-vous dire?

— Oui, voilà que toute ton histoire me revient en mémoire à présent, et je viens te proposer la vengeance.

— A quoi bon me venger?

— Pas même de M. de Chalais?

— Oh! celui-là, celui-là!... vous avez raison, c'est lui qui m'a perdu.

— Lui et ton amour pour la Cressia, pour la femme la plus belle de la cour, pour une de ces sirènes qui, dans un seul baiser, ont le rare privilège d'enfermer toutes les joies du paradis.

— Oh! taisez-vous, monseigneur!...

— Renonces-tu donc à être aimé d'elle?

— C'est impossible.

— Je te dis qu'elle t'aimera, si tu le veux!

— Ah!... fit Cambremer en pleurant amèrement, éloignez-vous, ne me tentez pas, ne me tentez pas!...

— Ecoute, personne ne te connaît à Nantes, et tu peux accomplir la sanglante mission que je te propose, sans que jamais qui que ce soit songe à te la reprocher.

— Non!...

— Ah! cœur de lièvre, tu n'étais vraiment pas digne d'inspirer à une héroïne comme est la Cressia l'amour qu'elle a, autrefois, si noblement affiché pour l'artisan Robert.

— Elle ne l'aime plus? demanda avidement le condamné.

— Il y a longtemps, affirma le comte.

— Ah!... fit Cambremer en se dressant sur ses pieds, que me dites-vous là!...

— Tu acceptes?

— Que faut-il faire?

— Acceptes-tu?

— Oui, mais je veux savoir...

— Viens, tu le sauras.

Rochefort l'entraîna vivement hors du cachot et ordonna au geôlier de le faire habiller décemment; puis il le conduisit près d'une fenêtre de la tour qui donnait sur la place du Bouffay.

— Que de monde!... fit-il.

— Il y en aurait eu autant que cela le jour où tu aurais été pendu.

— Mais aujourd'hui?

— Aujourd'hui, c'est toi qui feras mourir.

— Moi! en public... que vois-je! cette estrade, ce billot recouvert d'un drap noir... Vous voulez donc?...

— Oui, c'est toi qui remplaceras le bourreau.

Cambremer demeura immobile de terreur et d'effroi. Tout ce qu'il y avait eu autrefois de bon et d'humain en lui se révoltait; mais la crainte de la mort, une vague espérance, lui bronzèrent le cœur.

Un quart d'heure après, un sinistre cortège sortant du château se dirigeait vers la place du Bouffay, où tous les habitants de Nantes s'étaient rendus. Il y avait des têtes avides du spectacle, partout, à toutes les fenêtres, jusque sur les toits, et une quarantaine de navires à l'ancre voyaient leurs ponts prêts à crever sous le poids des spectateurs, tandis que les mâts suspendaient au-dessus de tous une quantité prodigieuse de curieux.

Au milieu de la place s'élevait une estrade tendue de noir, sur laquelle un billot également tendu de noir disait assez à quel sinistre usage il était destiné.

Des pénitents en grand nombre, portant des cierges allumés, marchaient de chaque côté de la file, murmurant des prières et sollicitant la pitié des fidèles pour le repos des âmes du purgatoire et de celui qui allait mourir.

— Celui... disaient toutes les voix, on disait qu'il y avait deux condamnés!

Cependant personne n'osait formuler trop haut cette observation, et la curiosité n'en était que plus éveillée.

Enfin, une escouade d'archers, l'épée d'une main et un pistolet de l'autre, marchait fort serrée, et entre ses rangs on apercevait un homme vêtu richement et qui, les mains liées derrière le dos, s'avançait le front haut et presque souriant.

Tout à coup, et comme ce groupe d'archers tournait l'angle de la place, un cri s'éleva dans la foule, qui émotionna tout le monde d'une manière extraordinaire.

— Mon fils! c'est mon fils! s'écria la duchesse de Chalais en se frayant de force un chemin à travers les soldats et se jetant vers le condamné.

A la vue de sa mère, Chalais, car c'était lui en effet qui marchait vers l'estrade sinistre, Chalais ne put cacher sa vive émotion; des larmes brillèrent dans ses yeux et il cacha un lien dans le sein qui l'avait nourri. Le cortège fut forcé de s'arrêter un instant.

Ce spectacle émut tous les assistants; et le jeune homme entendit les réflexions qu'il faisait naître sur son passage, et parmi elles, il distingua des voix de femmes. Cela rappela son courage un moment disparu à la vue de sa mère.

— Espère, lui dit-elle à voix basse. Catafago et ses gens sont dans la foule, ils vont te délivrer.

Chalais sourit et leva les yeux vers le ciel; mais si sa mère l'eût compris, elle eût frissonné, car il ne croyait pas à la puissante intervention de cet homme dévoué en présence d'un pareil déploiement de forces.

Personne n'osa séparer ces deux êtres, et tous deux marchèrent vers l'échafaud, suivis par un moine qui avait reçu déjà les dernières confidences de ce brillant jeune homme.

Un mouvement de presse se fit dans la foule, comme venant du côté de l'eau, et Rochefort qui, monté sur un cheval à peu de distance de l'échafaud, ne perdait aucun détail, vit comme une troupe nombreuse d'hommes aux figures résolues et portant pour la plupart des costumes de matelots, qui se frayaient un passage à travers la foule, à la force des poignets et des épaules.

Arrivé au bas des sinistres degrés, Chalais s'arrêta et approcha son visage de celui de sa mère.

— Partez à présent, ma mère, dit-il, embrassez votre enfant.

— Je ne te quitterai pas, répondit-elle en le soutenant, car elle le vit chanceler; espère encore, te dis-je, Catafago et ses hommes vont fondre comme des milans sur tes bourreaux.

Ils montèrent ensemble les degrés terribles.

La petite troupe de matelots se rapprochait de l'échafaud.

Cambremer était déjà sur la plate-forme, debout, les deux mains appuyées sur la grande épée d'un garde suisse, qui les tenait baissés. Il était affreusement pâle. Maintenant qu'il la tenait, il avait peur de sa vengeance.

Chalais jeta les yeux sur lui, et le sentiment de sa propre situation l'empêcha de s'apercevoir qu'il tremblait.

Il embrassa une dernière fois sa mère qui se laissa tomber sur ses genoux au coin de l'échafaud, et, soutenue par le moine, s'abîma dans une ardente prière.

Chalais s'agenouilla devant le billot et se tourna vers le bourreau.

— Je vous connais, dit-il, comme s'il cherchait dans sa mémoire.

Cambremer ne répondit pas et s'avança.

— Je suis prêt, dit Chalais.

— Catafago!... s'écria madame de Chalais en regardant d'un œil égaré cette foule qui lui semblait profonde et impénétrable comme la mer.

Il sembla que cent voix répondirent à cet appel désespéré, car un mouvement considérable se fit dans la foule, et les spectateurs les plus ardents se virent en un instant culbutés par les matelots.

Mais au même moment, un gros d'archers et de soldats, le mousquet au poing, entoura l'échafaud sur plusieurs rangs de profondeur. Les soldats couchèrent en joue la foule qui recula instinctivement en poussant un grand cri de terreur.

— Feu! si l'on bouge! dit la voix de Rochefort.

Chalais se tourna d'un air calme vers Cambremer, et appuya sa tête sur le billot.

— Frappe! dit-il.

Cambremer leva en l'air la large épée et frappa.

Un gémissement horrible se fit entendre et Chalais se redressa sur ses genoux. Il avait été seulement blessé à l'épaule et sa chemise tait toute rouge de sang.

— Tu es maladroit! dit-il en fronçant les sourcils.

— Mon fils!... s'écria la duchesse en joignant les mains.

— Allons, reprit Chalais, fais mieux ton métier.

Et il replaça sa tête sur le billot.

Cambremer frappa encore; mais Chalais se releva de nouveau, il n'était pas blessé à la tête.

— Misérable! fit-il.

— Cette épée est trop légère! s'écria Cambremer en la jetant sur l'échafaud, il m'en faut une autre plus lourde, ou je ne réponds plus de rien.

— Tu vas avoir autre chose, répondit une voix au pied de l'estrade.

Quelques murmures éclatèrent dans la place, aussitôt réprimés par un mouvement des troupes.

Mais la foule sembla reprendre une ardeur nouvelle sur un commandement donné vraisemblablement par un vigoureux coup de sifflet, et les archers abaissèrent leurs mousquets.

Les matelots étaient alors sur le premier rang; et l'œil fixé sur l'échafaud, ils semblaient attendre un signal pour fondre ensemble au mépris des balles; mais aucun signal ne fut donné.

Chalais s'était traîné vers sa mère et avait appuyé sa tête sanglante sur sa poitrine. Ainsi placé, il considéra l'exécuteur d'un œil triste et mélancolique.

— Est-ce que tu as quelque haine contre moi? lui demanda-t-il d'une voix douce.

— Vous ne me reconnaissez donc pas? demanda à son tour Cambremer.

— Non.

— Au fait, un grand seigneur comme vous peut-il se rappeler un être infime comme l'étudiant Cambremer?

— Ah! pauvre garçon, c'est donc toi?

— Oui, moi...

Mais Cambremer resta la bouche béante et les yeux démesurément ouverts.

C'est qu'il venait de reconnaître, malgré le masque qui lui cachait le visage, une femme placée à une fenêtre qui, immobile, contemplait le spectacle.

— Du courage, mon Henri, dit la duchesse à voix basse, cela donnera à Catafago le temps d'arriver.

— Voici un bon instrument! dit une voix brutale au bas de l'échafaud.

Cambremer regarda l'homme qui venait de parler et saisit machinalement ce qu'il lui tendait: c'était la doloire d'un tonnelier.

— Allons! fit-il en s'adressant à Chalais.

Celui-ci s'était replacé sur le billot.

— C'est Cressia qui arme mon bras, dit Cambremer en frappant.

Chalais ne répondit pas, mais il poussa encore un gémissement.

Cambremer releva l'arme et frappa de nouveau.

La tête n'était pas séparée du tronc; il frappa encore; il frappa toujours.

Au trente-deuxième coup, la tête roula sur l'estrade.

Un murmure effroyable s'éleva de toutes parts; les nombreux assistants de cette horrible boucherie étaient exaspérés, et tous s'avançaient menaçants, mal contenus par les soldats; mais les matelots n'étaient plus là pour les pousser à une véritable rébellion; et, pendant ce temps, un homme bâillonné et solidement garrotté était porté hors de la foule par une dizaine d'archers.

Au milieu de ce bruit, et sans savoir ce qu'il faisait, Cambremer avait saisi la tête de Chalais par les cheveux, et, l'élevant dans l'espace, il regarda la fenêtre où se tenait, toujours immobile, la femme masquée.

— Je vous avais dit, cria-t-il, que vous ne me reverriez que sa tête à la main!

XXXVI. — OU JEANNE SE REPREND A VIVRE.

En sortant du caveau où Robert l'avait retenu, le cardinal gagna son logis par une rue détournée: il n'osait interroger personne sur la scène qui s'était passée sur la place du Bouffay, et dont le canon lui avait annoncé le sinistre dénouement.

— Je ferai écarteler cet homme, se disait-il en pensant à Robert.

Mais c'était plutôt la rage et l'humiliation qui l'animaient que le regret réel d'avoir été mis dans l'impossibilité de faire grâce aux condamnés.

— Mais quel est-il ? se demandait-il sans cesse. Où le retrouver à présent ?

Parfois, il frissonnait de tout son corps en pensant à la facilité avec laquelle ce brutal jeune homme aurait pu le supprimer de ce monde, lui, le maître de la France.

— Le maître, reprit-il, le suis-je ?... Si Chalais est mort, si le bourreau a fait son office, la terreur va régner dans les âmes ; mes ennemis, et ils sont nombreux certes, n'oseront ni souffler ni bouger... Ah ! qu'est-ce que le pouvoir, grands dieux ! quand il suffit de l'étreinte forcenée d'un homme pour vous étrangler, ou de trois pouces de fer dans la poitrine !...

Le cardinal trouva son hôtel entièrement désert. Tous ses gens étaient allés voir l'exécution. Au fond, il n'en fut pas fâché, car ses vêtements en désordre, souillés et déchirés, n'attestaient que trop la violence dont il avait été l'objet. Il s'empressa d'en changer, s'applaudissant de pouvoir se passer en cette circonstance des services de son valet de chambre.

Des Bournais rentra bientôt.

— Avez-vous vu M. de Rochefort ? lui demanda-t-il avec impatience.

— Oui, monseigneur, il était au pied de l'échafaud.

— C'en est donc fait ?

— Hélas, monseigneur, le pauvre jeune homme...

— Paix ! fit le ministre en lui lançant un de ces regards qui eussent foudroyé et fait rentrer sous terre un courtisan attitré. — Faites chercher M. de Rochefort, je veux le voir à l'instant.

Richelieu s'approcha de son bureau et essaya de compulser des notes et de donner une attention quelconque à plusieurs travaux ébauchés ; mais son oreille était sans cesse ouverte à tous les bruits extérieurs et son œil s'arrêtait obliquement sur tous les objets qui l'environnaient. Il lui tardait d'avoir des renseignements précis sur l'effet produit par la double exécution.

— Cependant, se disait-il, je n'ai entendu que trois coups de canon et l'on devait en tirer quatre.

En ce moment un bruit de pas se fit entendre dans la pièce précédant son cabinet, et il se tourna du côté de la porte.

A la vue de l'homme qui entra et qui, se débarrassant des plis de son manteau, apparut, l'épée nue à la main, il ne put s'empêcher de frissonner. C'était Béranger.

— Vous !

— Marquis du Chillion, s'écria le vieillard en marchant vers lui l'épée haute, qu'as-tu fait de l'époux de ma fille ?

Richelieu se leva vivement de son fauteuil et passa derrière son bureau, mettant ainsi la largeur de ce meuble lourd entre sa poitrine et cette épée furieuse et menaçante.

— C'est une erreur, un malentendu fatal ! s'écria-t-il, j'ai tout fait pour le sauver, mais un démon acharné...

— Mensonge, je ne te crois plus ! fit le vieillard en lançant son épée à travers la table, coup dangereux évité aussitôt par le cardinal qui recula sans le perdre des yeux.

Mais le vieux soldat n'était pas homme à s'arrêter devant un obstacle aussi peu sérieux que cette table ; il fondit de toute sa force et avec une furie toute juvénile sur son ennemi et il l'eût infailliblement atteint si Richelieu n'eût tourné autour de la table et, en passant de l'autre côté, n'eût jeté dans les jambes de ce furieux un fauteuil qui se trouvait sous sa main.

Béranger chancela et Richelieu se précipita vers la porte ; mais celle-ci s'ouvrit et Robert parut.

Le cardinal se crut perdu tout de bon, cette fois, et son effroi fut au comble ; mais l'artisan, qui comprit rapidement ce qui se passait, le saisit dans ses bras et opposa sa poitrine à l'épée furieuse du vieux soldat qui avait bondi de son côté.

— Monseigneur est innocent ! s'écria-t-il, j'en ai la preuve.

— Arrière, jeune homme ! si c'est lui qui vous l'a donnée, elle est fausse.

— Je viens de voir la duchesse de Chalais ; mademoiselle Jeanne est avec elle, et toutes deux m'ont affirmé que monseigneur, après avoir marié M. de Chalais, se rendait chez le roi, pour lui faire signer la grâce. Et alors, c'est moi, malheureux insensé, c'est moi qui ai tout fait ; je me tenais dans l'ombre, j'ai vu sortir monseigneur de la chapelle, je me suis précipité sur lui, je l'ai bâillonné et retenu prisonnier jusqu'à ce que le canon m'eût appris la fatale nouvelle. Depuis ce moment ce que je suis devenu, ce que j'ai fait, c'est un rêve ; mais ce que je vous dis là, monsieur Béranger, c'est la vérité, je l'atteste, je le jure.

Béranger ne répondit pas, remit son épée au fourreau et se laissa tomber sur un fauteuil.

— Ma fille est vouée au malheur ! s'écria-t-il en fondant en larmes.

Le cardinal s'avança et resta debout devant lui. Il demeura un moment silencieux : cette grande douleur touchait son âme de bronze, il mesurait d'un œil épouvanté la sombre profondeur des mystères impénétrables des volontés divines.

— Vous le voyez, Béranger, c'est la fatalité. Il était écrit dans les décrets célestes que ce pauvre jeune homme devait succomber pour une cause injuste et criminelle : cause condamnée d'avance, car elle n'avait à sa tête que des hommes sans valeur ou des traîtres.

— Ah ! ne me parlez pas, répliqua Béranger d'une voix farouche, vos paroles ont le tranchant du glaive, elles tuent la pensée comme vos bourreaux tuent les corps.

Richelieu s'éloigna et se tourna vers Robert qui, immobile et glacé, en était déjà peut-être à se repentir d'être venu se livrer aux vengeances de ce prêtre sur lequel il avait osé porter une main hardie et sacrilége et commettre presque le crime de lèse-majesté.

— Vous venez de me sauver la vie, lui dit-il à voix basse, je consens à oublier votre conduite, mais que je n'entende plus parler de vous. Allez.

Robert ne se le fit pas répéter et s'élança vers la porte ; mais le cardinal le rappela aussitôt.

— Un instant, dit-il : vous me faites l'effet d'un brave cœur, et je réfléchis qu'au contraire je ne perdrais peut-être pas à vous avoir sous les yeux. Voulez-vous accepter le grade d'enseigne dans ma garde ?

— Monseigneur... fit Robert un instant ébloui par l'offre d'une faveur si grande ; car on sait qu'à cette époque tout grade d'officier était privilége de noblesse.

— Ou dans celle du roi ? ajouta Richelieu qui vit son hésitation.

— Monseigneur, répondit le jeune homme, je suis ouvrier armurier et je gagne bien ma vie, — quand je travaille. — J'ai, en outre, quelque part, une bicoque où reposer ma tête ; il n'y aurait pour moi aucune fortune, aucun grade susceptible de m'offrir une aussi complète liberté. Excusez-moi si je vous refuse.

— A votre aise.

— Mais je ne vous remercie pas moins, monseigneur, et la parole que vous avez dite me réveille...

— Que voulez-vous dire ?

— Voilà quelque temps que je gaspille ma vie à des occupations indignes d'un brave cœur. — J'ai honte de l'oisiveté dans laquelle m'a plongé une folle passion, moi qui n'ai jamais été paresseux, et, dès ce jour, je retourne au travail et, cette fois, je vous le jure, il n'y aura pas de beauté qui m'en arrache.

— Allez, mon ami, dit le cardinal avec un geste plein de dignité, et que Dieu vous garde.

Robert disparut et, presque aussitôt, la duchesse et Jeanne entrèrent chez le ministre. Elles se soutenaient mutuellement et marchaient à grand'peine. Richelieu s'avança vers Jeanne, mais elle repoussa et alla vers Béranger, devant qui elle se mit à genoux et, entourant le corps de son père de ses deux bras, elle confondit ses larmes avec celles du vieux soldat.

— Je sais tout, monseigneur, dit la douairière, et, en votre absence, tout ce que nous avons tenté a été inutile. Mon pauvre enfant !... hélas ! qui me le rendra ?

— J'ignore ce que vous avez fait, madame, pour soustraire M. de Chalais à son sort ; mais, quoi que ce soit, je pardonne.

— Alors, monseigneur, dit Jeanne en se retournant et sans quitter sa pose agenouillée devant son père, dites qu'on mette en liberté un pauvre homme qu'on vient d'arrêter et qui avait préparé une révolte populaire.

— Une révolte ! fit Richelieu plus jaloux de son autorité ou de son pouvoir que de toute autre chose au monde.

— Il a été amené dans la cour de votre hôtel, et, ajouta la duchesse, M. de Rochefort, en le reconnaissant, a dit que, pour celui-là, il n'y aurait pas de pardon.

— Rochefort !... murmura le cardinal, il va trop vite.

Et il frappa avec vivacité sur une clochette placée sur son bureau.

— Comment se nomme-t-il ? demanda Richelieu.

— Catafago, répondit Jeanne.

— Qu'on m'amène le prisonnier de ce nom, dit le cardinal à des Bournais qui l'avait entendu prononcer.

Peu d'instants après, Catafago était amené entre deux archers et solidement garrotté.

Le ministre considéra avec attention cet homme qui, vêtu d'un costume de matelot, ne lui rappelait rien.

— Je ne te connais pas, dit-il ; et tu es sans doute quelque bohème ?

— Moi, monseigneur, vous ne m'avez jamais vu; mais je crois que vous me connaissez pourtant beaucoup, car j'ai eu de fréquents apports avec votre âme damnée, M. de Rochefort.

— Ménage tes paroles, drôle, ou je te fais pendre à l'instant.

— Monseigneur, vous me tenez, faites-le donc promptement, car je vous jure que votre favori ne périra que de ma main. C'est lui qui a été déterrer le bourreau qui manquait à la fête. Le pauvre diable, qui est en liberté à présent et ne sait qu'en faire, car il est à moitié fou, m'a appris cela. Sans la cruelle précipitation de cet homme, M. de Chalais vivrait.

— Oh! monseigneur, s'écria la duchesse, M. de Rochefort doit être puni.

— Il le sera, madame, dit Richelieu en fronçant les sourcils. Je veux bien qu'on montre du zèle, mais à la condition qu'on prendra mes ordres d'abord. Et, en ce jour, M. de Rochefort en a trop montré. Quant à toi...

— Oh! monseigneur, je vous conseille de me faire pendre tout de suite.

— Que feras-tu si je te fais grâce?

— Je tuerai M. de Rochefort.

— Qu'as-tu donc contre lui?

— C'est un secret terrible entre nous deux.

— Un secret entre vous deux et que je ne connais pas?... fit le cardinal en fronçant les sourcils.

— Après tout, vous le savez peut-être, voici ce que c'est : M. de Rochefort est venu un jour me trouver dans mon taudis et m'a dit : « Il me faut un enfant mâle. »

— Tais-toi!... fit Richelieu qui comprit.

— Au contraire, monseigneur, s'écria Jeanne en se levant subitement bouleversée, qu'il parle, qu'il parle, car c'est là peut-être où va éclater mon innocence!

— Jeanne! fit Béranger.

— Chalais est mort, et il n'a pas cru que je fusse coupable, mais un soupçon est resté dans l'esprit des juges et de tout le monde. Je veux qu'il parle!

— Achève, dit Richelieu prenant son parti, et qui jugea que rien des détails qui le concernaient ne pourrait être révélé.

— Je fournis l'enfant à M. de Rochefort. Mais la femme à qui je l'avais pris...

— Voyez-vous, fit Jeanne avec explosion, c'est lui, lui qui m'a volé mon enfant!

Catafago la regarda avec étonnement; mais le visage de la jeune femme était tellement bouleversé, ses yeux avaient une telle fixité qu'il la crut folle et lui adressa un geste de commisération.

— Non, madame, dit-il, je l'avais volé tout bonnement à ma femme qui venait de le mettre au monde.

— Hélas! fit Jeanne qui alla retomber dans les bras de son père.

— Aujourd'hui, monseigneur, ma femme veut absolument ravoir son enfant, et M. de Rochefort me le rendra. L'argent n'est rien : je dégorgerai les sommes reçues et d'autres avec, s'il le faut, mais je veux la tranquillité de ma Forfala.

— Ah! je connais cela, dit Richelieu.

— Oui, monseigneur; elle est à Nantes; un grand seigneur la protège, et M. de Rochefort ne pourrait rien contre la comtesse del Rio-Colorado. Or, je vous le dis, si cet homme ne rend pas l'enfant, il est mort.

— On te le rendra, dit Richelieu.

— Oh! qu'on n'espère pas me tromper, et qu'on ne tente pas de m'en donner un autre à la place; je lui ai fait, d'ailleurs, une croix particulière sur la poitrine.

— Une croix! s'écria Jeanne en se relevant, — oh! c'est lui, c'est l'enfant qu'on m'a représenté et qu'on voulait absolument que j'eusse tué.

— Vous avez vu mort un enfant ainsi marqué, madame? demanda Catafago.

— Oui.

— O misère! fit le bohème qui parut anéanti par cette nouvelle.

— Mais cependant, reprit Jeanne, la comtesse del Rio-Colorado a un enfant, elle me l'a dit.

— C'en est un que je lui ai donné à la place du sien, répondit Catafago.

— Où l'avez-vous pris?

— Attendez donc, répondit Catafago : vous êtes la fille adoptive de maître Adamas, et un soir, vous serez entrée peut-être dans une maison en construction située auprès de celle du docteur.

— Oui, j'avais mon enfant dans mes bras; j'ai perdu connaissance,

et quand je me suis réveillée... Ah! vous me le rendrez, n'est-ce pas?

— Oui, madame, mais à une condition.

— Laquelle?

— C'est que M. le cardinal me fera grâce.

— Monseigneur, dit Jeanne en se précipitant aux genoux du ministre qui avait écouté ces explications avec intérêt et songeait à l'instabilité des choses humaines et à la vanité des calculs de l'ambition.

— Je lui fais grâce, déliez-le, dit-il en s'adressant aux archers.

Ceux-ci obéirent, et Catafago s'éloigna aussitôt après avoir salué. Jeanne voulut courir après lui, mais le cardinal la retint et l'attira contre sa poitrine.

— Nous le retrouverons, dit-il.

— Monseigneur! s'écria Béranger à qui le mouvement de Richelieu avait inspiré une jalousie effroyable, et qui se releva les yeux menaçants et les poings crispés.

— Je vous la rends, fit le cardinal, — mais vous le savez, Béranger, la faveur du roi vous est acquise ainsi qu'à elle. Vos services militaires seront récompensés.

— Je ne veux rien pour moi.

— Alors, tout sera pour elle. Madame la duchesse pardonnera aussi : je veux faire de la veuve de M. de Chalais la femme d'un des plus grands seigneurs du royaume.

— Je ne veux rien non plus, monseigneur, répondit Jeanne d'une voix douce; et la seule grâce que je réclame aujourd'hui, c'est d'aider ma mère à ensevelir celui qui fut mon mari, et de pouvoir élever le fils de M. de Chalais en digne serviteur du roi. Je me croyais morte au monde, mais je renais de cette heure : j'ai retrouvé mon enfant!

— Venez! dit vivement Béranger en entraînant Jeanne qui avait pris la duchesse par la main.

Tous trois quittèrent la chambre et le cardinal demeura immobile et pâle. Malgré l'issue funeste de la conspiration de M. de Chalais, il ne put s'empêcher d'en peser les conséquences et de reconnaître que le sort de ce malheureux jeune homme avait dû frapper ses ennemis de la plus salutaire terreur. Mais une violente contraction agitait ses lèvres et il se sentait une sorte de découragement dans l'âme.

— Je suis seul... se disait-il, — seul... mais enfin, dès ce jour, je suis — le maître.

XXXVII. — LE MASQUE ET L'ÉPÉE.

Deux mois après, le soir, le Pré aux Clercs était plus silencieux que de coutume, par ce motif que ses hôtes les plus assidus s'étaient portés à l'autre extrémité de Paris, attirés par la foire Saint-Laurent.

On voyait néanmoins quelques barques raser doucement la surface de la Seine et aborder discrètement sur cette rive privilégiée du plaisir, — ou de rares groupes se diriger vers les maisons bien connues qui offraient en toute saison un asile aux mystérieuses amours.

Ces groupes et les personnes qui quittaient les barques se rendaient, pour la plupart, à la Guirlande d'amour.

Cette fameuse hôtellerie était déjà visiblement tombée du rang qu'elle occupait depuis longues années dans la hiérarchie des temples de la Cythère parisienne; aussi la grande salle que nous avons connue si parfaitement remplie de buveurs ou consommateurs de toute condition était réellement vide, et dans un coin la Tourangelle, assise sur une chaise, soupirait parfois en songeant au passé. Elle avait regret de ses folles jalousies, de ses fureurs, de ses vengeances, et n'aspirait plus qu'au pardon de celui qu'elle avait tant aimé; mais elle s'était rendue en vain aux divers logis de Pierre et à l'hôtel de Caumont, l'avocat et madame de Louvigny ne donnaient signe d'existence ni à leurs amis ni au vieux marquis.

Celui-ci savait seulement que sa nièce avait pris passage sur un navire hollandais faisant voile pour l'Espagne, le jour même de l'exécution de M. de Chalais.

Le soin de sa maison était devenu indifférent à la Tourangelle, et elle se refusait à toute consolation, de même qu'elle repoussait toute ouverture matrimoniale. Dieu sait pourtant si sa beauté et la réputation de la Guirlande d'amour éveillaient de convoitises.

Mais si la grande salle de l'hôtellerie était déserte, on ne pouvait en dire autant du pavillon aristocratique, connu du lecteur, où se réunissaient les Belles Dames.

Ce soir-là, presque toutes se trouvaient rassemblées; mais le plus grand silence régnait entre elles, assises par groupes sur les siéges et les sofas qui meublaient la pièce principale. A peine si, de temps en temps, quelqu'une se dirigeait vers une table ronde garnie de friandises, afin d'occuper les moments de l'attente.

Cette réunion ne paraissait nullement tenir de celles qui avaient le plaisir ou l'amour pour prétexte, et toutes ces dames masquées se regardaient l'une l'autre avec une curieuse insistance.

Enfin, un mouvement se fit parmi elles à l'entrée de mesdemoiselles Marion et Ninon qui, désormais connues, avaient négligé de se masquer pour la circonstance. Elles espéraient avoir le mot de cette convocation, alors que toutes savaient leurs amants retenus au Palais par leurs charges, ou partis pour la foire Saint-Laurent, où elles comptaient les retrouver au bras de leurs propres maris.

— Mesdames, dit Ninon, je conçois votre impatience et je partagerais certainement votre curiosité si j'étais à votre place; mais en vertu des pouvoirs que vous nous avez concédés, nous avons cru pouvoir vous convoquer pour une communication importante.

— Laquelle? firent tous les regards.

— Nous avons agi par suite d'un ordre, que nous ne tenterons pas de discuter, et qui nous enjoint d'avoir à demeurer ici jusqu'à ce que dix heures aient sonné à l'horloge de Saint-Germain-des-Prés.

— Rester ici! fit une voix.

— Pourquoi faire?

— Rien, mesdames, dit Ninon en riant, et je vous jure que je ne comprends pas plus que vous.

— Est-ce dans un mauvais dessein?

— Oh! du moment que nous sommes seules... Cependant...

— Si un exempt entrait tout à coup et exigeait que les masques tombassent comme dans cette soirée où le feu prit si heureusement!

— Pendant que nous sommes ici, il se trame quelque chose contre nous peut-être!...

— Mesdames, dit Marion qui avait souri à chacune de ces suppositions, — j'ai, comme vous, essayé de percer le mystère, et je me suis dit que notre réunion devait servir à dissimuler l'entrée à Paris d'une personne exilée.

— Cela se pourrait bien.

— D'autant que nous ne sommes pas au complet.

— Et que, continua Marion, la police de M. de Richelieu ou de M. de Rochefort, ayant l'œil sur nous, la dame en question pourra pénétrer là où elle n'est pas attendue.

— Il faut obéir, dit une dame d'un ton grave.

— Nous pouvons toutes avoir besoin quelque jour d'un service de cette nature.

— Alors, mesdames, résignons-nous. Au dernier coup de dix heures, à moins que d'ici là il n'arrive un événement imprévu, nous quitterons ces lieux enchantés.

— Si, encore!... fit une voix.

Quelques soupirs d'acquiescement à cette exclamation d'un cœur inoccupé répondirent, et les chuchottements recommencèrent entre les divers groupes.

Mais rien ne vint troubler les innocentes occupations des Belles Dames, et l'une d'elles fit même observer que cette réunion leur était sans doute imposée pour les préparer à une pénitence exemplaire et aux macérations nécessaires à toute bonne conversion.

Cependant, telle est la force des choses et l'admirable disposition de l'esprit féminin, les heures s'écoulèrent comme éclairs au murmure des médisances et des commentaires.

Quand dix heures tintèrent au dehors, tout cessa cependant comme par enchantement, et les Belles Dames se dirigèrent vers la porte avec l'empressement d'une troupe d'écoliers quittant la classe. Il semblait qu'un secret pressentiment les poussât à fuir une occasion de danger, d'autant plus terrible qu'elle restait dans l'ombre et le mystère.

L'une des dames pourtant resta en arrière.

— Qui sait? se dit-elle. Cette réunion n'est-elle pas un piège où je dois être prise?... Est-il là, lui?... A-t-il, comme je le lui ai recommandé, son épée et sa dague?...

Cette dame qui avait conservé son masque, bien que se trouvant seule, restait assise sur un sofa, en proie à une sorte de somnolence, et semblait ardemment désirer de rester dans ce pavillon où la retenait une force inconnue ou plutôt une faiblesse inouïe.

Elle demeurait immobile, les yeux fixés devant elle, lorsque la porte s'ouvrit et un jeune homme parut.

— Robert! fit-elle en joignant les mains.

— Partez vite, répondit celui-ci, je crois que des espions sont lancés à votre poursuite.

— Ferme les verrous! fit-elle avec une expression de terreur extrême.

Le jeune homme obéit et sembla attendre.

— Viens, dit-elle.

Robert avança lentement jusqu'au sofa et s'arrêta à deux pas, malgré les regards étincelants de sa maîtresse, regards qui l'invitaient à prendre place à ses côtés et à oublier en cet instant la terre entière.

— Cressia, dit-il d'une voix grave, je ne vous ai pas dit pourquoi vous étiez, comme toutes ces dames, convoquées ici, et pourtant je le sais.

— Vous, Robert!

— Il y a deux jours, j'ai vu madame de Chevreuse dans son château, et elle m'a commandé d'aller donner l'ordre de convocation à mademoiselle de Lenclos. J'obéissais, sans savoir pourquoi, lorsque Catafago m'a mis au fait de ce qui m'était caché. Cette réunion, privée des nobles seigneurs qui l'embellissent d'ordinaire, doit servir à cacher la sortie du Louvre de je ne sais quelle dame.

— Ah! fit la Cressia, je comprends tout.

— Vous comprenez...

— Oui, et alors toutes mes terreurs disparaissent! je ne suis plus qu'à toi, mon Robert, à toi dont le malheur me sépare, à toi que mon mari veut faire tuer et que je voudrais voir loin de Paris.

— Votre mari a raison, madame, et peut-être fera-t-il bien d'accomplir ce dessein.

— Que dis-tu, grands dieux!

— Je vous l'ai déjà dit, et il me semble que Dieu lui-même ait voulu m'indiquer la voie que je dois suivre désormais. Oui, madame, je vous le répète, ma vie ne peut se passer ainsi. Je suis né pour le travail et non pour tromper sans cesse. Je vous le déclare donc, le cœur navré et plein d'angoisse, il faut nous séparer à jamais.

— O ciel!

— Il le faut.

— Oh! mais tue-moi tout de suite, ce sera plus tôt fait, cruel, car tu sais ce qu'il y a là pour toi!...

— Ma résolution est inébranlable, répondit Robert d'une voix ferme.

La Cressia ôta son masque, rejeta l'épaisse mantille qui lui couvrait le cou et les épaules, et les yeux baignés de larmes, les bras étendus, les mains frissonnantes, belle de toutes ses puissantes séductions, et se renversant sur le sofa, sa voix prit une de ces intonations suprêmes qui sont le cri de la passion dans l'agonie de l'extase.

— Au moins, dit-elle, un dernier baiser!...

Ils quittèrent le pavillon. Ils n'avaient pas fait dix pas que trois hommes masqués se présentèrent armés d'épées et fondirent sur eux.

Robert n'eut que le temps de renverser la Cressia sur le sol et dégaîna immédiatement.

Il reçut aussitôt un coup de pointe à la poitrine; mais il ne poussa pas un cri et chargea ses trois adversaires avec une impétuosité telle que, du premier choc, l'un d'eux mordit la poussière.

Les deux autres réunirent leurs efforts et fournirent des assauts terribles; mais Robert, bien certain de n'être pas secouru, ne ralentit pas son ardeur et continua de se défendre et d'attaquer sans cesser de tenir son pied auprès du corps de la Cressia qui, éperdue de terreur, suivait cette lutte avec des angoisses mortelles.

Dans l'un des deux assaillants ma qués elle reconnaissait son mari.

Pourtant Robert était seul, et sa blessure commençait à lui faire perdre de ses avantages, lorsque tout à coup une voix retentit à quelque distance.

— Courage! disait cette voix, je suis à vous!

Robert ne distinguait rien dans l'obscurité que ses ennemis; mais la crainte d'un renfort qui évidemment se serait porté du côté du plus faible, ranima la rage de celui des assaillants qui était M. de Cressia, car il se jeta avec force et l'épée en avant vers le jeune homme.

Un cri effroyable retentit qui emplit tous les échos du Pré aux Clercs, et le noble assassin recula d'un pas avec un accent de triomphe; mais ce n'était pas Robert qui avait été atteint.

La Cressia s'était relevée subitement et avait opposé sa poitrine à l'épée vengeresse.

Elle tomba.

Au même instant un homme arriva sur le lieu du combat et les deux assassins s'enfuirent.

— Robert! fit le nouveau venu en reconnaissant l'artisan qui s'agenouillait auprès de la Cressia expirante.

— Ah! Pierre, dit celui-ci, tu es arrivé trop tard.

Là Cressia, déjà pâle et blanche comme un marbre, restait immobile sur la terre et, son œil attaché invinciblement sur son amant, elle semblait vouloir concentrer toutes ses forces dans un dernier regard.

Robert la pressa dans ses bras et ses larmes tombèrent comme une rosée bienfaisante sur le visage de la Cressia.

— Je t'aime! murmura-t-elle.

Elle renversa en arrière sa belle tête et son cœur cessa de battre. Elle était morte.

Robert resta abîmé dans sa douleur auprès de ce corps si beau et qui désormais n'était plus voué qu'à la destruction.

— Au moins, tu es heureux, toi! dit-il en prenant la main de Pierre.

— Oui, répondit timidement celui-ci n'osant faire éclater devant son ami accablé la joie immense qu'il éprouvait de son récent mariage avec Blanche.

Un cri horrible retentit au loin, comme s'il venait du côté de la rivière.

— Qu'est-ce que cela? demanda Baudry.

— Encore quelque épouvantable action! s'écria Robert, va, cours vers ceux qui appellent à l'aide, cœur généreux. Pour moi, je n'ai plus rien à demander aux hommes, — et je les hais!...

XXXVIII. — RÈGLEMENT DE COMPTES.

Pendant que ces funestes événements se passaient au Pré aux Clercs, la petite poterne du fossé du Louvre par laquelle Catafago et son enfant avaient été introduits, au commencement de cette histoire, s'ouvrit discrètement. Une dame masquée, habilement enveloppée d'une mante et affublée d'un grand voile de dentelles qui lui entourait le cou, se glissait hors du château royal.

Elle semblait timide, craintive, effarée.

Elle gravit d'un pas furtif et léger le talus opposé du fossé, et se trouva bientôt sur la berge du fleuve.

Elle regarda avec attention devant elle et, malgré l'obscurité, distingua une petite barque au patron de laquelle elle adressa cet appel sifflotant qui n'est ni une voix, ni un cri, ni un chant.

Aussitôt la barque approcha de la dame, s'aidant de la main du batelier, sauta et prit place sur le petit banc du milieu.

Comme le patron reprenait son poste à l'arrière et saisissait ses avirons, un homme sortit tout à coup de l'ombre des grands arbres qui baignaient leurs racines dans la Seine et s'avança vers la barque.

— Holà! dit-il, tu peux bien me passer aussi?

La dame fit comme un mouvement de biche effarouchée; mais elle sembla se rassurer et retomba sur son banc.

— Si madame y consent, fit le batelier, je veux bien.

La dame ne répondit pas, et l'homme, sans se soucier de mouiller ses bottes en risquant ses pieds dans l'eau, passa dans la barque et prit place à l'avant.

— Tu aborderas au Pré aux Clercs, dit la dame en déguisant sa voix.

La barque glissa sur l'eau en suivant le courant, et sans que le patron se donnât la peine de la diriger autrement que par un coup d'aviron de temps à autre.

Le silence le plus absolu régnait entre ces trois personnages glissant sur le fleuve au milieu de l'obscurité, et, pour une âme timorée, il eût eu, certainement, quelque chose de sinistre.

Quand la barque fut parvenue au milieu de la Seine, le patron saisit ses avirons des deux mains; mais avant de leur faire mordre l'onde, il se souleva sur son banc en se penchant de manière à voir l'homme qu'il conduisait.

— Monsieur, dit-il, si vous vouliez bien vous placer sur le banc du milieu, mon bateau filerait plus vite.

L'homme ne répondit pas, mais il alla s'asseoir à côté de la dame, qui se dérangea un peu.

Le silence redevenait encore complet entre ces trois personnages, lorsque le batelier, se tournant pour regarder la rive vers laquelle il ramait, crut apercevoir sur la berge comme l'éclat des canons de plusieurs mousquets.

— Tiens, fit-il, comme se parlant à lui-même. On préparerait une arrestation au Pré aux Clercs!

— Je crois, dit le gentilhomme en se tournant vers la dame masquée, que certaine personne sera bien étonnée en trouvant des soldats là où elle espère rencontrer un amant.

Le patron, en ce moment, parut être sur le point d'aborder un gros bateau amarré, et, afin d'éviter le choc, il se leva et lui opposa l'extrémité d'un aviron.

Le gentilhomme suivit ce mouvement, que la dame sembla redouter; mais loin de laisser piquer la rame sur les flancs du gros bateau, le patron la souleva et, la laissant retomber avec force, en frappa le gentilhomme à la tête.

Celui-ci poussa un cri et, menaçant, voulut se relever, car il n'était qu'étourdi du coup; mais la dame se jeta aussitôt vers lui et lui étreignit la gorge de ses deux mains désespérées.

— Ce n'est donc pas .. fit le gentilhomme suffoqué sous cette étreinte et rendu incapable de faire un mouvement, car le batelier venait de lui saisir les mains et le contenait avec vigueur.

— Non, ce n'est pas la reine, dit la femme masquée, et grâce au ciel, Rochefort, car elle te ferait grâce, tandis que tu vas mourir!

— Eh quoi!... fit le gentilhomme qui poussa un rugissement effroyable.

— Oui, tu vas mourir, car tu ne peux me rendre mon enfant; je le sais, il est mort, et c'est toi qui l'as tué!

— Forfala!

— Oui, c'est moi, et celui-ci, ce batelier, c'est Catafago : c'est mon homme!

— Ah! .. exclama Rochefort qui se vit bien perdu.

Catafago employait bien son temps, il avait ramassé une corde au fond de la barque et la passait au cou du comte; mais celui-ci fit un effort suprême et, parvenant à se dégager de leurs mains, put saisir à son tour Catafago par les cheveux.

Ils roulèrent tous deux au fond de la barque en éclatant en blasphèmes.

— Tue-le donc, Forfala! s'écria le bandit d'une voix sourde.

La belle fille tira un poignard de sa ceinture et, choisissant la place, afin de ne pas frapper son amant, enfonça la lame dans la poitrine de Rochefort.

Celui-ci poussa un cri formidable et, par un de ces bonds nerveux qui appartiennent aux bêtes fauves, il se releva entraînant son ennemi.

La barque chavira du coup et tous trois tombèrent à l'eau.

Catafago ne lâcha pas sa proie et les deux hommes reparurent au moment au-dessus du fleuve.

— Nage, Forfala! put crier Catafago; ne t'occupe pas de nous.

La belle bohémienne se mit à nager en effet; mais elle ne s'éloignait pas, et, tout en se soutenant au-dessus des vagues produites par l'agitation de la lutte, elle en suivait les péripéties avec avidité, essayant de sonder les profondeurs de cette eau que la nuit faisait noire et terrible.

Elle sentait pourtant ses forces l'abandonner, car ses vêtements imprégnés devenaient d'un poids énorme : elle fut forcée de se diriger vers le gros bateau, après le câble d'amarre duquel elle put se soutenir.

La lutte continuait à fleur d'eau entre les deux ennemis, avec un acharnement sans pareil : ce n'était plus deux hommes qui se tenaient embrassés là, mais deux bêtes féroces livrées à toutes les horribles ressources de l'instinct. Ils s'étreignaient, se tiraient, se meurtrissaient, se mordaient, et de temps en temps un cri, une imprécation, un rugissement, remontaient au-dessus de l'onde avec ces significatives bulles d'air, avant-coureurs de l'asphyxie.

— Courage, Catafago! disait par intervalles la Forfala d'une voix forte, quoique contenue par la crainte de voir arriver quelqu'un au secours du comte.

Cependant ses forces l'abandonnaient, ses vêtements devenaient de plus en plus lourds; elle eut alors la pensée de les ôter. Elle se retint fortement d'une main, et parvint à dégrafer sa riche robe de brocart et la laissa glisser dans l'eau; mais quand elle eut terminé cette opération qui avait occupé toute son attention impatiente, et qu'elle reporta ses regards sur la surface de l'eau, elle était calme; le courant avait repris sa marche régulière et éternelle.

— Catafago! cria-t-elle.

Sa voix se perdit dans l'espace et rien ne répondit à cet appel suprême dans lequel elle semblait avoir mis toutes ses forces et son âme entière.

Elle lâcha alors le câble et se mit à nager vers l'endroit où la lutte avait eu lieu, interrogeant plus que jamais ce théâtre mobile et inconstant ; elle plongea à plusieurs reprises, et chaque fois que sa tête reparaissait au-dessus des eaux, son regard épouvanté regardait le ciel avec ce sombre désespoir qui est une prière et une interrogation.

Elle crut devenir folle. En cet instant les torts, les brutalités, les crimes de cet homme disparurent ; elle ne songea plus qu'à celui qui, le premier, avait fait battre son cœur d'amour, et elle eût voulu donner sa vie pour sauver la sienne.

Enfin, ses forces l'abandonnant tout à fait, elle essaya en vain de se soutenir, elle se mit à battre l'eau de ses mains fébriles et poussa un grand cri.

Une barque se détachait alors de la rive du Pré aux Clercs, chargée de dames élégantes, et s'approchait lentement. Mais, à ce cri poussé non loin de là, celles qui la montaient ordonnèrent aux bateliers de ramer vivement du côté où leurs secours étaient si impérieusement réclamés.

Peu d'instants après, la Forfala, presque nue et respirant à peine, était étendue au fond de la barque.

— C'est la comtesse del Rio-Colorado ! s'écria Marion Delorme en la reconnaissant.

— Elle n'est pas morte, répondit Ninon qui venait de poser sa main sur un sein si pur de forme qu'il semblait celui d'une belle statue antique retirée du fleuve.

Une autre barque approcha, et au bruit que faisaient les rames Marion releva la tête. Elle reconnut aussitôt l'homme qui était assis au milieu et venait de donner l'ordre d'aborder au Pré aux Clercs.

— M. de Montchenu ! cria-t-elle en faisant ramer de ce côté.

Le gros seigneur se leva pour saluer les dames qu'il reconnaissait vaguement au clair de lune ; mais à la vue de la personne qui, immobile entre les bras de Ninon, semblait avoir rendu l'âme, il retomba sur son banc de tout son poids, ce qui fit manquer de faire chavirer l'embarcation.

— Ah !... fit-il, comme si le ciel s'ouvrait tout à coup et lui montrait Dieu dans toutes ses gloires.

Il voulait passer dans la barque, mais les dames s'y opposèrent, et il dut se contenter de marcher de compagnie jusqu'à la rive.

Les dames enveloppèrent la Forfala de leurs manteaux et la confièrent à Montchenu dont le carrosse stationnait non loin du pont Neuf.

— Elle en reviendra, dit Marion.

— Si elle le veut, je l'épouse, répondit le baron.

— Et moi ? fit une voix.

La Forfala ouvrit les yeux et aperçut un homme qui, se soutenant à peine, venait de se traîner vers le carrosse. Elle retrouva en un instant la force et la vie.

— Lui ! fit-elle en se soulevant et se jetant au cou de Catafago.

— Oh ! j'ai la vie dure, moi, on ne me tue pas comme cela !

— Et... lui ?... demanda-t-elle avidement.

— Il est mort, répondit-il. Mais assez de traverses comme cela, nous allons gagner l'Espagne.

— Au bout du monde si tu veux, ami, je te suivrai, répondit la Forfala.

Paris. — Typ. de Rouge frères, Dunon et Fresné, rue du Four-St-Germain, 43.